ULRIKE
Die Zeit der Kraniche

atb aufbau taschenbuch

ULRIKE RENK, Jahrgang 1967, studierte Literatur und Medienwissenschaften und lebt mit ihrer Familie in Krefeld. Familiengeschichten haben sie schon immer fasziniert, und so verwebt sie in ihren erfolgreichen Romanen Realität mit Fiktion.

Im Aufbau Taschenbuch liegen ihre Australien-Saga und ihre Ostpreußen-Saga sowie zahlreiche historische Romane vor.

Mehr Informationen zur Autorin unter www.ulrikerenk.de

Wie große Teile der Bevölkerung haben auch Frederike und ihre Familie das Ende des Krieges herbeigesehnt. Auf ihren Gütern wurden Fremdarbeiter einquartiert, die ersten Flüchtlinge kommen hinzu. Gemeinsam kämpfen sie gegen Hunger, Krankheit und Kälte. Frederikes große Sorge gilt nicht nur Gebhard, der nach Kriegsende verhaftet wurde, obwohl er ein ausgesprochener Gegner des Nazi-Regimes war, sondern auch ihren Eltern und Geschwistern. Wird es ihnen rechtzeitig gelingen, zu trecken und vor der Roten Armee zu fliehen? Und was wird aus ihren eigenen Gütern und Ländereien in der Prignitz? Wird ihre Familie diese Zeiten des Aufruhrs überstehen?

ULRIKE
RENK

Die Zeit der Kraniche

ROMAN

 aufbau taschenbuch

MIX
Papier aus verantwor-
tungsvollen Quellen
FSC® C014496

ISBN 978-3-7466-3356-5

Aufbau Taschenbuch ist eine Marke
der Aufbau Verlag GmbH & Co. KG

4. Auflage 2018
© Aufbau Verlag GmbH & Co. KG, Berlin 2018
Umschlaggestaltung www.buerosued.de, München
unter Verwendung eines Bildes von © Lee Avison / Trevillion Images
Gesetzt aus der Adobe Garamond durch die LVD GmbH, Berlin
Druck und Binden GGP Media GmbH, Pößneck, Germany
Printed in Germany

www.aufbau-verlag.de

Für Claus. Weil ich dich liebe.

»And if I rise, we'll rise together
When I smile, you'll smile
And don't worry about me.«
Frances

Die Güter, die Bewohner und die wichtigsten Leute

MANSFELD BURGHOF

Die Familie
Gebhard zu Mansfeld
Frederike zu Mansfeld (geb. von Weidenfels, verw. von Stieglitz)
Friederike (Fritzi) geb. 1937
Mathilde geb. 1938
Gebhard (Klein Gebbi) geb. 1943

Die Leute auf Burghof Mansfeld
Ilse – 1. Hausmädchen
Else – Kindermädchen
Lore – Köchin
Nikolaus Pirow – Inspektor

Die Fremdarbeiter
Wanda – Kindermädchen
Pierre
Claude
Pascal

LESKOW

Adelheid (Heide) zu Mansfeld (geb. Hofer von Lobenstein),
Mutter von Caspar, Werner und Gebhard

Die Leute auf Leskow
Fritz Dannemann – Inspektor

GROSSWIESENTAL

— ▬

Werner (Skepti) zu Mansfeld
Dorothea (Thea) zu Mansfeld, geb. von Larum-Stil
Wolfgang geb. 1932
Adrian geb. 1936
Walter geb. 1939
Barbara geb. 1941

KLEINWIESENTAL

— ▬

Caspar zu Mansfeld

FENNHUSEN

— ▬

Die Familie
Erik von Fennhusen
Stefanie von Fennhusen, geb. von XXX
Eriks Stiefkinder
Frederike von Weidenfels geb. 1909
Fritz von Fennhusen geb. 1911
Gerta von Fennhusen geb. 1913, gest. 1930
Gemeinsame Kinder
Irmgard (Irmi) geb. 1921
Gisela (Gilusch) geb. 1922
Erik geb. 1924
Albrecht (Ali) geb. 1927

Die Leute auf Fennhusen

Gerulis – 1. Hausdiener

Hans – Kutscher und Chauffeur

Leni – 1. Hausmädchen

Meta Schneider – Köchin

Nachbarn und Freunde der von Fennhusen

Familie von Hermannsdorf

Familie von Husen-Wahlheim

Familie von Olechnewitz

Familie von Larum-Stil

SCHWEDEN

Rigmor Svenoni – Lehrerin, Künstlerin

Kapitel 1

·-•-·

Mansfeld, Oktober 1944

Frederike hielt die Andacht am frühen Morgen, obwohl sich ihr Magen schmerzhaft zusammenkrampfte. Nachdem sie das Vaterunser gesprochen hatte, schaute sie in die Runde. Die Leute, wie die Bediensteten des Guts genannt wurden, sahen genauso angespannt aus wie sie.

»Wat soll nun werden?«, fragte Lore, die Köchin, leise, nachdem die meisten Angestellten und die drei BDM-Mädchen das Zimmer verlassen hatten.

»Wir müssen zusammenhalten«, sagte Ursa Berndt, Gebhards Sekretärin. »Sie werden sicherlich bald zurückkommen.«

»Das hoffe ich«, murmelte Frederike. »Das hoffe ich sehr.« Dann straffte sie die Schultern. »Es hilft ja nichts – die Arbeit muss getan werden. Lassen Sie uns jetzt einfach so weitermachen wie immer und die Mahlzeiten besprechen«, sagte sie zu Lore. »Vorher muss ich noch schnell mit Pirow reden. Und auch mit Dannemann.«

Eigentlich hätte Gebhard, Frederikes Mann, die Andacht halten sollen, so wie er es jeden Morgen tat. Doch gestern waren er und seine Mutter von der Gestapo abgeholt und nach Potsdam gebracht worden. Jemand musste sie denunziert haben, ihnen wurden staatsfeindliche Einstellung und das Verbreiten von Fremdnachrichten vorgeworfen. Als Erstes war Heide zu Mansfeld auf Gut Leskow verhaftet worden, jemand hatte Gebhard angerufen und ihn vorgewarnt. In aller Eile hatte Frederike das zweite Radio, mit dem sie die Nachrichten der BBC gehört hatten, aus dem Kartoffelkeller geholt und es Lore gegeben, damit sie es versteckte.

Es gab keine Beweise für Gebhards und Heides staatsfeindliches Verhalten, aber Beweise waren in der jetzigen Zeit auch nicht mehr nötig. Das Wort eines Nationalsozialisten reichte.

»Es war sicherlich dieser Hittlopp«, flüsterte Fräulein Berndt Frederike zu, während sie in den kleinen Salon gingen. Dorthin hatte Ilse, das Hausmädchen, schon das Tablett mit dem Kaffee gebracht. In einer halben Stunde würde es das erste Frühstück geben, aber Frederike trank für gewöhnlich zusammen mit Ursa und Gebhard schon eine erste Tasse nach der Andacht, bevor sie dann alle ihrem Tagesgeschäft nachgingen. Natürlich gab es kaum noch echten Kaffee, aber Lore war sehr erfinderisch, wenn es um Rezepte für Ersatzkaffee ging. Sie röstete Wurzeln, Kastanien, Bucheckern, sogar Kartoffelschalen. Dann wurde alles gemahlen und mit Wasser aufgebrüht. Man musste diesen Kaffee sehr heiß und mit etwas Zucker trinken, sonst war er zu bitter.

Frederike nahm sich eine Tasse, blickte auf den nun leeren Sessel, auf dem sonst ihr Mann Platz nahm, und ging zum Fenster. Man konnte das erste Morgenlicht nur erahnen, noch lagen Ruhe und der herbstliche Morgennebel über dem Park. Die Nebelschwaden tanzten auf der Stepenitz, dem kleinen Flüsschen, das sich am Burghof vorbei und durch die Stadt schlängelte. Erst in einer Stunde würde die Sonne aufgehen und ihr goldenes Licht auf die rotgefärbten Blätter der Bäume gießen. Es würde ein warmer, angenehmer Herbsttag werden, dennoch fröstelte Frederike. Nicht zum ersten Mal war ihr Mann, Gebhard zu Mansfeld, verhaftet worden. Er hatte sich nie verbiegen lassen, hatte sich lange gegen eine Mitgliedschaft in der NSDAP gewehrt. Schließlich aber war er gezwungen worden, in die Partei einzutreten, sonst hätten ihm Brot und Wasser in einem Gefängnis gedroht, vielleicht sogar Schlimmeres. Gebhard war Gutsbesitzer durch und durch. Er führte sein eigenes Landgut, half seit dem Tod des Vaters seiner Mutter bei der Bewirtschaftung ihres Gutes und hatte darüber hinaus noch den Vorhof seines Bruders Caspar gepachtet. Caspar war Diplomat gewesen – allerdings war auch er ein Gegner des Führers und hatte bei der Septemberverschwörung mitgewirkt. Als er verraten wurde, konnte er im letzten Moment fliehen und lebte seitdem in Amerika. Sie hatten nur wenig Kontakt, und dies auch nur über sehr verschlungene Pfade.

»Der Baron wird wiederkommen«, sagte Fräulein Berndt leise und legte Frederike eine Hand auf die Schulter. »Ganz sicher kommt er wieder.« Die Worte sollten trösten, doch Frederike stiegen die Tränen in die Augen. Sie wandte sich ab, ihr war nicht wohl dabei, vor Ursa zu weinen.

»Ich lasse Sie für einen Augenblick alleine«, sagte die Sekretärin jetzt erschrocken. »Falls Sie mich brauchen …«

»Ist gut, Ursa«, sagte Frederike. Sie biss sich auf die Lippe und seufzte erst laut auf, nachdem sich die Tür hinter Ursa wieder geschlossen hatte. Eigentlich ging sie nach der ersten Tasse Kaffee immer in die obere Etage zu den Kindern. Doch heute konnte sie das nicht. Wie sollte sie Fritzi, Mathilde und Klein Gebbi gegenübertreten? Was sollte sie auf ihre Fragen antworten? Die Kinder würden sich nach ihrem Vater erkundigen, würden wissen wollen, wann er und die Großmutter zurückkämen. Aber darauf hatte Frederike keine Antwort.

Sie spürte, dass Gebhard diesmal länger inhaftiert bleiben würde – bisher war er immer nach wenigen Tagen wieder entlassen worden. Und sie machte sich große Sorgen um Heide, ihre Schwiegermutter. Die aufrechte Dame aus altem preußischen Adel in einem Gestapogefängnis – das war einfach unvorstellbar.

Frederike nahm ihre Strickjacke, zog sie über und öffnete die Tür zur Veranda. Von hier aus führte eine Treppe in den hinter dem Haus gelegenen Park. Ein paar Kraniche stolzierten mit gemächlichem Schritt über die Wiese und schienen Frederike überhaupt nicht zu beachten.

Jedes Jahr im Frühjahr kamen Tausende Vögel in die Prignitz, um dann zu ihren Brutgebieten nach Skandinavien weiterzuziehen. Einige rasteten auch auf dem Rückweg im Herbst hier.

Eins der Männchen hob den Kopf, legte ihn in den Nacken und stieß seinen trompetenartigen Ruf aus. Frederike liebte die Vögel, aber nun schauderte sie – der Ruf klang wie ein Warnsignal.

Die Luft war feucht, aber noch nicht kalt. Es roch nach moderndem Laub, nach altem Gras, nach faulender Flora. Die wenigen Blumen, die noch im Garten wuchsen, waren fast alle verblüht. Nur die Heckenrose, die Frederike aus Sobotka mitgebracht hatte, blühte noch, so als wolle sie dem Herbst und drohenden Winter mit aller Macht trotzen.

Nachdenklich ging sie durch das mit kaltem Tau getränkte Gras bis zum Ufer der Stepenitz. Gebhard war inhaftiert, keiner wusste, wie lange die Gestapo ihn im Gefängnis behalten würde. Frederike drehte sich um, schaute auf das Gutshaus. 1936 hatte Gebhard den Witwensitz seiner verstorbenen Großmutter umbauen und renovieren lassen. Zwei Flügelanbauten hatte er hinzugefügt – genügend Platz für eine große Familie und die Leute. Am Wirtschaftsweg, der zum Betriebshof führte, lagen die Schnitterhäuser – die Gebäude für die Saisonarbeiter. Jetzt wohnten dort die Franzosen und einige Polen. In einer Scheune auf dem Wirtschaftshof waren Ostarbeiter untergebracht. Für sie galten andere, strengere Regeln als für die französischen Kriegsgefangenen.

Mit all diesen Dingen muss ich mich jetzt noch mehr beschäftigen, dachte Frederike seufzend. Jedenfalls so lange, bis Gebhard wieder aus der Haft entlassen werden würde.

Sie straffte die Schultern. Schon einmal hatte sie ein Gut alleine geführt – damals, als ihr erster Mann an Tuberkulose erkrankt war und dann starb. Es war ein großes Gut mit einer bedeutenden Pferdezucht in Polen gewesen. Dagegen war Mansfeld fast lächerlich klein.

Aber es gab ja nicht nur Mansfeld, es gab auch noch Kleinwiesental und Leskow. Natürlich betreute Gebhard die Güter nicht ohne Hilfe – es gab ja die Verwalter. Fritz Dannemann auf Leskow und Nikolaus Pirow hier auf Mansfeld. Von nun an würde sie sich jeden Morgen erst mit den Verwaltern treffen und mit ihnen die Gutsbelange durchsprechen müssen, bevor sie den Haushalt regeln konnte.

Mit langsamen Schritten ging sie zurück zum Haus. Das nasse Gras quietschte unter ihren Schuhsohlen. Die Kraniche stolzierten ungerührt über die Wiese, pickten hin und wieder nach Weichtieren und kleinen Säugern und benahmen sich so, als wären sie hier die Herren. Ihr Anblick, das musste Frederike zugeben, war majestätisch und erhaben. Sie wünschte sich einen Hauch davon für sich selbst. Dann gab sie sich einen Ruck und beschleunigte ihre Schritte. Sie musste sich mit den Gutsbüchern vertraut machen, mit den Verwaltern sprechen und die Güter weiterführen. Den Kopf in den Sand zu stecken, war keine Alternative. Noch einmal sog sie die süße und frische Herbstluft ein, dann stieg sie die Stufen wieder empor.

Nikolaus Pirow, der Verwalter, stand schon in der Diele. Seit Jahren wohnte er mit seiner Familie im Verwalterhaus auf dem Betriebshof des Gutes und war mittlerweile ein Freund der Familie geworden. Er verstand sich fast blind mit Gebhard. Nun drehte er seine Mütze in den Händen, ohne Frederike anzusehen.

»Pirow«, sagte sie unsicher. »Sollen wir in das Büro meines Mannes gehen? Dort sind die Bücher. Ich habe sie noch nicht durchgesehen, und ich fürchte, ohne Ihre Hilfe wird das auch nichts.« Sie versuchte zu lächeln, was ihr gründlich misslang.

Pirow schüttelte den Kopf. »Das geht nicht«, sagte er mit brüchiger Stimme. Dann zog er ein Schreiben aus seiner Jackentasche und reichte es Frederike. »Ich bin eingezogen worden … an die Front …« Seine Worte waren kaum zu verstehen.

»Was?« Entsetzt nahm Frederike den Brief entgegen, hielt ihn in den zitternden Händen, strich ihn glatt, versuchte erneut, die Buchstaben zu fokussieren. Es gelang ihr nicht. »Bitte? Was soll das?«, flüsterte sie verstört.

»Es ist eine Generalstrafe für uns alle. Ich werde nicht ins Gefängnis geworfen, so wie Ihr Mann, Gnädigste, aber ich muss an die Front.« Er räusperte sich. »Es ist kein Geheimnis, dass ich die Einstellungen Ihres Mannes teile. Wir sind beide keine Nationalsozialisten und werden es auch nie sein. Wir behandeln die Zwangsarbeiter zu gut, nun, so gut es eben geht, was eigentlich nicht reicht.« Er schüttelte den Kopf. »Aber wir gehen nicht konform mit der Obrigkeit.«

»Und jetzt?« Frederike schwindelte es, sie hatte das Gefühl, gleich das Bewusstsein zu verlieren. »Was ... was mache ich jetzt?«

Pirow holte tief Luft. »Ich muss mich morgen auf der Dienststelle melden. Den heutigen Tag brauche ich, damit ich alles für meine Familie richten kann – sie werden ja nicht im Verwalterhaus bleiben können.«

»Wieso nicht?«

»Weil ich kein Verwalter mehr sein werde.«

»Moment ... das Verwalterhaus hat Ihnen mein Mann vermietet. Es gibt einen Mietvertrag, der nicht an den Verwaltervertrag gebunden ist ... oder?« Fragend sah sie ihn an.

»Ja, das stimmt. Der Mietvertrag ist nicht an die Tätigkeit gebunden.«

»Dann wird Ihre Familie dort wohnen bleiben können.«

»Ich weiß nicht, ob ich die Miete ...«

»Grundgütiger, Pirow«, unterbrach sie ihn. »Wer fragt in diesen Zeiten und bei einer solchen Situation noch nach Miete? Ich sicherlich nicht.«

Pirow sah sie nachdenklich an. »Es gibt ein paar Dinge, die Sie wissen sollten.« Er schaute auf die Kaminuhr. »Ich habe nicht viel Zeit ... aber ein wenig schon. Kommen Sie.« Er nahm ihren Arm, führte sie in Gebhards Arbeitszimmer und nahm Bücher aus dem Schrank. »Das ist unsere zweite Buchhaltung«, erklärte er. »So etwas gibt es auch auf Kleinwiesental und auf Leskow. Davon wissen nur Ihr Mann, Dannemann und ich. Und vielleicht noch Fred Spitzner.«

»Der Schäfer?«

Pirow nickte. »Er hat es faustdick hinter den Ohren. Und das Gute ist, dass man es ihm nicht ansieht. Perfekt, um manche Obrigkeit zu täuschen. Ihm können Sie zu hundert Prozent vertrauen.« Er nahm Frederikes Arm, führte sie zum Schreibtisch ihres Mannes. »Passen Sie auf … es gibt einige Dinge, die das Reichswehramt und auch der Reichsnährstand nie erfahren sollten.«

Frederike sah ihn entsetzt an.

»Frieda zum Beispiel. Sie ist unsere Wiegesau. Sie ist bereits sechs Jahre alt. Sie bekommt genügend Futter, aber nicht so viel, dass sie fett wird. Diese Sau kommt immer zum Einsatz, wenn wir schlachten. Wir wiegen sie, stellen die Fettmasse fest und geben den Anteil an, den wir abgeben müssen. Und dann schlachten wir eine andere Sau – eine, die fetter ist, schwerer. Frieda wird nie dick, aber sie wird auch nicht geschlachtet. Und hungern muss sie auch nicht«, versicherte ihr Pirow. »Dann haben wir noch …« Auf die Schnelle verriet er ihr den einen und anderen Trick, wie die Güter die Vorgaben der Ämter bisher umgangen hatten. »Aber jetzt geht es um Ihre Haut und um die der Kinder. Ihrer Kinder und meiner auch«, sagte er eindringlich. »Setzen Sie nichts aufs Spiel, das ist es nicht wert.«

»Die Russen kommen doch sowieso«, sagte Frederike verzagt.

»Vermutlich. Aber sie werden nicht bleiben. Ihr Mann sagte immer: Wenn die Russen kommen, dann ist das wie ein großer Sturm, der viel vernichtet. Vielleicht die ganze Ernte, vielleicht zerstört er Häuser und mehr. Aber er zieht vorüber, und danach fangen wir wieder von vorne an. Alles, was wir brauchen, ist das Land. Und es ist unser Land.« Er senkte den Kopf. »Ich hoffe, Gebhard behält recht.«

»Das hoffe ich auch.« Frederike stand auf. »Sie müssen gehen, bestimmt haben Sie noch viel zu tun.« Auch Pirow erhob sich. Für einen Moment standen sie sich gegenüber, sahen sich nur an. Ihre Blicke tauchten ineinander und sagten mehr als tausend Worte – dort stand die Angst vor der Zukunft geschrieben, die Hoffnung, die Furcht vor Verfolgung und viele Dinge, die sich zu widersprechen schienen, aber so war es in der jetzigen Zeit, in der nichts mehr normal war und man nicht darüber sprechen durfte noch konnte, weil man sich nie sicher sein konnte, wer mithörte.

»Ich wünsche Ihnen alles Gute, Nikolaus«, sagte Frederike leise. »Bitte passen Sie auf sich auf.«

»Bitte … passen Sie auf meine Familie auf«, murmelte er und senkte den Kopf.

»Wer wird jetzt Verwalter?«, fragte Frederike. »Ich kann das nicht alleine.«

»Vielleicht Dannemann. Er ist ein guter Mann. Ein wenig herb, aber Sie können ihm vertrauen.«

»Dannemann – er müsste dann beide Güter verwalten.«

»Das schafft er.« Pirow sah sie an. »Alles Gute, Frau Baronin.«

»Freddy. Ich bin Freddy«, sagte sie und küsste ihn auf die Wange. »Alles Gute auch Ihnen. Bitte melden Sie sich, wenn es möglich ist.«

Noch eine Weile sah sie ihm nach, als er über den mit Kies belegten Vorplatz zum Wirtschaftspfad stapfte.

Ilse, das Hausmädchen, klingelte zum Essen. Verzagt sah Frederike zu den Gutsbüchern, die auf dem Schreibtisch ihres Mannes lagen. Sie würde sich damit beschäftigen müssen, die Last der Verantwortung drückte auf ihre Schultern, doch sie würde stark sein, das hatte sie Gebhard versprochen.

»Wann kommt Papa wieder?«, fragte die siebenjährige Fritzi.

»In ein paar Tagen ist er bestimmt wieder da«, meinte die sechsjährige Mathilde und strich sich Marmelade auf ihr Brot. Else, das Kindermädchen, das genau wie Fräulein Berndt mit ihnen speiste, warf Mathilde einen Blick zu.

»Nicht so viel, Thilde«, tadelte sie.

»Ach, lass sie nur«, seufzte Frederike. »Wer weiß, wie lange wir noch so gut essen können.«

Nach dem Frühstück machte sich Fritzi auf den Weg in die Schule. Frederike ging zurück in das Arbeitszimmer ihres Mannes und setzte sich an seinen Schreibtisch.

Vor acht Jahren hatte sie Gebhard Gans Edler zu Mansfeld geheiratet. Kennengelernt hatte sie ihn durch ihre beste Freundin Thea, die mit Gebhards Bruder Werner, von allen nur Skepti genannt, verheiratet war. Das Paar hatte inzwischen vier Kinder und lebte auf dem Gut Großwiesental, nicht weit entfernt von hier in der Prignitz.

Ungläubig schüttelte Frederike den Kopf. Es kam ihr wie ein Déjà-vu vor – nach Ax's Erkrankung hatte sie, noch keine einundzwanzig Jahre alt, von jetzt auf gleich eines der größten Güter Polens führen müssen. Nur mit Hilfe ihres Stiefvaters Erik von Fennhusen hatte sie diese Klippe des Lebens gemeistert, und doch war sie froh gewesen, dass Sobotka, das große polnische Gut, nach dem Tod ihres Mannes wieder an seine Familie zurückfiel, da sie keine Kinder hatten.

Jetzt aber gab es Kinder – Kinder von ihrem geliebten zweiten Mann, Gebhard. Für diese Kinder würde sie wieder stark sein müssen, so schwer es ihr fiel. Wieder Güter leiten? Wieder Entscheidungen treffen? Frederike grauste es.

Es klopfte an der Tür, und Fräulein Berndt betrat das Arbeitszimmer. »Ich habe einige Dinge hier sortiert.«

»Sortiert?«

»Wir müssen damit rechnen, dass die Gestapo wiederkommt und das Haus durchsucht. Ich dachte, es sei besser, wenn sie einige Unterlagen nicht finden. Ich habe sie verschwinden lassen.« Sie räusperte sich. »Es gibt eine doppelte Buchführung.«

»Das hat mir Nikolaus Pirow gezeigt, bevor er gehen musste.« Auf einmal war Frederike unsagbar müde.

»Die Bücher habe ich versteckt. Keiner sollte sie finden. Vielleicht sollten wir sie verbrennen.«

»Grundgütiger, wo wird das alles nur hinführen? Es herrscht das reinste Chaos.«

»Es wird schon wieder. Irgendwann.« Fräulein Berndt setzte sich neben Frederike. »Wir müssen nur alle zusammenhalten.«

»Und wenn uns das nicht gelingt? Haben Sie einen Plan, Fräulein Berndt? Können Sie irgendwo hin, falls die Russen kommen?«

Ursa Berndt senkte den Kopf. »Ich stehe im Kontakt mit meinem Bruder in Lübeck. Dort könnte ich unterkommen.«

»Es steht Ihnen frei, ich weiß gar nicht, ob ich Sie noch weiter beschäftigen kann … ich weiß überhaupt nichts.« Ihre Stimme drohte zu ersticken, und Frederike schlug die Hände vor das Gesicht.

»So schnell schmeiße ich die Flinte nicht ins Korn, Frau Baronin.«

»Danke.«

»Aber wir müssen uns in Acht nehmen. Und wir haben ja immerhin noch die Franzosen, ohne sie wären wir verloren«, sagte Fräulein Berndt leise.

»Damit haben Sie recht.«

Schon früh nach Kriegsbeginn waren ihnen französische Kriegsgefangene als Zwangsarbeiter zugeteilt worden. Gebhard hatte die Schnitterhäuser umbauen lassen, so dass die Fremdarbeiter dort wohnen konnten. Statt der vorgeschriebenen Gitter hatte er nur Hasendraht vor die Fenster gespannt und war deshalb das erste Mal verhaftet worden. Das zweite Mal holte ihn die Gestapo, weil er die Zwangsarbeiter zu gut behandelte. Er wurde daraufhin gezwungen, in die Partei einzutreten und ein empfindliches Bußgeld an das Winterhilfswerk zu leisten. Zu den französischen Zwangsarbeitern, einige von ihnen lebten nun schon fast vier Jahre auf Mansfeld und gehörten beinahe zur Familie, waren im letzten Jahr noch russische Kriegsgefangene gekommen. Sie hausten in einer Scheune auf dem Betriebshof, der sich etwa einen Kilometer vom Gutshaus entfernt befand.

Auch bei ihnen hatte Gebhard immer versucht, mehr Gnade walten zu lassen, und hatte ihnen größere Essensrationen zugeteilt. Aber der Ortsgruppenführer aus Perleberg hatte ein strenges Auge auf die Führung der Russen, so dass Gebhard mehr und mehr die Hände gebunden gewesen waren.

Frederike würde alles zusammenhalten müssen – einmal mehr. Eine Aufgabe, die sie schaudern ließ.

»Der ... der Volksempfänger«, flüsterte Fräulein Berndt nun und lehnte sich zu Frederike, »wo ist er?«

Verblüfft sah Frederike sie an. »Im Salon. Wieso?«

»Nein, nicht der. Ich weiß, dass Sie im Keller die Feindnachrichten verfolgt haben. Mit einer kleinen batteriebetriebenen Goebbelsschnauze. Ihr Mann hat es mir gesagt.«

Frederike wurde rot.

»Sie wissen, ich bin die Letzte, die Sie denunzieren würde, aber dieser Apparat, wo ist er nun?«

»Lore hat ihn verschwinden lassen«, wisperte Frederike. »Gestern schon. Bevor die Gestapo kam und meinen Mann mitnahm.«

»Gut. Er sollte auch verschwunden bleiben. Und keiner darf davon erfahren.«

»Aber wie kommen wir jetzt an zuverlässige Nachrichten? Es war der einzige Weg. Alles, was das Reich publiziert, ist doch gelogen und Propaganda.«

»Hier im Haus geht es nicht mehr«, sagte Fräulein Berndt nachdenklich. »Aber irgendwie werden wir eine Möglichkeit finden.«

»Sollte ich nicht nach Potsdam fahren? Um meinem Mann beizustehen? Was meinen Sie?«

»Nein. Ihr Platz ist jetzt hier. In Mansfeld. Die Leute brauchen Sie. Jetzt mehr denn je.«

Frederike nickte. »Sie haben recht. Mein Platz ist in Mansfeld.«

Nach dem Gespräch mit Fräulein Berndt eilte Frederike nach unten ins Souterrain, um sich mit der Köchin zu besprechen. Normalerweise kam Lore nach oben in den kleinen Salon, wo Frederike ihren Schreibtisch hatte und die Bücher führte, aber heute brauchte Frederike den Trubel der Küche, die Wärme, die Düfte und die Lautstärke, die dort immer herrschte.

»Non, non, non!«, rief Pierre. »Du darfst die Milch nicht kochen, ma chère. Sie muss nur leicht er'itzt werden, c'est compris?«

»Verflucht, Pierre, als ob wir nich hätten schon jenug Probleme«, fauchte ihn Lore an.

»Isch will nur machen guten Käsè, ma chère. Das weißt du doch.« Er stupste sie in die Seite. »Nun sei mir nischt bösè, Liebschen.«

»Böse bin ich dir nich, awwer schau einfach nacher Milch und lass mich ansonsten in Ruhe«, brummelte Lore und rührte in einem großen Topf. Dann tat sie den Deckel darauf und drehte sich um. »Ich muss jetzt nach oben zur Jnädigsten.«

»Musst du nicht«, sagte Frederike. »Ich bin hier.«

Lore wischte sich verlegen die Hände an der Schürze ab. »Jnädigste. Sie hier?«

»Kann ich eine Tasse Kaffee haben?« Frederike setzte sich in den Erker, wo der Tisch der Köchin stand, auf dem ihr Haushaltsbuch lag.

Lore sah sich um, dann nickte sie. »Ich hab noch Bohnenkaffee«, flüsterte sie. »Nicht viel. Habs aufgehoben für besondere Momente, schätze, jetzt is eener.« Sie ging zur Anrichte, wühlte in den Vorräten, nahm eine Packung heraus. Dann griff sie nach der Kaffeemühle, die auf dem Sims stand, füllte fast schon andächtig ein paar Bohnen hinein, setzte sich, presste die Mühle an ihren Busen und drehte den Hebel. Schon bald duftete es nach frisch gemahlenen Kaffeebohnen. Frederike schloss die Augen und ließ sich zurückfallen in die Erinnerungen an vergangene Jahre, als einfach alles erreichbar gewesen war.

In den zwanziger Jahren war alles möglich gewesen, und niemand hatte es in Frage gestellt – zumindest nicht in den großen Städten wie Hamburg oder Berlin. Dann würde nach und nach der Gürtel der Konventionen wieder enger geschnallt und zugezogen. Es war nicht mehr alles erwünscht gewesen und bald auch nicht mehr erlaubt.

Frederike hatte jung geheiratet, einen weitaus älteren Mann, und sie war jung Witwe geworden. Nur ganz selten hatte sie sich ausleben und ihre Jugend genießen können. Aber das vermisste sie nicht. Sie liebte ihr Leben als Gutsfrau, als Mutter, als Gefährtin eines sehr beschäftigten Mannes, auch wenn ihr manchmal die gemeinsame Zeit mit ihm fehlte.

Romantische Liebe hatte sie nur einmal erfahren, damals mit Rudolph von Hauptberge. Wenn sie jetzt daran dachte, trieb es ihr die Schamesröte in die Wangen. Aber damals hatte sie noch keine Kinder, war zwar mit Ax verheiratet, führte aber keine Ehe, weil er zu krank war.

»Is alles nich einfach für Sie«, sagte Lore und stellte ihr eine Tasse dampfenden und duftenden Kaffee hin. »Wat wird denn nu bloß?«

»Ich weiß es nicht, Lore, ich weiß es wirklich nicht.« Frederike nahm die Tasse mit beiden Händen und ließ sich ihr Gesicht von dem Dampf erwärmen. »Wir müssen aufpassen. Es wird ja immer schlimmer.«

»Der Jnädigste is immer schnell wieder aussen Jefängnis jekommen. Ei, is ja ooch nich dat erste Mal, datte ihn ham verhaftet.«

»Diesmal ist es anders. Und meine Schwiegermutter – wer verhaftet denn eine alte Frau?«

»Erbarmung, dat is 'ne schlimme Jeschichte.« Lore nickte heftig.

»Wie sieht es denn aus? Wir haben jetzt Oktober, der Winter kommt, und vielleicht wird es wieder ein kalter und bitterer Winter. Haben wir genügend Vorräte?«

Lore schaute sich um. Zwei der französischen Arbeiter waren in der Küche und halfen, ein Pole war vom Betriebshof gekommen, um Brot zu holen, und zwei Russen saßen im Gesindezimmer und warteten auf die Suppe, die sie zum Betriebshof bringen sollten. Ihre Essensration war deutlich kleiner, sie sollten fast nur Suppe und ein wenig hartes Brot bekommen. Die Lebensmittelvergabe unterlag strengen Kontrollen, nur manchmal gelang es Lore, etwas dazuzuschmuggeln – sie war durchaus einfallsreich. Dennoch ging es ihr wie allen anderen, sie konnte nicht mehr frei reden, denn man wusste nicht, wer zuhörte. Schon ein missverstandener Satz konnte eine Verhaftung nach sich ziehen. Dem Küchenpersonal vertraute sie eigentlich, den Franzosen auch. Aber trotzdem saß die Angst vor Verleumdung oder Denunziation in jedermanns Nacken, man wusste nicht mehr, wem man wirklich vertrauen konnte. Die Nationalsozialisten hatten alle Bevölkerungsschichten unterwandert. Ihre Herrschaft, ihr Gedankengut machten Angst. So manch einer verriet den Nachbarn nur aus Furcht, nicht aus Überzeugung. In Mansfeld war das bisher anders gewesen, aber die Verhaftung des Barons und seiner Mutter schien einiges in Frage zu stellen – denn sie waren verraten worden. Doch von wem?

»Erbarmung, is'n schöner Tach heute, wa?«, sagte Lore und schaute Frederike an. »Wollen wir da nich ein paar Schrittchen tun? 'n wenig zum Jemüsejarten gehen? Können uns ja den Kaffee mitnehmen.«

Frederike verstand sie sofort, nickte und stand auf. Schnell trank sie ihre Kaffeetasse leer. »Lieber heiß und drinnen«, sagte sie und lächelte.

»Wo Se recht ham, ham Se recht«, meinte Lore und tat es ihr nach. Dann gingen sie durch die Seitentür nach draußen. Vier Stufen führten in den Hof. Die Luft war klar, die Sonne schien, aber es wurde merklich kälter. Frederike zog ihre Strickjacke enger um sich, Lore hatte sich schnell das Umschlagtuch gegriffen, das immer neben der Tür hing.

Frederike atmete tief durch und sah zum blauen Himmel, ließ den Blick über die buntgefärbten Bäume wandern, alles wirkte so idyllisch, doch der Eindruck trog.

»Erbarmung, wat fürn herrliches Wetter«, sagte Lore und schnaubte. »Da werden se heute Nacht wieder fliegen, de Bomber.«

»Vermutlich.« Frederike ging mit ihr zum Hühnerstall. Sie hatten mehr Hühner, als erlaubt waren, das wusste sie jetzt. »Wir werden bestimmt noch genauer kontrolliert werden«, seufzte sie. »Und wir dürfen keinen Anlass zur Beanstandung geben. Gar keinen.«

»Weeß ich ooch«, sagte die Köchin. »Wird die Hiehner heute noch zählen und verteelen. Jibt jenuch Möglichkeeten, se unterzubringen. Praktisch isses nich, awwer wat will man machen?« Sie blieb stehen. »Wie jeht es weiter mitte Jüter?«

»Das weiß ich noch nicht.«

»Erbarmung, Jnädigste. Ham Se jeführt Sobotka aleene, und das hat jeklappt jut. Werden Se ooch hier schaffen. Un janz sicher wird der Jnädigste wiederkommen bald.«

»Ich hoffe es so sehr. Worauf müssen wir noch achten?«

»Ei, Kühje, Schafe, allet – wir ham falsche Zahlen. Awwer meen Kloot un de Pierr werden dat schon richten, hab se schon informiert.« Lore kniff ein Auge zu. »Dat sind Männers, kannste dich droof verlassen, wa?«

»Es sind unsere Feinde …«

»Nee, Jnädigste, dat sind se nich, nich unsere Franzosen. Die sind jejen Hitler, und wir sind es ooch. Ei, dat wissen die jenau. Und der

Jnädigste hat sich immer einjesetzt für seene Leute, wa? Hat dafür jesorcht, dat se leben konnten inne Jefangenschaft, wa? Dat verjessen die nich so schnell, wa?«

Frederike nickte. Ein Wagen kam die Straße entlang, und sie hob den Kopf. Sollte Gebhard vielleicht wirklich schon wieder entlassen worden sein? War das alles ein großes Missverständnis gewesen? Sie hoffte es so sehr. Das Automobil fuhr auf den Hof und hielt vor dem Haus.

»Ei, wer mach dat jetzt seen?«, fragte Lore.

Frederike antwortete nicht, sondern lief um die Hausecke. Dort blieb sie stehen. Es war nicht Gebhard, der aus dem Wagen stieg, sondern Hegemann, der Ortsgruppenführer aus Perleberg, und Hittlopp, der Vorarbeiter, den der Reichsnährstand eingesetzt hatte und mit dem Gebhard noch nie klargekommen war. Hittlopp war ein Nationalsozialist der ersten Stunde. Immer wieder quälte er die Zwangsarbeiter und hatte sichtlich Freude daran. Angeekelt verzog Frederike das Gesicht.

»Was will der denn hier?«, murmelte sie. Am liebsten wäre sie wieder zurück in den Hof gegangen, aber sie war die Gutsbesitzerin und musste Gebhard nun vertreten.

»Guten Morgen«, begrüßte sie die beiden Männer, die sich gerade anschickten, die Treppe zur Haustür hochzusteigen.

»Heil Hitler«, rief Hittlopp stramm, und auch der Ortsgruppenführer hob den rechten Arm.

»Kann ich Ihnen weiterhelfen?«, fragte Frederike.

»Wir brauchen die Gutsbücher«, sagte Hegemann und grinste böse.

»Wozu?«

»Der Reichsnährstand hat mich als Verwalter eingesetzt«, sagte nun Hittlopp. »Ich führe ab jetzt das Gut, und deshalb brauche ich die Bücher.«

»Was?« Frederike konnte es kaum glauben.

Wortlos zog der Ortsgruppenführer ein Schreiben aus der Tasche und reichte es ihr.

»Ihr Mann und Ihre Schwiegermutter sind wegen staatsfeindlicher Einstellung angeklagt, deshalb wird Ihrem Mann die Führung des Gutes entzogen. Wir halten Herrn Hittlopp für sehr geeignet, die Verwaltung von Mansfeld und Kleinwiesental zu übernehmen, schließlich ist er seit Jahren hier Vorarbeiter, kennt die Güter und ist ein treuer Parteigenosse.«

Frederike nahm das Schreiben entgegen. Dort stand es schwarz auf weiß.

»Ich kann das Gut leiten«, wandte sie ein, aber der Ortsgruppenführer warf ihr nur einen mitleidigen Blick zu.

»Auch wenn wir im Osten wichtige Anbaugebiete erobert haben, ist doch die heimische Landwirtschaft fast ebenso wichtig wie die Industrie. Deshalb müssen wir in sensiblen Situationen schnell reagieren. Sie wissen, was Ihrem Mann vorgeworfen wird. Und wahrscheinlich haben Sie sich auch daran beteiligt, Baronin. Deshalb sollten Sie lieber die Füße ruhig halten und Hittlopp alle Unterlagen geben. Sie haben doch kleine Kinder, nicht wahr? Und Sie wollen doch sicherlich nicht auch unter Verdacht geraten?«, fragte er hämisch.

»Auch wenn meinem Mann etwas vorgeworfen wurde, ist das noch lange kein Beweis, dass er und seine Mutter diese Taten wirklich begangen haben«, antwortete Frederike und streckte das Kinn vor. »Noch ist er nicht verurteilt, oder?« Sie ging die Treppe nach oben und öffnete die Haustür. »Aber natürlich werde ich mich den Anweisungen nicht widersetzen.« An der Tür drehte sie sich um, die beiden Männer waren ihr gefolgt. »Bitte warten Sie«, sagte Frederike und schloss die Tür vor ihren Nasen. In das Haus würde sie diese unerträglichen Männer ganz sicher nicht bitten. Sie lehnte sich mit dem Rücken gegen die Tür, schaute die Diele entlang und holte tief Luft.

Lore war, als sie die beiden Männer erkannt hatte, schnell zurück zum Hintereingang gelaufen. Viel gab es nicht, was sie jetzt noch tun konnten.

Frederike ging in Gebhards Arbeitszimmer und griff nach dem offiziellen Gutsbuch. Wieder war sie froh, dass Fräulein Berndt so umsichtig gehandelt hatte.

Langsam ging Frederike zurück zum Eingang, öffnete die Tür und reichte Hittlopp das dicke Buch.

»Ich hoffe«, sagte sie, »Sie gehen behutsam damit um, damit es mein Mann unversehrt wieder in Empfang nehmen kann.«

Hittlopp lachte auf. »Na, das werden wir ja sehen. Im Moment glaube ich nicht daran, dass der Baron schnell wieder zurückkommen wird.« Er nickte ihr zu, drehte sich um und ging die Treppe nach unten.

»Wie wird es jetzt ablaufen?«, fragte Frederike. »Was ist mit den Franzosen? Und was ist mit uns?«

Hittlopp sah sie an. »Ich werde mir die Bücher anschauen. Morgen komme ich wieder, dann besprechen wir alles Nötige. Aber Sie können dessen gewiss sein, dass von nun an eine andere Musik gespielt wird«, sagte er.

Frederike blieb im Eingang stehen, bis der Wagen den Hof verlassen hatte. Erst dann schloss sie die Tür und ging in den kleinen Salon. Sie setzte sich an den Kamin und bedeckte ihr Gesicht mit den Händen. Was sollte sie nun tun? Hittlopp würde alles vernichten, was Gebhard wichtig gewesen war. Dem Vorarbeiter lag nicht das Gut am Herzen, ihm ging es nur um Macht – und nun besaß er viel Macht. Auch die über ihr Leben und das der Kinder.

Das Telefon im Flur klingelte, ein hässliches, drohendes Klingeln. Die letzten Male hatte es nur unheilvolle Nachrichten überbracht. Seufzend stand Frederike auf, ging in den Flur und nahm ab.

»Freddy?« Es war Thea, ihre Schwägerin. Ihre Stimme klang nervös. »Bist du zu Hause? Wir müssen reden«, flüsterte Thea. »Ich komme vorbei.«

Man konnte sich nie sicher sein, wer alles die Telefongespräche mithörte.

»Hast du Neuigkeiten?«

»Ich komme jetzt, Freddy.«

»Du machst mir Angst.«

»Ich habe nichts aus Potsdam gehört«, sagte Thea. »Keine Nachrichten sind manchmal gute Nachrichten. Bis gleich.«

Eine Stunde später fuhr Thea auf den Burghof der zu Mansfelds. Sie bremste so abrupt, dass der Kies in alle Richtungen flog.

Bange hatte Frederike auf die Ankunft ihrer Schwägerin gewartet, sie lief die Treppe hinunter, sobald der Wagen stand. Thea war ihre Jugendfreundin, sie kannten sich schon aus dem Sandkasten in Potsdam, wo sie beide aufgewachsen waren. Schon ihre Mütter waren Busenfreundinnen gewesen. Und ohne Thea hätte sie Gebhard nie kennen- und lieben gelernt. Thea, die früher das Nachtleben in Berlin unsicher gemacht hatte, war nun fast zu einer Matrone geworden. Sie hatte inzwischen vier Kinder und schien immer steifer zu werden, nicht nur, was die Gegebenheiten anging.

»Thea!« Herzlich umarmte Frederike sie. »Komm hinein.« Sie führte sie zur Eingangstür, blieb dann stehen, fasste Thea an den Schultern und sah sie an. »Wie schrecklich ist das, was du mir mitteilen willst? Ich fürchte Arges.«

»Hab dich nicht so, Freddy«, sagte Thea und lachte auf. »Es geht um Strategien und Kontakte. Weder mein Mann noch deiner sind bisher gestorben.«

Erleichtert seufzte Frederike auf. »Weshalb bist du hier?«

»Skepti ist in Gefangenschaft in Italien, wie du weißt«, sagte Thea und ging in den großen Salon. Vor der Bar blieb sie stehen, überlegte. »Habt ihr Eis? Bitter Lemon?«

»Es ist noch keine zwölf«, sagte Frederike entsetzt.

»Na und? Vielleicht haben wir nur noch wenige Tage, an denen wir das Glockengeläut um zwölf erleben werden.« Sie sah Frederike an und lachte bitter auf. »Ich bin am Rande meiner Nerven, liebste Freddy. Natürlich trinke ich nicht jeden Tag Alkohol um diese Zeit. Eigentlich trinke ich überhaupt nicht mehr. Wann auch und wozu?« Sie schüttelte den Kopf.

Frederike betätigte die Klingel, und schon bald stand Ilse im Salon. »Wir möchten Gin-Fizz. Beide«, sagte sie.

»Um diese Zeit? Wirklich?«, fragte Ilse nach.

»An manchen Tagen muss man Dinge machen, die nicht nach dem Kalender oder der Uhrzeit gehen. Heute ist so ein Tag, Ilse.« Frederike klang entschieden. Sie wartete, bis das Mädchen den Raum verlassen hatte. »Warum bist du hier?«, fragte sie dann ihre Schwägerin. »Ist etwas mit Skepti?«

»Ihm geht es gut«, seufzte Thea. »Soweit ich weiß. Viel darf er ja nicht schreiben, aber ich bekomme jede Woche eine Postkarte von ihm über das Rote Kreuz.«

»Immerhin«, sagte Frederike. »Aber ... warum bist du dann hier?«

Es klopfte, und Ilse brachte Gläser mit zerstoßenem Eis, Zitronensaft, aufgefüllt mit Soda. Nur der Gin fehlte noch. Frederike nahm die Flasche aus der Anrichte. »Danke, Ilse«, sagte sie und wartete, bis das Mädchen hinausgegangen war. Dann füllte Frederike die Gläser auf. »Cheers.«

»Ja«, sagte Thea und nahm einen großen Schluck. »Prost.«

»Weshalb bist du hier?«

»Ich habe Kontakt zu Graf Gustrow. Kennst du ihn?«

»Nein, Thea.«

Thea trank noch einen Schluck. »Er kann uns vielleicht helfen«, sagte sie und kicherte leise.

»Helfen? Inwiefern?«

»Er ist ein Nazi durch und durch.« Thea räusperte sich. »Aber er ist auch nicht die hellste Kerze am Weihnachtsbaum, wenn du verstehst, was ich meine?«

»Nein, ich verstehe es nicht. Wirklich nicht. Komm auf den Punkt, Thea.«

»Er ist ein begeisterter Jäger. Und ein Goldfasan.« Thea sah Frederike an. »Ein echter Goldfasan, Freddy.«

»Ein was?«

»Grundgütiger, du kannst doch nicht wirklich so provinziell sein, wie du immer tust?«

»Ich versteh das nicht«, sagte Frederike ehrlich.

»Gute Güte, Goldfasan nennt man einen dieser Ordensträger, die aber von Tuten und Blasen keine Ahnung haben. Sie haben Geld und spenden dies der Partei, der einzigen Partei, die es heute noch gibt.« Thea zog eine silberne Schatulle aus ihrer Tasche, nahm eine Zigarette heraus, bot sie Frederike an. »Willst du?«

Frederike schüttelte nur stumm mit dem Kopf.

Thea zündete die Zigarette an und inhalierte tief. »Wir haben Vierzehnender im Gehölz, unser Jäger schwört, wir hätten auch noch Trappen. Trappen sind selten geworden. Wild haben wir aber reichlich. Skepti hat es in den letzten Jahren anfüttern lassen, es steht gut im Wald, und damit kann ich den Goldfasan bezirzen.«

»Bitte was?«, fragte Frederike verwirrt.

»Nun tu nicht so doof. Man muss die Nazis bestechen. Das weiß ich, und du weißt es auch. Und mit Graf Gustrow haben wir ein hochrangiges Parteimitglied an der Hand, das uns helfen kann. Ich werde ihn zur Jagd einladen, ich werde ihm eine Trappe zum Schuss anbieten und auch das Rotwild.«

»Und dann?«

»Freddy! Grundgütiger, du weißt doch, was wir wollen, oder nicht? Wir beide haben zu Mansfelds geheiratet. Skepti ist in Gefangenschaft in Italien, Gebhard und Heide sind in Potsdam inhaftiert. Der Reichsnährstand übernimmt unsere Güter. Wir müssen schauen, dass wir zumindest Heide aus der Haft holen. Und dabei wird uns der Graf helfen.«

»Was wird werden, Thea?«

Thea seufzte. »Wir können nur hoffen, dass die Alliierten diesen Krieg schnell beenden. Und dann sollten wir hoffen, dass die Amerikaner hierherkommen und nicht die Russen. Vor denen habe ich nämlich richtig Angst.«

»Nicht nur du«, gestand Frederike. »Nun gut«, sagte sie dann. »Falls du diesen Goldfasan wirklich dazu bekommst, etwas für Heide und Gebhard zu tun, dann wäre das einfach wundervoll. Hittlopp, der neue Verwalter, wird hier schrecklich wüten. Er wurde uns als Vorarbeiter zugeteilt und hat sich nie mit Gebhard verstanden. Und jetzt wird er sich rächen, vor allen an den Fremdarbeitern. Er hat sich immer schon darüber moniert, dass wir sie zu gut behandeln.«

»Wir können nicht die ganze Welt retten«, sagte Thea und trank ihren Drink aus. Dann stand sie auf. »Wenn ich etwas Positives erfahre, rufe ich dich an und sage: ›Wir haben eine Trappe gesehen.‹ Man weiß ja nie, wer so mithört am Telefon.«

»Und was sagst du, wenn es negative Nachrichten gibt?«

»Die Trappe ist tot.«

Die beiden Frauen sahen sich an.

»Ich hoffe, ich werde diesen Satz nie von dir hören müssen.« Frederike umarmte Thea zum Abschied fest. Endlich spürte sie die alte Verbindung zu ihrer Freundin wieder, die in den letzten Jahren ein wenig verlorengegangen war.

Kapitel 2

Die Herbsttage wurden lang, obwohl das Licht immer mehr abnahm. Der Wind heulte im Hof, riss die Blätter von den Bäumen, spielte mit ihnen Fangen. Nicht nur die Temperaturen sanken, das ganze Klima auf dem Hof verschlechterte sich. Hittlopp ging grob mit den Fremdarbeitern um, und Frederike war nicht in der Lage, irgendetwas dagegen zu tun. Er kontrollierte die Gutsküche, den Bestand und die Arbeiten. Herzlos und mit Gewalt ging er vor, es war schier unerträglich.

Lore konnte immer noch manchmal heimlich Lebensmittel für die Fremdarbeiter zur Seite schaffen, aber es waren nur kleine Mengen und der Aufwand ungleich höher als früher. Außerdem saß ihnen allen die ständige Angst vor Hittlopps Spionen im Nacken.

Anfang November entschied sich Frederike, nach Potsdam zu fahren. Trotz der vergleichsweise kurzen Strecke ein schwieriges Unterfangen, da die Bombenangriffe zunahmen und auf den Zugstrecken das Militär immer Vorrang hatte. Auch die Fahrt selbst war äußerst beschwerlich – die Züge waren voll und hielten oft ohne einen ersichtlichen Grund. Frederike hielt die Teppichtasche und den Korb, den ihr Lore gepackt hatte, eng umklammert. In einfachen Leinentaschen hatte sie warme Kleidung für ihre Schwiegermutter und für ihren Mann eingepackt: Wollsocken, wollene Unterwäsche und Leibchen, dicke Schwubber – wie man nun die Pullover nennen musste, da ausländische Begriffe verboten waren. Sie hatte zwei Tweedhosen für Gebhard dabei und eine Hose und zwei Röcke für Heide. In die dickeren Sachen hatten sie und Lore Schokolade und Speck eingenäht. Außerdem hatte sie Zigaretten versteckt.

Im Korb befand sich nicht nur ein Reiseessenspaket, sondern auch diverse andere Lebensmittel – geräucherter Speck, Fisch, eingemachte Wurst, Butter und mancherlei mehr. Frederike war bewusst, dass sie wahrscheinlich kaum etwas davon bis zu ihren Lieben bringen würde, aber vielleicht könnte sie damit den einen oder anderen Weg ebnen.

Die Fahrt nach Berlin hatte früher nur vier Stunden gedauert, nun war sie aber schon über sechs Stunden unterwegs. Der Zug war voll, eine Menge Menschen waren jetzt nach der Ernte aufs Land gefahren, um die Äcker abzusuchen. Das war natürlich verboten, aber darum scherte man sich nicht. Die Gesichter der Mitreisenden um sie herum waren grau und eingefallen, ihre Augen ohne Hoffnung. Je näher sie Berlin kamen, desto entsetzter wurde Frederike. Natürlich hatten sie in der Prignitz immer wieder Fliegeralarm, aber selten ging eine Bombe in der Provinz nieder. Perleberg war betroffen gewesen, genauso wie Wittenberge. Aber es war nur zu vereinzelten Abwürfen gekommen. Doch nun sah sie das Ausmaß der Zerstörung. Alles war grau und staubig, von den meisten Häusern standen nur noch Ruinen, und es wurde immer schlimmer, je näher sie der Innenstadt kamen. Zu ihrer Überraschung stand der Bahnhof noch. Sie musste hier umsteigen, um nach Potsdam zu kommen, doch die Auskünfte waren spärlich und nicht zuverlässig. Schließlich fand sie jemanden von der Reichsbahn, der ihr versicherte, dass der Zug nach Potsdam in einer Stunde fahren würde. Kurz trat sie vor den Bahnhof und konnte ihren Augen kaum trauen. Die meisten Häuser lagen in Trümmern, aber die Straßen waren frei. Trupps von Fremdarbeitern räumten den zum Teil noch qualmenden Schutt beiseite.

»Dit machen se jeden Tach«, sagte eine Frau, die mit ihr nach der Verbindung nach Potsdam gefragt hatte. »Icke frach mich, warum se dit tun? Die Bomber kommen ja eh wieder.«

»Damit die Straßen frei sind«, murmelte Frederike. »Für den Führer.«

»Jaja, der Führer«, sagte die Frau abschätzig. »Als ob der noch auffe Straße jehn würde. Uns Kleene machen se kaputt, die Stadt is zerstört – aber Heel Hitler. Nee, danke.« Sie spuckte aus. Dann musterte sie Frederike. »Sind nich von hier, wa?«

»Ich komme aus der Prignitz und will nach Potsdam«, sagte Frederike unsicher. Sie kannte die Frau nicht, und ihre Provokationen könnten auch eine Falle sein.

»Prignitz? Uffm Land?« Die Frau schielte nach Frederikes Korb. »Da habt ihrt jut, wa? Jibt immer noch jenuch zu essen und keene Bomben.«

»Sie wollen auch nach Potsdam?«, versuchte Frederike das Gespräch so harmlos wie möglich fortzusetzen.

»Jau. Meen Mann is dort in 'nem Jefängnis. Die Schweine haben ihn einfach abjeholt. Dabei hatter nüscht jemacht, außer wat er imma macht.« Sie lachte bitter auf. »Hab ihm immer schon jesacht, dass er uffpassen muss. Aber bald isses ja ejal. Bald is der Krieg vorbei. Zeit wird's ooch.«

»Ihr Mann wurde verhaftet? Weshalb denn?«

Nun musterte die Frau sie nachdenklich von oben bis unten. »Na, weeß nich, ob Sie dit wat anjeht? Wat wollen Se denn in Potsdam?«

»Mein Mann und meine Schwiegermutter wurden auch inhaftiert«, gestand Frederike, unsicher, ob sie einen Fehler machte. Sie schaute sich um. In der Bahnhofshalle standen noch einige Bänke. »Sollen wir reingehen und uns hinsetzen?«

»Warum nich? Jemütlicher wird es hier draußen ooch nich.«

Sie fanden ein Plätzchen in der Hektik der Bahnhofshalle, und Frederike holte ein in Papier eingeschlagenes Paket aus dem Korb. Sie wickelte das Papier ab, legte es zurück in den Korb und reichte der Frau ein Butterbrot, das dick mit Speck belegt war.

Die Frau sah sie mit großen Augen an. »Is dit für mich? Ick gloobs nich.« Hastig nahm sie das Brot, biss hinein, kaute.

»Sie hungern«, sagte Frederike entsetzt.

Die Frau nickte nur, biss wieder in das Brot, verschlang es geradezu. Frederike nahm auch einen Bissen, doch das Brot schien ihr fast im Halse stecken zu bleiben. Sie hatte zwar gewusst, dass die Städte bombardiert wurden und dass es den Leuten schlechtging, aber die Realität übertraf ihre schlimmsten Vorstellungen. Nach dem zweiten Bissen gab sie der Frau ihre Hälfte. »Nehmen Sie«, sagte Frederike. »Sie haben es nötiger als ich. Ich wusste nicht, wie es hier ist.«

»Na, da müssen Se schon janz weit inne Provinz wohnen.« Es dauerte nicht lange, da war auch das zweite Brot verschwunden. »Dit warn mal jute Stullen«, sagte die Frau zufrieden und leckte sich über die Lippen.

»Wo wohnen Sie denn?«

»Wir sind ausjebombt. Ick schlaf mal hier, mal da. Wie et eben so kommt.«

»Gibt es denn keine Notunterkünfte?«, fragte Frederike entsetzt.

»Na klar jibts die. Aber vor den Bomben sind die ooch nich sicher.« Die Frau schaute auf die Bahnhofsuhr. »Ach du meine Jüte. Gleich kommt der Zug, wir müssen zum Gleis.« Sie packte ihre Sachen und eilte los, ohne sich noch nach Frederike umzuschauen, und schon bald hatte Frederike sie aus den Augen verloren.

* * *

Der Zug nach Potsdam war gerammelt voll, und Frederike war froh, überhaupt noch hineinzukommen. In Potsdam auf dem Bahnhof hielt sie Ausschau nach der Frau, entdeckte sie aber nicht mehr. Frederike zog die Jacke enger um die Schultern und das Kopftuch tief in die Stirn und machte sich auf zur Lindenstraße, wo das Gestapogefängnis war.

Vor dem rotverklinkerten Gebäude blieb sie stehen. Sie war nicht die Einzige, die um Einlass bat. Eine ganze Schlange Frauen, mehr alte als junge, hatte sich davor versammelt. Das barocke Stadtpalais wirkte imposant, gar nicht wie ein Gefängnis, sondern eher wie ein großes Wohnhaus mit zugehörigen Stallungen.

Eine zahnlose alte Frau, die vor Frederike in der Reihe stand, wandte sich zu ihr um.

»Erste Mal hier?«, fragte sie.

Frederike nickte nur.

»Hab ich an deinem Blick jesehen. Is'n schönes Haus, wa?« Die Alte kicherte, und Frederike wurde bewusst, dass das vermeintliche Mütterlein nicht viel älter als sie sein mochte.

»Sie waren schon öfter hier?«, fragte Frederike verzagt.

»Ja, seit mein Willie verhaftet wurde. Is mittlerweile schon een Jahr her, man mach et kaum jlauben«, murmelte die Frau und schüttelte den Kopf.

»Und … und Sie können Ihren Willie sehen? Mit ihm sprechen?«, fragte Frederike hoffnungsfroh.

»Nee. Meistens nich.« Die Frau lachte bitter auf. »Zweemal durfte ich zu ihm, aber sonst jeb ick nur Sachen ab.«

»Sachen? Hoffnung?«

Die Frau musterte Frederike. »Zu wem willste denn?«

»Zu meiner Schwiegermutter und meinem Mann …«

»Haste 'ne Besuchserlaubnis?«

Wieder nickte Frederike.

»Heeßt nüscht. Hatte ick ooch so oft, aber sehen durfte ick meinen Willie trotzdem nich.« Sie zuckte mit den Schultern. »Hab die Sachen abjejeben. Essen, Kleidung und so. Hatter sicher nich bekommen, außer, vielleicht hamse ihn besser behandelt.«

»Aber … aber ich dachte, wenn man eine Besuchserlaubnis hat …«, sagte Frederike hilflos.

»Was biste naiv«, lachte die Frau. »Als ob die jemals Versprechen einhalten würden.«

Frederike schluckte. Sie dachte an die Briefe, die sie mit sich führte, an das Schreiben von Graf Gustrow, das Schreiben des Bürgermeisters von Mansfeld und noch andere Dokumente, die Gebhard und Heide ihre Loyalität bestätigen sollten. War das alles umsonst? Thea hatte den Goldfasan von hinten bis vorne betört. Er hatte eine der letzten Trappen geschossen, war glückselig wieder abgereist und hatte versprochen, Himmel und Hölle in Bewegung zu setzen, damit wenigstens Heide freikäme. Und nun? Sollten dies alles leere Versprechungen gewesen sein?

»Nu mach nich 'n Jesicht wie sieben Tage Regenwetter«, sagte die Frau und stieß sie in die Seite. »Ich bin die Gisela, und du?«

»Freddy«, brachte Frederike hervor.

»Bist nich von hier, wa?«, fragte sie wieder.

»Aus der Prignitz.«

»Da isses noch friedlich, wa?«

»Nun ja, wie man es nimmt«, stammelte Frederike. »Einfach ist es nicht, aber Bomben … nein, Bomben so wie in Berlin …« Sie stockte.

»Na, aber Probleme haben wir, ejal wo wir wohnen?« Wieder drückte die Frau Frederikes Arm. »Wat haste denn im Korb? Wat zu essen?« Plötzlich klang sie gierig.

»Das ist für meinen Mann«, sagte Frederike und hob den Korb, der an ihren Füßen gestanden hatte, hoch und drückte ihn an sich.

»Ob er dat zu sehen kriecht?« Der Blick wurde gieriger.

Frederike schaute sich um. Bisher standen sie immer noch in einer langen Reihe. Es ging nur langsam vorwärts. Verstohlen sah sie in die Gesichter der Wartenden. Die meisten hatten die Augen geschlossen oder starrten dumpf zu Boden. Hier und dort gab es Gespräche zwischen den Wartenden, immer leise, fast zischelnd, so als würde man Geheimnisse austauschen. Aber das war es nicht – das Gegenteil war der Fall. Man mochte dem Feind nichts offenbaren, und hier war der Feind die Obrigkeit. In diesem Gefängnis saßen Männer und Frauen, die gegen die Gesetze der Nazis verstoßen hatten – manchmal hatten sie noch nicht einmal gegen Gesetze verstoßen, sondern hatten nur eine andere Meinung als die Machthabenden. Heide und Gebhard hatten gegen die Verordnung über außerordentliche Rundfunkmaßnahmen verstoßen, sie hatten Feindsender gehört. So wie Frederike auch.

Und bestimmt, dachte sie, während sie den Blick über die lange Reihe schweifen ließ, wie die meisten anderen hier. Wer die Gelegenheit hatte, hörte Feindsender – und sei es nur, um zu wissen, ob Bomber kamen.

Die Parole, die alle paar Stunden über die Goebbelsschnauze verkündet wurde: »Das Reichsgebiet ist feindfrei«, war so falsch wie alle anderen Behauptungen von ganz oben.

Frederike holte tief Luft, griff dann in den Korb und holte ein Butterbrot, dick mit Speck belegt und in Papier gewickelt, heraus.

»Hier, Gisela«, flüsterte sie und gab der Frau das Brot. Diese ließ es geschwind in ihrer Jackentasche verschwinden.

»Willst du es … nicht essen?«, stotterte Frederike verwundert.

»Doch. Aber sicher nich hier. Dann wolln alle wat. Danke, Kleene, ick weeß dat zu schätzen, wirklich.« Sie zwinkerte Frederike zu. »Musste doof tun, gleich, wenn wir zu de Wachen kommen. Musst so tun, als hätteste keenen Zweifel, dassde deinen Mann siehst. Mach einfach auf blöd.«

»Danke.«

»Na ja, noch haste nichts zu danken.«

Langsam ging es voran. Manche Frau wurde schnell eingelassen, das konnte Frederike erkennen, bei anderen dauerte es länger. Einige wurden in einen Nebenraum geführt, weshalb, wusste sie nicht. Sie suchte die Frau, die sie in Berlin am Bahnhof getroffen hatte, aber sie sah sie nicht.

»Was ist in der Stube, wo sie manche hinführen?«, wisperte Frederike Gisela zu.

»Na, da is 'n Verhörzimmer.« Gisela zog die Nase hoch.

»Was passiert da drin?«

»Dit willste jar nich wissen.«

Frederike schluckte, das Herz schlug ihr bis zum Hals, und ihr Mund war staubtrocken. Im Gänsemarsch ging es weiter. Schließlich war Gisela dran und zeigte ihren Besucherschein vor. Sie wurde durchgewunken. Schnell drehte sie sich zu Frederike um. »Viel Jlück und danke.«

Nun war Frederike an der Reihe. Der uniformierte Wachmann sah Frederike streng an.

»Schein?«

»Ja, Moment.« Obwohl Frederike das Schreiben schon vor einiger Zeit herausgenommen hatte, war sie nun so nervös, dass es ihr schwerfiel, es vorzulegen.

»Mach hinne, Frau«, herrschte der Mann sie an. Er trug die hellgrüne Uniform der Stapo, der Staatspolizei, sein Blick war streng, und er wirkte enerviert.

»Hier, bitte.« Frederike zog das Schreiben aus dem Korb. »Ich habe hier auch noch ein Schreiben …«

»Moment.« Langsam öffnete der Mann das Kuvert, nahm das zusammengefaltete Blatt heraus und las es. Dann sah er Frederike an, schaute wieder auf das Schreiben. »Sie sind die Baronin Mansfeld?«

Frederike nickte.

»Ich habe nichts gehört«, schnauzte er. »Was haben Sie gesagt?«

»Ja, ich bin Frederike zu Mansfeld«, sagte Frederike.

»Und zu wem wollen Sie?«

»Zu meinem Mann, Gebhard zu Mansfeld, und zu meiner Schwiegermutter, Adelheid zu Mansfeld.«

»Lauter Adlige?« Er lachte. »Na, Dreckspack seid ihr, trotz eurer Namen. Habt den Führer verraten.«

»Nein, das haben wir nicht.« Nun hob Frederike das Kinn. Es war unverschämt, wie dieser Mann sie behandelte, und sie würde sich das nicht gefallen lassen.

»Dorthin«, sagte er und lachte höhnisch, zeigte auf die kleine Stube neben dem Eingang.

»Warum?«

»Fragen? Sie stellen Fragen? Das ist ja unerhört. Wollen Sie etwas von uns? Oder wir von Ihnen, gnädige Frau?« Die letzten beiden Worte spuckte er aus, sein Speichel benetzte Frederikes Gesicht. Sie zwang sich, ihn nicht abzuwischen und seinem Blick standzuhalten.

»Nun gut.« Frederike nahm all ihren Mut zusammen und ging in den angrenzenden Raum. Dort stand ein Schreibtisch, hinter dem ein ranghöherer Stapo saß. Er nahm das Schreiben entgegen, nickte seinem Kollegen zu, der dann den Raum verließ.

Der Offizier ließ sich Zeit, das Schreiben zu lesen, musterte dann Frederike ausgiebig.

»Baronin Mansfeld?«

»Ja!« Diesmal sagte sie es laut und deutlich. »Ich habe die Erlaubnis, meine Schwiegermutter und meinen Mann zu besuchen.«

»Das steht hier, richtig«, sagte der Stapo-Hauptmann. Er lächelte. »Möchten Sie sich setzen?«

»Ich möchte meine Angehörigen sehen«, entgegnete Frederike.

»Nun, so einfach ist das nicht. Sie gehören zum Adel, und Sie wissen … Ihr Mann und Ihre Schwiegermutter sind ja nicht einfach so verurteilt worden.«

»Es steht doch in dem Schreiben«, sagte Frederike. »Sie sind angeklagt, gegen die Verordnung über außerordentliche Rundfunkmaßnahmen verstoßen zu haben. Beweise dafür gibt es nicht, nur Denunziationen. Es gab auch, soweit ich weiß, noch keine Gerichtsverhandlung und dementsprechend kein Urteil.«

»Hm.« Nachdenklich drehte sich der Hauptmann um und öffnete den Aktenschrank, der hinter ihm stand. Es dauerte eine Weile, dann zog er zwei Aktendeckel hervor, legte sie auf den Schreibtisch und öffnete sie. Dann las er. Zwischendurch schaute er auf, lächelte Frederike an. »Möchten Sie sich nicht doch setzen? Es kostet nichts.«

Frederike seufzte und nahm auf der Stuhlkante Platz. Sie fühlte sich zermürbt, und die Angst saß immer noch wie ein großer Klumpen in ihrem Magen. Der Hauptmann war freundlich, aber waren das nicht die Schlimmsten? Die, die sich zuerst nett gaben und nachher umso unbarmherziger wurden? Trauen konnte man niemandem, egal wie er sich benahm. Was wusste man schon vom anderen?

Schließlich sah der Hauptmann in seiner blassgrünen Uniform mit den diversen Abzeichen, die Frederike nicht kannte, sie an.

»Baronin Mansfeld, ich fürchte, ich kann Ihrem Ersuchen nicht stattgeben«, sagte er und lehnte sich zurück.

»Es ist kein Ersuchen«, konterte Frederike. »Es ist eine Besuchserlaubnis. Und ich habe noch mehr.« Nun holte sie die anderen Schreiben hervor. Zuerst das von dem Goldfasan. Sie legte die Briefe fächerförmig auf den Schreibtisch, so als würden sie Karten spielen.

Der Hauptmann sah die Schreiben an, strich sich über das Kinn, schaute zu Frederike.

»Ich bin mir sicher, das sind alles gutgläubige Bescheinigungen, wie rechtschaffen Ihre Angehörigen doch sind. Allerdings habe ich nicht darüber zu urteilen. Ich kann die Schreiben gerne an das Gericht weiterleiten, aber hier … hier hilft Ihnen das nicht.«

»Bitte«, sagte Frederike, und nun brach ihre Stimme. »Lesen Sie wenigstens dies.« Sie reichte ihm das Schreiben von Graf Gustrow.

Nur zögernd nahm der Hauptmann den Brief aus dem dicken,

handgeschöpften Papier, öffnete und las ihn. Dann biss er sich auf die Lippe, nickte.

»Nun gut. Ich muss das mit meinem Vorgesetzten besprechen. Kommen Sie morgen wieder.«

»Aber ... aber ... Nein!«, widersprach Frederike. »Ich bin heute hier. Ich komme aus der Prignitz, ich kann nicht mal eben so nach Potsdam fahren. Sie wissen doch, wie es ist ... die Verbindungen sind bescheiden. Ich weiß noch nicht mal, ob ich heute nach Hause zurückkomme, geschweige denn, ob ...«

»Es tut mir leid. Ich kann das nicht selbst entscheiden. Die Lage ist angespannt und der Name Ihrer Familie kein unbeschriebenes Blatt. Sie haben einen Schwager ...«

»Caspar«, hauchte Frederike entsetzt.

Der Hauptmann nickte. »Ihr Schwager war in einige Verschwörungen verstrickt, er ist zum Tode verurteilt – in Abwesenheit.« Er kniff die Augen zusammen. »Wissen Sie, wo er ist?«

Frederike schüttelte den Kopf. Das letzte Mal hatten sie vor einem Jahr von Caspar gehört, da war er auf Jamaika.

»Aber was Caspar gemacht hat – das ist doch schon Jahre her, und was hat das mit uns zu tun?«

»Baronin, es liegt nicht an mir, darüber zu urteilen. Deshalb muss ich mit meinem Vorgesetzten sprechen.« Der Hauptmann hob den Brief hoch, wedelte damit. »Was ein Graf Gustrow schreibt, wiegt natürlich einiges.«

»Dann darf ich meinen Mann sehen?«

»Nein. Ihr Mann ist gar nicht hier. Er wurde verlegt.«

»Was?«

Der Hauptmann nahm noch mal eine Akte hervor, las darin, schloss sie dann wieder. »Er wurde verlegt. In das Gefängnis in der Priesterstraße.«

»Warum?«

»Das kann ich Ihnen nicht sagen.«

»Weil Sie es nicht wissen?«

Er lächelte süffisant.

»Weil Sie es nicht wollen«, stellte Frederike resigniert fest.

»Es ist eine geschlossene Akte. Sie können sich einen Anwalt nehmen und Akteneinsicht verlangen.«

»Wir haben einen Anwalt.«

»Nun, er hat bisher keine Akteneinsicht für Angehörige beantragt. Vermutlich, weil er weiß, dass dem fast nie stattgegeben wird.«

»Und meine Schwiegermutter?«

»Das kläre ich. Kommen Sie morgen wieder.«

»Wo ist das Gefängnis, wo mein Mann ist?«

Der Hauptmann schüttelte den Kopf. »Sparen Sie sich die Suche, Sie werden ihn nicht sehen können. Er liegt dort auf der Krankenstation.«

»Oh!« Frederike sank in sich zusammen. »Warum?«

Der Hauptmann zuckte mit den Schultern. »Ein Infekt.«

Sie wollte nachfragen, sah ihm aber an, dass er ihr keine weiteren Informationen geben würde.

»Kommen Sie einfach morgen wieder«, sagte er und stand auf. Frederike verstand den Wink.

»Nun gut«, sagte sie und nahm den Korb. Sie dachte einen Moment nach, griff dann nach einer Speckschwarte, die Lore in Papier eingewickelt hatte, und nach einem Laib Brot. »Vielleicht können Sie das meiner Schwiegermutter zukommen lassen?«

Er überlegte einen Augenblick. »Ich werde es weitergeben«, sagte er dann nur knapp, aber Frederike sah das Glänzen in seinen Augen und wie er sich über die Lippen leckte. »Sie können sich morgen direkt hier bei mir melden und brauchen nicht zu warten.«

»Danke.«

Frederike verließ den Raum, trotz der niedrigen Temperaturen war sie schweißgebadet. Im Hof blieb sie einen Moment stehen und holte tief Luft.

Gebhard war also krank und noch nicht einmal mehr hier in diesem Gefängnis. Frederike schaute nach oben zu den vergitterten Fenstern. Dort irgendwo aber war noch ihre Schwiegermutter. Wenigstens Heide wollte sie sehen. Aber was musste sie dafür tun? Sie wusste ja noch nicht einmal, ob sie es heute noch zurück nach Mansfeld schaffen würde. Langsam ging sie wieder zum Bahnhof. Der nächste Zug, erfuhr sie, würde erst in einer Stunde fahren. Wenn sie jetzt nach Hause fuhr, könnte sie sich sofort wieder auf den Weg zurück nach Berlin machen.

Vielleicht, dachte Frederike erschöpft, bleibe ich einfach hier auf dem Bahnhof. Gerade als sie sich mit diesem Gedanken angefreundet hatte, kam ein Zug, und sie stieg ein. Auf dem Weg nach Berlin fand sie keinen Sitzplatz. Das machte aber nichts, denn es war so voll, dass sie nicht umfallen konnte. Ihren Korb hielt sie fest an sich gedrückt, und zweimal musste sie gierige Hände wegschlagen. Dennoch war sie sich ziemlich sicher, dass das ein oder andere Stück einen neuen Besitzer gefunden hatte – gierige Hände waren flink.

Lore hatte den Korb so gepackt, dass unten die in dieser Zeit wertvollen warmen Kleidungsstücke lagen und auch der gute Speck. Brot und etwas Butter, ein paar Eier – das war zu verschmerzen. Und Frederike konnte nur ahnen, in welcher Misere die Menschen steckten, die Lebensmittel klauten.

Als sie in Berlin aus dem Zug stieg, drehte sie sich unschlüssig um. Wo sollte sie hin? Früher war sie zu den von Larum-Stil gegangen, Theas Eltern. Doch Tante Mimi und ihr Mann waren schon vor zwei Jahren nach Schweden gezogen. Mimis, Maria Gräfin Larum-Stils, Bruder, hatte dort in den Adel eingeheiratet und sie zu sich geholt. Onkel Heinrich hatte fast alles, was er veräußern konnte, verkauft und eine Insel in Schweden erstanden. Das zumindest hatte Thea ihr erzählt. Theas Eltern hatten ihre Tochter immer wieder aufgefordert, ihnen zu folgen, doch Thea hatte immer wieder abgelehnt, sie wollte bei Werner und auf dem Gut Großwiesental bleiben. Und nun – jetzt, wo die Russen immer näher kamen – war es zu spät. Niemandem mehr wurde die Ausreise gewährt, erst recht nicht einer Frau mit vier Kindern, deren Mann Offizier der Wehrmacht war, selbst wenn er sich nun in Kriegsgefangenschaft befand.

Wohin also dann? Ob es noch irgendwo Hotels mit bezahlbaren Zimmern gab? Oder wen kannte sie noch, der in Berlin wohnte? Auf Anhieb fiel ihr niemand ein. Zwar hatten viele der Gutsfamilien eine Stadtwohnung in Berlin gehabt, doch die wurden alle im Laufe des Krieges entweder aufgegeben oder zerstört. Auch hatte Frederike immer weniger Kontakt zu anderen Gutsbesitzern – die Männer waren meist im Krieg und all die Frauen, wie auch Frederike selbst, mit dem Erhalt des Gutes und der Familie mehr als beschäftigt.

Nachdem Caspar 1939 zum Tode verurteilt worden war, hatten sich viele der alten Freunde von den zu Mansfeld abgewandt. Und jetzt, nach Gebhards Verhaftung, verkrochen sich auch noch die wenigen anderen, die bisher Kontakt gehalten hatten. Das Regime war nicht zimperlich. Jeder, der mit einem Staatsverräter Kontakt hatte, und als solcher galt Gebhard, machte sich mitschuldig. *In dubio pro reo* – das galt schon lange nicht mehr.

»Schon zurück?«, fragte sie jemand und zupfte an Frederikes Ärmel. Es war die Frau, die sie am Vormittag auf dem Bahnhof getroffen hatte. Frederike sah sie verblüfft an.

»Ich habe Sie in Potsdam gar nicht gesehen.«

»Ick hab dir ooch nich mehr jesehen. Wo warste denn?«

»Am Gefängnis.«

Die Frau lachte. »Jibt ja mehr als eens. Mein Alter is inner Priesterstraße. Dann jibt et noch dit inner Lindenstraße, und sicher jibt et noch een paar mehr, weeß ick aber nich jenau.«

»Ihr Mann sitzt in der Priesterstraße ein? Sie waren dort?«

»Bis zur Tür bin ick jekommen. Dann war Sense. Wollten mich nich reinlassen, wa? Die Schweine, die alten Schweine.«

»Mein Mann soll auch dort sein«, sagte Frederike. »Und meine Schwiegermutter immer noch in der Lindenstraße, aber gesehen habe ich keinen von beiden. Ich soll morgen wiederkommen«, seufzte sie.

»Wat 'n Scheiß! Und wat machste nu?«

»Ich weiß es nicht.«

»Kennste denn keenen hier in Berlin?«

Frederike dachte nach. Nein, da war niemand. Niemand außer …

Rudolph fiel ihr ein, aber sie schüttelte sofort den Kopf.

»Na, da is doch noch wer. Ick sehe es dir an. Spucks aus.«

Rudolph von Hauptberge war ein alter Freund. Sie hatte sich in ihn verliebt, kurz bevor sie sich mit ihrem ersten Mann, Ax von Stieglitz, verlobte. Damals hatte sie beiden Männern, die um sie buhlten, die gleichen Chancen gegeben. Doch Frederikes Mutter Stefanie hatte eindeutig Ax favorisiert, obwohl sie schon wusste, wie krank der sehr viel ältere Mann war. Rudolph war damals noch sehr unstet, sehr jung, sehr beeinflussbar gewesen. Stefanie machte ihm klar, dass er kaum Chancen bei Frederike hatte, und so zog er sich zurück, ohne dass Frederike wusste, weshalb. Ax wurde in höchsten Tönen gelobt, er kam ihr näher, und schließlich nahm sie seinen Antrag an. Nur war Ax damals schon an Tuberkulose erkrankt, er hatte keine Geschwister, brauchte dringend einen Erben, um das große Gut, ein Fideikommiss, in der Familie zu halten. Frederike war eigentlich nur für den Erben zuständig. Doch schon in der Hochzeitsnacht brach Ax zusammen und wurde in den Luftkurort Davos gebracht. Jahre der Einsamkeit folgten für Frederike, die immer bitterer wurde, zumal sie erfuhr, dass ihre Mutter sie quasi verhökert hatte. Frederike kümmerte sich um das große Gut, versuchte den

Schaden, den ihr Mann angerichtet hatte, indem er einen sehr nationalistischen Verwalter einstellte, zu beheben.

Irgendwann, an einem der wenigen unbekümmerten Wochenenden, die sie bei Thea in Berlin verbrachte, traf sie Rudolph wieder, ihren ehemaligen Verehrer. Er hatte sie nicht vergessen, im Gegenteil, er bereute es bitter, nicht intensiver um sie geworben zu haben.

Die beiden trafen sich, trafen sich wieder. Eine kurze und sehr leidenschaftliche Beziehung entstand, aber Frederike konnte sich nicht dazu durchringen, sich von Ax zu trennen. Eine Scheidung war immer noch ein großes gesellschaftliches Stigma, vor allem in ihren Kreisen. Und es hätte auch Auswirkungen auf Frederikes noch unverheiratete Halbschwestern gehabt. Schweren Herzens gab Frederike die Liebesbeziehung auf. Enttäuscht verlobte sich Rudolph sehr schnell mit der Baroness Charlotte von Bednar und heiratete sie kurze Zeit später. Nur ein halbes Jahr nach ihrer Hochzeit starb Ax, und Frederike wurde zur jungen, kinderlosen Witwe.

Diesmal war es Rudolph, der plötzlich die strenge Kandare der Gesellschaftsnormen spürte und sich nicht mehr trennen konnte. Eine Scheidung? Unmöglich. Er hätte auf das Erbe, sein Gut, verzichten müssen. Sein Leben lang war er daraufhin erzogen worden, irgendwann dieses Gut zu führen …

Der Kontakt zwischen ihnen brach ab. Man sah sich hin und wieder auf Gesellschaften, aber dabei blieb es. Als Frederike Gebhard traf, war das einer ihrer größten Glücksmomente ihres Lebens. Gebhard zu Mansfeld war so anders als alle, die sie bisher kennengelernt hatte. Er hatte Charme, war bodenständig, aber nicht ohne trocknen Humor. Und er liebte Frederike von ganzem Herzen. Auch sie verliebte sich in ihn, selbst wenn ihre Mutter wieder einmal gegen die Verbindung war. Doch diesmal setzte sich Frederike durch. 1936 heiratete sie Gebhard und hatte es keinen Tag bereut, auch wenn die Zeiten hart waren und sie sich ein wenig aus den Augen verloren hatten.

Nach dem Krieg, dachte Frederike immer, nach dem Krieg wird es besser. Der Krieg würde enden, die Nazis würden ihn verlieren, das stand fest. Seit dem Sommer nahmen die Alliierten Nazideutschland immer fester in die Zange, sie rückten von allen Seiten vor. Das Herz des Staates war Berlin, aber der Pulsschlag hier wurde immer schwächer, auch wenn das Regime alles tat, um dies zu vertuschen.

Rudolph hatte in Berlin immer noch eine Wohnung, das wusste Frederike, weil sie sich seit einigen Jahren wieder schrieben. Es waren harmlose Briefe, ein wenig wehmütig vielleicht, aber ohne große Emotionen. Es waren Briefe, wie sie sich Jugendfreunde schrieben. Rudolph hatte inzwischen vier Kinder, leitete das Familiengut in Schlesien mehr schlecht als recht. Frederike kannte seine Probleme mit der Gutsführung, denn auf Mansfeld ging es ihnen nicht anders. Der Reichsnährstand und andere Ämter machten ihnen das Leben schwer. Sie sollten Ertrag bringen, hatten aber fast keine Mittel, um dies zu erreichen.

Dennoch hatte die Familie von Hauptberge immer noch eine Wohnung in Berlin. Vielleicht, dachte Frederike, kann ich dorthin, wenigstens für diese Nacht.

»Nu sach schon«, sagte die Frau in den abgerissenen, den staubgrauen Kleidern, die neben ihr stand. »Weißte wen?«

»Vielleicht. Ich müsste nur einmal telefonieren.«

Die Frau lachte auf, es klang fast irre. »Telefonieren? Wat gloobste denn, wo wir hier sind? Kannste verjessen.«

»Aber … ich kann doch nicht einfach so da vorbei.« Frederike schaute sich um, sah in die ausgebombten Häuser, die glaslosen Fenster, die wie blind auf die Straße schauten.

»Wo is et denn?«

»Charlottenburg, in der Nähe von der Reichsstraße. Irgendwo an dem Park. Ich war vor Ewigkeiten einmal da.«

»Na, da könnste Glück ham. Da stehn noch viele Häuser. Aber haste denn 'ne Adresse?«

Frederike nickte, nannte die Straße.

»Is 'n juter Fußmarsch, 'ne Stunde oder zwee werden wir brauchen.« Sie ging los, Frederike sah ihr hinterher.

Die Frau drehte sich um. »Wat issn nu mit dir? Ick bin übrigens die Anna. Und du?«

»Freddy.« Frederike schluckte. »Zwei Stunden laufen, ohne dass wir wissen, ob es die Wohnung noch gibt?«

»Kannste ooch lassen und gleich hierbleiben, aufm Bahnhof.« Anna schaute nach oben. »Is bewölkt, möglich, det heute keene Flieger kommen, aber weeß man nich, wa?« Sie ging weiter.

Zögernd folgte Frederike ihr. »Du weißt, wo wir hinmüssen?«

»Klaro. Na, wenn du mir die jenaue Adresse jibst?« Anna lachte.

»Und du begleitest mich?«

»Wenn du da schlafen kannst, kann ick et ooch, wa?«

Plötzlich sah Frederike die Verzweiflung in Annas Augen. »Das stimmt. Also gut.«

Durch die Trümmer gingen sie hindurch, immer weiter nach Süden. Frederike traute ihren Augen kaum. Neben zerbombten Häusern standen andere, die bisher Glück gehabt hatten. Aber die Ruinen überwogen.

In der Innenstadt, um den Bahnhof herum, waren die Straßen geräumt worden. Doch je weiter sie zum Stadtrand vordrangen, umso schlechter war ein Vorwärtskommen, auch wenn hier die Zerstörung nicht so groß war.

Es dauerte tatsächlich gute zwei Stunden. Die ein oder andere Straße war gesperrt, Bombenkrater hatten die Fahrbahn aufgerissen. Manchmal konnten sie am Rande vorbeigehen. Anna lief stoisch, achtete gar nicht auf die Umgebung und vor allem nicht auf die Menschen. Frederike konnte nicht anders, als diese zu mustern. Manche schlichen über die Straßen, den Kopf gesenkt, hängende Schultern. Andere gingen unbeirrt und energisch – sie schienen ein Ziel vor Augen zu haben. Und dann gab es noch die Ängstlichen, die immer wieder zum Himmel und um sich schauten. Alle schienen jedoch grau zu sein, überzogen mit einer Schicht Staub. Frederike sah an sich herunter. Ihr taubenblauer Wollmantel, den ihr Gebhard noch vor dem Krieg geschenkt hatte und den sie immer mit Stolz trug, war ebenso mit Asche und Staub bedeckt wie ihr Korb, von den Schuhen ganz zu schweigen. Aus der schillernden, der lebhaften und fröhlichen Stadt Berlin war ein trauriger Schutthaufen geworden.

Anna ging weiter und weiter. Sie setzte einen Fuß vor den anderen, seufzte nicht, beklagte sich nicht. Ihr schien der Marsch nichts auszumachen.

»Was ist das für ein Gefängnis, das in der Priesterstraße?«, versuchte Frederike ein Gespräch anzufangen. Gebhard war krank – vielleicht war er deshalb dorthin verlegt worden. »Gibt es dort eine Sanitätsabteilung?«

»Wat?«

»Eine Krankenabteilung.«

»Dit weeß ick doch nich«, sagte Anna und stapfte weiter. Obwohl sie gleichgültig wirkte, schaute sie doch hin und wieder nach oben.

»Erwartest du Bomber?«, fragte Frederike besorgt.

»Immer. Die hörn ja nich uff, wa? Aber jetzt hoffe ick nur, dass et nich rejnet. Rejen oder gar Schnee, nee, dit wär nüscht. Dit is schrecklich, kannste dir nich vorstellen. All der Staub unner Schutt, un dann Rejen. Schrecklich.«

»Was ist, wenn doch Fliegeralarm kommt?« Frederike konnte die Angst in ihrer Stimme nicht unterdrücken.

»Keene Sorge, Kindchen, wir finden schon 'nen Bunker. Hab ick immer jefunden. Jibt ja ooch Schilder überall.«

Erst nachdem Anna dies sagte, achtete Frederike darauf. Natürlich, da waren sie, die Hinweisschilder zu den Luftschutzbunkern.

Endlich erreichten sie die Adresse. Einmal war Frederike hier gewesen, es schien Unendlichkeiten her zu sein, in einer anderen Zeit, einem anderen Leben. Alles sah so anders aus, aber das Haus stand noch, und die Hausnummer stimmte auch. Sie klingelte, und ein Mädchen in einem schwarzen Kleid mit einer weißen Schürze öffnete nach einer Weile.

»Ja bitte?«

Frederike staunte, die Schürze des Mädchens war wirklich weiß und nicht grau, sie war nicht staubig, sondern wirkte sauber und adrett.

»Ich möchte zu Baron Hauptberge«, sagte Frederike. »Er wohnt doch hier?«

»Sie sind?«, fragte das Zimmermädchen.

»Frederike zu Mansfeld.«

Das Mädchen zog die Augenbrauen hoch. »Den Namen kenne ich nicht. Der Baron weilt auf seinen Gütern. Ich frage nach, ob man Sie empfängt.«

»Immerhin scheint jemand da zu sein, der uns empfangen könnte«, wisperte Frederike Anna zu.

»Is dat jut, oder is dat schlecht?«

»Das weiß ich nun auch nicht«, gab Frederike zu. Ihr Magen zog sich nervös zusammen.

Sie hörte das Trappeln von Schuhen auf Parkett, die Tür, die das Mädchen angelehnt hatte, öffnete sich, und eine Frau musterte Frederike. Sie hatte die Haare in modische Wellen gelegt, trug ein Kleid mit hoher Taille, ihr Bauch wölbte sich vor – sie war schwanger.

Schweigend sah sie Frederike an. Lange schwieg sie.

Frederike räusperte sich. »Wir kennen uns«, sagte sie endlich, um das gnadenlose, fürchterliche Schweigen zu beenden. »Ich bin Frederike zu Mansfeld, geborene von Weidenfels. Ich bin auf Fennhusen aufgewachsen«, stotterte sie verlegen.

»Ja, wir haben uns das ein oder andere Mal getroffen«, sagte Charlotte von Hauptberge, Rudolphs Frau. Ihre Stimme klang eisig.

»Ich komme hierher, weil ich nicht weiß, wo ich sonst hingehen soll«, gestand Frederike. Sie versuchte, die Tränen der Scham und der Verzweiflung wegzublinzeln. »Mein Mann und meine Schwiegermutter sind von der Gestapo verhaftet worden. Sie sitzen in Potsdam ein. Ich habe sie seit Wochen nicht gesehen und nun endlich einen Besucherschein bekommen.« Frederike sammelte sich, schluckte. »Heute Morgen in der Frühe bin ich in Mansfeld in den Zug gestiegen. Ich habe sechs Stunden bis Berlin gebraucht, zwei weitere bis Potsdam. Ich wurde im Gefängnis auf morgen vertröstet. Aber wenn ich nun nach Mansfeld zurückfahre … also … ich weiß gar nicht … und mir fiel nur Rudolph ein, ich wusste, dass er eine Stadtwohnung hier hat … es war meine letzte Hoffnung … weil … weil ich doch gleich morgen wieder nach Potsdam muss und … und … ach …« Frederike wischte sich die Tränen von den Wangen.

Charlotte sah sie an, auch ihr Blick war ziemlich eisig. Frederike schüttelte den Kopf, streckte das Kinn nach vorne und straffte die Schultern.

»Können wir bei dir nächtigen?«, fragte sie dann und versuchte, ihrer Stimme einen festen Klang zu geben. »Du musst für nichts sorgen, ich habe Verpflegung, nur ein wenig Wasser wäre nett. Wir nehmen auch die Betten der Leute. Mir ist das alles egal, ich möchte nur morgen früh wieder nach Potsdam fahren.«

»Geht es um den zwanzigsten Juli?«, fragte Charlotte steif.

»Bitte?«

»Ist dein Mann wegen des Hitler-Attentats verhaftet worden? Sei ehrlich!« Charlottes Blick war streng.

»Nein. Damit haben wir nichts zu tun. Gebhard und seine Mutter sollen gegen die Verordnung über außerordentliche Rundfunkmaß-nahmen verstoßen haben ...«

»Sie haben die BBC gehört?«, fragte Charlotte, und endlich schien ihre Stimme aufzutauen.

Frederike nickte. »Das wird ihnen vorgeworfen, aber es gibt keine Beweise.«

Charlotte sah sie an, blickte ihr in die Augen, dann biss sie sich auf die Lippen. »Ist es nur für eine Nacht?«, fragte sie leise.

»Ja.«

Mit einem kaum merklichen Nicken trat Charlotte von Hauptber-ge endlich zurück, öffnete die Tür und ließ sie eintreten.

»Ihr könnt hier übernachten.« Sie warf Anna einen befremdlichen Blick zu. »Ist das deine Zofe? Dein Mädchen?«

Frederike schaute Anna an, nickte dann. »Ja.«

»Euch geht es wirklich schlecht, nicht wahr?« Charlottes Stimme wurde plötzlich weich, voller Mitgefühl. Aber vielleicht war es auch nur Erleichterung. »Dabei habe ich gedacht, dass ihr in der Prignitz noch gut dran seid. Du hast Glück, mich hier anzutreffen. Wir nut-zen die Wohnung nur noch selten. Wer weiß, wie lange es das Haus noch gibt.« Sie seufzte. »Gerda, mach zwei Zimmer fertig. Eins für die Baronin und eins für ihre Dienstmagd. Und sag der Köchin, sie soll ein wenig mehr auftischen.« Charlotte wandte sich zu Frederike um. »Viel kann ich nicht anbieten.«

Frederike schaute in ihren Korb. »Ich habe Eier, Speck, Würste und Brot – das hat mir meine Köchin für Gebhard und meine Schwiegermutter eingepackt. Wir können das essen, du musst uns nicht versorgen.«

»Ich bitte dich, Freddy«, schnaubte Charlotte. »Wie sollte ich das jemals gegenüber Rudolph vertreten? Du bist unser Gast, und natür-lich habe ich auch Eier und Speck vom Gut mitgebracht.« Sie seufzte. »Komm, lass uns in die Bibliothek gehen, das ist der einzige Raum, den ich beheizen lasse. Da können wir warten, bis die Zimmer für euch gerichtet sind. Gerda, zeig dem Mädchen den Weg zum Gesindezimmer.«

Frederike beugte sich zu Anna. »Spiel mit«, flüsterte sie ihr zu.

»Natürlich, Jnädigste.« Annas Augen leuchteten. »In so 'ner Behausung hab ich noch nie jeschlafen. Dit lass ick mir nich entjehen.«

Frederike gab ihr den Korb und die Tasche, die sie mit sich trug. Sie sah Anna an, ihr Blick flehte die arme, obdachlose Frau an, nicht zu viel zu klauen. Anna schien den Blick zu verstehen und nickte.

»Du isst mit dem Personal«, sagte Frederike. »Ich werde dich rufen lassen, wenn ich dich brauche.« Noch einmal sahen sich die Frauen an, dann folgte Frederike Charlotte in den Salon.

Der Krieg, dachte Frederike, machte seltsame Sachen mit den Menschen. Das Regime hatte alle dazu gebracht, Vertrauen zu verlieren. Niemand traute niemanden mehr, man fürchtete Denunziationen, Konsequenzen daraus. Misstrauen war das vorherrschende Gefühl. Ohne diese innere Sicherheit fiel es schwer, sich authentisch zu verhalten, was natürlich nicht mehr möglich war, wenn man nicht den Leitlinien der Nazis folgte. Aber man wusste nie, wie der andere, derjenige, der einem gegenübersaß, dachte. Sagte er Dinge gegen die Obrigkeit nur, um einen selbst in die Falle zu locken, sobald man zustimmte, oder war es wirklich seine Meinung? So zu leben war schwer.

Frederike hatte immer der Familie vertraut, zumindest ihrem Stiefvater. Zu Stefanie, ihrer Mutter, hatte sie ein eher gespaltenes Verhältnis. Stefanie hatte Hitler in den ersten Jahren seiner Machtübernahme vergöttert, aber inzwischen wusste auch sie, dass das Dritte Reich keine Chance hatte, tausend Jahre alt zu werden. Der Krieg war verloren, doch das Ende stand noch aus. Und das Ende, das wussten sie alle – auch wenn keiner es aussprach –, würde furchtbar sein.

Aber wem konnte man sonst vertrauen? Die Leute, das Personal, hatte Frederike immer als erweiterte Familie gesehen. So hatte es ihre Mutter gehalten und auch ihr Stiefvater, Erik von Fennhusen. Das Leben, das Wohlergehen der Leute war fast wichtiger als das der Familie. Denn ohne die Leute, ohne das Personal und die Angestellten, war der Gutshof verloren. Also kümmerte man sich um sie. Aber als die Nazis immer mehr an Macht und Einfluss gewannen, veränderte es sich. Plötzlich waren die Leute braun … sie traten der Partei bei. Und dann wurden die Gutsherren beäugt und bespitzelt. So hatte es Frederike erlebt, zunächst auf Fennhusen, dann auch auf Mansfeld. Irgendwer hatte ihren Mann und ihre Schwiegermutter angeschwärzt, irgendwer, der im Haus arbeitet oder in der Nähe. Aber vielleicht war es auch eins der BDM-Mädchen gewesen, die bei ihnen einquartiert waren. Mit ihnen war Frederike nie wirklich warm geworden, sie schienen aus einer anderen Welt zu kommen.

Anderseits hatte sie heute das komplette Gegenteil erlebt – Fremde, die freundlich waren, hilfsbereit und offen. Frauen, die verzweifelt um das Überleben kämpften, die Hüllen fallen ließen und hochherzig handelten. Frauen wie Anna, die sicher nicht selbstlos war, aber dennoch ohne Scheu und mit viel Mut. Sie war mit Frederike zwei Stunden durch die nun noch fremdere Stadt gelaufen, ohne zu wissen, was sie erwartete. Das war vielleicht ihrer Hoffnungslosigkeit geschuldet, aber auch die anderen Frauen, die Frederike am Gefängnis getroffen hatte, waren zum Teil sehr offen und freundlich gewesen. Möglicherweise lag es an dem Schicksal, das sie teilten. Das wog inzwischen mehr als alle Klassendünkel. Verhaftet wurde in allen Schichten, niemand konnte mehr sicher sein. Und wenn es denn passiert war, dann gab es kaum Auswege. Das wussten alle.

Was mochte Charlotte über sie denken, fragte Frederike sich, während sie in den Salon ging.

»Ich trinke nur Soda«, sagte Charlotte und legte die Hand auf ihren leichtgewölbten Bauch, »aber wir haben noch bescheidene Vorräte an Spirituosen. Was möchtest du?« Sie wies auf die Bar, die in der Anrichte neben dem Fenster eingerichtet war.

Frederike studierte die Flaschen. »Ich nehme einen Gin, gerne mit Soda.«

»Wir haben auch noch Tonic. Er ist aber nicht gekühlt. Wie auch, in diesen hitzigen Bombentagen?«, sagte Charlotte und setzte sich an den kleinen Kamin, streckte die Beine aus.

»Was machst du hier in Berlin?«, fragte Frederike und mixte sich ihren Drink, setzte sich dann in den anderen Sessel, gegenüber von Charlotte.

»Die letzte Schwangerschaft war ... nun sagen wir – nicht so einfach. Deshalb wollte ich einen Spezialisten sehen. Professor Fischer ist eine Koryphäe, ich habe morgen einen Termin bei ihm. Wäre das nicht so, hättest du heute niemanden hier angetroffen.« Wieder musterte Charlotte Frederike schneidend.

Erst wandte Frederike den Blick ab, aber dann sah sie Charlotte direkt an.

»Was ist los?«, fragte sie. »Du magst mich nicht, das weiß ich. Aber ich weiß nicht, warum.«

»Das ist nicht dein Ernst.« Charlotte lachte auf. »Natürlich weißt du das.«

»Nein, ich weiß es wirklich nicht. Habe ich dich irgendwann einmal verletzt? Etwas Dummes gesagt? Ich kann mich nicht erinnern. Was auch immer ich dir angetan habe, es tut mir leid, und es sollte heute keine Rolle mehr spielen.«

»Leider tut es das doch.« Charlotte ließ den Eiswürfel in ihrem Glas kreisen. »Und das wird sich auch nie ändern. Und ich fürchte, das liegt nicht in deinem Ermessen.« Sie seufzte.

Frederike trank einen Schluck von ihrem Gin, senkte den Kopf und dachte nach. »Ich versteh dich nicht«, sagte sie dann leise. »Erkläre es mir bitte.«

»Es liegt an dir, und dennoch trägst du keine Schuld, aber es fällt mir schwer, das einzugestehen«, sagte Charlotte. »Du bist mit zu Mansfeld verheiratet, ihr habt Kinder, und es scheint, als wäret ihr glücklich miteinander.« Sie lachte, es klang nicht belustigt. »Schließlich machst du dich auf den beschwerlichen Weg, ihn im Gestapogefängnis zu besuchen. Ich meine – wer macht das, wenn er seinen Mann nicht liebt?«

»Natürlich liebe ich Gebhard«, sagte Frederike irritiert. »Wir sind verheiratet …«

»Verheiratet zu sein ist keine Garantie für die Liebe.«

»Das stimmt, aber Gebhard und ich … wir lieben uns, auch wenn es manchmal schwer ist. Das wirst du doch kennen.« Frederike sah Charlotte an.

»Und ob ich das kenne. Mein Mann liebt nämlich eine andere.« Ihre Stimme klang kalt und abwesend. Frederike schauderte, obwohl das Feuer im Kamin prasselte.

»Wirklich?«

»Tu nicht so. Du bist es, die er liebt.«

»Aber …« Frederike schluckte. »Nein, das kann nicht sein. Ich versichere dir …«

»Ich weiß, dass ihr nichts miteinander habt, aber in seinem Herzen bist du, nicht ich. Was ist mit deinem Herzen? Wer ist dort?«

»Gebhard«, sagte Frederike ohne Zögern.

Charlotte nickte. »Ich glaube es dir. Und dennoch …«

»Wie kommst du darauf, dass Rudolph mich …« Frederike schluckte, sie konnte es nicht aussprechen, es war zu ungeheuerlich.

»Er hat mir erzählt, dass ihr befreundet wart, mehr sogar.«

Frederike senkte den Kopf. Sie hatte nie jemandem von ihrer Affäre mit Rudolph erzählt, noch nicht einmal ihrer besten Freundin Thea.

»Wir waren Freunde – schon vor meiner ersten Ehe mit Ax von Stieglitz. Ich heiratete Ax, ohne zu wissen, wie krank er war. Kurz nach unserer Vermählung ging er nach Davos, um sich zu kurieren. In der Zeit habe ich Rudolph ein paar Mal auf Gesellschaften getroffen. Er kam sogar nach Sobotka, um Pferde aus meiner Zucht zu kaufen. Aber da war nie etwas außer Freundschaft«, log Frederike und schämte sich dafür. Allerdings, so sagte sie sich, lag die Beziehung zu Rudolph vor seiner Ehe mit Charlotte. Nie hätte sie gedacht, dass er noch tiefere Gefühle für sie hegte.

»Ich weiß von deiner tragischen ersten Ehe, du hast mir immer leidgetan«, sagte Charlotte.

»Du musst mir erklären, wie du darauf kommst, dass Rudolph mich liebt. Wirklich. Ich meine«, Frederike zeigte auf Charlottes Bauch, »das ist nun Nummer fünf?«

»Eigentlich ist es meine sechste Schwangerschaft, ein Kind habe ich verloren«, sagte Charlotte traurig.

»Oh, das tut mir leid. Ich habe auch ein Kind verloren. Es war ganz und gar schrecklich. Und die nächste Schwangerschaft war grauenvoll. Ich hatte so eine Angst, dass sich alles wiederholt.«

»Du auch? Ja, die Angst begleitet mich. Deshalb bin ich gegen Rudolphs Willen nach Berlin gefahren. Morgen werde ich mehr wissen.«

Inzwischen war das Zimmermädchen gekommen, hatte die Fenster gewissenhaft verdunkelt und Petroleumlampen aufgestellt.

»Die Petroleumlampen haben so etwas Heimeliges«, sagte Frederike. »Wir haben zwar überall Elektrizität auf Mansfeld, stellen aber inzwischen auch meist die alten Lampen auf.«

»Wir müssen – oft fällt der Strom aus. An manchen Tagen gibt es gar keinen mehr, und es wird immer schlimmer. Zum Glück ist das Wetter heute schlecht. Ich habe bisher zweimal einen Luftangriff mitbekommen – es ist beängstigend.«

»Der Krieg wird nicht mehr lange dauern«, sagte Frederike mit mehr Zuversicht, als sie wirklich hatte. »Aber ich bitte dich, lass uns noch einmal darauf zurückkommen, was du zuvor gesagt hast. Ich versichere dir, da ist nichts zwischen deinem Mann und mir.«

»Dennoch liebt er dich. Ich spüre es.«

Frederike rieb sich müde über den Nacken, der Tag war lang und anstrengend gewesen. »Ich denke, du täuschst dich, wirklich. Ich weiß, wie sehr man sich in der Schwangerschaft verändert, wie überempfindlich man wird.«

Charlotte warf ihr einen wütenden Blick zu. »Und ich weiß, was ich sehe und höre, und kann es einschätzen, Freddy«, sagte sie.

»Aber es gibt doch gar keinen Grund …«

»Doch«, unterbrach Charlotte sie. »Rudolph spricht viel von dir. Das hat nachgelassen, weil er merkte, dass es mich irritiert. Aber wenn er über dich und deine Familie spricht, dann hat sein Gesicht einen besonderen Ausdruck, ein inneres Lächeln. Ich weiß nicht, ob du verstehst, was ich meine. Er nimmt viel Anteil an euch, an dir. Da war die Geschichte mit deinem Schwager – alle wissen es, aber keiner spricht darüber. Ein Diplomat, der Staatsverrat begeht, einer, der den Führer stürzen will. So viel Mut …« Sie stockte, schaute auf ihre Hände, die sie im Schoß gefaltet hielt. »Und dann kam der zwanzigste Juli. Rudolph hat das Rundfunkgerät gar nicht mehr ausschalten wollen. Er hat alle Nachrichten dazu gelesen, immer nach deinem Namen oder dem deines Mannes gesucht. Und dann haben wir gehört, dass Gebhard verhaftet wurde; er war sich sicher, dass es deswegen war.«

»Nein, damit haben wir nichts zu tun«, sagte Frederike und setzte sich auf. »Ich glaube wirklich, du siehst Gespenster. Mit Rudolph habe ich nur oberflächlichen Kontakt – so wie mit vielen anderen auch.«

»Und dann bist du ausgerechnet hierher gekommen, um Zuflucht zu suchen …«

»Aber das war … Zufall. Nein, war es nicht. Mir fiel einfach niemand anderer ein. Sonst habe ich immer bei den von Larum-Stil gewohnt, aber sie sind jetzt in Schweden. Und alle anderen, die in Berlin gelebt haben, sind entweder weg oder ausgebombt. Ich wusste ja noch nicht mal, ob ihr die Wohnung noch habt, ob das Haus noch steht. Ich war so verzweifelt, dass ich es einfach probiert habe. Und ich bin dir sehr dankbar, dass du mich aufgenommen hast.«

»Rudolph hätte es mir nie verziehen, wenn ich dich abgewiesen hätte.«

»Ach Charlotte, er hätte es doch gar nicht erfahren.«

Charlotte sah sie an. »Du hättest es ihm geschrieben …«

»Nein, das hätte ich nicht. Warum auch? Bitte glaube mir, da ist nichts zwischen uns.« Frederike holte tief Luft, schlug dann die Hände vor das Gesicht. »Ich mache mir so große Sorgen um Gebhard. Ich habe nichts von ihm gehört, meine Briefe wurden nicht beantwortet, und heute sagte man mir, dass er verlegt worden sei. Außerdem soll er krank sein. Aber was er hat, das weiß ich nicht.«

Charlotte schluckte hörbar. »Es tut mir leid«, sagte sie dann leise. »Das muss schrecklich sein.« Charlotte biss sich auf die Lippen. »Wir beide werden sicher nie die besten Freundinnen werden, aber ich bin froh, dass wir diese Aussprache hatten und ich dir meine Gefühlslage schildern konnte. Ich glaube dir, dass von deiner Seite aus keine tieferen Gefühle bestehen, ich sehe ja, wie sehr du dich um Gebhard ängstigst.« Sie hielt inne. »Vielleicht habe ich mir das alles wirklich nur eingebildet. Nichts für ungut, Freddy.«

»Mach dir keine Gedanken, Charlotte. Bitte.«

»Dein Zimmer sollte nun fertig sein. Wir haben nicht immer fließendes Wasser, und der Badeofen geht schon lange nicht mehr, aber in der Küche sollten sie ein paar Krüge mit heißem Wasser bereithaben, so dass du dich frisch machen kannst. Ich spreche mit der Köchin, irgendetwas wird sie sicher für das Abendessen gezaubert haben. Sie ist so einfallsreich und geschickt, aber manchmal wünsche ich mir eins unserer früheren Diners zurück – mit etlichen Gängen, gutem Wein und Vielfalt. Ich kann Mehlspeisen und Rüben nicht mehr sehen.« Sie lächelte traurig.

»Ich weiß ganz genau, was du meinst«, sagte Frederike und stand auf.

Tatsächlich war ihr Zimmer vorbereitet worden, das Fenster war verdunkelt, so wie es Vorschrift war, auf dem Nachttisch brannte nur eine kleine Kerze, und ein Krug mit warmem Wasser stand auf dem Waschtisch. Frederike zog sich aus und wusch sich den Staub ab. Es tat so gut, der Staub und die Asche schienen alle Poren zu verstopfen. Ihre Haare wusch sie nicht – zum einen reichte das Wasser nicht, zum anderen hatte sie nichts dabei, um sie anschließend in Form zu bringen. Zu ihrer Erleichterung entdeckte sie nicht nur eine frische Zahnbürste, sondern auch eine Haarbürste auf dem Waschtisch. Sie setzte sich auf das Bett, beugte sich vorneüber und bürstete die Haare aus – wieder und wieder.

Es klopfte an der Tür.

»Wer ist da?«, fragte Frederike, noch in Unterwäsche.

»Eure Zofe, jnädige Frau«, sagte Anna. »Darf ick eintreten?«

»Was willst du denn?«

»Na, Ihnen dienen, jnädige Frau. Wie et meene Aufjabe is.«

»Komm herein.«

»Die andere Jnädigste hat mir diese Kleider jeben lassen«, sagte Anna und schloss die Tür wieder hinter sich, legte ein Bündel Kleider auf das Bett. »Weil de ja nüscht mithast.« Sie sah sich in dem Zimmer um, holte dann tief Luft. »Wusste ja nich, dat de so 'ne Vornehme bist. 'ne Jnädigste.«

Frederike sah sie an und lachte auf. »Ich bin eine Frau, so wie du.«

»Aber du bist 'ne Jnädigste. Is deen Mann deswegen verhaftet? Hat er was mittem Attentat zu tun?«

Frederike stockte der Atem, ihr schwindelte. Auf einmal holte sie die Vergangenheit ein, alles, was Caspar getan hatte. Doch halt – nein, das stimmte ja nicht –, Anna meinte nicht die Septemberverschwörung, sie ging sicher davon aus, dass Gebhard etwas mit dem Attentat im Juli zu tun hatte, weil sie adelig waren. Die meisten Beteiligten stammten aus dem Adel. Und jeder andere Adlige, der sich etwas gegen das Regime zuschulden kommen ließ, was ja nicht schwer war, wurde plötzlich damit in Zusammenhang gebracht.

»Nein, damit haben wir nichts zu tun«, sagte Frederike steif.

»Schade. Hätte mich jefreut, solche Leute zu kennen«, sagte Anna und setzte sich auf den Stuhl am Waschtisch. »Jibt nich viele, die sich gegen den Führer auflehnen.«

Frederike sah sich um, spitzte die Lippen. »Pst«, sagte sie. »Manche Wände haben Ohren.«

»Oh, ick hab jeglaubt, dass wa bei einer Freundin von dir sind.«

»Nein, sie ist nur eine Bekannte, und wie das mit ihren Bediensteten ist … ich habe schon genug Ärger am Hals. Bitte versteh das.«

Anna nickte. »Ja, kann ick verstehen. Ick hab nüscht zu verlieren, du schon, denk ick ma.« Sie stand auf. »Ick darf bei den Bediensteten mitessen. Wird wohl 'ne bessere Mahlzeet sein, als ick se lange jehabt hab. Und 'n Bett hab ick och heute Nacht. Danke.« Damit ging sie.

Frederike blieb auf dem Bett sitzen und schaute auf die nun wieder geschlossene Tür. Was für eine Art Leben mochte Anna haben? Ihr Mann saß ebenfalls im Gefängnis, aber im Gegensatz zu ihr hatte Anna kein Zuhause mehr. Frederike dagegen wusste, dass in Mansfeld ihre Heimat und ihre Zuflucht waren. Und immer sein würden. Der Krieg würde in nicht allzu ferner Zukunft enden und das Dritte Reich in Schutt und Asche untergehen, hier in Berlin konnte man es schon sehen. Die Alliierten standen an allen Grenzen, hatten manche schon überschritten. Mittlerweile wünschten sich die meisten das Ende des Krieges sehnlichst herbei, auch wenn es eine Niederlage bedeutete.

Hitler hatte seine Versprechen nicht einlösen können, im Gegenteil, er hatte nur unendliches Leid gebracht. Und dennoch gab es immer noch die Verblendeten, die an den Endsieg glaubten. Noch immer wurden andere denunziert, und sei es nur, um sich selbst zu schützen. Man lebte in ständigem Misstrauen. Aber wie schon zuvor, spürte Frederike, dass zwischen ihr und Anna eine Art von Offenheit und spontaner Vertrautheit war – das Gefühl, Erfahrungen zu teilen. Sie saßen zwar nicht in demselben Boot, aber schipperten über den gleichen Ozean.

In Gedanken versunken nahm Frederike die Kleider und schaute sie sich an. Sie stammten offensichtlich aus Charlottes Garderobe. Rudolphs Frau hatte eine ähnliche Figur wie Frederike, die Sachen sollten ihr passen, aber es fiel ihr schwer, sie anzuziehen, zu deutlich war Charlottes Abneigung ihr gegenüber zu spüren gewesen. Liebte Rudolph sie tatsächlich immer noch? Seufzend sank Frederike zurück in die Kissen, dachte nach.

Rudolph war eine Zeitlang ein wichtiger, vielleicht der damals wichtigste Bestandteil ihres Lebens gewesen. Sie hatte ihn geliebt – mit Haut und Haaren, mit allem, was sie an Gefühlen hatte. Er hatte sie aus dem Tief ihrer glücklosen und unerfüllten Ehe gerettet, seine Liebe hatte ihr die Kraft und den Mut gegeben, weiterzumachen. Dennoch hatte es nicht dazu gereicht, sich von Ax scheiden zu lassen. Nicht nur die gesellschaftlichen Zwänge hatten eine Scheidung für Frederike unmöglich gemacht. Es hatte noch andere Gründe für sie gegeben, mit Rudolph zu brechen und bei Ax zu bleiben. Rudolph war jung und voller Abenteuerlust. Er war unstet, und Frederike war sich nicht sicher, ob er ihr ein gefestigtes Leben hätte bieten können.

Anscheinend hatte die Trennung aber etwas in ihm bewirkt – denn mit Charlotte zusammen bewirtschaftete er nun das elterliche Gut in Schlesien, und auch die bald fünf Kinder sprachen dafür, dass die Ehe Substanz hatte.

Auch wenn Charlotte meinte, dass Rudolph Frederike liebte, er musste zumindest große Zuneigung für seine Frau empfinden, und das war mehr, als manche Ehe zu bieten hatte.

Und Gebhard? Sie liebte Gebhard inniglich. Sie liebte ihn anders als Ax, den sie zuerst eher angehimmelt und später verachtet hatte. Mit Rudolph hatte sie eine junge und ungestüme Leidenschaft verbunden und ganz sicher auch das kribbelnde und aufregende Gefühl, etwas Verbotenes zu tun. Aber Gebhard war ihr Fels in der Brandung. Er war verlässlich, ruhig, manchmal fast schon stoisch, hatte einen feinfühligen, sehr trockenen Humor, den sie überaus schätzte.

In den letzten Jahren, in den Jahren des Krieges und der übermächtigen Naziherrschaft, hatten sie sich allerdings ein wenig verloren. Gemeinsame Zeit gab es nur wenig, und wenn Gebhard sich tatsächlich einmal etwas Freiraum nahm, dann um ihn mit ihren Kindern zu verbringen, die er mehr liebte als sein Leben. Gebhard war ein Familienmensch, er stand für seine Brüder und seine Mutter ein – das nahm ihm die Zeit für seine Frau. Aber Frederike verstand es, auch wenn sie manches Mal enttäuscht war. Bald würde der Krieg enden, und dann würde endlich alles besser werden.

Doch erst einmal musste Gebhard die Haft überleben, das war momentan ihre größte Sorge. Sein Gesundheitszustand und die Tatsache, dass er womöglich mit dem Attentat im Juli in Verbindung gebracht wurde. Natürlich kannten sie einen Teil der Attentäter – sie alle kannten sich ja untereinander, der deutsche Adel war zum größten Teil miteinander verschwippt und verschwägert. Selbst wenn es keine verwandtschaftlichen Verbindungen gab, hatte man sich meist irgendwo schon mal getroffen. Manch einer der Angeklagten war überraschend schnell verhaftet und verurteilt worden, und das Urteil wurde fast sofort vollstreckt. Davor fürchtete sich Frederike am meisten, dass es Gebhard ebenso gehen würde. Sie wollte ihren Mann sehen, sprechen, ihn anfassen. Ihn wieder mit nach Hause nehmen zu können war allerdings so gut wie utopisch, egal, welche Schreiben sie auch vorlegte.

Je mehr das Reich gegen die Alliierten in die Defensive geriet, umso härter wurden die Maßnahmen gegen ungehorsame Bürger. Natürlich versuchte Hitler mit aller Macht, einen Aufstand zu verhindern und mit strengen Maßregelungen abzuschrecken. Er erreichte allerdings das Gegenteil, der Unmut und das Murren wurden immer größer. Die ständigen Bombardements gaben dem Volk den Rest.

Der Gong ertönte.

Ach, wie schön, dachte Frederike und lächelte zum ersten Mal an diesem Tag. Ich liebe diese alten, diese guten Rituale. Schnell schlüpfte sie in ein Kleid von Charlotte, zog den Gürtel fest und nahm eine der Strickjacken, obwohl die Kohleheizung glomm, war es kalt und zugig. Die Jacke fühlte sich wunderbar weich und warm an und verströmte einen leichten Duft von einem blumigen Parfüm, ein sommerlicher Geruch, der Frederike schmunzeln ließ.

Sie war gerade in die Schuhe geschlüpft, die das Mädchen zum Glück geputzt hatte, als der Gong das zweite Mal ertönte. Frederike trat in den Flur und ging zum Esszimmer, wo Charlotte schon auf sie wartete.

»Wir haben nicht viel …«, entschuldigte sie sich.

Frederike schnupperte. »Eine gute heiße Suppe? Das ist alles, was ich jetzt brauche.«

Es war mit gutem Geschirr eingedeckt worden, die Suppe stand in einer großen Terrine auf dem Tisch. Charlotte tat ihnen beiden auf, setzte sich dann. Sie hob ihr Glas, sah Frederike an.

»Es gibt genug Feindseligkeit in dieser Welt, lass uns beide Frieden halten.«

»Ich danke dir.«

Während des ersten Ganges schwiegen beide und hingen ihren Gedanken nach. Dann wurde die Suppe abgetragen und Kartoffeln, Soße und Speck gebracht.

»Ich hätte dir gerne ein ordentliches Stück Fleisch serviert, aber …«, sagte Charlotte entschuldigend.

»Ich bitte dich, du wusstest doch noch nicht mal, dass ich so unverhofft vor deiner Tür auftauchen würde. Und ich liebe Kartoffeln mit Soße. Ich sehe uns schon Weihnachten mit Steckrüben in allen Varianten dasitzen. Dabei mag ich Steckrüben – aber nur in Maßen.«

Charlotte lachte. »Ja, Steckrüben, Kartoffeln, Runkelrüben und Karotten. Dolphi sagte neulich, dass wir uns wohl immer mehr zu Karnickeln entwickeln, was die Ernährung angeht. Dabei haben wir es ja noch gut auf dem Land und hin und wieder auch Fleisch.«

»Habt ihr viel mit Fliegerangriffen zu tun?«

»Nein, fast gar nicht. Anfang Oktober gab es Bomben auf Breslau, aber das hielt sich noch in Grenzen. Nichts im Vergleich zu Berlin. Und bei euch?«

»Manchmal geht eine Bombe wohl verfrüht ab und … nun ja.« Frederike senkte den Kopf. Erst dreimal hatte sie das mitgemacht, aber es war jedes Mal schrecklich gewesen. Es gab Fliegeralarm, wenn die Staffeln, die über Berlin flogen, gesichtet wurden. Man wusste ja nicht, wo sie ihre Bomben abwerfen würden. Die Sirenen an sich waren schon schrecklich. Aber wenn dann das Pfeifen der fallenden Bombe zu hören war, der kurze Moment der Stille, bevor sie aufschlug, das ohrenbetäubende Krachen, der Luftdruck, den man spürte, auch wenn man weiter entfernt war – das war furchtbar und beängstigend. Sie hatten nur ein paarmal Fehlabwürfe erlebt – Bomben, die zu früh ausgeklinkt worden waren und in der Umgebung niedergingen. Frederike mochte sich gar nicht vorstellen, wie es den Leuten in Berlin erging, die tatsächlich betroffen waren. Deren Häuser in Schutt und Asche fielen, die in den Bunkern saßen, Tag für Tag und Nacht für Nacht. Die aus den Bunkern kamen und vor dem Nichts standen, vor rauchenden Trümmern. Auf dem Weg hierhin hatte sie Häuserblocks gesehen, die nur zur Hälfte zerstört worden waren –

man konnte in die Wohnungen schauen, sah Bilder an den Wänden, einen Sessel, der mit drei Beinen noch auf dem Boden stand, das vierte Bein schwebte aber schon über dem Abgrund.

So etwas gab es in der Prignitz nicht.

Die beiden Frauen sahen sich an und schlossen in dem Krieg, der um sie herum herrschte, Frieden miteinander. Den Rest des Abends verbrachten sie damit, sich über Probleme bei der Kindererziehung und der Gestaltung des Gutshaushaltes auszutauschen. Dabei entdeckten sie viele Gemeinsamkeiten.

»Es kommen inzwischen immer mehr Flüchtlinge aus Ostpreußen«, sagte Charlotte. »Wir versuchen, sie unterzubringen, aber ich fürchte, das ist erst der Anfang.«

»Wir bekommen Ausgebombte einquartiert. Bisher hatte ich Glück, aber ich weiß – gerade nachdem ich hier durch die Straßen gegangen bin –, das wird noch mehr werden.«

»Wir sollen sie ernähren«, seufzte Charlotte. »Und ich frag mich, womit?« Sie schüttelte den Kopf. »Wir können nicht alle Vorräte abgeben, der Winter kommt doch erst noch. Und wer weiß, wie streng er wird.«

Frederike nickte. »Was glaubst du? Wie wird es werden?«

Als Nachtisch hatte es einen schönen Pudding mit Früchten gegeben. Das Mädchen räumte Schalen ab.

»Sollen wir in den Salon gehen?«, fragte Charlotte. »Da brennt der Kamin, und du kannst sicher noch einen Drink vertragen.«

Sie wechselten den Raum, so wie es früher immer Usus gewesen war. Doch früher waren die Männer im Speisesaal verblieben, hatten dort ihre Zigarre geraucht und dazu einen Digestif genommen.

Die Damen gingen in den Salon, nahmen einen Port oder Sherry zu sich, manchmal auch einen Brandy, und in jüngster Zeit Mixgetränke mit Gin, Eis und Zitrone. Zitrone gab es allerdings nicht mehr.

»Was willst du trinken?«, fragte Charlotte und klang nervös.

»Es ist mir so egal«, antwortete Frederike, setzte sich an den Kamin und schaute in die Flammen. Wo mochte Gebhard heute Abend sein, und wie ging es ihm?

Charlotte trat an die Bar. »Bourbon, Gin, Whisky, Absinth.«

»Ich trinke es in der Reihenfolge«, sagte Frederike und lachte bitter auf. »Nein, Unfug. Ich nehme einen Gin mit Tonic, wenn du hast, ansonsten reicht auch Eis.«

»Das Eis ist vorzüglich.« Charlotte grinste schief. »Mit mehr kann ich nicht aufwarten.«

»Alles gut«, sagte Frederike und nahm das Glas mit Gin und Eis, das Charlotte ihr reichte. Sie trank einen Schluck, schloss die Augen.

»Was wirst du morgen tun?«, fragte Charlotte.

»Ich will früh aufbrechen und nach Potsdam fahren.« Mit einem Mal fühlte Frederike sich unendlich müde. Ihre Knochen taten ihr weh, in ihrem Kopf schien plötzlich ein Specht zu wohnen, der gegen die Schläfen hämmerte, und sie spürte Muskeln, die gestern noch nicht da gewesen waren. Dies war einer der anstrengendsten Tage ihres Lebens gewesen. Bisher. Es lag gar nicht mal so sehr an den Strecken, die sie zurückgelegt hatte, sondern vielmehr an der inneren Anspannung. Immer wieder hatte sie, wie alle anderen auch, nach oben geschaut, gen Himmel, hatte die Bomber erwartet, die über die Stadt herfielen wie ein Schwarm wütender Bienen, summend, brummend, zischend, fauchend.

Dann die Angst, als sie im Gefängnis vorsprechen musste. Sie saß ihr im Nacken, in den Kniekehlen, im Kreuz und lastete auf ihrer Brust. Die Luft in Berlin war voller Staub und Asche, jeder Schritt wirbelte sie hoch, aber die Angst lag darüber wie eine dicke Decke.

»Mein Chauffeur kann dich fahren, wir haben den Wagen hier«, sagte Charlotte wie beiläufig. »Ich brauche ihn nicht, er kommt eh nicht durch die Straßen zur Charité.«

Frederike öffnete die Augen und sah Charlotte an. Für einen Moment überlegte sie, doch dann schüttelte sie den Kopf. »Wenn er mich zum Bahnhof bringt, das würde ich annehmen, aber alles Weitere nicht.«

»Gut«, sagte Charlotte und stand auf. Sie reichte Frederike die Hand. »Es ist noch Gin da, wenn du möchtest.«

»Danke.« Frederike erwiderte den Händedruck, sah Charlotte an. »Danke für alles. Du hast ein großes Herz. Ich weiß nicht, ob ich es hätte.«

»Mit deinem unangekündigten Besuch hast du mir einen großen Gefallen getan. Mir ist viel klargeworden. Ich habe dich lange gehasst und hätte es nicht gemusst. Dich trifft keine Schuld. Ich wünsche dir und Gebhard das Beste, dass ihr wieder zusammenkommen könnt. Das wünsche ich euch von Herzen.«

»Ach, Charlotte«, sagte Frederike leise, »trag Dolphi nichts nach. Er mag Träume haben, aber wer hat die nicht. Er lebt mit dir zusammen, zeugt eure Kinder.« Sie wies auf Charlottes Bauch. »Die Gegenwart und die Realität zählen so viel mehr. Gerade in unseren Zeiten. Was haben wir denn noch, außer unseren Familien?«

Charlotte nickte, dann erhob sie sich und ging aus dem Zimmer. Leise fiel die Tür hinter ihr ins Schloss. Frederike überlegte, ob sie sich noch ein Glas gönnen sollte, entschied sich aber dann dagegen. Der nächste Tag würde wieder lang und anstrengend werden, es war Zeit, ins Bett zu gehen.

Kapitel 3

·◆·

Am nächsten Morgen stand Frederike früh auf. Sie wusch sich mit dem kalten Wasser, das noch in dem Krug war, zog sich an und packte ihre Siebensachen zusammen. Sie wollte niemanden wecken, Charlotte schon gar nicht. Kurz hatte sie darüber nachgedacht, Anna zu wecken, aber dann hatte sie sich dagegen entschieden. Anna sollte ausschlafen – schlafen, in einem richtigen Bett mit sauberer Bettwäsche, der Möglichkeit, sich am Morgen zu waschen, und natürlich würde sie ein ordentliches Frühstück bekommen. Vielleicht das letzte Mal für einige Zeit. Das wollte sie ihr nicht nehmen.

Frederike griff nach ihrem Korb und schlich durch den Flur. Das Personal war schon wach, die Öfen waren angeheizt worden, in der Küche klapperten die Töpfe und Pfannen. Es roch nach gebratenem Speck und frischem Brot, Frederike lief das Wasser im Mund zusammen. Dennoch wollte sie kein weiteres Aufheben mehr um sich machen, sondern nur verschwinden.

»Du willst gehen? Jetzt? Einfach so?«, fragte Charlotte und trat aus dem Esszimmer.

»Du bist schon auf?«

»Ich habe nicht viel geschlafen«, gestand Charlotte und legte die Hand auf ihren gewölbten Bauch. »Ich muss immerzu an das Baby denken und frage mich, ob es diesmal gutgeht.«

»Das kenne ich so gut. Ich habe die ganze Schwangerschaft über mit Klein Gebbi Angst gehabt, ich konnte es keine Sekunde genießen. Erst als er atmend und greinend in meinen Armen lag, waren die Sorgen verschwunden.«

»Komm, iss noch etwas. Dein Tag wird sicherlich wieder lang und anstrengend werden. Ich fahre heute Nachmittag zurück auf das Gut, aber die Haushälterin bleibt hier. Wenn du also wieder eine Unterkunft brauchst, komm einfach hierher.«

»Danke, Charlotte, ich weiß das sehr zu schätzen.«

Es gab eine kleine Tasse mit echtem Bohnenkaffee, Eier, Speck, frisches Brot, Butter und Marmelade.

»Was ist mit deinem Mädchen?«, fragte Charlotte. »Begleitet sie dich nicht?«

Frederike senkte den Kopf. »Sie ist nicht bei uns angestellt. Ich habe sie gestern im Zug getroffen. Sie ist ausgebombt und weiß nicht, wo sie hinsoll. Aber sie hat mir sehr geholfen, mich in dem Chaos und Schutt zurechtzufinden. Ohne sie wäre ich nicht hierhergekommen. Vermutlich hätte ich auf dem Bahnhof übernachten müssen.«

»Oh. Und was passiert jetzt mit ihr?«

»Es wäre schön, wenn sie noch ein Frühstück bekäme. Dann wird sie sich sicher wieder auf den Weg machen und … ich weiß nicht, was sie dann macht.«

»Sie ist hier aus Berlin?«

Frederike nickte.

»Meine Haushälterin ist ein wenig unwirsch, weil ich alle anderen Leute wieder mit auf unser Gut nehmen werde. Sie bleibt alleine zurück. Sie ist aus der Stadt, kennt sich aus. Wir wollen, trotz der schlimmen Verhältnisse und der Bombardierungen, die Wohnung nicht komplett leer stehen lassen. Dolphis Geschwister nutzen sie, ebenso meine Familie. Hin und wieder zumindest.« Charlotte runzelte die Stirn, nahm sich noch eine Scheibe des dampfenden Brots, bestrich sie mit Butter. »Man weiß ja nicht, was wird. Vielleicht wird

Berlin komplett zerstört. Vielleicht aber erreichen die Alliierten schon in zwei Wochen einen Waffenstillstand.« Sie seufzte.

»Leider können wir nicht in die Zukunft schauen.« Frederike trank ihren Kaffee bedächtig, versuchte, jeden Schluck zu genießen.

»Das stimmt. Aber … diese Frau, ich meine, vertraust du ihr?« Charlotte sah Frederike forschend an.

»Das kann ich dir nicht sagen, ich kenne sie ja kaum. Sie hat mir sehr geholfen, ohne sie wäre ich verloren gewesen. Aber ob ich ihr vertraue? Meine Hand kann ich nicht für sie ins Feuer legen …«

»Das Familiensilber und andere Wertgegenstände haben wir schon mitgenommen. Und wenn die Russen hier einfallen oder uns eine Bombe trifft …« Charlotte sah sich um. »Um einige Dinge wäre es schade, aber es sind nur Gegenstände. Wenn dein Mädchen hier bei meiner Haushälterin bleiben würde, dann wäre das eine große Erleichterung für mich.«

»Sie ist nicht bei mir angestellt, du musst Anna schon selbst fragen.«

»Wat fragen?« Eine verschlafen aussehende Anna tauchte im Türrahmen auf. »Ick hab jehört, dat ihr über mich sprecht, wa?« Sie rieb sich die Augen, strich sich das strubbelige Haar aus der Stirn.

Charlotte schluckte. »Nun, vielleicht«, wisperte sie, »sollte ich die Idee noch einmal überdenken.«

Frederike lächelte. »Setz dich, Anna«, sagte sie beherzt und ging zur Anrichte, holte Teller und Besteck, legte Anna auf – Speck und Rührei, frisches Brot, echte Butter und Marmelade.

Anna sah sie an. »Dit darf ick essen? Ehrlich?«

Frederike nickte. »Natürlich, nicht wahr, Charlotte?«

»Ja, ja.«

»So wat hab ick seit Monaten noch nich mal zu Jesicht bekommen«, sagte Anna und aß gierig. »Is nich so einfach hier«, ergänzte sie mit vollem Mund, stopfte noch einmal nach. »Immer de Bomben.

Tagsüber kommen de Tommys und nachts de Amis. Ruhe ham wir hier nur, wennet regnet oder nebelig is.«

»Wo wohnen Sie?«, fragte Charlotte.

»Hatten 'ne schöne Wohnung am Alex, sind aber ausjebombt worden. Dann hatte ick 'n Zimmer inner Nähe – bin wieder ausjebombt worden. Da hamse mir jesacht, ich könnte ins Sudetenland oder aber nach Schlesien, will ick aber nich. Mein Oller is ja hier. Den lass ick ja nich alleene.«

»Wo ist Ihr Mann denn?«

»Na, ins Jefängnis. So wie der Olle vonner Jnädigsten«, sagte Anna, schaute kurz zu Frederike und biss in ihr Brot.

»Weshalb wurde er festgenommen?«

Anna lachte. »Is 'n Kommunist, wa? Da konnten die Nazis tun und tönen, er is aber Kommunist jeblieben. Und jetzt hamse ihn verhaftet, die Schweine.«

»Wo leben Sie denn jetzt?«

Anna zuckte mit den Schultern. »Mal hier, mal da, inne Ruinen. Davon jibt et ja jenug, und wöchentlich kommen mehr dazu.«

»Nun«, Charlotte räusperte sich. »Ich hätte da einen Vorschlag …« Zuerst klang sie zögerlich, doch dann schien sie sich immer mehr selbst zu überzeugen. »Solange das Haus noch steht, soll die Wohnung bewohnbar bleiben. Wir wollen sie nicht einfach abschließen und wieder auf das Gut fahren.« Sie sah Anna an, die sich eine weitere Scheibe Brot nahm. »Und deshalb frage ich mich, ob Sie nicht hier wohnen und meine Haushälterin unterstützen möchten?«

»Unterstützen? Wobee?«

Charlotte nahm sich noch eine Tasse des kostbaren Kaffees. »Nun, Gerda, meine Haushälterin, hat Angst, hier alleine zu bleiben. Man weiß ja nicht, was kommt – sind es die Amerikaner? Sind es die Russen? Und auch jetzt – was ist, wenn Bomben doch diesen Stadtteil, das Haus treffen?«

»Jibt et 'nen Bunker?«, fragte Anna sachlich.

»Im Keller. Mit Zugängen zu den anderen Kellern. Ein staatlicher Luftschutzbunker ist bei der nächsten U-Bahn-Station.«

Anna nickte. »Jerda broocht also wen, der ihr dit Händchen hält?«

Charlotte schluckte, lachte dann auf. »Ja, Sie haben den Nagel auf den Kopf getroffen.«

»Ick denk darüber nach. Heute. Jetzt jeh ick erst eenmal mit der Jnädigsten nach Potsdam.« Sie sah Frederike an, nickte ihr zu. »Ick gloob, dit wäre jut.«

»Du kommst mit?«, fragte Frederike überrascht und erleichtert.

»Na, du kennst dich ja hier mal jar nich aus, wa? Hab ick ja jestern jesehen. Ick lass dir doch nich aleene durche Straßen rennen, Jnädigste.« Sie zwinkerte Frederike zu. »Aber wir sollten sehen, dat wir Land jewinnen. Dauert ooch halt, bis wir da sin.«

Es dauerte noch ein wenig, bis sie endlich zum Aufbruch bereit waren.

»Ich müsste schon wissen, woran ich mit deiner Anna bin«, sagte Charlotte unsicher zu Frederike. Anna war schon vorgegangen, hatte den beiden etwas Zeit gelassen, sich zu verabschieden. »Ich fahre gleich in die Charité zum Professor, und dann will ich direkt weiter zum Gut. Mich hält hier nichts in der Stadt.«

»Anna hat sich zwar Bedenkzeit ausgebeten«, sagte Frederike schmunzelnd. »Aber sie hat die wenigen Dinge, die sie besitzt, hiergelassen. Sie wird zurückkommen. Sie will ein Freigeist bleiben, aber ich glaube, du hast sie sehr glücklich gemacht, und mich auch. Ich mag sie, irgendwie.«

»Damit hast du recht.« Charlotte zögerte kurz, dann umarmte sie Frederike. »Ich wünsche dir alles, alles Gute. Auch für deinen Mann und deine Schwiegermutter. Ich hoffe, wir werden uns in friedlicheren Zeiten wiedersehen.«

»Das hoffe ich auch, und nochmals vielen Dank.« Frederike rückte ein Stück weit zurück, sah Charlotte an. »Grüß Dolphi von mir. Ganz herzlich, aber ohne Hintergedanken.«

»Ja!«

Langsam ging Frederike die Treppe hinunter, den Korb fest an sich gepresst. Sie hatte immer noch warme Sachen für Heide und Gebhard im Korb, immer noch etwas Speck und Eier. Dazu waren einige andere Sachen gekommen, die ihr Charlotte gegeben hatte. Wurst, Konserven, Zigaretten. Sie nahm sie nicht gerne, denn sie fühlte sich schuldig – das war ein Erbe ihrer Erziehung. Man nahm nichts, was man nicht ausgleichen konnte.

»Mach hinne!«, rief Anna von unten und eilte zur Tramstation. Frederike lief hinter ihr her. Dieses Viertel war noch wenig betroffen von den Bomben, und tatsächlich kam eine Tram, die sie zum Hauptbahnhof brachte. Die Straßenbahn füllte sich bei jeder Station mehr, sie standen wie die Sardinen.

»Dreh dich zu mir«, sagte Anna, »den Korb zwischen uns, so gibt es weniger Jelejenheit für die Langfinger.« Sie zwinkerte Frederike zu.

»Warum kommst du mit?«, fragte Frederike erneut.

»Ick kann dir doch nich alleene jehen lassen. Und … nun … du fährst auch zur Priesterstraße?« Sie warf Frederike einen langen Blick zu.

»Natürlich. Eigentlich will ich zuerst dorthin und danach zur Lindenstraße.«

Anna überlegte. »Jau, dit is tatsächlich besser. Dat machen wir so.«

Es dauerte zwei Stunden, bis sie in Potsdam waren, es war schon Mittag, als sie endlich das Gefängnis in der Priesterstraße erreichten.

Frederike legte ihre Papiere vor.

»Das sind Besuchererlaubnisse für das Gefängnis in der Lindenstraße«, sagte der Offizier. »Die Lindenstraße ist …«

»Das weiß ich«, unterbrach Frederike ihn. »Mein Mann wurde von der Lindenstraße hierhergebracht. Das sagte man mir gestern. Ich will ihn nur sehen. Bitte.«

Der Offizier räusperte sich. »Eigentlich …«

»Bitte!«, flehte Frederike.

»Gut, ich schau mal.« Er drehte sich um, öffnete den Aktenschrank, suchte, nahm eine Akte hervor, las. »Hm. Ihr Mann liegt auf der Krankenstation …«

»Bitte, lassen Sie mich zu ihm, nur kurz.«

Der Offizier überlegte. »Nein, das geht nicht. Es tut mir wirklich leid, aber ich kann das nicht machen.«

»Ich habe hier saubere Kleidung für meinen Mann, warme Kleidung. Ich habe auch Speck und Würste, Brot, Schmalz. Ich weiß, die Lebensmittel werden ihn nicht erreichen, aber können Sie nicht wenigstens dafür sorgen, dass er die Kleidung bekommt?«

Der Offizier sah Frederike an. Er biss sich auf die Lippen.

»Ich gebe Ihnen fünf Minuten, ja? Sie dürfen kurz zu ihm. Aber nur, wenn Sie dann wieder gehen, ja? Und den Speck geben Sie mir.«

»Und wat is mit mir? Ick will meenen Ollen ooch sehen!«, rief Anna.

»Kennen Sie die Frau?«

»Ja, sie ist bei Bekannten von mir angestellt.«

»Bei wem?«, fragte er.

Frederike räusperte sich. »Von Hauptberge«, sagte sie dann leise. Würde das Charlotte und ihrer Familie Schwierigkeiten bereiten? Darüber konnte sie jetzt nicht nachdenken. Für sie gab es im Moment nur eins: Gebhard zu sehen, ihn anzufassen, zu begreifen, dass es ihn noch gab.

»Hauptberge? Das sagt mir gar nichts. Und ihr Mann ist hier inhaftiert?«

»Sie ist Haushälterin. Er ist Kommunist, leider unbelehrbar«, sagte Frederike und senkte den Kopf. Sie konnte lügen, aber sie konnte niemandem dabei in die Augen schauen.

»Ach ja, Kommunisten. Die haben wir hier. Was das soll, weiß kein Mensch. Eigentlich sollten wir sie gut behandeln, der Russe steht ja fast vor Berlin, aber ich treffe solche Entscheidungen nicht.« Er wandte sich zu Anna. »Wie heißt dein Mann?«

»Karl«, sagte sie verblüfft. »Karl Meier. Genannt Kalle.«

»Maier mit ai oder mit ei? Oder gar mit ey?«, fragte der Offizier.

»Mit ei.«

»Die Meiers sind der Adel der Bürger, gibt keinen anderen Namen, der so häufig ist. Und dann noch Karl.« Der Offizier seufzte. »Geboren 1903? Im März?«

Anna nickte.

»Ja!«, sagte Frederike laut. »Das ist er.«

»Nun gut.« Der Offizier drehte sich zu ihnen herum. »Ich heiße Alexander von Güllhoff. Bitte merken Sie sich den Namen. Alexander von Güllhoff. Meine Familie ist verarmt«, erklärte er. »Ich bin der einzige Sohn. Es gibt kein Gut.« Er holte tief und hörbar Luft. »Falls die Russen kommen … ich meine nur … ich folge nur meinen Befehlen. Wissen Sie, wie ich es meine? Ich lass Sie jetzt zu ihren Männern, ja?«

Frederike tat der Mann fast leid. Er tat seine Arbeit, folgte seinen Befehlen.

Der Offizier führte sie auf die Krankenstation, ein Raum, in dem die Betten mit Vorhängen voneinander abgeteilt waren. An der Tür ließ er sie stehen, rief nur nach der Krankenschwester. »Besuch für Mansfeld.«

Es dauerte eine Zeit, bis die Krankenschwester kam.

»Mansfeld?«, fragte sie.

Frederike konnte nur nicken. Die Männer hinter den Vorhängen seufzten, schrien und husteten. Hin und wieder erhaschte sie einen Blick auf einen der geschundenen Gefangenen, die alle unterernährt und krank aussahen.

Die Schwester zog einen Vorhang zur Seite, und dort, in dem klapprigen Metallbett auf der dünnen Matratze, lag Gebhard und schien zu schlafen.

»Was hat er?«, fragte Frederike.

»Myokarditis.«

»Was?«

»Er hatte einen Infekt, der ist dann in den Herzbeutel gewandert«, sagte die Krankenschwester, die sehr müde aussah.

»Und was bedeutet das?«

Die Schwester seufzte genervt auf. »Sein Herz ist krank, geschwächt.«

»Wird er etwa sterben?«, fragte Frederike entsetzt.

»Natürlich wird er sterben. Wir alle sterben irgendwann.« Die Schwester sah Frederike an und schüttelte den Kopf. »Was ist das denn für eine Frage?«

»Entschuldigung.« Frederike fühlte sich plötzlich, als sei sie wieder drei Jahre alt. »Aber er wird nicht jetzt sterben? Nicht daran?«

»Er hat nun eine Angina Pectoris. Das kann gutgehen, muss es aber nicht.« Sie schaute auf ihre Uhr. »Sie haben ein paar Minuten, bevor die Visite kommt.«

Frederike ging in den durch Vorhänge abgeteilten Bereich zu Gebhard. Seit Ax' Erkrankung und seinem Aufenthalt in Davos hasste sie Krankenhäuser. Aber hier lag nicht Ax, hier lag ihr Gebhard.

Sie setzte sich auf das Bett, nahm seine Hand. Sie war schweißig und heiß, er stöhnte leise.

»Gebbi? Ich bin es, Freddy.«

Gebhard reagierte nicht. Seine Kleidung war schweißnass, die Bettwäsche auch. Frederike hatte Unterwäsche und Nachtbekleidung dabei. Sie ging durch die Abtrennung, suchte die Schwester, doch die war verschwunden. Am Ende des Raumes fand Frederike Krüge mit lauwarmem Wasser, Schüsseln, Seife, Lappen und Handtücher. Sie trug alles zu Gebhards Abteil, zog ihn aus, wusch ihn, wechselte die Bettwäsche und zog ihm frische Kleidung an. Ein weiteres Paar Nachtkleidung und Unterwäsche legte sie unter seine Matratze, obwohl sie sich sicher war, dass es geklaut werden würde.

»Freddy?«, fragte Gebhard unsicher, als sie ihm die Kleidung wechselte. Er war schwitzig und fiebrig, sah verwirrt aus. »Freddy, bist du das, oder träume ich wieder?«

»Ich bin es, mein Liebster. Ich bin hier.«

»Wie kann das sein? Wo bin ich?« Verwirrt schaute er sie an. Seine Lippen waren spröde und gesprungen. Seine Haut lag straff über den Knochen. »Durst«, seufzte er. »Ich habe so Durst. Hier gibt es kein Wasser.«

Frederike stand auf. Sie holte einen Krug Trinkwasser und ein Glas, gab ihm zu trinken. Ein Glas, dann ein weiteres und ein drittes. Er schien nicht genug zu bekommen. Nun wurde auch sein Blick klarer.

»Freddy?«

»Ich bin hier. Ja.«

»Das ist kein Traum?«

Sie lächelte und strich ihm über die Stirn. »Nein. Ich bin hier, aber ich kann nicht bleiben.«

»Sag nichts über Caspar. Bitte. Niemals. Sie denken …«

»Ich weiß. Mach dir keine Sorgen. Ich weiß genau, was ich sagen darf und was nicht.«

»Mutter …«

»Sie ist noch inhaftiert, ich kümmere mich um sie. Du musst aber gesund werden.«

Gebhard presste die Hand auf die linke Brust. »Das Herz«, sagte er schwach. »Es will nicht mehr.«

»Es muss, und du musst auch. Wir brauchen dich noch. Du musst trinken. Sieh zu, dass du immer genügend Wasser bekommst.« Sie sah ihn an, nahm sein schmal gewordenes Gesicht in ihre Hände, küsste ihn. »Ich liebe dich, und ich brauche dich.«

»Ich liebe dich auch.«

Die Schwester kam zurück. »Sie müssen jetzt gehen«, sagte sie harsch.

Noch einmal beugte sich Frederike über ihren Mann, küsste ihn und flüsterte ihm zu: »Ich habe Sachen unter der Matratze versteckt, sieh zu, dass du sie sicherst. Ich versuche wiederzukommen.«

»Was macht der Burghof?«, fragte Gebhard.

»Dort läuft alles gut«, log Frederike. »Mach dir keine Sorgen, sondern werde erst einmal wieder gesund.« Noch einmal drückte sie seine Hand, dann wandte sie sich schweren Herzens um und ging. Die Schwester begleitete sie, schloss die Tür auf.

»Hier«, sagte Frederike und gab der Schwester ein Stück Speck und eine Tafel kostbarer Schokolade. »Bitte kümmern Sie sich um meinen Mann.« Sie sah die Schwester eindringlich an. »Bitte.«

Ohne ein Wort nahm die Schwester die Sachen, steckte sie in die Tasche ihrer Kittelschürze, schob dann Frederike in den Flur und schloss die Tür hinter ihr.

Frederike blieb einen Moment im Flur stehen und lehnte sich seufzend gegen die Tür. Die Bestechung war in die falschen Hände gegangen. Ganz sicher würde diese Frau nichts für Gebhard tun, aber vielleicht wäre sie ab jetzt ein wenig aufmerksamer? Man konnte es nie wissen. Langsam und erschöpft ging Frederike zurück zum Haupteingang. Dort wartete Anna schon auf sie.

»Und?«, fragte Frederike.

Anna zuckte mit den Schultern. »Noch hamse ihm nich den Prozess jemacht, wa? Kann jut seen oder auch schlecht, weißte nie.«

»Wieso?«

»Na ja, jut kannet seen, wennse ihm jar nicht den Prozess machen. Und abwarten, welche Alliierten zuerst da sind. Und dann versuchen, ihn zu 'ner positiven Aussage zu kriegen, wa? So wie der Bewacher, wie hieß er nun jleich? Hab seen Namen schon wieder verjessen.«

Frederike lachte auf. »Du bist mir eine Nummer. Und was wäre schlecht?«

Anna atmete tief durch. Dann senkte sie den Kopf. »Je nachdem, wer hier jerade dit Sajen hat, lassen se alle kurz vor knapp noch umbringen. Dat wäre meenc jrößte Sorge. Is ja och ejal, dattet keenen Prozess jab. Wer wird sich da später noch drum kümmern? Keen Mensch, wa?«

So hatte es Frederike noch nicht gesehen, aber die Erklärung leuchtete ihr durchaus ein und erschreckte sie.

»Und deen Männe? Wie jeht es ihm?«, fragte Anna.

»Er ist sehr krank. Das Herz.« Frederike seufzte.

»Dat tut mich leid.« Anna nahm ihren Arm. »Wollste noch zur Luisenstraße? Dann müssen wir uns beeilen. Is schon nach Mittach.«

»Kannst du das so abtun? Das mit deinem Mann?«, fragte Frederike und wischte sich mit beiden Händen über das Gesicht.

»Bin keen Stein, wa? Aber dit Leben muss ja weiterjehn, oder? Ick könnte heulen wie 'n Schlosshund, aber wat bringet jetzt?« Anna nahm Frederike in die Arme. »Is schwer für Sie, wa?«

»Ich bin schon einmal verwitwet«, sagte Frederike und straffte die Schultern. »Gebhard wird das überleben, so wie wir alle hoffentlich.« Sie sah sich um. »Wo müssen wir hin?«

»Die Straße hinunter.« Anna nahm ihren Ellenbogen. »Echt, schon ma verwitwet? Dabei sieht Se so jung aus, dit kann doch jar nich seen.«

»Ich bin fünfunddreißig«, sagte Frederike. »Das erste Mal habe ich mit neunzehn geheiratet. Es war eine Katastrophe«, gestand sie.

»Dann isset ja jut, dat et ihn nich mehr jibt, wa? Man muss dit praktisch sehen.«

Frederike kam nicht umhin zu grinsen. Diese kleine, starke Frau machte ihr Mut und Hoffnung. Irgendwie würden sie alles überstehen. Vielleicht.

Auf dem Weg zum Gefängnis in der Lindenstraße plauderte Anna, sie plapperte, erzählte, und Frederike wusste genau, sie tat es nur, um Frederike von ihren düsteren Gedanken abzuhalten. Endlich erreichten sie das Gefängnis.

»Du kannst jetzt fahren, ich danke dir für alles.«

»Na, ick bin et doch, die zu danken hat, wa? Wegen Ihnen habe ick jetzt ein Dach überm Kopf und ooch noch so was wie 'ne Anstellung bei den Herrschaften. Wenn das ma nicht knorke is? Aber ick wart noch hier mit Sie, bis wir wissen, ob Se de Frau Schwiegermama übahaupt sehen können.«

»Das regele ich schon.«

»Icke warte trotzdem«, sagte Anna resolut.

Frederike ging an der langen Schlange vorbei bis zum Wachtmeister.

»Anstellen«, sagte dieser, ohne sie anzusehen.

»Ich bin Frederike zu Mansfeld …«

»Ist mir egal, wer Sie sind, hier stellt sich jeder an.«

»Aber Ihr Vorgesetzter hat mir gestern …«

»ANSTELLEN! Und hast du mich richtig gegrüßt?« Er riss den Arm hoch. »HEIL HITLER!«, schrie er.

»Ich …« Frederike versuchte an ihm vorbei in das kleine Wachzimmer zu schauen. Doch das Fenster war abgeklebt.

»Frau! Was habe ich gesagt?«, schnauzte der Wachmann. »Entweder du stellst dich hinten an, oder du gehst gleich nach Hause.«

Plötzlich öffnete sich die Tür des Wachzimmers. »Baronin Mansfeld? Kommen Sie doch bitte herein«, sagte jemand.

Der Wachmann schnaubte erbost, und Frederike ging lächelnd an ihm vorbei. Als sie die Tür erreicht hatte, drehte sie sich um, winkte Anna, die an der Seite wartete, zu.

»Du kannst fahren«, sagte sie lautlos, aber mit deutlichen Lippenbewegungen. Anna nickte.

»Pass auf dich auf!«, rief Frederike ihr nun doch noch hinterher, dann nahm sie all ihren Mut zusammen und betrat den kleinen, feuchten Raum.

»Setzen Sie sich, Baronin«, forderte der Hauptmann sie auf.

»Dauert es länger?«, fragte sie.

Fragend sah er sie an.

»Falls es nicht allzu lange dauert, würde ich es vorziehen, stehen zu bleiben«, sagte Frederike.

»Wie Sie wollen.« Der Hauptmann seufzte. »Tatsächlich wird es wohl nicht allzu lange dauern. Bitte gedulden Sie sich einen Moment.« Er ging in den Flur, Frederike hörte ihn etwas sagen, doch die Worte konnte sie nicht verstehen. Dann kehrte er zurück, setzte sich wieder und sah sie nachdenklich an.

»Kann ich meine Schwiegermutter sehen?«, fragte Frederike.

Er antwortete nicht, musterte sie nur weiterhin, zog dabei die Stirn in Falten.

»Darf ich nun meine Schwiegermutter sehen oder nicht?«, fragte Frederike erneut.

»Ich bin nicht von Adel«, sagte der Hauptmann leise und bedächtig. »Ich habe mich hochgearbeitet. Ich war auf der Akademie, habe gelernt, Dienste geleistet.«

Frederike schwieg, verschränkte die Hände ineinander.

»Natürlich gibt es viele Adlige in Stellungen. Manchmal hat ihr Name Vorteile gebracht. Fast immer. Das hat sich erst in diesem Jahr wirklich geändert. Alle anderen Versuche … na ja, die zählten nicht. Und die Septemberverschwörung ist schon lange her.« Er sah ihr in die Augen. »Hat es Sie betroffen? Die Tat Ihres Schwagers? Hatte es Auswirkungen auf Ihr Leben?«

Frederike starrte ihn fassungslos an. Was für eine Diskussion wollte er führen? Sie antwortete nicht, aber er schien auch keine Antwort zu erwarten.

»Ich frage mich, wie das alles wird«, sagte er leise. »Später.« Wieder sah er sie an.

»Später?«, fragte sie nun doch.

»Nach dem Endsieg.«

Frederike biss sich auf die Lippen, verbot sich jedes Wort.

»Wenn wir siegen, werden wir alle Verschwörungen aufdecken und bestrafen.« Wieder sah er sie an. Im Flur waren Schritte zu hören. Er stand auf, streckte seine Hand aus, um sie Frederike zu reichen. »Aber wir werden nicht siegen. Das weiß ich, Sie wissen es auch, und ich denke, selbst unser Führer weiß es.« Er räusperte sich, hielt immer noch die Hand hin. »Sie durften weiterleben nach dem missglückten Attentat, nachdem Ihr Schwager zum Tode verurteilt wurde. Vielleicht gab es Einschränkungen, aber Sie durften weiterleben.« Er schluckte. »Ich hoffe, meiner Familie wird es auch so gehen, wenn die Russen kommen. Sicher bin ich mir nicht.« Er schaute sie wieder an, Frederike erwiderte den Blick, sagte aber immer noch nichts. »Ich habe mir erlaubt, Ihre Schwiegermutter zu entlassen. Sie können Sie mit nach Hause nehmen«, sagte er nun leise. Seine Stimme klang müde.

»Jetzt sofort?«, fragte Frederike ungläubig.

»Ja.«

»Wirklich?« Frederike konnte es nicht glauben, vermutete immer noch eine Falle.

»Sie wartet vor der Tür. Ich wünsche Ihnen alles Gute, Frau Baronin.«

»Danke.« Kurz überlegte Frederike, ob sie ihm jetzt die Hand geben sollte, aber sie brachte es nicht über sich. Er gehörte immer noch zu den Menschen, die so viel mehr ihre Feinde waren als die Alliierten.

Die Tür öffnete sich, und Heide kam herein. Sie war abgemagert, dreckig, stank und schien etwas desorientiert, aber dennoch hatte sie

Haltung und Würde – so war sie erzogen worden. Erst nach ein paar Augenblicken erkannte sie Frederike.

»Freddy?«

»Wir gehen nach Hause, Heide.« Frederike nahm sie in den Arm, stützte die geschwächte Frau. »Dürfte ich um etwas Wasser bitten?«

Der Hauptmann warf dem Gefreiten im Flur nur einen Blick zu, und schon standen ein Krug mit Wasser und ein Glas auf dem Tisch. Heide trank gierig. Als der Krug leer war, richtete sie sich auf. Ihr Blick war nun viel klarer.

»Wir gehen nach Hause?«

»Ja, das tun wir.«

Jemand hatte eine Tasche mit Heides Sachen gebracht, Frederike nahm sie an sich, fasste ihre Schwiegermutter am Arm und führte sie nach draußen. In der Tür drehte sie sich noch einmal um, sah den Hauptmann an. Sie konnte sich nicht bedanken, aber sie nickte ihm zu. Egal was er glaubte, wem er diente, er hatte wenigstens immer noch so etwas wie Ehrgefühl in sich. Oder wollte im letzten Moment sein Leben retten. Beides konnte Frederike verstehen, auch wenn ihr viele andere Dinge unverständlich waren.

»Wo ist der Wagen?«, fragte Heide und schaute sich suchend auf dem Vorplatz um.

»Es gibt keinen Wagen, meine Liebe. Wir müssen uns mit dem Zug durchschlagen.« Zweifelnd sah Frederike die alte Frau an. Würde sie es schaffen? Wäre es vielleicht günstiger, noch eine Nacht in Berlin zu verbringen?

»Dann nehmen wir den Zug.« Heide richtete sich auf. »Wo geht es lang?«

»Dort.« Frederike wies auf die Straße.

Der Himmel war klar, es war ein kalter Tag, und jeder, der ihnen begegnete, schaute immer wieder sorgenvoll zum Himmel. Alle fürchteten den nächsten Fliegerangriff.

»Was ist mit Gebhard?«, fragte Heide nach einem längeren Schweigen. Sie kamen nur langsam voran, und mit jedem Schritt sorgte sich Frederike, ob sie es überhaupt schaffen würden. »Wo ist er? Auf Burghof?«

Frederike biss die Zähne zusammen. »Nein, noch nicht«, gab sie dann zu. »Er ist in einem anderen Gefängnis.«

Heide blieb stehen, sah Frederike an. »Hast du ihn gesehen?«

»Ja, das habe ich.«

»Nun sag schon – wie geht es ihm?«

Frederike überlegte nur kurz. Sie konnte ihre Schwiegermutter nicht belasten. »Den Umständen entsprechend«, traute sie sich zu sagen. Das war nicht die ganze Wahrheit, aber auch nicht gelogen.

Heide nickte und schien wohl zu ahnen, dass es nur die eine Hälfte war.

»Wann hast du ihn gesehen?«

»Heide, wir müssen weiter. Es wird schwierig werden, heute noch in die Prignitz zu kommen.«

»Warum hast du nicht das Automobil genommen, um mich abzuholen?«, fragte ihre Schwiegermutter nun vorwurfsvoll.

»Man darf nur noch mit Sondergenehmigung nach Berlin fahren. Und die Genehmigung habe ich nicht bekommen, geschweige denn die ganzen Benzinscheine, die es bräuchte. Es ist alles rationiert.«

Heide zitterte.

»Ist dir kalt?«, fragte Frederike besorgt.

»Ja, mir ist kalt, ich habe Hunger, mir tut alles weh, aber das lässt sich jetzt ja nicht ändern«, sagte Heide und schob das Kinn nach vorne. »Wie weit ist es bis zum Bahnhof?«

»Er ist dort drüben«, sagte Frederike. »Aber wann ein Zug kommt, weiß ich nicht.«

»Gibt es etwa keine Fahrpläne mehr?«, fragte Heide verwundert.

»Nein.«

Schweigend gingen sie weiter, langsam, Schritt für Schritt. Über jeden Meter, den sie vorankamen, freute sich Frederike. Und schließlich hatten sie den Bahnhof erreicht. Frederike suchte eine freie Bank, und Heide setzte sich schnaufend.

»Pass auf die Sachen auf«, sagte Frederike und machte sich auf die Suche nach jemandem, der ihr vielleicht Auskunft geben konnte.

Sie hatten Glück, nach nur einer Stunde kam ein Zug, der nach Berlin fuhr. Wie es von dort aus weitergehen würde, war allerdings ungewiss. Ängstlich schaute Frederike hinauf in den Abendhimmel. Er war wolkenlos, es würde eine sternenklare Nacht werden.

»Da kommt noch was«, hörte sie immer wieder Leute sagen. »Ganz bestimmt kommt da noch was.«

Aber die Leute täuschten sich zum Glück.

Heide starrte wie gebannt aus dem Fenster, als sie in Berlin einfuhren.

»Das … das ist ja schrecklich«, wisperte sie entsetzt. »Da steht ja kein Stein mehr auf dem anderen.«

»Hast du das nicht gesehen, als sie euch hierhergebracht haben?«

Heide schüttelte den Kopf. »Wir sind mit einem Automobil gekommen, und die Fenster waren vergittert und abgeklebt. Ich weiß zwar, dass Berlin immer wieder angegriffen wurde, aber dass es so schrecklich ist, habe ich nicht geahnt.« Sie sah Frederike an. »Und bei uns?«

»Nein, bisher nichts. Wir hatten Glück. Ein Blindgänger in Perleberg, ein zu früher Abwurf bei Wittenberge – aber es ist nichts passiert, die Bomben fielen auf die Äcker oder in den Wald.«

»Das Ende kommt«, sagte Heide und senkte den Kopf. »Ich hoffe, wir überleben es.«

»Die Russen sind schon über die deutsche Grenze«, sagte Frederike verzagt. »Sie sind bald bei Fennhusen.«

Heide drückte ihre Hand. »Und deine Familie?«

»Der Volkssturm wurde mobilisiert, der Gauleiter verbietet das Trecken in den Westen, aber einige haben sich schon aufgemacht. Noch warten sie auf Fennhusen. Ich hoffe, sie warten nicht zu lange.«

»Es muss doch endlich Frieden geben.«

* * *

Die Fahrt bis in die Prignitz dauerte bis tief in die Nacht. Da es tatsächlich keinen Fliegeralarm gab, fuhr der Zug – langsam und mit Pausen, aber er fuhr. Als es dunkel wurde, und es wurde früh dunkel, wurden natürlich die Fenster verdunkelt, das Licht gedämmt. Bis dahin hatte Heide genug gesehen, um eine ganze Weile schweigend neben Frederike zu sitzen. Frederike hatte die letzten Reste an Vorräten herausgeholt, hatte Wasser besorgt und Heide einen warmen Schwubber angezogen. Ihre Schwiegermutter war so geschwächt, dass Frederike entschied, sie erst einmal mit nach Burghof zu nehmen und sie nicht direkt nach Leskow zu bringen, auch wenn dort der Bahnhof neben der Kartoffelbrennerei und fast gegenüber vom großen Gutshaus war. In Mansfeld mussten sie entweder die drei Kilometer laufen oder einen Wagen organisieren. Dennoch erschien ihr das die beste Lösung.

Heide hatte große Teile der Heimfahrt geschlafen, ab und zu hatte sie ein Husten geschüttelt, dann war sie aufgewacht und wirkte geradezu desorientiert. Was sie im Gefängnis erlebt hatte, wollte sie nicht mitteilen. Der Gesamtzustand ihrer Schwiegermutter machte Frederike Sorgen.

Kurz nach Mitternacht erreichten sie endlich den Bahnhof in Mansfeld und stiegen aus. Frederike führte Heide in die Bahnhofshalle. Dann lief sie zum Betriebshof, der anderthalb Kilometer entfernt war. Eigentlich durfte sie diesen nicht mehr betreten, aber das war ihr jetzt egal. Sie ging in den Stall und sah nach den Pferden. In der Sattelkammer saßen noch zwei Knechte und tranken Kartoffel-schnaps.

»Baronin«, sagte Karl und sprang auf. »Was macht Ihr denn hier?« Er sah sich erschrocken um, doch der Verwalter war nicht zu sehen.

»Ich habe die Baronin aus Berlin abgeholt«, erklärte Frederike. »Sie sitzt im Bahnhof und schafft es nicht, bis zum Gut zu laufen. Ich brauche Hilfe.«

»Kein Problem, wir nehmen den Karren und ziehen ihn. Komm, Walter, das werden wir wohl noch schaffen.«

»Wirklich?«, fragte Frederike.

»Natürlich, Baronin. Ehrensache. Wir lassen die alte Dame doch nicht im Bahnhof sitzen.«

»Missen nur passen uff, dass Verwalter bekommt keenen Wind«, flüsterte Walter und zwinkerte ihr zu. »Aber machen das werden wir schon, keene Bange.«

Sie holten einen kleinen Leiterwagen aus dem Schuppen, trugen ihn über das Kopfsteinpflaster des Hofes und setzten ihn erst ein gutes Stück vom großen Verwalterhaus entfernt, in dem Hittlopp nun wohnte, auf die Straße. Dann zogen sie ihn eilig zum Bahnhof.

»Wie geht es euch allen denn, Karl?«, fragte Frederike.

Er schüttelte den Kopf und seufzte. »Sie kennen doch den Hitt-lopp, er ist ein Schwein, Frau Baronin, und es gibt kaum etwas, was wir dagegen tun können. Wir alle sehnen uns nach dem Baron zu-rück.« Er warf ihr einen Blick zu. »Waren Sie bei ihm?«

Frederike nickte. »Ja. Er ist in Potsdam inhaftiert und sehr krank«, sagte sie mit leiser Stimme. »Meine Schwiegermutter weiß das nicht – also bitte sprich es gleich nicht an.«

»Geht klar, Frau Baronin.«

»Was macht Hittlopp denn?«

»Das, was er früher auch gemacht hat, nur viel schlimmer. Mit Vorliebe quält er die Fremdarbeiter. Gerade die polnischen Frauen sind kaum vor ihm sicher. Neulich hat er zweien die Haare mit der Schermaschine abgeschnitten. Und die Russen lässt er hungern und treibt sie dann mit der Peitsche ins Feld oder auf den Dreschboden.«

»Nie hätte der Baron dat jelassen zu«, sagte nun auch Walter. »Nie nimmer nich.«

»Wir hoffen alle, dass der Krieg bald vorbei ist und der Herr Baron wieder das Gut übernehmen kann«, meinte Karl.

»Hauptsache, dee Amis kommen her und nich de Russe. Man hört ja Dinge schreckliche vonne Russen«, sagte Walter.

»Ja, aber ob das alles stimmt?«, fragte Frederike. »Ich trau dem Funk nicht mehr und auch allen anderen Nachrichten nicht.«

Als sie das Bahnhofsgebäude erreicht hatten, ging Frederike mit eiligen Schritten hinein. Ihre Schwiegermutter schlief auf der Bank, hielt die Tasche und den Korb fest umklammert.

»Heide«, flüsterte Frederike sanft.

Ihre Schwiegermutter schreckte auf, jammerte leise. »Ja, ja, ich mach schon ...« Sie sah sich verwirrt um.

»Heide, ich bin es, Freddy. Komm, lass uns nach Hause gehen. Ich habe einen Wagen organisiert.« Sie nahm Heide an dem Arm, zog sie hoch und mit sich.

Langsam schien Heide wieder zu sich zu kommen, sie holte tief Luft. »Ach, Kindchen«, sagte sie leise, »ich bin ja gar nicht mehr im Gefängnis.«

»Nein, das bist du nicht, und ich hoffe, du wirst nie wieder dorthin zurückkehren.«

Heide nickte nur. Sie schaute den kleinen Leiterwagen an, dann die Männer, seufzte auf. »Guten Abend«, grüßte sie sie. »Ihr wollt mich ziehen?«

Karl zog die Mütze vom Kopf. »'n Abend, Frau Baronin, es wäre uns eine Ehre.«

»Es ist etwas entwürdigend«, sagte Heide leise. »Aber nun gut, ich habe wohl keine Wahl.«

»Keenen Kopf machen Se sich«, sagte Walter. »Ziehen wir können. Sind kräftich jenuch.«

»Das glaube ich, guter Mann.« Heide nahm in dem Wägelchen Platz. Frederike reichte ihr die Teppichtasche und den Korb, dann nahmen die beiden Männer die Deichsel, zogen.

»Wir sind in Mansfeld«, stellte Heide fest.

»Ja, ich glaube, du solltest ein oder zwei Tage bei uns bleiben. Einfach, um zu Kräften zu kommen. Was meinst du?«

Heide nickte nur stumm.

»Ich werde morgen den Arzt rufen.«

»Ich bin nicht krank, Kindchen, nur erschöpft«, sagte Heide, und plötzlich klang ihre Stimme wieder resoluter.

»Aber du hast … einiges erlebt und …«

»Darüber möchte ich nicht reden«, unterbrach Heide sie und schloss wieder die Augen. Schon bald wurde ihr Atem regelmäßig, und Frederike ging nach vorne zu den beiden Knechten, die geduldig den Karren zogen.

»Wie sahen denn die Erträge in diesem Jahr aus?«, fragte sie.

Karl lachte. »Ganz die Gutsfrau, nicht wahr? Fahren nach Berlin und retten Ihre Schwiegermutter, aber machen sich immer noch Gedanken um das Gut.«

»Ich kann nicht anders«, gestand Frederike.

»Es läuft mehr schlecht als recht. Verhungerte Arbeiter können nichts leisten, und Männer, die unter Druck stehen, erst recht nicht. Alle haben Angst vor Hittlopp – ein Wort von ihm, und die Gestapo steht vor der Tür. Ich bin mir sicher, dass er auch den Baron und seine Frau Mutter denunziert hat.«

»Das weiß man nicht, und letztendlich ist es auch egal. Wir müssen die Zeiten hier überstehen.«

»Einige Leute denken über Flucht nach, aber wohin? Wo soll es eine Zukunft für uns geben? Wir kennen doch nur die Prignitz und können nur landwirtschaftlich arbeiten.«

»Aus dem Osten werden viele kommen«, sagte Frederike leise. »Die Ersten sind schon unterwegs, und es werden sicher noch andere folgen.«

»Hierher?«

»Ja, hierher. Und vielleicht weiter. Aber die Alliierten rücken von allen Seiten auf uns zu, ziehen das Band immer enger.«

»Kriech enden wird bald«, sagte Walter im Brustton der Überzeugung. »De Führer wird halten sich nich kiennen.«

Sie schwiegen.

Das Verwalterhaus kam näher, und die Männer versuchten, die Füße so leise wie möglich aufzusetzen. Um sie herum war alles dunkel, nur der Mond warf sein Licht auf die abgeernteten Felder. Es war kalt, und Nebel zog allmählich auf. Am nächsten Morgen würden die Stoppeln und restlichen Ähren, das Gras und die Sträucher mit Raureif überzogen sein. Eine Puderzuckerschicht ohne Süße. In den Wäldern schrie ein Käuzchen, ein anderes antwortete. Frederike hielt kurz inne, lauschte. Fast erwartete sie, die Wölfe im Wald heulen zu hören, aber Valentina war vor einem Jahr gestorben, und hier in der Prignitz hatte es schon seit Ewigkeiten keine wilden Wölfe mehr gegeben.

Manchmal sehnte sie sich nach Sobotka zurück, in die Einsamkeit und die Weite der Wälder und Wiesen. Zurück zu ihrem Wolfsrudel und der Nähe, die sie zu den zahmen, aber immer noch wilden Tieren gehabt hatte. Ihre Fähe, die die letzten Jahre im Zwinger in Burghof verbrachte, war ihr besonders nahe gewesen. Gebhard hatte eine Brosche mit dem Antlitz der Wölfin anfertigen lassen, und normalerweise trug sie sie immer. Doch nach Berlin hatte Frederike die kostbare Ansteckknadel nicht mitnehmen wollen. Dort waren die Finger lang, und mancher hatte keine Skrupel.

»Un inne Hauptstadt?«, fragte Walter. »Wie sieht et aus da?«

»Das wollt ihr euch nicht vorstellen«, sagte Frederike und fasste sich an die Kehle. Erst jetzt realisierte sie nach und nach, wie groß die Zerstörung war. Auch andere Städte wurden von den Fliegerstaffeln angegriffen. Immer wieder gab es erschütternde Berichte und manchmal auch Bilder, doch durch die zerbombten Straßen zu gehen, die Ruinen zu sehen, den Staub und die Asche zu riechen und zu schmecken, war ganz anders – viel erschreckender. »Es ist so viel kaputt«, sagte sie leise. »Ganze Häuserzeilen sind nur noch Schutt und Asche. Manche Häuser stehen noch halb. Als hätte jemand mit einer großen Sense durch sie durchgeschlagen … da liegen noch halbe Teppiche, da steht noch ein Tisch, aber keine Stühle mehr – oder nur noch zwei statt vier. An den Wänden hängen die Bilder. Ich kann es nicht beschreiben.« Sie rieb sich über das Gesicht. »Dort steht natürlich ein Haus am anderen, mehrere Stockwerke hoch, nicht wir hier in unserem beschaulichen Mansfeld. Wenn in Berlin eine Bombe einschlägt, dann zerstört sie viel.«

»Und die Feuer, hab ich gehört, die müssen schlimm sein«, sagte Karl leise. Sie hatten fast das Dorf erreicht, nun war es nicht mehr weit bis zum Gutshaus. Doch plötzlich hörten sie Schritte hinter sich – Stiefelschritte, die sich energisch näherten.

»Halt!«, rief jemand. Ein Mann. Es war der von den Nazis eingesetzte Verwalter Hittlopp. »Wer ist da? Diebesvolk? Bleibt stehen, oder ich schieße!«

Frederike drehte sich um und ging auf ihn zu. »Guten Abend, Herr Hittlopp«, sagte sie. »Wir sind keine Diebe. Ich habe meine Schwiegermutter, die Baronin Mansfeld, aus Berlin abgeholt und bringe sie nun zum Burghof.«

Eine starke Taschenlampe strahlte sie an, blendete sie. Der Lichtkegel der Lampe fiel auf den Leiterwagen. Heide zu Mansfeld zuckte erschrocken hoch.

»Ja?«, rief sie.

»Alles gut«, versuchte Frederike sie zu beruhigen. »Ich regele das schon.«

»Das ist ein Leiterwagen vom Betriebshof!«, stellte Hittlopp empört fest. »Karl? Walter? Was macht ihr hier? Ihr habt ja wohl den Wagen geklaut. Das wird ein Nachspiel haben.«

»Ich bitte Sie«, sagte Frederike und lachte auf. »Wir bringen nur die Baronin vom Bahnhof zum Burghof. Dann werden die Männer den Leiterwagen wieder zurück zum Betriebshof bringen.«

»Das ist Diebstahl!«

»Herr Hittlopp, wie heißt dieses Gut, auf dem Sie als Verwalter eingestellt sind?«

»Burghof zu Mansfeld«, sagte er.

»Richtig. Und es gehört meinem Mann, dem Baron Mansfeld. Ich hoffe, das haben Sie nicht vergessen. Er wurde nicht enteignet, sein Gut wurde nur unter Verwaltung gestellt, nicht wahr?«

Hittlopp senkte endlich die Lampe, räusperte sich.

»Ist es so?«, fragte Frederike wieder, und ihre Stimme klang süffisant.

»Ja, Baronin«, gab er zu.

»Also ist es unser Leiterwagen, den ich hier ausleihe, nicht wahr?«

Wieder antwortete er nicht.

»Nicht wahr, Herr Hittlopp?«, fragte sie nun lauter und schärfer nach.

»Ja, Baronin.«

»Gut, dann haben wir das ja geklärt.« Sie drehte sich um, ging wieder zu den Knechten.

»Die Männer arbeiten für mich und nicht mehr für Sie!«, rief ihr hinterher.

»Nun isses awwer jut«, sagte Walter wütend und trat zu dem Verwalter. »Ooch ich habe Feierawwend irjendwann. Ich bin nicht ihr

Sklave, wa? Un wat ich mache, wenn ich nich arbeete, dat jeht Sie an nüscht!«

»Und wenn wir den Leiterwagen die ganze Nacht um das Gutshaus ziehen, dann ist das unsere Sache«, sagte nun auch Karl.

»Immer mit der Ruhe, Jungs«, wisperte Frederike. »Wir wollen ihn nicht noch mehr verärgern.« Dann wandte sie sich wieder dem Verwalter zu. »Gute Nacht, Herr Hittlopp. Ich werde dafür Sorge tragen, dass die Männer den Wagen heile zurückbringen.«

»Danke, Baronin«, sagte er steif und ging.

»Der leitet jetzt das Gut?«, fragte Heide entsetzt.

»Ja, mir und Gebhard wurde von den Nazis verboten, uns weiterhin um den Gutsbetrieb zu kümmern. Allein der Gemüsegarten steht noch unter meiner Aufsicht.«

»Was ist mit Leskow? Wer leitet es?«

»Dannemann. Aber er hat strenge Auflagen bekommen und einen Vorarbeiter, den der Reichsnährstand eingesetzt hat.«

»Wen?«

»Hubert Richter.«

»O nein«, sagte Heide und ließ sich kraftlos zurücksinken. »Ein Nazi wie dein Hittlopp. Ich muss sofort nach Leskow.«

»Heide, dir ist die Gutsführung entzogen worden, wie uns auch. Es nützt nichts, wenn du heute noch nach Leskow fährst, es nützt gar nichts.«

»Du magst recht haben.«

Sie hatten das Gutshaus Burghof erreicht. Die beiden Männer halfen Heide aus dem Wagen, trugen das Gepäck zur Eingangstür. Früher war die Tür zum Gutshaus nie verschlossen gewesen, aber früher war vieles anders. Frederike zog den Schlüssel hervor und schloss auf. »Kommt bitte mit hinein«, forderte sie die beiden Knechte auf. »Ich bin mir sicher, dass wir in der Küche noch etwas Essbares für euch finden. Und ganz sicher einen Schluck, der besser ist als der Kartoffelschnaps.«

»Es ist tief in der Nacht«, sagte Karl verlegen und knetete seine Mütze in der Hand. »Alles schläft, und wir sollten auch ...«

»Unfuch«, sagte Walter. »Ärjer werden bekommen weer morjen sowieso, dann lass uns trinken noch juten Fusel heute, Mann.« Er zwinkerte Karl zu.

»Jnädigste?«, fragte jemand aus der Tiefe der Diele. Natürlich war das Haus verdunkelt, und es brannte nur ein kleines Petroleumlicht an der Treppe, die nach oben führte. »Sind Se das?«

»Lore? Du bist noch wach?«

»Jetzt wieder.« Die Köchin nahm die Lampe, eilte durch die Diele auf sie zu. »Ham uns solche Sorjen jemacht, Jnädigste. Mensch, Se können doch nicht bleeben wech so lanje, ohne uns jeben Bescheid.«

»Ist noch eins der Mädchen wach?«, fragte Frederike. »Ich bräuchte ein Zimmer für meine Schwiegermutter.«

»Ich hole eens«, sagte Lore und lief nach unten. Frederike führte Heide in den kleinen Salon. Dort brannte ein kleines Feuer in dem mit Stuck verzierten Kamin. In der Mitte war das Wappen der Familie mit der hals- und kopfgekrönten Gans.

Heide blieb davor stehen, streckte die zitternden Hände zum Feuer und schaute zum Wappen. »Ob uns die Gänse diesmal retten? Ich fürchte, nicht«, sagte sie leise.

»Setz dich.« Frederike schob den Sessel näher an den Kamin, legte Holz nach und blies in die Flammen. Schon bald wärmte ein lustiges Feuerchen den Raum. Frederike füllte ein Glas mit Cognac und reichte es ihrer Schwiegermutter. »Ich komme gleich wieder.« Dann eilte sie zurück in die Diele, wo Karl und Walter immer noch warteten.

»Kommt mit«, sagte sie und öffnete die Tür zum Treppenhaus, das in das Souterrain führte. Dort waren die Küche und die Gesinderäume. In der Küche war es warm, denn das Feuer im großen Herd durfte nie erlöschen, im Wasserschiff, einem Behälter mit einem kleinen Hahn, der auf dem Herd stand, köchelte immer Wasser – ob es nun für

Speisen oder zum Spülen gebraucht wurde. Und hinten auf der riesigen Küchenhexe, wie der Herd genannt wurde, stand immer ein Topf, in den Lore Fleischreste und Gemüseabfälle schmiss. In Laufe der Tage wurde daraus ein schmackhafter Fond. Auch heute zog der Duft der Brühe durch die Küche.

»Lore, hast du etwas Warmes für die beiden tapferen Männer, die uns vom Bahnhof hergebracht haben?«, fragte Frederike. Die Köchin hatte die Petroleumlampe angezündet und Holz nachgelegt.

»Ei, sicher dat. Kommt, setzt euch. Ich hab Suppe fir euch, un ich hab ooch noch kalten Braten.« Sie sah Frederike fragend an.

Frederike nickte. »Gib ihnen reichlich und spar auch nicht mit einem guten Glas.«

Lore grinste und ging zu der großen Anrichte. »Hab noch Likör«, sagte sie. »Selbstjemacht. Aus schwatten Johannisbeeren. Dat schmeckt, sach ich euch.« Sie stellte die Flasche und zwei Gläser auf den Tisch im Erker. Von dort konnte man auf den Hinterhof bis zum Gemüsegarten schauen, wenn nicht, wie jetzt, alles verdunkelt war.

Dann holte sie Teller und füllte sie mit der guten Brühe.

»Gib mir auch, Lore«, bat Frederike. »Für meine Schwiegermutter. Macht jemand ein Zimmer fertig?«

»Ilse is schon oben. Se hat ooch Kohlen fier Euren Ofen und den fier die Baronin mitjenommen. Nur den Badeofen bekommen wir nich anjeheizt so schnell.«

»Danke. Ich glaube nicht, dass jemand heute noch baden will. Ein Krug mit warmem Wasser wird reichen.« Frederike nahm ein Tablett von der Anrichte, füllte zwei Teller mit Suppe, nahm etwas von dem Brot, das Lore zweimal die Woche buk.

»Nehm Se dat schon ma mit«, sagte Lore. »Ich schau ma inne Speesekammer, da findet sich sicher noch wat.« Zielstrebig öffnete sie ein Fach ganz unten in der Anrichte, sie musste sich hinknien und ganz weit hineinlangen, zog dann ein Stück Speck heraus und grinste. »Hab ich versteckt.« Sie schnitt ein paar große Scheiben ab, ebenso von dem Brot, und stellte Butter auf den Tisch. Dann hobelte sie feinere Scheiben vom Speck ab, gab diese auf einen Teller, den sie Frederike reichte. »Ei, da missen Se nich so kauen.«

»Danke, Lore.«

Heide schreckte auf, als Frederike den Salon betrat. Auch hier waren die Fenster alle mit dicken Wolldecken verdunkelt. Das elektrische Licht funktionierte meistens nicht, und Petroleumlampen konnte man besser herunterdimmen. Die Zeiten waren schummrig, in vielerlei Hinsicht.

»Entschuldige, ich wollte dich nicht erschrecken.« Frederike stellte das Tablett auf dem kleinen Tischchen zwischen den Sesseln ab. »Gute, kräftige Brühe, das wird dich aufwärmen.«

»Danke.« Heide aß eilig. Frederike musterte sie. Tiefe Falten, die es vor zwei Monaten noch nicht gegeben hatte, zogen Furchen in das schmale Gesicht der Frau. Ihre Haut wirkte ledrig, das Haar fettig. Sie hatte abgenommen, wirkte kraftlos und verschreckt.

»Magst du reden?«, fragte Frederike vorsichtig.

»Nein, nicht jetzt.« Heide legte Frederike die Hand auf den Arm. »Danke, Freddy, für alles, was du getan hast und tust. Ich hätte dort nicht mehr lange überlebt.«

»Thea. Es war Thea. Sie hat einen Goldfasan bezirzt, damit er Briefe schrieb.«

»Gustrow?«

Frederike nickte.

»Dieser elendige, eitle Kerl. Nun gut, er hat Briefe geschrieben, dafür sollten wir dankbar sein.« Sie sah Frederike forschend an. »Und Gebhard?«

Frederike biss sich auf die Lippen. »Er sitzt im Gefängnis in der Priesterstraße. Ist dort im Lazarett.«

»Er ist krank?«

»Eine Erkältung.« Frederike nahm ein Stück Brot, brach es auseinander, stippte einen Teil in die Suppe.

»Warst du bei ihm?«

»Ja, aber ihn durfte ich nicht mitnehmen.«

»Vielleicht schreibt der Fasan ja noch mal Briefe?«, fragte Heide.

»Möglich. Aber im Moment … ich glaube, da können wir nichts ausrichten.«

»Wir haben nur den Volksempfänger gehört. Gut, es war der falsche Sender, aber …«

»Heide, sie suchen nach Verbindungen zum zwanzigsten Juli. Wir kennen sie alle, die Verschwörer, und sei es nur um Ecken. Der Onkel meines Stiefvaters war beteiligt … und dann ist da Caspar.«

»Caspar … er ist seit Jahren außer Landes.«

»Caspar war einer der Strippenzieher bei der Septemberverschwörung, einer der ersten Anschläge gegen den Führer. Seitdem waren wir immer unter Generalverdacht, und das hat sich bis heute nicht geändert, nein, es ist noch schlimmer geworden.«

»Hätten wir bloß mehr getan.« Heide tupfte sich den Mund mit der Serviette ab. »Der Speck war köstlich, aber vielleicht ein wenig zu fettig für meinen Magen«, sagte sie. »Ich bin so etwas nicht mehr gewohnt.«

Frederike stand auf und holte einen Magenbitter von der Anrichte.

»Danke, Kind.« Heide trank den Bitter, richtete sich dann auf. »Ich würde gerne zu Bett gehen.«

»Das Zimmer ist bereit, und ich denke, dort steht auch ein Krug mit warmem Wasser. Ich begleite dich.«

Sie gingen durch die düstere Diele und nach oben. Im Gästezimmer glomm der Ofen und strahlte eine angenehme Wärme aus. Auf dem Waschtisch stand der Krug mit dem Wasser, frische Handtücher und Nachtwäsche lagen bereit.

»Brauchst du noch etwas?«, fragte Frederike.

Heide sah sich suchend um, lächelte dann. »Ach, wie gut, eine Karaffe mit Wasser. Im Gefängnis gab es immer zu wenig zu trinken.« Sie senkte den Kopf. »Dass ich jemals im Gefängnis …« Sie schluchzte auf. »Gefängnis … ich … überleg einmal …«

Frederike nahm sie vorsichtig in den Arm. Normalerweise war ihre Schwiegermutter eine herzliche, aber auch eine preußisch-distanzierte Person. Diesmal ließ sie sich in den Arm nehmen.

»Ich bin froh, dass ich euch habe. Dich und Thea. Thea ist … meist etwas schwierig, aber sie liebt Skepti. Und du liebst Gebhard.«

»Unbedingt.« Frederike schluckte. »Und dich liebe ich auch, Heide. Wirklich.«

»Danke. Morgen muss ich nach Leskow und nach dem Rechten sehen.«

»Du musst dich erst einmal von den Strapazen erholen, und dann sehen wir weiter. Aber Dannemann wird sicher morgen hier vorstellig werden.«

»Danke, Kindchen. Das tönt gut.« Langsam drehte sich Heide um. »Brauchst du noch Hilfe? Soll ich Ilse schicken?«

»Um ehrlich zu sein, bin ich froh, endlich mal wieder alleine und nicht unter Beobachtung zu sein. Alles Weitere werde ich auch schaffen. Gute Nacht.«

»Gute Nacht.« Frederike schloss behutsam die Tür hinter sich. Der Flur im ersten Stock war nur spärlich beleuchtet. Alles zog sie in den linken Flügel, wo ihr Schlafzimmer war. Sie wollte sich ausziehen, sich waschen, frische Nachtwäsche anziehen, die nach der selbstgemachten Seife roch, und sich zwischen die kühlen Laken und dicken Daunenbetten verziehen. Gleichzeitig zog es sie aber in den rechten Flügel, in die Kinderzimmer. Fritzi hatte inzwischen ein eigenes Zimmer und stand nicht mehr unter der ständigen Aufsicht des Kindermädchens, aber Fritzi war ja auch schon groß und ein Schulkind. Im nächsten Juni würde sie acht Jahre alt werden. Mathilde war nur ein

Jahr jünger und ging auch schon in die Schule. Erst vor ein paar Wochen hatte sie sehr stolz ihr eigenes Zimmer bezogen, obwohl das verspielte Kind noch oft das große Kinderzimmer besuchte und dort auch auf dem Schaukelpferd ritt. Dabei hatte sie zu ihrem sechsten Geburtstag ein eigenes Pony bekommen. Aber die Ponys wie auch die Pferde standen im Stall im Betriebshof, und auch den durfte die Familie nicht mehr aufsuchen. Manchmal brachte einer der französischen Fremdarbeiter die Ponys auf den Burghof und ließ die Mädchen reiten. Am Anfang hatte er das nur heimlich tun können, schließlich hatte der Verwalter es immerhin den Mädchen erlaubt, die Ponys ab und zu bewegen zu dürfen.

Im Kinderzimmer selbst schlief Klein Gebbi, der gerade erst ein Jahr alt geworden war – ihr Sonnenschein.

Kurz öffnete Frederike die Tür zu Fritzis Zimmer. Fritzi schlief friedlich.

Auf Zehenspitzen schlich sich Frederike in das Kinderzimmer. Sie trat an das Gitterbettchen, in dem schon Gebbi und seine Brüder geschlafen hatten und natürlich auch Fritzi und Mathilde. Nun lag dort Klein Gebhard. Die Locken zerzaust, das Laken zerwühlt. Er hatte die Augen geschlossen, schmatzte mit den Lippen. Frederike nahm ihn hoch, schnupperte an ihm. Immer noch roch er nach Kleinkind – süß und unschuldig, jedenfalls solange seine Windeln frisch waren. Er schmiegte sich an sie, schmatzte im Schlaf. Frederike genoss seine Wärme und die Vertrautheit, aber sie musste noch nach unten und einige Dinge klären. Vorsichtig legte sie ihn zurück, deckte ihn sorgfältig zu. Sie wandte sich um. Wanda, das Kindermädchen, schlief friedlich. Auch Mathilde träumte süß, lächelte im Schlaf, dabei gab es immer weniger zu lächeln.

Das Mädchen hatte die Lampen im Salon schon ausgemacht, das Essen war abgeräumt worden. Aber aus dem Souterrain hörte Frederike noch gedämpfte Stimmen. Dort saßen Karl und Walter mit Lore und Ilse am Tisch. In der Mitte zwischen ihnen stand eine Flasche des guten Schnapses.

Frederike nickte allen zu.

»Wird Hittlopp Ärger machen?«, fragte sie Karl und Walter.

Die beiden senkten die Köpfe.

»Is ejal«, sagte Walter. »Macht Ärjer immerzu.«

»Ich will nicht, dass ihr darunter leiden müsst, nur weil ihr uns geholfen habt.«

»Erbarmung, de Hittlopp hat mir unsere Franzosen fast janz abjezogen vonne Burghof«, sagte Lore. »Is 'ne Schande. Mir fehlen Männer, fier dat Jut und die Jartenarbeit. Morjen kommt 'ne Type vonne Amt.«

»Reichsnährstand«, sagte Ilse. »So heißen die.«

Frederike verdrehte die Augen. »Die Altvorderen aus Wittenberge?«

Lore nickte. »Ei, schlimm sindse und Nazis und so, awwer se möjen Speck und jutes Brot. Ei, dat hamwe beedes.«

»Und was bringt uns das, Lore?«, fragte Frederike müde. »Der Reichsnährstand hat Hittlopp eingesetzt, sie werden nie etwas gegen ihn tun.«

»Ei, sicher werden se dat nich, aber fier mich tun se wat, bestimmt.« Lore strahlte. »Un ich brooch Männerse, wo we keene Franzosen mehr bekommen. Ich brooch doch Arbeetskräfte. Karl und Walter sin ordentliche Aebeeter, find ich. Ich werdse anfordern.«

»Ob dem stattgegeben wird?«, fragte Frederike skeptisch.

»Ei, weeß ich nich, und wissen Se ooch nich, awwer wagen sollten we et, oder? Wer nich waacht, der nich jewinnt.«

»Recht hat sie, die Köchin«, sagte Karl. Dann nahm er seine Mütze und stieß Walter in die Seite. »Lass uns gehen. Es ist noch dunkel und wird es auch noch bleiben, aber wenn morgen der Leiterwagen nicht auf dem Betriebshof steht, dann gnade uns Gott.«

»Ei, ich versuch allet, was machbar is«, versprach Lore. »Und wenn ihr hier inne Nähe seid, kimmt eenfach rin, wa? Suppe jibbet immer.«

»Danke«, sagte Karl und zog Walter mit sich.

»Der Hittlopp wird was tun«, sagte Ilse düster. »Er quält und drangsaliert alle.«

»Woher weißt du das?«, fragte Frederike beunruhigt.

»Das sieht man und hört man, Gnädigste. Aber ich bekomme es auch erzählt. Karl und Walter sind töffte. Das sind Charaktere, die halten das aus. Aber so manch einer verzweifelt, gerade von den Fremdarbeitern. Der Baron hat sie so viel besser behandelt.« Ilse schnaubte und sah dann Frederike an. »Waren Sie bei ihm? Wie geht es dem Baron?«

Frederike schloss die Augen, öffnete sie sofort wieder, denn das erste Bild, was hochkam, war das von ihrem kranken Mann im Gefängnis.

»Er ist krank«, sagte sie leise. »Das Herz.«

»O nein!«

»Erbarmung, er wirdet doch wohl schaffen?«, fragte Lore.

»Ich hoffe es.«

»Wann wird er entlassen?«, wollte Ilse wissen.

»Grundgütiger, Ilse, es gab noch nicht mal einen Prozess, nur eine wage Anklage, und ein Urteil gab es erst recht nicht. Es kann Jahre dauern oder in Wochen vorbei sein. Ich weiß es nicht.« Frederike senkte den Kopf.

»Ei, awwer Baronin Mutter ham Se doch mitgebracht?«, sagte Lore fragend.

»Ja, Baronin Mutter durfte ich mitnehmen, weil sich jemand für sie eingesetzt hat.«

»Verstehe«, sagte Lore und seufzte. »Kleengel is et. Ieverall. Nun ja. Missen wir leben mit.«

»Bleibt die Baronin hier bei uns?«, fragte Ilse.

»Sicher nur ein paar Tage. Lore, was haben wir an kräftigendem Essen? Sie sieht furchtbar aus, und ich bin mir sicher, sie hat einige unschöne Dinge erlebt. Darüber sprechen will sie nicht.«

»Ei, wer will schon sprechen darieber?«, sagte Lore. »Wir ham noch Täubchen. Hab ich nich auffe Liste stehen. Dat Amt weeß nich, dat we se haben. Morjen mach ich ein scheenes Sieppchen vonne Taube. Und de Brieste brat ich lecker an. Dat kräftigt.«

»Taube«, sagte Frederike. »Wie lange hatten wir schon keine Taube mehr?«

»Ne, ne, Jnädigste, da täuschen Se sich«, sagte Lore. »Hamwe Taube öfter als Heenchen. Tauben werden nich jezählt, Heenchen schon. Dat Amt will allet wissen, aber ich kann bescheißen jut.« Sie lächelte Frederike aufmunternd zu. »Machen Se sich keene Sorjen, ich wird Se schon durchfiettern, und Baronin Mutter kriejen we ooch wieder aufm Damm.«

»Danke, Lore.«

»Un nu miessen Se jehn ins Bett. Sind ja janz grau inne Jesicht.«

»Gute Nacht«, sagte Frederike und stand auf. »Und danke für alles.

»Miessen sich nicht bedanken, Jnädigste. Wir sind dankbar, dattwe lewen kiennen hier aufm Jut«, meinte Lore und schob Frederike zur Treppe. »Ilse, bring de Jnädigste nach oben und nimm nochen Kruch warmet Wasser mit. Den anderen Kruch mittem nu kalten Wasser kannste wieder mit nach unten trajen.«

»Es tut mir leid, ich mache Umstände«, sagte Frederike. Sie nahm einen der Krüge, die immer auf dem Fensterbrett standen, und füllte ihn am Wasserschiff. »Ilse, ich finde den Weg alleine. Geht nur ins Bett und danke für eure Hilfe.«

Sie ging nach oben, den Krug mit dem heißen Wasser in beiden Händen. In ihrem Zimmer glühten die Kohlen im Kamin, vor den Fenstern sang der November sein schauriges Lied. Bis vorhin war es kalt, aber trocken gewesen, doch plötzlich waren Wolken aufgezogen und öffneten sich. Es graupelte, die kleinen Eiskörner trommelten Marschlieder an die Fenster. Frederike überprüfte die Vorhänge und lauschte dem Heulen des Windes. In Berlin würden sie froh sein – eine Nacht voller Wolken, Schnee und Graupel verhieß eine ruhige Nacht, die Bomber würden nicht kommen. Wie schnell sich manche Perspektive ändert, fiel Frederike auf. Sie schüttete das dampfende Wasser in die Waschschüssel. Zog sich aus, nahm den Schwamm und ein Stück der hausgemachten Seife. Sie wusch sich gründlich. Sie wollte den ganzen Staub der Hauptstadt loswerden und mit ihm die düsteren Gedanken. Aber das gelang ihr nicht. Nachdem sie sich abgetrocknet und das frische Nachtgewand angezogen hatte, drehte sie sich im Kreis. Dort stand der Ofen und daneben ein kleiner Sessel. Hier das Bett, frisch bezogen und die Decke einladend zurückgeschlagen. Ilse hatte sicher einen heißen Backstein an das Fußende getan. Aber sie wollte sich weder in den Sessel setzen, noch alleine in das Bett fallen. Alles um sie herum zerbrach und löste sich auf, so wie die Häuserzeilen in Berlin. Heute Nacht brauchte sie eine andere Art von Wärme und Nähe. Leise öffnete sie die Tür, schlich über den Gang zum Kinderzimmer. Klein Gebhard hatte sich aus seiner Decke gestrampelt, schlief aber friedlich. Wieder nahm sie ihn sanft hoch, drückte ihn an sich und trug ihn in ihr Zimmer. Gemeinsam mit ihm legte sie sich in ihr Bett, zog die Decke hoch und löschte das Licht. Nur das warme Glimmen aus dem Kamin erhellte jetzt das Zimmer. Sie fühlte den weichen Körper ihres Sohnes, fand Trost in der Nähe zu ihm. Er ersetzte nicht Gebhard, seinen Vater. Er war einfach nur ein schutzloses Kind, das es zu beschützen und zu lieben galt. Liebend gerne hätte sie auch Fritzi und Mathilde zu sich ins Bett geholt, hätte einen warmen Raum jenseits von Zeit und Geschehen geschaffen, aber die schon großen Mädchen wären wach geworden und hätten eher Angst bekommen, als sich behütet gefühlt.

Klein Gebbi schmiegte sich an seine Mutter, streckte die Ärmchen nach ihr aus und seufzte selig.

Frederike schloss die Augen. Sie war übermüdet, aber die Bilder, die kamen, ließen sie nicht in den Schlaf finden. Sie sah das zerstörte Berlin, das sicherlich noch mehr Schäden davontragen musste, sah Gebhard in dem kleinen eisernen Gefängnisbett liegen, sie hatte wieder die Offiziere und Befehlsgeber vor Augen, die sie anherrschten oder zumindest abfällig ansahen.

Sie spürte die Verachtung, die ihr von allen Seiten entgegenkam, aber auch die Angst von der anderen Seite. Es gab viel Angst, überall. Und sie selbst war auch nicht frei davon.

Was würde werden?

Es galt, einen Tag nach dem andern zu meistern, sagte sie sich und schloss die Augen. Der Wind heulte um das Gutshaus, sang ein schauriges Gutenachtlied.

Kapitel 4

·◆·

»Möchtest du einen Grog?«, fragte Frederike ihre Schwiegermutter.

Heide schüttelte den Kopf. In der Halle war der Tannenbaum aufgestellt worden. Er war so prächtig wie immer, denn die Tannen wuchsen, egal, ob Krieg herrschte oder nicht. Heute Abend würden sie ihn schmücken. Heide war gekommen und würde die nächsten Tage bleiben. Sie wohnte zwar wieder auf Leskow, aber immer öfter verbrachte sie ihre Tage auf dem Burghof in Mansfeld mit ihrer Schwiegertochter und den Enkelkindern.

Dieses Jahr zu Weihnachten würde auch Thea mit den Kindern kommen. Werner war immer noch in Italien in Kriegsgefangenschaft und schickte regelmäßig Karten über das Rote Kreuz.

Trotz aller Bemühungen war Gebhard weiterhin in Potsdam inhaftiert. Frederike war noch einmal nach Potsdam gefahren, hatte ihn dieses Mal jedoch nicht sehen dürfen. Sie alle machten sich große Sorgen um ihn, es war unerträglich, nichts für ihn tun zu können. Der Goldfasan, Graf Gustrow, war mittlerweile verschwunden, genauso wie etliche andere Personen von Rang und Namen, die plötzlich untergetaucht waren.

Der Krieg rückte näher, und auch wenn in der Prignitz nur selten davon etwas zu sehen war, spürten sie es doch. Trecks aus dem Osten kamen durch die Prignitz. Die Menschen wirkten erschöpft und apathisch.

Der Sommer war heiß gewesen, der Herbst mild, aber Anfang Dezember zog der Frost ein. Immer wieder schneite es, aber nicht in

Mengen. Es war wie ein Puderzuckerüberzug, der sich über das Land legte. Der Frost ließ alles gefrieren – die Böden, die Gewässer.

Fritzi stand am Fenster, schaute zur Straße, die in den Ort und von dort aus zum Bahnhof führte.

»Ohne Papa können wir nicht Weihnachten feiern.«

»Ach, Süße.« Frederike ging zu ihr. »Wir werden es müssen.«

»Aber es ist kein Weihnachten ohne ihn. Warum kann er nicht nach Hause kommen?«

»Weil sie es ihm nicht erlauben.«

»Sie haben doch auch Großmutter gehen lassen, und er hat nichts anderes getan als sie – Radio gehört.« Wütend sah Fritzi ihre Mutter an. »Kannst du nichts machen?«

Frederike schüttelte stumm den Kopf.

Fritzi stampfte auf. »Dann fahr ich eben nach Potsdam und hole ihn«, schrie sie wütend.

»Komm mal her, mein kleiner Trotzkopf«, sagte Heide beschwichtigend. »Deine Mutter hat alles getan, was in ihrer Macht stand, und noch mehr. Sie hat Strapazen auf sich genommen, um deinen Vater im Gefängnis zu besuchen und mich da rauszuholen. Sie hat wirklich alles versucht. Ihre Schuld ist es nicht, dass dein Vati nicht bei uns sein kann. In Gedanken ist er es aber sicherlich. Und er wünscht uns ein friedvolles Weihnachtsfest. Feiertage, die wir hier ohne Groll miteinander verbringen.«

»Und das Christkind bringt Geschenke«, sagte Mathilde, die am Kamin saß und die Haare ihrer Puppe bürstete. »Nicht wahr?«

»Das stimmt.« Frederike lächelte den Kloß in ihrem Magen weg.

Karl brachte die Kisten mit dem Christbaumschmuck vom Speicher. Es hatte Frederike etwas Mühe und etliche Eingaben an den Reichsnährstand gekostet, aber vor zwei Wochen waren Karl und Walter auf den Burghof versetzt worden. Hittlopp hatte geflucht und gedroht, aber gegen die offiziellen Schreiben und Befehle konnte er zum Glück nichts machen. Karl wohnte mit seiner Frau in einem der kleinen Siedlungshäuser im Dorf. Ob er nun für das Gut auf dem Betriebshof arbeitete oder im Burghof Arbeiten verrichtete, machte für ihn keinen großen Unterschied. Walter hatte eine Kammer über den Ställen bewohnt, war aber nun in eines der Gesindezimmer im Burghof umgesiedelt. Somit hatte Frederike sie beide der Willkür des Verwalters entzogen. Es war ihr eine kleine Genugtuung.

»Wollen wir den Baum schmücken?«, fragte Heide Fritzi und Mathilde. »Karl wird uns sicher helfen.«

Der Knecht lächelte. »Mit Freuden.«

Der Baum war schon letzte Woche geschlagen worden, hatte einige Tage auf der Veranda gelegen und war gestern in der Halle aufgestellt worden. Es war eine prachtvolle Tanne, die bis zur Empore im ersten Stock reichte. Nun waren der Schnee geschmolzen und die Nadeln getrocknet. Auch die Leiter stand schon bereit. Karl öffnete die Kiste mit dem Baumschmuck, die er vom Dachboden geholt hatte. Es war das erste Mal, dass die Mädchen helfen durften. Bisher hatten sie den geschmückten Baum erst am Morgen des Heiligen Abend gesehen.

Frederike schloss kurz die Augen. Sie war wesentlich älter als ihre Töchter gewesen, als sie das erste Mal den Baum auf Gut Fennhusen mitschmücken durfte. Es war eine große Ehre und ein unvergleichliches, sehr feierliches Ereignis für sie gewesen. Ihr Stiefvater hatte all die Sachen ganz oben im Baum angebracht – die Kugeln, Sterne und Lichter. Hier war immer Gebhard dafür verantwortlich gewesen. Jetzt musste Frederike seine Rolle übernehmen. Sie stellte die Leiter an den Baum und schaute in die Kiste.

»Vorsichtig«, ermahnte Heide die Mädchen. »Die Kugeln und Zapfen sind aus Glas und zum Teil schon sehr alt.«

»Wir befestigen erst die Lichterkette«, beschloss Frederike.

Heide sah sie erstaunt an. »Elektrisches Licht?«

»Ja, das haben wir schon seit zwei Jahren. Das hast du nicht gesehen, weil wir immer zu dir oder zu Thea gefahren sind. Gebhard findet es gut. Man kann es, vorausgesetzt man hat Strom, einfach anmachen und muss nicht mühevoll jede Kerze entzünden. Kerzen haben wir natürlich trotzdem noch«, beeilte sie sich zu sagen.

»Ach? Das ist ja mal … nun, der Fortschritt. Ich erinnere mich, dass Thea auch elektrische Lichter hatte.« Heide lächelte.

Vorsichtig nahm Frederike die Verpackung aus der Kiste, die elektrischen Kerzen steckten auf dünnen Holzbrettern.

»Ich helfe Ihnen, Baronin«, sagte Karl und nahm vorsichtig die Bretter. Frederike stieg auf die Leiter und befestigte die Lämpchen, eines nach dem anderen, von oben nach unten und rundherum um den Baum. Es waren insgesamt sechzig, und sie deckten nur einen kleinen Teil des ausladenden Baumes ab. Immer weiter nach unten ging es, und schließlich brauchte sie die Leiter nicht mehr.

»Wie macht man das an?«, fragte Heide.

»Die letzte Kerze ist losegedreht, somit fehlt der elektrische Kontakt. Ich stecke jetzt die Lichterkette ein, und dann drehe ich die Kerze … eigentlich sollte es dann funktionieren.«

Schnell war die Lichterkette mit der Steckdose verbunden. »Fritzi, mein Herz, lösch das Licht.«

In der Diele wurde es dunkel. Nur aus dem Salon leuchtete noch der sanfte Lichtschein des Kaminfeuers.

»Eins. Zwei. Drei.« Frederike drehte die letzte Kerze in den Sockel. Dabei hielt sie die Luft an. Dieser Moment hatte etwas Magisches, Zauberhaftes. Sollte es nicht funktionieren, war der Zauber verflogen und würde zur Technik verkommen. Aber das Licht flammte auf, flackerte kurz, dann strahlten die Lämpchen in ihrem sanften Schein.

»Fast wie Wachskerzen«, sagte Heide erstaunt. »Ich bin fasziniert.«

»Das ist so schön«, hauchte Fritzi. »Vati sollte das sehen.«

»Morgen, wenn der Baum ganz geschmückt ist, machen wir eine Fotografie und zeigen sie Vati, wenn er wieder daheim ist, einverstanden? Aber erst einmal müssen wir den Baum ja schmücken. Mach das Licht wieder an, Fritzi.« Frederike bemühte sich, ganz normal, vielleicht auch ein wenig fröhlich zu klingen, aber es fiel ihr schwer.

Fritzi schaltete das Licht wieder an, und Frederike drehte die unterste Kerze aus ihrem Sockel. Das Licht im Baum erlosch.

Nun hängten sie vorsichtig alle Kugeln und Zapfen, die Strohsterne und den anderen Baumschmuck, der sich über die Jahre angesammelt hatte, an die Zweige. Am Ende war der Baum üppig, fast schon überladen geschmückt. Frederike hätte es etwas anders gemacht, aber in diesem Jahr hatten die Mädchen das Sagen. Und sie waren begeistert. Ob es im nächsten Jahr überhaupt einen Baum geben würde? Frederike wusste es nicht. Die Zukunft war ungewiss und beängstigend. Wenigstens dieses Weihnachtsfest sollten sie als schön in Erinnerung behalten, vielleicht würde es ja das letzte in Mansfeld sein.

Heide ging in den Gartenraum und setzte sich an das Klavier. Sie stimmte die Weihnachtslieder an, die auch auf Fennhusen und vermutlich überall gesungen wurden. Die Kinder sangen andächtig mit. *Es ist ein Ros entsprungen* und *Stille Nacht, heilige Nacht* klangen durch das Haus. Doch schließlich schickte Frederike die Mädchen ins Bett.

»Für heute reicht es. Der Tag morgen wird lange genug werden. Geht und schlaft. Ich komme nachher noch einmal zu euch und gebe euch einen Gutenachtkuss.«

»Wird das Christkind unsere Wünsche erfüllen?«, fragte Mathilde voller Hoffnung.

»Manchmal, aber nicht immer und niemals alle – denn sonst hat man ja keine Wünsche mehr für die Zukunft«, sagte Frederike und küsste Mathilde auf die Stirn, dann nickte sie Wanda, dem Kindermädchen, zu. Wanda nahm Mathilde an die Hand. »Wir müssen uns noch waschen und die Zähne putzen«, sagte sie. »Und dann müssen wir ins Bett gehen, denn sonst kann der morgige Tag nicht kommen.«

»Du hilfst mir, Wanda?«, fragte Mathilde und gähnte lauthals. »Ich bin nämlich plötzlich so müde. Vielleicht reicht es, wenn ich mich morgen wasche?«

»Ich glaube nicht, mein Kind«, meinte Wanda lächelnd. »Aber vielleicht reicht heute Abend eine Katzenwäsche, und wir machen es morgen früh gründlich.« Sie sah sich auf der Treppe um und zwinkerte Frederike zu. »Aber das darfst du deiner Mutter nicht sagen.«

Frederike unterdrückte ein Lachen. Zu jeder Zeit hatten die Kindermädchen die gleichen Tricks und Sprüche benutzt, da war sie sich sicher. Auch ihr Kindermädchen hatte sie früher an aufregenden Abenden so ins Bett gebracht.

»Du musst auch ins Bett, Fritzi«, sagte sie zu ihrer ältesten Tochter. »Gute Nacht und schlaf gut.«

»Aber es fehlen ja noch die Wachskerzen«, sagte Fritzi und runzelte die Stirn. »Oder wird es dieses Jahr keine geben? Müssen wir auch daran sparen?«

»Manche Dinge muss man abwarten«, sagte Frederike lächelnd. »Vielleicht haben wir noch welche, vielleicht auch nicht, aber jetzt ist es Zeit für dich, ins Bett zu gehen.«

»Mein größter Wunsch wird sich bestimmt nicht erfüllen«, sagte Fritzi traurig. »Vati wird morgen nicht hier sein.«

»Vatis größter Wunsch ist, dass wir Weihnachten so schön feiern, wie wir nur können. Dass wir an ihn denken – aber das tun wir ja ohnehin. Er wäre unglücklich, wenn wir nur traurig wären. Er möchte, dass wir ein schönes Fest haben. Und wir können ihm später immer noch davon erzählen, dann ist das ein wenig so, als wäre er dabei gewesen. In unseren Gedanken ist er es ja ohnehin.«

»Das stimmt, Mutti«, sagte Fritzi und klang erleichtert. »Und so machen wir das auch. Gute Nacht, Mutti. Gute Nacht, Großmutter.«

Dann stapfte sie nach oben, wo Wanda schon auf sie wartete.

»Du findest erstaunlich gute Worte, um deine Kinder durch diese schwere Zeit zu begleiten«, sagte Heide. »Ich weiß nicht, ob ich das gekonnt hätte.« Sie stand auf, streckte sich. »Der Abend war lang, und ich ziehe mich nun auch zurück. Gute Nacht, Kind.«

»Schlaf gut, Heide.«

Als alle oben waren, ging Frederike in den kleinen Salon und öffnete eine Tür in ihrem Sekretär. Dort hatte sie eine Flasche Gin versteckt. Auf der Anrichte stand ein Behälter mit Eiswürfeln und daneben Tonicwater und ein wenig Zitronensaft. Sie mischte sich einen Gin-Fizz, schaltete das Licht aus und setzte sich an den Kamin. Aus der Halle kam der Duft des Tannenbaums. Auf dem Kamin lagen zwei Orangen, die Lore mit Nelken gespickt hatte. Auf das Kaminholz hatte Mathilde die kleinen Zweige, die vom Tannenbaum gefallen waren, und die Zapfen geworfen. Nun knackten und platzten sie in der Hitze des Feuers, verströmten einen süßen, weihnachtlichen Geruch. In den Jahren zuvor hatte Frederike immer mit Gebhard am Feuer gesessen, nachdem der Baum geschmückt war. Sie hatten einen Drink genossen, sich leise unterhalten oder miteinander geschwiegen – ein wohltuendes Schweigen, das Wissen, dass man zu zweit nicht allein war, aber auch nicht jede Stille mit Geplapper füllen musste. Heute Abend fehlte ihr Gebhard mehr denn je.

Morgen würde Thea mit den Kindern kommen. In der Kirche, die nur wenige hundert Meter vom Burghof entfernt war, würden sie den Weihnachtsgottesdienst feiern, anschließend würde es die Bescherung der Leute in der Halle geben. In den letzten Jahren hatten sie auch immer die Fremdarbeiter beschenkt – Kleinigkeiten nur, etwas Kautabak, Zigaretten, Seife oder Socken. Sachen, die die Gefangenen – denn das waren sie – brauchten. Meist gab es noch eine Süßigkeit dazu. Und für die Leute, die in oder am Haus arbeiteten, oft noch etwas Persönliches. Gerne hätte Frederike diese Tradition auch dieses Jahr fortgeführt, aber der Verwalter hatte es verboten. Sie würde die Fremdarbeiter beschenken, die Erlaubnis dazu hatte sie schon beim Reichsnährstand eingeholt, aber am Gottesdienst in der Mansfelder Kirche durften die Männer und Frauen nicht teilnehmen. Frederike schloss die Augen. In der Ferne läutete die Kirchturmuhr. Es war erst zehn Uhr, ihr schien es so viel später. Sie stand auf und läutete nach Ilse.

»Ich muss noch mal außer Haus«, sagte sie dem Mädchen.

»Es schneit, und es ist eisig kalt«, sagte Ilse entsetzt.

»Ich gehe nicht weit, nur bis zum Pfarrhaus.«

»Aber um diese Zeit?«

»Der Pfarrer wird wahrscheinlich in der Nacht vor Heiligabend noch nicht schlafen, sondern an seiner Predigt sitzen. Ich möchte nur etwas mit ihm klären. Sollte ich bis Mitternacht nicht zurück sein, kannst du ja einen Suchtrupp starten.« Sie zwinkerte Ilse zu, schlüpfte in ihre Stiefel, nahm Schal, Mütze und Mantel. Dann verließ sie das Haus. Ihre Hündin Luna, eine Tochter ihres ersten eigenen Hundes Fortuna, folgte ihr.

»Nicht dass du glaubst, wir gingen nun eine große Runde, Luna«, sagte Frederike zu der Hündin. Diese sah sie an und wedelte aufgeregt mit der Rute. Frederike lachte leise auf. Sie stapfte durch den Hof und an der Schmiede vorbei. Rechts von ihr war die Stepenitz, die im Dunkel der Nacht rauschte, links lagen Schuppen und Ställe dicht an dicht. Sie bildeten die Rückseite von einigen langgezogenen Grundstücken, und in der Mitte lag die Pfarrscheune. Das Pfarrhaus stand oben an der Straße. Dorthin ging Frederike, stieg die Treppe empor und schellte. Es brannte noch Licht, aber es dauerte eine Weile, bis das Mädchen die Tür öffnete.

»Trauerfall?«, fragte sie schlaftrunken. »Oder ein Unglück?«

»Grete?« Frederike kannte fast jeden Bewohner des Ortes.

»Frau Baronin. Ich hab Ihnen fast jar nich erkannt. Is was passiert?«

»Ich würde gerne den Pfarrer sprechen.«

»Kommen Se rin.« Grete öffnete die Tür. Frederike schüttelte den feinen Schnee von ihrem Mantel, stampfte zweimal auf, um die

Schuhe vom gröbsten Matsch zu befreien. Dann schaute sie auf den Hund, der sich an ihr Knie schmiegte.

»Darf sie mit herein? Sie legt sich auch im Flur ab.«

»Bei dem Wetterchen lässt man ja keenen Hund draußen, wa?«, sagte Grete und lächelte. »Jehn Se schon ma vor ins Zimmer, ich hole den Pfarrer.«

Luna legte sich in den Flur, und Frederike wärmte sich im Pfarrzimmer die Hände vor dem Kamin. Es war in dieser Nacht schlagartig kälter geworden, der Himmel hing voller Wolken, die noch weiteren Schneefall versprachen.

»Liebe Frau Baronin«, sagte der Pfarrer. »Einen schönen guten Abend wünsche ich Ihnen.« Er sah sie besorgt an. »Ist etwas passiert?«

»Nein, nicht in dem Sinne«, gab Frederike zu. »Und es tut mir leid, dass ich Sie noch zu dieser späten Stunde aufsuche. Aber es brannte noch Licht …«

»Sie können mich jederzeit aufsuchen, so wie alle anderen Gemeindemitglieder auch. Was kann ich für Sie tun?«

»Es geht um morgen, um das Weihnachtsfest. Ich fand die Feiern in den letzten Jahren immer sehr schön – und gerade auch, dass die Fremdarbeiter am Gottesdienst teilnehmen konnten, fand ich sehr … nun ja, christlich. Besonders in diesen Zeiten.«

Der Pfarrer nickte.

»Aber«, fuhr Frederike fort, »in diesem Jahr ist es ihnen nicht gestattet …«

»Ja, ich habe schon mehrfach mit Hittlopp darüber gesprochen, doch er lässt sich nicht von seiner Haltung abbringen«, bedauerte der Pfarrer. »Vielleicht spreche ich morgen früh noch einmal mit ihm – wenigstens die Franzosen sollten doch dürfen. Sie sind schon seit Jahren auf dem Gut. Ich glaube nicht, dass von ihnen eine Gefahr ausgeht. Im Gegenteil, wir sollten in den letzten Tagen des Krieges schon mal die Aussöhnung üben.«

»Das sehe ich auch so, und es wäre schön, wenn Sie das erreichen könnten. Es wäre mir sehr wichtig und meinem Mann bestimmt auch.«

»Gibt es Neuigkeiten vom Baron?«

Frederike senkte den Kopf. »Leider nicht.«

»Ich schließe ihn in meine Gebete ein und hoffe, dass er bald heil an Körper und Geist nach Hause kommen kann.«

»Danke.« Frederike räusperte sich. »Da sind aber noch die Polen und Russen auf dem Betriebshof. Ich weiß, die meisten sind orthodox oder katholisch – aber der Glaube an Gott ist der Glaube an Gott …«

»Ich verstehe, was Sie meinen.«

»Und auch sie sollten zu Weihnachten die Möglichkeit haben, gemeinsam zu beten und den Segen zu empfangen.«

Der Pfarrer schwieg, dann nickte er. »Das ist wohl richtig, aber der Inspektor verbietet, dass sie in die Kirche kommen.«

»Deshalb hatte ich die Idee, dass wir zu ihnen gehen – auf den Betriebshof. Und dort einen kleinen Gottesdienst abhalten. Es muss ja nicht Stunden dauern … ich weiß, Ihre Zeit ist kostbar, und an den hohen Feiertagen haben Sie immer viel zu tun …«

»Liebe Frau Baronin«, der Pfarrer nahm Frederikes Hand in seine. »Das ist eine ganz wundervolle Idee. Warum bin ich nicht selbst darauf gekommen? Natürlich. Wir können einen kleinen Gottesdienst auf dem Betriebshof abhalten. Dagegen kann auch der Inspektor nichts sagen.«

Frederike lächelte. »Ich habe ein paar Gaben für die Frauen und Männer, nur Kleinigkeiten.«

»Ach, das ist zauberhaft. Ich werde meine Haushälterin fragen, ob wir nicht etwas von unserem Weihnachtsessen abgeben können, denn wie ich erfuhr, bekommen die Gefangenen nicht viel zu essen.«

»Lore hat eine Suppe mit viel Fleisch für sie gekocht, aber mehr wird sicherlich willkommen sein.«

»Mir kommt da noch eine Idee«, sagte der Pfarrer und schmunzelte. »Mal sehen, ob sich das umsetzen lässt. Aber wie sollen wir es zeitlich gestalten? Der Gottesdienst ist um drei und dauert etwa eine Stunde. Bisher sind die Leute und Franzosen danach zum Burghof gegangen und wurden dort beschert. Das dauert ja. Wann sollten wir denn den Gottesdienst im Betriebshof machen?«

Darüber hatte Frederike noch nicht nachgedacht. »Und wenn wir …«, sagte sie zögerlich, »… den Gottesdienst normal anfangen, aber dann nach der Predigt alle zusammen zum Betriebshof gehen? Dort das Vaterunser mit den Fremdarbeitern sprechen und Sie dort den Segen geben?«

»Das könnte gehen. Aber wahrscheinlich wird das einigen unserer älteren Gemeindemitglieder missfallen. Wenn wir einfach nach dem Gottesdienst zum Betriebshof gehen? Weit ist es ja nicht. Dort könnten wir noch einen kurzen Gottesdienst abhalten, und dann könnte alles seinen gewohnten Lauf nehmen.«

»Der Tag wird noch länger werden, aber ich glaube, das ist eine gute Lösung.« Frederike stand auf. »Danke.«

»Ich muss mich bei Ihnen bedanken, Sie haben mich ja erst darauf gebracht. Gleich morgen früh rede ich mit Hittlopp. Ich lasse Sie wissen, wie es ausgeht.«

»Gute Nacht.«

Luna sprang auf, als Frederike den Flur betrat. Gemeinsam gingen sie nach draußen. Es schneite immer noch. Frederike beschloss, mit dem Hund doch noch eine kleine Runde zu drehen, sie ging zur Kirche und von dort aus weiter über die Stepenitz, den Hügel hoch bis zur Ruine mit dem alten Burgturm. Sie schaute in den Himmel, suchte in den wenigen Wolkenlücken nach einem Stern und fragte sich, wie es Gebhard wohl gerade ging. War er wieder gesund? Was mochte er denken? Welche Ängste und Sorgen beschäftigten ihn? Ganz sicher dachte er an sie – an Frederike, die Kinder, das Gut. Sie konnte nur ahnen, wie unglücklich es ihn machte, nicht bei ihnen sein zu können.

Die Zukunft war ungewiss, der Krieg, da war sie sich sicher, würde nicht mehr lange dauern. Aber Hitler gab nicht auf, er würde bis zum letzten Mann kämpfen.

Was für ein feiger Mensch, dachte Frederike verächtlich. Er saß sicher in irgendeinem Bunker und schickte all die unschuldigen Männer und Jungs an die Front. Er machte sie zu Kanonenfutter. Und trotzdem gab es sie immer noch, die »Heil«-Schreier, die Mitläufer und diejenigen, die nach wie vor an das Tausendjährige Reich glaubten. Wie konnten sie nur, fragte Frederike sich. Wie hatte das alles nur geschehen können?

Klein Gebbis Kindermädchen, die Polin Wanda, hatte Gebhard vom Feld gerettet, wo sie als Fremdarbeiterin schuften musste. Sie war zusammengebrochen, doch der damalige Vorarbeiter und jetzige Inspektor Hittlopp kannte kein Erbarmen, er hatte sie an den Haaren wieder auf die Beine gezogen, sie mit der Faust geschlagen – bis Gebhard eingeschritten war. Seit über einem Jahr war Wanda nun bei ihnen, und Frederike hätte sich kein besseres Kindermädchen für ihren Sohn vorstellen können. Manchmal saßen sie im Kinderzimmer zusammen und redeten. Wanda erzählte von ihrer Familie in Polen, von ihren Ängsten und Hoffnungen. Nun, da Gebhard in Potsdam inhaftiert war, konnte Frederike sie noch besser verstehen. Es war furchtbar, von geliebten Menschen getrennt zu sein und nicht zu wissen, wie es ihnen erging.

»Ich verfluche die Nazis«, stieß Frederike bitter hervor. Dann kehrte sie um und ging zurück zum Burghof. In der Diele war es kühl und duftete nach der Tanne. Früher auf Fennhusen hatten sie nachts noch die Kerzen angezündet – heimlich, damit die Kinder es nicht mitbekamen, denn sie sollten den erleuchteten Baum ja erst am Heiligen Abend in voller Pracht sehen. Sie hatten Punch getrunken und Weihnachtslieder gesungen. Diese Tradition hatten Gebhard und sie auch auf Burghof weitergeführt. Aber auf Fennhusen war alles größer gewesen und strahlender. Frederike schmunzelte.

Das denkst du nur, sagte sie sich, weil du damals noch jung und naiv, voller Hoffnungen und Träume warst. Und weil die Familie auf Fennhusen viel größer war – Tante Edeltraut und Tante Martha lebten bei ihnen, die vielen Kinder. Sieben Kindern in drei Ehen hatte ihre Mutter Stefanie zur Welt gebracht. Das Verhältnis zwischen Stefanie und Frederike war nicht immer einfach, aber sie war und blieb ihre Mutter. Und jetzt saß Stefanie auf dem Gut im Osten, und die Front rückte immer näher, Frederike machte sich große Sorgen um ihre Familie. Sie hatte vor ein paar Tagen eine Leitung nach Fennhusen bekommen – das wurde immer mühsamer und dauerte mitunter manchmal Stunden. Die Nachrichten von dort waren nicht sehr ermutigend. Die Rote Armee stand schon fast an der Weichsel, und hin und wieder konnten sie auf Fennhusen schon Artilleriefeuer hören. Doch Gauleiter Koch hatte das Trecken verboten. Sie sollten auf den Gütern ausharren. Onkel Erik hatte jedoch schon Wagen vorbereitet, und Stefanie hatte das Nötigste packen lassen. Nun versperrten die Truppen die Straße – selbst wenn sie hätten trecken wollen, es war zu spät.

Sorgen über Sorgen. Frederike war müde, aber dennoch ging sie in das Gartenzimmer, in dem das Klavier stand. Sie setzte sich auf den Hocker und schloss die Augen. Dann schlug sie ein paar Tasten an, sang leise.

»Vom Himmel hoch, da komm ich her.
Ich bring' euch gute neue Mär,
Der guten Mär bring ich so viel,
Davon ich singen und sagen will.«

Sie sang das ganze Lied und ließ ihren Tränen freien Lauf. Danach klimperte sie ein wenig, bevor sie das nächste Lied anstimmte.

»Fröhliche Weihnacht überall!,
tönet durch die Lüfte froher Schall.
Weihnachtston, Weihnachtsbaum,
Weihnachtsduft in jedem Raum!
Fröhliche Weihnacht überall!,
tönet durch die Lüfte froher Schall.«

Plötzlich hörte sie einen dunklen Alt, der mit in den Refrain einstimmte.

»Darum alle stimmet
in den Jubelton,
denn es kommt das Licht der Welt
von des Vaters Thron.«

Es war Wanda. Frederike rückte auf der Klavierbank ein wenig zur Seite, und das Kindermädchen setzte sich neben sie. Gemeinsam sangen sie das Lied zu Ende.

Danach folgten noch einige weitere.

Mit einem Mal war Frederike gleichzeitig traurig, aber auch glücklich. Die beiden Frauen sahen sich, ohne etwas zu sagen, an. Sie wussten genau, was die andere dachte und fühlte.

»Magst du noch etwas trinken?«, fragte Frederike. »Einen Schlummertrunk?« Die Kaminuhr schlug schon Mitternacht, und auch die Kirchturmglocken folgten, etwas zeitversetzt.

»Haben Sie einen Wodka?«, fragte Wanda. »Zu Hause trinken wir immer Wodka …«

»Ich glaube schon.« Frederike ging in den Salon, öffnete die Tür der Anrichte, wo der Alkohol stand. »Dort ist eine Flasche. Dann nehme ich auch einen.« Sie füllte zwei kleine Gläser.

»Na zdrowie!«, sagte Wanda, nahm das Glas und trank.

Frederike lächelte: »Na zdrowie!«

Sie stellten die Gläser auf den Tisch. »Es wird Zeit, ins Bett zu gehen, morgen wird ein furchtbar langer Tag.«

»Ich wollte Sie noch fragen, ob Klein Gebbi mit in die Kirche soll?«

»Nein. Es ist zu kalt und dauert zu lange. Für ihn wäre es schrecklich und für uns vermutlich auch, weil er quengelt. Fritzi und Thilde müssen allerdings mit.« Frederike überlegte. Dann erzählte sie Wanda von ihrem Plan, auch den Fremdarbeitern auf dem Betriebshof einen Gottesdienst zu ermöglichen. »Ich hoffe, dass wir das hinbekommen. Aber dorthin müssen die Mädchen natürlich nicht mitkommen. Es wird dann sowieso noch viel länger dauern, bis sie endlich Bescherung haben.«

»Ich würde die Mädchen mitnehmen«, sagte Wanda nachdenklich. »Sie wissen ja von den Fremdarbeitern, waren schon dort. Immer, wenn sie reiten wollen, sind sie auf dem Betriebshof.«

Bei den Mädchen hatte der neue Inspektor eine Ausnahme gemacht. Sie durften in den Stall zu ihren Ponys. Aber wenn Frederike reiten wollte, musste sie jemanden schicken, der ihr das Pferd brachte. Schließlich waren die Tiere und alles andere immer noch ihr Eigentum, nur wirklich darüber verfügen durfte sie nicht mehr.

»Die Leute dort wird es freuen, wenn die Mädchen mitkommen. Es schafft eine Bindung zur Familie. Und glauben Sie mir, die wissen, dass ihr Mann alles dafür getan hat, um sie gut zu behandeln. Und sie wissen auch, wem sie es zu verdanken haben, dass es ihnen nun so schlechtgeht. Der Inspektor wird gehasst.«

»Lore hat extra noch einen großen Eintopf mit Fleischeinlage gekocht. Ich habe Kleinigkeiten vorbereitet – mehr ging nicht, ich würde sie auch gerne beschenken.« Frederike seufzte. »Aber ich weiß gar nicht, ob der Inspektor das genehmigen wird.«

»Ich hoffe es«, sagte Wanda. »Und ich finde es unglaublich, dass Sie es versuchen. Wie ist es mit einem Tannenbaum? Die Franzosen haben einen – eine kleine Tanne, ganz schlicht und mit weißen Kerzen. Davon weiß Hittlopp wahrscheinlich gar nichts. Einer der Männer hat ihn heimlich geschlagen, und eins der Mädchen hat ihnen die

Kerzen gebracht. Sie freuen sich wie kleine Kinder, morgen Abend die Kerzen anzünden zu können.«

»Woher weißt du das?«, fragte Frederike verblüfft.

»Pierre hat es mir erzählt.« Wanda lächelte.

»Ein Bäumchen für unsere Russen – natürlich. Das müssen wir morgen früh noch organisieren.«

»Ich kümmere mich darum«, sagte Wanda. »Aber jetzt sollten wir zu Bett gehen.«

Sie löschten die Lampen und sicherten die Öfen. Dann gingen sie nach oben. Luna hatte in der Diele gelegen, nun folgte sie Frederike. Wanda schlief im Kinderzimmer. Leise öffnete sie die Tür, und Frederike ging mit hinein. Klein Gebbi lag in seinem Bettchen, hatte sich von der Decke freigestrampelt. Vorsichtig deckte sie ihn wieder zu. Es war angenehm warm im Zimmer, im Ofen glühten die Kohlen. Frederike küsste ihren Sohn auf die Stirn. »Gute Nacht«, flüsterte sie Wanda zu. Auch bei den Mädchen schaute sie noch einmal hinein, beide schliefen friedlich.

Frederike ging in ihr Zimmer, zog sich aus und legte sich ins Bett. Luna rollte sich auf ihrer Decke zusammen und seufzte tief. Die Vorhänge hatte Frederike nicht zugezogen. Manchmal konnte sich der Mond durch die Wolken schieben und die Schneeflocken, die unermüdlich rieselten, beleuchten.

Kapitel 5

·◆·

Der nächste Morgen begann so früh wie immer, auch wenn es der Heilige Abend war. Ilse kam und brachte warmes Wasser in einem Krug. Kohlen, um den Badeofen anzuheizen, mussten sie sparen. Das Zimmermädchen legte auch Holz nach und fachte den Ofen, der runtergebrannt war, aber immer noch glomm, wieder an.

Frederike machte sich fertig, ging nach unten und nahm die Bibel. Wie jeden Morgen versammelte sich die Familie mit den Leuten zur Andacht. Seit Gebhard inhaftiert war, hatte Frederike seine Rolle übernommen. Sie las die Tageslosung, sprach ein Gebet, dann entließ Frederike die Leute für den Tag.

Mit Lore würde sie sich nach dem Frühstück treffen und die Essen für heute und morgen besprechen. Es gab eigentlich eine goldene Regel im Burghof, dass am Heiligen Abend nur ein kaltes Buffet mit einer Suppe serviert wurde. Die Suppe wurde auf einen kleinen Brenner gestellt und blieb somit heiß. Jeder nahm sich selbst. Auf diese Weise hatten auch die Leute an diesem Abend frei und konnten diesen Feiertag mit ihrer Familie begehen.

Nun war ja aber Heide zu Gast, und auch Thea mit den vier Kindern würde kommen. Das bedeutete schon mehr Aufwand als gewöhnlich. In den letzten Jahren waren sie am ersten Feiertag nach Leskow gefahren, aber diesmal blieb die Familie – oder das, was von ihr übrig war – hier.

Lore hatte sich bereit erklärt, dieses Jahr auch an den Feiertagen zu kochen. Zwei der polnischen Fremdarbeiterinnen arbeiteten seit einigen Monaten als Spül- und Küchenmädchen. Sie hatten laut Reichsnährstand keinen Anspruch auf freie Tage. Das hatte keiner der Fremdarbeiter, und das hätte es sehr viel einfacher gemacht, den Betrieb einfach weiterzuführen, aber Frederike erschien diese Regelung unanständig. Sie wollte, dass alle ein schönes Fest hatten, und darin schloss sie auch die Fremdarbeiter ein.

Es würde eine Gratwanderung werden.

Nun aber ging sie erst einmal in den kleinen Salon, wo auch ihr Sekretär stand. Dort lagen die Haushaltsbücher, und auf einem Tisch, hinten am Fenster, standen zwei große Wäschekörbe mit den Geschenken für die Leute und die Arbeiter des Gutes und ihre Kinder, und unter dem Tisch drei weitere Körbe mit Gaben für die Fremdarbeiter.

Heide folgte ihr. Ilse brachte eine Kanne mit Muckefuck – Ersatzkaffee.

»Thea wollte gegen elf kommen«, sagte Heide. »Sind die Zimmer für sie und die Kinder fertig?«

»Ja, schon seit gestern.« Frederike nahm sich eine Tasse Muckefuck. Sie fühlte sich müde und ausgelaugt, hätte gerne noch einige Minuten alleine gehabt, um sich zu sammeln.

»Du weißt, Thea ist anspruchsvoll. Was gibt es heute zu essen?«

»Es wird eine Consommé geben und das übliche kalte Buffet. Gefüllte Gans, Schwarzsauer, Weißsauer, geräucherten Aal, Heringssalat, Brot, Butter und so. Keiner wird hungern.«

»Kein Menü?«

»Es ist Heiligabend. Wir machen nie Menü am Heiligen Abend.«

»Wir schon«, sagte Heide.

»Ich glaube«, sagte Frederike erschöpft, »darüber haben wir schon fünf Mal gesprochen. Morgen gibt es ein Menü.«

»Und was gibt es morgen?«

»Als Hauptgang Wild. Alles andere kläre ich gleich mit Lore.«

»Bei mir stand das Weihnachtsmenü schon immer Wochen vorher fest.«

»Das war aber, als die Lebensmittel noch nicht auf Marken ausgeteilt wurden.«

»Dies ist ein Gut.«

»Wir haben aber keine Zuckerraffinerie, wir haben keine Ölmühle, und auch das Getreide für Mehl wurde uns abgenommen und wird uns nun wieder zugeteilt – in kleinen Mengen. Ja, wir mogeln, ja, wir haben mehr als Lieschen Müller in Mansfeld und sehr viel mehr als ihre Tante Gerda in Berlin. Wir können uns glücklich schätzen. Planen und üppige Gelage veranstalten, so wie früher, können wir aber nicht.«

»Ich wünschte, Gebhard wäre hier«, sagte Heide traurig und setzte sich an den Kamin.

Frederike holte tief Luft, dann ging sie zu ihrer Schwiegermutter und nahm sie in den Arm. »Das wünschte ich mir auch. Er ist es aber nicht, und wir müssen das Beste daraus machen.«

»Ich weiß ja, dass du alles gibst, und ich bin auch froh. Aber Thea ist immer so speziell …«

»Thea hat auch gelernt, dass das Leben kein Wunschkonzert ist. Wir werden versuchen, Weihnachten so schön wie möglich zu gestalten.«

»Ich weiß, Kind.«

* * *

»Ei, heit Abend hilft die Yvonka, un Jagoda jeht mich ooch zur Hand«, sagte Lore. »Machen Se sich keene Sorjen, dat klappt schon.«

»Ich weiß, aber ich habe das Gefühl, dass ich dir Weihnachten verderbe, Lore.«

»Iwo! Wo soll ichn hin? Hab ja keene Familie außer Sie.« Lore grinste. »Awwer eene Bitte hätt ich noch. Kann der Pierre heute inne Jesindestube bleeben un mit uns essen?«

»Solang Hittlopp nicht auftaucht … Was ist mit den anderen Franzosen?«

»Erbarmung, dee sin versorjcht. Hab jeschlachtet drei von unsere Jänse. Jibt Weißsauer un Schwarzsauer, jibt 'n Frikassee ooch fiere Franzosen. Fier den Iwan hab ich Eintopf jekocht – mit Speck und Wierste.«

»Drei Gänse?«, fragte Frederike erschrocken, die jede Schlachtung prüfen und melden musste.

Lore nickte und zwinkerte ihr zu. »De Jänse sind nich jelistet, Jnädigste. Doof bin ich ja nich. Ham noch dree, von denen de olle Hittlopp nüscht weeß.«

Frederike verkniff sich ein Lachen. »Gut, Lore«, sagte sie nur und schaute auf ihre Liste. »Heute Mittag gibt es eine Suppe und Brot. Meine Schwägerin mit ihren Kindern müsste bald eintreffen.«

»Erbarmung, hab auch noch jebacken Kekse.«

»Sehr gut. Um halb drei gehen wir zur Kirche, der Gottesdienst fängt um drei an.« Frederike räusperte sich. »Ich war gestern Abend beim Pfarrer. Er ist wohl jetzt bei Inspektor Hittlopp und will versuchen, doch noch eine Genehmigung für die Franzosen zu bekommen, so dass sie den Gottesdienst besuchen können.«

»Ei, das wäre scheen.«

»Außerdem haben der Pfarrer und ich überlegt, ob es nicht möglich wäre, auch einen kurzen Gottesdienst auf dem Betriebshof abzuhalten – direkt nach dem Gemeindegottesdienst. Das …«, Frederike stockte, fuhr dann fort, »würde aber bedeuten, dass sich der Ablauf nach hinten verschiebt und alles etwas umständlicher werden würde.«

»Jottesdienst? Fiern Iwan?«, fragte Lore nach, Frederike nickte. »Ei, dat is 'ne jute Idee. De Armen, so weet wech vonne Heemat, und dann noch Weehnachten und obendruf noch Hittlopp. Jedes Jebet tut denen jut.«

Frederike sah sie dankbar an. »Wanda wollte versuchen, für die

Fremdarbeiter heute noch einen kleinen Tannenbaum zu organisieren. Wir würden sie dann nach dem Gottesdienst bescheren und dann hierherkommen – alles würde sich um eine Stunde nach hinten schieben.«

Lore nickte und notierte das in ihrem Haushaltsbuch.

»Aber natürlich nur«, fügte Frederike leise hinzu, »wenn der Inspektor es zulässt.«

»Wenn er dat nich macht, isser keen Mensch.«

Sie besprachen den Speiseplan und die Tagesabläufe heute und morgen.

»Morgen fährt Thea mit den Kindern wieder, sie nimmt die Baronin mit nach Großwiesental. Am zweiten Feiertag können wir also alles herunterfahren. Reste werden reichen, und die kann ich mit den Kindern auch kalt genießen, solange das Zimmer warm ist«, sagte Frederike lächelnd. »Dann habt ihr alle frei.«

»Un was is mitten Pflichtjahrmädels?«

Vor einigen Jahren hatten sie die ersten beiden Pflichtjahrmädchen aufnehmen müssen. Jede Frau musste bis zu ihrem fünfundzwanzigsten Geburtstag ein Pflichtjahr, vorzugsweise in der Landwirtschaft, ableisten. Erst hatten sie zwei, nun waren es schon drei Mädchen. Sie kamen aus unterschiedlichen Regionen, viele hatten von einem Gut und der Haushaltsführung kaum Ahnung. Manchmal war sich Frederike nicht sicher, ob sie überhaupt ihre eigenen Schuhe zubinden konnten, so unerfahren und unsicher waren sie. Frederike hatte bisher unterschiedliche Erfahrung mit den Mädchen gemacht – eine Hilfe waren sie nicht, eher eine Belastung. Die jungen Mädchen hatten Heimweh, kannten sich nicht aus, wussten sich nicht einzufügen. Manchmal gab sich das nach ein paar Tagen und Wochen. Manchmal nie. Ablehnen konnte Frederike die Mädchen nicht. Auch zurückschicken ging nicht. Letztes Jahr durften die Mädchen noch über die Feiertage nach Hause fahren, in diesem Jahr mussten sie aber bleiben.

Alle drei kamen aus dem Ruhrgebiet, und von dort waren viele Frauen und Kinder inzwischen evakuiert worden. Die Großstädte der Region waren einzige Bombenkrater. Dort musste es noch schlimmer sein als in Berlin, auch wenn Frederike es sich kaum vorstellen konnte. Die drei Mädchen, die ihr dieses Jahr zugeteilt worden waren – Regina, Maria und Margot –, waren alle im Sommer erst vierzehn geworden. Ihre Aufgabe war es, im Haushalt mitzuhelfen, Hausführung und nötige Dinge der Küchenführung zu lernen. Margot tat sich sehr ungeschickt, was Tiere anging, vor den Milchkühen hatte sie Angst, und Ziegen stanken ihr zu sehr. Aber sie hatte ein gutes Händchen, was Kinder anging. Also hatte Frederike sie dem Kinderzimmer zugeteilt. Sie kümmerte sich um Fritzi und Mathilde, achtete auf deren Kleidung und die Hausaufgaben. Als Frederike merkte, dass es mit Margots Bildung nicht so weit her war, schickte sie sie mit den Kindern in die Dorfschule. Dort hatte das Kind, und als solches sah Frederike die Mädchen an, wenigstens noch einmal Gelegenheit, die grundlegenden Regeln der Sprache und der Mathematik zu begreifen.

Regina war besser ausgebildet, flinker und konnte gut mit dem Geflügel umgehen. Also wurde sie dort eingeteilt. Die Dritte, Maria, war verträumt und still, aber schnell fand Frederike heraus, dass sie gut nähen und stopfen konnte, also durfte sie sich mit der Weißwäsche beschäftigen. Alle Pflichtjahrmädchen sollten mindestens acht Stunden am Tag arbeiten, aber auch das fand Frederike übertrieben. Diese Kinder waren weit weg von zu Hause, sie hatten Angst und Heimweh, deshalb sah Frederike zu, dass sie höchstens für sechs Stunden beschäftigt waren, danach durften sie machen, was sie wollten. Heilig waren ihnen der Mittwochnachmittag und der Samstag – da waren die Treffen des BDM, an denen sie voller Begeisterung teilnahmen.

Die Mädchen taten Frederike leid, gleichzeitig mussten sie und die Leute immer auf der Hut sein und aufpassen, was sie sagten, wenn die Mädchen in der Nähe waren. Es war schon vorgekommen, dass eines der Mädchen die Familie anschwärzte. Aber am Ende waren es einfach Kinder, die von zu Hause weggeschickt worden waren.

»Oh, die habe ich ganz vergessen«, seufzte Frederike.

»Erbarmung, wenn ich darf machen eenen Vorschlach?«, fragte Lore.

»Natürlich.«

»Lasst se essen mit Ihnen nache Bescherung. Dat wird seen wie 'n Bockbierfest füre Mädels. Und da et is 'n Buffet, kann nicht jehen schief so viel.«

»Da hast du recht, Lore.«

»Un am Feiertach erstem kiennen se kommen inne Jesindezimmer, da passe ich uf se uf.«

»Wirklich?«

Lore nickte. Frederike wusste, dass es auch für das Gesinde eine Zumutung war, die Mädels bei sich zu haben – das Gesindezimmer auf Burghof war allen Leuten heilig, was hier gesprochen wurde, blieb hier. Man durfte sich hier über die Herrschaft und den Betrieb beschweren, über Politik reden, ohne dass etwas nach außen getragen wurde. Das ging allerdings nur, weil sie sich kannten und vertrauten – auch wenn das Vertrauen in den letzten Jahren nachgelassen hatte. Selbst im Gesindezimmer war man vorsichtiger geworden – man wusste es nie.

»Sie müssen ja nicht den ganzen Abend bei euch bleiben.«

»Jenau!«, sagte Lore und schmunzelte. »Ham Se fier alle Jeschenke?«

»Ja.« Frederike lachte leise. »Ich glaube, am häufigsten werde ich Seife verschenken. Seife aus unserer Küche. Ich weiß, du hast das Rezept von Schneider – denn deine Seife riecht nach zu Hause, nach Heimat.«

»Awwe Burghof is Ihre Heemat, oder nich?«

»Du lebst hier so lange wie ich, Lore. Wo ist deine Heimat?«

»Fennhusen«, sagte Lore leise und seufzte. »Ham Se recht.«

Für einen Moment schwiegen die Frauen. Dann stand Lore auf, strich die Schürze glatt. »Denn wolln we ma.«

»Danke, Lore.«

In diesem Moment war ein wildes Hupen von der Chaussee zu hören. Das musste Thea sein. Von Verkehrsregeln hielt sie nicht viel, sie betätigte die Hupe ohne Unterlass, und wer vernünftig war, fuhr an die Seite oder bog, wenn möglich, ab. Zum Glück fuhr Thea nur in der Provinz Auto, in der Stadt hätte sie keine halbe Stunde überstanden.

»Tante Thea! Tante Thea kommt!«, rief Fritzi und tanzte durch die Diele. »Endlich!«

Mathilde klopfte kurz und kam dann in den Salon, sah ihre Mutter fragend an. »Kann ich mit dir reden, Mutti?«

»Hörst du es nicht?«, fragte Frederike amüsiert. »Tante Thea wird gleich hier sein, falls sie nicht vorher im Graben landet.«

»Ich wollte schon längst mit dir darüber sprechen«, sagte Mathilde fast tonlos und sehr bleich. »Es geht um den Besuch.«

»Um Thea und die Kinder?«

Mathilde nickte. »Ich, ähm … ich fürchte mich vor Wolle.«

»Vor Wolfgang?« Wolfgang war der älteste Sohn von Thea und Werner. Er war nun zwölf Jahre alt und manchmal nicht ganz einfach. Adrian war acht und Walter fünf. Die kleine Barbara war erst drei Jahre alt – das einzige Mädchen.

Thea hatte Frederike immer um die Mädchen beneidet, sie gleichzeitig auch aufgezogen, weil Frederike Gebhard keinen Erben schenkte. Erst letztes Jahr, als Klein Gebbi zur Welt kam, hörten die Bemerkungen auf. Mit Klein Barbara hatte Thea alles, was sie sich erträumt hatte – drei Söhne, die Land und Gut weiterführen, und eine Tochter, die sie ausstaffieren konnte.

»Ja, Wolle ist furchtbar«, hauchte Mathilde. »Er triezt mich immerzu.« Beschämt senkte sie den Kopf.

»Es ist nur heute und morgen, Schatz«, sagte Frederike und nahm ihre Tochter in die Arme. »Wirst du das nicht überstehen?«

»Darf ich so lange in den Schnitterhäusern wohnen?«, flehte Mathilde. »Bitte.«

»Bei den Franzosen?«, fragte Frederike verblüfft. »Warum?«

»Die sind immer nett, und Wolle ist es nicht. Er ist immer gemein.«

»Was macht er denn?«

»Er ist halt gemein – stellt Beinchen, lacht über mich, sagt, Vati wäre ein Verräter …«

»Weiß das Fritzi?«

»Ich glaube, bei ihr traut er sich nicht. Sie würde ihn hauen oder in den Teich stoßen oder so etwas. Aber ich kann das nicht.«

»Zu den Franzosen kannst du nicht, aber sprich mit Wanda. Ich werde es auch tun. Sie soll ein Auge auf ihn haben. Und wenn er besonders gemein ist, dann kommst du zu mir, verstanden, Thilde?«

»Ja, Mutti«, sagte das Kind und seufzte auf.

»Wir schaffen das, mein Kind. Wolle ist gar nicht so. Er mag ein wenig sonderbar sein, aber er ist ein zu Mansfeld. Und wir halten zusammen. Er ist in der Hitlerjugend, weil er es muss, so wie Fritzi und du im BDM seid. Und er wird sicher von vielen dort verhöhnt und gehänselt.«

»Wegen Onkel Caspar?«

Frederike sah ihre Tochter erstaunt an. Sie war gerade mal ein Jahr alt gewesen, als Caspar fliehen musste.

»Ja, das kann sein.«

»Ist Onkel Caspar ein schlechter Mensch?«, fragte Mathilde.

In diesem Moment fuhr Thea mit quietschenden Reifen auf den Hof.

»Grundgütiger«, murmelte Frederike. »Nein, Onkel Caspar ist einer der gütigsten Menschen, die ich kenne. Intelligent und nachdenklich. Böse war er nie. Aber darüber sprechen wir noch, das schwöre ich dir.« Dann nahm sie ihre Strickjacke und eilte in die Diele.

Obwohl Thea und die Kinder nur eine Nacht blieben, kamen sie mit großem Gepäck.

»Du willst hier einziehen?«, fragte Frederike und lachte. Zum Glück waren die Franzosen da und konnten die Koffer und Taschen nach oben schaffen, denn fast alle männlichen Bediensteten waren inzwischen eingezogen worden – entweder zur Armee oder zum Volkssturm.

Thea umarmte Frederike herzlich. »Es ist schön, hier zu sein. Heiligabend in unserem Haus ohne Skepti – das hätte ich nicht ertragen.«

Frederike schluckte, sie musste Weihnachten ja auch ohne Gebhard verbringen.

»Ich habe dir oben Zimmer fertigmachen lassen. Die Jungs müssen sich allerdings ein Zimmer teilen.«

»Ich habe unsere Blanka für Barbara mitgebracht. Ohne das Kindermädchen wäre ich aufgeschmissen«, sagte Thea. »Sie ist so gut und schaut auch immer noch nach den Jungs. Dabei hätte ich für die am liebsten einen Hauslehrer mit Rohrstock, aber so etwas gibt es ja nicht mehr.« Thea gab Ilse ihren Mantel. »Jungs sind so anstrengend.«

Frederike verkniff sich ein Lächeln. Sie erinnerte sich noch gut daran, wie stolz, ja fast schon eingebildet, Thea früher auf ihre Söhne war.

»Möchtest du mit nach oben gehen und das Auspacken überwachen?«

»Ja«, sagte Thea. »Und wenn ich wieder herunterkomme, hast du einen Drink für mich?« Sie zwinkerte ihrer Schwägerin zu.

»Ganz sicher. Aber denk daran, dass auch Heide hier ist.«

»Ach ja …«

Es dauerte eine Weile, bis sich alle eingerichtet hatten. Die älteren

Kinder waren juchzend nach draußen gerannt und tollten im immer noch fallenden Schnee. Wanda kümmerte sich um Gebbi und Barbara, während Blanka die Sachen der Kinder auspackte und einräumte.

Thea hatte alles kontrolliert und kam nun in den Salon, wo Frederike schon auf sie wartete. Der Gin-Fizz stand bereit, und Frederike füllte zwei Gläser.

»Gin-Fizz? Schon vor dem Mittagessen?«, fragte Thea erstaunt.

»Besondere Tage schreien nach besonderen Dingen. Cheers, meine Liebe.«

Thea sah sich um. »Wo ist Heide?«

»Sie hat sich auf ihr Zimmer zurückgezogen, bis sich das große Chaos gelegt hat.«

»Möge das Chaos noch ein wenig anhalten«, meinte Thea und hob ihr Glas. »Nichts gegen unsere Schwiegermutter, aber sie kann manchmal so … sehr sie selbst sein. Du weißt, was ich meine.«

»O ja.«

Die beiden prosteten sich zu. Dann setzten sie sich an den Kamin. Das Holz knackte, immer wieder brach einer der Scheite auseinander, und es sprühte Funken. Aber das Kamingitter hielt alles in Grenzen. Es roch herrlich nach Harz und Holz, nach Tanne und Weihnachten. Die Düfte aus der Küche fügten sich in das geruchliche Bild.

»Wie geht es dir?«, fragte Frederike, als jemand an die Tür klopfte.

»Gnädigste, der Herr Teichner, der Pfarrer, möchte Sie sprechen.«

»Führ ihn herein, Ilse.«

Der Pfarrer schüttelte sich den Schnee von den Schultern, nahm die Mütze ab.

»Bitte setzen Sie sich zu uns«, sagte Frederike. »Möchten Sie etwas trinken?«

Teichner blickte auf die Gläser, schmunzelte. »O ja, würde ich gerne – aber ich sollte nicht. Haben Sie so etwas wie Kaffee, Baronin?«

»Ilse?«

Das Mädchen nahm den Mantel und die Mütze des Pfarrers, nickte und ging.

Pfarrer Teichner setzte sich und rieb seine Hände. »Es wird kälter, aber noch schneit es«, sagte er.

»Wenn es viel kälter wird, wird der Schneefall aufhören.« Frederike schaute zum Fenster. Gestern waren die Schneeflocken dick und feucht gewesen, jetzt waren sie klein, fast nur noch Eiskristalle. Die Kälte aus dem Osten zog über das Land. Dann wandte sie sich wieder dem Pfarrer zu, sah ihn an.

Er nickte. »Ich habe mit Hittlopp geredet. Kein leichtes Gespräch. Aber es war jemand von Amts wegen da – wer, weiß ich nicht. Er hatte eine imposante Uniform an, aber ich habe mich nie mit den Abzeichen beschäftigt.«

»Sie haben auch eine imposante Uniform«, sagte Frederike leise. »Es sind zwar nur ein schwarzer Talar und ein weißer Kragen – aber das, wofür sie stehen, ist imposant, nicht wahr?«

»Wenn man daran glaubt, aber danke.« Teichner lächelte. »Hittlopp war nicht begeistert von meinen Vorschlägen, aber ich konnte ihn überzeugen, dass die Franzosen, die ja zum Teil schon vier Jahre hier sind, keine Gefahr beim Gottesdienst bedeuten. Anders sieht er es, was den Gottesdienst auf dem Betriebshof angeht. Dort haben wir circa vierzig Inhaftierte – Polen, Russen, Männer wie Frauen. Einige sind militärische Gefangene, andere sind Zwangsarbeiter, die sich irgendwie dem Reich widersetzt haben sollen.« Er seufzte. »Sie hausen unter furchtbaren Bedingungen in der Scheune, die zu einer Baracke umfunktioniert wurde. Es gibt dort kaum Möglichkeiten, zu heizen … aber das wissen Sie ja alles selbst.« Er sah Frederike an, seine Augen waren voller Leid. »Ich weiß, Ihr Mann hat versucht, das Elend zu mildern, aber nun bestimmt der Inspektor darüber. Und er möchte auf keinen Fall, dass Gemeindemitglieder, dass irgendwer die

Baracke betritt, weil alle hier entsetzt wären. Wir dürfen dort keinen Gottesdienst abhalten.«

Frederike schloss die Augen und schnappte nach Luft. »O nein«, sagte sie leise. »Das macht mich so traurig.«

Teichner lehnte sich vor, nahm ihre Hand. »Da war doch dieser Kerl in Uniform …«, sagte er leise.

»Wissen Sie seinen Namen?«, fragte Thea nach.

»Irgendein Graf … ich merk mir das so schlecht«, gab der Pfarrer zu.

»Ein Graf? Das kann doch nur der gute alte Goldfasan sein. Graf Gustrow«, meinte Thea belustigt. »Ist er kurz aufgetaucht? So was. Ich versuche ihn seit Wochen zu erreichen, es hieß immer, er sei auf Reisen.«

»So etwas weiß ich nicht«, sagte Pfarrer Teichner. »Aber der Name könnte stimmen.«

»Was hat er gemacht?«, wollte Frederike wissen.

»Das hat mich sehr beeindruckt, muss ich zugeben. Er sagte: ›Es geht um Gottes Wort, Hittlopp, nicht um Befindlichkeiten. Natürlich dürfen alle Fremdarbeiter am Gottesdienst teilnehmen. Ob sie hier bewacht werden oder in der Kirche – schauen Sie doch raus, geht da jemand ohne Vorbereitungen stiften? Und selbst wenn, wie weit kommt er dann? Machen Sie nicht so ein Heckmeck, guter Mann, lassen Sie die Leute in die Kirche.‹« Pfarrer Teichner holte tief Luft, nickte dann. »So sieht es aus.«

»Sie dürfen alle in die Kirche?«, fragte Frederike verblüfft.

Der Pfarrer nickte.

»Und die Bescherung?«

Er hustete leicht. In diesem Moment klopfte Ilse und brachte eine dampfende Tasse auf einem Tablett. Daneben stand noch ein kleines Kännchen.

»Schönen Gruß von unserer Köchin, Herr Pfarrer«, sagte Ilse leise und senkte den Kopf. »Sie schickt Ihnen zu Weihnachten eine Tasse Kaffee. Und ein Kännchen Muckefuck.«

»Das ist echter Kaffee?«, fragte der Pfarrer verblüfft, nahm die Tasse, schnupperte daran und sah in die Runde. »Wie köstlich«, sagte er entzückt. »Das sollten wir uns teilen.«

»Jeder einen Fingerhut voll? Nein, genießen Sie die Tasse. Wir haben nicht mehr viel echten Kaffee, und vermutlich kommt auch nichts mehr ins Reich, die Alliierten haben uns ja eingekesselt«, sagte Frederike. »Aber dies ist dann unser Weihnachtsgeschenk an Sie, lieber Herr Pfarrer.«

»Wirklich?« Aber er wartete die Antwort nicht ab, sondern leerte die Tasse mit einem Zug. Den letzten Schluck behielt er für einen Moment im Mund, schloss die Augen, bevor er schluckte. »Himmlisch«, sagte er leise. »Wirklich. Danke schön.«

»Und die Bescherung?«, fragte Frederike nach. »Wie machen wir das?«

Der Pfarrer räusperte sich wieder, senkte dann seine Stimme. »Darüber habe ich gar nicht gesprochen. Ich würde meinen, dass Sie die Russen und die Polen direkt in der Kirche bescheren – also, wenn sie die Kirche verlassen. Dann sind die Wachen vor Ort, keiner kann ihnen etwas, und die Gefangenen können nicht fliehen. Würden sie auch nicht«, fügte er hinzu. »Die sind ja nicht blöd.«

»Und die Franzosen?«

»Das machen Sie so wie immer, hier im Gutshaus. Denke ich. Da spricht doch nichts dagegen.«

»Das stimmt. Ich hätte das auch gerne mit dem Inspektor selbst besprochen, aber er verweigert mir eine Audienz«, sagte Frederike bitter.

»Hittlopp ist ein …«, der Pfarrer stockte. »Nun, ich muss wieder ins Pfarrhaus und gleich in die Kirche. Dort sehen wir uns dann ja.«

»Danke, Pfarrer Teichner. Danke, dass Sie sich so einsetzen.«

»Ich muss Ihnen danken. Sie halten das Christentum aufrecht, in schwierigen Zeiten und über Religion und Staatsangehörigkeit hinaus.«

»Wir sind alle Menschen. Und zu Weihnachten besonders.«

Sie gaben sich die Hände, der Pfarrer verabschiedete sich und ging.

»Versteh ich das richtig«, sagte Thea und nahm sich noch ein Glas Gin-Fizz, »dass du die Fremdarbeiter zu Weihnachten beschenkst?«

»Ja, Kleinigkeiten. Seife, Rasierschaum, Rasierpinsel, Süßigkeiten, Socken – solche Dinge.«

»Auch den Iwan?«

Frederike schluckte. Es war gang und gäbe, die Russen als »Iwan« zu titulieren, sie tat sich allerdings schwer damit. Sie fand die Bezeichnung sehr abfällig.

»Auch für die Fremdarbeiter aus dem Osten habe ich Kleinigkeiten. Sie werden vom Inspektor sehr schlecht behandelt, schlechter als wir es tun würden. Aber es sind Menschen wie du und ich.«

»Das überlass ich meinem Verwalter«, sagte Thea und lehnte sich in ihrem Sessel zurück. »Wie sieht denn jetzt der Tag aus?«

Frederike schaute auf die Kaminuhr. »Gleich gibt es Mittagessen. Eine Suppe mit Einlage und dazu Brot und Butter. Gegen zwei Uhr machen wir uns fertig und gehen langsam zur Kirche. Dort ist dann der Gottesdienst.«

»Die Fremdarbeiter sind auch in der Kirche?«

»Wir haben einen abgetrennten Bereich, der bewacht wird, hinten im Kirchenschiff und unter der Galerie. Die Gemeinde sitzt wie immer. Nach dem Gottesdienst gehe ich am besten über die Außentreppe hinunter«, überlegte Frederike. »Dann kann ich mich an die Kirchentür stellen, jedem ein frohes Fest wünschen und meine Gaben verteilen. Ich muss den Mädchen noch Bescheid geben, dass sie die Körbe zur Kirche bringen.«

»Und dann?«, fragte Thea.

»Dann gehen wir alle zurück zum Burghof. Hier bekommen die Leute und die Kinder der Leute ihre Gaben, dann die Franzosen. Und dann machen wir die Bescherung im Salon. Dort liegen schon alle Geschenke, du kannst deine dazutun. Anschließend gibt es Essen. Suppe und kaltes Buffet.«

»Kein Menü?«, fragte Thea entsetzt.

»Nein, das Menü gibt es morgen Mittag. Ich habe Hirsch, Reh und Hase. Dazu allerlei an Gemüse. Dir wird es an nichts mangeln.«

»Und heute ist nur Schmalhans Küchenmeister?«

»Es gibt eine reichhaltige Suppe, Schwarz- und Weißsauer, es gibt Schweinesülze, Aal, Räucherfisch, Salat, Pickles und als Nachtisch Eis, Grütze, Pudding und Kuchen. Keiner wird verhungern. Niemand, das schwöre ich dir.«

»Aber wir sind alle hier. Sollte es nicht ein Menü geben? Auf Großwiesental gab es Weihnachten immer ein Menü.«

»Und wann haben die Leute Weihnachten?«, fragte Frederike leise. »Die Welt ist schon schlimm genug, zu Weihnachten sollte jeder Zeit haben – um zu beten, zur Besinnung zu kommen und zur Ruhe.« Sie holte tief Luft und nahm die Hände ihrer Schwägerin. »Du und ich, wir haben so viel. Immer. Es ist nicht einfach, aber eigentlich geht es uns so gut. An Weihnachten kann ich auch auf ein Menü verzichten. Das, was Lore zubereitet hat, wird uns satt machen. Wir werden nicht hungern, nicht darben. Aber die Leute brauchen wir nicht dazu. Sie sollen im Gesindezimmer feiern oder mit ihren Familien. Das sollten sie dürfen. Ab nächster Woche müssen sie wieder ran. Das ist ihre Aufgabe, aber jetzt ist Weihnachten.«

Der erste Gong ertönte. Das Essen würde bald aufgetragen werden. Die Kinder stürzten von draußen herein und liefen nach oben, um sich umzuziehen. Sie taten es mit großem Geschrei und fröhlichem Hallo. Frederike schmunzelte. »Sie sind noch glücklich.«

Thea nickte. »Ich sollte hochgehen, mich frisch machen und umziehen«, sagte sie leise. »Du verblüffst mich immer wieder, Freddy.«

»Warum?«, fragte Frederike erstaunt.

»Weil du so bist, wie du bist.« Thea küsste sie auf die Wange, eilte dann nach oben. Frederike kontrollierte schnell noch die Geschenkkörbe, ging dann auch nach oben und zog sich um. Es würde zwischen Essen und Gottesdienst nicht viel Zeit bleiben, also zog sie jetzt schon die wollene Strumpfhose an, das Leibchen aus Seide und Wolle, das ihr Tante Edeltraut vor ein paar Jahren geschenkt hatte und das besser wärmte als alles andere.

Sie zog sich warm, aber festlich an, die Anstecknadel von Gebhard durfte nicht fehlen, genauso wenig wie die Perlenkette, die sie von ihrer Großmutter geerbt hatte – das einzige Schmuckstück aus der väterlichen Familie, das sie besaß.

Langsam ging sie nach unten, dort standen schon die Kinder. Else, die für Fritzi und Mathilde zuständig war, versuchte, den Hühnerhaufen zu beruhigen. Wanda blieb mit Gebbi oben. Er war noch zu klein, um an Essen oder Feiern teilzunehmen. Aber zur Familienbescherung durfte er dabei sein, wenn er dann noch wach war. Sollte er schon schlafen, würde er seine Geschenke am nächsten Tag erhalten. Mit einem Jahr spielten diese Dinge noch keine große Rolle, fand Frederike.

Sie suchte nach Mathilde, fand sie neben Fritzi – beide feixten und schienen fröhlich zu sein. In diesem Moment schaute Mathilde auf, sah Frederike und nickte. Offensichtlich hatte sie für den Moment eine Lösung gefunden.

Frederike trat in die Diele. Sie hob die Hände, und plötzlich schwiegen die aufgedrehten fünf Kinder.

»Ihr Lieben«, sagte Frederike und lächelte. »Wir haben Weihnachten. Ist das nicht schön?« Sie machte eine Pause, schaute in die Runde. Ergeben nickten alle fünf. »Es ist ein Fest der Liebe und Besinnung.« Wieder machte sie eine Pause. Wolfgang stöhnte auf, senkte dann beschämt den Kopf. »Liebe und Besinnung bedeutet nicht, dass man den Tag verschlafen sollte.« Jetzt schmunzelte Frederike. »Aber bei den Mahlzeiten, davor und danach, im Gottesdienst und bei der Bescherung der Leute und der Fremdarbeiter erwarte ich von euch, dass ihr euch still und ruhig verhaltet.« Sie sah jeden Einzelnen an. Erst Fritzi, dann Mathilde, Wolfgang, Adrian und den kleinen Walter. Alle senkten die Köpfe. »Ihr seid schon groß«, fuhr Frederike fort. »Die kleinen Kinder – Barbara und Gebbi – müssen im Kinderzimmer bleiben. Aber ihr dürft mit uns essen, zum Gottesdienst gehen, und ihr dürft die Leute und die Fremdarbeiter bescheren. Ein Gut zu leiten, bedeutet Arbeit und Aufgaben. Eure Aufgabe wird es heute sein, die Geschenke zu verteilen.«

»An die Iwans? Und die Froschesser?«, fragte Wolfgang entsetzt. »Das sind doch unsere Gefangenen.«

»Ja. Und dein Vater ist in Italien in Kriegsgefangenschaft. Dort ist er ein ›Fritz‹, einer der ›Krauts‹. Auch für ihn ist heute Weihnachten. Meinst du, er wird sich nicht über eine gute Behandlung freuen?« Frederike starrte Wolfgang an, der Junge in der Uniform der Hitlerjugend senkte den Kopf.

»Vermutlich, Tante«, murmelte er.

»Wir haben Weihnachten«, sagte Frederike noch mal. »Ich bin mir sicher, dass deine Mutter dir ordentliche Kleidung eingepackt hat. Bitte geh und zieh dich um. Ich möchte keine Uniformen am Tisch sehen.«

Adrian, der auch die braune Bluse und das schwarze Halstuch mit dem Lederband trug, senkte beschämt den Kopf. Die Mützen hatten beide Jungen abgenommen, Adrian versteckte sie nun hinter seinem Rücken.

»Ich weiß«, sagte Frederike sanft, »dass ihr diese Uniformen mit Stolz tragt und es auch für euren Vater tut. Aber nun haben wir Weihnachten. Es sind Feiertage, und auch die Uniformen dürfen sich ausruhen.« Sie hielt kurz inne. »Am besten zieht ihr euch feste und warme Hosen an, warme Schwubber und dicke Socken. Es hat aufgehört zu schneien, und nach dem Mittagessen könnt ihr alle sicherlich noch eine Runde auf dem Teich drehen – das Eis ist fest, und die Schlittschuhe habe ich schleifen lassen.« Sie sah die Jungs wieder an, und auch Wolfgang erwiderte ihren Blick.

»Schlittschuh laufen?«, rief er. »Knorke!«

»Erst umziehen, dann essen …«, ermahnte Frederike mit einem Augenzwinkern.

»Jawohl, Tante Freddy!«

»Ei sicher, Tante Freddy!«

Die beiden Jungen rannten nach oben, als wäre ein Wolf hinter ihnen her.

Der kleine Walter war mit seinen fünf Jahren noch nicht in der Hitlerjugend. Er trug dicke Twillhosen und einen anständigen Schwubber.

Mathilde nahm Walter an die Hand, denn er sah verwirrt zur Treppe und nach oben, wohin seine beiden Brüder verschwunden waren.

»Alles ist gut, Walter«, sagte Mathilde. »Jedenfalls wenn Ilse das zweite Mal läutet. Falls sie es nicht tut, werde ich verhungern.«

»Bevor du verhungerst«, flüsterte ihr der Kleine zu, »gehen wir in die Küche. Da ist Lore. Sie ist groß und breit … aber sie ist auch so lieb. Viel lieber als unsere Köchin.«

»Ich weiß«, sagte Mathilde und lachte leise.

Dann erklang der zweite Gong, und Ilse öffnete die Schiebetür zum Esszimmer. Auch Heide und Thea waren inzwischen nach unten gekommen. Sie gingen am geschmückten Tannenbaum, an dem die Lichter erst am Abend leuchten würden, vorbei ins Esszimmer. Im Erker hing ein großer Tannenkranz mit vier dicken roten Kerzen, die alle brannten. Über den Kaminsims zog sich ein dichtes Band aus Tannenzweigen. Draußen dämmerte es schon, aber der Schnee leuchtete noch hell. Es duftete nach Kerzenwachs, Tanne und Fichte, nach Honig und Harz. Im Kamin knackte und knisterte es, und auf dem Tisch stand die große weiße Suppenschüssel, die schon immer in der Familie war. Da und dort war ein wenig abgeplatzt, aber die Schüssel war aus ehrlichem Steingut und unverwüstlich.

Ilse gab jedem zwei große Kellen der guten, reichhaltigen und duftenden Brühe. Frederike schloss die Augen, sog den Duft der Suppe ein und glaubte, allein davon schon satt zu werden.

Aber natürlich gab es noch Eierstich und Markklößchen.

Nachdem Ilse allen aufgetan hatte, ging sie zurück in das kleine Anrichtzimmer, wo auch der Speiseaufzug war, der die Küche mit dem Erdgeschoss verband. Ilse sah die Kinder an und stellte dann zwei Schüsseln auf den Tisch. »Hier sind noch Markklößchen und Eierstich. Ihr müsst euch also nicht streiten.«

»Riesig!«, sagte Wolfgang voller Anerkennung. »Eure Köchin kann was.«

»Lore? Sie ist eine Göttin«, sagte Fritzi nur knapp und nahm sich einen weiteren Löffel vom Eierstich.

Das Essen verlief friedlich. Die Kinder waren schnell fertig, drängten darauf, nach draußen zu dürfen, und Frederike erlaubte es ihnen.

»Früher mussten die Kinder stumm sitzen bleiben, bis alle gegessen hatten«, sagte Heide ein wenig indigniert.

»Früher war kein Krieg«, erwiderte Frederike.

»O doch«, gab Heide zurück. »Da war der Große Krieg.«

»Ich glaube, dieser Krieg ist größer«, meinte Thea und schüttelte den Kopf. »Es ist kaum zu glauben, wohin wir da manövriert sind.«

»Du kannst es doch in der Zeitung lesen oder dir in der Wochenschau ansehen – die Truppen kämpfen und versuchen, das Reich zu halten.«

»Heide, das Reich ist verloren«, sagte Frederike sanft. »Die Alliierten stehen am Rhein, die Russen sind in Ostpreußen. Warschau hat kapituliert, Bulgarien ist zu den Alliierten übergetreten, Rumänien hat Deutschland den Krieg erklärt – die Liste ist endlos. Was in der Presse steht, ist ohne Bedeutung, und die Wochenschau ist eben genau das – eine Schau. Ein Schauspiel. Wirkliche Informationen bekommen wir nur über Fremdsender, über die BBC.«

»KIND!«, sagte Heide laut und entsetzt. »Sag das nicht«, flüsterte sie dann. »Nie, nie wieder gehe ich ins Gestapogefängnis. Vorher bring ich mich um.«

»Mutter!« Thea sah sie entsetzt an. »Das darfst du nicht sagen.«

»Sagen darf sie es schon«, meinte Frederike, »aber tun solltest du es nicht, Heide. Wir brauchen dich noch.«

»Alles bricht zusammen«, sagte Heide und presste sich die Serviette auf die Augen, versuchte das Schluchzen zu unterdrücken.

»Nun, nun.« Frederike stand auf und setzte sich neben ihre Schwiegermutter, nahm sie in die Arme.

»Ist doch wahr«, schluchzte Heide. »Ich habe drei Söhne – einer ist zum Tode verurteilt und lebt irgendwo im Ausland. Einer ist in Kriegsgefangenschaft, und der dritte sitzt in Potsdam im Gefängnis.«

»Alle drei leben noch, Heide«, sagte Frederike. »Caspar, Skepti und Gebhard sind noch am Leben, und wir wollen hoffen, dass es so bleibt.«

»Wenn der Ami kommt und uns befreit, wird alles gut. Wir können uns erklären, wir haben uns nichts zuschulden kommen lassen«, sagte Thea und streckte das Kinn vor. »Aber wenn der Iwan kommt, dann gnade uns Gott.«

Frederike biss sich auf die Lippe. »Noch ist die Rote Armee nicht hier«, sagte sie leise. »Aber sie steht schon in Ostpreußen.«

»Hast du etwas von deiner Familie gehört?«, fragte Heide.

»Ich warte auf eine Leitung, aber … ihr wisst ja, wie das im Moment ist. Ich hoffe, sie werden trecken. So viele haben sich schon auf den Weg gemacht.«

»Erlaubt ist es nicht«, sagte Thea. »Der Gauleiter will nicht, dass die großen Güter verlassen werden. Er will ein Bollwerk errichten. Und sei es ein moralisches.«

»Was schwachsinnig ist. Er opfert all die Gutsangehörigen, nur damit der Armee der Mut nicht vergeht. Aber ihnen geht doch jetzt schon der Boppes auf Grundeis.«

»Zu Recht«, sagte Heide leise. »Was ich so höre, ist schrecklich.«

»Sind Sie fertig?«, fragte das Küchenmädchen verzagt. Es war eine der Polinnen, die Lore eingesetzt hatte, und Frederike schämte sich, dass sie ihren Namen nicht kannte. Früher hatte sie alle Namen gewusst.

»Wie heißt du?«, fragte sie.

»Yvonka.«

»Du darfst abräumen.« Frederike setzte sich auf. »Wir sollten uns umziehen und dann zur Kirche gehen.«

»Du willst die Fremdarbeiter wirklich beschenken? Die Franzmänner, die Polacken und den Iwan?«, fragte Thea.

»Grundgütiger, Thea. Stell dir vor, du wärst in Italien und würdest dort mit deiner Familie am Tisch sitzen … und es ginge um die Kriegsgefangenen im Dorf. Die ›Krauts‹, die ›Boche‹, die ›Fritz‹ – es ginge um Skepti. Darum, ob er ein Stück Wurst, eine Kelle Eintopf, ein Stück Seife extra bekäme – weil Weihnachten ist. Was würdest du dann machen?« Frederike legte ihre Serviette auf den Tisch, stand auf. »Es geht nicht um Feindschaft, es geht um Menschlichkeit. Frohe Weihnachten.«

Kapitel 6

•—•

Obwohl Frederike nach diesem Ausbruch große Zweifel daran hatte, verlief das Weihnachtsfest alles in allem doch friedlich und harmonisch. So friedlich es mit sieben Kindern im Haus eben sein konnte. Pfarrer Teichner hielt den Gottesdienst ab, die Fremdarbeiter standen unter der Galerie im hinteren Bereich und lauschten. Die Kirche war sehr voll – diesmal vor allem wegen der ungewohnten Gäste, denn viele Männer waren nicht bei ihren Familien. Etliche waren gefallen oder in Gefangenschaft. Und einige Gemeindemitglieder besuchten die Kirche nicht mehr. Dabei waren in diesem Jahr ein paar Abtrünnige wieder zurückgekehrt. Die Nazis schätzten Gläubige nicht – alle Kraft sollte in das Reich gehen. Pfarrer Teichner begrüßte jeden, der in die Kirche kam. Neben dem Altar stand ein schlichter, aber schöner Tannenbaum, an dem die weißen Kerzen brannten. Die Kinder, selbst der zwölfjährige Wolfgang, schauten ihn ergriffen an.

Der Pfarrer eröffnete den Gottesdienst. Die Gemeinde sang: »*Ehr sei dem Vater und dem Sohne ...*«

Frederike schloss die Augen, sang mit, sprach das »Amen«, ihre Gedanken waren bei Gebhard.

Dann begann der Pfarrer seine Predigt.

»Nun ist Heiliger Abend. Wir feiern die Geburt Jesu, das Kommen Christi in die Welt. Als Menschen aus den verschiedensten Lebenssituationen zusammengeführt, hören wir die Frohe Botschaft: Das Wort ward Fleisch – Gott wurde Mensch und wohnte unter uns, und wir sahen seine Herrlichkeit.

Noch einmal sind die vier Kerzen am Adventskranz entzündet: Glaube – Hoffnung – Liebe – Freude – das erfüllt sich in der Ankunft Christi. Und mit dem erleuchteten Weihnachtsbaum verkünden wir: Christus kommt als Licht in unser Dunkel. Seine Geburt als Mensch unter Menschen will uns im Glauben festigen und zur Hoffnung ermutigen und in der Liebe stärken und uns alle mit großer Freude erfüllen.

Heute werde ich noch eine weitere Kerze anzünden, eine fünfte Kerze.«

Erst jetzt sah Frederike die weiße Kerze, die in der Mitte des Adventskranzes stand.

»Diese Kerze ist ein Symbol für den Frieden, den wir erhoffen und herbeisehnen. Wir alle, die wir hier versammelt sind«, sagte der Pfarrer eindringlich. »Frieden in der Familie, in der Gemeinde und, ja, auch der große Frieden – mögen die Waffen schweigen und wieder Frieden herrschen in dieser unserer Welt. Lasst uns nun gemeinsam singen *Lobt Gott, ihr Christen.*« Das Kirchenschiff wurde von den vielfältigen Stimmen gefüllt.

Die Lesung, die Predigt und auch die Fürbitten hatten alle denselben Tenor. Frederike wischte sich immer mal wieder verstohlen eine Träne ab. An diesem Abend fand sie Pfarrer Teichner, der sich bisher – vielleicht auch aus Angst – nicht sonderlich positioniert hatte, wunderbar.

Nicht alle waren so begeistert von dem Gottesdienst, das machte sich durch ein leises Raunen dann und wann bemerkbar, aber die Gemeinde sang tapfer alle Lieder, erwiderte alle Fragen der Liturgie.

Schließlich sprach der Pfarrer den Segen:

»Gott segne euch im Licht von Bethlehem, das aufgestrahlt ist mit der Geburt Jesu im Stall, und erfülle eure Herzen und Häuser mit seiner Freundlichkeit und Wärme.

Gott behüte euch im Licht von Bethlehem, dessen Klarheit die

Hirten in der Nacht umgab, und stärke in euch das Vertrauen zur Botschaft der Engel, dass Freude und Frieden euch und allem Volk geschieht.

Gott sei euch gnädig im Licht von Bethlehem, zu dem die Weisen unterwegs waren, und leuchte euch mit allen, die auf der Suche sind, und lasse euch hinfinden zum Retter der Welt. So erhebe Gott, der Herr, sein Angesicht über euch im Licht von Bethlehem und schenke jetzt und allezeit seinen Frieden auf Erden. Wir sind im Dunkel, aber Gottes Licht will uns leuchten. Wir stehen oft einsam da, aber Gott erwartet uns längst. Wir fühlen uns verloren, aber Gott will uns halten. Wir sehen uns in Schuld verstrickt, aber Gott kann uns befreien. Bitten wir um seine rettende Macht, bitten wir um das Kommen seiner Gnade. Mache dich auf, werde Licht, denn dein Licht kommt, und die Herrlichkeit des Herrn geht auf über dir! Denn siehe, Finsternis bedeckt das Erdreich und Dunkel die Völker, aber über dir geht auf der Herr, und seine Herrlichkeit erscheint über dir.«

Die Glocken setzten ein, und alle sangen *O du fröhliche*. Noch während des Schlussliedes eilte Frederike nach unten. Die Galerie der zu Mansfelds hatte einen eigenen Zugang an der Seite – eine Treppe führte zu einer Tür, von der man direkt auf die Galerie gelangte und auch wieder nach unten und draußen, ohne durch das Kirchenschiff zu gehen. Jahrhundertelang konnten so die Gans Edlen zum Gottesdienst kommen, ohne sich lästigen Anfragen, Bitten oder Ansprachen ihrer Pächter stellen zu müssen.

Gebhard hatte das anders gesehen – ihm war jeder Kontakt zu seiner Gemeinde, seinen Pächtern wichtig. Er kannte jeden aus dem Dorf mit Namen, wusste von ihren Schicksalen, der Familie. Auch Frederike ging meist durch das Kirchenschiff, nahm die Innentreppe nach oben, aber an Tagen wie heute war die Außentreppe außerordentlich vorteilhaft, sie konnte so von draußen an die Kirchentür gelangen, bevor diese sich öffnete. Grete und Ilse hatten die beiden

Körbe mit den Gaben gebracht, sie standen nun zu Frederikes Füßen. Der Fanfarenchor, der inzwischen sehr ausgedünnt war, spielte tapfer das Auszugslied – *Es ist ein Ros entsprungen*. Frederike summte leise mit, sie liebte dieses Lied. Die Tür öffnete sich, und zwei Männer in Volkssturmuniform traten heraus.

»Frohe Weihnachten, Karl. Frohe Weihnachten, Wilhelm«, sagte Frederike. »Kommt ihr gleich noch ins Herrenhaus? Zur Bescherung?«

Die beiden schüttelten den Kopf. »Wir ham Dienst, Gnädichste. Un Fritz un Walter ooch. Müssen bewachen die Jefangenen, wa?« Karl kniff verschmitzt ein Auge zu.

»Dann schicke ich jemand auf den Betriebshof, um euch eure Gaben zu bringen.«

»Is nich nötich, Gnädichste«, sagte Karl. »Jeben Sie's einfach meener Fruu.«

»Jau, meener können Sie et ooch jeben, und vielen Dank, Baronin«, sagte Wilhelm. »Frohe Weihnachten wünsch ich Sie.«

»Danke, euch auch!«

Die russischen und polnischen Fremdarbeiter kamen nun aus der Kirche. Sie schlotterten vor Kälte, denn sie hatten nur dünne Jacken an.

»Grundgütiger«, seufzte Frederike. »Das kann doch nicht wahr sein.« Dann setzte sie ein Lächeln auf, wünschte jedem ein frohes Weihnachtsfest, gab allen eine kleine Gabe und ein Stück Brot. Es dauerte seine Zeit, aber dann trottete der ganze traurige Zug wieder zurück zum Betriebshof. Frederike packte eilig die Körbe zusammen und lief zum Gutshaus. Zum Glück waren es nur einige Hundert Meter, doch es fror weiterhin, und das Kopfsteinpflaster war vereist. Über der Stepenitz lag Nebel. Es hatte wieder zu schneien begonnen, und der alte Burgturm schien in den tiefliegenden Wolken zu stecken.

In der Diele war es zum Glück angenehm, im Salon richtig warm. Frederike stieg aus den feinen Schuhen, zog sich dicke Wollsocken an und schlüpfte in die Puschen. Auch wenn es nicht standesgemäß war, sie hatte eiskalte Füße, und das Abendprogramm war für sie noch lange nicht zu Ende.

»Ei, hab Ihnen ein wenich heiße Suppe hinjestellt. Un Punsch. Können Se jetzt broochen«, sagte Lore. »Aufn Betriebshof hab ich Eintopf brinjen lassen und Brot – det Brot heemlich un versteckt, wir wissen ja, dat der Hittlopp klauen tut. Erbarmung, dat muss ja nich seen zur Weenachtszeet.«

»Lore, du bist ein Engel«, danke Frederike ihr.

»Ei, nee, binne Kichin.« Lore lachte.

Und dann kamen schon alle – erst die Familie, dann die Leute. Es war ein langer Zug, der sich von der Kirche bis zum Herrenhaus bewegte.

»Wanda«, rief Frederike. »Nimm die Kinder nach oben, mach ihnen ein warmes Fußbad und gib ihnen Wollsocken.« Sie sah Lore an. »Kannst du Ilse mit etwas Suppe nach oben schicken? Damit sie was Warmes im Bauch haben?«

»Erbarmung, ei sicher kann ich dat.« Lore ging zurück in die Küche, während sich Frederike neben dem Weihnachtsbaum aufstellte. Ilse und Grete hatten die Kerzen angezündet, Frederike machte nun die elektrischen Lichter an. Das große Licht wurde gelöscht, noch etwas Holz im Kamin nachgelegt. An der Eingangstür stand ein Tischchen mit einem großen Topf. Jeder bekam einen Becher mit Punsch.

Die Kinder der Leute versammelten sich in der Diele. So manch einer hatte etwas vorzutragen – ein Lied oder ein Gedicht. Doch in den letzten Jahren hatte sich das Liedgut verändert, und auch die Gedichte waren nicht unbedingt weihnachtlich, so wie früher.

Die zwei Jungs der Schweizer, blond und mit unschuldigem Blick, traten vor. Sie waren gerade so alt wie Fritzi. Sie trugen ihre Hitlerjugenduniform, aber Frederike wusste, dass die armen Familien froh um die Uniformen waren, die ihnen gestellt wurden, oft war das die einzig vernünftige Kleidung, die die Familie besaß.

Doch dann erhoben die beiden ihre Piepsstimmchen und sangen:

»Merke dir das eine immer gut; die Heimat ist dein – erhalte sie rein. Deutscher Boden, deutsches Blut soll stets dir heilig sein.«

Hinten in der Halle stimmten andere ein.

»Die Jugend marschiert mit frohem Gesang bei Sonnenschein und Regen; die Jugend marschiert mit sieghaftem Drang dem großen Ziel entgegen ...«

An diesem Punkt trat Frederike lächelnd nach vorne. »Danke«, unterbrach sie das Lied. »Ganz herzlichen Dank. Du bist der kleine Fritz? Du der Gottlieb?«

Die beiden Buben nickten.

»Nun schaut mal, was ich für euch habe.« Sie gab ihnen ihre Päckchen. Es waren Socken, Unterhemden und für jeden vier Bleistifte. Außerdem bekamen sie noch jeder ein Glas eingeweckte Wurst – eine Kostbarkeit in den Zeiten der Knappheit und Lebensmittelmarken.

Das nächste Kind fing an zu rezitieren:

»Hört ihr die Trommel schlagen?
Sie ruft euch allzumal!
Vorbei das bange Zagen,
Hell braust's von Tal zu Tal.«

Frederike schluckte. Auch das war ein Lied der Hitlerjugend. »Danke«, unterbrach sie wieder und dachte kurz nach. »Kinder«, sagte sie dann und stellte erleichtert fest, dass auch die zu-Mansfeld-Kinder wieder nach unten gekommen waren. »Kommt doch mal alle zusammen in die Diele. Wollen wir nicht alle zusammen singen? Das würde mich sehr freuen. Was meint ihr?«

Die Kinder der Leute sahen sich verzagt an.

»Was denn?«, fragte einer.

»Weihnachtslieder!« Frederike öffnete die Tür zum Gartenzimmer und setzte sich ans Klavier. Nach kurzer Überlegung stimmte sie »*Ihr Kinderlein kommet*« an.

Erst leise, dann immer lauter sangen alle Kinder mit.

Sie sangen noch: *Ich steh an deiner Krippen hier* und *Macht hoch die Tür*, dann klappte Frederike den Deckel des Klaviers zu und ging wieder in die Diele. Die Kinderaugen strahlten. Auch die Erwachsenen hatten mitgesungen, sogar die Franzosen.

»Herzlichen Dank«, sagte Frederike. »Mir ist jetzt ganz warm ums Herz und ganz weihnachtlich. Das liegt sicher auch an dem wunderbaren Punsch, den Lore uns zubereitet hat. Bitte nehmen Sie sich alle.« Sie lächelte. »Ich möchte Ihnen allen ein frohes Weihnachtsfest wünschen, auch im Namen meines Mannes. Er kann heute nicht hier sein, was er sehr bedauert. Das Gut Mansfeld ist für ihn eine Herzensangelegenheit, aber das wissen Sie, wisst ihr alle bestimmt.« Frederike erhaschte einen Blick auf Hittlopp, der ganz am Rande der Diele stand und sie böse anstarrte. »Aber wir wollen diesen Abend nicht unnötig in die Länge ziehen. Alle möchten nach Hause und Weihnachten feiern. In Frieden und in Ruhe, soweit es geht. Lasst uns alle noch einmal beten – für all diejenigen, die heute nicht hier sein können, es aber gerne wären. Und auch für die«, sagte sie und senkte die Stimme, »die nie wieder hier sein dürfen.« Sie schwieg kurz. »Und ich möchte auch die Familien der Leute einschließen, die hier auf dem Gut zu Gast sind. Die hier sind, obwohl sie lieber in ihrer Heimat wären. Auch sie haben Familie, auch sie möchten Weihnachten feiern.« Wieder schwieg sie kurz. »Also beten wir, so, wie es uns der Herr gelehrt hat. Vater unser im Himmel …«

Alle stimmten ein.

Nach dem Vaterunser herrschte einen Moment Schweigen.

Frederike sah auf. Sie zwinkerte die Tränen weg. »Bitte kommt und nehmt die Kleinigkeiten, die wir euch schenken möchten. Ich danke euch für eure Arbeit, euer Vertrauen und eure Zuversicht.« Sie ging zurück zum Tannenbaum, schob Heide den einen Korb zu, Thea den anderen. »Die Namen stehen oben drauf«, sagte sie zu ihnen.

»Das ist ja fast wie in einer Fabrik – Geschenkabgabe im Akkord«, meinte Heide abschätzig.

»Je schneller, desto besser«, sagte Thea, nahm ihren Korb und ging zum Kamin. »Familie Müller?«, rief sie und lächelte.

»Einen kleinen Moment noch«, sagte Frederike. »Ich weiß, Sie alle darben und die Zeiten sind hart. Aber der Anblick der frierenden Ostarbeiter heute in der Kirche hat mich doch sehr erschreckt. Sie haben nur Drillhemden – keine Jacken, keine Mäntel. Wenn jemand noch einen alten Mantel, eine alte Jacke hat – auch mit Löchern, zerrissen oder sogar mit Motten –, alles ist besser als nichts. Vielleicht mag ja jemand diese Dinge spenden.«

»Das ist nicht erlaubt!« Hittlopp trat zwei entschiedene Schritte nach vorne. Bisher hatte er sich im Hintergrund gehalten. »Das ist Reichszersetzung. Der Iwan ist unser Feind, die Polacken auch.« Er schaute sich um, die Franzosen standen immer noch im Hof. »Und die Froschfresser ebenso.«

»Es ist Weihnachten, und es wäre eine Tat der Gnade. Wollen Sie, dass die Fremdarbeiter erfrieren?«, fragte Frederike und zwang sich, freundlich zu bleiben.

»So schnell erfriert hier niemand, die sind doch ganz andere Temperaturen gewohnt«, knurrte Hittlopp.

»Die Leute sind unterernährt. Einige sind krank«, sagte Frederike. »Es wäre ein Akt der Menschlichkeit. Sie können doch niemandem verbieten, den Fremdarbeitern Sachen, sagen wir, auszuborgen.«

»Doch, dazu bin ich befugt. Ich bin nämlich jetzt der Verwalter von Mansfeld. Und Sie, Sie haben hier nichts mehr zu melden.« Seine Stimme war voller Hohn.

Ein Raunen ging durch den Raum, es klang böse.

»Wenn ihr etwas Gutes tun wollt«, sagte Hittlopp verärgert, »dann spendet dem Winterhilfswerk. Es gibt genügend Deutsche, die leiden, die hungern und frieren. All die Ausgebombten, um die sollten wir uns kümmern. Nicht um den Iwan, der mordet, vergewaltigt und quält – unser ärgster Feind. Nicht um die Polacken, die geistig weit unter uns stehen, die oftmals höchstens als Hilfsarbeiter taugen. Und auch nicht um die Froschfresser, die dekadenten Franzosen, die hier zum ersten Mal ein ehrliches und solides Leben erfahren – es wird ihnen nur guttun!«, wetterte Hittlopp. »Um die Deutschen sollten wir uns kümmern!«

»Wir kümmern uns um jeden hier im Dorf«, sagte Frederike sanft. »Und zum Glück haben wir hier auch niemanden, der sein Heim durch Bomben verloren hat. Die Fremdarbeiter leben unter uns, als Mitmenschen, auch wenn sie aus anderen Ländern kommen und andere kulturelle Hintergründe haben. Aber es sind Menschen, die frieren und hungern.«

»Das ist ja wohl die Höhe«, brüllte nun Hittlopp. »Ich werde Sie anzeigen. Jeder hier hat gehört, was Sie gesagt haben. Ich habe viele Zeugen. Das wird Ihnen das Genick brechen.«

»Es ist Weihnachten …«, sagte Frederike wieder und sah sich hilflos um.

»Du da, Fritz. Du bist doch in der Partei«, sagte Hittlopp und zeigte auf einen Jungen, der höchstens achtzehn war. Es war der Sohn eines der Schweizer. Sie hatten ihn Anfang Dezember zum Volkssturm einberufen. Fritz trat unsicher vor.

»Und du, Schweders, du bist auch in der Partei. Du warst sogar in der Armee und hast für unsere Heimat gegen die Feinde gekämpft.« Hittlopp lächelte böse.

»Ja, das hab ich«, sagte Joseph Schweders. Er war Landarbeiter gewesen, wurde schon früh eingezogen und hatte in Russland ein

Bein verloren. Seit einem halben Jahr war er wieder in Mansfeld, als Invalide. Gebhard hatte ihm eine Stelle gegeben, er machte kleinere Reparaturen – Dinge, die er im Sitzen ausführen konnte –, und kümmerte sich ein wenig um den verbliebenen Fuhrpark, denn in der Armee hatte er technische Dinge erlernt.

Hittlopp schaute weiter. »Du und du und du«, er zeigte auf die Leute, »ihr seid alle in der Partei. Ihr seid aufrechte Nationalsozialisten, folgt unserem Führer. Ihr werdet die Absicht der Frau Baronin, euch zur Reichszersetzung aufzufordern, bestätigen.«

Die Leute schauten betreten drein.

»So etwas darf nicht passieren«, fuhr Hittlopp fort. »Wir wollen und werden den Krieg gewinnen. Und deshalb müssen wir das Reich unterstützen.«

»Na sicher«, sagte nun Lisbeth, ein junges Mädchen, das in der Milchwirtschaft arbeitete. »Wir unterstietzen dat Reech, wa? Awwer is doch Weehnachten, Herr Hittlopp, wa? Ick gloob nich, datte Baronin dat Reech zersetzen will, se will nur Freeden, un den wollen we ja alle. Jeht doch nur umme alten Klamotten füre Arbeeter.«

»Aber das …«, setzte Hittlopp an.

»Na, wissen Se wat?«, sagte nun eine der älteren Frauen. Sie hatte Mann und einen Sohn im Russlandfeldzug verloren, zwei weitere Söhne waren an der Westfront. »Klar sind det Feende, awwer sind ooch Menschen.« Sie schaute sich um, holte tief Luft. »Icke hab nüscht jehört, wat ick zur Anzeije brinjen könnte.«

Wieder ging ein Raunen durch die Diele.

»Ick ooch nich«, sagte Fritz.

»Nee, wovon sprecht ihr?«, fragte Schweders und kniff ein Auge zu. »Hab nüscht jehört.«

»*Macht hoch die Tür*«, fing Lisbeth plötzlich an zu singen. Sie hatte eine klare, helle Stimme. »*Die Tor macht weit.*«

»*Es kommt der Herr der Herrlichkeit*«, stimmten nun andere ein.

Irritiert schaute Hittlopp die Leute an. Frederike ging schnell ins Gartenzimmer, setzte sich an das Klavier und spielte das Lied mit. Inzwischen sangen fast alle.

»Er ist gerecht, ein Helfer wert,
Sanftmütigkeit ist sein Gefährt,
sein Königskron' ist Heiligkeit,
sein Zepter ist Barmherzigkeit;
all unser Not zum End' er bringt …«

Die zweite Strophe wurde mit tiefer Innigkeit gesungen.

Hittlopp schüttelte den Kopf und verließ das Haus.

Nach dem Lied kehrte Frederike in die Diele zurück. »Ich möchte niemanden zu Reichszersetzung auffordern. Es geht um eine Hilfeleistung für Hilflose. Einige sind Soldaten, andere wurden verhaftet und abtransportiert, weil sie Dinge gegen das Deutsche Reich, aber vielleicht für ihr Land taten. Wir alle sind keine Richter. Ich weiß, ihr alle leidet unter dem Krieg. Manch einer mehr als der andere.« Sie sah Schweders an.

Er lachte bitter auf. »Wer hat den Kriech anjefangen?«, fragte er leise. »Wer war es?« Dann schüttelte er den Kopf. »Sein Se mal unbesorcht. De Familie ihres Mannes hat immer für uns jesorcht. Dat zählt. Frohe Weihnachten und Gnade uns allen!«

Endlich konnten sie die kleinen Gaben den Leuten reichen. Alle lächelten, es war wie ein kleiner Sieg über das Böse, das über ihnen schwebte. Zum Schluss trugen die Franzosen, wie auch in den letzten Jahren, ein französisches Weihnachtslied vor.

»Les anges dans nos campagnes
ont entonné l'hymne des cieux;
et l'echo de nos montagnes
redit ce chant melodieux.
Gloria in excelsis Deo!
Gloria in excelsis Deo!«

Frederike wischte sich die Tränen aus den Augen und bedankte sich bei ihnen. Sie mussten nun zurück in die Schnitterhäuser, aber dort stand auch ein Tannenbaum, und Lore hatte versucht, ihnen ein kleines Weihnachtsessen zu bereiten.

Die doppelflügelige Tür schloss sich endlich, jemand legte Holz im großen Kamin nach, und jetzt gab es die Familienbescherung, auf die die Kinder so lange hatten warten müssen. Nur Gebbi schlummerte schon selig in seinem Bettchen. Die Mädchen und die Kinder von Thea konnten es kaum noch erwarten. In den Zeitungen hatten seit November immer wieder Aufrufe gestanden: »Volksgenosse, die Möglichkeit, teure Weihnachtsgeschenke zu machen, ist in diesem Jahr nur gering. Wichtig ist es, stark zu sein für den Kampf bis zum Sieg, das ist für uns das Allerwichtigste, und darum ist es auch in diesem Jahr unser allergrößter Weihnachtswunsch!« Und auch die Bitte, an das Winterhilfswerk zu spenden, war wiederholt gedruckt worden.

Dem Winterhilfswerk hatten die zu Mansfeld oft genug unfreiwillig spenden müssen, um eine strengere Strafe oder sogar Inhaftierung zu vermeiden. Letztendlich hatte es nichts genutzt – Gebhard war im Gefängnis, und sie hatten den Verwalter im Nacken.

Obwohl es viel weniger Geschenke gab als früher und diese auch noch sehr spärlich ausfielen, freuten sich die Kinder. Fritzi bekam Buntstifte, ein Buch und ein neues Kleid für ihre Puppe. Mathilde durfte einen Puppenwagen auspacken – mit Kissen und Decke, die liebevoll genäht waren. Fritzi hatte bereits einen Puppenwagen, und im letzten Jahr, seit Gebbi geboren war, hatten beide Mädchen sich immer wieder um ihn gestritten – sie spielten gerade viel mit Puppen, aber noch viel lieber fuhren sie ihren kleinen Bruder über den Flur. Oben auf dem Speicher hatte Frederike einen alten niedrigen Kinderwagen gefunden und ihn für Mathilde aufarbeiten lassen. Die Weißnäherin bezog Decke und Kissen, ein neues Kleid für die Puppe gab es außerdem.

Die Jungs von Thea bekamen Zinnsoldaten, die sie aber schnell zur Seite legten. Für Wolfgang gab es ein echtes Gewehr.

»Der Jäger wird dich unterrichten. Es wird Zeit, dass du mit auf die Jagd gehst«, sagte Thea zu ihrem Ältesten.

»Solange es noch geht«, murmelte Heide.

»Was meinst du damit?«, fragte Thea entsetzt.

»Die Engländer und Amis haben Aachen besetzt, die Russen stehen vor Ostpreußen.«

»Wir konnten die Russen gerade wieder zurückschlagen, sie werden Ostpreußen nie einnehmen«, sagte Thea entschieden und warf ihrer Schwiegermutter einen bösen Blick zu. »Nicht vor den Kindern«, zischte sie dann.

Heide senkte den Kopf. »Wenn du meinst. Ich glaube aber, die Kinder sollten die Wahrheit erfahren.«

»Aber nicht an Weihnachten«, unterstützte nun Frederike ihre Schwägerin. »Womöglich ist es das letzte Weihnachtsfest, das wir so feiern können. Mögen sie es auch so in Erinnerung behalten.«

Im Esszimmer war das kalte Buffet aufgebaut worden, die heiße Suppe stand auf einem Rechaud, unter dem zwei kleine Kerzen brannten.

Das Brot duftete, und die Butter war süß und cremig – es war Butter und keine Margarine, die in der letzten Zeit immer öfter aus der Küche vorgelegt wurde. Auch wenn sie auf einem Gut wohnten und viele Dinge selbst herstellten und anbauten, war das Kriegswesen inzwischen wichtiger, und mehr und mehr wurde zwangsabgeführt.

Es gab die gefüllte Gans, die kalt aufgeschnitten wurde und wie immer köstlich war. Es gab eingelegtes Gemüse – süß und sauer. Es gab Pudding und Schokolade – Frederike hatte keine Ahnung, wo Lore die Schokolade herbekommen hatte, sie war einfach nur froh, dass alle sich am Buffet erfreuten. Wobei die Kinder immer nur mal nippten und naschten und dann schnell wieder zu ihren Spielsachen gingen. Normalerweise war das nicht erlaubt, aber es war Weihnachten und kein gewöhnlicher Tag.

Es hatte wieder angefangen zu schneien, die Kinder wurden müde, Else und Wanda brachten sie nach oben und ins Bett. Frederike mixte sich einen Gin-Fizz, gab ihrer Schwiegermutter einen Schluck Sherry und Thea einen Side-Car, einen der Lieblingscocktails ihrer Schwägerin.

Dann setzten sich die drei Frauen an den Kamin im kleinen Salon. Eigentlich war dies Frederikes Arbeitszimmer, aber er war schneller und besser zu heizen als der große Salon, der eine Glasschiebetür zur Veranda hatte.

Da saßen sie nun – drei Frauen aus zwei Generationen –, eine Witwe, eine Frau, deren Mann für das Vaterland gekämpft hatte und nun in Kriegsgefangenschaft war, und eine Frau, deren Mann wegen Vergehen gegen das Reich inhaftiert worden war. Sie alle waren Gutsbesitzerinnen. Ihr Leben unterschied sich, aber es glich sich auch sehr. Sie hatten verschiedene Hintergründe, unterschiedliche Einstellungen, aber alle drei mussten irgendwie ihren großen Haushalt führen. Heide und Thea hatten das Glück, dass ihnen ein Verwalter zur Seite stand. Frederike hatte keinen Zugang mehr zum Gut, und der Naziverwalter war gegen sie.

»Das hättest du heute nicht machen sollen«, sagte Heide und seufzte. »Diesen Aufruf nach Mänteln und Jacken.«

»Hast du sie gesehen?«, sagte Thea und schauderte. »Das sie nicht im Stehen in der Kirche erfroren sind … Grundgütiger, das ist doch … menschenverachtend.«

»Gebhard hätte das nie zugelassen«, sagte Frederike leise. »Dieser Verwalter ist grausam. Er schert Frauen die Köpfe mit den Schermaschinen der Schafe. Er übergießt die Gefangenen mit Petroleum, weil er meint, dass sie Läuse hätten.«

»Natürlich haben sie Läuse. Die haben wir auch immer wieder

mal – aber Petroleum?« Heide rümpfte die Nase. »Das ist eins der modernen Mittel, aber es reizt die Haut doch so sehr, das braucht man doch nicht. Ich nehme immer Apfelessig als Spülung, und nichts hilft so gut, wie die betroffenen Stellen mit einem Läusehechel zu kämmen. Und Auszüge aus Weidenteer wirken Wunder. Das alles hilft viel besser als Petroleum.« Sie schnaubte. »Aber das ist nicht dein Problem. Du hast dich heute mit deinem Naziverwalter angelegt, und er wird dir das nicht verzeihen.«

»Alle Leute standen hinter Freddy«, gab Thea zu bedenken. »Sie werden sie nicht verraten.«

»Wir sind schon denunziert worden, mehr als einmal. Und beim letzten Mal hat es dazu geführt, dass Gebhard und ich inhaftiert wurden. Gebhard ist noch immer in Haft … was, wenn Freddy verhaftet wird? Was wird dann?«

Frederike wurde blass. »Ich habe nicht nachgedacht, habe impulsiv gehandelt. Bei Gott, diese armen, abgemagerten Häftlinge in den dünnen Jacken bei den Temperaturen.« Sie schaute aus dem Fenster, es schneite immer noch. »Und es wird kälter. Ich konnte nicht anders.«

»Das glaube ich dir, Kind. Trotzdem war es unüberlegt. Was ist, wenn es zu einer Anklage kommt?« Heide sah sie an. »Glaub mir, du willst nicht in eines dieser Nazigefängnisse. Das ist dort nicht schön.«

»Ja.« Frederike schluckte. »Falls es dazu kommt, bitte kümmert euch um die Kinder. Nehmt sie zu euch. Es sind Mansfelds. Nicht, dass sie deportiert oder zwangsadoptiert werden.«

»Meine Enkel?« Heide setzte sich auf. »Niemals! Die bleiben in der Familie, und wenn es das Letzte ist, was ich tue.«

»Ich nehme sie, wenn ich kann«, sagte Thea leise. »Aber du weißt, was mit den Kindern der Stauffenbergs, Dittersdorfs, Hofackers, Lehndorffs, Tresckows … und den anderen passiert ist?«

»Sie sind weg, und niemand weiß genau, wo sie sind«, sagte Frederike und seufzte. »Ja, das weiß ich. Ich weiß, wie unsere Lage ist. Wir sind zwar gute Lieferanten für nötige Nahrungsmittel, aber nicht gern gesehen im Reich, weil wir nicht nazikonform agieren.« Sie holte tief Luft. »Aber Gebhard hat sich immer für die Fremdarbeiter eingesetzt, und ich werde jetzt nicht aus Angst damit aufhören. Auch wenn vielleicht die Strafe furchtbar sein könnte. Der Krieg wird doch nicht mehr ewig dauern.«

»Das können wir nur hoffen«, sagte Heide und klang bedrückt. »Im Moment stagnieren die Fronten. An der Ostfront wurden die Russen sogar zurückgedrängt.«

»Die Alliierten haben Aachen genommen«, warf Thea ein. »Sie haben die Grenzen längst überschritten.«

»Aber über den Rhein sind sie noch nicht, und das … könnte ihr Verhängnis sein.«

»Nein, Heide. Sie werden in das Reichsgebiet eindringen, Deutschland hat verloren, alles wird gut, wir müssen nur die Zeit bis zur Kapitulation überbrücken«, meinte Frederike.

»Hitler wird nicht kapitulieren.« Heide sah ihre Schwiegertochter an. »Hast du noch etwas zu trinken für mich? Dieser Abend schreit danach.« Sie lächelte schief.

»Der Likör ist leider aus. Aber ich habe noch Sherry.«

»Nehme ich. Und ihr, Mädels?« Sie sah von Frederike zu Thea. »Ihr seid so tapfer, und ich bin froh, euch zu haben. Was wäre auch sonst mit den Gütern?«

Kapitel 7

◆‒◆

Der Abend wurde lang, und es floss jede Menge Alkohol. Auch im Souterrain wurde gefeiert. Einige der Franzosen, die, die inzwischen eigentlich wie Leute hier mit ihnen lebten, durften im Gesinderaum mitfeiern. Doch auch in den Schnitterhäusern ging es fröhlich zu. Es war schon lange nach Mitternacht, als Frederike ihrer Schwiegermutter nach oben half. Dann ging Frederike wieder nach unten, pfiff nach Luna. Die Hündin, die auf ihrer Decke im Flur gelegen hatte, kam schwanzwedelnd zu ihr. Frederike nahm den schweren Parka und schlüpfte in die dicken Stiefel. Die ganze Nacht über hatte es geschneit, eine weiße Decke lag über dem Hof und den Straßen. Nur ein paar Tierspuren waren darauf zu sehen. Das Käuzchen rief im Wald. Eine Eule flog über den Gemüsegarten, um dann herunterzustoßen und eine Maus zu fangen. Im Gemüsegarten stand noch allerlei Kohl, Zwiebeln waren noch in der Erde, ebenso Petersilienwurzeln und anderes Wurzelgemüse. Das wurde nach Bedarf geerntet. Die Mäuse taten sich gütlich daran, aber Eulen, Käuzchen und die Katzen hielten die Population auf einem erträglichen Level.

Der erste Schritt in den unberührten Schnee war immer besonders. Mittlerweile hatte es aufgehört zu schneien, war kälter geworden. Als Frederike vorwärtsging, knirschte es unter ihren Sohlen, eine Eisschicht bildete sich schon. Luna sprang fröhlich durch den Schnee, ihr machte die Kälte nichts.

Frederike ging ums Haus, schaute durch das Fenster des Gesindezimmers. Kerzen brannten, die Stimmung schien gut zu sein. Dann ging sie weiter, vorbei an den Schnitterhäusern. Auch dort wurde noch gefeiert. Sie klopfte an die Tür, einer der Fremdarbeiter machte auf – seine Wangen leuchteten. Als er sie erkannte, senkte er den Kopf.

»Baronin?«, sagte er erschrocken. »Sin' wi' zu laut?«

»Nein, feiert ruhig. Aber ihr müsst die Fenster verdunkeln.«

»Ös is Weihnochtön – da wird Feind nich fliegön.«

»Serge, man weiß es nie. Und es gibt Anordnungen, die man befolgen muss. Andere Anordnungen kann man manchmal dehnen und drehen, aber manche muss man einfach einhalten.« Sie zwinkerte ihm zu. »Bitte verdunkelt die Fenster.«

»Selbstverstöndlich, Baronin. Das machön wir sofort.«

Frederike nickte. »Feiert noch schön. Aber morgen müsst ihr melken und die Ställe machen. Ich hoffe, ihr wisst das.«

»Wir werdön unserer Pflicht nachgehen, Baronin, versprochön.« Er sah nach draußen. »Frost kommt.«

»Ja«, sagte Frederike. »Es wird kalt. Hoffentlich nicht zu kalt.« Sie ging um die Schnitterhäuser herum zum Weg, der zum Betriebshof führte. Weit war es nicht, nur knapp einen Kilometer. Sie stapfte durch den noch unberührten Schnee, kreuzte die Hauptstraße, ging weiter bis zum Hof, der die Ställe und Scheunen beherbergte. Dort wohnte auch Hittlopp in einem schönen Backsteingebäude, groß und ansehnlich. Daneben waren die Scheunen, die Remisen und die Ställe.

Frederike hörte die Pferde stampfen, sie hörte das leise Muhen der Kühe, das Zetern der Zicken. Die Schweine waren etwas weiter weg in Ställen untergebracht. Zwei Schweine gab es auch auf dem Burghof – offiziell. Tatsächlich waren es bis November vier gewesen. Nun war nur noch eines übrig, der Rest hing im Rauch oder lag in der Pökellake. Lore ging sehr geschickt dabei vor, den Reichsnährstand zu umgehen. Das Geflügel wurde auch auf dem Burghof gehalten, und es war in diesem Jahr deutlich mehr, als sie angegeben hatten. In der nahen Nachbarschaft gab es Gärten und Höfe – auch da wurde ein Schwein und manches Geflügel gehalten. Und es gab ein fast schon lustiges »Schweinchen, wechsel dich«, wenn jemand kam, um den Bestand zu prüfen. Der nun invalide Sohn eines der Schweizer saß einbeinig im Büro des Reichsnährstandes. Er hatte mit seiner Mutter, die auf Mansfeld beschäftigt war, eine Art Geheimcode entwickelt. Er gab ihr immer weiter, welches Gut, welcher Ort, welches Haus geprüft werden würde. Und dann brachten sie schnell die nicht angemeldeten Tiere zum Nachbarn oder in einen anderen Stall. In der Regel funktionierte es. Und das war auch gut so, denn sie mussten normalerweise fast alles an das Heer abgeben, und für das Dorf blieb nur wenig. Allerdings waren die Schweine und Gänse nicht mehr fett, so wie früher, denn Futter konnten sie kaum erschleichen.

Die Scheune, die zur Baracke für die Ostarbeiter umgebaut worden war, lag im Dunkeln. Alle Fenster waren verhangen. Von dort klang keine Musik, keine Stimmen. Der Hof wirkte wie tot. Nur aus dem Verwalterhaus war Musik zu hören – dort lief das Grammophon.

»Sing, Nachtigall, sing«, sang Evelyn Künneke. Danach folgte Zarah Leander und ließ die Welt nicht untergehen, und schließlich ließen sie die Comedian Harmonists »Wochenend und Sonnenschein« besingen.

Frederike lauschte nur kurz, sie konnte das Klirren der Gläser hören, wahrscheinlich floss im Verwalterhaus all der Alkohol, den er im Namen des Reiches und des Führers konfisziert hatte.

Trinkt, dachte Frederike, trinkt nur. Dann hört ihr mich nicht. Denn ich darf gar nicht hier sein.

Immer wieder schaute sie sich um zum Verwalterhaus, aber dort ließ sich niemand blicken. Frederike erreichte das Stallgebäude, das inzwischen vom Volkssturm bewacht wurde, denn alle Soldaten waren an die Front abkommandiert worden. Jedoch sah sie niemanden vor oder in der Nähe der Tür. Es war abgeschlossen, der Schlüssel steckte von außen. Frederike lauschte. Sie konnte Stimmen hören, gedämpft. Dann klopfte sie. Erst einmal leise, dann lauter. Die Stimmen verstummten.

»Wärrr is da?«, fragte jemand innen. Die Stimme klang misstrauisch.

Frederike schaute sich um, wollte gerade antworten, als im Verwalterhaus die Tür zur Veranda aufging und zwei Männer heraustraten. Sie rauchten, unterhielten sich laut, schienen vergnügt zu sein. Frederike huschte um die Ecke des Stalls, kauerte sich in den Schatten. Auf der hochgelegenen Veranda befand sich ein Suchscheinwerfer. Damit konnte man den ganzen Betriebshof fast taghell erleuchten.

Frederike hörte ein Rascheln und Knistern auf der anderen Seite des Hofes, dort, wo die Ställe waren. Ein Tor wurde sanft aufgeschoben, aber nicht leise genug.

»Was ist da?«, schrie Hittlopp, einer der Rauchenden, von der Veranda aus. »Wer ist da? Wer hat heute Wache?«

Frederike kniff die Augen zusammen. Sie hatte keinen Wachmann, niemanden vom Volkssturm gesehen, und gleich würde auch Hittlopp feststellen, dass keiner auf dem Hof war, um das Reich vor den Inhaftierten zu schützen.

Hittlopp ging zum Scheinwerfer, stellte ihn an. Es dauerte einen Moment, ein lautes Summen erfüllte den Hof, bevor er mit Licht geflutet wurde.

»Scheiße!«, sagte jemand, der wohl an den Ställen auf der anderen Seite hockte. Frederike vergewisserte sich, dass ihre Hündin hinter ihr im Schatten des Gebäudes lag.

»*Es is 'n Ros entsprunjen*«, sang dann jemand lallend und torkelte über den Hof. In diesem Moment ging der Scheinwerfer vollends an, es war plötzlich taghell.

»Scheiße!«, sagte der Mann, der in der Mitte des Hofes stand, und bedeckte die Augen mit einer Hand, mit der anderen hantierte er an seiner Hose herum. »Wassn los?«, lallte er.

»Müller, bist du das?«, fragte Hittlopp misstrauisch von seiner Veranda aus. »Warum bist du nicht auf deinem Posten? Ich habe Geräusche gehört.«

Müller kicherte. »Ick höre ständich Jeräusche, wa?« Wieder fummelte er an seinem Schritt. »Meester, send Se dat? Können Se mal machen aus dat Licht? Seh ja jar nüscht mehr.«

»Müller, bist du das?«, rief Hittlopp wieder.

»Jau. Müller, Johann. Brijade Volkssturm. Melde mich zur Stelle!« Er stellte sich stramm hin, hob die Hand an die Wollmütze. »Zu Diensten, Herr Verwalter.«

Hittlopp senkte die Lampe, so dass sie nur noch auf den Hof vor dem Haus schien. »Was machst du da?«, fragte Hittlopp. Seine Aussprache war verwaschen.

»Meenen Dienst, wa, Herr Verwalter.« Müller räusperte sich. »Wa nur kurz pissen. Muss ja auch ma seen, wa?« Wieder fummelte er an seiner Hose rum.

»Ah. Und da unten …?«

»Allet in Ordnung hier!«, rief Müller. »Allet still und ruhich!«

»Guter Mann, weitermachen.« Hittlopp drehte sich um und ging zurück ins Haus.

»Hallo?«, rief Müller ihm hinterher.

»Ja?« Hittlopp drehte sich um.

»Dat Licht … Verdunkelung, wa? Ick würds schalten aus.« Wieder kicherte Müller etwas betrunken.

»Hast recht.«

Das helle Licht erlosch, die Tür schloss sich hinter dem Verwalter. Frederike konnte das erleichterte Aufatmen des Wächters hören.

»Heinz«, flüsterte er. »Kannst kommen. Luft is rein.«

Frederike kauerte sich noch enger an die Mauer. Was hatten die

Männer vor? Sie kannte die beiden – ein Invalide und ein älterer Feldarbeiter, die beide im Dezember zum Volkssturm eingezogen worden waren. Vorhin waren sie noch am Gutshaus gewesen und hatten Punsch getrunken.

Das Scheunentor gegenüber wurde geöffnet, und im Licht des Mondscheins sah Frederike Heinz mit einem großen Bündel in den Händen auf den Hof treten. Er schlich über den Hof, während Johann die Tür zur Baracke aufschloss.

»Was macht ihr da?«, fragte Frederike leise, aber eindringlich und trat vor.

»Du liewwer Himmel«, sagte Johann und schnaufte. »Da ham Se uns awwer erschrecht, Baronin.«

»Jau!«, sagte Heinz. »Wat machen Se denn hier um diese Zeit?«

»Ich wollte schauen, ob die Ostarbeiter auch ein wenig feiern«, gestand Frederike.

»Tun se«, sagte Johann. »Awwer se sind leese, damit der Verwalter es nich kricht mit, wa?«

»Und was macht ihr hier?«

»Na, Se ham doch jesacht, wir sollen ma schauen, ob wir nich haben alte Sachen. Wir sehen ja ooch, dat de Iwan friert. Is keen scheener Anblick, die dürren und zitternden Menschen. Hamwe also jesammelt im Dorf. Kam wat zusammen, und wird werden noch mehr.«

»Oh!«, sagte Frederike überrascht. »Das … das ist … wundervoll.«

Heinz legte den Zeigefinger auf seine Lippen. »Psst, Baronin. De olle Verwalter darf nüscht merken.«

Frederike nickte. Sie ging nach Hause und fühlte sich beschenkt. So schwierig es im Moment war, es gab auch immer wieder gute Augenblicke, die sie glücklich machten.

Kapitel 8

• ◆ •

Das Weihnachtsfest verging. Am Abend des ersten Feiertages fuhren Thea, Heide und die Kinder wieder ab. Plötzlich schien es im Haus so ungewohnt still zu sein, fast schon gespenstisch still. Obwohl der Besuch Unruhe gebracht und Frederike Nerven gekostet hatte, war es eine willkommene Ablenkung von den Sorgen und Nöten gewesen.

Von Gebhard hatte sie immer noch nichts gehört, und sie fürchtete um sein Leben. Es kam immer öfter zu Verurteilungen zum Tode – auch wegen Bagatellen. Das Reich wollte nun mit aller Macht demonstrieren, was jemandem passierte, der sich nicht an die Regeln hielt. Doch je strenger die Regeln wurden, umso mehr Verstöße gab es. Die Menschen ahnten, dass es dem Ende zuging. Verlässliche und wahre Informationen bekam man nicht über legale Wege – die Propaganda verkündete immer noch den baldigen Endsieg. Frederike wusste, dass viele Angehörige von einer Verurteilung und der sofortigen Vollstreckung eines Todesurteils erst im Nachhinein erfuhren – so blieben auch keine Möglichkeiten, eventuelle Kontakte zu nutzen oder ein Gnadengesuch zu stellen. Das machte ihr Angst.

Zumindest hatte Hittlopp seine Androhung nicht wahr gemacht und Frederike angezeigt. Jedenfalls erschien niemand, obwohl sie in den ersten Tagen nach Weihnachten bei jedem Auto auf der Chaussee zusammenzuckte.

Sie zuckte auch jedes Mal zusammen, wenn das Telefon klingelte, und das, obwohl Heide sie jeden Abend gegen sieben anrief. Da sie sich nicht sicher waren, wer alles mithörte, hatten sie Codes ausgemacht. Sie plauderten kurz über Alltagsdinge. Dann ging es um Gebhard. »Die Hennen legen immer noch nicht« war der vereinbarte Satz dafür, dass sie nichts von ihm oder über ihn gehört hatten. »Der Fuchs hat sich nicht blicken lassen« war der Codesatz dafür, dass es keine weiteren Repressalien von Seiten der NSDAP gegeben hatte. Sie hatten eine ganze Reihe von Sätzen und Wörtern, um sich so zu verständigen.

Heide konnte nicht mehr jeden Tag vorbeikommen, da das Benzin streng rationiert worden war. Und der Januar war schneereich und kalt – eine Kutschfahrt war in ihrem Alter keine Alternative. Aber sie schaffte es, jeden Sonntag zum Essen zu kommen, manchmal kam sie sogar schon am Samstag und blieb bis zum nächsten Abend. Frederike war froh darüber.

Da Frederike sich nur noch um das Gutshaus und nicht mehr um die Gewerke und den Hofbetrieb kümmern musste und da im Winter keine Gartenarbeit anfiel, hatte sie viel mehr Zeit als früher. Wanda kümmerte sich um Gebbi, und nach der Schule beaufsichtigte Else oft die beiden großen Mädchen. Deshalb ließ sich Frederike an klaren Tagen ihre Stute bringen und ritt aus. Manchmal sogar bis nach Leskow. Die körperliche Bewegung tat ihr genauso gut wie die Entfernung vom Telefon, das sie ansonsten argwöhnisch betrachtete. Sie ritt meist am Vormittag, wenn die Post kam, denn ansonsten starrte sie auf die Straße, wartete auf den Postboten. Und ihre Hündin folgte ihr auf Schritt und Tritt – auch das war etwas, was Frederike guttat.

Dennoch gab es viel zu tun. Es wurde ihnen angekündigt, dass sie demnächst Einquartierungen bekommen würden – Familien aus dem ausgebombten Berlin. Sie mussten Zimmer bereitstellen.

»Awwer wie wird dasn?«, fragte Lore entsetzt. »Muss ich ooch noch sorjen fier diese Familien?«

»Nein«, sagte Ursa Berndt. Sie hatte die Feiertage bei ihrem Bruder in Lübeck verbracht und war nun wieder zurückgekehrt, half Frederike bei der Organisation. »Sie bekommen Lebensmittelmarken.«

»Un solln kochen in meene Kieche?«

Ursa biss sich auf die Lippen. »Das weiß ich nicht.« Sie zückte ihren Block und machte sich eine Notiz. »Ich werde nachfragen.«

»Erbarmung, machen Se es.« Lore verschränkte die Arme vor der voluminösen Brust und runzelte die Stirn. »We viele werden denn kommen?«

»Bisher eine Familie, aber vermutlich werden es noch mehr.«

»In Leskow werden drei Familien einquartiert«, sagte Frederike seufzend. »Wie soll das alles werden?«

»Ei, Kriech is vorbee bald, daroof wette ich.«

»Aber auch dann … wie wird es nur werden?«

Die Ungewissheit, was die Zukunft bringen würde, nagte an allen. Frederike machte sich große Sorgen um ihre Eltern und jüngeren Geschwister.

Zu Weihnachten hatte sie einen langen Brief von ihrer Mutter bekommen. Ihre Eltern auf Fennhusen bereiteten sich auf den Treck Richtung Westen vor, sie glaubten nicht, dass die Front hielt – die Russen würden kommen, und wenn sie kämen, sollten sie besser weg sein. Man hörte zu viel von den Gräueltaten der Roten Armee.

Erik, der als Panzerfahrer an der Ostfront verwundet worden war, war über die Feiertage auf Heimaturlaub. Aber er würde wieder eingesetzt werden. Irmis Mann war Soldat und stand im Kurland.

Ali war im Dezember als Siebzehnjähriger zum Volkssturm eingezogen worden und sollte die Heimatfront verteidigen.

All das klang überaus beunruhigend, aber noch ließ der Gauleiter Koch nicht zu, dass die großen Güter treckten. Er konnte jedoch nicht verhindern, dass die kleinen Bauern und Dörfler, die Arbeiter und ihre

Familien aufbrachen. Inzwischen hatte sich ein langer Strom an Menschen aus dem Osten aufgemacht, um in den Westen zu fliehen.

Die Amerikaner und Engländer hatten Aachen eingenommen und standen nun am Rhein. Die Reichspropaganda verkündete, dass der Rhein nie genommen werden würde – aber sie hatten schon so vieles verkündet, und trotzdem war das Gegenteil eingetreten.

Es war ein Samstag Ende Januar. Nächste Woche würden die ausquartierten Familien aus Berlin auf Leskow und in Mansfeld eintreffen. Heide war gekommen und würde bis Sonntagabend bleiben.

»Wie macht ihr das mit den Zimmern?«, fragte Heide.

»Die BDMlerinnen werden sich ein Mansardenzimmer teilen müssen. Die zwei anderen Zimmer bekommt die Familie aus Berlin.« Frederike seufzte. »Ich habe ein zweites Torfklo in die kleine Abstellkammer einbauen lassen. Und wir haben gusseiserne Öfen besorgt. Die werden noch eingebaut und an den Kamin angeschlossen.«

Heide horchte auf. »Zum Heizen? Wird dir da nicht angst und bange?«

»Es sind ganz kleine Öfen. Etwa so wie die, die schon oben stehen – aber auf diesen kann man auch kochen. Schau, sie stehen auf der Veranda. Ich weiß nicht, wie Ursa es geschafft hat, aber sie hat sieben ergattert.«

Heide ging zum Fenster und schob die dicken Vorhänge zur Seite. »Kanonenöfen. Das ist ja phänomenal. Und gleich sieben.« Sie drehte sich zu Frederike um. »Braucht ihr die alle?«

Frederike schüttelte den Kopf. »Ich glaube nicht. Vier würde ich gerne behalten – man weiß ja nicht, was wird. Warum?«

»Dann nehme ich die anderen drei – auf den Kachelöfen bei mir kann ja keiner kochen, und meine Köchin hat das blanke Entsetzen in den Augen bei der Vorstellung, dass Fremde ihre Küche einnehmen.«

Frederike lachte. »So geht es Lore auch. Und auf diesen Öfen kann man wenigstens zwei kleine oder einen größeren Topf stellen und etwas warm machen. Ich wüsste auch nicht, wie das sonst funktionieren sollte, außer wir verköstigen sie mit – aber das können wir jetzt im Winter nicht leisten. Die Vorräte sind zu knapp.«

»Sie werden noch knapper werden«, prophezeite Heide, »denn irgendwoher muss das Essen für die Evakuierten ja kommen.«

»Mich dauern diese Leute ja – aber wir haben schon viele Mäuler zu stopfen.«

»Wo hat deine Ursa die Öfen her?«

»Sie sagt, sie sind aus einer Konkursmasse. Aber so ganz genau will ich es nicht wissen. Einige haben schon Gebrauchsspuren, sie sind nicht neu …«

»Manche Fragen sollte man heutzutage einfach nicht mehr stellen«, meinte Heide und zog die Vorhänge wieder zu.

Das Schrillen des Telefons zerschnitt die bisher friedliche Atmosphäre. Beide Frauen sahen sich an, das Blut wich aus ihrem Gesicht. Jede konnte ihre Gedanken in den Augen des Gegenübers sehen. Es war das blanke Entsetzen. Frederike stand auf, ging in den Flur, nahm ab.

»Hier Burghof Mansfeld«, sagte sie und versuchte, ihrer Stimme Kraft zu geben.

»Freddy? Freddy? Bist du das?«

Es war Stefanie, ihre Mutter.

»Mutter?«, rief Frederike in den Hörer. »Ich höre dich. Hörst du mich?« Wieder knackte und rauschte es.

»Ja, ich höre dich.« Stefanie lachte bitter auf. »Ich würde dich gerne zur Hasenjagd einladen.«

»Mutter?« Frederike schüttelte den Kopf. War ihre Mutter nun verrückt geworden?

»Wir veranstalten morgen eine Hasenjagd. Alle Nachbarn, die noch da sind, kommen. Wir werden fürstlich speisen, die große Tafel ist schon eingedeckt.« Plötzlich hörte Frederike ein lautes Sirren und dann ein Krachen im Hintergrund. »Die Frage ist nur«, fuhr Stefanie scheinbar unbeirrt fort, »ob wir bei dem Lärm überhaupt Hasen zu Gesicht bekommen? Letzte Woche konnten wir wenigstens noch ein wenig Niederwild jagen, aber jetzt ist es hier doch manchmal recht laut.«

»Mutter, geht es dir gut?«, fragte Frederike besorgt.

»Doch, doch, noch geht es mir gut.« Wieder lachte sie, es klang ein wenig schrill. »Der Russe steht vor Königsberg, und hier ist auch schon ein wenig Artilleriefeuer zu hören. Manchmal verirrt sich eine Bombe hierher.« Sie schluckte hörbar. »Wo der Gauleiter ist, weiß niemand. Er sollte in Königsberg sein, aber ob das stimmt? Wir haben seit Tagen keine Nachricht.«

»Und ... jetzt?«, fragte Frederike hilflos.

»Morgen geht es zur Hasenjagd, Kind. Wir treffen uns alle hier. Und dann werden wir trecken. Erik hat alles vorbereitet.«

»Ihr alle?«

»Klein Erik musste leider zurück an die Front. Diesmal an die Westfront. Ich hoffe, er kommt schnell in Gefangenschaft«, sagte Stefanie, und plötzlich klang sie erschöpft. »Wir hätten schon längst trecken sollen, aber Gauleiter Koch drohte mit der Todesstrafe.«

Frederike wusste nicht, was sie sagen sollte.

»Wir werden versuchen, uns zu euch durchzuschlagen«, sagte Stefanie.

»Ja, ja, bitte tut das!«

Wieder erklang ein Sirren, ein schreckliches, helles Sirren, und dann war die Leitung tot. Frederike sank in sich zusammen.

»Deine Familie?«, fragte Heide, die ihr in die Diele gefolgt war.

Frederike nickte. »Sie werden endlich trecken.«

»Besser spät als nie. Der Russe kommt immer näher. Er ist schon in Warschau.«

»Hoffentlich ist der Amerikaner vor ihm hier«, sagte Frederike und wischte sich die Tränen aus den Augen.

»Mutti?« Fritzi kam die Treppe hinunter. »Mutti, was ist mit dir?« Sie schaute zu ihrer Großmutter. »Vati?«

»Nein, alles gut, mein Kind«, sagte Heide und nahm Fritzi in die Arme. »Deine Großeltern auf Fennhusen müssen fliehen.«

»Müssen wir auch fliehen?«, fragte Mathilde, die ihrer Schwester gefolgt war.

»Nein, das müssen wir nicht.« Frederike riss sich wieder zusammen. Für ihre Kinder musste sie stark sein.

In den folgenden Wochen überschlugen sich die Ereignisse. Am 27. Januar befreite die Rote Armee das Konzentrationslager Auschwitz. Sie entdeckten unendliches Leid, Dinge, die niemand sich hätte vorstellen können.

Hitler hatte zu dieser Zeit schon den Bunker unter der Reichskanzlei bezogen, was aber kaum jemand wusste.

Und die Kämpfe gingen unerbittlich weiter, noch immer prophezeite Hitler den Endsieg.

Aus dem Osten hatte der große Treck eingesetzt. Tausende flüchteten aus Ostpreußen vor der Roten Armee. Es schneite und war bitterkalt, es war ein grauenvoller Treck – für viele führte er nur in den Tod.

Am 30. Januar versenkte ein sowjetisches U-Boot die »Wilhelm Gustloff«, auf der sich zehntausend Flüchtlinge befanden. Nur tausendzweihundert überlebten in der eisigen Ostsee.

Anfang Februar wurden die Luftangriffe auf Berlin verstärkt.

Der Krieg kam näher und wurde bedrohlicher. Immer noch hörte Frederike heimlich die Feindsender – die russischen und auch die BBC. In die Wochenschauen, die im Dorf gezeigt wurden, ging sie gar nicht mehr. Alles, was dort gezeigt wurde, war gefälscht und mit mächtiger Musik unterlegt. Es gab noch Menschen, die an den Sieg glaubten, die tatsächlich glaubten, dass Hitler das Ruder herumreißen würde, aber es waren nicht mehr viele. Doch die, die davon überzeugt waren, wurden immer verbohrter und gefährlicher. Sie waren es, die ihre Nachbarn, Bekannten und sogar Schwestern oder Onkel denunzierten.

Und dann kam die erste Familie aus Berlin, Ausgebombte, die ihnen zur Unterkunft zugeteilt wurden. Lotte Walter mit ihren zwei Töchtern, Clara und Grete. Alle drei waren verdreckt, hungrig und verängstigt. Der Vater war an der Front und galt als vermisst. Verstört kamen sie am Bahnhof an, mit anderen Familien, die von Hittlopp und seinen Schergen verteilt wurden. Ein Teil der Ausgebombten kam zu Familien im Dorf, die Walters auf den Burghof. Lore, Ursa und Frederike nahmen die drei am Bahnhof im Empfang. Es war empfindlich kalt, der Schnee lag hoch. Einer der Franzosen lenkte den Landauer zum Gutshaus, ein zweiter die Wagonette. Die Familie Walter kam auf die Wagonette, Lore, Ursa und Frederike waren mit dem Gepäck auf dem Landauer. Die Frauen vom Gutshof sahen sich an.

»Zuerst ein Bad für alle drei«, flüsterte Ursa. »Die sind ja verlaust.«

»Ei, den ihre Sachen kiemen sofort inne Waschkieche. Ich lass den jroßen Kessel anheizen, is mir ejal, ob die Kohlezuteijlung reicht. Auswaschen miessen wir allet. Un Petroleum«, sagte sie seufzend. »Reichlich Petroleum.«

Frederike nickte. »Ja, waschen. Und Petroleum.« Sie schüttelte sich. »Haben wir Sachen für sie?«

»Fier die Kinder bestimmt. Kiennen ja haben Sachen vonne Grafschaft.« Lore kniff ihr eines Auge zu. »Ei, de wissen ja nich, dattet abjelechtes Zeuch is.«

»Die nehmen auch abgelegte Sachen mit Kusshand«, sagte Ursa betrübt. »Wer weiß, wann die sich zuletzt haben Kleidung kaufen können?«

»Oben in der Mansarde sind zwei der Kanonenöfen angeschlossen.

Heinrich, der Schornsteinfeger, war schon da und hat das abgenommen. Jetzt haben sie dort Heizung und die Möglichkeit zu kochen.« Frederike sah Lore an, ihr Blick war hilflos. »Reicht das?«

»Ei, Brot backen kiennen se offe Ofen nich. Awwer se ham doch Bezugsscheene, oder?«

»Ja«, sagte Ursa Berndt. »Sie haben Lebensmittelbezugsscheine und auch welche für Kleidung und Möblierung. Das wurde mir versichert …« Sie schaute auf, sah die anderen an. »Aber es gibt in Mansfeld keine Bezugsquellen für Kleidung und Möblierung. Das ist in Berlin anders.«

Frederike nickte. »Ja, in Berlin werden Sachen aus den ausgebombten Wohnungen, deren Bewohner … nun, dem Angriff zum Opfer fielen, weiterverteilt. Dafür gibt es sogar ein Amt. Da wir hier bisher keine Bombardements hatten, haben wir auch kein Amt … wir fragen einfach Hittlopp, er hat doch auf alles eine Antwort«, sagte sie verbittert.

»Mein Bruder in Lübeck sagte, dass es ein Reichsverwertungsamt gibt, das den Flüchtlingen alle Dinge des täglichen Bedarfs zuteilt. Möbel, Gebrauchsgegenstände … bis hin zu Rasierpinseln. Alles ist verfügbar, es muss nur angefordert werden.« Ursa räusperte sich und senkte den Blick.

»Ei, un woher wollen se dat allet ham?«, fragte Lore ungläubig. »Allet ausse zerbombten Heeser? Die sin ja nun mal zerbombt un kaputt.«

»Nein, das kommt aus dem Osten«, sagte Frederike leise, fast tonlos.

»Erbarmung, vonne Polen un vom Iwan?«, fragte Lore wieder nach.

»Nein, Lore, das kommt aus den Lagern. Das kommt aus Auschwitz. Oder kam. Auschwitz wurde ja von den Russen befreit. Das habe ich bei den Fremdsendern gehört«, flüsterte Frederike und sah sich automatisch um.

»Erbarmung, wat is Auschwitz?«, fragte Lore.

Frederike sah sie an, konnte es einerseits nicht glauben, war andererseits froh, dass ihre Köchin derart ahnungslos war. Lore wusste es wirklich nicht. Frederike hatte von Lagern gewusst, von Sachsenhausen und Bergen-Belsen. Sie hatte von dem großen, dem schrecklichen Lager im Osten gehört, aber nicht glauben können, dass es das wirklich gab. Lange hatte sie gehofft, dass alles, was über Auschwitz gemunkelt wurde, einfach nur übertriebener Horror sei. Aber seit die Russen das Lager befreit hatten, wusste sie, dass es tatsächlich existierte – ein Massenvernichtungslager mit unbeschreiblichen Ausmaßen. Noch gab es tatsächlich Lieferungen vom Reichsverwertungsamt. Sachen, die aus dem Osten kamen, die schon verschickt worden waren, bevor die Sowjets kamen. Das ging von Kleidung über Brillen bis hin zu Rasierpinseln oder Schuhen. Grausam, sich vorzustellen, woher diese Dinge stammten.

Der Landauer fuhr ruckelnd über die gefrorene Straße. Sie wurden durchgeschaukelt. Wie mochte es der Flüchtlingsfamilie in der Wagonette ergehen, fragte sich Frederike. »Hast du Essen für sie, Lore? Für heute? Und für morgen? Haben wir genügend Holz und Kohle für den Badeofen? Haben sie Holz in ihren Zimmern, damit sie den Ofen befeuern können? Und sind die Torfklos bereit?«

»Heute un morjen kiennen se essen mit bei de Jesinde«, sagte Lore. »Awwer dat mir dat keen Zustand wird, Jnädigste. Kann leisten ich nich.«

»Sie haben ja ihre Marken«, sagte Ursa und sah Frederike an. In ihrem Blick stand eine Bitte. »Die werden sie in den nächsten Tagen einlösen können.«

Frederike nickte. Sie verstand, was die Sekretärin ausdrücken wollte.

»Einlösen? Awwer wo denn?«, fragte Lore nach.

»Ich kümmere mich darum, Lore.« Frederike dachte nach. »Falls sie keine Töpfe haben, haben wir noch Kochgut, was wir abgeben können?«

Lore überlegte. »'nen Topf unne Pfanne, sicher.«

»Gut, such das raus, bitte.«

»Awwer Jnädigste, we kiennen doch nich alle unterstiezen ...«

»Vielleicht können wir es nicht, aber wir müssen es«, sagte Frederike leise. »Und mir ist es lieber, sie haben alte Sachen von uns als Dinge, die vom Reichsverwertungsamt und aus dem Osten kommen. Das sind gestohlene Güter.«

»Psst«, ermahnte Ursa sie. »Man weiß nie ...«

»Ich weiß«, seufzte Frederike.

Lore sah sie erschrocken an. »Oh, muss halten meen Maul«, sagte sie.

»Lasst uns erst einmal schauen, was das für eine Familie ist. Wir bebrüten hier ja ungelegte Eier«, meinte Frederike und versuchte zu lächeln.

Schon bald erreichten sie den Burghof. Die Franzosen luden das Gepäck aus, Lore eilte nach innen und gab die Anweisung, den Badeofen zu heizen.

»Dies ist Burghof Mansfeld«, erklärte Frederike Frau Walter. »Hier werden Sie mit uns zusammen wohnen.«

Frau Walter schaute nach oben, drehte sich im Kreis. »Na, det is ja mal eene Behausung. Ick gloob et nich«. Sie lachte, aber das Lachen klang nicht echt. »Würklich? Hier wohnen?«

»Zwei kleine Zimmer in der Mansarde«, gestand Frederike. »Ich würde Sie Ihnen gerne zeigen.«

»Inne Mansarde? Nee, dat willich nich.« Frau Walter stemmte die Hände in die Hüften. »Will im Erdjeschoss wohnen. Damit we schnell raus sind, wenne Bomben kommen.«

»Hier fallen keine Bomben.« Frederike holte tief Luft. So sehr sie die Frau und ihre Kinder auch bedauerte, sie konnte keine Extrawünsche berücksichtigen. »Die Zimmer sind im Dachgeschoss, Sie haben einen Ofen zum Heizen, können darauf auch kochen, und es gibt ein Torfklo im Flur. Es gibt eine Zinkwanne auf dem Zimmer, und einmal in der Woche dürfen Sie das Badezimmer im ersten Geschoss benutzen. Mehr kann ich Ihnen nicht bieten.«

Frau Walter schaute das Haus noch einmal an, nickte dann. »Verstehe. Denn isset so. Kommt, Mädels.«

Frederike sackte ein wenig in sich zusammen. Sie hatte es der evakuierten Familie, die nun im Haus wohnen würde, leichtmachen wollen. Aber das war ihr nicht gelungen. Glücklich war sie über die Einquartierung auch nicht, aber sie verstand, dass diese Familie – so wie viele andere auch – mehr Leid gesehen hatte als Frederike und ihre Kinder.

Ich versuche es erneut, dachte Frederike und seufzte. Schließlich müssen wir irgendwie zusammen leben.

»Frau Walter?«, rief sie und eilte hinter ihr her. »Frau Walter?«

In der Diele blieb die Frau stehen, drehte sich um. »Wat wolln Se denn schon wieder?«, fragte sie und klang angriffslustig, dann sackten ihre Schultern nach unten. »'tschuldijung. Weeß ja, ick komme mit meene Blajen hierher und zieh een. Is doof fier Se und doof fier mir. Icke wäre getz ooch lieber in meener Wohnung.« Sie schüttelte den Kopf. »Awwer meene Wohnung gibbet nich mehr.« Die beiden Kinder klammerten sich an ihre Mutter, starrten Frederike verstört an.

»Es gab hier wirklich noch keine Luftangriffe, Frau Walter«, sagte Frederike. »Und wenn welche kommen, dann gehen wir alle in den Eiskeller. Oder in das Souterrain. Aber jetzt dürfen Sie erst einmal Ihre Zimmer beziehen und ein heißes Bad nehmen.«

»Een Bad?«, fragte die Frau verblüfft.

»Ja, im Badezimmer. Der Ofen heizt schon.«

»Issn dat de Würklichkeet?« Es war das erste Mal, dass Frau Walter lächelte. »Nun, denn zeegen Se mir mal de Zimmers.«

Es würde sicher nicht leicht werden, aber sie würden schon irgendwie miteinander klarkommen, hoffte Frederike.

Sie brachte die Familie nach oben. Clara und Grete staunten nur. »Wie viele Familien leben in diesem Haus?«, fragte die neunjährige Clara.

»Meine Familie – also mein Mann, der ist nur zurzeit nicht da«, Frederike räusperte sich, »meine drei Kinder und ich. Und drei BDMlerinnen, die wohnen auch oben in der Mansarde, gleich nebenan von euren Zimmern. Und im Souterrain haben einige der Mädchen ein Zimmer. Früher hatten wir auch noch Burschen, aber die sind alle …« Frederike stockte. »Sie wurden eingezogen«, sagte sie dann leise.

»Wie alle Männer«, sagte die sechsjährige Grete voller Ernst.

Frederike nickte. »So ist es.«

Sie kamen im Dachgeschoss an, die Franzosen hatten das wenige Gepäck schon hochgebracht. Frederike öffnete die Tür zu dem einen Zimmer. Darin standen ein großes Bett, ein Schrank, ein Waschtisch und ein kleiner Tisch mit vier Stühlen.

»Ich denke, hier könnten Sie wohnen, Frau Walter«, sagte Frederike. Dann ging sie zum nächsten Zimmer. Darin waren zwei Betten, eine große Kommode und ein Waschtisch. »Und hier Ihre Töchter.«

Frau Walter staunte. »Dat is hübsch«, sagte sie und ging zum Fenster. In den kleinen Gaubenfenstern hatte Frederike Vorhänge anbringen lassen. Frau Walter drehte sich um, sah den Kanonenofen. »Und dat?«, fragte sie.

»Das ist ihr Heizofen. Sie bekommen Holz von uns und Kohle auf Bezugsschein. Auf dem Ofen können Sie auch kochen … das erklärt Ihnen Lore, unsere Köchin, sicher gerne.«

»Hab keene Töpfe mehr.«

»Das habe ich mir fast gedacht. Wir haben Töpfe und Geschirr für Sie.« Frederike zeigte auf ein Regal an der Wand. »Heute und morgen richten Sie sich aber einfach nur ein. Sie können gleich in die Badestube, um sechs gibt es Essen im Gesindezimmer. Im Souterrain. Da dürfen Sie und Ihre Kinder mitessen. Frühstück gibt es morgen um halb acht.« Frederike sah die Kinder an. »Ihr müsst ja auch zur Schule. Die fängt um viertel nach acht an. In welche Klasse geht ihr?«

»Ick bin inner dritten Klasse«, sagte Clara und trat verlegen von einem Bein auf das andere.

»Musst du mal, Kind?«, fragte Frederike. »Hier im Flur ist das Torfklo.« Sie ging in den Flur, öffnete die Tür zu einer Kammer. »Es wird jeden Morgen geleert.«

Clara schüttelte den Kopf. »Ne, ick muss nich, aber … ich war seit dem Sommer nich mehr inne Schule.« Sie senkte den Kopf. »Die war ausjebombt.«

»Und du?«, fragte Frederike die kleine Grete.

»Ick war noch nich inne Schule, aber ick kann meenen Namen schreiben«, sagte sie stolz.

Frederike sah Frau Walter an. »Darum kümmern wir uns dann morgen. Wir melden die beiden in der Dorfschule an.«

»Wir?«, fragte Frau Walter.

»Ich helfe Ihnen gerne, wenn Sie das möchten. Ansonsten können Sie das natürlich auch alleine machen.«

»Ick denk darüber nach«, sagte sie und drehte sich um. »Is nich so eenfach für mich unne Blajen, wa?«

»Das kann ich gut verstehen, Frau Walter. Ich lasse Sie jetzt auch gerne alleine, damit sie sich einrichten können. Wenn Sie Fragen haben oder Hilfe brauchen, wenden Sie sich ruhig an mich.«

»Jut.«

Frederike ging in den Flur, und Frau Walter schloss die Tür hinter ihr – keine Worte des Dankes, kein Nicken oder ein Zeichen des Verständnisses. Verwundert ging Frederike nach unten. Natürlich, die Familie hatte Unvorstellbares erlebt, Bombenangriffe, Evakuierung,

Dinge, die sich Frederike noch nicht einmal in einem schlechten Traum vorstellen konnte. Aber dennoch – das harsche Verhalten der Frau stieß sie vor den Kopf. Vielleicht war sie aber zu ungeduldig, die Frau und ihre Kinder waren ja noch nicht einmal richtig angekommen.

Frederike sah auf ihre Armbanduhr. Bis zum Abendessen waren es noch zwei Stunden. Sie ging in den kleinen Salon, klingelte nach Ilse, dem ersten Zimmermädchen.

»Kannst du bitte nach oben gehen und nach unseren neuen Hausbewohnern schauen?«, fragte sie müde.

»Natürlich, Gnädigste. Gibt es etwas, auf das ich achten sollte?«

»Zeig ihnen das Bad, zeig ihnen bitte noch mal das Torfklo. Jemand sollte der Frau den Ofen erklären – ich kann das nicht, und sie will es von mir auch nicht hören.« Frederike wandte sich ab. Die letzten Stunden waren anstrengend gewesen. Dann drehte sie sich wieder um. »Vielleicht gibt es eine Möglichkeit, wie ihr ihnen klarmachen könnt, dass ich nicht gegen sie bin … das scheinen sie zu glauben.«

»Oh, natürlich, Baronin. Das werden wir alle tun. Wo wären wir ohne Sie?« Ilse knickste und ging.

Frederike ging zur Anrichte. Es war noch früh am Tag, noch vor dem Abendessen, aber sie fühlte sich ausgelaugt.

Gebhard, wärst du nur hier, dachte sie verzweifelt und mixte sich einen Gin-Fizz. Eis gab es ja zur Zeit genügend. Der Winter war bitter und kalt.

Kapitel 9

⋅◆⋅

Ende Februar kam eine Einheit der Wehrmacht durch Mansfeld. Die Befehlshaber annektierten einige Scheunen für ihre Truppen, quartierten sich kurzerhand im Gutshaus ein. Es gab nichts, was Frederike dagegen sagen konnte.

Sie räumte zwei Zimmer, richtete sie für den General und seine Leute her. Die Truppen kamen im Dorf und im Betriebshof unter – eine Scheune wurde geräumt und mit Feldbetten ausgestattet.

Lore war kurz vor einem Herzinfarkt. Es hatte Wochen gedauert, bis die einquartierte Familie Walter einigermaßen zurechtkam und alles lief. Zweimal hatte Lotte Walter fast den Dachboden in Brand gesteckt, das Essen ließ sie grundsätzlich anbrennen. Inzwischen hatten Pierre, der Franzose, der in der Küche mitarbeitete, und Pascal, der als Gärtner fungierte, Eimer voller Wasser in der Mansarde abgestellt – so dass immer schnell Löschwasser da war.

Die beiden Walter-Mädchen hatten sich schneller eingelebt – sie besuchten nun die Dorfschule. Fritzi und Mathilde kümmerten sich ein wenig um Clara und Grete, gingen mit ihnen Schlittschuh laufen oder rodelten vom Burgberg. Die Mädchen tobten zusammen im Schnee oder saßen im warmen Kinderzimmer und spielten Brettspiele. Aber richtig warm wurden sie miteinander nicht, und Fritzi war immer froh, wenn sie mal entwischen und alleine in die Küche fliehen konnte. Dort saß sie dann auf der Küchenbank im Erker, ließ sich von Lore und Pierre verwöhnen.

Manchmal kam auch Frederike nach unten. Vor allem jetzt, wo die

Soldaten im Haus waren. Frederike hatte ihnen den Salon überlassen. Dort standen jedoch alle Alkoholika in der Anrichte. Sie hatte sie nicht so schnell wegräumen können und fürchtete nun darum. Immerhin standen die Flaschen im Schrank, vielleicht hatten der General und seine Leute ja genug Anstand, sie nicht anzurühren.

»Heute Nacht müssen wir die Flaschen wegräumen«, sagte Frederike. »Wir müssen sie verstecken.«

Lore nickte. »Ei, Gnädigste, das machen wir. Se kommen inne Anrichteraum, hinten inne Schrank, da sucht se keener.« Sie gab Frederike und Fritzi frisches Brot, dick mit Butter bestrichen und mit Zucker bestreut. »Wo issn unsere Thilde?«, fragte sie.

Fritzi verdrehte die Augen. »Die spielt mit Clara und Grete.«

»Erbarmung, un warum du nich?«, wollte die Köchin wissen.

»Weil die beiden dumm sind. Die finden hier alles schnieke, sagen sie. Aber hinter unserem Rücken lachen sie. Ich sehe und höre das, höre auch, was sie beim BDM erzählen – so ein Unfug. Aber Thilde ist nicht zu retten, die findet die knorke.«

»Die beiden sind nicht dumm«, ermahnte Frederike ihre Tochter. »Sie sind nur ganz anders aufgewachsen als wir.«

Lore warf Frederike einen langen Blick zu. »Erbarmung«, sagte sie fast unhörbar. »Kinderchen kiemmen selten uff andere Leutchen.«

Frederike musste sich ein Lachen verkneifen.

»Was willst du damit sagen?«, fragte Fritzi.

»Alle Kinder ähneln irgendwie ihren Eltern, das wollte Lore sagen«, versuchte Frederike zu erklären.

»Dumm bleebt dumm, da helfen keene Pillen«, sagte Lore nun und grinste.

Fritzi sah sie an, strahlte dann breit. »Jetzt habe ich es kapiert«, sagte sie.

»Die Walters sind nicht wie wir«, sagte Frederike, »aber sie sind unsere Gäste, und wir müssen höflich zu ihnen sein.«

»Jäste?« Lore schnaubte. »Wie de Uniformträjer oben inne Salon? Dat sin doch keene Jäste.«

»Wir müssen sie aufnehmen, ob wir wollen oder nicht. Oben sitzt General Steiner. Er ist bei der Waffen-SS – aber er sorgt sich gerade sehr um seine Männer. Ich habe ein Gespräch mitbekommen, dass er überlegt, den Befehl des Führers zu verweigern.«

Lore zog die Augenbrauen hoch. »Is nich wahr?«

»Die Ostfront bricht zusammen, und Hitler möchte die Truppen um Berlin zusammenziehen. Doch das wäre ihr sicherer Tod. Die Generäle von Manteuffel, von Tippelskirch und General Holste wollen eigentlich nur eines – ihre Truppen im Westen zusammenführen. Sie wollen über die Demarkationslinie und sich in die Gefangenschaft der westlichen Alliierten begeben.«

»Recht hamse damit«, sagte Lore. »Wenn der Russe se inne Hände kriejt, wird er se töten.«

»Ja, aber wenn alle Soldaten in den Westen fliehen, dann …« Frederikes Blick fiel auf Fritzi, die mit hochrotem Kopf lauschte. »Na ja, die Soldaten werden jedenfalls nicht lange bleiben. Was kannst du heute Abend zu essen anbieten, Lore?«

Lore seufzte. »Ei, is nich so, als hätten we Vorräte viele, Jnädigste. 'n Festmahl wird es werden nich.«

»Ein Festmahl erwarten sie nicht, aber eine heiße, sättigende Mahlzeit schon.«

»Ei, hab 'ne Wurzelsuppe mit Schmand, dann jibbet Jänsebraten, hab jestern eene Jans jeschlachtet. Un als Nachtisch jibbet Kompott mit Schlach.«

»Das klingt gut, Lore. Du bist die Beste.«

»Jnädigste, wasn mitte Fruu owwen? Die Walter. Se kommt immer noch essen ein Tach ummen anderen inne Jesindestube. Sacht, se hat keen Essen. Un dat Jnädigste se runterschickt. Ei, ich kannse nich mit durchfiettern auffe Dauer. Dat jeht nich.«

»Ich rede mit ihr«, sagte Frederike müde und stand auf. »Komm mit, Fritzi, und schau nach deiner Schwester.«

»Muss ich wirklich?«, fragte Fritzi.

»Ei, kannst bleeben hier un misten oos den Stall vonne Puten«, meinte Lore.

»Die Puten beißen immer, und sie stinken.«

Lore zog die Augenbrauen hoch und hob die Hände. »Musste wissen. Kannst auch jehen hoch.«

Fritzi zog die Stirn kraus. »Aber einer muss ja die Ställe misten«, sagte sie dann und blieb.

»Die Kinder essen, solange die Soldaten hier sind, mit Wanda und Else im Kinderzimmer«, sagte Frederike. »Du kannst ihnen, wenn es möglich ist, auch noch eine Extraportion Grießbrei machen.«

»Mutti, du bist so knorke«, sagte Fritzi strahlend. »Und ich pass auch gleich wieder auf Mathilde auf.«

Lächelnd ging Frederike nach oben, aber in der Diele verging ihr das Lächeln. Sie hörte die lauten Stimmen des Generals und seiner Gefolgschaft. Es waren noch gut eineinhalb Stunden, bis es Essen gab. Sie ging in den kleinen Salon, klingelte nach Ursa Berndt, der Sekretärin der Güter.

Ursa kam und setzte sich. Ihr Gesicht war fahl.

»Geht es Ihnen nicht gut?«, fragte Frederike besorgt.

»Wir sollten alle fliehen«, sagte Ursa leise. »Die Rote Armee rückt unausweichlich näher. Sie wird hierherkommen.«

»Von Westen und von Süden kommen die Engländer und die Amerikaner. Vielleicht sind sie schneller hier«, versuchte Frederike Ursa zu beschwichtigen.

»Vielleicht aber auch nicht. Hier oben in die Prignitz werden die Russen kommen. Haben Sie nicht die Berichte gehört? Haben Sie nicht gelesen, was die Rote Armee mit Frauen macht?«

»Doch, das habe ich«, sagte Frederike. »Und es macht mir genauso

Angst wie Ihnen, Ursa. Aber ich kann hier nicht weg. Nicht, bevor mein Mann nicht aus der Haft entlassen wurde. Und wenn sie ihn entlassen, haben wir wohl nichts zu befürchten, er sitzt ja in Gestapohaft, wurde wegen volksfeindlicher Handlungen verhaftet – und das nicht zum ersten Mal.« Frederike ging zu ihrem Schreibtisch. Ganz hinten im zweiten Fach hatte sie eine Flasche Sherry und ein paar Gläser versteckt, die holte sie nun heraus, schenkte ihnen beiden ein. Dann setzte sie sich wieder und schaute die Sekretärin nachdenklich an. »Liebe Ursa, Sie haben für meinen Mann und die Güter lange Jahre aufopferungsvoll gearbeitet.«

»Ich mach das gerne«, sagte Ursa.

»Und Sie machen das gut. Aber jetzt ist Schluss. Ende.«

»Was?«

»Ich kann nichts mehr garantieren – nicht mehr für Ihren Unterhalt, für Ihre Sicherheit schon gar nicht. Sie haben doch einen Bruder in Lübeck …«

Ursa senkte den Kopf. »Ja, ich habe ihm ein Kabel geschickt. Er hat heute geantwortet. Ich kann kommen, wenn ich den Transport organisiert bekomme. Es gehen aber keine regulären Züge mehr.«

»Ich kümmere mich darum«, sagte Frederike und stand auf. Sie umarmte die Sekretärin herzlich. »Ich verstehe Sie sehr wohl. Und mich dauert es, dass Sie gehen. Aber würden Sie das nicht freiwillig tun, hätte ich Sie weggeschickt.«

»Zwei der BDMlerinnen haben eine Order bekommen, dass sie nach Hause reisen sollen. Mit Zugfahrscheinen. Die sind sicher alle inzwischen nicht mehr gültig. Aber ich habe mit den Mädchen gesprochen, und sie packen schon. Sie kommen alle drei aus westlichen Gebieten. Dort steht jetzt der Ami und der Tommy. Sie wollen lieber dorthin, als auf den Russen zu warten.«

»Es gibt eine Order?«

Ursa nickte.

»Dann können sie fahren. Ich bin froh, wenn ich die Verantwortung für sie los bin. Sie sind seit Anfang Oktober hier, aber warm sind wir miteinander nie geworden.«

»Es gibt noch eine weitere Anordnung«, sagte Ursa und seufzte.

»Welche?«

Ursa sah zu Boden, antwortete nicht.

»Na los, sagen Sie es mir.«

»Baronin – es ist eine Anordnung aus Berlin. Das Gut soll zwei weitere Familien aufnehmen. Ausgebombte.«

»Zwei?« Frederike sank auf ihrem Sessel zusammen. »Grundgütiger.«

»Das habe ich auch gedacht und würde gerne bleiben und helfen …«

»Nein!«, sagte Frederike entschieden. »Ihre letzte Tat wird sein, die BDM-Mädchen nach Hause zu schicken. Wenn Sie das getan haben, machen Sie sich selbst auf den Weg. Und sollte kein Zug mehr fahren, finden wir andere Wege.« Sie überlegte. »Mit dem Pferdefuhrwerk vielleicht.«

»Utopisch. Aber erst einmal werde ich mich um die Mädels kümmern.« Ursa schluckte. »Frau Baronin, Sie sind so etwas wie Familie für mich, das wissen Sie, oder?«

Frederike nickte. »Ja, und ich bin froh darum.« Sie trank den Sherry aus, lauschte den aufgebrachten Männerstimmen im Nebenzimmer. »Heute Abend werden Sie uns beim Abendessen Gesellschaft leisten. Bitte.«

»Natürlich.«

»Dann sollten wir uns jetzt umziehen«, sagte Frederike trocken und stand auf.

Um halb sieben ging der Gong. Frederike hatte ein Kleid angezogen und die Haare hochgesteckt. Sie zog die engen, aber schönen Spangenschuhe mit Absatz an. Dann ging sie in das Kinderzimmer. Gebbi war schon im Schlafanzug, spielte noch mit seinen Bauklötzen. Mathilde las ein Buch, und Fritzi arbeitete an ihren Hausaufgaben.

Frederike nahm jedes Kind in den Arm, küsste es.

»Wie lange dauert der Krieg noch?«, fragte Mathilde.

»Das weiß ich nicht, aber ich glaube, in diesem Jahr wird er enden.«

»Kommt Vati dann nach Hause?«, fragte Fritzi.

»Ja, das hoffe ich sehr.« Frederike konnte den Kindern nichts von ihren Ängsten sagen. Im Moment wusste sie noch nicht einmal, ob Gebhard noch am Leben war.

»Müssen wir wegziehen? So wie die Walters?«, wollte Mathilde wissen.

»Nein, ich hoffe nicht. Dies ist unser Zuhause.« Frederike räusperte sich. »Thilde, mein Schatz, die Walters leben nur vorübergehend hier. Wenn der Krieg vorbei ist, werden sie wieder weggehen.«

»Aber wohin? Ihr Haus wurde weggebombt. Es ist nur noch Staub. Clara hat es mir genau erzählt.«

»Es wird Möglichkeiten geben …«

»Warum können sie nicht hierbleiben? Sie sind nett«, sagte Mathilde.

»Nett?« Fritzi lachte, es klang nicht belustigt. »Du lässt dich von ihnen einwickeln. Sie spielen mit unseren Sachen, du schenkst ihnen deine Puppe, sie machen Dinge kaputt … die sind schlimmer als unsere Cousins von Großwiesental.«

»Aber … aber … sie haben doch nichts«, sagte Mathilde mit Tränen in den Augen. »Und wir so viel.«

Frederike zog sie auf ihren Schoß, drückte sie an sich. »Du hast ein großes Herz, mein Kind. Und es ist gut, dass du dein Spielzeug mit ihnen teilst, mit ihnen spielst. Versuch nur, ein Maß zu finden. Was weg ist, ist weg. Verstehst du?«

Mathilde nickte.

»Und wir werden noch andere Flüchtlingsfamilien aufnehmen müssen.«

»Hier? Hier im Haus?«, fragte Fritzi.

Frederike nickte.

»Aber wo sollen sie hin?«

»Das werden wir sehen.« Frederike stand auf, holte tief Luft. »Alles, was euch wichtig ist, was euch wirklich wichtig ist, packt in eine Tasche. Ich werde Wanda Taschen geben. Da tut ihr die Dinge hinein. Nicht deine Suse, deine Lieblingspuppe, Fritzi. Und nicht deinen Bär, Mathilde – die müssen ja nachts mit euch ins Bett.« Frederike lächelte. »Aber ansonsten überlegt bitte, was euch ganz, ganz wichtig ist. Und packt es weg.« Frederike sah Wanda an, und sie nickte verstehend.

Vielleicht würden sie doch fliehen müssen. Vielleicht. Frederike hoffte, dass der Kelch an ihnen vorüberziehen würde.

Nachdem sie mit den Kindern gebetet hatte, ging sie hinunter. Der Gong läutete das zweite Mal, und Ilse öffnete die Flügeltür zum Esszimmer. Der Tisch war nett gedeckt, aber Ilse hatte nicht das gute Geschirr genommen, was sonst immer für Gäste herausgesucht wurde. Es war das Alltagsgeschirr, und auch das Erbsilber lag nicht auf dem Tisch, sondern nur das versilberte Besteck, was sie für alle Tage benutzten. Ob es dem General auffiel? Eigentlich war es Frederike egal. Diese Gäste hatte sie nicht geladen, sie hatten sich selbst einquartiert.

»Danke, dass Sie uns aufgenommen haben, Baronin«, sagte der General und hob das Glas.

»Ich hatte keine Wahl«, murmelte Frederike. Sie sah nach links, dort saß Fräulein Berndt und verkniff sich ein Lächeln.

»Wohin werden Sie ziehen?«, fragte Ursa und versuchte, naiv zu klingen. Es gelang ihr gut. »Hier gibt es doch keine Kriegshandlungen.«

»Wir sind auf dem Weg nach Osten«, erklärte der General. »Das ist unser Befehl. Aber ich möchte die Truppen zusammenziehen und sie nach Westen bringen.« Er sah nachdenklich nach draußen, es hatte wieder begonnen zu schneien. »Oder südlich von Berlin.«

»Aber die Front aus dem Osten rückt doch immer näher«, sagte Ursa.

Er sah sie an. Nickte. »Sie und ich und alle hier an diesem Tisch, vielleicht auch ganz viele im Reich, wissen, dass dieser Krieg verloren ist«, sagte er ernst. »Ich darf das nicht aussprechen, aber ich tue es. Und wenn Sie morgen hingehen und diese Worte melden – bei welchem Amt auch immer, dann könnte ich zum Tode verurteilt werden. Das nehme ich billigend in Kauf. Ziehe ich mit meinen Truppen nach Osten, sind wir alle zum Tode verurteilt oder zur Gefangenschaft bei den Russen.« Er seufzte. »Die Truppen, die ich habe, das sind junge Männer, fast noch Kinder. Sie wurden zusammengezogen aus Marineeinheiten – Jahrgänge 1926, 1927 und 1928. Sie haben keine Fronterfahrung, kaum Ausbildung. Keine infanteristischen Fähigkeiten. Diesen Krieg können sie ohnehin nicht mehr gewinnen, sie können nur ihr Leben verlieren. Oder in Gefangenschaft geraten. Und dann wäre die Gefangenschaft bei den westlichen Alliierten ganz bestimmt besser, als der Roten Armee in die Hände zu fallen, falls Sie wissen, was ich meine.«

Am Tisch herrschte Schweigen. So etwas auszusprechen konnte tatsächlich die Todesstrafe nach sich ziehen. Frederike nickte bewundernd. Sie mochte den General nicht, hatte ihn nicht eingeladen, aber er bewies Mut und Weitsicht, was das Leben seiner Soldaten anging. Egal, wie sehr er bisher das Reich verteidigt und unterstützt hatte, nun ging es ihm nur noch um das Leben der Männer, die unter seinem Befehl standen.

»Werden Sie das schaffen?«, fragte Frederike. »Werden Sie die Ostfront vermeiden können?«

»Das weiß ich noch nicht«, gab er zu. Dann nahm er den Löffel und begann, die Suppe zu essen. »Sehr köstlich«, lobte er.

»Wie lange werden Sie bleiben?«

»Nur ein paar Tage. Vielleicht müssen wir morgen schon weiter, vielleicht erst am Freitag, das weiß ich noch nicht.« Er räusperte sich. »Wir haben noch ein paar Aufträge, die wir erledigen müssen.«

»Aufträge?«

»Nun ja, Sie haben zwei Baracken mit Kriegsgefangenen und Ostarbeitern. Wir haben eine weitere Scheune … bewohnbar gemacht – Betten, Öfen, Latrinen ausheben … wir sind dazu angehalten, auf unserem Weg weitere Baracken zu schaffen.«

»Für wen?«, fragte Frederike entsetzt.

»Für Kriegsgefangene aus den Lagern«, sagte der General leise. »Es gibt schon Trecks, Gefangene, die zu Fuß unterwegs sind … Märsche …«

»Märsche? Aus Lagern?«, fragte Frederike nach. »Hierher?«

Er nickte.

»Aus Sachsenhausen?«

Wieder nickte er.

»Und sie werden zu uns gebracht?« Frederike konnte es nicht glauben. »Wie sollen wir sie versorgen?«

»Gar nicht. Die Baracken sind für die Kriegsgefangenen, die Engländer, Franzosen und Russen. Sie sollen hier unterkommen, bis sie befreit werden. Die anderen … die werden weiter gehen.« Er sah sie an. »Sie wissen von den Lagern? Von Sachsenhausen?«

»Sie nicht?«, war alles, was Frederike erwidern konnte. Natürlich wusste man von den Konzentrationslagern und auch, dass dort grauenvolle Dinge geschahen. Wer in ein Lager kam, hatte kaum eine Chance, es wieder lebendig zu verlassen. Was genau dort geschah, wusste man nicht, aber es wurde gemunkelt.

Alle am Tisch löffelten schweigsam die Suppe, dann räumte Ilse die

Teller ab und brachte die Gans. Der General tranchierte sie, dazu gab es Kartoffelklöße, Rosenkohl und Wirsing. Alle aßen mit Genuss, nur Frederike brachte kaum einen Bissen herunter.

»Warum versorgt man die Gefangenen nicht ordentlich in den Lagern, bis sie befreit werden?«, fragte Frederike noch mal nach. »Denn das werden sie ja, das ist doch offensichtlich. Ihnen genau wie mir.«

»Ja, der Krieg ist verloren. Es wird keinen Endsieg geben, noch nicht mal einen Waffenstillstand, so sehr sich manche der Armeeführung auch darum bemühen. Keiner von uns Generälen möchte seine Soldaten weiterhin in den Tod laufen lassen. Schon seit mehr als einem Jahr drängen wir zu Verhandlungen.« Er hob die Serviette an die Lippen. »Zumindest einige von uns. Es gibt auch noch die Verblendeten, die Idioten, die immer noch dem Führer glauben und folgen …«, seine Stimme klang erbost und erstickt. »Unser Oberbefehlshaber versucht im Moment, Kontakt zu den Alliierten aufzunehmen. Manche Menschen wollten ihren Arsch retten, und wenn es auch nur die faltige Haut ist.« Er hustete. »Verzeiht mir, Baronin.«

Frederike sah ihn überrascht an. »Sprechen Sie von Himmler?«

Der General senkte den Kopf. »Ja.«

»Sind Sie sich da sicher?«

»Leider ja.« Wieder räusperte er sich. »Keiner von uns will in die russische Kriegsgefangenschaft. Natürlich nicht. Die Russen werden sich bitter an uns rächen. Aber mit dem jetzigen Feind werde ich nicht kollaborieren. Ich bin bereit für Gespräche, für Verhandlungen, für ein Kriegsende. Ja, dafür bin ich schon lange. Aber ich werde niemandem in den Boppes kriechen, so wie Himmler es jetzt tut.« Er schluckte. »Ich gehöre dem Militär an, und wir haben unsere Befehle. Denen müssen wir folgen, ob wir das gut finden oder nicht. Tun wir das nicht, führen wir das Militär und die Strukturen ad absurdum. Militär funktioniert nicht ohne Befehlshörigkeit.«

»Und wenn die Obrigkeit versagt?«, fragte Frederike leise.

»Ja, was dann?«, sagte er. »Das weiß ich eben nicht. Unsere Obrigkeit hat versagt.« Er nickte. »Ich soll ausgetauscht werden, General Holste soll mich ersetzen. Wir sollen Berlin verteidigen, wobei unsere Kameraden im Osten dringend Hilfe benötigen. Königsberg ist immer noch eingeschlossen, und der Führer verweigert unseren Soldaten die Aufgabe. Sie sollen bleiben, koste es, was es wolle – es kostet ihr Leben und vermutlich auch unseres«, sagte er mutlos. »Ich habe den Befehl, Berlin zu verteidigen, angezweifelt und soll deshalb versetzt werden. General Holste soll meine Position einnehmen.« Er lachte, ein raues Lachen. »Ich habe mit Holste gesprochen, ihn über meine Truppen informiert. Gehen Sie in die Baracken, Baronin, schauen Sie sich die Männer an. Es sind keine Männer, es sind Jugendliche.« Er schnaufte, trank sein Glas leer, füllte es erneut. »Quasi Kinder. Und sie sollen die Hauptstadt verteidigen? Auch wenn sie dafür ausgebildet wären, würden wir an Materialschwäche scheitern und daran, dass wir keine Ressourcen mehr haben – Benzin, Öl, Lebensmittel. Uns fehlt es an allem. Was wir noch haben, sind junge, unerfahrene Männer, die mit der Hitlerjugend groß geworden sind und nur den absoluten Gehorsam kennen.« Wieder räusperte er sich, trank. »Ich rede mich hier in Rage, aber ich bin wütend. Seit Jahren versuchen wir Hitler, Himmler, Höß und Goering davon zu überzeugen, dass ihre Wahnvorstellungen in einem Alptraum enden werden, aber … sie hören nicht auf uns. Wir sind Militärs, dazu ausgebildet, Befehlen zu gehorchen.« Er wurde leiser. »Manche haben es nicht getan und mit ihrem Leben bezahlt. Ich hatte nicht den Mut dazu.« Nun hob er wieder den Kopf. »Aber meine Jungs möchte ich nicht in den Tod führen. Ich habe mich mit Holste in Verbindung gesetzt. Wir wollen beide unsere Truppen behalten und sie sukzessive nach hinten führen. Ein kontrollierter Rückzug, dem sich auch Generaloberst Heinrich anschließen wird.«

»Nach hinten?«, fragte Frederike verwundert.

»Damit meine ich den Westen. Kriegsgefangenschaft bei den Alliierten. Treffen wir auf sie, ergeben wir uns sofort. Treffen wir auf den Russen, werden wir kämpfen – da ist der Tod im Gefecht gnädiger als Kriegsgefangenschaft im Osten. Der Iwan wird nicht freundlich sein.« Er leerte die Flasche. Frederike klingelte nach Ilse, ließ neuen Wein bringen. Zum Glück war der Keller noch einigermaßen bestückt.

»Die Baracken, die wir einrichten, sind für die Gefangenen aus den Lagern. Aus Sachsenhausen, aus Bergen-Belsen, aus Auschwitz.«

»Auschwitz wurde doch befreit«, wandte Frederike ein.

»Ja, aber die Märsche wurden schon vorher in Gang gesetzt. Da sind Tausende unterwegs. Von einem Lager zum anderen.« Er sah sie an. »Sie sind eine starke Frau, Sie wissen, was da hinter den Kulissen passiert.«

»Nein, aber ich ahne es.«

»Ihr Schwager war einer der Ersten, die sich gegen das Regime gestellt haben …«

»Wir haben seit langem keinen Kontakt mehr.« Frederike war mit einem Mal vorsichtig.

»Ihr Mann sitzt in Gestapohaft. Ihr Schwager war einer der ersten Verschwörer gegen den Führer. Sie haben schwere Zeiten durchgemacht, aber immer ihr Credo beibehalten. Ich habe mich umgehört, ihr Leumund ist gut. Sie werden es schaffen.« Er hob das Glas.

Und jetzt will er, dass ich mich für ihn einsetze, wenn der Krieg zu Ende ist, dachte Frederike und war auf einmal unendlich müde.

»Wir werden die Baracken für die Leute auf dem Marsch einrichten, aber versorgen können wir sie nicht«, sagte nun Steiner.

»Wie viele sind es?«

Er zuckte mit den Schultern. »Ich weiß es nicht – es sind geschwächte Menschen, sie sterben wie die Fliegen.«

»Wir können nicht noch mehr durchbringen«, sagte Frederike entsetzt. »Gerade habe ich gehört, dass hier weitere zwei Familien einquartiert werden. Ich weiß gar nicht, wie das gehen soll. Die Einquartierten haben Lebensmittelkarten, aber hier gibt es keine Ausgabe. In Mansfeld hatte noch niemand zuvor Lebensmittelkarten – also füttere ich sie mit durch. Aber Hunderte Flüchtlinge? Wie soll das gehen?«

»Die brauchen nicht viel, keinen Braten oder so«, sagte Steiner sachlich. »Eine Suppe tut es, mehr würde ihre Mägen überfordern.«

Frederike wurde schlecht. »Wann kommen sie?«

»Ich weiß nicht, ob sie überhaupt kommen. Ich habe nur den Befehl, alles für die Kriegsgefangenen vorzubereiten. Und vor allem die Russen sollten gut behandelt werden. Sie haben doch hier auch Ostgefangene?«

»Ja, auf dem Betriebshof. Aber uns wurde ein Verwalter eingesetzt, und er hat das Sagen. Ich darf noch nicht einmal den Hof betreten. Da kann ich nichts tun.«

»Wie heißt der Mann?«

»Hittlopp.«

General Steiner notierte sich den Namen. »Ich werde mich darum kümmern.«

Ilse trug endlich den Nachtisch auf. Frederike aß nur wenig, ihr Magen war wie zugeschnürt.

Nach dem Essen sagte sie: »Sie können gerne in den Salon gehen und eine Zigarre rauchen. Ich habe noch Wein und unsere letzte Flasche Cognac hinstellen lassen, bitte bedienen Sie sich. Der Kamin ist angeheizt, Holz liegt in dem Korb – sie können gerne nachlegen.«

»Wollen Sie uns nicht Gesellschaft leisten, Baronin?«, fragte General Steiner.

»Ich glaube, das schaffe ich nicht, General. Ich muss morgen ganz früh in die Küche und die Vorräte bestimmen. Bisher hatte ich gedacht, dass wir auch über einen strengen Winter kommen, aber dass der strenge Winter auch noch Flüchtlinge bringt, damit habe ich nicht gerechnet und meine Köchin auch nicht.« Sie sah ihn an. »Zudem kommen ständig Trecks aus dem Osten – da flüchten Menschen, die dort gelebt haben und nun vertrieben werden. Deutsche, die nicht inhaftiert waren.« Frederike hielt inne, nahm das Wasserglas, trank. »Sie sind nicht mehr und nicht weniger wert als die Lagerhäftlinge – außer vielleicht bei Ihrer Bilanz für den Feind.«

Steiner senkte den Kopf. »Ich will nur …«, sagte er.

»Sie wollen nur sich retten«, unterbrach Frederike ihn. »Das kann ich verstehen. Ich würde das auch wollen, wenn ich an solchen Verbrechen beteiligt gewesen wäre.« Sie schaute in die Runde. »Mein Hof, meine Leute, meine Angestellten, meine Kriegsgefangenen und Fremdarbeiter – so zähl ich. Und danach schauen wir mal. Ich werde versuchen, jedem, der hier vorbeikommt, etwas zu geben. Aber das kann nicht auf Kosten derer gehen, die jetzt schon darben und nichts haben, nicht wahr?«

»Der Russe würde Ihre Hilfe wahrscheinlich gut bewerten«, warf ein Unteroffizier ein.

»Möglich.« Frederike stand auf. »Aber mir sind bisher meine Leute wichtiger. Ich werde natürlich versuchen, alles zu tun, was in meiner Macht steht.«

»Und Sie werden es dem Russen sagen? Sagen, dass wir versucht haben, etwas für ihre Leute zu tun?«, flehte der Unteroffizier.

»Seit wann haben Sie das?«, fragte Frederike kalt. »Gute Nacht.«

Sie wandte sich um, ging. Ein Schaudern lief über ihren Rücken. Ursa, die auch zu Tisch gesessen hatte, folgte ihr.

»Die sind widerlich«, sagte Ursa und schüttelte sich.

»Ja und nein. Sie machen ihr Ding, folgen Befehlen, stellen fest, dass es scheitern wird, und suchen nach Auswegen. Und das ist nicht so einfach.«

»Was war das für eine Geschichte mit Ihrem Schwager? Die kenne ich gar nicht.«

»Caspar.« Frederike lächelte. »Er wollte Hitler umbringen. Mit Freunden hat er eine Verschwörung versucht und ist leider gescheitert.« Sie seufzte. »Das war noch vor dem Krieg. Aber da gab es schon Menschen, die ahnten, wie es laufen würde. Sie haben nicht gedacht, dass es so schlimm werden würde. Und es ist schade, dass sie keinen Erfolg hatten.«

Ursa sah sie überrascht an. »Wirklich? Schon damals?«

»Caspar war Diplomat in den dreißiger Jahren. Er und seine Freunde haben dieses Desaster geahnt, wussten, dass Hitler, Himmler und Goebbels Bestien sind. Sie wollten das Regime beseitigen, sind aber gescheitert. Mein Schwager wurde in Abwesenheit zum Tode verurteilt. Aber er lebt. Irgendwo.«

»Und was machen wir jetzt?«, fragte Ursa.

»Wir machen einfach weiter, Ursa. Wir machen weiter.« Frederike ging langsam zur Treppe und stieg dann hoch.

Am nächsten Tag erschienen der General und seine Männer zur Andacht. Frederike musste mehrfach Luft holen, aber sie hielt sich wacker und ließ nicht zu, dass sie ihre wahren Gefühle erkannten. Der General und seine Männer kamen auch zum Frühstück, gingen dann aber, um Sachen zu regeln. Frederike wollte gar nicht wissen, worum es ging.

Frederike war froh, dass General Steiner seine jungen und unerfahrenen Soldaten nicht dem letzten Kampf an der Front und der Kriegsgefangenschaft in Russland aussetzen wollte. Diese jungen Kerle wussten ja gar nicht, wie ihnen geschah. Aber dennoch war Steiner dem Regime mehr als fünf Jahre gefolgt, hatte Karriere gemacht, akzeptiert und hingenommen, was als Leitlinien galt – die Juden vernichten, den Osten ausrotten und ausbeuten. Er war gegen die Russen ins Feld gezogen, er hatte Menschen getötet, Lager geräumt, Menschen vernichtet. Er sagte nun, dass er nur auf Befehl gehandelt hätte – wie sie alle, die Offiziere und Soldaten. Befehle kamen von oben …

Befehle wurden von oben nach unten befolgt. Keiner unterbrach die Kette, keiner traute sich. Es war auch gefährlich, das gestand Frederike den Männern zu. Aber auch der Krieg an der Front war lebensgefährlich. Das nahmen die Soldaten in Kauf – einen Aufstand jedoch nicht. Und das war es, was Frederike am meisten entsetzte – dieser Glaube an das Reich, dieses schafgleiche Folgen einer Ideologie. Das hatten die Generäle und Soldaten gemacht, und nun würden sie dafür büßen müssen und sträubten sich – weil sie doch im Prinzip alle unschuldig waren und nur auf Befehle gehört hatte.

Frederike mochte nicht weiter darüber nachdenken. Für sie war das Militär mitschuldig am Krieg und an den anderen Verbrechen. Aber nun galt es, einen weiteren Tag zu überstehen und die ungewollten Gäste loszuwerden.

Sie ging in das Souterrain, in die Küche. Lore saß im Erker über ihr Haushaltsbuch gebeugt. »Ei, ei, ei«, murmelte sie.

»Darf ich mich setzen?«, fragte Frederike. Ihre Köchin hatte sie nicht bemerkt und schreckte nun hoch.

»Erbarmung, Jnädigste, ei sicher doch!« Sie stand auf. »Hab keenen Kaffee mehr, nur noch Muckefuck.«

»Solange er heiß ist …«

»Ei, sicher. Dat kriejen wir schon noch hin.« Lore holte zwei Tassen, Milch und Zucker. »De Walter war wieder hier unten«, sagte Lore und setzte sich, schenkte ihnen aus der angeschlagenen Emaillekanne, die immer auf dem Herd stand, ein. »Habse wieder nach oben jeschickt. Sauer warse.«

»Aber sie ist gegangen?«

»Ei sicher.« Lore grinste. »Dat hier is meen Reich.«

»Fragt sich nur, wie lange noch«, sagte Frederike leise. »Was, wenn wir hier wegmüssen?«

»Ich jeh, wohin Se jehen, Jnädigste.«

»Und wenn ich dich nicht bezahlen kann?«

»Ei, dat is mir ejal.« Sie schnaubte. »Wo soll ich denn sonst hin? Se sind doch meene Familie.«

»Ach Lore …«

»Is doch wahr. Un nun sajen Se – wo drieckt Se der Schuh? Kann doch sehen an Se ihr Jesicht, dat wat nich stimmt.«

»Es kommen Flüchtlinge.«

»Erbarmung, noch mehr?«

Frederike nickte. »Dazu werden gerade zwei Scheunen eingerichtet. Es sind Gefangene aus den Lagern.«

Lore senkte den Kopf. »Hab ich jehört von«, sagte sie mit erstickter Stimme. »Furchtbar, wat se denen anjetan ham. Un weshalb kommen se jetzt hierher?«

»Ich glaube, sie sollen nicht den Russen in die Hände fallen. Ich fürchte, die Nazis werden nun, wo der Krieg so gut wie verloren ist, versuchen, möglichst viel zu vertuschen. Wir sollen die Flüchtlinge versorgen.«

»Wat? Nee!«, sagte Lore entschieden. »Ham ja nich mal jenuch fier unsere Leite. Miessen kochen fiere Osjefangenen un de Fransmänners. Un de Walter ooch noch.«

»Das ist noch nicht alles«, seufzte Frederike. »Immer mehr Menschen fliehen aus Ostpreußen vor der Roten Armee. Ich fürchte, einige Trecks werden auch hierherkommen.«

»Wie soll jehen dat?«, fragte Lore.

»Ich weiß es nicht. Ich weiß nur, dass diese Menschen hungern und frieren.«

Lore nickte. »Erbarmung, ja. Wird denken drieber nach. Werden schlachten miessen.«

»Was können wir schlachten?«

»De Zickleen un Liemmer, de Schafe un Ziegen lammen ja bereets.

Hiehner. Puten.« Sie seufzte. Lore hing an ihren Puten, die sie mit der Hand aufzog. »'ne Kieh, jeben eh nich mehr Milch jenuch – Futter fehlt ja ooch.«

»Was ist mit Schweinen?«

»De sin uffem Betriebshof ... muss ich jehen rieber. Aawwer Hittlopp ...«

»Ich spreche noch einmal mit dem General – er soll mit Hittlopp reden. Vielleicht hilft das ja.«

»Ei, de Soldaten – werdense bleeben lanje?«

»Ich hoffe nicht. Eigentlich sollten sie morgen schon wieder weitermarschieren.«

Und tatsächlich zogen die Truppen am nächsten Tag weiter.

General Steiner kam zum Abschied zu ihr und bedankte sich für ihre Gastfreundschaft. Er überreichte ihr ein kleines Päckchen.

»Es kommen lausige Zeiten auf uns zu«, sagte er. »Vielleicht hilft Ihnen das ein wenig. Viel Glück.«

Erst als er gegangen war und sie die knirschenden Reifen auf dem frostigen Boden hören konnte, das Knattern der Motoren, öffnete sie das Geschenk. Es war ein feiner Kamm aus Silber. Ein Läusekamm für lausige Zeiten – immerhin hatte General Steiner Humor. Er hatte auch mit Hittlopp gesprochen und ihn streng ermahnt. Vielleicht hatte er ihn auch auf das Kommende vorbereitet – Frederike durfte den Betriebshof wieder betreten.

Frederike kontrollierte die nun wieder leeren Gästezimmer. Das Zimmer des Generals war so weit in Ordnung, die Offiziere und Unteroffiziere hatten jedoch gehaust. Sie hatten es sich nicht nehmen lassen, in den Schlafzimmern zu rauchen, dabei hatte Frederike ihnen extra den kleinen Salon zur Verfügung gestellt. Auch fand sie etliche geleerte Weinflaschen aus ihrem Vorrat vor. Alles war dreckig und stank.

»Dreckspack«, murmelte sie, war jedoch froh, dass die Soldaten nicht noch mehr geplündert hatten. Frederike half den Mädchen, die Betten abzuziehen, zu lüften und aufzuräumen.

Kapitel 10

Burghof Mansfeld, Mitte März 1945

Der schwere Frost ließ nach, die Böden tauten auf. Frederike ging jeden Tag in den Garten, kontrollierte die Frühbeete, die mit Dung und Mist gefüllt und mit gutem Kompost, vermischt mit Erde, bedeckt worden waren. Die ersten Samen waren schon ausgebracht, die ersten Stecklinge wurden am Küchenfenster vorgezogen. Frederike hoffte, dass sie auch bald den Mist auf die Felder bringen und unterpflügen konnten, sie wollte so schnell wie möglich mit der Aussaat beginnen. Der Winterweizen spross schon, und im Garten hatten sie die ersten Kartoffeln gesetzt und häufelten die Reihen immer wieder mit Kompost an.

In der Küche war die Brutmaschine für die Puteneier aufgestellt worden, und Lore überwachte sie Tag und Nacht. Die Temperaturschwankungen durften höchstens zwei Grad betragen, und das nur für kurze Zeit, sonst ging die Brut ein.

In dem Schuppen neben der Schmiede richteten sie einen Stall ein, in den zwei Ferkel kamen. Diese wurden mit Küchenabfällen gefüttert. Eigentlich war es ihnen verboten, Schweine selbst aufzuziehen, aber die Obrigkeit war inzwischen mit anderen Dingen beschäftigt und kontrollierte nicht mehr so streng. Für Frederike waren die beiden Ferkel eine Absicherung für den nächsten Winter – von dem niemand wusste, was er bringen würde.

Die Nachrichten kamen nur spärlich und waren oft unzureichend – klar war aber, dass die Alliierten am Rhein standen. Die Rote Armee kämpfte sich immer weiter vor, und Frederike ließ die Badewanne im ersten Stock immer mit Wasser gefüllt – für den Fall, dass sich eine Fliegerbombe nach Mansfeld verirren würde.

Das Leben mit den Walters hatte sich einigermaßen normalisiert. Lore hat mit dem Reichsversorgungsamt ausgemacht, dass sie die Lebensmittelmarken der Walters entgegennehmen und gegen andere Güter eintauschen durfte. Sie gab der Flüchtlingsfamilie die ihnen zustehenden Teile an Brot, Butter und Fleisch.

»Erbarmung«, sagte sie bei ihrem morgendlichen Treffen mit Frederike. »Hab ich bekommen die Bezuchsscheene vonne Walters. Heer, kiennen Se gucken, Jnädigste. Is zu jlauben nich.« Sie legte Frederike die Marken hin. »Inne Woche zwee Eer, 1778 Jramm Brot – wer will dattn abmessen und wie? Un 222 Jramm Fleesch – inne Woche. Wie soll jehen dat?«

»Und wie machst du das, Lore?«

»Na, ich jeb se, wat se broochen, un nehm de Scheene. Sind wert nich veel. Bekomme ich een wenich mehr Fett un Futter fier die Tiere. Bischen Zucker, mehr Mehl. Hilft awwer nich viel. Wir ham zu wenich. Awwer kannse doch nich lassen hunjern.«

»Bekommen die denn in der Stadt genau die Mengen?«, wunderte sich Frederike.

»Sacht se ›Nee‹ – nur, wat war da. Un war nich mehr da viel.«

Frederike und Lore sahen sich an. Sie wussten, sie hatten es gut, denn sie konnten von ihrem Land leben und sich selbst versorgen, auch wenn es knapp war. Die Hungerwinter aus dem Großen Krieg – dem nun ersten Großen Krieg, denn dieser jetzige war noch größer, erschreckender und umfassender geworden – waren ihnen noch allen präsent. Frederike hatte den ersten Krieg als Kind in Potsdam erlebt. Seitdem mochte sie weder Kohl noch Steckrüben, aber diese Pflanzen wuchsen nun mal auf den Feldern und waren lange haltbar. Genau wie Kartoffeln oder Wurzelgemüse. Lore war eine hervorragende Hauswirtschafterin und eine noch bessere Köchin. Sie schaffte es, eine Scheibe Steckrüben zu würzen, zu panieren und auszubacken, so dass sie fast wie ein Stück Fleisch schmeckte. Aber es war eben kein Fleisch. Sie hatten sich zusätzliche Fleischrationen ermogelt und erlogen, denn der Reichsnährstand hatte immer recht genau geprüft.

»Was machen wir mit den Tieren, wenn die Rote Armee kommt?«, fragte Frederike bange.

»Ei, wenn wir schaffenet, kiemmen se inne Blaubeerwald. Pierre hat jebaut Verschlach janz inne Mitte. Findet keen Mensch«, sagte Lore und lächelte.

»Du und dein Pierre.« Frederike zwinkerte ihr zu.

»Ei, Pierre is verheeratet. Der jeht zurieck zu Familie, wenn Kriech is vorbee.«

»Bist du dir sicher?«

»Wat is schon sicher? Nüscht.«

»Gestern ist ein Flüchtlingstreck angekommen«, wechselte Frederike das Thema. »Sie sind in den Baracken untergebracht. Aber sie wollen morgen weiterziehen.«

»Ei, hab jehört ich schon. Hab aufjesetzt Suppe. Olle Hahn musste jlauben dran. Hab ooch noch wat Trockenfleesch un Jurken fier se. Mehr hamwe nich.«

»Lore, du bist ein Engel.«

»Ne, Jnädigste, bin ich nich. Awwer Mitleed hab ich schon mitte Leete.« Sie sah Frederike an. »Meenen Se, dat Familie aus Fennhusen kiemmt ooch?«

Frederike nickte. »Ich warte jeden Tag darauf.«

Tatsächlich stand sie so oft sie konnte oben auf dem Dachboden. Dort gab es ein Fenster, von dem aus sie die Chaussee sehen konnte. Sie wusste, dass ihre Familie getreckt war. Jedes Mal, wenn ein Treck ankam, lief sie in das Dorf, befragte alle, ob sie Leute aus Fennhusen getroffen hätten. Nie bekam sie eine positive Antwort. Stattdessen hörte sie viele schreckliche Geschichten. Sie erfuhr von den grauenvollen Trecks über das Haff. Von den Tieffliegerangriffen, von Erfrierungen, Hunger, Leid und Krankheiten. Sie erfuhr mehr, als sie hören wollte.

Zwei Nachrichten, auf die sie dringend wartete, kamen aber nicht. Obwohl sie fast wöchentlich nach Potsdam schrieb, wusste sie immer noch nichts über Gebhards Verbleib. Lebte er noch? War er noch in Potsdam im Gefängnis? Und wie ging es ihm? Nichts zu hören war schrecklich, und die Ungewissheit machte sie mürbe.

Zum anderen sorgte sie sich um ihre Familie. Dass man aufgebrochen war, wusste Frederike, aber wo waren sie nun? Welche Route hatten sie genommen? Waren sie in Feindeshand geraten? Verunglückt? Einfach nur verhungert oder erfroren? Oder immer noch auf dem Weg? Es gab viele Möglichkeiten, aber keine Tatsachen.

Und dennoch musste sie sich um das Gut kümmern, um die Kinder, die Leute, die Gefangenen und jetzt auch noch um die Flüchtlinge. Lore tat, was sie konnte. Nichts wurde verschwendet, jede Kartoffel-, Möhren- und Rübenschale wurde zweimal ausgekocht, die Reste bekamen die beiden Ferkel. Brot wurde mit Bucheckern und zermahlenen Eicheln gestreckt. Echten Kaffee gab es schon lange nicht mehr, Muckefuck wurde aus allerlei Geröstetem und danach Gemahlenem hergestellt – ebenfalls Eicheln, Bucheckern, Zichorie, sogar Baumrinde nahmen sie.

Eisern hielt Frederike jeden Morgen die Andacht ab, nahm ein immer karger werdendes Frühstück ein, traf sich dann mit Lore und Ursa, die noch auf eine Transportmöglichkeit nach Lübeck zu ihrem Bruder wartete. Aber solange sie nicht fortkonnte, unterstützte sie Frederike weiterhin.

Hittlopp wurde aufgrund der politischen und militärischen Situation zunehmend zahmer. Vielleicht hatte ihm auch General Steiner klargemacht, was ihm blühte. Jedenfalls quälte er die Ostgefangenen nicht mehr so sehr, ließ ihnen ein paar Freiheiten. Es war allerdings marginal. Und es gab nicht viel, was Frederike tun konnte. Sie begutachtete den Zustand der Gefangenen, ließ die Krankenstation vergrößern.

Die Flüchtlinge, die nun fast täglich durch das Dorf kamen, brachten Krankheiten mit sich. Ruhr, Cholera, Fieber, Erfrierungen. Es gab auch Verletzungen, die nicht ausreichend behandelt werden konnten. Einen Arzt hatten sie schon lange nicht mehr in Mansfeld, das nächste Krankenhaus war in Wittenberge, doch es war überfüllt.

Frederike dachte manchmal an die Zeit vor etwa einem Monat zurück, als Dresden dem Bombenangriff zum Opfer fiel. Die Alliierten hatten die Stadt völlig zerstört. Die Berichte der Bombennächte waren grausam. Aber die Berichte der Bombennächte in London waren ebenso schrecklich. Es war kein Sandkastenspiel, aber Hitler hatte angefangen. Er hat den Wind gesät und den Sturm geerntet, dachte Frederike. Nur war es in diesem Fall der Feuersturm, und die Leidtragenden saßen nicht im Führerbunker. Die Menschen im Land mussten den Kriegswahnsinn aushalten, ertragen oder schlimmstenfalls daran sterben.

Frederike hörte immer mehr Berichte über befreite Konzentrationslager, konnte es kaum glauben, wusste aber, dass es stimmte. Wanda, ihr Kindermädchen, die eigentlich Lehrerin in Polen gewesen war, weinte fast jeden Tag. In der letzten Zeit saßen sie beinahe jeden Abend zusammen. Sie tranken ein Glas Wein, erzählten.

Wandas Familie hatte sich politisch engagiert. Sie alle wurden verhaftet. Ihre Eltern wurden nach Auschwitz gebracht, und nun, nachdem das Lager befreit worden war, wusste Wanda auch, was man ihren Eltern angetan hatte. Sie und ihre beiden Schwestern waren ebenfalls verhaftet worden und wurden 1942 nach Sachsenhausen deportiert. Wanda wurde Anfang 1943 weitergeschickt – als Ostarbeiterin nach Mansfeld. Dort war sie auf dem Feld entkräftet zusammengebrochen, und Gebhard hatte sie erst auf die Krankenstation bringen lassen und dann als Kindermädchen für Gebbi eingestellt. Seitdem war sie hier und kümmerte sich rührend um die Kinder. Aber sie war auch klug, gebildet, hatte Empathie und Witz. Frederike mochte sie sehr. Die gemeinsamen Abende wurden zu einem festen Bestandteil ihres Tagesablaufs, etwas, worauf Frederike sich freute.

Doch das Unwissen darüber, ob ihre Eltern noch lebten und was mit ihren Schwestern passiert war, machte Wanda zu schaffen. Bisher hatte keine ihrer Nachforschungen ein Ergebnis gebracht, aber mittlerweile überschlugen sich die Ereignisse. Sachsenhausen und auch Ravensbrück sollten evakuiert worden sein, so hieß es. Evakuiert – das bedeutete nur, dass die Insassen das Lager verlassen mussten. Wer zu schwach war, wurde erschossen. Die anderen hatten sich auf den Weg zu machen, und viele starben auf diesem Marsch ins Ungewisse. Weg von der Front – aber ohne wahres Ziel. Denn wo sollten sie auch hin? Alle flüchteten – von Osten, vom Süden –, alle wollten ins Reich, das es so nicht mehr gab. Deutschland war eingekesselt, und dennoch wollte Hitler kein Ende, gaben die Truppen noch nicht auf.

Und dann kam der Tag Mitte März, an dem Frederike wie gewöhnlich nach der Andacht ihre Tasse Muckefuck mit nach oben auf den Dachboden nahm, um aus dem Fenster zu schauen. Der eisige Frost hatte sich zurückgezogen, die Schwalben waren auf den Hof zurückgekehrt, den ersten Storch hatte sie auch schon gesehen – oder es zumindest gehofft. Vielleicht war es auch nur ein Reiher in der Ferne gewesen. Die Kraniche ließen noch auf sich warten, aber Kraniche waren auch empfindsame Vögel. Vielleicht ahnten sie, dass all die Länder noch von Bomben erschüttert wurden, und hielten sich deshalb noch fern.

Manchmal konnten sie Geschütze hören, so wie fernes Donnergrollen im Sommer, wenn die Hitze sich zusammenzog. Manchmal sah man nachts, wenn der Himmel klar war, in der Ferne ein rotes Leuchten – den Schein des zerstörenden Feuers.

An diesem Morgen war alles ruhig, die Vögel zwitscherten, ein leichter, lauer Wind ging um das Haus. Im Hof blühten die Schneeglöckchen und Krokusse, der Hahn stolzierte über den dampfenden Misthaufen, stellte seinen Kamm stolz auf.

Du wirst auch in der Suppe landen, dachte Frederike traurig. Die Gutsführung war nicht mehr nachhaltig, so wie früher. Sie verbrauchten mehr, als sie gewinnen und anbauen konnten – aber das war der Lage geschuldet. Sie mussten auch mehr Menschen versorgen, und das unter schlechteren Bedingungen. Aber bisher ging es – mehr schlecht als recht. Was natürlich auch an den Bestimmungen des Reichsnährstandes lag, der aber seine Augen nicht mehr so aufmerksam überall hatte.

Frederike nahm den Becher mit dem heißen Muckefuck in beide Hände, ließ den Dampf hochsteigen und ihr Gesicht erwärmen. Dann schaute sie wieder aus dem Fenster zur Chaussee. Dort hinten, ganz in der Ferne, kam ein weiterer müder Treck mit Flüchtlingen aus dem Osten. Es waren mindestens drei Wagen. Das Frontpferd war erschöpft, es ließ den Kopf hängen und schritt auffällig langsam voran. Ein Brauner mit dunkler Mähne, wie Frederike im Näherkommen sah, sie stutzte. Sie kannte dieses Pferd, die Art, sich bedächtig zu bewegen. Es war nicht das erste Mal, dass sie dachte, einen Treck erkannt zu haben. Bisher hatte sie immer falschgelegen … aber diesmal? Frederike stellte den Becher ab, beugte sich vor, kniff die Augen zusammen. Sollte es wirklich so sein? Konnte es sein, oder war dies Wunschdenken? Dann war sie sich sicher. Sie lief die Stufen hinab, schneller und schneller, lief bis in das Souterrain.

»Lore! Lore! Sie kommen. Da kommt ein Treck – aus Fennhusen. Sie sind da!« Frederike schossen die Tränen in die Augen. Schnell griff sie sich eine Jacke, rannte nach draußen und dem Treck entgegen.

»Mutti? Onkel Erik?«

Mühsam kam der Treck voran. Die Wege waren aufgetaut, schlammig und rutschig. Die Pferde hatten Mühe, auf dem glitschigen Untergrund Halt zu finden. Aber Zeit spielte keine Rolle mehr. Sie hatten es bis hierher geschafft.

»Ilse, heiz den Badeofen an. Setzt Wasser auf. Macht die Zimmer fertig«, rief Frederike und lief weiter. Sie achtete nicht auf die schlammigen Pfützen, auf den modrigen Untergrund. Sie lief, und dann blieb sie stehen. Schaute. Wartete und konnte es nicht fassen.

Es war der Treck aus Fennhusen. Der alte Atlas, ein Kaltblüter, den sie noch als Fohlen gekannt hatte, der aber nun etliche Jahre auf dem Buckel hatte, zog den ersten Wagen. Darauf saß Gerulis, zitternd und fast nur noch ein Skelett – Gerulis, der erste Hausdiener. Frederike kannte das Gut nicht ohne ihn. Sie hatte sich nie Gedanken um sein Alter gemacht, aber er mochte nun schon an die achtzig sein. Er gehörte zu Fennhusen, war fast schon Inventar, Familie und Faktotum. Neben ihm, in eine Fuchsdecke gehüllt, saß ein kleines Mädchen. Dahinter erkannte sie Irmi. Die kleine Irmi, das Irmikind, ihre Halbschwester, die Frederike immer innig geliebt hatte, und die nun eine Frau war, verheiratet.

Frederike suchte, lief am ersten Wagen vorbei zum zweiten. Dort waren Gilusch und neben ihr Ali, der kleine Ali, der nun gar nicht mehr so klein war. Er war 1927 geboren und nun fast achtzehn Jahre alt. Aber sein Gesicht war eingefallen, und Falten zogen sich um Mund und Augen – er hatte mehr gesehen und erlebt, als man mit achtzehn Jahren gesehen und erlebt haben sollte.

»Mutter? Onkel Erik?«, fragte Frederike bange. »Wo sind sie?«

Gilusch zeigte müde nach hinten. Frederike lief weiter. Und dort, neben dem letzten Wagen, ging ihre Mutter. Die grauen Haare hingen ihr wirr um den Kopf, sie schaute nach unten und setzte bedächtig einen Fuß vor den anderen, eine Aufgabe, die sie sich vorgenommen hatte und die sie unbedingt fortführen musste – denn ansonsten würde sie umfallen.

»Mutter …« Frederike blieb entsetzt stehen. Ihre Mutter hob den Kopf, sah sie an. Ihre Augen waren müde und traurig. Frederike lief auf sie zu und umarmte sie. Einfach hatten sie es nie miteinander gehabt, aber Frederike merkte plötzlich, wie eine Last von ihr abfiel – die Angst und Sorge, dass sie ihre Eltern nie wiedersehen würde. Doch nun stand ihre Mutter leibhaftig vor ihr. »Ihr seid da«, sagte Frederike und wischte sich die Tränen von den Wangen. »Ich hatte mir nicht erlaubt, daran zu glauben.« Sie sah über Stefanies Schulter, schaute nach links und nach rechts. »Wo ist Onkel Erik?«

Onkel Erik – Erik von Fennhusen – war der dritte Mann ihrer Mutter. Aber für Frederike war er immer der Vater gewesen, und sie hing sehr an ihm, vielleicht noch mehr als an ihrer Mutter.

»Erik ist bei der Nachhut. Wir haben noch einen Wagen, aber das Pferd lahmt.«

»Gut. Dann kommt er ja noch«, sagte Frederike erleichtert. »Wie viele Personen seid ihr?«

»Zweiundzwanzig. Irmi und ihre Tochter, die kleine Berta, dann Gilusch und Ali. Außerdem noch unsere Leute – Gerulis und Schneider sind dabei, Hans mit seiner Familie, natürlich Leni, Inge und ein paar der Mädchen.«

Frederike nickte bei jedem Namen. »Ihr wohnt alle bei uns im Haus«, sagte sie. »Ich habe schon Zimmer vorbereiten lassen, und der Badeofen läuft. Schneider und Gerulis kommen beim Gesinde unter, und der Rest kann in einer Baracke auf dem Betriebshof schlafen. Die Baracke wurde gerade erst eingerichtet. Dort gibt es Kanonenöfen und Zinkwannen. Für warmen Eintopf sorgt Lore. Wir haben gestern zwei Zicklein geschlachtet.«

Stefanie nickte müde. »Wo ist der Betriebshof?«

»Pierre wird sie dahin bringen«, sagte Frederike.

»Pierre?«

»Er ist einer der französischen Kriegsgefangenen, gehört aber fast schon zu den Leuten. Er ist seit vier Jahren hier.«

»Und Gebhard?« Stefanie sah sie fragend an.

Frederike schüttelte traurig den Kopf. »Ich habe seit November keine Nachricht«, sagte sie leise.

»Lebt er denn noch?«

»Auch das weiß ich nicht. Zumindest habe ich gehört, dass Freisler im letzten Monat bei Bombenangriffen umgekommen ist. Er kann ihn also nicht mehr verurteilen. Das wäre Gebhards Ende gewesen.«

»Freisler ist tot?«, fragte Stefanie ungläubig. »Wir haben so gut wie keine Nachrichten mitbekommen.« Sie seufzte.

»Kommt erst einmal ins Haus und wärmt euch auf. Dann können wir in Ruhe reden.«

Jetzt sah Frederike auch hinten auf der Chaussee einen weiteren Wagen kommen, und neben ihm trottete Onkel Erik.

Sie lief zum Haus, gab Anweisungen, zusammen mit Pierre und Claude teilte sie die Wagen auf. Die beiden Franzosen brachten die Leute aus Fennhusen zum Betriebshof. Dort waren die Öfen schon befeuert, Badewasser war aufgesetzt worden. Frederike stellte Handtücher und Seife, Bettwäsche und Decken zusammen. Auch Brot und Speck lagen schon in der Unterkunft, der Eintopf würde folgen.

Schnell eilte Frederike nach unten. »Lore, Köchin Schneider und Gerulis sind auch beim Treck, können sie hier unten Zimmer bekommen?«

Lore sah Frederike verblüfft an. »Erbarmung, ja. Awwer wollen we die beeden wirklich heer unten unterbrinjen? Ham doch noch de Zimmer inne Mansarde free?«

Daran hatte Frederike gar nicht gedacht. Die drei BDM-Mädchen waren erst in den letzten Tagen abgereist.

»Natürlich«, sagte sie nun. »In welchem Zustand sind die Zimmer?«

»De Meedchens ham aufjeräumt un jemacht soober. Betten mießen noch bezojen werden, awwer dat is 'n Klacks.«

»Stimmt.« Erleichtert sah Frederike ihre Köchin an. »Was würde ich nur ohne dich tun?«

»Selwer kochen?«

Frederike lachte. »Grundgütiger, das wäre eine Katastrophe.«

»Ei, Essen kocht«, sagte Lore und drehte sich um und ging zurück zum Herd. Dabei summte sie leise.

»Freust du dich?«

Lore schaute über ihre Schulter, nickte. »Schneeder is da«, sagte sie nur, aber mehr musste sie auch nicht sagen.

Frederike ging wieder nach oben. Inzwischen wurde Gepäck hereingebracht und der Treck aufgeteilt.

Meta Schneider saß in der Halle. Sie hielt eine Teppichtasche fest an sich gedrückt und schnaufte.

»Schneider«, sagte Frederike. »Wie schön, dass Sie hier sind.«

»Erbarmung. Scheen, das we kiennen seen hier, Freddy.« Sie zog ein großes Taschentuch hervor und schnäuzte sich. »Ei, et war so schrecklich …«

»Ach, Schneider …« Frederike umarmte sie, wusste nicht, was sie sagen sollte. Dann kam ihr eine Idee. »Wollen Sie nicht hinuntergehen? Zu Lore?«

»Erbarmung, meene Lore.« Wieder brach die Köchin in Tränen aus. »Natierlich will ich jehen runter. Wo isse?«

»Aber das Essen muss trotzdem fertig werden«, sagte Frederike zwinkernd und zeigte ihr den Weg.

Die Köchin hatte in den letzten Monaten deutlich abgenommen, stellte Frederike erschrocken fest. Sie sah sich weiter um. In der Diele wimmelte es von Menschen. Dort saß Gerulis, der erste Diener von Fennhusen, und schaute verloren drein, aber hier vorne stand

ihre Schwester Irmi mit einem kleinen Kind, in eine Pelzdecke gehüllt. Das Kind weinte, und Irmi schaukelte es sanft und versuchte,
es zu beruhigen.

»Dein Zimmer sollte schon fertig sein«, sagte Frederike und umarmte ihre Schwester. »Und wer ist das hier?«

»Huberta heißt sie«, sagte Irmi und zwinkerte die Tränen weg. »Ich
kann nicht glauben, dass wir es tatsächlich bis hierher geschafft haben.«

»Doch, das habt ihr. Komm mit hoch.« Sie nahm ihrer Schwester
das Kind ab. »Wir haben nur ein Badezimmer. Aber wir haben Zinkwannen, und Lore hat den großen Waschkessel gefüllt. Willst du
sofort baden?«

»Das wäre himmlisch. Ich bin so durchgefroren, manchmal dachte
ich, dass meine Finger einfach abbrechen oder zersplittern wie
Glas …« Sie streckte ihre Hände aus – die Haut war rissig und entzündet. »Aber was ist mit Berta, wenn ich bade?«

Frederike lächelte. »Für Berta habe ich eine ideale Lösung.« Sie ging
zum Kinderzimmer, öffnete die Tür. »Wanda? Dies ist meine Nichte
Huberta. Ist sie nicht zauberhaft?«

»O ja.« Wanda nahm ihr das Bündel samt Pelzdecke aus den Armen. »Ein wirklich entzückendes Kind.« Nur jemand wie Wanda
fand solche Worte – Berta weinte, kreischte, sie war verdreckt, stank,
ihre Windel schien schon eine Weile nicht mehr gewechselt worden
zu sein, Rotz lief ihr aus der Nase, und sie hatte verschorfte Erfrierungen am Kopf und an den Händen. Außerdem schien die Decke
zu leben – Flöhe und Läuse tummelten sich darauf. Nach dem zweiten Blick wandte sich Wanda mit einem Lächeln an Frederike. »Ist
die Decke sehr wertvoll?«

Frederike schaute Irmi an.

»Es ist ein Fuchspelz. Mein Mann hat die Tiere …« Irmi stockte.

»Wo ist er?«, fragte Frederike leise.

Irmi zuckte mit den Schultern. »Im Kurland. Ich glaube nicht, dass er noch lebt.«

Frederike schaute zu Wanda, die das Kind vorsichtig aus der Decke befreite. »Schon gut. Lore wird wissen, wie man damit umgeht. Ich werde den kleinen Schatz hier baden und versorgen.«

Fritzi und Mathilde standen verschüchtert in der Ecke, Gebbi beachtete den Trubel gar nicht und spielte weiter mit seinen Bauklötzen.

»Fritzi, Thilde – begrüßt eure Tante«, sagte Frederike, »umarmen könnt ihr sie, wenn sie gebadet hat.«

»Guten Tag, Tante Irmi«, sagten die beiden unisono.

Frederike nickte zufrieden. »Großmutter und Großvater sind auch da, ebenso Tante Gilusch. Aber lasst allen erst einmal Zeit, anzukommen. Ihr werdet sie nachher beim Essen sehen.«

»Stinken alle so?«, fragte Mathilde. Irmi senkte beschämt den Kopf.

»Ja«, sagte Frederike ehrlich. »Sie waren seit Wochen unterwegs – mit Wagonetten und Fuhrwerken. Sie hatten kaum Möglichkeiten, sich zu waschen oder ihre Kleidung zu wechseln – zumal sie auch nicht viel mitnehmen konnten. Sie stinken, sie sind dreckig, sie haben Läuse, Flöhe und Erfrierungen. Vielleicht auch noch mehr. Und nun ist es unsere Aufgabe, es ihnen hier heimisch zu machen, ihnen die Gelegenheit zu geben, sich auszuruhen, zu baden und wieder zu Kräften zu kommen.«

»Bleiben sie hier?«, fragte Fritzi aufgeregt. »Bleiben Oma und Opa hier bei uns?«

Frederike seufzte. »Das weiß ich noch nicht. Und jetzt muss ich mich um alles kümmern. Helft Wanda und passt auf Gebbi auf.«

Frederike brachte alle ihre Gäste nach und nach unter. Sie kümmerte sich darum, dass alle baden konnten, ließ die verschmutzte Wäsche einsammeln. Der große gemauerte Trog im Souterrain wurde mit Wasser gefüllt und angeheizt. Das Wasser wurde eimerweise nach oben geschafft. Ihre Franzosen halfen, wo sie nur konnten. Dann wurde wieder Wasser eingelassen und Holz nachgelegt. Aus dem Dorf waren einige Frauen gekommen, die sich auch sonst immer um die große Wäsche im Gutshaus kümmerten. Sie rieben Kernseife in den großen Kupferbottich und legten die Wäschestücke hinein. Wenn das Wasser kochte, rührten sie mit großen Holzlöffeln, die geriffelt waren, um. Stark verschmutzte Stücke wurden auf dem Waschbrett gerieben. Manche Sachen mussten eingeweicht werden, so dreckig waren sie. Die noch heiße Wäsche wurde mit großen Holzzangen herausgehoben und kalt gespült, dann wurde sie aufgehängt und durch die Mangel gedreht. Zum Glück war es kalt und trocken, so dass nicht nur der Dachboden genutzt werden konnte, sondern auch die Wäscheleinen auf der hinteren Wiese. Bei dieser Kälte trockneten die Sachen schnell.

Den ganzen Tag waren die Frauen beschäftigt, so viel Wäsche hatten sie lange nicht gehabt. Und sie wurden auch nicht mit einem Mal fertig.

»Kommen morjen wieder, wa, Gnädigste?«, sagte Frau Müller zu Frederike. »Sin noch nich fertich.« Frederike gab den Frauen ein kleines Handgeld, Kartoffeln, kostbares Mehl und Speck. Die Lebensmittel waren ihnen lieber als die Geldscheine – kaufen konnte man sich ja nur noch wenig.

»Morgen gibt es Butter«, versprach Frederike.

Lore hatte nicht nur für die Leute gekocht, sondern auch noch die Waschfrauen mitversorgt. Außerdem musste sie natürlich die Neuankömmlinge verköstigen. Mit Köchin Schneider hatte es ein tränenreiches Wiedersehen gegeben, und nachdem die alte Köchin sich gebadet und umgezogen hatte, nahm sie wie selbstverständlich den Platz am Fenstertisch ein. Wenig später stieß auch Gerulis dazu. Nur diese beiden blieben im Gutshaus, alle anderen hatte Frederike zum Betriebshof bringen lassen.

Nachdem Frederike sich davon überzeugt hatte, dass genug heißes Wasser für alle da war, zog sie sich ihre Jacke und die Stiefel an und lief zum Betriebshof. In der Scheune, die zu einer neuen Baracke umgebaut worden war, heizten die kleinen Kanonenöfen. Auch hier wurde fleißig Wasser gekocht. Man hatte einen Bereich mit Decken abgeteilt und dort Zinkwannen aufgestellt. Die Leute wuschen erst sich, dann ihre Sachen – die Lauge musste schließlich ordentlich genutzt werden. Lore hatte Eintopf vorbereitet und zwei Kessel bringen lassen, außerdem Brot, etwas Butter und Speck. Es duftete herrlich. Doch obwohl eine Art Betriebsamkeit herrschte, war die Grundstimmung betrübt. Alle waren übermüdet. Manch einer hatte Erfrierungen, und die meisten litten an Durchfall. Es gab ein Torfklo draußen, aber schnell ließ Frederike noch zwei weitere aufstellen – Eimer, gefüllt mit Torf, und etwas Kalk zum Drüberstreuen.

Sie suchte Hans, fand aber nur seine Frau und die beiden Töchter. Der Sohn war an der Front gefallen.

»Erbarmung«, weinte Hans' Frau. »Jnädigste, kann nich glooben, dat alles so is. Und meen Peter …« Sie schüttelte den Kopf.

»Wo ist Hans?«, fragte Frederike. Sie war sich sicher, ihn vorhin am Gutshaus gesehen zu haben.

»Ei, kiemmert sich umme Pferde. Macht er, bevor er kiemmert sich um sich selbst. Kennen Se doch, so isser, meen Hanschen.«

»Natürlich. Die Pferde.«

Frederike ging hinüber zum Stall. Dort halfen drei der Ostgefangenen Hans mit den Tieren. Die Trecker hatten nicht nur Pferde mitgebracht, sondern auch einige Kühe. Die Pferde, Kaltblüter wie auch Trakehner, sahen erbärmlich aus.

»Ach, Freddy«, sagte Hans. Sein Gesicht war wie altes Leder, seine Augen traurig – ein tiefer Brunnen. »Ach, ach, Freddy.«

»Was kann ich tun?«, fragte sie.

»Ei, Futter hamwe ja jetzt. Awwer 'nen Hufschmied brooche we

217

noch.« Er ging an den Pferden entlang, strich ihnen über die Rücken.

»Dree ham verfohlt auffe Flucht. Een Fohlen hat's jeschafft. Hamwe mitjenommen aufm Wajen. Wat 'ne Flucht. Nee, nee.«

»Der Hufschmied wurde eingezogen, aber Petr, einer der Russen, macht das nun. Er ist sehr gut.«

»Een Russe?«

Frederike sah die Furcht in seinen Augen.

»Er gehört zu unseren Gefangenen. Ostgefangene – Polen und Russen, die wir hier unterbringen mussten. Sie sind sehr umgänglich, Hans.«

Er sah über die Schulter zu den Männern, die die Wassertröge für die Tiere füllten, Heu und Hafer brachten.

»Ei, freendlich sindse. Noch. Awwer der Russe ist hinter uns, der wird kommen bald. Un dann jnade uns Jott.«

»Sieh zu, dass du Ruhe bekommst. Um die Tiere wird sich gekümmert. Iss etwas, wasch dich. Und dann ruh dich bitte aus. Ich komme morgen wieder.«

»Is jut, Freddychen.«

Frederike ging zurück zum Gutshaus. Am Eingang des Betriebshofes stand das Verwalterhaus. Hittlopp hatte sie seit einigen Tagen nicht mehr gesehen. Sie durfte zwar den Betriebshof wieder betreten und nach den Tieren schauen, aber was den Betrieb an sich anging, hatte sie immer noch keine Handhabe.

Wie wird es enden, fragte sich Frederike, als sie nach Hause stapfte. Und wann? Hoffentlich bald.

Im Burghof herrschte ein ungewohnter Betrieb. Die Halle war mit wabernden Dampfschwaden, die aus dem Souterrain kamen, gefüllt. Es roch nach Seife und Essig, nach guter Brühe und frischem Brot. Saubere, leckere Düfte.

Frederike ging in den Salon. Dort saß Onkel Erik, gewaschen, rasiert und frisch bekleidet. Er saß am Kamin und studierte die Zeitungen, ein ganzer Stapel lag neben ihm.

»Onkel Erik«, sagte Frederike und umarmte ihn. »Wie geht es dir?«

»Ich habe das Gefühl, die letzten Wochen verpasst zu haben. Weißt du, wie der Frontverlauf ist? Wie es steht? Ich hatte gehofft, dass Hitler inzwischen kapituliert hätte …«

»Das hat er nicht.« Frederike ging zur Anrichte, bückte sich. Das Möbel hatte ein Geheimfach. Dort hatte sie noch einige Flaschen Alkohol versteckt. Sie holte einen Bourbon hervor, schenkte ihnen beiden ein. »Wo ist Mutter?«

»Sie hat sich hingelegt. Lore hat allen schnell ein paar belegte Brote bringen lassen, um den größten Hunger zu stillen. Dabei haben wir mehr gefroren als gehungert.« Er nahm das Glas, roch daran, schloss die Augen und trank langsam und genüsslich. Dann öffnete er wieder die Augen. »Wie steht es hier?«

»Gebhard sitzt immer noch in Potsdam bei der Gestapo ein. Zumindest hoffe ich das. Ich habe lange nichts mehr gehört.« Frederike schluckte. »Vor ein paar Tagen hatten sich einige Truppen hier einquartiert. Zum Glück.«

Erik hob fragend die Augenbrauen.

»Sie haben eine weitere der Scheunen zur Baracke umgebaut. Haben einfache Bettgestelle aus Latten gebaut, Kanonenofen aufgestellt – sie haben einige Sachen hiergelassen. In der Baracke habe ich die Leute aus Fennhusen unterbringen können. Ansonsten wäre es schwierig geworden.«

Es klopfte, und Ali kam herein. Er war fast achtzehn, groß und dünn. Auch er duftete nach Seife, hatte sich frisch rasiert, die Haare gescheitelt.

»Darf ich zu euch kommen?«, bat er.

»Natürlich.« Frederike stand auf, umarmte ihren jüngsten Bruder. »Er darf doch?«, fragte sie Erik und zwinkerte.

»Sicher. In diesen Zeiten …«

Frederike nahm ein weiteres Glas aus der Anrichte, schenkte Ali Bourbon ein.

»Cheers!«, sagte er und setzte sich zu ihnen an den Kamin. »In einem ordentlichen Haus sitzen, am Kamin, und ein gutes Glas in der Hand – zwischendurch habe ich gedacht, dass ich so etwas nie mehr erleben würde.«

»Wo ist Fritz?«, fragte Frederike.

»Fritz ist schon vor einigen Monaten nach Hamburg gereist. Er hat immer noch Probleme mit seinem Bein. Seit dem schlimmen Unfall kann er es nicht mehr richtig belasten. In Hamburg gibt es einen Professor, der ihn behandeln wollte«, erklärte Erik.

Ihr Stiefbruder Fritz war nur zwei Jahre jünger als sie. Als Kind schon hatte er sich für alles Mechanische und jede Technik begeistert. Er hatte Maschinenbau in Berlin studiert, seinen Pilotenschein gemacht und hatte Flugzeuge mitentwickelt. Bei einem Testflug war er verunglückt, hatte sich fast jeden Knochen im Leib gebrochen und wochenlang im Koma gelegen. Niemand konnte ihnen damals sagen, ob er wieder aufwachen würde. Doch er war wieder aufgewacht. Es hatte Jahre gedauert, bis er wieder laufen konnte, bis er wieder alle Fähigkeiten erlangt hatte. Auto fuhr er jedoch schon nach ein paar Monaten – er hatte sich ein Hilfsmittel gebaut, um die Kupplung bedienen zu können.

»Und er ist immer noch in Hamburg?«, fragte Frederike.

»Das wissen wir nicht«, sagte Erik müde. »Aber wir hoffen es.«

Nach und nach trudelten alle im Salon ein. Sie erzählten von der schrecklichen Flucht – mal stockend, mal ohne Punkt und Komma, Worte, die heraus mussten. Sie hatten Schreckliches erlebt, waren durch die Wälder getreckt, immer getrieben von der Front, die näher und näher kam. Die Straßen waren verstopft vom Militär und anderen Flüchtlingen. Sie mussten Umwege nehmen, immer im Ungewissen darüber, wo es noch sicher war. Manchmal kamen sie unter – in Schulen oder Turnhallen, bei Bauern oder in Scheunen. Oft genug aber mussten sie im Freien bei klirrender Kälte übernachten. Die Pferde litten. Die Schafe, die sie mitgenommen hatten, wurden als Erstes geschlachtet. Manche, bei denen es sich nicht mehr lohnte, wurden einfach nur zurückgelassen. Zwei Stuten starben. Immer wieder mussten sie sich von Dingen trennen, mussten das Gepäck verringern. Einen Wagen hatten sie aufgeben müssen – die Pferde schafften es nicht mehr, ihn zu ziehen.

Gilusch, Irmi, Ali, Stefanie und Onkel Erik saßen im Salon und redeten über die letzten Wochen. Frederike merkte, dass es das erste Mal war, dass sie auch miteinander über das Erlebte sprachen.

»Die eine Nacht«, sagte Ali, »als das Geschützfeuer ganz nah war, da weinte Berta immerzu. Und ich habe nur gedacht, dass sie aufhören muss, sonst finden uns die Russen. Ich wollte sie beruhigen, aber ich hatte selbst so eine Angst …«

»Ja, ich erinnere mich«, sagte Irmi und schauderte. »Und als wir weiterzogen, wisst ihr noch – die erfrorenen … Kinder?« Das letzte Wort hauchte sie nur noch.

»Am Wegesrand«, sagte Gilusch. »Sie lagen da wie Puppen. Zuerst dachte ich, es wären Puppen. Aber das waren sie nicht. Es waren Menschen.«

Mehr und mehr schreckliche Dinge erzählten sie, mussten sie erzählen, damit sie nicht eingeschlossen blieben in ihrem Inneren, nicht zu einem wuchernden Geschwür wurden. Die Worte mussten gesagt werden, mussten heraus, damit sie sich nicht festsetzten und festfraßen. Und dennoch war sich Frederike sicher, dass nicht alles erzählt wurde. Manche Dinge konnte man nicht in Worte fassen und aussprechen.

»Wehe dir, du verbrecherisches und schuldbeladenes Volk«, sagte

Stefanie düster. »*Euer Land ist wüst, eure Städte sind mit Feuer ver-brannt, Fremde verzehren eure Äcker vor euren Augen.*«

»Jesaja eins, Vers sieben«, sagte Erik und seufzte.

Frederike schaute die beiden erschrocken an. So hatte sie ihre Mut-ter und ihren Stiefvater noch nie erlebt. Zum Glück erklang nun der Essensgong. Frederike stand auf. »Ich schau mal, ob alles gerichtet ist.« Sie zögerte kurz. »Mutter, dürfen die Mädchen mit am Tisch sitzen?«, fragte sie dann.

»Fritzi und Thilde? Natürlich«, meinte Stefanie und klang plötz-lich wieder heiter.

Sie zitiert die Bibel mit solch schicksalsschweren Worten und lädt dann ihre Enkelinnen lächelnd zu Tisch, dachte Frederike verwirrt. Ich verstehe sie noch weniger als früher.

Das Essen war einfach, aber reichhaltig. Alle langten kräftig zu.

»Ich werde uns morgen beim Ortsgruppenführer melden müs-sen«, sagte Onkel Erik. »Ich hoffe, er teilt uns Lebensmittelmarken zu.«

»Wollt ihr denn bleiben?«, fragte Frederike.

»Das kommt darauf an, wie sich die Lage entwickelt«, meinte Ste-fanie. »Wenn der Russe hierherkommt, werde ich nicht bleiben. Ich habe gesehen, was die Rotarmisten tun. Was sie mit Frauen tun, mit Kindern und mit Alten. Wenn der Amerikaner vorher hier ist, dann könnten wir bleiben.« Sie sah ihre Tochter an. »Oder willst du auch trecken?«

»Bisher nicht, Mutter«, sagte Frederike und wechselte schnell das Thema, denn sie hatte Fritzis und Mathildes erschrockene Augen gesehen.

Nach dem Essen schickte sie die Mädchen hoch zu Wanda. Dann ging sie mit ihren Eltern in den Salon. Irmi ging auch nach oben, um sich um Berta zu kümmern, Gilusch sagte müde gute Nacht. Nur Ali kam auch noch mit.

»Bitte, Mutter, sprich vor den Kindern nicht so über die Rotarmisten. Es macht ihnen Angst.«

»Das sollte es auch«, sagte Stefanie. »Der Russe ist grausam, von Natur aus.«

»Wir haben inhaftierte Russen. Sie helfen gerade Hans und den anderen mit den Tieren. Und sie sind nicht von Natur aus grausam.«

Stefanie sah sie lange an. »Du hast nicht gesehen, was ich gesehen habe. Du hast nicht erlebt, was wir erlebt haben. Und ich möchte das auf keinen Fall noch einmal ertragen müssen.«

»Die Rote Armee ist durch all die Gebiete gekommen, die unser Heer vorher besetzt und zerstört hat«, sagte Erik leise. »Wir haben uns wahrlich nicht mit Ruhm bekleckert.«

»Ihre Rache ist fürchterlich«, sagte nun auch Ali. »Aber … die SS, die SA und die Wehrmacht waren auch fürchterlich. Du weißt doch, wie sie im polnischen Korridor gewütet haben, Mutter.«

Stefanie schloss die Augen. »Mein Entschluss steht fest. Sollte die russische Front näher kommen, brechen wir wieder auf.« Sie trank ihr Glas aus, stand auf. »Gute Nacht.«

Frederike sah ihr nach, bis sich die Tür hinter ihr geschlossen hatte.

»Es tut mir leid, was ihr erlebt habt«, sagte sie. »Und ich bin natürlich nicht furchtlos. Doch wo sollte ich hin? Wo würdet ihr hingehen? Sind sie nicht überall?«

»In einigen Städten und Gebieten, dort wo die westlichen Alliierten sind, ist der Krieg schon vorbei. Natürlich werden dort auch Kriegsgefangene inhaftiert«, sagte Onkel Erik. »Aber alles, was man so hört, klingt doch anders als in den vom Russen überrannten Gebieten. Im Westen kann man mit Gnade rechnen – wenn auch natürlich nicht mit Wohlwollen. Aber ich stimme deiner Mutter zu – wir werden mit aller Macht versuchen, der Roten Armee zu entkommen. Und das solltest du auch.«

»Wo soll ich denn hin? Hier ist unser Land, es gehört der Familie meines Mannes seit Jahrhunderten. Meine Schwiegermutter lebt noch hier und Gebhard … wenn er aus dem Gefängnis freikommt, wird er uns hier suchen und nirgendwo anders.«

»Wir haben Kontakt zu einigen Leuten in Lübeck. Vielleicht schlagen wir uns dahin durch.«

»Sie werden das deutsche Volk vernichten«, sagte Ali. »Und manche haben es auch verdient.« Er sah ins Feuer.

»Ali?«, fragte Frederike nach.

»Letztes Jahr wurde ich mit einigen anderen Kameraden in den Sommerferien doch zu Schanzarbeiten verpflichtet. Wir mussten Panzergräben ausheben, alles im Namen Hitlers. Zuerst erschien es uns ganz lustig, aber das hat sich schnell geändert. Wir waren zu zweihundert in einer Scheune untergebracht, hatten Strohmatten auf dem Boden liegen. Spaten und Marschgepäck mussten wir mitbringen.« Er schüttelte den Kopf, runzelte die Stirn.

»Ja, Mutter hat mir davon geschrieben. War es so schrecklich?«

»Wir mussten Bäume fällen und die Wurzeln ausheben – mit Sägen und Haken, die alle stumpf waren. BDM-Mädchen und junge Frauen mussten dann die Gräben graben, wir mussten die Gräben befestigen. Über- und bewacht wurden wir von uniformierten SA-Leuten. Die waren nicht zimperlich. Alles Handarbeit, keine Maschine. Wir mussten zu den Gräben laufen – erst eine, dann zwei Stunden, sieben Stunden ohne nennenswerte Pause arbeiten und dann wieder zurück. Am Anfang durften wir auf dem Rückweg noch in dem Dorfweiher schwimmen gehen, doch dann traten Typhus auf und andere Krankheiten, also wurde das unterbunden. Gewaschen haben wir uns dann an den Pumpen, aber du kannst dir vorstellen, wie das ablief – zweihundert müde und hungrige, oft auch kranke Jungs, etliche noch jünger als ich. Dann anstehen zum Essenfassen. Brot und Suppe, mal ein Stück zähes Fleisch.« Wieder schüttelte er den Kopf. »Und danach – wir waren alle kurz davor, im Stehen einzuschlafen – mussten wir noch zu Appellen antreten, Thingringe oder Schießstände bauen. Natürlich mussten wir in unserer ›Freizeit‹ auch Schießübungen abhalten.« Er schnaubte. »Die Wehrmacht und die SS kamen und wollten uns abwerben. Darauf ist aber kaum jemand hereingefallen. Und immer dieser blöde Spruch: Hitler wollte uns hart wie Kruppstahl, zäh wie Leder und flink wie Windhunde. Ich wette, Hitler hat in seinem Leben noch nie so geschuftet.« Er sah Frederike an. »Die Gräben haben nichts genutzt, die russischen Panzer sind ohne Probleme drübergefahren.«

»Ich verstehe nicht, warum Hitler nicht kapituliert«, sagte Frederike. »Der Krieg ist doch schon längst entschieden.«

»Das lässt sein übergroßes Ego nicht zu«, meinte Onkel Erik und stand auf, streckte sich. »Endlich mal wieder in einem richtigen Bett schlafen. Herrlich. Gute Nacht.«

Frederike lag im Bett und dachte über das nach, was sie heute gehört hatte. Tod, Gewalt, Erniedrigung, schreckliches Leid, Qualen und grauenvolle Angst – all das hatte sich in den Erzählungen ihrer Familie gespiegelt. Sollte sie auch fliehen? Oder hatten sie hier noch eine Zukunft?

Gebhard war von der Gestapo inhaftiert – allein das musste doch für ihn sprechen. Er und seine gesamte Familie waren gegen das Regime, hatten das auch gezeigt – mehr oder weniger deutlich.

Sie hatten immer versucht, alles für die Fremdarbeiter und die Ostgefangenen zu tun, und Frederike war sich sicher, dass auch diese für die zu Mansfeld sprechen würden. Aber dennoch – was war, wenn Gebhard gar nicht wiederkam?

Ihre Schwägerin Thea war mit den vier Kindern am Jahresanfang zu ihren Eltern nach Schweden ausgereist. Es hatte einiger Tricks und viel Bestechung bedürft, aber wenn Thea sich etwas in den Kopf gesetzt hatte, dann schaffte sie es für gewöhnlich auch. Sie hatte Heide und Frederike angeboten, auch mitzukommen. Beide hatten dankend abgelehnt, damals war es für sie völlig unvorstellbar gewesen, ihre Güter zu verlassen. Doch nun rückte die Rote Armee immer weiter vor. Und mit ihr all diese schrecklichen Geschichten. Tante Edeltraut und Tante Martha waren noch vor Weihnachten zu Freunden in den Westen geflüchtet. Sie konnten zu der Zeit sogar noch regulär mit dem Zug fahren – das war jetzt nicht mehr möglich. Sie waren gerettet, die Alliierten waren schon da und regelten dort nun das Leben.

Auch Frederikes ehemalige Schulfreundinnen Annchen und Lottchen hatten sie zu sich eingeladen. Sie waren zwei Jahre zusammen auf der Gartenbauschule in Bad Godesberg gewesen, eine Schule für höhere Töchter, an der Gutshauswirtschaft gelehrt wurde. Das war jetzt schon fast zwanzig Jahre her, aber den Kontakt hatten sie nie verloren. Frederike liebte ihre langen Briefe zu Weihnachten, in denen sie das Jahr Revue passieren ließen und alle wichtigen Ereignisse aufschrieben. Beide waren verlobt gewesen – aber der Krieg hatte ihnen die Ehemänner genommen. Ihre Familie »machte in Stahl« – für Stefanie waren sie keine gute Gesellschaft, da sie nicht adelig waren, dennoch hatte Stefanie sie zweimal auf Fennhusen empfangen. Mehrmals hatten sie sich in den ganzen Jahren gesehen, die beiden Schwestern waren lebens- und reiselustig. Einmal nur hatte Frederike sie besucht – aber dennoch wurden die beiden nicht müde, Frederike und die Kinder immer wieder einzuladen. Erst letzte Woche hatten sie ein Kabel geschickt und Frederike gebeten, zu ihnen in den Süden nach Bayern zu kommen. Auch sie erwähnten die Rote Armee, deren schrecklicher Ruf in aller Munde war und jede Frau zum Fürchten brachte.

Bei jedem dieser Angebote hatte Frederike erneut überlegt. Sie wollte Gebhard nicht zurücklassen, die Güter nicht aufgeben. Andererseits dachte sie natürlich auch an die furchtbaren Berichte, die sie hörte, es ging ihr weniger um sich selbst als um ihre Töchter. Manche Soldaten sollten noch nicht einmal vor Kindern haltmachen, hatte sie gehört. Konnte sie Fritzi und Thilde dieser Gefahr aussetzen?

Oder gehörte das alles zur Propaganda? Dass die Feinde nicht zimperlich mit den Deutschen – den Aggressoren, Invasoren, den Besatzern ihrer Länder, den Plünderern, Mördern, Unterdrückern und ja, auch Vergewaltigern – umgingen, jetzt, wo sie ihr Land zurückeroberten und in das Feindesland – nach Deutschland – vorstießen, war doch auch verständlich. Auge um Auge, Zahn um Zahn, hieß es schon in der Bibel. Es würde eine Weile dauern, dachte Frederike bedrückt, bis die Alliierten und die Rote Armee begriffen, dass ein Auge um Auge, bis dass die ganze Welt erblindet, nicht zielführend war. Aber, da war sie sich sicher, und die Berichte von den Gebieten, die die Alliierten nun schon besetzt hatten, bestätigten ihre Annahme – sie würden es begreifen, sie waren nicht so grausam, wie die Deutschen es gewesen waren.

Es gab für die Alliierten nur zwei Möglichkeiten – entweder würde man Deutschland vernichten und aufteilen, oder man würde dem Land und den Leuten eine zweite Chance geben. Sie hoffte auf Letzteres, wusste aber, dass viele Menschen ihre Hoffnung nicht teilten.

Frederike schloss die Augen. Sie würde jetzt schlafen. Morgen war ein neuer Tag, ein weiterer Tag, um sich Gedanken über die Zukunft zu machen. In dieser Nacht würde sie keine Entscheidung treffen.

Kapitel 11

Am nächsten Morgen herrschte schon früh eine ungewohnte Unruhe im Haus. Türen klapperten, man hörte Schritte im Flur und auf der Treppe, die Aborte wurden reichlich benutzt, und das Wasser rauschte im Badezimmer. Frederike blieb im Bett liegen, wartete, bis Ilse kam und ihr warmes Wasser brachte.

»Kommt ihr klar?«, fragte Frederike besorgt.

»Wir?« Ilse sah sie fragend an.

»Ihr Leute. Das Haus ist voll, und ihr habt doch so viel mehr zu tun ...«

Ilse lächelte. »Sie werden es kaum glauben, Gnädigste, aber heute ganz früh, noch vor Tagesanbruch, standen schon drei Frauen vor der Tür – wohl Leute von Fennhusen. Sie kamen vom Betriebshof und wollten sich um ›ihre‹ Herrschaft kümmern.« Jetzt schnaubte Ilse. »Als würden wir das nicht hinbekommen.«

Frederike schloss die Augen, dachte nach. »Leni, Inge ... und wer noch?«

»Eine Margot.«

»Margot ... die kenne ich nicht.« Frederike setzte sich auf. »Und Köchin Schneider? Geht es ihr gut?«

Ilse lachte. »Sie hat das Kommando in der Küche übernommen. Unsere Franzosen haben großen Respekt vor ihr.«

»Das klingt gut«, sagte Frederike erleichtert. »Haben wir im Haus noch ein Zimmer frei? Ein Gesindezimmer? Ich hätte Leni auch gerne hier im Haus ... Sie hat mich großgezogen.«

Ilse überlegte. »In der Mansarde ist noch eine Kammer. Aber dort ist kein Ofen …«

»Haben wir nicht noch einen im Keller? Sonst müssen wir einen besorgen.« Plötzlich hatte Frederike eine Idee. »Wir können noch Kanonenöfen von Großwiesental holen. Ich werde nachher eine Nachricht an den Verwalter schreiben. Thea braucht sie ja jetzt nicht mehr. Dann können Claude und Pierre sie abholen.«

»Das wäre gut. Denn soweit ich gehört habe, brauchen sie in den Baracken auch noch Öfen.«

»Ich kümmere mich gleich nach der Andacht darum.«

Frederike wusch sich und zog sich an. Sie ging kurz ins Kinderzimmer und schaute nach dem Rechten. Die kleine Huberta hatte ihren Platz dort gefunden, Wanda kümmerte sich liebevoll um das Kind.

Dann ging Frederike nach unten. Die Familie und die Leute versammelten sich zur Andacht.

»Die heutige Tageslosung ist aus dem ersten Korintherbrief.« Frederike räusperte sich, schaute kurz in die Runde. »*Dennoch erkennt jeder im Glauben gereifte Christ, wie wahr und voller Weisheit unsere Botschaft ist. Es ist zwar nicht die Weisheit dieser Welt und auch nicht die ihrer Machthaber. Aber die Welt mit all ihrer Macht vergeht ohnehin.*« Wieder sah sie auf. Ihre Mutter hatte den Kopf gesenkt, die Hände gefaltet.

»Dieser Tag«, sagte Frederike, »mag ungewohnt für uns sein. Wir haben Gäste, die schlimme Dinge mitgemacht haben. Aber nun sind sie hier unter unserem Dach, und wir heißen sie herzlich willkommen und werden christlich alles, was wir haben, mit ihnen teilen. Sie sind Familie und Flüchtlinge zugleich. Viele Menschen sind im Moment auf der Flucht. Wir haben hier noch unsere Heimstatt und werden sie hoffentlich behalten. Doch die Zeiten ändern sich. Wie man sieht, verändern sie sich schnell – manchmal zu schnell. Wir alle aber glauben an Gott und an Jesus Christus, der für uns gestorben ist. Mit der Hilfe unseres Glaubens wird es uns möglich sein, diese Zeit zu überstehen. Nun lasst uns gemeinsam beten. *Vater unser, der du bist* ...«

Alle stimmten in das Gebet mit ein. Danach eilten die Leute nach unten, Frederike ging in ihren Salon und schrieb dem Verwalter von Großwiesental eine Nachricht. Nach dem ersten Frühstück würde sie Claude und Pierre mit der Wagonette zum Gut schicken.

Der Gong ertönte, im Esszimmer war schon alles hergerichtet. Es gab Milchsuppe und frisches Brot, ein wenig Speck, etwas Butter und viel Marmelade. Die Gäste langten reichlich zu und genossen sichtlich, dass sie sauber und mit frischer Kleidung am Tisch sitzen konnten. Ein Lächeln breitete sich auf ihren fahlen und eingefallenen Gesichtern aus.

»Wie hast du geschlafen, Mutter?«, fragte Frederike.

Stefanie hob den Kopf, sah sie an. »Es ist himmlisch, wieder in einem Bett zu schlafen. Und es war so schön warm. Ach, was haben wir gefroren auf dem Treck ... aber ... die Schrecken verblassen nicht so schnell.«

»Wir sind dankbar, dass wir hier sein können«, sagte Erik. »Und es wäre schön, wenn wir auch eine Weile bleiben könnten.«

»Von mir aus könnt ihr ganz hierbleiben«, meinte Frederike.

»Oh, das wäre schön«, sagte Mathilde. »Dann wäre Großmutter immer bei uns.«

Stefanie lächelte. »Ja, mein Kind, das fände ich auch schön. Man wird sehen. Alle zusammen hier in dem Haus, das geht natürlich nicht.«

»Leni ist bisher in der Baracke untergebracht. Aber wir haben noch ein Zimmer hier für sie gefunden«, sagte Frederike.

»Das ist gut. Leni gehört ja fast schon zur Familie.« Stefanie nickte. Nach dem ersten Frühstück ging sie wieder nach oben, um sich noch einmal hinzulegen. Onkel Erik verzog sich mit den Zeitungen der letzten Wochen in den Salon, Gilusch zog sich warm an, sie wollte spazieren gehen, und Irmi ging ins Kinderzimmer zu den Kleinen. Fritzi und Mathilde machten sich für die Schule fertig, stapften los, und Frederike setzte sich mit Lore zusammen, um den Speiseplan des Tages zu besprechen und auch, was in der nächsten Zeit werden würden. Obwohl es milder wurde, war noch eine ganze Weile nichts aus dem Garten zu erwarten. Sie musste heute auch dringend die Frühbeete kontrollieren und mit Pascal, dem Franzosen, der für den Garten zuständig war, die weitere Planung besprechen. Aber nun war erst einmal die Küche dran. In der letzten Zeit war Frederike meist nach unten gegangen, sie liebte die laute, hektische, duftende und dampfende Küche. Dort gab es heißen Muckefuck und ein Gefühl von Sicherheit. In der Küche hatte sie schon als Kind Zuflucht gesucht und gefunden. Sie stand auf, ging zur Tür, aber im Flur wartete schon Lore. Sie trug ein Tablett mit einer Kanne und zwei Tassen.

»Jnädigste?«

Frederike überlegte kurz. Erik war in den großen Salon gegangen und las dort, der kleine Salon, in dem auch ihr Sekretär stand, war noch frei. »Komm, Lore«, sagte sie. Auch im kleinen Salon brannte schon das Feuer im Kamin. Holz hatten sie zum Glück noch genug. Lore stellte das Tablett ab, schenkte ihnen beiden ein. Frederike nahm reichlich Milch und Zucker – der Muckefuck schmeckte ansonsten zu bitter.

Lore setzte sich schnaufend in den Sessel am Schreibtisch, nahm ihre Tasse und rührte wild um.

»Du hast weder Zucker noch Milch genommen«, sagte Frederike lächelnd. »Was macht dich so unruhig?«

»Erbarmung, Jnädigste, wie sollet jehen inne nächsten Wochen?« Lore klang verzweifelt. »War schon immer knapp am Ende des Winters, awwer nu hamwe all die Jäste … is ja keene Sommerfrische. Wo soll ich nehmen her dat Essen?«

»Darüber müssen wir reden. Mein Stiefvater geht heute noch zum

231

Bürgermeisteramt und meldet alle an – sie sollten dann Marken bekommen.«

»Marken.« Wieder schnaufte Lore. »Zum heezen, oder wat? Kann ich koofen nüscht hier aufm Land.«

»Der Reichsnährstand wird eine Stelle in Mansfeld einrichten, weil mehr und mehr Flüchtlinge kommen. Sie wollen die Lage verbessern. Ansonsten müssen wir die Zähne zusammenbeißen. Gib den Leuten aus Fennhusen ein paar Tage Zeit, damit sie sich erholen können. Danach werden sie helfen müssen.«

»Helfen?«

»Natürlich. Im Garten, im Haushalt. Wir werden noch mehr Frühbeete anlegen müssen, Setzlinge ziehen. Wir können, sobald alles wieder zu treiben beginnt, Giersch sammeln, Brennnesseln und andere Frühkräuter. Wir können den Wald nach Beeren durchsuchen – ich weiß, es gibt nicht mehr viel, aber manchmal findet man ja doch noch Hagebutten oder verschrumpelte Brombeeren. Wir müssen alles versuchen. Gerade frische Sachen wären jetzt wichtig, aber die gibt es nicht.«

»Ei, hammwe noch Kohl innen Eiskeller. Kiennte machen Sauerkraut. Dauert, aber … kiennt ich machen. Wurzeln hammwe ooch noch. Schrumpelich sind se, aber nich verfault.«

»Gut! Und was ist mit Fleisch?«

Lore seufzte. »Nun ja, da is een Schween, is nich auffe Liste. Kiennten we schlachten – awwer wo? Kriecht de olle Verwalter mit, dat we schlachten, hamwe keene Schlachtkieche, sondern 'ne Deuwwelskieche. Und et Amt wier ooch hier, schneller, als wenn zählst bis dree.«

»Ich denke darüber nach«, sagte Frederike. »Es muss doch möglich sein, heimlich zu schlachten …«

»Jeht ja nich nur darum, dat Schween abzustechen«, sagte Lore. »Miessen auffangen det Blut, miessen riehren Blutsuppe, miessen spielen den Darm und machen Wurst. Dat Fleesch miess werden jepökelt un einjelecht, de Schinken miessen inne Rauch. Dat wissen Se doch allet, Jnädigste.«

»Und wenn wir es nachts machen?«

»Erbarmung, Jnädigste, werden wir broochen helle Lichter … nee, dat jeht nich. Muss seen woanders.«

»Aber es muss sein«, sagte Frederike nachdenklich.

»Bee all die Leute, ja – musset. Kriechen wir sonst satt nich. Ham koom noch Reserven.«

»Gut. Ich überlege, wie wir das machen können.« Frederike seufzte. »Was gibt es heute?«

»Zum zweeten Friehstieck ham we Brot un Speck, etwas Kompott. Mittachs 'ne Suppe. Abends wird es jeben Schinken – dien offjeschnitten, Kartoffeln un Stieppe, Jrünkohl. Ham noch eenjelechtes Saures – Jurken, Wurzeln un Zwiebelchen.«

»Das wird reichen«, sagte Frederike. »Und morgen?«

»Mehl hammwe noch, hab versteckt zwee Säcke inne Eiskeller. Brot kannich backen. Milch, Butter un Rahm hamwe. De Heehner ham noch nich wirklich anjefanjen zu lejen, Eier sin selten … Ham zwee Kiehe mit Kälbers – de Kälber sollten we ooch schlachten. Milch kiennen we jebrochen ohne Ende. Mittem Franzmann mach ich Käse – is 'ne reene Freude. Schmeckt ooch. Ham jetzt ooch Ziejen, die we melken. Zickleen kommen tächlich – davon kiennen we schlachten dat een oder andere. Lämmer sin ooch bald fellich. Schafe un Ziejen kiennen we melken, schmecht nich wie Kuh, aber schmecht.«

Frederike machte sich Notizen, schrieb mit. »Ziegen haben wir schon früher gemolken, die Schafe aber noch nicht. Ist das schwer?«

»Nee, muss man halten fest.« Lore grinste. »Machen de Franzmänners, verstejen was von.«

»Gut, darum kümmern sich also die Franzosen. Dass ihr Käse macht, finde ich sehr gut. Bekommt ihr auch Hartkäse hin? Etwas, was haltbar ist?«

»Erbarmung, sicher.«

»Das ist auch gut. Verrückt, aber ich denke jetzt schon an den nächsten Winter. Wenn der Krieg vorbei ist, wird erst einmal Chaos herrschen. Und wenn die Rote Armee kommt, wird sie plündern.« Lore beugte sich vor.»Ei, wissen Se dattn nich? Unter de Burghofturm is 'n Jeheimjang. Hab ich jehört. Dort kiennen wir verstecken Sachen.«

»Ein Geheimgang? Unter dem alten Burgturm auf dem Hügel?«, sagte Frederike verblüfft.»Das höre ich zum ersten Mal.«

»Ei, jehört ich habbet, obbet stimmt, weeß ich nich.« Lore stand auf, strich ihre Schürze glatt.

»Und wie ist das mit Köchin Schneider?«, fragte Frederike leise.

Plötzlich strahlte Lore.»Scheen isses. Is wie 'n Stückchen Heemat.«

Frederike nickte.»Gut. Wir richten heute noch für Leni ein Zimmer oben ein. Sie soll nicht in der Baracke wohnen.«

»Is jut. Ei, hab schon jemacht Plan fier et Jesinde. Werden kriechen alle satt.«

»Das ist gut.«

Frederike verließ mit Lore den kleinen Salon. Nebenan, im großen Salon, saß Onkel Erik und versuchte immer noch, die letzten Nachrichten zu verstehen.

»Schade, dass es die ›Vossische Zeitung‹ nicht mehr gibt, der Völkischen kann man ja kaum ein Wort glauben«, sagte er und knüllte das Blatt zusammen, warf es in den Ofen.»Die Entwicklung ist dramatisch.«

»Das ist sie.« Frederike klingelte nach dem Mädchen.»Tee oder Muckefuck?«, fragte sie ihren Stiefvater.

»Was für Tee habt ihr denn?«

»Melisse, Pfefferminze, Brennnessel, diverse Kräuter. Und ja, ich glaube, wir haben auch noch einen kleinen Rest schwarzen Tee.«

»Dann nehme ich von dem Rest schwarzen Tee, wenn ich darf.«

»Manche Tage erfordern Opfer.« Sie lächelte.

Frederike bat Ilse, Tee für Erik und Muckefuck mit viel Milch und Zucker für sie selbst zu bringen.

»Ich höre, wenn es geht, die BBC. Ich habe eine kleine batteriebetriebene Goebbelsschnauze«, sagte Frederike mit gesenkter Stimme.

»Wo?«

»In meinem Zimmer. Ich habe dort eine Ecke abgetrennt – mit Schränken, quasi einen kleinen Geheimort geschaffen. Einer der Franzosen ist Schreiner, er ist sehr kreativ, was solche Sachen angeht.«

»Darf ich auch?«

»Gegen sechzehn Uhr ist die nächste Sendung angekündigt. Was die BBC sagt, widerspricht allem, was die deutsche Propaganda von sich gibt. Angeblich sind die Alliierten über die Brücke von Remagen gekommen.«

Erik sah sie fassungslos an. »Was?«, flüsterte er.

»Erik ist dorthin kommandiert worden«, sagte Onkel Erik fast tonlos. »Er war noch bis nach Weihnachten bei uns. Er war ja an der Ostfront verletzt worden, aber sie hatten ihn wieder aufgepäppelt – was tun sie nicht alles für ihr kriegswichtiges Material«, fast spuckte er die Worte aus. »Material, so nennen sie ihre Soldaten, ihre Offiziere. Erik war früher immer begeistert und glaubte an den Sieg. Da konnte ich sagen, was ich wollte«, erzählte Onkel Erik resigniert. »Aber als er aus dem Lazarett kam, hatte sich seine Meinung geändert. Er wäre lieber mit uns getreckt, als zurück an die Front zu gehen. Immerhin war es diesmal der Westen. Vielleicht ist er in Kriegsgefangenschaft geraten.«

Erik war Frederikes Stiefbruder – der erste Sohn aus der Ehe von Stefanie und Erik von Fennhusen. Mit achtzehn war er zur Wehrmacht gegangen, war Panzerführer geworden. Im nächsten Monat würde er einundzwanzig werden.

»Ganz bestimmt ist er gefangen genommen worden. Erik ist ja nicht doof«, versuchte Frederike ihren Stiefvater zu beruhigen.

»Er war über Weihnachten bei uns. Hat noch die letzte Hasenjagd mitgemacht. Es war toll. Alle sind gekommen – Die von Husen-Wahlheim, die von Olechnewitz, die von Hermannsdorf. Wir hatten eine wunderschöne Jagd im tiefen Schnee, und alle hatten schon die Wagen fertig, um am nächsten oder übernächsten Tag zu trecken. Wir haben alle mittags Erbsensuppe im Feld gegessen – zusammen mit den Treibern, die eigentlich beim Volkssturm sein sollten. Abends hatte deine Mutter ein tolles Menü kreiert. Noch einmal schlemmen, frischer Hase. Hasenleber und saure Nierchen. Es gab reichlich Wein, viel Schnaps. Wir haben den Keller geplündert. Und als das Fest vorbei war, hat deine Mutter den Tisch gedeckt stehen lassen. Es wurde nicht abgeräumt, nicht gespült. Es war nicht das gute Tafelsilber, aber es waren Silberbesteck, Kerzenleuchter, Schalen und Serviettenringe. Es waren die kleinen Messerbänke … all die Dinge, die wir nicht mitnehmen konnten.« Er hielt inne, trank einen Schluck Tee. »Was wichtig war, hatten wir schon vorher auf die Wagen gepackt – geräucherter Schinken, eingemachtes Gemüse, Kartoffeln und Mehl. Dazu Decken und Kissen. All die Pelzdecken … die warm und trocken halten. Deine Mutter hat dafür gesorgt, dass Blechgeschirr und Emaille-Teller auf die Wagen kommen – Porzellan zerbricht, meinte sie, und sie hatte recht. Nur wenige wirklich gute Stücke haben wir in Stroh gepackt mitgenommen. Schmuck … pack du deinen Schmuck jetzt schon ein, unauffällig, in hässliche Koffer. Nur für den Fall. Sieh zu, dass du alles zusammenhast, was du für eine schnelle Flucht brauchst. Ein paar Kessel, Kleidung für die Kinder – pack es ein, alles, was warm und wichtig ist.« Seine Stimme brach. »Erik war da, bei der Hasenjagd, ist an diesem Abend aufgebrochen. Sonderkommando zur Front – dafür gab es noch Züge, für uns nicht.« Er holte tief Luft. »Er ist mein ältester Sohn, ich hoffe, er lebt noch.«

»Bestimmt.«

»Aber du musst dich auf die Flucht einrichten.« Er trank den Tee aus. »Und ich gehe jetzt zum Bürgermeisteramt. Ist der Mann hier verständig?«

»Manchmal«, sagte Frederike zögernd.

Onkel Erik war zum zweiten Frühstück, das gegen zehn Uhr gereicht wurde, noch nicht zurück. Alle saßen erschöpft, aber auch angespannt am Tisch. Es gab nur Brot und Marmelade, Butter und Fett mussten sie sparen. Für die kleinen Kinder gab es etwas Milch, für die Erwachsenen Muckefuck. Die größeren Kinder waren in der Schule.

»Wenigstens ist der Muckefuck heiß«, sagte Gilusch und nahm sich noch eine Tasse.

Nach dem zweiten Frühstück zog sich Frederike Stiefel und eine dicke Jacke an und ging in den Garten. Sie wollte mit Pascal die Frühbeete begutachten.

Pascal wartete schon auf sie.

»Madame«, sagte er und verbeugte sich, lächelte.

»Du hast sicherlich schon mitbekommen, dass wir noch weitere hungrige Mäuler stopfen müssen.«

»Oui, wörden sie bleibön lange?«, fragte er.

»Das weiß ich noch nicht. Aber ich weiß, dass uns die frischen Lebensmittel ausgehen. Wir haben nur noch wenige Wurzeln und schrumpelige Kartoffeln – und bis zur nächsten Ernte ist es ewig hin.«

»Madame, wir müssn schauön, dass wir bekommön Kräuter.«

»Woher nehmen?«, fragte Frederike.

»Ös taut«, meinte Pascal. »Schon bald werdön kommön örste Brönnnössëln. Giersch. Die Lörchen habön frische Trieb, kann man kochön alles.«

»Das stimmt.«

»Und ös gibt noch Bören in den Wöldern. Versteckt, aber ös gibt sie.«

»Dann müssen die Kinder die Beeren suchen, du hast recht.« Sie gingen zu den Frühbeeten, die schon mit Mist und Dung gefüllt worden waren. Der Mist hatte begonnen, sich zu setzen, eine Schicht Erde hatte Pascal inzwischen aufgefüllt.

»Müt Stroh abgedöckt, wir können pflanzen örste Setzlinge, 'ier und 'ier.« Er zeigte auf die Frühbeetkästen, die am meisten Sonne abbekamen.

Die Frühbeete, Beete, die mit dicken Holzplanken umrandet waren, erst mit Dung und dann mit dem Mist aus dem Pferdestall aufgefüllt wurden, danach eine Kompostschicht bekamen und mit leicht abgeschrägten Glasdächern bedeckt wurden, bedurften einer besonderen Pflege. Sie mussten bewässert, belüftet, gegen zu viel Sonne oder bei Nachtfrösten mit Strohmatten abgedeckt werden – aber Frederike wusste, dass sich Pascal gut damit auskannte und die Arbeiten gewissenhaft ausführte.

»Lorö 'at Setzlingö gözogön«, sagte Pascal. »Tomatön, Mangold, Rübchön und Gurkön.«

»Wunderbar. Nach den Eisheiligen können wir sicher alles auspflanzen. Was haben wir an Saatgut?«

»Wir 'abön Erbsön, Bohnön, Kohl, Salat und alles Weitere.«

Frederike ging durch die Beete der mehrjährigen Pflanzen und Kräuter. Erleichtert stellte sie fest, dass der Liebstöckel wieder austrieb, die Artischocken und der Cardy auch. Zwiebeln und Knoblauch hatten sie im Herbst gesetzt. Die hinteren Reihen Rosenkohl hatten noch ein paar kümmerliche Röschen, auch der ein oder andere Rot- und Weißkohl stand noch im Beet. Schön sahen die Pflanzen nicht mehr aus, aber sie konnten gegessen werden. Bisher hatte sich der Reichsnährstand um die Versorgung der Bevölkerung gekümmert – zuletzt eher schlecht als recht. Sie hatten ihnen hohe Quoten auferlegt und viele Erzeugnisse genommen. Das Amt würde sich beim Zusammenbruch des Staates nicht mehr kümmern – und was die Besatzer machen würden, stand in den Sternen. Frederike hatte der Bericht ihrer Verwandten über die Flucht erschüttert. Auch wie das Leben zuletzt in Ostpreußen verlaufen war. Sie war sich darüber im Klaren, dass es in den nächsten Jahren zum einen sehr chaotisch, zum anderen auch sehr karg werden würde. Die Nazis hatten sich am Reichtum der riesigen Felder in der Ukraine und in Weißrussland bedient, hatten Polen ausgeplündert – warum sollten es die neuen Besatzer hier anders halten? Sie hoffte, dass es keine Auge-um-Auge-Vergeltung geben würde, aber sie wusste auch, wie gering die Chancen waren, dem zu entkommen. Die Polen und die Russen hatten schrecklich leiden müssen, während die deutsche Bevölkerung bis jetzt, zumindest was die Ernährung anging, mit einem blauen Auge davongekommen war. Das würde sich nun sicherlich ändern.

Dresden, Hamburg und das Ruhrgebiet waren zerstört – die Feuerstürme hatten ganze Arbeit geleistet. Berlin war eine Trümmerwüste, so hörte man. Sie wollte sich gar nicht ausmalen, wie es in Potsdam aussah.

»Haben wir noch Steckrüben?«, fragte sie Pascal.

»Oh, da müssön Sie fragön Lorö. Das weiß ich nicht.«

»Haben wir Steckrübensamen?«

Er nickte.

»Ich möchte, dass wir Steckrüben aussäen. Das müsste jetzt schon gehen – dafür können wir noch zwei, drei weitere Beete anlegen.«

»Wo?«

»Im Park. Kein Mensch kann Rosen und Gerbera essen. Ich möchte auch Beete mit Kartoffeln – wenn wir viel Mist nehmen und in die Erde einarbeiten, können wir jetzt schon Kartoffeln setzen. Wir müssen die Beete dann immer nur gut anhäufeln.«

»Kartoffölń?«, fragte Pascal überrascht. »'aben Kartoffeln doch auf die Äckör.«

»Ja, aber wer weiß, wer weiß – ich möchte Kartoffeln, Steckrüben und Kohl hier am Haus haben.«

»Oui. Je comprends.«

»Danke, Pascal.«

Frederike ging zurück zum Haus. Sie nahm den Kücheneingang. Im Flur des Souterrains blieb sie stehen. Am anderen Ende lag die Küche, hier waren einige Gesindezimmer, der Zugang zum Weinkeller – ein Gewölbekeller, der noch unter dem Untergeschoss lag. Daneben der Kartoffelkeller. Sie nahm den Schlüssel vom Bund und schloss auf. Es gab noch Kartoffeln, stellte sie erleichtert fest. Auch die Holzkisten, die mit feuchtem Sand gefüllt waren und in denen das Wurzelgemüse lagerte, waren noch nicht vollständig leer. Natürlich waren die Karotten, die Wurzeln, die Beete und der Sellerie inzwischen schrumpelig und schmeckten auch eher erdig als frisch. Aber immerhin hatten sie noch etwas. Sie löschte das Licht, schloss ab und öffnete die nächste Tür. Dort standen die Regale mit dem Eingemachten. Hier hatten sich die Vorräte noch sichtbarer verringert, aber es gab immerhin noch Kompott und etwas eingemachtes Gemüse.

Auch diese Tür schloss Frederike, dann ging sie in die Küche.

»Jnädigste«, sagte Lore überrascht. Sie saß an ihrem Fenstertisch zusammen mit Köchin Schneider. »Ei, was fiert Se zu uns?«

»Was machen die Küken?«, fragte Frederike, die keinen direkten Anlass hatte, um in der Küche vorbeizuschauen. Sie hatte sich einfach nur nach Wärme und Geselligkeit, nach den Düften und der Betriebsamkeit, die immer in der Küche herrschten, gesehnt. Sie beugte sich über die Brutmaschine, in der die Puteneier ausgebrütet wurden.

»Ei, noch nich viel«, sagte Lore lächelnd. »Wird dauern noch.« Sie sah Frederike an. »Wolln Se 'ne Tasse Muckefuck? Oder Tee?«

»Ach, das wäre fein.«

»Erbarmung, setzen Se sich, Jnädigste«, sagte Köchin Schneider und rückte ein wenig zur Seite.

»Haben Sie sich ein wenig einrichten können, Schneider?«, fragte Frederike.

Schneider rutschte ein wenig auf ihrem Platz hin und her, dann faltete sie die Hände auf dem Tisch vor sich. »Erbarmung«, sagte sie leise, »is nett hier, scheen habt ihr et. Awwer is nich Fennhusen. Hab noch nie jelebt woanders als oof Fennhusen, oder inne Jegend zumindest. Und nu?« Sie seufzte. »Gloob nich, dat we kiennen jehen zurieck irjendwann, ooch wennse alle hoffen, datet so is. Nee, jloob ich nich.«

»Ei, bleebt ihr hier«, sagte Lore und stellte die dampfende Emaillekanne auf den Tisch.

»Was soll ich hier?«, fragte Schneider und klang traurig. »Is deene Kieche.«

»Wirst finden 'ne Arbeet woanders.«

»Kann nüscht außer kochen.«

»Das ist mehr, als ich kann«, sagte Frederike leise. »Was würden Sie sich denn vorstellen können?«

»Meene Tante lebt inne Niehe von Husum. Se hat dort 'ne kleene Pension. Se hat mir jeschrieven, dat ich kann kommen, wenn immer ich will.« Schneider senkte den Kopf. »Ei, awwer wer wird kochen dann fier die Herrschaft?«

Frederike legte der Köchin die Hand auf den Arm. »Das ist nicht Ihre Sorge, liebe Schneider. Wir wissen nicht, was wird. Vielleicht bleiben meine Eltern ja hier – und hier haben wir Lore. Vielleicht trecken sie auch weiter – aber so leben wie früher wird niemand mehr von uns. Keiner.«

»Ei, Hauptsache, de Nazis sin wech!«

»Noch nicht«, sagte Frederike leise. Sie trank ihren Becher aus. »Pascal sagte, dass du schon einiges an Setzlingen gezogen hast, Lore?«

»Ei, sicher. Stehen drieben auffe Fiensterbank.«

»Sehr gut. Da es taut, werden wir bald die ersten Giersch- und Brennnesseltriebe ernten können.«

»Wird Zeit, dattet jibt was Frisches«, meinte Lore seufzend. »Kann sehen de olle Wurzeln nich mehr.« Sie stand auf und rührte in einem der großen Töpfe, die auf dem Herd standen.

Frederike verkniff sich ein Lächeln. »Wenn Sie etwas brauchen, Schneider, dann wenden Sie sich an mich.«

»Erbarmung«, sagte Schneider, so leise, dass es fast nicht zu hören war. »Jerulis …«

»Gerulis? Was ist mit ihm?«

»Is wie 'n alter Boom, den man hat verpflanzt«, sagte die Köchin zögernd. »Sitzt inne Kammerchen un trauert. Ham Se nich Aufjabe fier ihn?«

»Eine Aufgabe?« Frederike überlegte. »Wir hatten nie einen ersten Diener auf Mansfeld.«

»Nu, dann hamwe jetzt eenen«, sagte Lore und stemmte ihre Hände in die Hüften. »Un wennet is nur fier en paar Taje. Ham viele Jeste, kanner sich machen niezlich.«

»Das stimmt. Wenn es ihm nützt, dann kann er als erster Diener arbeiten.«

»Besser, als wenner tut blasen Triebsal.«

»So machen wir das.« Erleichtert ging Frederike nach oben. Ihr Stiefvater war immer noch nicht vom Amt zurückgekommen. Allerdings saß ihre Mutter nun im Salon und las die Zeitung. Sie blickte nur kurz auf, als Frederike das Zimmer betrat.

»Mutter, hast du etwas dagegen, wenn Gerulis hier als erster Diener antritt? Das Haus ist inzwischen recht voll …«

»Natürlich nicht.«

»Schneider sagte, dass er melancholisch in seiner Kammer hocken würde. Er tut mir leid.«

»Nun, entweder man lässt den Kopf hängen, oder man stellt sich dem, was das Schicksal einem bietet.«

»Wie alt ist Gerulis wohl?«

Stefanie ließ die Zeitung sinken. »Er war schon nicht mehr jung, als ich nach Fennhusen kam, jetzt wird er sicher an die neunzig sein.«

»Überleg mal«, sagte Frederike. Dann schüttelte sie den Kopf. »Ich kann doch diesen alten Mann hier nicht arbeiten lassen.«

»Gib ihm weiße Handschuhe und stell ihn in das Anrichtezimmer. Lass ihn das Decken des Tisches, das Polieren der Gläser und das Anrichten der Speisen überwachen. Er darf auch jeden Morgen Erik die Zeitung bringen – sofern es eine Zeitung gibt. Und er darf sich um die Post kümmern. All das hat er zuletzt auch auf Fennhusen getan. So hat er das Gefühl, noch gebraucht zu werden, überanstrengt sich aber nicht.«

Frederike lächelte. »Das ist eine hervorragende Idee.« Sie setzte sich zu ihrer Mutter. »Ach, Fennhusen, ob ich es jemals wiedersehen werde?«

»Wir werden es abwarten müssen. Aber ich befürchte, dass wir nicht wieder nach Fennhusen zurückkommen werden.«

»Macht dir das keine Angst?«

Nun faltete Stefanie die Zeitung zusammen. »Nein, es macht mich traurig, aber nicht ängstlich. Ich habe viele Jahre auf Fennhusen gewohnt, aber es ist nicht meine Heimat – nicht das Gut, auf dem Generationen meiner Familie gelebt haben. Für Erik sieht das anders aus. Ich habe so viele Stationen hinter mir, Berlin und Potsdam … Es scheint Ewigkeiten her zu sein«, sagte sie nachdenklich. »Aber vielleicht weil es so war, weiß ich, dass es immer irgendwie weitergeht.« Sie schluckte, schaute an Frederike vorbei nach draußen. »Wir hatten ein gutes Leben auf Fennhusen. Es war gut, aber auch anstrengend. Vielleicht bin ich ja in meinem tiefsten Inneren froh, nicht mehr die Verantwortung für so ein riesiges Gut mit all den Leuten, Angestellten und Tieren tragen zu müssen.«

»Wirklich?«

»Kannst du dir das nicht vorstellen? Wird dir das hier nicht manchmal zu viel, Freddy?«

Frederike überlegte. »Es ist mein Zuhause. Und natürlich ist es kein Zuckerschlecken, und sicherlich habe ich so manche Nacht sorgenvoll wach gelegen oder dem Gewitter gelauscht und mir darüber Gedanken gemacht, ob der Sturm die Ernte vernichtet. Habe bei spätem Frost um das Obst gebangt und bei Dürre Regen herbeigesehnt. Aber … ich kann nichts anderes. Was sollte ich tun, wenn ich kein Gut mehr hätte.«

»Du kannst eine ganze Menge, auch wenn du keinen Beruf erlernt hast. Glaubst du, das wird nach dem Krieg wichtig sein? Nein, das wird es nicht. Man wird Hände brauchen, Hände, die anpacken und schaffen.«

»Es kommen tausende Hände aus dem Osten. Alle fliehen in den Westen. Und da wird es so manche Frau geben, die mehr kann als ich. Ich kann ja noch nicht einmal kochen.«

»Das lernt man schnell.«

»Kannst du kochen, Mutter?«

Stefanie senkte den Kopf. »Ich kann ein Menü zusammenstellen, kenne die Rezepte und Zutaten. So schwer wird es ja nicht sein, eine Mahlzeit auf den Tisch zu bringen. Ich hoffe allerdings, dass das nie nötig sein wird.« Sie hob den Kopf. »Aber du, du hast schon immer in der Küche gehockt. Und in dem einen Jahr, zum Muttertag, hast du sogar mitgeholfen. Zusammen mit Thea. Erinnerst du dich?«

Frederike schloss die Augen, lächelte. »Ja. Es gab Geflügelpastete im Teigmantel. Die Zubereitung dauerte eine Woche. Aber ich würde das alleine nie hinbekommen. Immerhin habe ich gelernt, wie man eine gute Suppe kocht und daraus einen Fond. Und ich kann Möhren und Kartoffeln schälen.« Sie lachte auf, es klang bitter. »Aber mehr traue ich mir nicht zu.«

Der Gong schellte zum Mittagessen. Leni stand im Anrichtezimmer und half Ilse beim Auftragen.

»Hast du dich schon eingerichtet, Leni?«, fragte Frederike. Leni war schon immer das erste Zimmermädchen im Haushalt ihrer Mutter gewesen. In jedem Haushalt, den ihre Mutter geführt hatte.

Leni lächelte, aber das Lächeln erreichte nicht ihre Augen. »Das wird schon«, sagte sie leise. »Ich brauch nur etwas Zeit, bin ja nicht mehr die Jüngste.«

Sie hatte letztes Jahr schon graue Strähnen im Haar gehabt, doch nun war sie vollständig ergraut. Die Falten um ihren Mund und in der Stirn schienen wie mit dem Messer gezogen. Früher war ihre Haut immer rosig gewesen, nun hatte sie den Ton von alter Asche.

»Du musst nicht arbeiten«, sagte Frederike leise.

»Was soll ich denn sonst tun? Hab mein Lebtag lang für deine Mutter gearbeitet, Freddy.«

»Ruh dich doch einfach aus. Nachher kommt ein Ofen in deine Kammer. Aber du kannst dich so lange doch in das Gesindezimmer setzen. Dort ist es warm.«

»Um dort was zu tun?« Leni schüttelte den Kopf. »Wenn ich ruhe oder gar die Augen schließe, kommen all die Bilder und Töne. All der Dreck, der Lärm, die Kälte, die Schreie, das Wimmern, die Leichen … das Dröhnen der Panzer neben uns. Und die Angst vor dem Iwan.«

»Ihr seid in Sicherheit. Du bist in Sicherheit«, sagte Frederike mit sanfter Stimme.

»Der Krieg ist noch nicht vorbei. Und der Russe noch in unserem Land.«

Frederike wusste, dass Leni recht hatte, und fand auch keine weiteren Worte des Trostes oder um ihr die Angst zu nehmen.

Sie setzten sich zu Tisch – Onkel Erik war immer noch nicht vom Amt zurückgekommen.

* * *

Am Nachmittag kamen die beiden Franzosen von Großwiesental zurück. Außer zwei weiteren Kanonenöfen brachten sie noch einige andere Kisten mit und einen Brief vom Verwalter des Gutes.

Frederike nahm den Brief, las ihn im Salon. Der Verwalter berichtete über das Gut, er führte es im Auftrag des Reichsnährstandes weiter. Das ging natürlich nur, weil auch dort etliche Ostarbeiter und Kriegsgefangene untergebracht waren. Im Haus waren inzwischen vier ausgebombte Familien aus Berlin einquartiert worden. Der Verwalter schickte Kisten mit Lebensmitteln mit – Vorräte, die Thea noch angelegt hatte.

Liebe Baronin, schrieb er ihr,

ich hoffe, auf Mansfeld ist alles in Ordnung. Wie ich hörte, ist Hittlopp etwas zahmer geworden.

Hier ist alles so weit ruhig, auch wenn wir uns natürlich sorgen, was die Zukunft bringen mag. Von der Baronin habe ich seit Wochen nichts mehr gehört, sie soll aber gut in Schweden angekommen sein. Bitte geben Sie mir doch Bescheid, wenn Sie von ihr oder von Baron Werner etwas hören.

Ich schicke Ihnen zwei Schinken, etwas Speck, Butter und Margarine. Außerdem Zucker und etwas Bohnenkaffee. Die Einquartierten haben keine Skrupel, machen vor nichts halt und plündern nicht nur die Vorräte. Einiges der Habseligkeiten der Herrschaft habe ich wegbringen lassen und in der alten Brennerei versteckt. Ob es hilft? Man weiß es nicht. Heutzutage ist ja viel Gelumpe auf den Straßen – da bin ich froh um unsere Polen und Franzosen, auf die ist wenigstens Verlass.

Frederike senkte das Blatt. Ja, dachte sie, so unterschiedlich ist die Wahrnehmung inzwischen. Für ihre Schwiegermutter, den Verwalter auf Großwiesental und sie selbst gehörten die Franzosen, Polen und die anderen Ostarbeiter zu ihnen, waren fester Teil der Belegschaft, wie die Leute. Das »Gelumpe« auf den Straßen, von denen der Verwalter schrieb, waren Flüchtlinge aus dem Osten, es waren Deutsche. Sie waren verzweifelt, hungrig, fast erfroren und ja – sie waren lumpig, hatten die abenteuerlichsten Sachen an. Und manche gingen buchstäblich über Leichen, um an Essen oder warme Sachen zu kommen. Sie hatten alles verloren und waren auf der Flucht. Unter ihnen gab es sicherlich auch gewalttätige Menschen, Lügner, Betrüger – so wie es sie überall gab. Und ebenso war es bei den Polen, Russen und Franzosen. Sie waren alle Menschen, mit Schwächen und Stärken. Und sie waren alle gezeichnet vom Krieg.

Frederike nahm den Brief wieder auf, las weiter.

Noch unterstehen wir dem Reichsnährstand, aber vielleicht ist der Krieg bald zu Ende und der gnädige Baron Werner kehrt zurück. Ich werde das Gut, solange ich kann, nach bestem Wissen und Gewissen verwalten.

Sollten Sie Hilfe benötigen oder weitere Dinge aus dem Gutshaus, wenden Sie sich bitte ohne Scheu an mich. Ich stehe Ihnen, liebe Frau Baronin, stets zu Diensten.

Ich bin erschüttert, dass Sie noch keine Nachricht von Baron Gebhard erhalten haben, und hoffe sehr, dass er bald nach Hause zurückkehrt.

Hochachtungsvoll …

Sie faltete den Brief sorgfältig, legte ihn in die Schublade mit der aktuellen Korrespondenz.

Von Thea und Werner gab es keine Nachricht, aber es war beruhigend, zu wissen, dass sich um ihr Gut gekümmert wurde.

Es war schon später Nachmittag, als endlich Onkel Erik vom Amt zurückkam. Er sah müde aus, wirkte sehr erschöpft. Stumm reichte er Frederike einen Stapel Marken.

»Erst einmal dürfen wir bleiben«, sagte er leise.

»Hast du Hunger? Soll ich dir etwas zu essen bringen lassen?«

»Eine Tasse Suppe?«

»Aber natürlich. Willst du sofort essen, oder willst du dich erst frisch machen und umziehen?«

»Ich esse jetzt etwas, dann gehe ich zum Betriebshof und sehe nach den Leuten«, sagte er. »Wann gibt es Abendessen?«

Frederike schaute auf die Kaminuhr. »In zwei Stunden. Ich begleite dich zum Betriebshof.«

Sie ließ Ilse etwas heiße Brühe und frisches Brot mit Speck bringen und öffnete eine Flasche Wein. Aus Großwiesental waren auch zwei Kisten mit Wein geschickt worden.

»Warum sollen wir ihn aufheben?«, sagte sie zu Onkel Erik.

Langsam gingen sie die Straße entlang zum Betriebshof. Zwischen den Schnitterhäusern und dem Gemüsegarten waren Leinen gespannt worden, auf der die Wäsche munter in der Frühlingsbrise flatterte. Auch heute waren wieder die Frauen aus dem Dorf gekommen und hatten fleißig eingeweicht, gewalkt, gewaschen, gespült und durch die Mangel gedreht. Dann wurde die Wäsche aufgehängt, während andere Frauen die nun trockene Wäsche vom Vortag bügelten und zusammenlegten.

Im Souterrain war es heiß und feucht, Dampf waberte durch den Flur und nach oben. Die Fenster des Wäsche- und Bügelzimmers standen offen, es duftete nach Seife und Essig, nach Stärke und ein wenig nach dem strengen Geruch, wenn das heiße Bügeleisen zischend die noch leicht feuchten Stoffe trocknete und glättete. Ein sauberer Geruch, der Hoffnung in sich trug.

Zügig stapfte Onkel Erik die Straße entlang. Überall auf den Feldern wurden Dung und Mist ausgebracht, die ersten Äcker wurden gepflügt. Frederike konnte kaum mit ihrem Stiefvater mithalten, ein wenig hatte sie auch das Gefühl, dass er einem Gespräch auswich.

Auf dem Betriebshof angekommen, sah er zuerst nach den Tieren.

Hans und zwei weitere Knechte kümmerten sich um die Pferde, die bei der langen und harten Flucht gelitten hatten.

»Nun, Hans«, sagte Onkel Erik. Er ging zu den Stuten, strich ihnen über die Kruppe, hob die Hufe. »Wir brauchen einen Hufschmied.«

»Heer is 'n Russe, der Petr, der macht das janz ordentlich«, sagte Hans. »Awwer Ruhe broochen de Tiere. Un Hafer. Hamwe hier zum Jliek.«

»Und die Fohlen?«

Hans schüttelte den Kopf. »Zwee trajen noch, awwer …« Er hob die Schultern, ließ sie dann resigniert wieder fallen. »Miessen wir anfanjen nächstes Jahr von vorne.«

»Hoffentlich«, murmelte Onkel Erik. »Und die Kühe?«

»Na, so lala«, meinte Hans. »Werden et schaffen, denk ich. Wenn nüscht mehr kiemmt dazwischen. Awwer Milch jeben se keene.«

Sie fachsimpelten noch ein wenig, während Frederike nach ihren eigenen Tieren schaute. Die Pferde sahen gut gepflegt aus. Zwei Frauen, die ein rotes P für politische Gefangene mit der Herkunft Polen auf der Jacke trugen, molken die Kühe.

»Jnädigste«, grüßten sie Frederike freundlich.

»Ist alles in Ordnung?«, wollte Frederike wissen.

»Ja, ja, jeht schon. Is besser, seit Verwalter is nich mehr da so häufich.«

Frederike zog die Augenbrauen hoch. Kümmerte sich Hittlopp nicht mehr um das Gut? Sie hatte gesehen, dass die Äcker gedüngt und die Felder gepflügt wurden. Auch hier im Stall schien alles seine Ordnung zu haben.

Sollte sie zu Hittlopp gehen?

Inzwischen war Onkel Erik zur Scheune gegangen, um mit den Leuten zu sprechen. Er hatte sich zu ihnen gesetzt – sie hatten aus Kisten einfache Bänke gebaut und reichten ihm Kaffeeersatz aus gerösteten Bucheckern. Onkel Erik beugte sich vor und hörte ihnen aufmerksam zu. Frederike blieb am Scheunentor stehen, die Szene hatte etwas Vertrautes und Intimes – aber sie gehörte nicht mehr dazu. Wenn sie jetzt hineingehen würde, würde sie stören.

»Hans, sag meinem Stiefvater, dass ich wieder nach Hause gegangen bin.«

Hans nickte und tippte sich an die Mütze.

Die Sonne stand inzwischen schon tief über den Wäldern, die ersten Wildgänse kehrten zurück, der Winter mochte vielleicht noch ein kurzes Intermezzo geben, aber der Frühling ließ sich nicht mehr verdrängen. Kurz vor dem Ortseingang blieb sie stehen. Sie meinte, ganz in der Ferne ein leises Grollen zu vernehmen – ein Gewitter, das heranzog? Das konnte nicht sein, am Himmel war kein Wölkchen zu sehen. Wieder lauschte sie, aber nun zwitscherten die Vögel, die Pferde vor dem Pflug wieherten, und in den Ställen muhten die Kühe, die gemolken werden wollten. Vermutlich hatte sie sich verhört. Schnell ging sie weiter.

Als sie auf den Hof einbog, blieb sie überrascht stehen. Vor dem Haus stand der Wagen ihrer Schwiegermutter. War etwas passiert? Gab es vielleicht sogar Neuigkeiten von Gebhard? Ihr Herz pochte, und sie konnte es kaum erwarten, ins Haus zu gelangen. Als sie die große Haustür öffnete, stand Frau Walter vor ihr und hielt ihr einen Topf mit angebrannten Kartoffeln unter die Nase.

»Ne, icke kann nich kochen aufm Ofen, wa? Dat jeht so nich.«

»Jetzt nicht, Frau Walter«, versuchte Frederike die Frau abzuwimmeln.

»Stännich brennt mich wat an, wa?«

»Dann müssen Sie besser aufpassen.«

»Oofpassen?«, rief die Frau verärgert. »Nun passen Se mal oof. Icke soll hier leben mit meene Gören. Un Se sind verantwortlich für uns, wa? Also heute kiecken Se, dat wir wat bekommen ausse Küche. Sonst jeh icke zum Amt.«

»Machen Sie das, Frau Walter«, sagte Frederike und schob die erboste Frau zur Seite. Sie schlüpfte aus den verdreckten Stiefeln, zog ihre Schuhe an, schmiss die dicke Jacke auf den Stuhl in der Diele – aufhängen konnte sie sie später. Dann öffnete sie die Tür zum Salon. Ihre Mutter und ihre Schwiegermutter saßen auf dem Sofa vor dem Kamin, eng zueinandergebeugt. Sie schauten auf und blickten Frederike an. Wieder kam sich Frederike wie ein Eindringling vor.

»Freddy, meine Liebe«, sagte Heide, Frederikes Schwiegermutter, und stand auf, umarmte sie. »Wie geht es dir?«

»Hast du was von Gebhard gehört?«, fragte Frederike fast tonlos.

»Nein. Du?« Heide klang erstaunt.

»Ich dachte … weil du hier bist … mit dem Wagen …«, stotterte Frederike.

»Der Landauer bekommt neue Reifen. Und die Pferde müssen auch erst beschlagen werden. Ich habe mir die Freiheit erlaubt, ein wenig von meinem Benzin zu verbrauchen. Ich hatte gehört, dass deine Eltern hier sind.«

Frederike stieß die Luft aus … die Anspannung wich von ihr, und plötzlich brannten ihre Augen. Sie hatte gleichzeitig gehofft und sich geängstigt – jede Nachricht konnte Anlass für das eine oder das andere sein. Dennoch dachte sie manchmal, dass eine Todesnachricht vielleicht besser wäre, als diese Ungewissheit. Und jedes Mal, wenn sie das dachte, schalt sie sich dafür. Sie wollte Gebhard zurück, warm, lebendig, atmend. Sie wollte ihn festhalten, spüren, riechen, fühlen, hören und sehen. Sie wollte ihr altes Leben zurück, so anstrengend es auch manchmal gewesen war – es war nichts im Vergleich zu jetzt.

»Ich bleibe zum Essen«, sagte Heide. »Lore weiß schon Bescheid.«

»Setz dich, Kind«, sagte Stefanie. »Hast du eigentlich noch einen Aperitif? Die Anrichte ist erschreckend leer.« Dann musterte sie ihre Tochter. »Oder vielleicht machst du dich erst einmal frisch. Wo warst du überhaupt?«

»Mit Onkel Erik auf dem Betriebshof. Er wollte nach den Leuten und nach den Tieren schauen. Er ist noch dageblieben, müsste aber gleich kommen«, erklärte Frederike. Sie schaute auf die Kaminuhr. Es war fast schon sechs. Schnell ging sie in den kleinen Salon, brachte Sherry und Bourbon. »Wir hatten die Wehrmacht einquartiert, da habe ich etliches versteckt.« Sie stellte die beiden Flaschen auf das kleine Tischchen. »Ich mache mich tatsächlich erst einmal frisch. Bedient euch.« Dann eilte sie in die Diele, ging ins Souterrain.

»Lore, wie weit seid ihr mit dem Essen?«

»Ei, fast fertich.«

»Kannst du es noch um eine halbe Stunde verschieben?«

»Sicher, jibt ja keene Soufflés oder so 'n Kram. Ham jute Hausmannskost.«

»Mein Stiefvater kommt etwas später, und ich muss mich auch noch frisch machen. Danke.« Frederike drehte sich um. Dann fiel ihr noch etwas ein. »War die Walter hier unten?«

»Erbarmung.« Lore verdrehte die Augen. »Die Fruu kostet Nerven jewaltich. Hat wieder brennen lassen an Kartoffeln. Was is so schweerich an zu kochen Kartoffeln? Wollt essen inne Jesindestube. Nee, hab ich jesacht. Wir sin voll. Ham jenuch mitte Leute vonne Heemat. Ei, hat se jemacht Theater.«

»Und?«

»Erbarmung«, sagte Köchin Schneider, die wieder am Tisch unter dem Fenster saß und genüsslich grinste. »Ham ihr jesacht Meenung. Jlaub nich, datte kommt weeder so schnell. Awwer wir ham ihr Kartoffeln mitjejeben. Schon jekochte. De Kinderchen kiennen ja nüscht dafier, dasse is so doof.«

Frederike lachte erleichtert auf. »Danke.«

Wenig später saß Frederike gewaschen, gekämmt und in frischen Sachen mit ihrer Mutter und ihrer Schwiegermutter vor dem Kamin.

»Packt eure Sachen«, sagte Stefanie wieder. »Kommt mit uns. Die Russen kennen keine Gnade.«

»Ich kann das nicht glauben«, meinte Heide. »Also, natürlich glaube ich, was du erzählt hast. Wir haben ja auch alle von Nemmersdorf gehört und was die Rote Armee da gemacht hat.«

»Ganz genau. Sie sind wie Tiere. Alle«, sagte Stefanie im Brustton der Überzeugung.

»Das glaub ich nicht, Mutter.«

Stefanie sah sie böse an. »Ich habe gesehen, was ich gesehen habe. Du kannst mir glauben, oder du kannst es lassen. Sie kommen hierher, und sie wollen uns auslöschen.«

»So wie wir sie auslöschen wollten«, sagte Heide leise. Sie legte Stefanie eine Hand auf den Arm. »Reg dich nicht auf. Ich weiß, du hast Angst, berechtigte Angst. Aber wir … nun ja, ich habe lange mit Caspar gehadert, obwohl ich natürlich verstanden habe, weshalb er das tat, was er getan hat. Die Versuche, Hitler damals zu stürzen, waren ohne Erfolg. Seine Aktivitäten beim Widerstand haben uns viele Probleme bereitet. Wir wurden immer misstrauisch beobachtet, auf Schritt und Tritt. Dass Gebhard nun bei der Gestapo in Potsdam einsitzt, ist eigentlich nur folgerichtig – denn er hat seine Überzeugung und Gesinnung nie verstecken können. Er war immer auf der Seite der Gerechtigkeit – auch was die Kriegsgefangenen und ihre Behandlung anging. Und das wird doch wohl anerkannt werden, nicht wahr? Wir waren nie wirklich Teil dieser mörderischen Maschinerie.«

Stefanie schüttelte den Kopf. »So einfach ist das nicht. Mein Sohn Erik ist ein guter Junge, auch wenn er Panzerführer ist. Er verteidigt heute noch sein Land. An das Regime und die Sache glaubt er nicht mehr, aber sein Vaterland …« Stefanie drückte sich das Taschentuch vor den Mund.

Zum Glück betrat in diesem Moment Onkel Erik den Salon, Frederike schenkte ihm einen Bourbon ein.

»Wie geht es den Leuten?«, fragte Stefanie.

»Den Leuten geht es besser als den Tieren. Die Pferde sind schwach, die Fohlen werden wir wohl alle verlieren. Auf der Flucht haben ja schon die meisten verfohlt. Eins lebt noch, Hans versucht, es mit Ziegenmilch aufzuziehen, aber das hat noch nie geklappt. Unsere Stuten haben alle zu wenig Milch, wir können sie nicht als Ammen nehmen.« Er seufzte. »Die Kühe sind auch schwach. Sie brauchen Ruhe. Milch geben sie kaum. Zwei Kühe haben gestern verkalbt, zwei sind noch trächtig. Die anderen müssten wir bald decken lassen, damit sie wieder Milch geben, aber sie werden so bald nicht bullig werden – das ist auch gut so, sie müssen erst wieder zu Kräften kommen.«

»Wir haben zwei Stuten, die gerade gefohlt haben, vielleicht kommen sie als Ammen in Frage?«, sagte Frederike.

»Ja, das sagte Petr auch. Aber er wollte das nicht versuchen, solange dein Verwalter nicht sein Einverständnis gegeben hat. Ich habe versucht, mit diesem Hittlopp zu sprechen, aber er hat mir nicht geöffnet.« Onkel Erik schien verärgert. »Was ist das für ein Idiot, dass er sich nicht ordentlich kümmert? Hättest du die Ostarbeiter nicht, die das meiste selbständig machen, wäre dein Gut am Boden.«

»Ich darf nicht eingreifen. Es gibt einen Gerichtsbeschluss, der Gebhard und mir die Führung des Gutes entzieht.«

»Bald ist der Krieg vorbei«, murmelte Onkel Erik. »Bald … zum Glück.«

Der Gong zum Essen erklang.

»Eine Bitte – vor den Kindern nicht über Flucht und die Russen reden«, bat Frederike.

Lore hatte alles gegeben. Es gab eine kräftige Brühe mit Einlage als Vorspeise. Anschließend geschmortes Kalbfleisch. Es war ganz zart. Nur Frederike und Onkel Erik wussten, dass es von den viel zu früh geborenen Kälbern stammte. Lore hatte das Fleisch gut gewürzt –

Rosmarin und Thymian gab es zum Glück reichlich. Dazu reichte sie einen Stampf aus Steckrüben, den sie mit Karotten verfeinert hatte. Auch Erbsen gab es noch. Sie waren im Frühherbst im Garten getrocknet worden und wurden im Keller aufbewahrt. Eigentlich nutzte Lore die Erbsen sonst nur für die Suppe oder deftige Eintöpfe, aber diese hatte sie schon gestern in Wasser eingelegt, es immer wieder ausgetauscht, und heute hatte sie die Erbsen auf kleiner Hitze langsam gekocht.

Und tatsächlich gab es schon den ersten feinen Giersch, den Lore als Salat reichte. Es war nicht viel, aber die Blätter waren ganz fein und schmackhaft, zartgrün und glänzend – der erste Beweis, dass die Natur den Winter wieder einmal besiegt hatte.

Zum Nachtisch hatte Lore zum Entzücken der Kinder Eis machen lassen. Noch war der Eiskeller gut gefüllt. Im Januar hatten sie noch einmal dicke Brocken aus der Stepenitz geschnitten und in den Erdkeller geschleppt. Tief eingegraben in der Erde, ausgelegt mit Steinplatten und gepolstert mit Stroh, lagen dort die Eisblöcke dicht an dicht, mit Lagen von Stroh und Salz, und meist reichte es bis in den Herbst, wenn der erste neue Frost kam.

Die Eisherstellung war jedoch sehr aufwendig, die zerkleinerten Brocken kamen in einen besonderen Bottich und mussten stundenlang gerührt werden, damit es cremig wurde. Lore hatte Kirschkompott hinzugefügt, und alle aßen mit Genuss.

»Und nun ins Bett«, ermahnte Frederike die beiden Mädchen. »Ich komme gleich noch einmal.«

Ihre Eltern, ihre Schwiegermutter, Ali und Gilusch folgten ihr in den Salon. Irmi ging nach oben, um nach ihrer Tochter zu schauen. Frederike versorgte alle mit Getränken, folgte dann Irmi.

Wanda, das Kindermädchen, saß an Klein Gebbis Bett. Er schlief schon. Doch Wanda hatte rot unterlaufene Augen. Frederike betete mit Fritzi und Mathilde, überwachte ihr Zähneputzen, dann ging sie zurück ins Kinderzimmer, winkte Wanda zu sich in die kleine Kammer, die sich die Polin mit Else, dem anderen Kindermädchen, teilte. »Was ist passiert?«, fragte sie. Eigentlich zog sie alles nach unten zu ihrer Familie. Sie wollte mit ihnen die Lage besprechen, fühlte, dass ihr Stiefvater etwas bedrückte.

Wanda wischte sich über die verheulten Augen. »Ich mache mir so Sorgen«, flüsterte sie. »Meine Schwester ist in Ravensbrück …«

Ravensbrück war das Frauenkonzentrationslager bei Sachsenhausen. Frederike wusste schon vor der Befreiung von Auschwitz, was Konzentrationslager waren. Unter der Hand konnte man es erfahren, wenn man hin- statt weghörte. Die Judenvernichtung war kein Geheimnis, aber viele Leute wollten es einfach nicht wahrhaben.

»Die Lager werden geräumt«, sagte Wanda nun. »Alle Gefangenen, die zu schwach sind, werden nach und nach getötet«, wisperte sie. »Andere müssen gehen – kommen auf Züge oder müssen laufen. In Sachsenhausen sind schon Transporte aus Auschwitz angekommen. Es muss schrecklich sein.«

»Ja, davon habe ich gehört«, sagte Frederike bekümmert.

»Ich habe Angst um meine Schwester.«

Frederike nahm Wanda in den Arm. Die Frau weinte nun haltlos.

»Sh, sh. Der Krieg ist bald vorbei.«

»Aber was, wenn es nicht rechtzeitig genug ist?«

Darauf hatte Frederike keine Antwort. »Wenn du etwas hörst … und wir etwas tun können …«, sagte sie hilflos.

»Danke.« Wanda wischte sich die Tränen ab. »Danke. Es tut mir leid. Ich wollte Sie nicht belasten.«

»Ach, Wanda. Du belastest mich nicht. Mir tut es leid.«

»Sie haben mein Leben gerettet. Sie und Ihr Mann. Vielleicht kann ich mich irgendwann dafür revanchieren.«

»Mach dir darüber keine Gedanken.«

Nachdenklich ging Frederike nach unten. Sie wünschte, sie könnte Wanda helfen, aber es gab nichts, was sie tun konnte.

Im Salon saßen alle um das Feuer und diskutierten miteinander. Es schien wieder um die Flucht zu gehen. Frederike mischte sich ein Glas Gin Tonic und setzte sich dazu. Onkel Erik sah sie an, es schien, als hätte er nur darauf gewartet, dass sie kam.

»Ich war heute beim Bürgermeisteramt«, sagte er mit seiner ernsten und sonoren Stimme. Alle schwiegen plötzlich.

»Ich habe uns hier angemeldet, hier auf dem Burghof. Der Ort ist verpflichtet, Flüchtlinge aufzunehmen. Ganz klar geregelt ist das alles aber nicht, denn die Herren in Berlin hatten nicht mit so einer Fluchtwelle gerechnet.«

»Natürlich nicht«, schnaubte Stefanie. »Gauleiter Koch wollte ja den Treck mit aller Macht verhindern. Er hat sogar mit Hinrichtungen gedroht.«

Erik nickte. »Nun sind wir aber hier. Wir haben auch Lebensmittelmarken bekommen. Ob sie etwas wert sind, weiß ich jedoch nicht. Schließlich müsst ihr für die Lebensmittel sorgen, die verteilt werden sollen.«

»Wunderbar«, sagte Frederike verdrossen. »Wir bauen Kartoffeln und Weizen an, lassen das Getreide zu Mehl mahlen, backen das Brot, geben es ab und können es dann über die Marken wieder eintauschen.«

»So in etwa scheinen sie es sich vorzustellen. Was natürlich Schwachsinn ist – und im Grunde wusste der Reichsamtsleiter das auch.« Er trank einen Schluck. »Jedenfalls sind wir erst mal hier gemeldet und dürfen bleiben – auch die Leute auf dem Betriebshof. Wir bekommen sogar Marken für das Viehfutter aus deinem Bestand, Freddy.«

»Ich gebe es lieber euch als sonst wem.«

»Außerdem«, fuhr Erik fort, »bist du, solange wir hier sind, von der Liste gestrichen, um Ausquartierte aufzunehmen.«

»Gott sei Dank«, seufzte Frederike. »Kann ich auch die, die schon hier sind, wieder fortschicken?«

»Diese grässliche Familie oben in der Mansarde?«, fragte Gilusch. »Die sind ja furchtbar. Die Frau keift den lieben langen Tag.«

»Und sie lässt ihr Essen anbrennen. Gelüftet hat sie erst auf meinen Hinweis hin«, fügte Stefanie hinzu. »Ich habe unser Schlafzimmer vorsichtshalber abgeschlossen, wer weiß …«

»Ich habe auch drei Familien einquartiert. Zwei schon länger, eine seit letzter Woche«, sagte Heide. »Es sind Frauen mit ihren Kindern. Einmal ist auch der Großvater dabei, bei der anderen Familie die alte Tante. Natürlich sind es einfache Familien. Sie kommen aus der Hauptstadt, haben dort in engen Wohnungen gewohnt, sind mit dem Leben auf dem Gut nicht vertraut.«

»Die Kinder sprechen Gossensprache«, sagte Stefanie.

»Ja, das tun sie.« Heide nickte. »Sie sind laut, sie haben keine Manieren, sie kennen unsere Art zu leben nicht. Dafür können sie aber nichts. Sie sind ausgebombt und haben alles verloren. Ihre Männer sind gefallen, in Gefangenschaft oder immer noch an der Front. Sie haben die Bombenangriffe auf Berlin überstanden und sollten dankbar sein, hier Unterschlupf zu bekommen. Doch sie hadern mit ihrem Leben – denn ihr einstiges Leben haben sie verloren.« Heide sah in die Runde. »Wir haben sie uns nicht als Mitbewohner ausgesucht, aber sie haben uns auch nicht ausgesucht. Sie wurden in einen Zug gesteckt und hierhergebracht. Und nun müssen sie sich mit ganz anderen Gegebenheiten abfinden. Sie haben keine Küche, sondern nur einen kleinen Ofen. Darauf ordentlich zu kochen ist wahrscheinlich unmöglich – ich weiß es nicht. Ich könnte noch nicht mal in unserer großen Küche kochen. Also sollten wir ihnen etwas mehr Anteilnahme und Nachsicht entgegenbringen, findet ihr nicht?«

Plötzlich waren alle stumm. Frederike senkte beschämt den Kopf.

»Wie machst du das mit den Mahlzeiten?«, fragte sie Heide leise.

»Die Familien kochen oft Eintöpfe, und das scheinen sie hinzubekommen. Sie bekommen Brot und Speck aus der Küche, manchmal auch Wurst und Fleisch. Alles, was man braten muss, macht unsere Köchin, die Familien müssen dafür die Marken bei ihr abgeben. Das, was sie bekommen, müssen wir nicht mehr an den Reichsnährstand abgeben.«

Frederike nickte. »Ja, das ist eine gute Lösung. Ich werde das mit Lore besprechen.«

Onkel Erik räusperte sich und sah Stefanie an. »Ich habe noch etwas anderes auf dem Bürgermeisteramt erfahren.« Er stockte. »Die Russen stehen an Oder und Neiße. Sie sind schon bis Stettin vorgedrungen.«

»Was?« Stefanie sah ihn entsetzt an.

»Noch halten unsere Truppen die Brückenköpfe, aber vielleicht ist es nur eine Frage von Wochen. Machen wir uns nichts vor – der Krieg ist verloren.«

»Je schneller Hitler kapituliert, umso besser«, sagte Stefanie.

»Der Führer ist in Berlin, aber er hat sich wohl in seinem Bunker verschanzt. Er pocht darauf, die Grenzen zu verteidigen, und denkt nicht an Aufgabe.«

»Ich will hier weg. Morgen schon«, sagte Stefanie und stand auf. »Keinesfalls falle ich den Rotarmisten in die Hände. Lieber bringe ich mich um.«

»Setz dich, Steff«, sagte Erik in einem Ton, der keinen Widerstand zuließ. Stefanie ließ sich wieder in den Sessel sinken.

»Hast du etwas vom Kurland gehört?«, fragte Irmi leise.

»Nichts Konkretes. Die Kämpfe toben.«

Irmi schlug die Hände vor das Gesicht. »Und mein Mann? Mein armer Mann?«

Frederike legte ihr den Arm um die Schultern, drückte ihre Schwester an sich. »Keine Nachrichten sind gute Nachrichten – schlechte

Nachrichten reisen schnell«, sagte sie. Alle wussten, dass dies früher stimmte, aber jetzt keine Gültigkeit mehr hatte. Alle funktionierenden Netze – ob nun Schienenverkehr, Post oder Versorgung – brachen nach und nach zusammen.

Irmi nickte, sie wollte ihr einfach glauben.

»Was hast du nun vor, Erik?«, fragte Stefanie mit erstickter Stimme.

»Das müssen wir zusammen überlegen. Die Amerikaner sind an zwei Punkten über den Rhein – sie haben die Brücke von Remagen eingenommen, bevor sie zerstört wurde, und auch bei Wesel haben sie den Rhein überquert und marschieren nun in Richtung Berlin. Sie haben das Ruhrgebiet eingekesselt, es wird sich nicht lange halten. Das Heeresoberkommando hat, soweit ich es verstanden habe, viele Truppen aus dem Westen abgezogen, um wenigstens die Ostfront gegen die Rote Armee zu verteidigen. Das gibt uns ein wenig Hoffnung.«

»Wir sind nördlich von Berlin …«, sagte Frederike. Vielleicht sind die Amerikaner vor der Roten Armee hier.«

»Vielleicht kapituliert der Führer ja doch«, warf Ali ein. »Die Lage ist ja hoffnungslos.«

»Und wenn nicht?«, fragte Stefanie.

»Ich werde nach Lübeck schreiben. Und dann werden wir sehen. Aber sowohl Mensch als auch Tier brauchen eine Pause. Wir müssen uns alle erholen, uns ausruhen, zu Kräften kommen. Und wir brauchen ein relativ sicheres Ziel, einen Ort, wo wir unterkommen können.« Er seufzte. »Auch wenn ich weiß, dass das so nicht mehr möglich sein wird.«

»Was meinst du damit?«, fragte Gilusch.

»Nun, wo auch immer wir landen werden, wir haben kein Gut mehr und werden auch nie wieder eines besitzen. Wir brauchen keinen ersten Diener, kein Kammermädchen, keine Köchin … keinen Kutscher und keinen Schweizer.«

»Was soll denn aus den Leuten werden?«, fragte Gilusch wieder.

Erik schüttelte den Kopf. »Das weiß ich nicht. Aber sie haben ihre Arbeit gelernt, werden ganz sicher eine andere Anstellung finden – bis auf die Alten wie Gerulis.«

»Erst einmal bleibt ihr hier«, sagte Frederike mit Nachdruck. »Und erholt euch.«

»Wir werden den Frontverlauf beobachten.« Onkel Erik sah Frederike und Heide an. »Und wie gesagt: Ihr solltet vorsorgen – packt die wichtigen Sachen schon ein. Schmuck, Papiere, Wertgegenstände. Seht zu, dass die Wagen in Schuss sind, dass alles schnell greifbar ist.«

»Ich gehe hier nicht weg«, sagte Heide mit Nachdruck. »Ich wüsste gar nicht, wohin.«

»Das wissen die meisten nicht, liebe Heide. Aber hierzubleiben ist keine gute Alternative, wenn die Front kommt.«

»Die Front wird doch nicht durch die Prignitz verlaufen?«, fragte Frederike erschrocken.

»Weißt du es? Ich weiß es nicht. Es gab immer viele Spekulationen, wie der Frontverlauf sich entwickelt. Wenn es nach dem Führer gegangen wäre, hätten wir inzwischen ganz Russland erobert und das Deutsche Reich bis an den Pazifik ausgedehnt. Aber er hat sich übernommen – er hat uns alle geopfert für seinen Größenwahnsinn.«

»Erschreckend, dass Caspar und seine Freunde das schon 1938 geahnt haben«, sagte Frederike und schüttelte den Kopf. »Er hat es mir damals gesagt, er hat gesagt, dass Hitler die ganze Welt in Brand setzen will, und so ist es gekommen. Die Verlierer sind wir.«

»Nein«, sagte Onkel Erik. »Die ganze Welt hat verloren. Der Krieg hat vor kaum einem Land haltgemacht. Es ist der zweite große Weltkrieg, noch größer, brutaler und schrecklicher als der Große Krieg. Keiner hätte geglaubt, dass die Geschichte sich so wiederholt. Aber sie hat sich nicht nur wiederholt – sie hat sich potenziert. Die Waffen sind gewaltiger, die Fronten größer, die Verluste auf allen Seiten unglaublich hoch. Es gibt doch kaum eine Familie, die nicht betroffen ist.« Er seufzte. »Genug der traurigen Worte. Lasst uns noch ein Glas trinken und dann zu Bett gehen.«

Kurze Zeit später verabschiedete Heide sich. Ihr Chauffeur kam aus dem Gesindezimmer, wo er versorgt worden war, und startete den Wagen.

»Ich lasse die Kutschen alle auf Vordermann bringen«, sagte Heide zu Frederike, die sie zur Tür brachte. »Nur für den Fall. Und die Pferde auch. Mit Automobilen zu fliehen ist Blödsinn, wir haben kaum noch Treibstoff, und unterwegs wird es auch nichts geben.«

»Du rechnest doch mit einer Flucht? Du planst sie schon?«, fragte Frederike entsetzt.

»Ich rechne mit gar nichts mehr und mit allem, meine Liebe«, sagte Heide. »Dennoch finde ich, man sollte auf alle Eventualitäten eingerichtet sein. Und das, was dein Vater gesagt hatte – Koffer mit Schmuck und wichtigen Sachen packen –, hat Hand und Fuß. Und selbst wenn wir die Koffer auch nur irgendwo verstecken, wenn die Rotarmisten oder sonstiges Gelumpe kommen. Man weiß ja nie. Nein, eigentlich will ich nicht weg. Aber eigentlich … das Leben ist oft unverhofft.« Sie küsste Frederike auf beide Wangen. Ihre runzelige Haut war warm und weich. Einen Moment hielten sich die beiden Frauen – eine alt, eine jung, beide Baroninnen Mansfeld – fest.

»Wenn nur Gebhard wieder da wäre …«

»Er wird schon kommen, Freddy, daran glaube ich ganz fest. Und nun – gute Nacht.« Mit erhobenem Kopf und geradem Rücken ging sie die Treppe hinunter zum Wagen. Unten angekommen drehte sie sich noch einmal um. »Ich komme wie immer am Sonntag zum Essen, wenn es recht ist.«

»Das wäre wundervoll. Bis dahin.«

Irmi hatte schon längst den Salon verlassen und war nach oben ins

Kinderzimmer gegangen, auch Ali und Gilusch hatten sich zurück-gezogen. Nur Stefanie und Onkel Erik waren noch da.

»Kind, ich habe einige Schmuckstücke mitgenommen«, sagte Stefanie nun. »Etwas davon ist für dich. Allerdings nur, wenn du auch fliehst. Es soll nicht der Roten Armee in die Hände fallen. Ich hoffe, du verstehst das. Du wirst es erben, wenn ich es über den Krieg retten kann.«

»Mutter, ich glaube, Schmuck ist gerade das Letzte, worum ich mir Gedanken mache. Vielleicht braucht ihr ihn, um euch damit zu finanzieren. Ich mache mir im Moment keine Gedanken um mein Erbe, sondern um unsere Zukunft.«

»Ich wollte es nur gesagt haben.« Stefanie stand steif auf. »Gute Nacht.«

Frederike seufzte, nachdem die Mutter gegangen war.

»Du kennst sie«, sagte Onkel Erik versöhnlich. »Sie meint es nicht böse, sie hat nur oft eine unglückliche Art, sich auszudrücken.«

»Du sprichst wahre Worte gelassen aus«, meinte Frederike.

Onkel Erik schaute sie an. »Darf ich rauchen?« Er zog ein Zigarettenetui aus der Tasche.

»Natürlich.« Frederike lachte leise. »Aber erlaubst du, dass ich die Türen zum Gartenzimmer öffne und dort die Fenster aufmache? Nicht wegen der Zigaretten, um Gottes willen, nur zum Durchlüften. Dann muss Ilse nachher nicht mehr so lange aufbleiben.«

»Die Nächte sind zwar noch kalt, aber mit der Kälte auf dem Treck sind sie nicht zu vergleichen. Mach ruhig, Kind.«

Frederike stand lächelnd auf. Es war beruhigend, dass Onkel Erik sie in manchen Momenten immer noch »Kind« nannte. Es war weder despektierlich noch verniedlichend gemeint. Es war einfach ein Zeichen seiner Zuneigung und ihrer inneren Verbundenheit, obwohl sie doch gar nicht miteinander verwandt waren.

Sie öffnete die Flügeltüren zum Wintergarten und dort die großen

Fenster und die Tür auf die Veranda. Kurz schaute sie hinaus in den Park. Über der Stepenitz tanzte der Nebel, doch oben beim Burgfried war die Luft klar, und die Sterne glitzerten über dem Turm mit seinen Zinnen. Der Turm hatte viele Jahrhunderte überstanden, war vernichtet und wieder aufgebaut worden – ein ewiges Spiel, doch obwohl es nicht mehr der alte, ursprüngliche Turm war, war er irgendwie immer noch da. So wie wir, dachte Frederike.

Sie setzte sich zu Onkel Erik. Er bot ihr eine Zigarette an. Frederike nahm sie. Sie rauchte nicht oft, alleine nie. In den letzten Monaten hatte sie manchmal zusammen mit Thea geraucht. Eigentlich schmeckte ihr der Tabak nicht, aber dennoch hatte es etwas Beruhigendes – an der Zigarette konnte man sich festhalten, wenn man innerlich zitterte.

»Ihr werdet weiterziehen«, sagte Frederike – es war eine Feststellung, keine Frage.

»Ja, das werden wir.«

»Schade.«

»Nein, Kind. Wir werden weiterziehen müssen. Deine Mutter könnte nie hier zusammen mit dir auf deinem Gut leben. Das könnte sie einfach nicht, und du weißt es. Es war schon schwer damals, als sie sich mit Edel arrangieren musste. Hier wäre sie noch nicht einmal die zweite Nummer, sondern stände irgendwo und hätte keine Handlungsbefugnis.«

»Ich könnte das regeln …«

»Nein, dass könntest du nicht. Wir müssen neu anfangen, ganz neu. Wir müssen uns neu erschaffen, neu erfinden – und du wahrscheinlich auch.«

»Erst, wenn ich Gebhard wiederhabe«, sagte Frederike und spürte, wie sich ihr Bauch vor Sehnsucht zusammenzog. Mutter und Onkel Erik hatten alles verloren – aber sie hatten noch sich. Sie liebten sich und würden füreinander da sein. Frederike hatte zwar noch jede

Menge Leute um sich, aber im Grunde war sie alleine. Und sie trug die Verantwortung – für die Kinder, die Leute und das Gut.

Sollte sie mit ihren Eltern fliehen? Oder wäre es besser, zu bleiben? Sie wusste es nicht. Aber diese Entscheidung hatte sie zu treffen, solange Gebhard nicht da war.

Gebhard, ihr Gebhard. Nie hatte sie ihn mehr gebraucht als jetzt.

* * *

In den nächsten Tagen verfolgten sie die Nachrichten genau. Vor allem die Berichte der BBC hörten sie – wieder einmal verborgen im Kartoffelkeller. Die Leute, die noch im Haus waren, würden sie nicht verraten, niemals, aber Frau Walter vertrauten sie nicht. Sie lauschten den dumpfen Glockenschlägen, die die Nachrichtensendung einleiteten. Frederike jagte die monoton klingende Stimme jedes Mal einen Schauer über den Rücken. »Hier ist England. Hier ist England. Hier ist England!« Sie suchten auch nach anderen Sendern, inzwischen gab es einige, das Reich wurde immer kleiner, und aus den eroberten Gebieten sendeten nun auch wieder freie Radiostationen. Und es gab den Deutschen Freiheitssender 904, den sie manchmal empfangen konnten.

Der Frontverlauf im Osten blieb vorerst stabil, soweit sie es beurteilen konnten. Die Nachrichten meldeten Kriegshandlungen hinter der Frontlinie.

»Die Russen räumen von hinten auf«, sagte Onkel Erik. Er ließ die Räder der Wagen neu beschlagen. Hatte Kabel nach Lübeck geschickt. In Lübeck hatten sie Verwandtschaft und Bekanntschaft. Und dort würden die Engländer sein – sie rückten zumindest immer mehr vor.

»Alles, aber nur nicht die Russen« war ihre Parole.

Kapitel 12

•◆•

Anfang April war der Frühling eingekehrt, ein laues Lüftchen wehte über das Land, vertrieb den Geruch der Jauche, die auf den Feldern ausgebracht worden war. Die Zugvögel kehrten heim, die Störche bezogen ihre alten Nester, die Schwalben richteten sich wieder unter den Dachtraufen und in den Ställen ein, und die Kraniche pausierten auf den Feldern, bevor sie weiter nach Osten und Norden zogen. Was mochten sie dort vorfinden? Keiner wollte es sich ausmalen.

Dann kam der Tag des Aufbruchs. Frederike hielt wie immer die Andacht in der Früh. Diesmal kämpfte sie mit den Tränen. Sie hatte Verständnis für ihre Mutter – Stefanie drängte schon seit Tagen darauf, endlich weiterzufahren. Die Angst vor den Rotarmisten wurde immer größer. Auch bei Frederike machte sich ein mulmiges Gefühl breit. Mehrfach hatte sie sich mit Onkel Erik und Heide beraten, sich dann aber dazu entschlossen, doch in Mansfeld zu bleiben. Auch Heide wollte nicht fliehen.

»Zusammen«, sagte sie, »werden wir es schon überstehen. Und dieser Krieg kann nicht mehr lange dauern.«

»Jeder weitere Tag ist einer zu viel«, meinte Frederike. Sie war dem Rat ihres Stiefvaters gefolgt, hatte Schmuck und Wertgegenstände, Wäsche und Konserven gepackt. Auch die großen Leiterwagen hatte sie kontrollieren lassen. Das Zaumzeug lag griffbereit – wenn es sein musste, konnten sie schnell aufbrechen. Doch sie hoffte noch immer, dass es nicht dazu kommen würde.

Nach dem Vaterunser sah sie ihre Familie an. Ihre beiden Schwestern, den jungen Bruder, ihren Stiefvater und schließlich ihre Mutter. Sie versuchte sich die Gesichter gut einzuprägen – vielleicht würde sie sie nie wiedersehen. Auch wenn sie sich jetzt noch vor der Roten Armee befanden und weiter in den Norden zogen, war das Unternehmen nicht ungefährlich. Immer wieder wurde von Tiefffliegern berichtet, die Trecks beschossen. Und immer noch war jede Menge Militär auf den Straßen. Doch auch der Strom der Flüchtlinge schien nicht abzubrechen.

Onkel Erik überwachte das Packen. Diesmal waren sie nicht in Hektik, konnten alles besser verstauen. Zudem herrschte keine klirrende Kälte mehr. Dennoch gab Frederike ihnen noch weitere Decken mit, denn sie wussten ja nicht, ob sie unterwegs Quartiere finden würden oder draußen nächtigen mussten.

Lore hatte Kessel voller Eintopf gekocht. Sie opferte die letzten Schinken, sorgte aber mit einer Schwarzschlachtung sogleich wieder für Nachschub.

»Ei, wir ja nich wissen, obwe nich fliehen müssen ooch«, sagte sie und schmierte Brote, die sie in Blechdosen packte. Ihr fiel der Abschied von Köchin Schneider besonders schwer – aus der ehemaligen Vorgesetzten war inzwischen eine gute Freundin geworden.

»Erbarmung, kimmst besuchen mich«, sagte Schneider zu Lore. »Wenn is vorbee all det Elend.«

Lore nickte und wischte sich die Tränen von den Wangen.

Auch Ursa Berndt hatte gepackt. Sie wollte die Chance nutzen, um nach Lübeck zu ihrem Bruder zu kommen.

»Liebe Frau Baronin«, sagte sie zum Abschied. »Ich hoffe, wir werden uns alle bald gesund und munter wiedersehen. Damit meine ich auch Ihren Mann. Er war immer gut zu mir.« Sie wischte sich über die Augen. »Ich fühle mich wie eine Verräterin, wenn ich jetzt fahre.«

»Unfug. Liebes Fräulein Berndt, Sie haben so viel für uns getan.

Dafür muss ich mich bedanken. Hoffentlich geht alles gut. Und ja, wir werden uns sicher wiedersehen.«

Hans brachte die beiden Wagen der Herrschaft zum Gutshaus. Die anderen Wagen hatten sie auf dem Betriebshof schon gepackt. Frederike gab ihnen großzügig Hafer und Heu für die Tiere mit. Doch mittlerweile gab es immerhin auch wieder Gras am Wegesrand.

Irmi packte ihre kleine Tochter in die inzwischen gereinigte Fuchspelzdecke und legte sie in den mit Stroh gepolsterten Wagen, dann umarmte sie ihre Schwester. »Wir werden uns wiedersehen«, sagte sie mit tränenerstickter Stimme. »Bald herrscht Frieden, und wir können neu anfangen.«

»Ich hoffe es sehr«, antwortete Frederike.

Sie konnten die anderen Wagen auf der Straße hören – die Leute vom Betriebshof waren schon aufgebrochen. Nun ging es doch ganz schnell. Köchin Schneider setzte sich in den einen Planwagen, den großen Kessel mit dem Eintopf zu ihren Füßen. Gilusch drückte Frederike an sich, setzte sich dann neben Schneider.

Frederike sah ihre Mutter an, dann fielen sie sich in die Arme. »Pass auf dich auf, mein liebes Kind. Und auf deine Kinder. Zu gerne hätte ich es, wenn ihr mit uns kommen würdet.«

»Ich weiß«, sagte Frederike. »Aber ich kann nicht. Nicht, solange ich nicht weiß, was mit Gebhard ist …«

»Das verstehe ich.« Stefanie küsste sie auf die Wange, stieg dann zügig ein. Ali nahm den Führstrick, und der Wagen setzte sich in Bewegung.

»Falls etwas ist, versuch dich nach Lübeck durchzuschlagen«, sagte Onkel Erik. »Ich hoffe, wir sind bald in Sicherheit – und du wirst immer einen Platz bei uns haben.«

»Danke, Onkel Erik.«

Er nahm den Führstrick des zweiten Wagens, schnalzte leise, das Pferd setzte sich in Bewegung. Noch einmal drehte er sich um, schaute zur Treppe. Dort stand Gerulis, drehte seine Mütze in den Händen, die Tränen liefen ihm über das Gesicht. Er hatte in den letzten Tagen noch die Ruhr bekommen, war zwar nun auf dem Wege der Besserung, aber zu schwach, um den Treck mitzumachen. Er musste hierbleiben.

Frederike sah die anderen Kutschen um die Ecke kommen. Die Kühe waren hinten an die Wagen gebunden, es ging nur gemächlich voran. Ali und Erik führten ihre Wagen gerade rechtzeitig vom Hof, um die Führung zu übernehmen.

Frederike biss sich auf die Lippen, bis sie Blut schmeckte. Die Tränen hielt sie nicht zurück. War es die richtige Entscheidung, hierzubleiben? Oder machte sie gerade einen riesigen Fehler?

Sie blieb auf der Treppe vor dem Haus stehen, bis sie den Treck weder sehen noch hören konnte. Es grummelte in der Ferne, und inzwischen wusste Frederike, dass es keine Gewitter waren.

* * *

Mitte April war es erstaunlich warm, die Sonne schien, und die Vögel zwitscherten. Jeden Morgen gingen die vier Mädchen vom Burghof gemeinsam zur Schule, mittags kamen sie zurück. Dann trennten sich ihre Wege – Clara und Grete gingen in die Mansarde, während Fritzi und Mathilde im ersten Geschoss das Badezimmer aufsuchten und sich die Hände und das Gesicht wuschen. Dann gingen sie zu Wanda ins Kinderzimmer. Schon bald ertönte jedoch der Gong zum Mittagessen. Auch in der Mansarde gab es Essen – mittags meist nur belegte Brote.

Frederike hatte die Küchenregelung ihrer Schwiegermutter übernommen, bevor Frau Walter noch das Haus in Brand setzte. Suppe oder Eintöpfe durfte Frau Walter auf ihrem Ofen kochen, den Rest bekam sie aus der Gesindeküche. Damit war auch Frau Walter zufrieden. Wenn sie ihren kleinen Haushalt in Ordnung gebracht hatte, setzte sie sich oft mit ihrer Stopf- und Flickwäsche in das Gesindezimmer. Manchmal half sie auch bei einfachen Hausarbeiten mit.

Die Luftangriffe auf Berlin nahmen zu. Fast täglich flogen Bomber auf die Hauptstadt. Frederike hatte immer noch nichts von Gebhard gehört. Aber er war in Potsdam und somit einigermaßen sicher, glaubte sie.

Die Alliierten hatten das Ruhrgebiet inzwischen fast ganz erobert und rückten nun immer schneller nach Osten vor. Mitte April erreichten sie die Elbe bei Wittenberge. Aber auch die Ostfront verlagerte sich immer weiter nach Westen.

»Die Amerikaner sind fast bei Wittenberge«, sagte sie eines Samstags zu Heide. »Noch ein paar Tage, und sie sind hier.«

Sie saßen vor dem Haus in der Sonne und stopften Strümpfe. Die Mädchen spielten zusammen im Garten. Ein großer Weidenkorb stand neben ihnen im Schatten. Er war mit Daunenkissen ausgepolstert – Klein Gebbi hielt dort seinen Mittagsschlaf.

Frederike sah zur Straße, dann schaute sie sich hektisch um. Wo waren die Mädchen? Erleichtert stellte sie fest, dass alle vier hinter dem Haus spielten.

»Da«, sagte sie leise zu Heide. »Da hinten auf der Hauptstraße sind wieder welche.«

Heide kniff die Augen zusammen. Fast jeden Tag kamen Flüchtlinge durch Mansfeld. Manchmal baten sie im Burghof um Unterkunft, um etwas zu essen oder Wasser. Meistens jedoch blieben sie oben auf der Hauptstraße. Und dann gab es immer wieder auch andere Trupps, die durch das Dorf kamen. Gerade letzte Woche war ein Trupp von zwanzig Kriegsgefangenen in Mansfeld angekommen. Es waren englische und polnische Soldaten. Sie wurden in der Scheune auf dem Betriebshof untergebracht. Die Männer waren halbtot – sie kamen aus dem Stalag 20B in Marienburg. Es hieß, sie seien dort

Ende Januar aufgebrochen und den ganzen Weg bis nach Mansfeld gelaufen. Etliche hatten diesen Marsch nicht überlebt. Nun wusste man nicht so recht, wohin mit ihnen, deshalb sollten sie erst einmal hierbleiben.

Auch diesmal trugen die Männer und Frauen, die langsam und mit gesenkten Köpfen die Hauptstraße entlanggingen, die gestreifte Kleidung der Konzentrationslager. »Die sind sicherlich aus Sachsenhausen«, sagte Heide leise. Es war der Bevölkerung unter Strafe verboten, den Marschierenden Wasser oder Lebensmittel zu geben. Dennoch eilten Frederike und Heide schnell ins Souterrain. Lore hatte immer einige Flaschen mit Wasser und Brote in Körben bereitliegen.

»Wanda«, rief Frederike dem Kindermädchen zu. »Geh bitte nach draußen und pass auf die Kinder auf.« Sie nahm einen Korb, Heide den zweiten, dann gingen sie zur Hauptstraße. Vor dem Pfarrhaus stand die Pfarrersfrau, und auch am Rathaus standen einige Frauen. Alle hatten Körbe dabei. Am Anfang des Trupps gingen zwei Wachsoldaten, in der Mitte war nur einer, und am Ende waren es wieder zwei.

»Ich habe den Bewachern Wasser und Brot gegeben«, sagte die Pfarrersfrau. »Hab ihnen gesagt, dass ich noch mehr für seine Kameraden habe.« Das taten sie immer, denn wie sollten sie sonst ihre Anwesenheit und die Körbe erklären? Nun steckten sie den Gefangenen etwas zu, reichten Becher mit Wasser, kleine Scheiben Brot. Zu viel durfte es nicht sein – wenn die Gefangenen dabei erwischt wurden, dass sie Lebensmittel annahmen, mussten sie mit dem Schlimmsten rechnen.

Das Ende des Zuges kam um die Ecke. Frederike und Heide drückten sich in die kleine Gasse, die am Pfarrhaus vorbei zur Stepenitz führte.

»Einer der Männer hat gesagt, dass die Rotarmisten schon bei Eberswalde stehen«, flüsterte Frederike Heide zu. »Sie werden bald hier sein.«

»Aber der Amerikaner ist doch schon vor Wittenberge – wir sind genau dazwischen. Uns wird nichts passieren.«

»Ich hoffe, du hast recht«, seufzte Frederike.

Sie gingen zurück zum Gutshaus, brachten die Körbe in die Küche. Lore würde sie wieder bestücken. Es war nur wenig, was sie tun konnten.

Klein Gebbi war inzwischen aufgewacht und ging zusammen mit Wanda mit wackeligen Schritten durch das Gras. Er juchzte, als er einen Schmetterling sah.

»So ein herziger Schatz«, sagte Heide wehmütig. »Ich hoffe, sein Vater kommt bald nach Hause.«

Ich hoffe, sein Vater ist noch am Leben, dachte Frederike, sprach es aber nicht aus. Ihr Magen krampfte sich zusammen. Jeder weitere Tag, an dem sie nichts von ihrem Mann hörte, erhöhte die Pein. Diese Ungewissheit war schrecklich.

Während Heide Gebbi nahm und mit ihm spielte, ging Frederike in den Gemüsegarten. Pascal hatte die gläsernen Abdeckungen der Frühbeete angehoben und goss die Setzlinge.

»Wettör is ideal«, sagte er zu Frederike. »Schön warm, Pflanzen wachsön wunderbar.«

»Das wollen wir hoffen«, sagte Frederike. »Noch ist die Gefahr von Nachtfrösten nicht vorbei.«

»Is zu warm«, meinte Pascal und lächelte. »'ab gesät Erbsön ünd Bohnön. 'am gesötzt Kartofföln ünd Zwieböln.«

Sie gingen durch die Beete, schauten nach den Beerensträuchern, die am Rand standen. Überall waren schon Knospen zu sehen. Auch die Obstbäume waren in einem guten Zustand. Sie konnte auf eine reichhaltige Ernte hoffen, wenn nichts dazwischenkam. Und Frederike hatte schon mehr als einmal einen schweren Hagel noch im Mai erlebt. Doch das konnte man ja nicht beeinflussen.

Liebstöckel und Cardy zeigten die ersten vorsichtigen Austriebe, der Schnittlauch steckte seine grünen Spitzen aus der Erde, die ersten dünnen Porreestangen standen im Beet. Auch Spinat gab es schon.

»Es sieht alles gut aus, Pascal«, lobte Frederike. »Aber ich denke, du wirst die Ernte nicht mehr mitbekommen. Bis dahin sollte der Krieg zu Ende sein.«

»'offentlich«, seufzte Pascal. Dann füllte er die Gießkanne wieder mit Regenwasser, das nicht so kalt war wie das Wasser aus dem Brunnen, und fuhr fort, die Setzlinge in den Frühbeeten zu gießen.

Als sie sich am Abend an den Tisch setzten, servierte Gerulis eine frische Kräutersuppe. Danach gab es Steckrübenstampf, den ersten Babyspinat – leicht gedünstet – und Spiegeleier. Denn auch die Hennen hatten wieder angefangen zu legen. Begeistert aßen die Mädchen.

»Nicht so gierig«, ermahnte Heide sie lachend. Gemeinsam brachten sie später die Kinder zu Bett und beteten mit ihnen. Dann setzten sich die beiden Frauen noch eine Weile an den Kamin. Auch wenn es tagsüber schon schöne fünfzehn Grad warm gewesen war, waren die Abende doch noch frisch. Heide hatte eine Flasche Wein mitgebracht, Gerulis ließ es sich nicht nehmen, die Flasche zu öffnen und ihnen einzuschenken.

»Sie können sich jetzt zurückziehen, Gerulis«, sagte Frederike.

Er nickte. »Sehr wohl, Frau Baronin.«

Nachdem er gegangen war, fragte Heide: »Hat er sich gut eingelebt?«

»Nun, ich denke, er ist froh, hier zu sein. Und froh, eine Aufgabe zu haben. Ich habe ihm immer wieder gesagt, dass er nicht arbeiten bräuchte, aber das will er nicht hören. Er will sich nützlich machen.«

»Er ist noch ganz vom alten Schlag. Solche gibt es nicht mehr viele.« Heide nippte am Wein. »Hast du etwas von deiner Familie gehört?«

Frederike schüttelte traurig den Kopf. »Ich hoffe, sie sind inzwischen in Lübeck und ihnen ist nichts passiert.«

Als Heide aufbrach – sie war mit der kleinen Wagonette gekommen –, war der Himmel sternenklar und wunderschön. Frederike brachte sie zur Tür. Der Franzose, der Heides Kutscher war, hatte das Pferd angespannt und fuhr die Wagonette vor. Heide stieg ein, schlug die bereitliegende Decke über ihre Beine. Sie winkte Frederike zum Abschied zu. Die beiden Frauen ahnten nicht, dass in dieser Nacht in Potsdam das Inferno ausbrechen würde.

Auch der Sonntag war sehr mild und sonnig. Nach dem Mittagessen ging Frederike in den Keller, um den täglichen Wehrmachtsbericht im Radio anzuhören. Voller Entsetzen lauschte sie den Worten, die davon sprachen, wie tapfer und erfolgreich die Wehrmacht und die Fliegerverbände Potsdam verteidigt hätten. Aber sie konnte inzwischen zwischen den Zeilen lesen – Potsdam war gestern Nacht von britischen Luftverbänden angegriffen worden. Die Altstadt brannte. Sie suchte den Sender der BBC, aber es kam nur Rauschen.

Sollte sie nach Leskow reiten? Erst einmal versuchte sie, eine Telefonverbindung zu bekommen. Wie durch ein Wunder kam die Verbindung schnell zustande.

»Heide …«

»Ich habe es gehört«, sagte ihre Schwiegermutter mit rauer Stimme.

Sie schwiegen beide, denn es gab nichts, was sie sagen konnten.

»Lass uns beten«, meinte Heide schließlich. »Lass uns für Gebhard beten.«

Frederike erzählte den Mädchen nichts von dem großen Bombenangriff auf Potsdam. Sie hoffte inständig, dass sie es auch in der Schule nicht erfahren würden. Am nächsten Morgen zogen Wolkenschleier über den Himmel. Die Mädchen stapften schwatzend zur Schule, Frederike sah ihnen hinterher. Ihr Gemüt war schwer, in der Nacht hatte sie kaum geschlafen. Aber es half ja nichts, es gab Arbeit, die getan werden musste.

Die Felder wurden bestellt, und im Garten wuchsen nicht nur die Setzlinge und das aufgelaufene Saatgut, auch Unkraut machte sich breit. Im Garten zu arbeiten war für Frederike schon immer die beste Möglichkeit gewesen, um sich abzulenken. Sie holte sich einen Eimer, Harke und Schaufel.

Erst zum zweiten Frühstück kam sie zurück ins Haus. Ihr Rücken schmerzte, an den Händen hatte sie Schwielen. Es war ruhig im Haus, eine gespenstische Ruhe, die ihr Angst machte. Es war, das spürte sie, die Ruhe vor dem Sturm. Lustlos trank sie den Ersatzkaffee, das Brot ließ sie zurückgehen – sie hatte keinen Hunger. Immer wieder dachte sie an Gebhard, an das Gefängnis in der Priesterstraße, nahe der alten Garnison. Was war mit den Insassen wohl geschehen? Wurde ihnen die Möglichkeit gegeben, einen Bunker aufzusuchen? Es hatte viele Tote in Potsdam gegeben, das sagte der Wehrmachtsbericht – ob Gebhard unter ihnen war?

Mittags kamen die Mädchen aus der Schule zurück. Doch diesmal gingen sie nicht nach oben, um sich zu waschen, sondern suchten Frederike.

»Mutter«, sagte Fritzi, ihr Gesicht war ganz bleich. Mathilde weinte leise.

»Oh, Kinder …« Frederike nahm sie in die Arme.

»Hast du es schon gehört? Die Russen stehen vor Berlin. Jetzt wird um die Hauptstadt gekämpft«, sagte Fritzi und schüttelte den Kopf. »Warum passiert das alles?«

»Weil ein paar Männer, allen voran der Führer, wahnsinnig sind«, sagte Frederike. Es war das erste Mal, dass sie sich so vor den Kindern äußerte, und erschrocken sah sie Fritzi an.

»Ja«, sagte ihre Tochter aber nur. »Das sagen jetzt viele. Aber warum hat keiner den Führer davon abgehalten?«

»Einige haben es versucht. Auch euer Onkel Caspar.«

»Kommen die Russen auch hierhin?«, fragte Mathilde ängstlich.

»Ich glaube nicht«, log Frederike. »Und wenn sie doch kommen, werde ich euch schon beschützen.«

»Wann kommt Vater endlich wieder nach Hause?«, wollte Fritzi wissen. »Er muss doch jetzt auf uns aufpassen.«

Frederike wandte sich ab, sie wollte nicht, dass die Mädchen ihre Tränen sahen. Schnell wischte sie sich über das Gesicht, versuchte die Fassung wiederzuerlangen.

»Ich weiß nicht, wann Vater wiederkommt. Ich hoffe, bald.«

An diesem Abend hörte sie den Wehrmachtsbericht im Radio. Es wurde aus Flensburg gesendet, der Sender in Berlin war gestört. Immer noch logen die Machthaber, erzählten von ruhmreichen Kämpfen der tapferen deutschen Soldaten, die den Feind bald zurückdrängen würden. Doch Frederike wusste es besser. Dies war das Ende der Naziherrschaft – sie hoffte, dass es schnell gehen würde.

Auch in dieser Nacht schlief sie kaum. Sie versuchte zu beten, dachte an ihren Mann, an die glücklichen Zeiten, die sie miteinander gehabt hatten. Das konnte doch jetzt, wo endlich Frieden kommen würde, nicht vorbei sein? Jetzt, wo sie endlich die Chance hatten, wieder frei und unbeschwert zu leben?

Am nächsten Morgen stand sie eine halbe Stunde früher auf, schlich sich in die Küche. Lore heizte gerade die große Küchenhexe an. Draußen dämmerte es gerade erst. Da der Strom immer wieder ausfiel, hatte Lore die Petroleumlampe angezündet.

»Nanu«, sagte Lore überrascht, »was machen Se denn so frie hier unten, Jnädigste?«

»Lore, hast du Quark?«

»Ei sicher. Weshalb?«

»Ich brauch Quarkwickel für meine Augen.« Frederike trat vor.

»Erbarmung. Oh, oh!« Lore schlug die Hände vor das Gesicht. »Ei, setzen Se sich.« Sie schob Frederike zu dem großen Küchentisch, zog ihr einen Stuhl heran. Dann holte sie Quark aus dem Eisschrank, strich die Masse auf ein Tuch. »Zuriecklehnen.« Sie legte Frederike den Quarkwickel über die Augen. »Ach, Jnädigste, hab jehiert von Potsdam. Awwer solanje wie nüscht hieren, kann alles noch werden jut.«

Frederike konnte nicht antworten, sie kämpfte schon wieder mit den Tränen. Wie viele Tränen konnte man weinen? Die Kinder durften sie nicht so sehen, so verzweifelt. Nicht jetzt, in dieser schwierigen Zeit.

Lore kramte die Kaffeemühle aus der Anrichte. Dann kroch sie in den Vorratsschrank. »Ei, hab noch versteckt een paar Kaffeebohnen«, flüsterte sie. »Fier Notfall, und dat isset jetzt, 'n Notfall.« Sie mahlte die wenigen Bohnen, brühte Wasser auf. Der Duft zog durch die Küche. Als der Kaffee fertig war, nahm Lore Frederike den Wickel vom Gesicht. »Jehn Se sich waschen mit kaltem Wasser.«

Einer der Franzosen hatte schon Wasser vom Brunnen geholt, es war tatsächlich eiskalt. Aber es tat Frederike gut. Ihre Augen waren vom vielen Weinen ganz zugeschwollen gewesen, jetzt konnte sie wieder besser sehen.

Lore nickte zufrieden und gab ihr die Kaffeetasse.

»Wir teilen«, entschied Frederike und ließ sich auch nicht davon abbringen. Sie tranken in kleinen Schlückchen, genossen das köstliche Getränk.

»Un nu muss ich machen Friehstieck«, sagte Lore.

»Darf ich noch bleiben? Die Küche erscheint mir manchmal wie der geborgenste Ort im ganzen Haus.«

»Ach, Jnädigste, ei sicher kiennen se bleeben.«

Frederike schaffte es irgendwie, die Frühandacht zu halten. Danach frühstückte sie mit den Kindern, schickte sie dann zur Schule. Doch schon eine Stunde später waren die vier Mädchen wieder da.

»Die Schule wurde geschlossen«, erklärte Fritzi. »Da kommen ganz viele Menschen aus Berlin, und die sollen jetzt erst einmal in der Schule wohnen.«

»Wie kann man in einer Schule wohnen?«, wunderte sich Mathilde. Doch dann zuckte sie mit den Schultern und hüpfte nach oben. »Clara«, rief sie, »wollen wir mit den Puppen spielen?«

Frederike war immer wieder von neuem überrascht, wie scheinbar mühelos die Kinder mit den veränderten Gegebenheiten umgingen. Natürlich spürte sie auch die Sorge und die Angst der Mädchen, trotz ihrer Bemühungen, alles Bedrohliche von ihnen fernzuhalten – aber Angst lag einfach in der Luft. Und über die bestialischen Rotarmisten wurde nicht nur getuschelt. Das Propagandaministerium hatte Plakate aufhängen lassen und warnte vor der Roten Armee, die keine Gnade kannte.

Die Mädchen genossen die unerwarteten Ferien, das schöne Wetter kam ihnen gerade recht. Frederike ließ sie spielen, auch wenn sie etwa zwei Stunden am Tag im Garten oder im Haus helfen mussten.

Am Mittwochnachmittag schickte sie Fritzi mit einem Korb in den Gemüsegarten, um frischen Spinat und Guten Heinrich zu ernten. Als Fritzi nach einer Stunde noch nicht wieder zurück war, zog Frederike seufzend ihre Strickjacke über und ging nach draußen.

Sie hatte es schon geahnt, auch Clara und Grete waren im Garten, die Mädchen spielten Verstecken.

»Fritzi!«, rief Frederike ärgerlich. »Du solltest doch …«

In dem Moment quietschte das Tor zum Hof, jemand kam. Frederike drehte sich um und erstarrte. Es war Gebhard. Er sah müde und krank aus, trug einen Rucksack auf dem Rücken.

Fritzi kam um die Ecke, sah ihren Vater und rannte auf ihn zu.

»Vater! Vater! Vater!«, rief sie und schwang sich in seine Arme.

»Endlich bist du wieder da!« Gebhard beugte sich zu ihr herunter, aber er nahm sie nicht hoch, so wie er es im Herbst noch getan hatte.

Endlich löste sich Frederikes Erstarrung, auch sie lief auf ihren Mann zu.

»Gebhard …«, sie konnte es nur flüstern.

Gebhard richtete sich auf, sah sie an. Seine Augen hatten sich verändert, ihnen fehlte das lustige Funkeln, das sie so liebte. Tiefe Furchen hatten sich in sein Gesicht gegraben, die Haut war grau. Für einen Moment schien die Welt stehen zu bleiben, es gab nur sie beide. Frederike trat auf ihn zu, nahm sein Gesicht in die Hände, und dann küssten sie sich, ein langer, warmer Kuss. Es war ein Versprechen an das Leben.

Arm in Arm gingen sie langsam zum Haus. Schweigend – für Worte war später noch genug Zeit. Immer wieder drückte Frederike ihn an sich, drückte seine Hand, sie musste sich vergewissern, dass er es wirklich war, dass er lebte und dass sie nicht träumte.

»Thilde!«, rief Fritzi aufgeregt. »Thilde, komm. Vati ist da. Unser Vater ist endlich wieder da!«

Thilde kam aus dem Gebüsch gekrochen, lief zu ihnen.

»Vati! Vati!«, sagte auch sie. »Oh, Vati!«

Arm in Arm stiegen sie langsam die Treppe empor. Vor der Haustür blieb Gebhard stehen, holte tief Luft und drehte sich um.

»Ich hätte nicht gedacht«, sagte er leise, »dass ich das alles wiedersehen würde. Der Gedanke an Burghof und vor allem der Gedanke an euch haben mich gerettet. Ich wollte unbedingt zu euch zurück.«

»Und jetzt bist du zurück!«, sagte Mathilde und strahlte.

»Wo warst du denn?«, fragte Fritzi. »Und warum sieht deine Haut so komisch aus? Deine Jacke ist ja ganz kaputt. Bleibst du jetzt wirklich ganz hier?«

»Wir haben Einquartierte«, sagte Mathilde eifrig. »Zwei Mädchen. Clara und Grete. Willst du sie kennenlernen? Ich rufe sie.«

»Kinder«, sagte Frederike. »Nun lasst euren Vater doch erst einmal ankommen. Er hat eine lange Reise hinter sich. Geht in den Garten.«

Die beiden fügten sich. Gebhard öffnete die Tür. »Danke«, sagte er nur.

»Willst du etwas essen?«, fragte Frederike.

»Nachher. Ich möchte baden und saubere Kleidung anziehen.« Er sah sie entschuldigend an.

»Das verstehe ich.« Frederike öffnete die Tür zum Souterrain. »Ilse«, rief sie. »Bitte heiz den Badeofen an und mach das Bad fertig. Der Baron ist da!«

»Erbarmung!«, rief Lore. »Isses denn die Möchlichkeet?«

Von unten und oben eilten die Leute in die Halle, sahen Gebhard ehrfürchtig an.

»Willkommen zurück, Herr Baron«, sagte Gerulis und verbeugte sich tief. Alle anderen folgten seinem Beispiel.

»Willkommen daheim!«

»Danke«, sagte Gebhard und versuchte zu lächeln, es gelang ihm nicht ganz. »Gerulis, was machen Sie denn hier?«

»Ich diene jetzt auf Mansfeld«, sagte Gerulis und klang ein wenig stolz.

Verwirrt schaute Gebhard Frederike an.

»Ich erklär dir alles. Es ist eine Menge passiert. Aber erst einmal solltest du dein Bad bekommen. Ilse?«

»Natürlich. Sofort.«

Ilse nahm Pierre mit nach oben. Die Badewanne war immer bis zum Rand mit Wasser gefüllt, falls sich eine Bombe hierherverirren oder es zu Kampfhandlungen kommen sollte. Im Badezimmer stand ein ganzer Stapel Eimer, die sie nun mit dem kalten Wasser füllten – sie wollten es ja nicht verschwenden. Währenddessen heizte der Badeofen schon einmal vor.

Gebhard ging langsam durch die Räume im Erdgeschoss, es war, als müsste er sich vergewissern, dass das Haus immer noch stand. Frederike folgte ihm mit Abstand, sie spürte, dass er noch Zeit brauchte.

»Meine Mutter …?«, fragte er dann.

»Ihr geht es gut. Ich werde sie gleich anrufen. Wir haben uns so entsetzliche Sorgen gemacht, vor allem, nachdem wir von der Bombardierung Potsdams hörten.«

»Ich konnte mich nicht melden – es ist alles kaputt. Nur mit viel Glück bin ich überhaupt hierhergekommen. Es fuhr ein Güterwagen mit lauter Fliegergeschädigten. Sie hatten alle Umsiedlungsmarken von der Volkswohlfahrt. Sie haben mich mitgenommen, obwohl ich nichts von der NSV hatte. Es gibt wohl keine normalen Personenzüge mehr?«

Frederike schüttelte den Kopf. »Hast du was von der Lage in Berlin mitbekommen?«

»Nein, ich weiß nur, dass die Russen vor der Stadt stehen und sie angreifen. Das sollte wohl das Ende sein«, sagte er erschöpft. »Das waren alles Menschen aus Berlin und Potsdam. Wo werden sie hingebracht?«

»Einige sind hier in der Schule einquartiert worden.«

»Herr Baron, das Bad wäre jetzt so weit«, sagte Ilse. »Ich lege Ihnen frische Sachen raus.«

»Danke, Ilse.« Gebhard trat zu Frederike, umarmte sie. »Ich liebe dich. Ich liebe dich so sehr.«

»Und ich liebe dich!«

Nachdem er nach oben gegangen war, ließ Frederike eine Leitung nach Leskow herstellen. Es dauerte eine ganze Weile, doch dann stand die Verbindung.

»Schloss Leskow«, meldete sich eine Stimme, die Frederike nicht kannte.

»Ich möchte die Baronin sprechen.«

»Nee die is nich hier, wa? Die is jetzt inne Verwalterhaus. Müssen Se dort anrufen.«

Frederike hängte ein, wählte wieder die Nummer des Amtes. »Bitte eine Leitung zum Verwalterhaus in Leskow.«

Diesmal ging es schneller, und eine aufgelöste Heide meldete sich. »Baronin Mansfeld.«

»Freddy hier, Heide, was machst du im Verwalterhaus? Und wer ist im Schloss an den Apparat gegangen?«

»Das sind alles Ausquartierte, Fliegergeschädigte. Jemand von der Volkswohlfahrt kam heute Morgen und hat mich angewiesen, das Schloss zu räumen. Wir hocken jetzt hier alle im Verwalterhaus, und es kommt ein Lastwagen nach dem anderen mit Leuten, die nun im Schloss wohnen sollen.« Heide klang ganz verzweifelt. »Ich konnte nichts dagegen tun.«

»Heide – Gebhard ist zurück«, sagte Frederike nun atemlos.

»Was?«

»Gebhard, er ist hier. Er ist vorhin mit einem Güterzug voller Leute gekommen.«

»Gib ihn mir! Gib ihn mir! Mein Gebhard.«

»Er ist oben und nimmt ein Bad.« Frederike senkte die Stimme. »Wir haben noch nicht viel geredet«, flüsterte sie. »Er sieht furchtbar aus – ganz verhärmt und krank.«

»Ich komme. Ich will ihn sehen.« Heide hängte ein.

Einen Moment schloss Frederike die Augen. Sie wusste nicht, ob es Gebhard recht war, dass seine Mutter kam. Aber sie konnte Heide verstehen, die ihren Sohn endlich wieder in die Arme schließen wollte. Sie würde sich versichern wollen, dass es ihm wenigstens einigermaßen gutging.

Frederike ging nach unten in die Küche.

»Lore, du hast den Baron ja gesehen, ich glaube, er ist ganz entkräftet.«

»Ei, habich.« Lore nickte eifrig. Sie zeigte nach draußen in den Hof, wo Pierre saß und eine Taube rupfte. »Hab Hals umjedreht vier Teibchen. Bringt jute kreeftije Briehe, de Teibchen.«

»Das ist gut, Lore. Wir müssen ihn wieder aufpäppeln.«

»Ei sicher, dat machen we schon!«

Nachdem Gebhard gebadet hatte, legte er sich hin.

»Brauchst du etwas?«, fragte Frederike ihn besorgt. »Willst du etwas essen?«

»Mir geht es nicht gut, Freddy«, gestand er. »Ich hatte eine Erkältung, sie ist mir auf das Herz geschlagen. Angina Pectoris, sagen die Ärzte. Ich soll mich schonen, aber da habe ich ja auch keine Alternative.«

»Angina Pectoris?«, sagte Frederike. »Heilt das wieder?«

»Mit viel Ruhe, wurde mir gesagt. Wie steht es um das Gut?«

»Hittlopp verwaltet es noch immer. Ich darf allerdings den Betriebshof seit einigen Wochen wieder betreten und nach den Pferden schauen. Was den Rest angeht – ich weiß es nicht. Die Felder wurden gedüngt, und einige sind schon bestellt. Weizen gedrillt, Kartoffeln gelegt. Aber zum größten Teil kümmert er sich nicht mehr wirklich darum. Zum Glück haben wir zwei tüchtige Vorarbeiter.«

»Und hier?«

»Noch geht hier alles seinen Gang. Aber die Russen kommen immer näher. Die westlichen Alliierten stehen bei Wittenberge. Wir hoffen die ganze Zeit, dass sie über die Elbe kommen und die Prignitz befreien – aber jetzt scheint das vorangige Ziel Berlin zu sein.« Frederike überlegte, was sie ihm noch zumuten konnte, was ihn interessierte. Gebhard hatte die Augen geschlossen, er atmete schwer. »Ich habe deine Mutter angerufen …«

»Kommt sie?«

»Ja.«

»Ich muss mich einen Moment ausruhen, ich komme aber gleich nach unten«, sagte er.

Schon bald konnte Frederike das Knattern von Heides Automobil auf der Straße hören. Heide wartete nicht, bis ihr Chauffeur ausgestiegen war und ihr die Tür öffnete, sondern stieg aus dem Wagen und eilte die Treppe nach oben zu Frederike.

»Wo ist er? Wie geht es ihm?« Tränen standen ihr in den Augen.

»Er hat sich hingelegt«, sagte Frederike. »Komm.« Sie zog ihre Schwiegermutter in den Salon. »Er sieht schlecht aus, die Haut ganz grau und straff, und müde ist er. Außerdem hat er eine Angina Pectoris.« Frederike schluckte.

»Wird er wieder gesund?«

»Das weiß ich nicht. Er sagte, er bräuchte Ruhe. Ich habe noch gar nicht wirklich mit ihm gesprochen.«

»Aber er ist da, und er lebt«, seufzte Heide.

»Ja.« Erst jetzt schien sich der Ring, der beklemmend um Frederikes Brust gelegen hatte, zu lösen. »Ja, er ist da, und er lebt.«

Die Kinder hüpften vor Aufregung, als der Gong zum Abendessen erklang. Endlich würden sie Zeit mit ihrem Vater verbringen können. Gebhard war bisher noch nicht nach unten gekommen, und Frederike überlegte, ob sie nach ihm sehen sollte, als er auf dem Treppenabsatz erschien und langsam die Treppe hinunterging. Heide schlug die Hand vor den Mund, dann eilte sie ihm entgegen und umarmte ihn fest.

»Mein Junge, mein lieber Junge«, murmelte sie immer wieder.

Gebhard küsste sie, begrüßte dann noch mal die Mädchen.

»Wo ist der Kleine?«, fragte er mit leiser Stimme.

»Im Kinderzimmer. Willst du ihn sehen? Ich ruf Wanda.«

Gebhard nickte. Eilig klingelte Frederike nach dem Kindermädchen. »Bitte bring Gebbi nach unten. Sein Vater will ihn sehen.«

Es war ein sehr emotionaler Abend. Gebhard hielt seinen Sohn eine ganze Weile auf dem Arm. Der kleine Junge juchzte und lachte, aber er erkannte seinen Vater natürlich nicht.

»Das ist unser Vater«, sagte Fritzi zu ihm. »Sag ›Vati‹.«

»Vati«, brabbelte Gebbi. Dann wand er sich in Gebhards Armen, wollte wieder auf den Boden. Vorsichtig setzte Gebhard ihn ab. Der Kleine rannte vergnügt durch den Raum, kletterte auf einen Stuhl am Esstisch und schaute mit großen Augen auf die funkelnden Gläser und das glänzende Besteck. Noch war er zu klein, um an den gemeinsamen Mahlzeiten teilzunehmen.

»Ich glaube, es wird Zeit, dass ich ihn wieder nach oben bringe«, sagte Wanda und nahm Gebbi hoch. Der Kleine protestierte heftig, aber Wanda blieb die Ruhe selbst. »Sag allen ›Gute Nacht‹.«

Er fügte sich. »Gute Nach’.«

»Ich komme nachher noch einmal.« Frederike nickte ihr dankbar zu.

Gebhard nahm Platz, schaute sich um.

»Es ist wunderbar, wieder hier zu sein.« Endlich klang er etwas leichter, froher. Auch in seinen Augen konnte Frederike wenigstens einen Schimmer von seiner alten Lebensfreude entdecken.

Lore hatte tief in ihre Trickkiste gegriffen und ließ allerlei Leckereien auftischen, die es ansonsten nicht mehr gab.

»Alles ist rationiert«, erklärte Frederike. »Jeden Monat wird es schlimmer. Noch können wir uns dank des großen Gartens und des Viehs einigermaßen selbst versorgen, aber der Reichsnährstand hat seine Augen und Ohren überall.«

»Nicht mehr lange«, sagte Gebhard. Frederike sah ihn an, blickte dann zu den Kindern und schüttelte leicht den Kopf. Er nickte verstehend.

Während sie die köstliche und kräftigende Taubensuppe verspeisten, erzählten Fritzi und Mathilde von Familie Walter.

»Clara und Grete wollen dich auch unbedingt kennenlernen«, sagte Mathilde.

»Sie waren ganz überrascht, dass du nach Hause gekommen bist.

Sie sagten, Väter kommen gewöhnlich nicht mehr nach Hause oder wenn, dann nur ganz kurz. Stimmt das?«

»Herr Walter ist an der Front«, erklärte Frederike.

»Er ist gefallen«, sagte Mathilde, »haben sie gesagt. Alle möglichen Männer sind gefallen.« Sie zog die Stirn kraus. »Unser Lehrer, der Schweizer, der Schuhmacher …«

»Die Söhne vom Schweizer auch«, fügte Fritzi hinzu. »Aber es können doch nicht alle Männer gefallen sein. Heute haben wir erst wieder vier Landser an der Stepenitz gesehen. Sie haben alle Abzeichen von ihren Jacken abgeschnitten und sie in den Fluss geworfen.«

»Und ein Loch haben sie gegraben – aber was sie dort vergraben wollten, haben wir nicht gesehen. Sie hatten uns nämlich entdeckt und haben uns fortgejagt.«

»Ihr sollt doch das Grundstück nicht verlassen«, sagte Frederike erschrocken. »Man weiß nicht, wer da so alles auf der Straße ist.«

»Hört auf eure Mutter«, sagte Gebhard streng. »Bleibt auf dem Grundstück.«

»Wir wollten zur Schule. Da sind seit ein paar Tagen ganz viele Leute. Sie kommen aber nicht aus dem Osten, so wie Großmama und Großpapa. Sie kommen aus Berlin.« Fritzi stibitzte sich schnell noch eine Scheibe des warmen, dampfenden Brots.

»Deine Eltern?«, fragte Gebhard, und sein Blick blieb an Gerulis hängen, der die Suppenteller abtrug.

»Sie sind getreckt. Ende Januar erst, vorher hat Gauleiter Koch es nicht erlaubt. Aber dann war die Rote Armee schon in Bromberg …«

»Und sie waren hier?«

»Sie sind zwei Wochen geblieben und dann Anfang April weitergetreckt. Mutter war es hier zu unsicher. Sie sind weiter nach Lübeck. Ich habe seitdem nichts mehr von ihnen gehört.«

Gerulis und Ilse trugen nun den zweiten Gang auf. Es gab Huhn und frischen Spinat, dazu Kartoffelstampf mit echter Butter. Das Huhn war zäh.

»Eigentlich ein Suppenhuhn«, sagte Frederike mit Bedauern. »Die Henne hat nicht mehr gelegt. Wir haben nur noch eine Handvoll Hühner. Lore will jetzt Eier im Brutofen ausbrüten. Puteneier sind schon drin, aber die brauchen ja auch länger.«

»Ich habe seit Ewigkeiten kein Huhn mehr gegessen«, sagte Gebhard und nahm sich nach. »Gerulis, Sie können Lore sagen, dass es vorzüglich schmeckt.«

»Da wird sie sich freuen, Herr Baron.«

Gerulis und Ilse gingen wieder zurück in das Anrichtezimmer, schlossen die Tür hinter sich.

»Und warum ist er jetzt hier?«, fragte Gebhard leise.

»Er hatte die Ruhr und war zu schwach, um weiterzutrecken. Er hat darum gebeten, hierbleiben zu dürfen. Das hätte er auf jeden Fall gedurft, aber er will arbeiten.« Frederike zuckte mit den Schultern. »Natürlich lass ich ihn keine schweren Sachen mehr machen, aber er lässt es sich nicht nehmen, bei Tisch zu bedienen.«

»So ein guter Mann.« Dann sah Gebhard seine Mutter an, die neben ihm saß und immer wieder seine Hand oder seinen Arm anfasste. Auch sie musste sich vergewissern, dass er tatsächlich da war. »Und, Mutter, wie ist es dir ergangen? Ich habe immer nach dir gefragt, aber keine Auskunft bekommen. Irgendwann sagte mir ein Mithäftling, dass du entlassen worden wärst.«

»Ich war schon vor Weihnachten wieder zu Hause«, sagte Heide. »Die Mädchen – Thea und Freddy – haben dafür gesorgt. Thea hat den alten Goldfasan Gustrow bezirzt, und er hat sich dann für mich eingesetzt.«

»Was macht Skepti?«, fragte Gebhard, und seine Stimme klang wieder angespannt.

»Er ist in Italien inhaftiert. Es geht ihm gut. Über das Rote Kreuz darf er alle paar Wochen eine Karte schreiben.«

»Gott sei Dank. Und Thea und die Kinder?«

»Sie sind nach Schweden ausgereist. Tante Mimi und Onkel Heinrich leben ja schon seit zwei Jahren in Schweden, und sie haben sich für Thea verbürgt«, erklärte Frederike.

»Warum bist du nicht mit?«, fragte Gebhard.

»Aber ich konnte dich doch nicht einfach zurücklassen. Ich wusste ja nicht, was mit dir ist …«

»Ach Freddy, Freddy. Dein Leben und das der Kinder geht doch vor. Was, wenn ich nicht zurück…«

»Du bist es aber«, unterbrach sie ihn.

»Zum Glück«, sagte Fritzi mit zitternder Stimme und lächelte ihn an. »Ich war so froh, als ich dich am Gartentor gesehen habe.«

»Ja, Kind. Ich war auch froh.« Er erwiderte das Lächeln und wandte sich wieder seiner Mutter zu. »Wie steht es auf dem Gut? Ist wenigstens Dannemann noch da?«

»Ja, ist er.« Heide räusperte sich. »Ich musste heute aus dem Schloss zu ihm ins Verwalterhaus ziehen.«

»Was?«

»Die NSV hat es so verfügt. Im Schloss sind jetzt lauter Fliegergeschädigte.« Heide seufzte. »Es ist etwas eng, aber wir rücken halt alle zusammen.«

»Man kann dich doch nicht einfach aus deinem Haus schmeißen.« Gebhard klang erbost.

»Es waren ja schon vorher Einquartierte da. Aber jetzt kommen sie in wahren Massen. Ist ihnen ja auch nicht zu verdenken. In Berlin würde ich jetzt auch nicht sein wollen. Und ich bin eine alleinstehende Witwe – was soll ich mit dem großen Haus, haben sie gesagt.«

»Werden wir auch ausziehen müssen?«, fragte Mathilde ängstlich.

»Nein, Kind!« Gebhard sah sie an. »Nein, gewiss nicht.«

»Aber wir werden zusammenrücken müssen«, sagte Frederike leise. »Wahrscheinlich werden wir auch noch Einquartierungen bekommen.«

Gerulis räumte die Teller ab, dann servierte er mit Ilse den Hauptgang – geschmortes Kalbsherz und Semmelklöße.

»Mit besten Grüßen von Lore«, sagte Gerulis. »Kalbsherz stärkt den Körper, sagt sie.«

»Eins meiner Leibgerichte.« Doch Gebhard nahm sich nur eine kleine Portion, auch damit hatte er sichtlich zu kämpfen.

»Schmeckt es dir nicht?«, fragte Heide besorgt.

»Es ist überaus köstlich. Nur habe ich seit langem nicht mehr so viel gegessen. Ich glaube, mein Magen ist überfordert. Aber lieber so als andersherum.«

»Woher habt ihr eigentlich frisches Kalbsherz, Freddy?«, fragte Heide ihre Schwiegertochter.

Frederike biss sich auf die Lippen. »Wir haben heute Mittag heimlich geschlachtet«, sagte sie dann leise. »Wir halten in der alten Schmiede zwei Kühe. Beide haben gekalbt.«

»In der Schmiede?«, fragte Gebhard überrascht.

»Ja, anfangs, als du weg warst und Hittlopp die Verwaltung übernommen hat, ließ er mich nicht mehr auf den Betriebshof. Und auch niemanden von unseren Leuten. Wir konnten nicht melken, wir kamen nicht an die Tiere … zum Glück haben wir ja immer schon ein Teil des Geflügels hier. Aber wir haben dann heimlich in der Nacht zwei der Kühe hergebracht und ihnen einen Stall in der alten Schmiede eingerichtet. Über Winter ging das, aber bald müssen sie auf die Weide. Unsere Franzosen haben dafür gesorgt, dass wir Futter für die beiden hatten – und somit haben wir auch immer frische Milch.«

»Dieser verdammte Hittlopp«, sagte Gebhard düster. »Ich werde morgen zum Betriebshof gehen und ihn zur Rede stellen.«

»Das wirst du nicht tun. Zuerst musst du zum Amt und dich hier wieder anmelden – damit du Marken bekommst. Und dann kannst du nachfragen, wie der Stand der Dinge ist. Wenn sie dich freigesprochen und entlassen haben, dann wirst du ja auch dein Gut wieder leiten dürfen.«

Gebhard sah Frederike an, es war ein langer Blick. Dann schaute er zu den Kindern. Frederike ahnte, dass alles nicht so einfach war.

Gerulis brachte den Nachtisch – Eierspeise und Griespudding mit Kompott.

»Ich hoffe, Lore hat nun nicht alle Vorräte für die ganze Woche verbraucht, nur um mich so zu verwöhnen«, sagte Gebhard lächelnd.

»Das hat sie sicher nicht. Sie weiß zu wirtschaften. Und durch das Kalb werden wir in den nächsten Tagen gut, wenn auch nicht so üppig wie heute, über die Runden kommen.«

Frederike war froh, als sie nach dem Essen die Mädchen nach oben schicken konnte.

»Gehen wir nach nebenan?« Es war nur eine rhetorische Frage.

Gebhard inspizierte die Flaschen auf der Anrichte im Salon.

»Warte«, sagte Frederike und kniete sich hin, öffnete das Fach ganz hinten im Schrank. Dort hatte sie noch etwas von seinem Lieblingsbourbon versteckt.

»Sherry, Heide?«

»Gerne.«

Frederike mixte sich einen Gin Tonic, setzte sich dann neben Gebhard auf das Sofa. Verstohlen fasste sie nach seiner Hand.

»Nehmt euch ruhig in den Arm«, sagte Heide belustigt. »Vor mir müsst ihr keine altmodische Etikette pflegen.« Dann wurde sie ernst. »Nun, Gebhard, erzähl.«

»Es … es war schrecklich.« Gebhards Stimme klang rau. »Die Monate ohne wirkliche Anklage, ohne einen Fortschritt. Ich war ziemlich schnell krank – ein Infekt. Man brachte mich auf die Krankenstation, und ich habe im Fieberwahn gedacht, du wärst gekommen, Freddy.«

»Ich war da.«

»Wirklich? Es war kein Traum?«

»Ich habe die Wächter mit Speck und Butter bestochen, mit einem Ring. Sie haben mich zu dir gelassen, aber nicht lange. Ich habe ihnen noch mehr gegeben, damit sie sich um dich kümmern …«

»Vielleicht habe ich deshalb überlebt. Auf der Krankenstation hat man sich um mich gekümmert. Aber danach … nun ja, es war halt Haft im Gestapogefängnis. Ich habe immer auf den Prozess gewartet. Erst voller Sorge, doch dann habe ich ihn herbeigesehnt, einfach damit endlich etwas passierte. Dieses nutzlose Warten war die Hölle.« Er trank einen kleinen Schluck, drückte Frederikes Hand. »Immer öfter kamen die Flieger. Nachmittags meist der Tommy und nachts der Ami. Sie flogen nach Berlin. Manchmal hörten wir die Bombeneinschläge. Aber Potsdam blieb so gut wie verschont. Kleinere Angriffe, verirrte Bomben. Doch dann …« Wieder stockte er, schluckte.

»Von dem kleinen Fensterchen im dritten Stock konnte ich durch die Gitter zur Garnisonskirche sehen. Den stolzen Turm. Irgendwie hat mich das immer getröstet.« Er schüttelte den Kopf. »Samstag war ein schöner Tag. Sonnig und warm. Wir hatten eine Stunde Hofgang am Nachmittag, dann wurden wir zurückgebracht in die Zellen. Unterhalten durften wir uns nicht. Meist haben wir dennoch ein wenig flüstern können, während wir unsere Runden liefen. Es gingen Gerüchte um – wie weit die Alliierten seien, bis zur Elbe, sagte man. Und die Russen kurz vor Berlin. Ich konnte es kaum glauben. Wir alle hofften, aber es machte uns auch Angst. Was würde die Gestapo mit uns machen, wenn die Stadt fiel? Man hörte so einiges an Gräueltaten. Dass sie uns erschießen würden, bevor wir dem Feind in die Hände fallen konnten. Sie verbrannten Unterlagen und Akten im Hof.« Er holte tief Luft. »Und dann wieder nach oben, in die kleine Zelle. Sieben Schritte bis zum Fenster, fünf Schritte von Wand zu Wand. Wie oft bin ich das gelaufen? Unzählige Male. Es gab nur die

Pritsche, einen Eimer für die Notdurft, das Fenster und die Zellentür aus Stahl. Oben war ein Fensterchen, durch das der Wachposten hineinschauen konnte, in der Mitte eine Klappe – durch die bekamen wir unser Essen. Zuletzt nur noch hartes oder schimmeliges Brot und Wassersuppe.« Er hielt einen Moment inne, schien seine Gedanken sammeln zu müssen. »Es wurde Abend, dann wurde es Nacht. Es gab einen Voralarm, aber wir alle glaubten, er gälte wieder Berlin. Es galt doch immer Berlin.« Erschöpft lehnte er sich zurück, schloss die Augen. »Diesmal war es aber nicht so.«

Wieder trank er einen Schluck, räusperte sich. »In der Garnisonskirche war an dem Abend, es muss schon nach acht gewesen sein, ein Gottesdienst. Ich schaute über die Stadt, es war ja schon dunkel und der Himmel sternenklar. Man sah kaum Lichter, alles war verdunkelt. Später, es war sicherlich nach zehn Uhr, da gab es Fliegeralarm. Aber immer noch ahnte keiner, was kommen würde. Ich sah wohl Leute zu den Bunkern gehen, aber sie waren nicht aufgeregt oder beunruhigt. Merkwürdig klein erschienen mir die Leute auf der Straße von meinem Zellenfenster oben im Gebäude aus. Nun ja. Dann waren die Flieger da. Sie kreisten über der Stadt, und plötzlich wurde mir klar, dass der Angriff Potsdam galt. Und nicht nur ich habe das begriffen, die anderen auch. Wir riefen, schrien, wir hämmerten mit den Fäusten gegen die Stahltüren. Aber … niemand kam.« Er musste wieder innehalten.

»Mehr und immer mehr Flugzeuge flogen über der Stadt, und dann – dann fielen die Beleuchtungsbomben. Alles war taghell. Das Zielgebiet umfasste wohl auch den Bahnhof – er war nicht weit vom Gefängnis.« Gebhard sah seine Mutter an, dann Frederike. »Ich war mir sicher, dass wir jetzt sterben würden.«

»O mein Gott«, hauchte Heide. Frederike konnte nichts sagen, ihre Kehle war wie zugeschnürt.

»Überall ertönten nun die Flaks, die Scheinwerfer strichen über den Himmel, es waren viele Flugzeuge dort oben, alle mit ihrer tödlichen Fracht.« Gebhards Stimme klang plötzlich gehetzt. »Die Bomben fielen, ein grausiges Sirren in der Luft, und dann ... bebte alles. Ich weiß, ich habe geschrien, aber man konnte nichts anderes hören als die lauten Einschläge, das Kreischen, und ... und ... die Fenster klirrten, gingen zu Bruch. Es brannte draußen, überall fielen Bomben, es hörte gar nicht auf. Und dann – plötzlich – öffnete jemand die Tür. Es war ein Junge vom Volkssturm, er hatte einen leichten Flaum auf der Oberlippe, noch nicht einmal so viel, dass es sich lohnen würde, es zu rasieren.« Gebhard senkte den Kopf. »Ich habe nicht mit ihm gesprochen, weiß seinen Namen nicht, er hat mir das Leben gerettet, aber ob er selbst noch am Leben ist?«

»Er hat euch freigelassen?« fragte Frederike leise.

»Er hatte einen Generalschlüssel, hat alle Türen geöffnet und brüllte nur: ›Raus, raus, raus!‹ Ich lief an ihm vorbei, da gab er mir einen zweiten Schlüssel. Ich habe überlegt, ich habe wirklich einen Moment überlegt, ob ich ihm helfe oder sofort fliehe. Für diesen Moment schäme ich mich.«

»Ach, Gebhard«, sagte Heide. »Armer Gebhard.«

»Ich lief den Gang links herunter, öffnete die Zellentüren, er rechts. Dann trafen wir uns wieder im Treppenhaus. In der Nähe hatte es eingeschlagen, das Haus schwankte, von der Decke fiel der Putz, und überall war Staub.«

Frederike wollte Gebhards Hand nehmen, doch er hatte seine Hände zu Fäusten geballt, sein ganzer Körper war verkrampft.

»Wir also runter und in den Hof. Die Stadt brannte. Wohin? Ich wusste es erst nicht. Dann fielen weitere Bomben – sie trafen den Bahnhof, und plötzlich ein Getöse, ich dachte, die Welt geht unter. Später habe ich erfahren, dass ein Munitionszug getroffen wurde. Die Explosion war unbeschreiblich. Eine Feuersäule. Also runter zur Havel. Allmählich drehten die Flugzeuge ab, aber jetzt explodierten die

Zeitbomben in der Stadt. Die ganze Altstadt schien zu brennen. Überall Funkenflug. Meine Jacke fing Feuer, ein Mann schlug es aus. Wir suchten ein Versteck am Ufer, irgendetwas, wo wir uns schützen konnten. Wir alle waren halb taub von dem Krachen, dem Kreischen der Bomben. Der eine ging dorthin, der andere dahin ... wir kannten uns kaum. Mit drei anderen Männern ging ich weiter, bis zur Böschung. Dort verkrochen wir uns und konnten kaum fassen, dass wir noch am Leben waren.« Erschöpft schloss er die Augen, lehnte sich zurück.

Frederike stand auf und holte ihnen allen noch etwas zu trinken. Sie zog ihre Strickjacke enger um sich, ihr war kalt. Auch Heide schien zu schaudern. Frederike nahm das Schüreisen und stocherte in der Glut, legte noch ein Scheit nach. Das Feuer tanzte lustig im Kamin, aber Feuer konnte auch zerstören, nicht nur wärmen. Bisher waren sie von Bombardements verschont geblieben, und Frederike hoffte, dass sie nie im Leben so etwas würde durchmachen müssen.

»Der Krieg ist bald vorbei«, sagte sie leise.

»Ja, aber was ist dann?«, fragte Gebhard. »Was wird dann aus Deutschland? Was wird aus uns? Ich kann nur hoffen, dass wir das Gut werden halten können. Es ist unsere Scholl Erde, sie ist es seit Jahrhunderten.«

»Ganz sicher werden wir hierbleiben können«, sagte Heide voller Überzeugung. »Die Ausgebombten werden in die Städte zurückkehren, und wir haben unsere Häuser wieder.«

Frederike sah Gebhard an, in seinen Augen konnte sie lesen, dass er nicht daran glaubte.

»Wie bist du nach Hause gekommen?«, fragte sie.

»Am nächsten Tag zeigte sich das ganze Drama. Die Stadt brannte noch, alles war zerstört – Bäume lagen auf der Straße, die Leitungen der Straßenbahnen waren abgerissen, und durch Funkenflug hatte die Garnisonskirche Feuer gefangen. Sie ist niedergebrannt. Wir sind dann zum Bahnhof – aber dort war kein Bahnhof mehr. Ein riesiger Krater, Schienen, die in den Himmel ragten. Glühendes Metall. Es war unbeschreiblich. Zwei Kameraden und ich haben uns zu Fuß aufgemacht nach Berlin. Und dort hatte ich Glück – ich konnte auf den NSV-Zug. Wir haben zwei Tage von Berlin bis in die Prignitz gebraucht. Immer wieder kamen wir auf Nebengleise oder mussten bei Fliegeralarm runter vom Zug. Einmal haben uns Tiefflieger beschossen.« Er seufzte und trank sein Glas mit einem Zug leer. »So, mehr mag ich nicht darüber sprechen.« Er sah sie beide eindringlich an. »Nie wieder will ich darüber sprechen. Und ich will auch nie wieder in ein Gefängnis. Sollte ich noch einmal in Haft kommen, dann werde ich sterben, das weiß ich.«

»Sag doch so etwas nicht«, meinte Frederike erschrocken. »Du wirst nicht mehr inhaftiert, diese schrecklichen Zeiten sind bald vorbei.«

»Ich bin nicht entlassen worden. Im Prinzip bin ich geflohen. Überall sind Feldjäger, die Kettenhunde, unterwegs und auf der Suche nach Flüchtigen.«

»Die Feldjäger suchen nach Deserteuren, nicht nach politischen Gefangenen«, sagte Frederike mit Überzeugung.

Es war schon spät geworden und dunkel draußen. Zum Glück war die Nacht klar und der Mond schien, denn die Beleuchtung am Wagen musste ausbleiben. Eigentlich hätte sie um diese Zeit auch gar nicht mehr fahren dürfen, aber das war ihr egal.

Heide ließ ihren französischen Chauffeur rufen, der unten im Gesindezimmer versorgt worden war.

»Dank Lore für das herrliche Essen«, sagte Heide. Gebhard stand auf. Die beiden nahmen sich in die Arme, Heide küsste ihn auf die Wange. »Ich danke Gott, dass du wieder da bist. Nun musst du dich nur schonen, damit du wieder gesund wirst.«

»Da ich vermutlich das Gut nicht mehr leiten darf, ist Schonung ja kein Problem«, sagte Gebhard, aber er klang nicht froh.

»Nun gräm dich nicht«, versuchte Heide ihn aufzumuntern. »Du warst über ein halbes Jahr nicht zu Hause – genieße die Zeit mit deiner Frau und deinen Kindern. Gute Nacht.«

Frederike brachte sie zu Tür.

»Er wirkt sehr angeschlagen«, sagte Heide besorgt. »Sogar ein wenig melancholisch – das passt gar nicht zu ihm.«

»Nach dem, was er durchgemacht hat, ist das normal, denke ich. Er wird schon wieder. Wir werden alles dafür tun.«

»Das weiß ich und bin froh darüber. Gute Nacht, meine Liebe.«

Für einen Moment sah Frederike ihr nach, dann schloss sie leise die Tür. Gebhard hatte schon die Petroleumlampen im Salon gelöscht. Nur die kleine, die auf dem Tischchen neben der Tür stand, brannte noch. Frederike nahm sie und ging durch die Diele zur Treppe. Fragend schaute sie sich um, da sie keine Schritte hinter sich hörte.

»Kommst du nicht?«

»Doch. Ich wollte dir nur eben zusehen, dich sehen. Sehen, wie du zur Treppe gehst. Wie oft habe ich mir das nachts in Potsdam vorgestellt. Allerdings brannte in meiner Vorstellung das elektrische Licht.« Er lachte leise.

»Der Strom fällt oft aus. Außerdem kann man die Petroleumlampen dimmen – wir müssen ja verdunkeln.« Frederike lächelte ihn an. »Ich gehe noch schnell nach den Kindern schauen.«

Gebhard folgte ihr. Vor der Tür zum Mädchenzimmer blieb er stehen. »Auch das habe ich mir wieder und wieder ausgemalt. Es hat mir geholfen, aber manchmal war die Sehnsucht nach euch so groß …«

»Die Mädchen haben immer nach dir gefragt. Sie haben dich sehr vermisst.« Vorsichtig öffnete Frederike die Tür. Fritzi lag in dem Bett an der linken Wand, Mathilde in dem an der rechten. Zuerst gingen sie zu Mathilde. Sie schlief friedlich, die Puppe fest an sich gedrückt, ein Lächeln auf den Lippen. Frederike hauchte ihr einen Kuss auf die Wange, Gebhard tat es ihr nach.

Schweigend schlichen sie zu dem anderen Bett. Fritzi hatte sich zusammengerollt, ihre Locken lagen wild über ihrem Gesicht. Frederike strich sie zur Seite, küsste ihre Tochter flüchtig auf die Stirn, und auch Gebhard beugte sich vor und gab ihr einen Kuss. Dann verließen sie das Zimmer.

»Sie sind so bezaubernd«, sagte Gebhard. »Ich hatte fast vergessen, wie bezaubernd sie sind.«

Sie gingen eine Tür weiter. Dort war das Kinderzimmer, in dem Gebbi schlief. Die kleine Kammer, die von dem Kinderzimmer abging, bewohnte Wanda.

Behutsam öffnete Frederike die Tür. Die Vorhänge vor einem der beiden Fenster waren nicht ganz zugezogen, und der Mond schien in das Zimmer – ein Strahl wie ein Fingerzeig, der direkt zum Gitterbettchen leuchtete. Auf Zehenspitzen gingen sie zum Bett. Gebbi brabbelte etwas, drehte sich um und öffnete die Augen. Über sein Gesicht zog sich ein breites Lächeln. »Mutti!«, sagte er und streckte ihr die Ärmchen entgegen. Frederike nahm ihn hoch, strich ihm über die blonden Löckchen. Sie küsste ihn auf beide Wangen. »Du musst schlafen, Gebbi.«

Gebbi sah über ihre Schulter, gluckste. »Vatti. Da is Vatti«, brabbelte er. »Gebbi jetzt heia.«

Gebhard trat zu Frederike, sah sie fragend an und streckte die Hände aus. Frederike gab ihm das Kind. Er drückte seinen Sohn an sich, legte ihn dann ins Bett und gab ihm einen Kuss. »Gute Nacht, kleiner Gebbi«, sagte er leise. Das Kind kuschelte sich in sein Kissen, gähnte herzhaft, drehte sich um und war wieder eingeschlafen.

»Welch ein Engel«, sagte Gebhard glückselig, als sie in ihrem Schlafzimmer waren. »So ein süßer Fratz. Unser Sohn.« Er schaute Frederike an. »Das verdanke ich alles dir.«

Frederike nahm ihn in den Arm, küsste ihn. »Und ich verdanke es dir, also sind wir quitt«, sagte sie belustigt. Dann runzelte sie die Stirn. »Du siehst erschöpft aus, wir sollten zu Bett gehen.«

Gebhard zog seinen Schlafanzug an und streckte sich wohlig. »Du ahnst gar nicht, wie gut es sich anfühlt, saubere Sachen zu tragen. Und dann dies Bett.« Mit einem kleinen Jauchzer ließ er sich in die Kissen fallen. Er zog die Decke bis zum Kinn und schloss die Augen. Frederike löschte die Petroleumlampe und schlüpfte unter ihre Decke. Gebhards Hand tastete nach ihrer, fand sie und hielt sie fest.

»Es tut mir leid …«, murmelte er verlegen, »aber eheliche Pflichten werde ich im Moment nicht erfüllen können.«

»Ach, Gebhard.« Frederike lachte auf, obwohl ihr gleichzeitig die Tränen in die Augen stiegen. »Ich will dich nur neben mir haben. Ich will deine Wärme spüren, dich riechen, dich fühlen können. Deinen Atem hören. Das reicht mir schon. Ich habe dich so vermisst, und ich hatte so unsagbare Angst um dich. Ich habe alles versucht, aber ich konnte nichts ausrichten. In den letzten Wochen wusste ich noch nicht einmal, wen ich noch anschreiben sollte – entweder wurden die Amtsleiter versetzt oder eingezogen. Ständig änderte sich etwas.« Sie überlegte. »Weißt du, dass Freisler tot ist?«

»Ja, das haben wir gehört, und alle haben gejubelt. Aber es wurden noch Urteile vollstreckt, die er angeordnet hatte. Er war grausam über seinen Tod hinaus.«

»Was glaubst du, wie wird es zu Ende gehen?«, fragte Frederike kaum hörbar.

»Hitler muss kapitulieren. Berlin wird fallen, daran gibt es keinen Zweifel.«

»Wird er kapitulieren?«

»Nein. Nur sein Tod wird das Dritte Reich beenden, etwas anderes kann ich mir nicht vorstellen.«

»Aber was ist mit den anderen? Mit Goebbels, Göring? Mit Dönitz und Jodl?«

»Goebbels.« Gebhard lachte verächtlich. »Goebbels hat mehrfach angekündigt, er würde sich suizidieren, wenn es nicht zum Endsieg kommt. Sieht es nach einem Endsieg aus?«

»Ja, für die Alliierten.«

»Genau. Und Göring hat an Macht verloren. Seine Versprechen, was die Luftwaffe anging, konnte er nie halten. Soll er nicht gesagt haben: ›Ich will Meier heißen, wenn nur ein einziges feindliches Flugzeug die deutsche Grenze überfliegt.‹? Das habe ich auf dem Weg hierher immer wieder gehört, dass man ihn Hermann Meier nennt. Ich glaube nicht, dass der Führer ihm noch vertraut.«

»Hermann Meier ...«, flüsterte Frederike. »Mir wäre es lieber, wenn keine feindlichen Bomber mehr über Deutschland fliegen würden, am liebsten wäre mir, man könnte die Zeit zurückdrehen und den Krieg verhindern. So viel Leid ...«

»Dieser Krieg ist der größte und schlimmste, den die Welt je gesehen hat. Natürlich wissen die Oberbefehlshaber der Wehrmacht, dass sie verloren haben, aber sie werden nicht aufgeben.«

»Warum nicht? Wie kann man sehenden Auges in den Tod gehen und noch so viele mit sich nehmen?«

»Was bleibt ihnen, wenn wir verloren haben, wenn die Alliierten uns besiegt haben? Der Tod. Entweder sie fallen oder sie werden hingerichtet – das Ergebnis bleibt das gleiche. Und ich fürchte, sie können keine Niederlage zugeben. Diese Männer sind anders gestrickt.«

»Sie sind wie die japanischen Kamikazeflieger«, sinnierte Frederike, »nur dass sie uns alle dem Tod aussetzen.«

»Noch sind wir hier einigermaßen sicher.« Gebhard legte seinen Arm um sie, zog sie an sich. »Und ich hoffe, wir bleiben es.«

Am nächsten Morgen stand Gebhard in aller Frühe auf, wusch sich und zog sich an.

»Du kannst doch noch liegen bleiben«, sagte Frederike. »Du sollst dich doch schonen und dich erholen.«

»Das werde ich auch, aber die Andacht möchte ich trotzdem halten.«

Es war eine feierliche Stimmung in der Diele, als die Familie und die Leute sich versammelten und Gebhard voller Freude ansahen. Gebhard nickte ihnen zu und hielt die Andacht, als wäre er nie weg gewesen. Doch nach dem Vaterunser bat er sie, noch einen Moment zu bleiben.

»Ich möchte euch danken. Danken dafür, dass ihr alle hier die Stellung gehalten habt. Danken dafür, dass ihr den Gutshaushalt weitergeführt habt. Danken dafür, dass ihr für meine Familie da wart und seid. Das ist heute keine Selbstverständlichkeit mehr. Also – danke. Noch kann ich es nicht vergüten, aber die Zeit wird hoffentlich bald kommen.« Er räusperte sich und sah die drei Franzosen an – Pierre, Claude und Pascal. »Euch danke ich ganz besonders. Bald ist eure Zeit hier vorbei, und ich hoffe, ihr könnt dann in eure Heimat zurückkehren, zu euren Familien. Es war ganz sicher nicht einfach für euch, aber Feinde seid ihr mir nicht.«

»Danke, ’err Baron«, sagte Pierre. Die beiden anderen schlossen sich an.

Gebhard nickte allen zu, Lore und Ilse eilten in die Küche, um das erste Frühstück zu servieren.

»Wanda«, sagte Gebhard und ging zu dem Kindermädchen, das Gebbi auf dem Arm trug. »Auch dir gilt mein großer Dank. Du machst das wunderbar mit den Kindern.«

»Ich muss mich bedanken, Herr Baron. Sie haben mir damals das Leben gerettet, das werde ich nie vergessen.« Sie zögerte einen Moment. »Ich glaube, die Franzosen sehen das ähnlich. Nicht nur unsere drei, sondern alle in den Schnitterhäusern. Sie hätten es sehr viel schlimmer treffen können. Das wissen sie genau. Und auch, was Sie manchmal in Kauf genommen haben, damit es ihnen nicht noch schlechter geht. Sie werden es nicht vergessen.«

Gebhard senkte den Kopf. »Du machst mich ganz verlegen.«

»Vati«, unterbrach Mathilde das Gespräch. »Vati, wir müssen doch nicht mehr zur Schule«, sagte sie und sah ihn treuherzig an.

»Im Moment nicht. Aber bald sicher doch wieder.«

»Aber solange wir nicht in die Schule müssen, müssen wir doch auch nicht so früh aufstehen, oder? Dann brauchen wir doch nicht an der Andacht teilzunehmen. Und wir könnten erst zum zweiten Frühstück hinunterkommen, das würde sogar Brot sparen.«

Gebhard biss sich auf die Lippen und versuchte, nicht laut aufzulachen.

»Nun, Thilde, auch wenn ihr nicht zur Schule geht, seid ihr doch ein Teil dieses Haushaltes. Und jeder in diesem Haushalt hat Pflichten. Eine Pflicht ist, an der Andacht teilzunehmen. Auch wenn keine Schule ist.«

Mathilde zog einen Flunsch. »Aber Clara und Grete müssen nicht zur Andacht, hat Frau Walter gesagt.«

»Ich bin nicht Frau Walter, Fräuleinchen. Und ich möchte euch bei der Andacht sehen.«

»Naaa gut.« Mathilde drehte sich zu Fritzi um.

»Habe ich es dir nicht gesagt?«, meinte Fritzi und grinste.

»Aber ich habe es wenigstens versucht. Man weiß ja nie«, meinte Mathilde und streckte ihrer Schwester die Zunge raus.

»Bis es Frühstück gibt, könnt ihr schon mal die Hühner füttern«, ermahnte Frederike die Kinder. »Und nachher macht ihr die Kaninchenställe sauber.«

»Och, Mutti, das Wetter ist so schön …«

»Umso besser, dann wird es nicht allzu matschig bei den Ställen.«

Die nächsten Tage verliefen noch etwas holprig. Alles hatte sich verändert, veränderte sich stetig. Gebhard fand es schwer, sich wieder auf dem Gut einzuleben, ohne seinen Aufgaben nachgehen zu können. Jeden Tag machte er lange Spaziergänge um den Betriebshof herum. Er war beim Bürgermeisteramt gewesen, hatte sich dort zurückgemeldet. Man hatte nicht nach Entlassungspapieren gefragt, die Zustände waren zu chaotisch. Fast niemand hatte mehr Papiere. Flüchtlinge kamen von Osten und nun auch von Süden. Manche waren nur auf der Durchreise in den Norden, andere wollten bleiben und mussten untergebracht werden. Außerdem kamen immer wieder Fußtruppen mit Gefangenen durch den Ort – Kriegsgefangene aus Lagern, vor denen die Rote Armee gestanden hatte.

Die Mädchen standen zwar morgens auf und nahmen an der Andacht teil, doch dann fehlte ihnen die Routine des Tages, seit keine Schule mehr war. Sie sollten das Grundstück nicht verlassen, denn man wusste nicht, wer sich so alles auf den Straßen herumtrieb. Sie hatten im Haushalt und im Garten zu helfen, sollten auch jeden Tag ein paar Stunden lernen, aber es lag eine seltsame Spannung in der Luft.

Genauso wie das Surren und Brummen der Bomber, die in Richtung Berlin flogen. Manchmal fegten Tiefflieger über die Felder hinweg. Die Heeresgruppe Weichsel versuchte mit aller Macht, das Vordringen der Roten Armee zu verhindern. Doch sie mussten immer schneller ihre Einheiten zurückziehen, damit die Front nicht auseinanderbrach. Ihnen war klar, wie ihr Ende aussehen würde, und deshalb schienen sie immer wieder Kräfte mobilisieren zu können und leisteten erbitterte Gegenwehr. Dies war inzwischen auch in der Prignitz zu spüren. Truppenverbände wurden verschoben, Verwundete auf die Güter und in die Dörfer gebracht. Die Verwundeten sollten mit Leiterwagen nach Westen transportiert werden, doch auch dort tobten die Kämpfe.

Auf Burghof versuchte Frederike, alles so normal wie möglich zu halten. Gebhard war nun seit gut einer Woche zu Hause, aber eingelebt hatte er sich noch nicht.

An diesem Mittwochnachmittag Ende April fütterten Fritzi und Mathilde das Geflügel im Hof, als sie plötzlich das laute Knattern eines Motorrads hörten. Es war eine Maschine mit Beiwagen, die die Chaussee stadtauswärts fuhr. Stadteinwärts marschierten die kriegsgefangenen Engländer und Polen aus Marienburg, die in der Baracke auf dem Betriebshof untergebracht worden waren. Plötzlich fielen Schüsse, Schreie hallten durch die Luft.

»Mutti, Mutti! Die Russen sind da!«, weinte Mathilde. Die Mädchen liefen zum Haus.

Frederike schaute zur Chaussee. Sie sah den Trupp der Kriegsgefangenen, der wie von Treibern aufgescheuchte Hasen über die Straße lief und in die Gräben sprang. »Geht ins Haus«, sagte sie zu den Kindern. Das Motorrad war inzwischen in der Ferne verschwunden. Frederike ging zum Tor, öffnete es. Zwei der Kriegsgefangenen und ein deutscher Wachsoldat kamen auf sie zugelaufen.

»Wir brauchen Hilfe!«, rief der Soldat atemlos. »Wir brauchen Hilfe.« In seinen Augen standen Tränen.

»Sind es die Rotarmisten?«, fragte Frederike entsetzt.

Er schüttelte den Kopf und sah sie an. Sein Gesicht war bleich. »Es war ein Offizier der SS. Er saß im Beiwagen und hat plötzlich das Feuer auf uns eröffnet. Sind denn nun alle spinnert geworden?«

»Offensichtlich«, sagte Frederike. »Pierre, Alain, Bernard«, rief sie. »Wir brauchen Hilfe.« Sie wandte sich wieder dem Wachsoldaten zu. »Wie viele sind verletzt?«

Er zuckte mit den Schultern. »Ich brauche ein paar Mann und ein paar Bretter als Tragen.« Er sah die beiden Häftlinge an, die ihn begleiteten. »Los, geht Bretter holen.«

»Dort«, sagte Frederike und zeigte auf die alte Schmiede, vor der ein Stapel Dielenbretter lag.

»Was können wir tun, Baronin?«, fragte Pierre.

»Es gab eine Schießerei mit Verletzten. Bringt sie auf den Hof«, wies Frederike die Männer an. Dann eilte sie in die Küche. »Lore, wir brauchen heißes Wasser und Verbandszeug.«

»Erbarmung, sin de Russen da?«, fragte Lore.

»Nein, aber es gab eine Schießerei und Verwundete.« Dann ging Frederike zurück auf den Hof. Gebhard hatte sich hingelegt, doch nun kam er aus dem Haus.

»Was ist denn hier für ein Tumult?«

Frederike versuchte, es ihm zu erklären, doch da kamen schon die ersten Männer mit den provisorischen Tragen. Über zwanzig Mann waren verwundet, einige schwer. Drei Männer waren sofort gestorben – zwei Engländer und ein Pole. Zwei weitere Engländer und drei Polen waren schwerverletzt. Auch einer der Wachsoldaten hatte eine Schusswunde im Bauch erlitten. Er wimmerte leise, presste seine Hand auf die Wunde. Das Blut pulsierte durch den Stoff seiner Uniform.

»Holt den Arzt«, sagte Frederike.

»Und auch Yves«, fügte Gebhard hinzu. »Wo ist Yves?«

»Is auf Feld, ’err Baron«, sagte Pierre. »Soll isch ihn ’olen?«

»Natürlich. Sofort.« Gebhard schaute den Wachsoldaten an. »Ruhig, mein Freund«, sagte er leise. »Wir kümmern uns.«

Frederike beugte sich über einen der schwerverletzten Engländer. Das Blut schoss aus einer tiefen Wunde im Oberarm. Sie nahm ein Stück Tuch, das Lore ihr reichte, und drückte es auf die Wunde. »Wir müssen eine Aderpresse machen«, sagte sie. »Einen Streifen festen Stoff und ein Stück Holz …« Doch mit dem Blut verließ den Gefangenen auch das Leben. Er sah Frederike an, dann wurde sein Blick starr. Frederike schloss für einen kurzen Moment die Augen, dann drehte sie sich zu dem nächsten um.

Die acht Schwerverletzten starben noch auf dem Burghof. Sieben

Männer wurden ins Hospital gebracht, unter ihnen auch der Wachsoldat, nachdem der Arzt und Yves sie notdürftig versorgt hatten. Drei Leichtverletzte durften in die Baracken zurückkehren. Alle anderen hatten Mansfeld inzwischen verlassen müssen. Nur einer der Wachsoldaten war zurückgeblieben.

»Wo bringen Sie sie hin?«, fragte Gebhard, nachdem die Toten zur Kirche gebracht worden waren, und bat den Soldaten ins Haus.

»In den Westen, weg von hier. Die Männer haben hier nur eine Pause gemacht. Wir sind seit Januar unterwegs, meist zu Fuß.«

»Welch ein Irrsinn«, meinte Gebhard leise und gab dem Mann einen Schnaps.

»Ich habe mir das nicht ausgedacht. Ich folge nur meinen Befehlen.«

»Wer hat geschossen? Es hieß, es sei ein SS-Offizier gewesen?«, fragte Frederike.

»Ja«, sagte der Wachsoldat und stellte sich als Heiner Müller aus Duisburg vor. Er mochte noch keine dreißig sein. »Wir hatten den Marschbefehl am Morgen bekommen und unsere Sachen zusammengepackt. Wir hatten den Betriebshof gerade erst verlassen – schön in Zweierreihen – und marschierten los. Die Engländer sind keine schlechten Leute, sie halten was aus. Die Polacken, nun ja«, er grinste schief. »Auf die muss man ein Auge haben.«

Frederike hatte Mühe, sich eine bissige Bemerkung zu verkneifen. Gebhard sah sie mahnend an.

»Wir sind also los«, sagte Müller nun, und plötzlich schien er einen Kloß im Hals zu haben, »da kam dieses Motorrad um die Ecke gerast und auf uns zu. Es saß ein SS-Offizier im Beiwagen. Als er neben uns war, zog er plötzlich seine MPi und schoss.« Müller riss die Augen auf und hielt Gebhard das geleerte Glas hin. Gebhard füllte es erneut. »Es gab keinen Grund, die Gefangenen marschierten friedlich ... er schoss und schoss und schoss, während sie an uns vorbeifuhren. Wir konnten nirgendwo hin, nur in den Graben.« Fassungslos schüttelte er den Kopf. Dann trank er sein Glas leer und noch ein drittes. Schließlich bedankte er sich bei Gebhard.

»Was machen Sie nun?«, fragte Frederike.

»Ich versuche, Anschluss an meine Leute zu bekommen.«

»Und was ist mit den drei Leichtverletzten?«, fragte Gebhard.

Der Soldat seufzte. »Wir sollen eigentlich niemanden zurücklassen …« Er senkte den Kopf, schaute dann wieder auf. »Kümmern Sie sich um sie. Sie haben ja auch noch Kriegsgefangene hier.« Er schlug die Hacken zusammen, hob den Arm zum Gruß, ließ ihn aber mittendrin wieder sinken und schüttelte den Kopf. »Alles bricht zusammen«, murmelte er. »Alles.« Dann ging er.

Im Hof versuchten Bernard und Pascal, die Blutflecken mit Wasser wegzuspülen, aber ganz wollte es ihnen nicht gelingen. Frederike schauderte.

Kapitel 13

•◆•

Burghof Mansfeld, Ende April 1945

Jeden Tag saßen Frederike und Gebhard vor dem Volksempfänger und lauschten dem Wehrmachtsbericht. Sooft es ging, versuchten sie auch die BBC und andere Sender zu empfangen. In Berlin herrschte nun Häuserkampf, unerbittlich kämpften sich die sowjetischen Truppen vor. Von Hitler war nichts mehr zu hören, nur Durchhalteparolen wurden verkündet.

Eines Nachmittags kamen die Mädchen mit bleichen Gesichtern in den Salon.

»Auf der Straße«, sagte Fritzi leise und heiser, »sind ganz viele komische Menschen. Alle in gestreiften Sachen. Sie sehen furchtbar aus.«

»Bleibt im Haus«, befahl Frederike ihren Töchtern. Sie lief in den Keller, holte die beiden Körbe und Wasser. Gebhard folgte ihr zur Biegung, dort, wo die Hauptstraße zum Betriebshof führte. Es war ein gespenstischer Trupp – die Männer wankten mehr, als dass sie gingen. Das Wachpersonal schrie Befehle, stieß mit den Gewehrkolben, sobald jemand stehen blieb. Ein Mann sackte in sich zusammen. Einer der Wachleute zog seine Pistole und erschoss ihn.

»Was zum Teufel …«, murmelte Gebhard entsetzt.

»Das sind Insassen aus Sachsenhausen«, flüsterte Frederike. »Wo wollen sie nur mit ihnen hin?«

»Nach Wittstock in den Stadtforst?«, mutmaßte Gebhard.

Wann immer sie konnten, reichten sie etwas Brot und gaben einen Schluck Wasser an die Vorüberziehenden ab. Zwei Männer taumelten auf sie zu, sie trugen nur Lappen um die blutigen Füße, der eine stützte den anderen.

»Um Gottes willen«, sagte Gebhard, immer noch erschüttert von der Erschießung des geschwächten Mannes vorhin. Diese hier würden die nächsten Opfer werden. Er sah sich um, keiner der Wachsoldaten war zu sehen. Schnell griff er den Arm des einen Mannes, zog beide mit sich mit und um die Ecke.

»Gebhard, was machst du?«, fragte Frederike, aber dann folgte sie ihm, half ihm, die beiden zu stützen. Sie versteckten sie hinter dem Eckhaus im Gebüsch. Frederike ging wieder zur Straße, während Gebhard sich vor den Strauch stellte. Der Zug schien endlos zu sein, doch dann marschierte der letzte Mann vorbei. Die Staubwolke legte sich, und schnell brachten sie die Männer zum Burghof.

»Wir kommen aus Böhmen«, sagte der eine. »Ich heiß Jakub, und das ist Michal.«

»Sie waren in Sachsenhausen inhaftiert?«, fragte Frederike.

»Ja.«

Sie brachten die beiden in die Küche, wo Lore ihnen sofort heiße Suppe gab. Gierig aßen die beiden, kauten das Brot lange, bevor sie es herunterschluckten.

»Ei, esst nich so viel uff eenmal. Wird euch bekommen nich«, ermahnte Lore sie. »Ich wird kiemmern mich umse«, sagte sie zu Frederike. »Baden miessen se. Un dann broochen se Kleeder.«

»Wir haben bestimmt noch abgelegte Sachen von dir, Gebhard«, meinte Frederike und ging nach oben.

Sie fand Hemden und Hosen, saubere Wäsche, Strümpfe und sogar noch zwei Paar abgelegte Schuhe.

Ein paar Tage blieben die Männer. Sie waren drei Jahre in Sachsenhausen gewesen und erzählten Dinge, die so abscheulich waren, dass es Frederike die Sprache verschlug.

»Vor vier Tagen haben sie angefangen, das Lager zu räumen«, sagte

Jakub. Michal sprach nicht viel, er hielt meistens den Kopf gesenkt. »Wer zu schwach war, wurde erschossen. Gas hatten sie keins mehr und auch keine Kohle für die Krematorien. Die Leichen sind einfach so liegen geblieben.« Es fiel ihm sichtlich schwer, das Erlebte in Worte zu fassen. »Die Russen werden jetzt da sein. Zu spät für die meisten von uns.«

»Was haben Sie nun vor?«

»Wir wollen zurück, zurück in die Heimat.«

»Dort ist die Rote Armee«, meinte Gebhard besorgt.

»Wir waren KZ-Häftlinge«, sagte Jakub trocken, »vor den Rotarmisten fürchten wir uns nicht.«

»Aber Sie müssen sich erst noch erholen«, meinte Frederike. »Außerdem wird nun auch hier in der Gegend gekämpft. Das hundertste Armeekorps liegt nördlich von Pritzwalk.«

»Und wie ich hörte, ist die einundzwanzigste Armee – oder zumindest Teile von ihr – bei Parchim. Es wird nicht leicht für Sie werden«, sagte Gebhard besorgt.

»Wir schlagen uns schon durch. Wir nehmen auf jeden Fall unsere Häftlingsjacken mit – darauf stehen unsere Lagernummern und die Wimpel. Als politische Gefangene werden uns die Rotarmisten unter Schutz stellen.«

»Das kann gut sein«, meinte Frederike. »Aber wir können Sie auch noch weiter verstecken.«

»Wir sind Ihnen sehr, sehr dankbar. Sie haben uns das Leben gerettet. Aber bitte verstehen Sie, dass wir nach Hause zu unseren Familien wollen.«

Das verstand Frederike durchaus. Früh am nächsten Morgen, nach der Andacht, an der sie teilnahmen, wollten sie aufbrechen. Lore hatte Brote geschmiert, ihnen etwas Eintopf in Henkelmänner gefüllt.

»Wollen Sie wirklich hierbleiben?«, fragte Jakub. »Die Rotarmisten sind harte Hunde – sie schießen erst und fragen dann. Ich glaube, Sie als Herrschaftsfamilie sind ihnen ein Dorn im Auge. Ein Baron muss doch auf der Seite der Nazis sein. Und als Kommunisten verabscheuen sie den Adel und alles, was damit zusammenhängt.«

»Es gibt noch genügend russischen Adel«, sagte Gebhard.

»Richtig, aber vorrücken und die Prignitz einnehmen wird der einfache Soldat. Können Sie nicht in den Westen fliehen?«

»Nein«, sagte Gebhard entschieden. »Dies ist mein Land und das Land meiner Vorfahren. Ich habe mich immer für Land und Leute eingesetzt und sehe nicht ein, dass ich deshalb fliehen sollte. Das werden auch die Rotarmisten verstehen, da bin ich mir sicher. Die Gestapo hatte mich inhaftiert ... ich bin auch ein Opfer der Nazis, wenn auch natürlich nicht in dem Ausmaß, wie Sie es sind.«

»Ich habe mir das schon gedacht«, sagte Jakub. »Und ich habe ein Schreiben aufgesetzt, in dem wir bestätigen, dass Sie uns vom Todesmarsch Sachsenhausen gerettet und in Ihrem Haus versteckt haben.«

»Todesmarsch ...«, sagte Frederike leise und erschüttert.

»Das war es doch!«, sagte Jakub mit Nachdruck. »Sie nannten es Evakuierung – welch ein Hohn. Noch ein paar Meter weiter, und Michal wäre zusammengebrochen und ich mit ihm. Wir hielten uns nur gegenseitig noch irgendwie aufrecht. Wären wir umgekippt, hätten sie uns erschossen.«

»Ja, wir haben es gesehen«, sagte Gebhard leise.

Jakub gab ihm das Schreiben. »Bitte, nutzen Sie es auch, Herr Baron.«

»Danke«, sagte Gebhard mit rauer Stimme und schluckte. »Dass Sie an uns denken, das ist einfach großartig.«

Michal flüsterte Jakub etwas zu. Jakub schüttelte den Kopf, aber Michal flüsterte wieder. Es war Tschechisch und so leise, dass Gebhard es nicht verstehen konnte. Michal stieß Jakub in die Seite, nickte bekräftigend mit dem Kopf und zeigte dann auf Gebhard.

»Was will er denn?«, fragte Gebhard.

»Er … er …«, stotterte Jakub, »nun, er fragt, ob Sie Ihre Wertsachen gesichert haben? Ihren Schmuck und so. Die Rotarmisten plündern, was das Zeug hält. Uhren und Schmuck haben es ihnen besonders angetan.«

»Ich habe Schmuck in ein paar kleine Koffer getan und diese versteckt«, sagte Frederike.

»Sie durchwühlen wirklich alles. Wir sind an Häusern vorbeigekommen, wo sie schon waren und wieder abgezogen sind – da war alles von rechts auf links, von oben nach unten gekehrt worden.« Er senkte den Kopf. »Das wird hier nicht anders werden.« Für einen Moment stockte er. »Michal meint, Sie sollten uns Ihren Schmuck mitgeben. Wenn endlich wieder Frieden ist, schicken wir die Sachen zurück. Dann können Sie wenigstens einen Teil Ihres Besitzes retten.«

»Was meinst du?«, fragte Gebhard leise. Frederike biss sich auf die Lippen.

»Ich weiß nicht – aber sie haben schon recht. Mutter erzählte, dass sie auf der Flucht viele geplünderte Häuser und Güter gesehen hätten.«

»Es ist vielleicht eine gute Möglichkeit, etwas zu retten«, meinte Gebhard.

»Ich hole den Schmuck.« Frederike ging nach oben. Sie hatte den Familienschmuck und das Taufsilber in mehrere kleine Köfferchen getan. Drum herum hatte sie als Tarnung Babywäsche gepackt. Nun nahm sie zwei der Koffer. Zwei weitere behielt sie, ohne sagen zu können, weshalb.

»Passen Sie gut darauf auf«, sagte Gebhard und reichte ihnen die Koffer, »und vielen herzlichen Dank.«

Frederike hatte ihnen zwei Rucksäcke gegeben, dazu etwas Wechselwäsche, ein Stück Seife und natürlich den Proviant, den Lore zubereitet hatte. Die Männer hatten ihre Häftlingskleidung zusammengerollt und ebenfalls eingepackt. Sie trugen gewöhnliche Bekleidung, denn die Gefahr, dass sie Wehrmachtsangehörigen oder Kettenhunden der SS begegneten, war groß. Die Häftlingskleidung indes nahmen sie mit, um sich vor der Roten Armee legitimieren zu können. In diese Rucksäcke stopften sie nun auch die Köfferchen. Dann brachen sie auf – durch das Gartenzimmer über die Veranda und dann durch den Obstgarten und weiter zur Stepenitz gingen sie. Sie wollten nach Südosten. Am Ufer der Stepenitz drehten sie sich noch einmal um und winkten Gebhard und Frederike zu, die ihnen nachschauten.

»Hoffentlich schaffen sie es«, sagte Frederike leise.

* * *

Am Vormittag des zweiten Mai, es war ein Mittwoch, kam Heide mit der Wagonette zu ihnen nach Burghof. In der Ferne konnte man immer wieder Geschützfeuer hören. Es hatte angefangen zu regnen, ein ausgiebiger Frühlingsregen, der die Felder durchtränkte und an die Fenster prasselte. Das Prasseln des Regens mischte sich mit dem Knattern der Geschütze.

Frederike hatte schon weiße Laken bereitgelegt, falls die Rote Armee einmarschieren würde.

Zusammen mit Heide gingen sie in den Salon und schalteten das Radio ein. Sie hörten den Wehrmachtssender aus Flensburg.

»*Um Mitternacht gab der Deutsche Rundfunk dem deutschen Volke in ernster, feierlicher Form die Kunde, dass unser Führer Adolf Hitler gestern in seinem Befehlsstand in der Reichskanzlei bis zum letzten Atemzug gegen den Bolschewismus kämpfend für Deutschland gefallen ist.*«

Alle drei sahen sich an.

»Hurra!«, rief Gebhard und sprang auf.

»Warte«, sagte Frederike und legte den Zeigefinger auf ihre Lippen. Wieder lauschten sie.

»*Nun verlesen wir eine Mitteilung von Großmarschall Dönitz, den unser Führer zu seinem Nachfolger erklärt hat*«, sagte der Sprecher. »*In tiefster Trauer und Ehrfurcht senkt das deutsche Volk sein Haupt. Hitler erkannte die furchtbare Gefahr des Bolschewismus bereits frühzeitig und widmete sein ganzes Leben diesem Kampf. Sein ganzes Leben war ein einziger Dienst für Deutschland. Sein Kampf gegen den Bolschewismus wurde aber auch für Europa und die ganze zivilisierte Welt geführt.*«

Dann erklang die siebte Symphonie von Bruckner.

Wie erstarrt sahen sie sich an.

»Ist es nun vorbei?«, fragte Frederike.

Gebhard schüttelte den Kopf. »Du hast es doch gehört, Dönitz ist zum Reichskanzler und Oberbefehlshaber der Wehrmacht ernannt worden. Es klingt doch so, als wolle er den Krieg weiterführen.«

»Das kann doch nicht sein.« Frederike senkte den Kopf.

»Ich habe gehört, dass Berlin gefallen sein soll«, sagte Heide. »Es wird vermutet, dass General Weidling kapituliert.«

»Was sicher das Beste wäre. Vielleicht ist es jetzt wirklich vorbei«, sagte Gebhard. »Willst du hierbleiben, Mutter? Falls die Rotarmisten heute kommen?«

»Nein.« Sie schüttelte energisch den Kopf. »Ich fahre zurück nach Leskow. Alles wird jetzt zusammenbrechen, mehr noch als zuvor, und ich will zusehen, dass ich wenigstens etwas zusammenhalte. So wie ihr hier auch!«

Ihnen war nach feiern zumute, und gleichzeitig wuchs die Angst – was würde werden? Wie würde dieser Krieg zu Ende gehen? Heide blieb noch bis zum Nachmittag, dann machte sie sich auf den Heimweg. Sie musste Gebhard versprechen, sich in den nächsten Tagen zu verbergen.

Früh am nächsten Morgen klopfte es hektisch an der Haustür. Gebhard hatte sich gerade fertiggemacht und lief nach unten. Es war ein Bauer aus der Umgebung. »Herr Baron, die Russen stehen vor

Mansfeld. In den nächsten Stunden werden sie einmarschieren. Bringen Sie sich und Ihre Familie in Sicherheit. Der Russe wütet wie verrückt.« Er tippte sich an die Mütze, zog die Schultern hoch und lief durch den dichten Regen davon.

Frederike war auf dem Treppenabsatz stehen geblieben, sie schlug die Hände vor den Mund. »Und nun?«, sagte sie verzweifelt.

Die Leute kamen aus dem Souterrain, denn eigentlich war dies die Zeit für die Andacht.

»Die Rotarmisten sind in unmittelbarer Nähe«, erklärte Gebhard.

»Kommen Sie, 'err Baron«, sagte Pierre. »Wir 'aben übärlägt, was wir wollen machön, wenn kommön die Russen. Sie kommön mit uns in Schnitter'aus. Ziehen Sachön an von uns. Wir versteckön Sie. Sie warön immer gut zu uns, jetzt ist ös Zeit für Revanche.« Er nahm Gebhard, zog ihn mit sich.

»Und meine Frau und die Kinder?«, fragte Gebhard. »Ich kann sie nicht alleine lassen.«

»Pascal macht schon den Ponywagen fertig«, sagte Wanda. »Wir werden uns im Blaubeerwald an der Meyenburger Chaussee verstecken.« Sie nickte Gebhard zu. »Alles wird gut werden. Ich passe auf sie auf.«

Schnell holte Frederike die Jacken und etwas Proviant. Die Familie Walter schickte sie zum Pfarrhaus. Dort sollten sie Unterschlupf suchen, bis alles vorbei war. Auch Gerulis sollte zum Pfarrhaus gehen. Lore und die Mädchen packten eilig einige Sachen zusammen. Sie würden bei den Familien der Leute unterkommen.

Der Ponywagen fuhr vor. Fritzi und Mathilde stiegen ein, Wanda mit Gebbi hinterher. Frederike überlegte, ob sie die Haustür abschließen sollte, ließ es aber dann – die Rotarmisten würden die Tür sowieso aufbrechen. Noch einmal sah sie sich zum Haus um, als die kleine Kutsche anfuhr. Es war eine Zeitenwende, und nichts würde mehr so sein wie bisher, wenn sie zurückkehrten. Falls sie zurückkehrten.

Es regnete seit zwei Tagen ohne Unterlass, alles war nass und kalt. Im Blaubeerwald war ein kleiner Unterbau, in dem sie sich verkrochen.

»Ich hätte noch mehr Decken mitnehmen sollen«, seufzte Frederike und zog Gebbi enger an sich. Die Kutschdecken waren jetzt schon klamm. Fritzi und Mathilde waren stumm vor Furcht. Auch Wanda war bleich. Luna legte sich dicht an sie, knurrte leise.

»Still!«, wies Frederike die Hündin an.

Auf der Straße marschierten die Soldaten in Richtung Mansfeld, sie hatten es gerade noch vor ihnen in den Wald geschafft.

In der Nacht froren sie entsetzlich. Aber Frederike schauderte auch bei dem Gedanken an Gebhard. Wie mochte es ihm ergehen?

Am nächsten Tag kam Pascal wieder, er war nicht alleine. Die polnischen Kriegsgefangenen, die im Betriebshof inhaftiert gewesen waren, hatten ihre Sachen auf Leiterwagen gepackt. Sie fuhren nach Hause. Aber sie erklärten sich bereit, Frederike und die Kinder bis nach Leskow mitzunehmen.

»Was ist mit dir, Wanda?«, fragte Frederike. »Willst du nicht auch nach Hause? Du bist jetzt frei.«

»Ja«, nickte Wanda. »Ich bin frei. Und es steht mir frei, noch zu bleiben. Ich lasse Sie jetzt nicht alleine. Sie nicht und die Kinder auch nicht. Ich bleibe.«

»Wirklich?« Frederike standen Tränen in den Augen.

Wanda nickte nur und nahm Mathilde, die ganz steif war, und trug sie zum Wagen.

Auf dem Weg nach Leskow kamen sie an einigen Häusern vorbei, in die Rotarmisten eingedrungen waren. Die Soldaten tranken und feierten. Und sie schmissen die Möbel aus den Fenstern. Es war ein entsetzlicher Anblick. Frederike fragte sich, was mit den Bewohnern geschehen sein mochte, aber dann wollte sie nicht zu sehr darüber nachdenken.

Der Treck fuhr unbehelligt bis nach Leskow, wo Frederike, Wanda und die Kinder vom Wagen stiegen. Sie froren, waren nass bis auf die Haut, und sie wussten nicht, was sie erwartete. Vorsichtig klopfte Frederike an die Tür des Verwalterhauses, während Wanda mit den Kindern in der Böschung wartete.

Die Tür wurde nur einen Spaltbreit geöffnet. »Ja?« Es war Dannemann, der Verwalter ihrer Schwiegermutter.

»Ich bin es«, sagte Frederike. »Baronin Mansfeld.«

»Frau Baronin!« Dannemann riss die Tür auf. »Na, Gott sei's gedankt, Sie leben. Wir haben uns so Sorgen gemacht. Kommen Sie rein, kommen Sie rein.« Er spähte über ihre Schulter. »Sind Sie etwa alleine hier?«

»Wanda und die Kinder ...« Sie zeigte zur Böschung. »Kommt!«, rief sie.

»Und der Herr Baron?«

»Er ist in Mansfeld. Die Franzosen haben ihn versteckt. Ich hoffe, es geht ihm gut.«

Heide kam ihr im Flur entgegen. »Freddy! Ihr lebt! Ich bin so froh.«

»Waren sie hier? Die Rotarmisten?«

Heide nickte. »Aber kommt erst einmal herein und wärmt euch auf.«

In der Küche wurde die Zinkwanne aufgestellt, im ersten Stock der Badeofen angeheizt. Alle durften heiß baden, bekamen trockene Kleidung, Milchsuppe und ein Stück Brot.

Eines der Mädchen kümmerte sich um die Kinder, während Frederike und Wanda nach oben gingen, Heide begleitete sie. Frederike ließ Wanda den Vortritt ins Bad, zog nur die durchnässten Schuhe und Strümpfe aus.

»Ist euch etwas passiert?«, fragte sie Heide. Ihre Schwiegermutter schüttelte den Kopf.

»Was ist mit Gebhard?«, fragte sie leise.

»Er ist auf Burghof geblieben – unsere Franzosen haben ihn mit ins Schnitterhaus genommen, ihm Häftlingskleidung gegeben und bei sich versteckt. Was nun ist, weiß ich nicht. Du hast nichts gehört?«

»Nein. Aus Mansfeld weiß ich nur, dass sich einige Leute vor dem Einmarsch der Rotarmisten umgebracht haben.«

»Um Gottes willen! Wer denn?«

»Dieser Dr. Eichenberg, der Zahnarzt aus Berge – er war doch bei seiner Schwester in der Perlebergerstraße untergekommen –, er und seine Frau, sein Bruder samt Frau, ihre Mutter und die Tante – sie haben gemeinsam Selbstmord begangen. Es hat wohl noch mehr Leute gegeben, die sich umgebracht haben – vor allem Frauen.«

»Hat es ... Vorfälle gegeben?«, fragte Frederike heiser.

Heide nickte. »Man hört davon. Vor allem junge Frauen werden geschändet.«

»Und hier?«

»Wir hatten bisher Glück – weil auf dem Hof so viele Polen und Russen waren. Die Polen sind schon fast alle weg, zurück in die Heimat – wer mag es ihnen verübeln. Die Russen dürfen wohl nicht einfach so – das muss erst geprüft werden. Versteh's, wer will. Und im Haus all die Einquartierten und Flüchtlinge. Sie haben nicht nach mir gesucht. Wohl aber haben sie den Weinkeller geplündert. Es war nur Wein. Und die besonders guten Flaschen habe ich schon längst versteckt.«

Wanda war fertig, und Frederike beeilte sich, ins Badezimmer zu kommen. Sie konnte das heiße Wasser nicht genießen, war nur froh, endlich wieder warm zu werden. Doch um ihr Herz lag eine dünne Eisschicht aus Furcht.

»Leider könnt ihr hier nicht bleiben, nicht hier im Haus«, sagte Heide später, nachdem alle versorgt und satt waren. »Das Haus ist voll, wir haben weder Zimmer noch Betten.«

»Ich geh nicht noch einmal in den Wald«, sagte Mathilde mit Tränen in den Augen. »Bitte nicht wieder in den Wald.«

»Ach, Kindchen, nein – du musst nicht in den Wald. Drüben in der Brennerei ist eine kleine Wohnung. Es ist die des polnischen Hausmeisters gewesen. Er ist gestern fort, und noch wurde dort niemand einquartiert. Ich habe schon Reni hinübergeschickt, um sauberzumachen. Dort könnt ihr für ein paar Tage Unterschlupf finden.« Dann sah sie Frederike an. »Du solltest dich allerdings verstecken. Zumindest tagsüber.«

»Im Wald?«

Heide nickte. »Ja, aber nicht unter den Bäumen – sondern im Försterhaus. Nachts kannst du sicher zu den Kindern kommen, aber tagsüber ist es noch zu gefährlich.«

»Ist der Krieg noch nicht vorbei?«, fragte Fritzi unsicher.

»Nein. Noch nicht. Aber bald. Und dann dürft ihr sicherlich auch wieder nach Hause.«

»Ich bleibe bei den Kindern«, sagte Wanda entschieden, und alle seufzten erleichtert auf.

Willi, der alte Kutscher, brachte Frederike zum Försterhaus und holte sie abends wieder ab. Er hatte eine Pistole unter seiner Jacke versteckt, aber zum Glück musste er nicht von ihr Gebrauch machen. Drei Tage ging das so. Immer wieder zogen sowjetische Verbände durch Leskow, und man hörte Gewehrsalven und Geschützdonner. Abends, wenn Frederike im Dunkeln aus dem Försterhaus in die Brennerei kam, aßen sie zusammen, dann ging Wanda. Sie schlief auf dem Gut in einem der Gesindehäuser, dort waren noch andere Polen, die gerade den Treck nach Hause vorbereiteten. Es war die vierte Nacht, als Wanda plötzlich zurückkam. Sie hatte ein Kissen und eine Decke dabei.

»Heute schlafe ich hier«, sagte sie zu Frederike. »Heute kommen die Russen. Ich schlafe auf dem Küchentisch – euch wird nichts passieren.«

Fritzi und Mathilde hatten bisher auf den Küchenbänken geschlafen, Frederike zusammen mit Gebbi in dem kleinen Bett in der Kammer. In dieser Nacht nahm Frederike auch die Mädchen mit zu sich. Sie drängten sich eng aneinander, nur Gebbi schlief selig, er verstand alles noch nicht. Die Mädchen wussten nicht, was die Rotarmisten mit Frauen taten, aber sie wussten, dass es schrecklich war. Mathilde weinte leise, Frederike strich ihr immer wieder über den Kopf. »Beruhige dich«, flüsterte sie.

Und dann kamen sie. Es mochten vier oder fünf junge Soldaten sein. Lärmend und polternd gingen sie die Straße entlang und hielten vor der Brennerei. Sie klopften an die Tür – es war kein freundliches Klopfen, es war ein böses Donnern mit dem Gewehrkolben.

»Atkrywai!«, rief jemand. »Dawai, dawai!«

»Bystra«, schrie ein anderer.

Sie hämmerten gegen die dünne Brettertür, die aufsprang – das Schloss war kaputt.

Wanda sprang vom Küchentisch, starrte die betrunkenen Soldaten wütend an.

»Paschli won atsjuda!«, schrie sie. »Na meste!«

Die Soldaten blieben stehen, damit hatten sie wohl nicht gerechnet.

»Dwalis wi nam tschortu!«

Der erste hob beide Hände. »Charascho! Charascho!«

Der zweite sagte: »Charascho, my ushe uchodim!« Und dann verschwanden sie wieder in der Dunkelheit.

Frederike stieß den Atem aus, den sie voller Angst angehalten hatte. Wanda öffnete die Tür zur Kammer.

»Sie sind weg. Und sie kommen auch nicht wieder, ganz bestimmt nicht.«

»Was haben sie gesagt?«, flüsterte Frederike.

»Dass ich aufmachen soll.« Wanda lächelte. »Ich habe ihnen gesagt, dass sie abhauen sollen. Das haben sie auch gemacht.«

»Danke, Wanda! Ich danke dir so sehr.«

»Ich bleibe trotzdem heute Nacht hier, auch wenn ich nicht glaube, dass noch jemand kommt.«

»Ich wusste gar nicht, dass du Russisch sprichst.«

»Eigentlich spreche ich es nicht gut. Aber ich kenne jede Menge Flüche und Schimpfwörter auf Russisch.« Sie sah zu den bleichen Mädchen. »Ihr könnt jetzt schlafen. Wirklich.«

Schon bald schliefen die Mädchen, und Frederike stand vorsichtig auf. Sie schlich sich zu Wanda. »Schläfst du?«

Wanda schüttelte den Kopf. »Ich habe auf Sie gewartet«, sagte sie. »Hier. Ich habe Wodka. Das wird uns beiden gut tun.« Sie schenkte ihnen beiden ein Glas ein.

Der Wodka brannte in Frederikes Kehle, und dann wärmte er ihren Magen. »Ich weiß nicht, wie ich dir danken soll«, sagte sie.

»Sie haben mir das Leben gerettet, Baronin.«

»Wanda – ich bin Freddy.« Sie hob das Glas. Einen Moment zögerte Wanda, dann stieß sie mit Frederike an. »Freddy!«

In dieser und in der nächsten Nacht blieb es ruhig.

Am übernächsten Tag wollte Frederike sich gerade fertig machen, um wieder zum Försterhaus zu gehen, als Heide aufgeregt über die Straße gerannt kam.

»Komm! Komm! Der Krieg ist vorbei. Sie haben es gerade im Radio durchgegeben.«

Alle standen vor dem Radio, das immer wieder dieselben Worte ausstrahlte.

»Reichssender Flensburg und die angeschlossenen Sender. Wir bringen heute den letzten Wehrmachtsbericht dieses Krieges. Aus dem Hauptquartier des Großadmirals, den 9. Mai 1945. Das Oberkommando der Wehrmacht gibt bekannt: In Ostpreußen haben deutsche Divisionen

noch gestern die Weichselmündung und den Westteil der Frischen Neh-
rung bis zuletzt tapfer verteidigt, wobei sich die 7. Infanteriedivision
besonders auszeichnete. Dem Oberbefehlshaber, General der Panzertrup-
pen von Saucken, wurden als Anerkennung für die vorbildliche Haltung
seiner Soldaten die Brillanten zum Eichenlaub mit Schwertern zum
Ritterkreuz des Eisernen Kreuzes verliehen. Als vorgeschobenes Bollwerk
fesselten unsere Armeen in Kurland unter dem bewährten Oberbefehl des
Generaloberst Hilpert monatelang überlegene sowjetische Schützen- und
Panzerverbände und erwarben sich in sechs großen Schlachten unver-
gänglichen Ruhm. Sie haben jede vorzeitige Übergabe abgelehnt. Fern
der Heimat haben die Verteidiger der Atlantik-Stützpunkte, unsere
Truppen in Norwegen und die Besatzungen der Ägäischen Inseln in Ge-
horsam und Disziplin die Waffenehre des deutschen Soldaten gewahrt.
Seit Mitternacht schweigen nun an allen Fronten die Waffen. Auf Befehl
des Großadmirals hat die Wehrmacht den aussichtslos gewordenen Kampf
eingestellt. Damit ist das fast sechsjährige heldenhafte Ringen zu Ende.
Es hat uns große Siege, aber auch schwere Niederlagen gebracht. Die
deutsche Wehrmacht ist am Ende einer gewaltigen Übermacht ehrenvoll
unterlegen. Wir brachten den Wortlaut des letzten Wehrmachtsberichtes
dieses Krieges. Es tritt eine Funkstille von drei Minuten ein.«

Nach den drei Minuten wurde der Beitrag erneut gesendet. Und dann
wieder. Frederike brauchte einige Zeit, bis sie es wirklich begriff: Der
Krieg war zu Ende, Deutschland hatte kapituliert. Nun würde alles
gut werden. Sie sahen sich an, und dann fielen sie sich in die Arme.

»Los, wir gehen nach Hause«, beschloss Frederike, die immer noch
nichts von Gebhard gehört hatte. »Ich muss nach Hause, zurück
nach Mansfeld.«

Die meisten Rotarmisten waren inzwischen weitergezogen, nur auf
den Bürgermeisterämtern hatten sie Kommandanturen eingerichtet
und einige Soldaten stationiert, die für Ordnung zu sorgen hatten.

Frederike, Wanda und die Kinder gingen die Bahngleise entlang bis nach Mansfeld. Sie trauten sich nicht, die Hauptstraße zu nehmen, die auch am Betriebshof vorbeiführte. Stattdessen schlichen sie sich durch die Gässchen, Gärten und Hinterhöfe bis zum Pfarrhaus.

»Ach Gottchen, ach Gottchen«, begrüßte die Pfarrersfrau sie. »Kommen Se rin, Baronin.«

»Wissen Sie, wo mein Mann ist?«, fragte Frederike mit belegter Stimme.

»Se ham ihn ins Rathaus jebracht, wa?«, sagte die Pfarrersfrau. »Da isser nu seit zwee Tajen. Ick gloob aber, es jeht ihm jut. Ham noch mehr Männer einkassiert. Eenije sind uffem Betriebshof inne Baracken vonne Russen. Die sin ja alle wech.«

»Und was … was wird mit den Männern?«

»Nu kommen Se erst mal rin, wa, Baronin. Und de Kinderchen auch. Hab bestimmt noch Brot un Kompott.« Sie führte sie in die gute Stube.

»Was ist mit Burghof?«, wollte Frederike wissen.

»Der Russe war da. O Gottchen, es sieht schlimm aus. Aber nu sindse wieder wech. Wolln Se gucken jehn? Ich pass uff de Kinderchen oof.«

Frederike nickte nur, ihre Kehle war wie zugeschnürt. Wanda sah sie an. »Ich komm mit, Freddy«, sagte sie.

Die beiden Frauen gingen durch das Gässchen, das am Pfarrhaus vorbei zur Stepenitz führte. Frederike blieb nur kurz stehen, um zum Rathaus zu blicken. Dort war Gebhard. Aber jetzt musste sie erst einmal schauen, wie es um ihr Zuhause bestellt war.

Schon als sie das Tor öffnete und in den Hof ging, verschlug es ihr den Atem. Überall vor dem Haus lagen zerbrochene Möbel, Bilder, Kleidung, Hausrat. Alle Fenster im Souterrain waren zerbrochen, überall lag Glas, große Splitter funkelten in der Sonne.

Frederike blieb stehen, ihr Atem ging schwer – das Haus stand noch, aber alles war zerstört. Sie ging die Treppe hoch, öffnete die Tür. Ein ekelerregender Geruch schlug ihr entgegen. Die Diele war offensichtlich als Abort benutzt worden. Schwärme von Schmeißfliegen surrten in der Luft.

»Diese Schweine«, murmelte Wanda. »Da sieht man, dass sie auf uns scheißen.«

Frederike sah sie an, dann fing sie an zu lachen – es platzte aus ihr heraus und war ein Ventil für all die aufgestauten Gefühle. »Was für eine Kacke«, sagte sie. »Im wahrsten Sinne des Wortes.« Dann fasste sie sich ein Herz und ging in den Salon. Fast alle Möbel waren kurz und klein geschlagen, die Vorhänge von den Fenstern, die Bücher aus den Regalen gerissen worden. Die Gemälde lagen am Boden oder waren verschwunden – vermutlich lagen sie im Hof. In jedem Zimmer bot sich ihr das gleiche Bild.

»Grundgütiger«, murmelte Frederike. Aber es half ja nichts. Das Haus stand noch, und nun galt es, es wieder bewohnbar zu machen.

Sie gingen zurück zum Pfarrhaus. Es hatte sich herumgesprochen, dass die Baronin wieder da war, und schon bald waren die Mädchen – Inge und Ilse, Johanna und Liese – beim Pfarrhaus. Auch Lore kam eilig angelaufen. Mit ihr Frau Walter.

»Es sieht schrecklich aus«, erklärte Frederike. »Sie haben alles kaputtgemacht. Wirklich alles. Es nützt aber nichts. Wir müssen aufräumen. Und wir können jede Hand gebrauchen.« Sie sah Lore an. »Was ist mit unseren Franzosen?«

»Ei, sin alle wech. De Russen hamse wechjebracht. Bis auf Pierre. Der hat sich jeweijert. Er will bleeben bei mir.« Sie wurde rot. Frederike musste sich auf die Lippen beißen, um nicht zu lachen. Bei all dem Elend gab es immer noch Lichtblicke.

Mit vereinten Kräften machten sie sich an die Arbeit. Zuerst beseitigten sie den stinkenden Unrat in der Diele. Plötzlich roch es nicht mehr nach Fäkalien, sondern nach Essig und grüner Seife. Alle kaputten Möbel trugen sie nach draußen – und es waren viele. Sie sortierten aus – rechts lagen die, die noch repariert werden konnten, links die anderen. Der linke Haufen wurde immer größer.

Erst gegen Abend war es so weit, dass die unteren Räume wieder einigermaßen zu bewohnen waren. Ein großes Problem war das Badezimmer im ersten Stock. Die Tür ging nach innen auf, aber sie ließ sich nicht öffnen. Die Soldaten hatten kübelweise Wäsche in den Raum gestopft, da aber die Wanne aus Furcht vor Bomben immer bis zum Rand mit Wasser gefüllt war, hatten sich die Sachen vollgesogen. Nun pappte alles aneinander, war schwer und nass. Frederike sah sich hilflos um.

»Thilde könnte durch das Türfenster passen«, sagte Wanda nachdenklich.

»Dann hol die Mädchen«, beschloss Frederike. Die Kinder waren noch bei der Pfarrersfamilie und wurden dort von deren vierzehnjähriger Tochter betreut.

Während Wanda losging, nahm Frederike einen Hammer und schlug die Scheibe in der Tür vorsichtig ein. Sorgfältig entfernte sie die Scherben.

Fritzi und Mathilde waren entsetzt, als sie ihr Zimmer sahen – auch da und ebenso im Kinderzimmer hatten die Rotarmisten gewütet. Das Puppenhaus war zerstört, die Puppen zerschnitten oder zerbrochen. Das kleine Tretauto von Gebbi hatten sie im Hof angezündet. Es war ein furchtbarer Anblick.

»Thilde«, sagte Frederike nun, »du musst uns helfen.«

Das Mädchen kam zu ihr. »Was soll ich machen, Mutti?«, fragte sie.

»Du musst ins Badezimmer klettern und das nasse Zeugs zu uns rausschmeißen. Meinst du, du kannst das?«

»Ich kann das«, sagte Fritzi.

»Ja, aber du bist zu groß«, sagte Frederike. »Du passt nicht durch die Öffnung. Thilde könnte es aber.«

»Ich bin aber älter und stärker«, sagte Fritzi.

»Deshalb kannst du uns hier im Flur helfen.« Frederike half Mathilde, durch die Öffnung zu krabbeln. Nach und nach stopfte das Mädchen alles nach draußen, bis sie schließlich die Tür öffnen konnten. Die nasse Bettwäsche wurde in den Hof getragen und zum Trocknen aufgehängt.

Der Mond schien schon, als sie endlich die Betten notdürftig bezogen hatten und schlafen gehen konnten.

Früh am nächsten Morgen ging Frederike zur Kommandantur. Frau Walter, die mit Clara und Grete wieder in die Mansarde gezogen war, passte auf die Kinder auf. Wanda begleitete Frederike. Frederike war froh, sie an ihrer Seite zu haben.

»Gut, dass du Russisch sprichst«, sagte sie und drückte Wandas Hand. »Ich habe ein wenig Angst.«

»Das brauchst du nicht, Freddy! Die Russen sind auch nur Menschen. Das weißt du doch, wir hatten russische Kriegsgefangene – Sergej, Iwan, Wladi … die waren alle nett.«

»Ich weiß.«

Vor dem Rathaus blieb Wanda stehen, senkte den Kopf. »Ich gehe nicht ganz uneigennützig mit«, sagte sie leise. »Ich möchte mich auch nach meiner Schwester erkundigen. Sie war doch noch in Ravensbrück. Bisher habe ich nichts von ihr gehört. Vermutlich ist sie tot. Aber ich will … es wenigstens wissen.«

»Natürlich! Natürlich werden wir auch nach deiner Schwester forschen.« Frederike nickte. »Das ist wichtig. Hast du irgendetwas von deiner Familie gehört? In der Heimat?«

»Sie sind alle tot. Ich habe Nachforschungen angestellt. Meine Eltern, meine Tanten und Onkel, meine Cousins und Cousinen – alle sind ermordet worden«, sagte sie fast tonlos. »Swetlana ist alles, was ich noch an Familie habe.«

»Ach Wanda.« Frederike nahm die Frau, die ihr inzwischen zur Freundin geworden war, in den Arm, drückte sie an sich. »Du bist auch Familie für mich.«

»Mit dem Tod meiner Familie habe ich gerechnet. Ich musste damit rechnen. Das ist seltsam, nicht wahr? Ich selbst bin als Gefangene, als Todgeweihte hierhergekommen, aber ich habe eine Freundin gefunden und so etwas wie … ja, wie Familie. Deine Kinder sind wie Nichten und Neffe für mich. Dieser Krieg hat viel zerstört, fast alles, aber er hat auch neue Dinge geschaffen – Dinge, die vorher nie möglich gewesen wären.«

Sie sahen sich an, sahen sich in die Augen. Es war ein wenig so, als ob die eine bei der anderen Halt und Zuversicht suchte und fand. Dann nickten beide, fassten sich ein Herz und gingen mit festem Schritt in die Kommandantur.

Unten im Rathaus saß ein russischer Soldat.

»Was ihr hierr macht?«, radebrechte er.

Wanda sprach ihn auf Russisch an. Frederike sprach zwar fließend Polnisch und verstand ein wenig Russisch, aber diesen Wortschwall verstand sie nicht. Sie hörte nur mehrfach »Baron Mansfeld«.

»Da, da!«, sagte der Soldat schließlich und zeigte nach oben. Er wedelte mit der Hand, als wollte er lästige Fliegen verscheuchen.

»Da«, das wusste Frederike, bedeutete »ja«.

»Komm«, sagte Wanda und zog sie mit sich die breite Treppe hinauf. »Wir müssen zum Kommandanten. Der Baron ist hier, er wurde verhaftet.«

»Was wird ihm vorgeworfen?«, fragte Frederike.

Wanda blieb stehen, sah Frederike mitleidig an. »Ihm wird vorgeworfen, ein Deutscher zu sein. Ich bitte dich – ihr seid die Feinde, die Besiegten.«

»Natürlich«, sagte Frederike. »Natürlich sind wir das.«

»Aber der Baron war einer der wenigen Guten. Ich werde es bezeugen. Und hast du nicht auch das Schreiben von den Böhmen, die ein paar Tage bei uns waren? Die Männer aus Sachsenhausen?«

»Ja, das habe ich.« Frederike hatte es geistesgegenwärtig vor ihrer Flucht noch eingesteckt.

»Pierre ist noch in Mansfeld, er wird für deinen Mann aussagen. Es wird eine Menge Leute geben, die bezeugen können, dass er kein Nazi war. Wir werden es schaffen.«

Frederike sah sie an, und plötzlich glaubte sie auch wieder daran. Man durfte nur die Hoffnung nie aufgeben.

Als sie zum Kommandanten kamen, war es plötzlich ganz einfach. Wanda redete auf ihn ein, ein Wasserfall an Worten. Er saß nur da und ließ sich berieseln, nickte hin und wieder. Dann nahm er ein Schreiben, setzte seine Unterschrift darunter, stempelte es ab, reichte es Frederike.

»Ihr Mann ist im Keller in einem Raum eingesperrt. Wir haben hier ja keine Zellen«, sagte er in bestem Deutsch und lächelte plötzlich. Ein etwas schiefes Lächeln. »Ich lasse ihn frei. Bisher habe ich nur Gutes über Ihren Mann gehört. Dennoch wird sich sein und Ihr Leben nun verändern. Sie stehen jetzt unter dem sowjetischen Befehl, und bei uns herrscht der Kommunismus – wir sind alle gleich. Es gibt keine Großgrundbesitzer mehr, es gibt keine Herrscherklasse mehr. Ihre Besitztümer gehören jetzt allen. Uns allen. Es gibt nur noch ein »Wir«, kein »Ich«. Haben Sie das verstanden Frau Mansfeld?«

Frederike nickte. Ihr wurde plötzlich bewusst, dass das »zu« in ihrem Namen von nun an ein Makel war.

Sie nahm das Schreiben entgegen und wandte sich zur Tür, doch Wanda blieb noch stehen. Wieder sprach sie auf Russisch mit dem Kommandanten, diesmal leiser, zögernd – aber auch eindringlich. Frederike begriff, dass sie nach ihrer Schwester fragte.

Der Kommandant hörte ihr zu, nahm ein Blatt Papier und notierte sich einige Dinge.

»Ich werde mich kümmern«, sagte er. Wanda dankte ihm und drehte sich um.

So schnell sie konnten, eilten sie nach unten in den Keller. Dort ist Gebhard, dachte Frederike. Und hoffentlich geht es ihm gut. Hoffentlich hatte er keine Angina-Pectoris-Attacke bekommen. Wenn ich jetzt etwas sage, egal was, dann wird der Traum, ihn lebend wiederzusehen, zerplatzen wie eine Seifenblase, dachte Frederike.

Aber es war kein Traum. Am Kellereingang saß ein Wachsoldat, dem sie das Schreiben reichte, er las es, nickte und schloss den Raum auf. Und dort war Gebhard, bleich und dreckig, unrasiert und ungewaschen – aber lebendig. Sie schloss ihn in die Arme. »Lass uns nach Hause gehen«, sagte sie leise. »Lass uns endlich nach Hause gehen, der Krieg ist vorbei.«

Gebhard schwieg, während sie zum Burghof gingen. Frederike musste ihn stützen, so schwach war er. Gebhard schwieg auch noch, als sie den Hof erreichten und durch das Tor, das schief in den Angeln hing, gingen. Im Hof blieb er stehen. Das Gerümpel war zur Stepenitz gebracht worden – dort türmte sich auch der zertrümmerte Hausrat vieler weiterer Mansfelder Familien auf. Es war eine wahre Müllhalde.

»Was ist mit den Kindern?«, fragte er, seine Stimme war heiser und rau.

»Es geht ihnen gut.«

»Meine Mutter?«

»Ihr geht es auch gut.«

Gebhard nickte und sah sich um. »Die Franzosen?«, fragte er leise.

»Sie sind weg – die Russen haben ihre Namen aufgenommen und sie dann fortgebracht.«

»Die anderen? Polen und Russen?«

»Sie durften nach Hause«, sagte Frederike.

Gebhard blickte zu Wanda. »Und du?«

»Ich bleibe noch. Außerdem habe ich keinen Ort mehr, zu dem ich gehen kann«, antwortete Wanda.

»Dürfen wir hier wohnen?«

»Im Moment schon«, antwortete Frederike. »Allerdings ist vieles zerstört. Möbel … Hausrat, Einrichtung …« Sie schluckte.

Langsam ging er weiter zum Haus. Vor der Treppe blieb er wieder stehen. »Gerulis ist tot«, sagte er. »Weißt du das?«

Frederike schüttelte entsetzt den Kopf.

»Es war sein Herz, denke ich – er starb, noch bevor die Russen da waren.«

»Besser so für ihn«, sagte Frederike und dachte an die vielen Menschen, die sich umgebracht hatten – es waren über dreißig in der näheren Umgebung. Sie hatten aus Angst vor der Vergeltung der Rotarmisten gehandelt. Bei vielen war es keine Entscheidung im Affekt gewesen – sie hatten sich lange im Voraus Gift besorgt. »Gerulis war sehr alt. Er hätte diese neue Welt nicht mehr verstanden. Ich bin mir nicht sicher, ob ich sie verstehen werde.«

»Doch, das wirst du. Wenn wir nur hierbleiben können.« Und nun traute sich Gebhard, die Stufen emporzugehen, das Haus zu betreten. Er öffnete die Tür, schaute sich um. Die Kinder warteten verhalten am Ende des Flures. Gebhard ging in die Hocke, öffnete die Arme.

»Vati! Vati! Vati!« Die Mädchen stürmten zu ihnen, Gebbi kam etwas langsamer auf seinen wackeligen Beinen hinterher. »Endlich bist du wieder da. Bleibst du jetzt?«

»Ja, jetzt bleibe ich«, sagte er im Brustton der Überzeugung. »Der Krieg ist zu Ende, das Dritte Reich gefallen, ab jetzt kann es nur besser werden.«

»Aber … aber er war doch unser Führer – Hitler war unser Führer«, sagte Fritzi. »Wie soll es ohne ihn gehen?«

Die Mädchen hatten natürlich zum BDM gehen müssen. In der

Schule, in der Gemeinde, überall war die Reichspropaganda gelebt worden. Wer dagegen war, wurde gemeldet und inhaftiert. Frederike und Gebhard hatten lange darüber diskutiert, immer wieder und wieder hatten sie darüber gesprochen, aber es gab keinen Weg, die Mädchen davon fernzuhalten. Die zu Mansfelds hatten eine andere Einstellung zum Nationalsozialismus. Sie lebten ihre Einstellung – sie kümmerten sich um die Schwachen, die Kriegsgefangenen, die politischen Häftlinge. An den Veranstaltungen der Nazis nahmen sie nicht teil, wenn es sich vermeiden ließ. Aber die Mädchen mussten teilnehmen, mussten beim BDM sein, mussten auch zum Teil daran glauben, was ihnen vorgebetet wurde, denn ansonsten hätten sie die Jahre im Dritten Reich nicht überstanden. Sie bekamen beides mit – die Eltern, die dem Führer nicht begeistert huldigten, und die Gesellschaft, die dem Führer hörig war.

Oft hatte Frederike deswegen ein schlechtes Gewissen gehabt. Aber sie hatte es beiseitegeschoben, es gab andere Dinge, um die sie sich kümmern musste, Dinge, die wichtiger waren. Überlebenswichtig. Sie hoffte, dass ihre Mädchen es begreifen würden – irgendwann.

»Hitler«, sagte Gebhard mit leiser Stimme. »Unser Führer.« Er sah sie an, schaute den Mädchen in die Augen. »Mochtet ihr ihn?«

Fritzi warf einen verstohlenen Blick zu Mathilde. Mathilde schluckte.

»Ich mag ihn nicht«, hauchte die kleine Mathilde. Sie würde im Frühherbst erst sieben Jahre alt werden.

»Er ist tot«, korrigierte ihn Fritzi. Sie sagte es so kalt, so abgebrüht, dass es Frederike schauderte.

»Fritzi …«

Ihre älteste Tochter schaute Frederike an. »Was denn?«

»Wie kannst du so über den Tod eines Menschen sprechen? Auch wenn es der Führer war.«

Fritzi hob die Hände, Tränen standen in ihren Augen. »Gerulis ist tot. Tante Hilde ist tot. Immer wieder lagen tote Menschen am Wegesrand. Menschen sterben … alle Familien in Mansfeld, die ich kenne, haben irgendwen im Krieg verloren – ich hörte das immer wieder. Und erst habe ich gedacht, sie haben sich verirrt. Ich habe mich mal im Blaubeerwald verirrt, das war schrecklich, ich dachte, ich finde nie wieder nach Hause.« Fritzi schnäuzte sich, die Tränen liefen weiter. »Aber dann erzählte mir jemand, dass im Krieg ›verloren‹ bedeutet, dass derjenige tot ist. Für immer. Die Söhne des Schweizers, der Sohn des Pfarrers, unsere Feldarbeiter … so viele, viele, viele …« Sie stampfte auf. »Sie sind alle weg. Und sie kommen nicht wieder.« Fritzi putzte sich wieder die Nase, sah ihre Mutter an. »Ich habe die meisten gekannt, getroffen, mit ihnen geredet. Mit den Söhnen des Schweizers habe ich gespielt … Warum fragst du?«

Frederike nahm ihre Tochter in die Arme, drückte sie an sich. »Ich dachte nur …«

»Was dachtest du?«, fragte Fritzi und befreite sich aus der Umarmung. »Dass wir Schafe sind?« Sie klang erbost. »Nein, ich bin nicht traurig über den Tod des Führers. Gut, dass er tot ist.« Sie schaute Gebhard an. »Der Führer hat Vati ins Gefängnis gesteckt, er konnte kein guter Mensch sein. Niemand, der Vati ins Gefängnis steckt, kann gut sein.«

Gebhard drehte sich um, wischte sich die Tränen aus dem Gesicht. Dann sah er Fritzi wieder an. »Ich liebe dich, mein Kind.«

»Liebst du mich auch?«, fragte Mathilde schüchtern.

»Natürlich.« Er nahm die Mädchen wieder in die Arme.

»Un' ich? Un' ich?«, rief Gebbi, der gar nicht begriff, worum es ging.

Gebhard nahm seinen kleinen Sohn, schwenkte ihn. »Dich auch. Du bist so unschuldig, wer könnte dich nicht lieben?«

»Gebhard!«, rief Frederike erschrocken und nahm ihm das Kind ab. »Du musst auf dich achten.«

Sie gingen in den Salon – dort brannte ein Feuer im Kamin. Es waren Holzreste der zerstörten Möbel. Feuerholz würden sie in der nächsten Zeit genügend haben. Erstaunt sah sich Gebhard um. Die wenigsten Möbel waren noch vorhanden – alle Bücher hatten die Rotarmisten aus den Regalen gekippt, die meisten waren zerstört. Es war ein bunt zusammengewürfeltes Ensemble, was nun im Salon vor dem Kamin stand. Stühle, ein Sessel, das Sofa aus dem Gartenzimmer, kleine Tischchen, ein größerer Tisch. Suchend schaute sich Gebhard um.

»Mein Sekretär?«

»Zerschlagen«, sagte Frederike.

»Die Gutsbücher?«

»Verbrannt.« Sie biss sich auf die Lippe, wusste, was es ihm bedeutete. Sie hatten Gutsbücher aus fünf Jahrhunderten gehabt. Das war nun alles Asche und Staub.

Erschöpft nahm Gebhard auf dem Sessel Platz. »Was bleibt uns jetzt noch?«

»Wir haben uns.« Frederike traute sich nicht, ihm sofort die ganze Wahrheit zu sagen – denn wie es weitergehen würde, wusste sie auch nicht.

»Ja, wir haben uns.« Er presste die Hand auf seine Brust, atmete schwer.

»Unser Schlafzimmer ist immer noch oben«, sagte Frederike sanft. »Leg dich hin. Die Betten sind bezogen … es sind andere Betten, aber man kann darin schlafen.«

»Ich hätte gerne ein Bad.«

Frederike seufzte. »Der Badeofen ist kaputt.«

»Ich nehme auch eine Zinkwanne.« Gebhard lächelte und stand auf. »Kannst du das in die Wege leiten?« Er küsste noch einmal die Kinder, dann ging er langsam und bedächtig nach oben.

»Warum hast du Vati nicht gesagt, dass wir gar keinen Ofen mehr haben, um zu kochen und Wasser zu erhitzen?«, fragte Fritzi. »Wie sollen wir denn jetzt die Zinkwanne füllen? Und haben wir überhaupt noch eine?« Sie kratzte sich hinter dem Ohr.

Die Kinder müssen dringend baden, dachte Frederike, Gebhard auch – nach seinen Tagen in Haft. Ich stinke vermutlich wie ein Otter – es war zum Verzweifeln.

Die Rotarmisten hatten den großen Herd im Souterrain mit großen Hämmern und Äxten zerstört. Sie hatten die gusseiserne Wasserhexe – den Behälter, der immer mit Wasser gefüllt im Ofen hing – zerschlagen. Sie hatten die Arbeitstische in Stücke gehauen, das Geschirr und die Gläser. Es war fast nichts mehr da. Der Badeofen im ersten Stock war zerstört. Es gab noch den offenen Kamin im Salon – aber keine Kessel, in denen man kochen oder Wasser erhitzen konnte. Frederike hatte keine Ahnung vom Kochen – sie konnte Lebensmittel bestellen, Menüs planen, zur Not konnte sie eine Kartoffel schälen, aber wie lange diese brauchte, um gar zu werden, das wusste sie nicht wirklich. Sie hatte es nie wissen müssen. Einmal hatte sie für eine Woche auf Fennhusen in der Küche geholfen – aber es schien ihr zwei Leben weit weg zu sein. Zu lange, um sich wirklich daran zu erinnern.

»Ich habe im Kuhstall einen großen Kessel gesehen«, sagte Wanda. »Ich glaube, er ist noch ganz. Der war wohl zum Milchauskochen …« Sie senkte den Kopf. »Du müsst es dem Baron sagen. Alles«, flüsterte sie.

Frederike nickte. »Aber nicht jetzt. Nicht sofort. Er wird es schon erfahren. Erst einmal muss er sich waschen können.«

»Fritzi, Thilde«, sagte Wanda und ging zur Tür. »Ich brauche eure Hilfe.«

So schrecklich alles war, für die Kinder war es auch ein Abenteuer. Die Kinder sprangen begeistert auf, gingen mit Wanda mit. Nur Klein Gebbi blieb enttäuscht zurück. Aber Else, das Kindermädchen, das Frederike vor Jahren aus einem Krankenhaus engagiert hatte und welches seitdem auf dem Gut diente, nahm ihn in den Arm. »Wir gehen in den Garten«, sagte sie. Else hatte sich aus Angst vor den Rotarmisten vier Tage in einem Schuppen versteckt und nur Regenwasser getrunken. Sie war halb verhungert gewesen, als man sie fand.

Frederike stand auf und ging ins Souterrain. Dort räumte Lore mit Hilfe von zwei Mädchen auf. Viel war nicht zu retten.

»Herd is kaputt!«, seufzte Lore und strich sich die Tränen aus den Augenwinkeln. »Meen scheener Herd. Hin isser. Da jibts ooch nüscht zu retten.«

»Und … wo kochen wir nun?«, fragte Frederike verzweifelt.

»Wees jar nicht, was soll ich kochen. Is da nüscht. Russen ham jetietet de Hiehner alle, de Puten und de Täubchen. Milchkiehe hamse jetrieben zusammen. Kiennen wir nich dran. Jehört dem Iwan nu.« Sie seufzte. »Un alles, wat ich hab einjeweckt, is zerschlajn – alles. Jemüse, Obst, Fleesch. De Eeskeller hamse jeräumt und et Fleesch aufn Hoofen jekippt. Is verdorben jetzt. Een Elend, eene Schande allet. Weeß nich, wovon wir solln leben jetzt.«

»Leben die Kühe denn noch?«

Lore nickte und schnäuzte sich geräuschvoll. »Leven tun se – alle auffe Wiese hinterm Betriebshof. Jemolken werden se jeden Tach vonne Miedchen aus'm Dorf, damit de Eiter nich platzt, awwer de Miedchen miessen schietten wech Milch, is das zu glooben? Damit niemand nich kriecht jute, frische Milch.« Sie seufzte schwer. »De Sowiets sagen, dat allet allen jehiert, un dann schmeeßen sie et wech. Schande.«

»Wir sind die Besiegten, Lore. Sie wollen und müssen uns strafen. Ob sie uns verhungern lassen müssen, stell ich mal dahin – aber sie müssen Härte zeigen.«

»Heerte? Hier? Weshalb?«

»Weil wir alle Deutsche sind.« Frederike schluckte, es fiel ihr schwer. Sie sah sich in der zertrümmerten Küche um, aber da stand kein Krug mehr mit selbstgemachter Limonade, auf dem Herd kochte nicht mehr der Kaffee oder wenigstens der Muckefuck. Es gab keinen Herd mehr. »Wir müssen irgendwie Wasser erhitzen. Mein Mann braucht ein Bad«, sagte sie leise. »Aber wie? Und wie kochen wir Essen?«

»Wasser kiennen wir erhitzen in Kamin oben inne Salon«, sagte Lore pragmatisch. »Broochen nur een Kessel.«

»Und Essen?«

»Essen weerd schweerig. Awwer ich will sehen zu, Jnädigste.«

»Kann ich etwas tun?«

Lore schüttelte den Kopf. »Muss erst kriejen Ieberblick ieber Laje, dann sech ich Bescheed.«

»Gut.« Frederike sah sich unschlüssig um.

»Na, jehen Se zum Baron«, scheuchte Lore sie fort. »Ham jewiss jenuch zu erzeehlen. Nu machen Se schon.« Plötzlich leuchteten Lores Augen wieder, sie zwinkerte Frederike zu.

»Wenn ich etwas tun kann …«

»Jehen Se, jehen Se!«

Frederike ging nach oben. Das Haus sah anders aus als vorher, aber wenn sie an die Bombenruinen in Potsdam und Berlin dachte, wusste sie, dass sie wirklich Glück gehabt hatten. Das Gebäude stand noch, nur die Einrichtung war verwüstet worden. Wie es jetzt weitergehen würde, wusste sie nicht. Aber Gebhard war zu Hause, und die Kinder waren auch hier – alle relativ gesund und munter. Es würde weitergehen, irgendwie. Langsam stieg sie Stufe für Stufe nach oben. Gebhard lag im Bett und schlief. Schweißperlen standen auf seiner Stirn, obwohl es nicht warm war. Sie deckte ihn behutsam zu, schloss das Fenster. Im Flur hatten sie zerschlagene Möbelteile aufgestapelt – das war nun Brennholz. Sie nahm zwei Tischbeine, es war Holz von der Kinderzimmereinrichtung, stopfte sie in den kleinen Ofen im Schlafzimmer, blies in die Glut. Bald war es warm, Gebhard schlief unruhig, er stöhnte und seufzte im Schlaf, wälzte sich unruhig von einer Seite zur anderen. Frederike wollte ihn weder wecken noch so lassen – es zerriss sie. Die neue Realität nahm gerade erst Formen an. Nach einer Weile ging sie wieder hinunter. Wanda hatte mit den Mädchen den großen Kessel gefunden, ihn geschrubbt, und nun stand er auf drei Eisenfüßen im Kamin – mit Wasser gefüllt.

»Es wird dauern, bis das Wasser kocht«, sagte Wanda nachdenklich. »Und dann müssen wir es noch hochtragen – Kanne für Kanne.«

»Unfug«, beschloss Frederike. »Wo ist die Zinkwanne?«

»Die steht in der Diele. Ilse hat sie mit Sand ausgeschrubbt und gespült.«

»Wunderbar. Dann tragen wir sie in den Salon. Direkt an den Kessel. Hier ist es schön warm, und wir können die Wanne viel einfacher füllen.«

»Der Baron soll hier baden?«, fragte Wanda verblüfft.

Frederike zuckte mit den Schultern. »Warum denn nicht?«

»Es ist der Salon.«

»Ich glaube, von diesen Bezeichnungen müssen wir uns nun verabschieden. Es ist ein Raum mit Kamin, in dem man einen Kessel erwärmen kann. Es könnte eine Küche sein, eine Waschküche, ein Badezimmer, aber auch ein Salon.« Sie versuchte zu lächeln. »Sieh dir die Möbel an – da ist von allem etwas, nur kein Bett und nichts aus der Küche ...« Plötzlich hörte sie Geräusche aus dem Gartenzimmer. Dort stand einer der kleinen gusseisernen Öfen. Er war im Grunde zu klein, um den Raum vor der Veranda zu erwärmen, und er war auch zu klein, um dort eine Mahlzeit zu kochen – es passte nur ein Topf oben drauf. Ein Topf.

Frederike ging nach nebenan in das Gartenzimmer. Lore befeuerte den kleinen Ofen.

»Was machst du?«

»Ich koche«, sagte Lore. »Is eenziger Herd, den we ham. Also koche ich hier.«

»Darauf passt doch höchstens ein Topf.«

»Ei sicher. Immerhin.« Lore schüttelte den Kopf. »Muss reechen, bis we ham wat anderes.«

Kopfschüttelnd ging Frederike wieder nach drüben. Das Wasser im Kessel siedete nun schon. Wanda, Fritzi und Mathilde schleppten weitere Eimer mit Wasser vom Brunnen herbei – zum Glück hatten sie jede Menge Eimer.

»Gleich können wir die Wanne füllen«, meinte Wanda. »Und dann weiteres Wasser erhitzen.«

»Danke.« Frederike eilte nach oben. Gebhard schlief immer noch. Für einen Moment zögerte sie, dann beschloss sie, ihn zu wecken.

»Mein Liebster, das Wasser ist heiß, du kannst baden«, sagte sie sanft. Erschrocken wachte er auf, schlug um sich. Frederike konnte gerade noch ausweichen.

»Was? Was?«, keuchte er.

»Liebling«, versuchte Frederike ihn zu beruhigen. »Du kannst baden. Werde aber erst einmal wach.«

Verwirrt sah er sie an. »Wo … wo …« Dann holte er tief Luft. »Ich bin zu Hause«, sagte er erleichtert.

»Ja, und du kannst gleich ein Bad nehmen«, erklärte Frederike. »Allerdings müssen wir improvisieren – das Badezimmer hier oben ist kaputt. Aber ich habe eine Zinkwanne gefunden. Wir haben unten im Salon einen Kessel auf die Feuerstelle getan und Wasser erhitzt. Du kannst dort ein Bad nehmen …«

»Im Salon?«

Frederike nickte unsicher.

»Ah. Nun gut. Ich habe schon Schlimmeres gesehen«, sagte Gebhard und versuchte, fröhlich zu klingen. Aber ihm ging es wie ihr – die neuen Umstände waren schwer zu akzeptieren.

Frederike hatte noch saubere Wäsche von Gebhard gefunden, es waren alte Sachen, die tief hinten in den Schränken gewesen waren. Zeit, um sie durchzuwaschen, hatte sie nicht. Aber alles war besser als die verlausten Sachen, die er trug.

Während Gebhard nach unten ging, um zu baden, durchsuchte sie mit Fritzi, Mathilde und Wanda weitere Kleiderhaufen. Manches hatten die Rotarmisten zerschnitten oder angezündet, aber einiges war einfach nur irgendwohin geschmissen worden – aber im Grunde noch in Ordnung.

Einige Sachen hatte Frederike in Koffer gepackt und im Kartoffelkeller versteckt. Das war immer noch dort. Auch Kartoffeln hatten sie noch – alt und schrumpelig, aber durchaus genießbar. Bald sollte die erste Ernte vom Feld kommen. Auch das letzte Wurzelgemüse war noch in den Sandkisten. Aber alles, was Lore und die Küchenmädchen sorgfältig eingeweckt und eingelegt hatten, war zerstört und zerschlagen worden. Hunderte von aufgebrochenen Weckgläsern lagen im Hof vor der Küche.

»Grundgütiger«, seufzte Frederike. »Das müssen wir gründlich saubermachen, nicht, dass sich am Ende noch jemand an den Scherben verletzt.«

Der Gemüsegarten war durchpflügt worden – kaum ein Setzling hatte der Zerstörungswut der Besatzer trotzen können. Die Glasdächer der Frühbeete waren eingeschmissen, die Strohmatten, die die empfindlichen Pflanzen vor nächtlichem Frost schützen sollten, angezündet worden.

»Was hat diese Menschen umgetrieben?«, fragte sich Frederike voller Wut, aber auch Entsetzen. »Das sind doch auch Menschen, die für ihren Lebensunterhalt arbeiten müssen ...«

Wanda nickte. »Aber es sind auch Menschen voller Hass, Wut und Enttäuschung. Und jetzt, nach ihrem Sieg, voller Rache. Sie wollen zerstören. Sie wollen das Land und die Leute zerstören, die ihr Land vernichtet haben. Sie sind die Sieger. Ihr seid die Besiegten. Sie wollen, dass ihr es spürt.«

»Indem wir verhungern?«, fragte Frederike verzagt. »Indem ich und meine Kinder verhungern?« Sie schüttelte den Kopf. »Sie haben doch auch Frauen und Kinder ...«

»Ich habe Berichte gehört ... die Wehrmacht hat auf Frauen und Kinder in der Sowjetunion keine Rücksicht genommen. Getreide und Kartoffeln wurden aus Weißrussland und der Ukraine ins Reich gebracht – ganz bewusst, um die Bevölkerung auszuhungern«, sagte Wanda leise. »Auch Polen wurde ausgeplündert.«

Frederike senkte beschämt den Kopf. Wanda sah das betroffene Gesicht ihrer Freundin und legte ihr eine Hand auf den Arm. »Aber ihr wart nicht so, wir hier waren nicht so.« Sie schluckte. »Wir haben von unseren Erzeugnissen gelebt. Dem Land und allem, was es hervorbrachte.«

»Wir?«, fragte Frederike zaghaft.

»Ja, wir. Denn ich gehöre doch auch dazu. Zu euch, zu Mansfeld. Du und dein Mann, ihr seid anders. Ihr seid großherzig gewesen, immer. Auch wenn es zu eurem Nachteil war. Gerechtigkeit hat hier auf dem Gut immer eine große Rolle gespielt.« Sie bückte sich, zog vorsichtig einen Setzling aus den Scherben. »Den kann man wieder einpflanzen, glaube ich.«

Frederike hockte sich neben sie. Zusammen zogen sie vorsichtig einen Setzling nach dem anderen aus den zerstörten Frühbeeten. Dann pflanzten sie die Setzlinge in den Garten, in die noch unbestellten Beete.

Nachdem sie fertig waren, klopfte sich Wanda zufrieden die Erde von den Händen. »Das ist ein Neuanfang«, sagte sie lächelnd.

»Aber es wird dauern, bis diese Pflanzen geerntet werden können.«

»Wir haben es bis hierher geschafft, Freddy. Dieses Jahr wird schwer werden. Vielleicht werden wir hungern und frieren. Aber der Krieg ist vorbei, und es wird aufwärtsgehen.«

»Ja!«, sagte Frederike. »Ja, du hast recht. Wir dürfen nur nicht den Mut verlieren. Das Schlimmste liegt hinter uns.«

Sie sahen sich an und lächelten.

Kapitel 14

◦–•

Aber so einfach war es nicht. Der Krieg war vorbei, die Macht der Nazis gebrochen. Nun hatte in Brandenburg die Sowjetunion das Sagen. Das Reich war von den Alliierten besetzt worden. Im Juli schon setzten sich die vier Siegermächte – England, die Sowjetunion, die USA und das nun wieder befreite Frankreich – in Potsdam zusammen. Sie berieten über die Neuordnung Europas und wie mit dem besiegten Deutschland umgegangen werden soll.

Währenddessen versuchte man, auch auf Burghof in Mansfeld wieder ein geordnetes Leben zu schaffen. Aber das war nicht so leicht. Es mangelte an allem: Sie hatten kein Geflügel, keine Milch, keine Schafe, keine Vorräte. Steckrüben gab es, sie wurden gekocht, püriert, gebraten, gedünstet. Eigentlich war die Steckrübe ein leckeres Gemüse – anspruchslos und auch im Winter zu ernten. Aber ohne Sahne, Butter, Brühe und Gewürze schmeckte sie einfach nur fad. Außerdem hing ihr der Mief der Hungerwinter des Ersten Weltkriegs an. Ein wenig Kohl hatten sie im Burghof noch, etwas Wurzelgemüse vom letzten Jahr. Und jeden Tag gingen Wanda und Else mit den Kindern hinaus, sammelten Brennnesseln, Kräuter und Wildgemüse.

Im Gemüsegarten wuchsen zwar die ersten Pflanzen – die geretteten Setzlinge aus den Frühbeeten, aber eine Ernte lag in weiter Ferne.

Immer noch wurde Tag für Tag die Milch der Kühe weggeschüttet, nur die ärmsten Familien bekamen etwas auf Antrag. Frederike stellte ebenfalls einen Antrag, aber er wurde abgelehnt. Sie gehörte zu den

Junkern, den Adligen, den Reichen – so zumindest sahen es die Besatzer.

Lore kochte auf dem kleinen Ofen im Gartenzimmer mit nur einem Topf – sie alle konnte sie damit nur mehr schlecht als recht ernähren. Sie wurde sichtlich unzufriedener. Natürlich ging es allen ähnlich, und in den großen Städten war das Elend noch größer. Überall fehlte es an allem. Wohnraum, Kleidung, Nahrung. Immer noch strömten Flüchtlinge in den Westen, und nun sollte Deutschland ganz neu aufgeteilt werden. Es gab die Potsdamer Konferenz im Juli – allerdings bekam der Großteil der Bevölkerung von den Beschlussfassungen kaum etwas direkt mit. Zwar berichteten die Nachrichtensender, aber da es nur selten Strom gab, konnte kaum jemand die Sendungen empfangen.

Inzwischen hatte die Verwaltung der Sowjetischen Besatzungszone, zu der die Prignitz nun zählte, entschieden, dass die Kühe, die immer noch gesammelt auf einer Weide hinter dem Betriebshof standen, aufgeteilt werden sollten. Anspruch auf eine Milchkuh hatten eine Familie, die vertrieben worden war, und Arbeiterfamilien. Die Gutsfamilie hatte keinen Anspruch, auch die Bauern in der Gegend nicht.

Frau Walter, die immer noch oben im Burghof wohnte, durfte jedoch eine Kuh haben. Frederike begleitete sie, als sie die Kuh aussuchen durfte.

»Dahinten, das ist Lisa, eine sehr gute Milchkuh, nehmen Sie die«, flüsterte sie Frau Walter zu. Und so kam die beste Milchkuh wieder zurück zum Hof. Jeden Abend ging Gebhard mit Fritzi und Mathilde zum Betriebshof. In seinen Manteltaschen hatte er zwei Flaschen. Heimlich füllte der Vorarbeiter, der früher auch für Gebhard gearbeitet hatte und dann an die Front geschickt worden war, ihnen Milch ab. Manchmal gab es auch ein Stück Butter oder ein wenig Sahne dazu.

Es war eine gefährliche Aktion – verboten und unter Strafe gestellt. Gebhard durfte sich nicht erwischen lassen, aber er hatte Glück. Den beiden Mädchen verkaufte er den täglichen Ausflug als Abenteuer, aber sie spürten, dass es mit Gefahr verbunden war. Doch das Ergebnis zählte – die Milch war eine zusätzliche Nahrungsquelle, und Lore zauberte auf dem kleinen Ofen Gerichte daraus.

Die Hühner waren alle von den Rotarmisten geschlachtet worden, einen Teil hatten sie verspeist, der Rest verweste schon, als Frederike das Gutshaus wieder übernahm. Doch irgendwoher hatte Lore Hühnereier bekommen. Der Brutofen war, so wie alles andere in der Küche, zerstört. Aber aus vier der Eier, die Lore in ihrem Bett unter der Daunendecke mit Wärmflaschen umsorgte, schlüpften zum Entzücken aller Küken. Eins starb noch in der ersten Woche, und Fritzi und Mathilde beerdigten es unter großer Trauer im Garten. Das zweite starb eine Woche später. Aber zwei überlebten – ein kleiner Hahn und eine Henne. Vielleicht der Anfang für den neuen Geflügelhof. Zumindest gaben die beiden Hoffnung.

»Was ist mit dir?«, fragte Frederike Lore an einem Montag Anfang August. In den letzten Wochen hatten sie alle dabei zusehen können, wie die sonst so fröhliche und optimistische Lore immer missmutiger und verschlossener wurde.

»Wat soll seen mit mir?«, fragte Lore bissig zurück. Dann sah sie Frederike entschuldigend an. »Tut mir leed. Wollt nich seen ausfellich.«

»Aber du bist … unglücklich«, folgerte Frederike.

Lore schnaufte. »Meen Pierre musste entscheeden sich – hierbleeben oder jehen zurieck nach Fronkraisch. Hier wird allet kommen kommunistisch, awwer Pierre will machen in Keese un Butterchen – verscheedene Sorten. Hat schon een Plan und jenaue Vorstellunjen.« Sie nickte. »Pierre wollte bleeben hier – ham Kiehe, ham Schaafe, ham Ziejen – Wetter ist jut, Weide is da. Awwer dat mittem Kommunismus, dat hat jeschmeckt ihm nich. Nu isser zurieck nach Fronkraisch, letzte Woche.« Sie senkte den Kopf. »Kann verstehen ich ja. Awwer …« Sie seufzte.

»Er möchte nicht im Kommunismus unter den Russen leben und ist zurück nach Frankreich?«, fasste Frederike zusammen, weil sie merkte, wie schwer es Lore fiel, den Satz zu Ende zu sprechen.

Lore nickte.

»Und was ist mit dir?«

»Na, wat soll seen?«

»Wollte er dich nicht mitnehmen?«

Lore lachte kurz auf. »Doch, wollte er.«

»Aber?«

»Awwer … Jnädigste – ich spreche keen Franziesisch, ich kenne dat Land jar nicht. Wie wird fiehlen ich mich, wenn ich jehe inne Fremde?«

»Du hast Pierre. Und du kannst kochen, Lore«, sagte Frederike sanft.

»Ei sicher, kochen kann ich.« Lore schnaufte. »Awwer Se kiennen et nich – kochen. Verzeihung, Jnädigste, awwer das is wie et is – Se kiennen nich kochen.«

»Das stimmt«, gab Frederike zu. »Kochen kann ich nicht.«

»Un deshalb ich jehen nich kann – kann Se doch nich lassen alleen mitte Kinderchen. Jeht doch nich.« Lore senkte den Kopf.

»Du willst hierbleiben wegen mir und den Kindern?«, fragte Frederike verblüfft.

»Ei sicher. Seid doch meene Familie. Kann nicht lassen aleene euch.«

Frederike überlegte kurz. »Sag, Lore, liebst du Pierre?«, fragte sie dann leise. »Liebst du, liebst du, liebst du ihn? So ganz von Herzen?« Sie sah die Köchin fragend an.

Lore senkte den Kopf, nestelte mit den Fingern an ihrer Schürze, dann schaute sie Frederike an. »Gloob schon.«

»Dann geh. Geh mit ihm nach Frankreich. Mach dein Glück dort. Die Sprache wirst du lernen, wenn du da lebst. Es ist dein Leben – und du hast nur eines. Keiner weiß, was noch wird. Wenn du meinst, dass du mit Pierre glücklich werden kannst – dann werde glücklich mit ihm.«

»Un wer wird kochen fier de Familie hier?«, fragte Lore.

»Ich. Oder jemand aus dem Dorf. Wir werden nicht verhungern, Lore. Es geht aber um dein Leben, dein Glück. Nimm es bei den Händen und mach es! Bitte.«

»Erbarmung, wirklich?«

»Wirklich! Ich bestehe darauf!«

»Lore war wieder bei der Polizei«, erzählte Frederike Gebhard, als sie abends zusammensaßen. »Sie braucht noch weitere Formulare.«

»Will sie wirklich immer noch nach Frankreich auswandern?« Gebhard sah skeptisch auf. »Zu ihrem Pierre?«

Frederike nickte. »Sie sagt, das wäre jetzt ihre Chance. Irgendetwas muss sie machen – wir können sie nicht mehr bezahlen.«

»Soll ich noch einmal mit Lore reden? Ich lese immer wieder Berichte darüber, dass Deutsche in Frankreich an den Pranger gestellt werden. Man sieht Fraternisierung nicht gerne – weder in den besetzten Zonen noch in Frankreich oder anderswo in Europa.«

»Auch das habe ich ihr gesagt. Sie wusste schon davon – Pierre scheint da ganz offen mit ihr zu sein.«

»Er ist ein feiner Mann, ohne Frage«, sagte Gebhard. »Aber ob er das durchhält? Als Kriegsrückkehrer mit einer deutschen Frau? Ich bin mir nicht sicher.«

»Es ist Lores Entscheidung. Und sie will nun mal zu ihm.«

»Ich kann nicht glauben, dass sie eine Genehmigung bekommt«, seufzte Gebhard. »Nicht, so wie die Behörden hier im Moment agieren.«

»Nein, sie sagte, sie würde erst in den Westen gehen. Sie hat Kontakt zu Schneider und will zu ihr. Wenn alle Stricke reißen, will sie über die grüne Grenze ›rübermachen‹.«

»Unsere Lore plötzlich so abenteuerlustig?«

»Ich glaube, sie liebt Pierre wirklich, und Liebe kann bekanntlich auch schon mal Berge versetzen.«

Und so packte Lore ihren Koffer und eine Tasche. Ihre Messer nahm sie mit. Frederike schenkte ihr die kleinen Kupfertöpfe, die Lore so liebte. Sie selbst hatte dafür keine Verwendung. Schweren Herzens brachte sie die Köchin, die irgendwie schon immer mit ihr und ihrem Leben verbunden gewesen war, zum Zug. Lore hatte als junges Mädchen in der Küche von Fennhusen angefangen, war dann Beiköchin unter Schneider geworden und hatte Frederike treu nach Sobotka und schließlich nach Mansfeld begleitet. In Mansfeld hatte Frederike keine Mamsell – die ganze Haushaltsplanung hatte sie mit Lore gemacht, und es war gut gelaufen, trotz der schwierigen Zeiten.

Doch jetzt war eine Zeitenwende – alles veränderte sich, und nichts war mehr wie bisher. Wer nicht mithalten konnte, ging unter. Wieder einmal wurde Frederike bewusst, dass sie und ihre kleine Familie um das nackte Überleben kämpften. Es ging nicht nur um Lebensmittel – auch ihr Zuhause hatte sich radikal verändert. Die große Küche – der Ort der Geborgenheit, der Düfte und Wärme, die nicht nur dem Ofen geschuldet war – war unwiederbringlich zerstört worden. Und mit der Küche eine ganze Epoche – ein Lebensgefühl. Frederike war plötzlich eine einfache Hausfrau und Mutter und musste sich um die Familie und den Haushalt kümmern – etwas, was sie nie gelernt hatte.

Zudem hatte sie einen schwerkranken Mann daheim. Gebhard

ging es schlecht – nicht nur körperlich. Er litt seelisch, auch wenn er sich sehr bemühte, es sich nicht anmerken zu lassen. Aber Frederike war weder blind noch blöd – sie wusste, dass ihn Dämonen quälten. Er konnte seine Familie nicht ernähren, war krank und schwach. Und gleichzeitig konnte er auch nicht für das eintreten, was ihm sein Leben lang so wichtig gewesen war – Gerechtigkeit.

Hatten die Nazis früher Juden, Kriegsgefangene und politische Gegner unterdrückt, ermordet und verfolgt, so tat das nun das kommunistische Regime mit ehemaligen Nazis – was Gebhard noch verstehen konnte. Aber sie taten es auch mit allem Adel, mit allen Großgrundbesitzern, mit jedem, der nicht ihren Vorstellungen entsprach.

Es hatte sich viel geändert, aber manchmal hatte er den Eindruck, es habe sich nur der Wind gedreht, die Methoden blieben die gleichen. Die Wochen und Monate waren zermürbend.

Sie litten – sie litten an Hunger, Durst, an Hitze, später an Kälte – sie litten unter hygienischen Mängeln, an der schlechten Organisation, an Heimweh, Herzweh und körperlichen Schmerzen. Es gab millionenfaches Leid. Und nur ganz selten gab es einen Sonnenstrahl.

Eines Morgens, es war schon im September, kam Wanda tränenüberströmt zu Frederike.

Frederike saß im Salon – oder zumindest in dem Raum, der früher der Salon gewesen war. Jetzt war es Wohn- und Esszimmer, manchmal auch Bade- und Arbeitszimmer. Frederikes Sekretär und Gebhards Schreibtisch hatten der Wut der Rotarmisten nicht widerstehen können, aber sie waren in den kalten Tagen gutes, trockenes Feuerholz gewesen.

Frederike hatte ein kleines Tischchen zu ihrem Schreibtisch ernannt. Dort saß sie und versuchte, den Haushalt zu organisieren. Lore war vor vier Wochen nach Frankreich gefahren – der Abschied war nicht ohne reichlich Tränen auf beiden Seiten verlaufen, sie wussten, dass es eine Chance war. Noch hatte Frederike keine Nachricht von ihr, hoffte aber inständig, dass alles gutgegangen war.

»Freddy?« Wanda gab ihr einen Brief, der gerade mit der Post gekommen war, wischte sich die Tränen mit dem Ärmel ab.

Frederike nahm den Brief und reichte Wanda ein Taschentuch.

»Soll ich das wirklich lesen?«, fragte sie verzagt. »Soll ich dich nicht erst einmal in den Arm nehmen? Wir sind für dich da, egal, was auch Schreckliches passiert. Das weißt du hoffentlich.«

Wanda lachte auf. »Es sind Tränen des Glücks!« Sie schüttelte den Kopf. »Man hat Swetlana gefunden – meine Schwester. Sie war in Ravensbrück. Morgen kommt sie hierher. Mit dem Zug.« Wanda zögerte. »Ist das in Ordnung? Sie kann bei mir schlafen, in meinem Bett.«

»Wir werden doch noch irgendwoher ein Bett oder eine Pritsche auftun, Wanda. Deine Schwester? Sie lebt? Das ist doch … das ist wunderbar und unglaublich. Es ist phantastisch!« Frederike sprang auf und umarmte Wanda stürmisch. »Endlich gute Nachrichten in diesen dunklen Zeiten!«

»Ja«, sagte Wanda leise. »Aber ich habe Angst. Wir haben uns Jahre nicht gesehen. Was mag sie erlebt haben? Ich hatte ja dich – ich hatte ja Glück …«

»Das werden wir herausfinden. Ich steh dir bei …« Frederike schluckte. »Ich weiß nur zu gut, was du meinst. Irgendwie. Ich weiß auch oft nicht, was Gebhard … aber er war nur ein halbes Jahr im Gestapogefängnis …« Hilflos sah sie Wanda an. »Das ist nicht zu vergleichen, ich weiß.«

»Doch, das trifft genau den Punkt. Es kommt nicht darauf an, wie schrecklich irgendetwas war – oder ob das eine schrecklicher ist als das andere.« Sie holte Luft, runzelte die Stirn. »Es geht darum, ob man eine Chance hat, es zu verstehen, es nachzuvollziehen. Vermutlich nicht. Sprecht ihr darüber? Du und Gebhard? Sprecht ihr über die Zeit im Gefängnis?«

Frederike schüttelte den Kopf. »Er will es nicht. Ich erfahre nur nachts davon – dann, wenn er schläft. Wenn er träumt und im Schlaf schreit, wenn er schwitzt vor Angst, auch wenn es kalt ist. Wenn er wimmert und jammert, wenn er um Gnade bettelt, ohne die Augen zu öffnen. Ich versuche, ihn jedes Mal sanft zu wecken, ihn wenigstens aus den Alpträumen zu befreien, wenn ich ihn schon nicht aus dem Gefängnis habe holen können.« Sie senkte den Kopf. »Ich habe es bis heute nicht geschafft, ihn innerlich aus dem Gefängnis zu befreien, und ich fürchte, das wird auch so bleiben. Es gibt Erfahrungen, die kann man nicht teilen, egal wie sehr man sich liebt. Vielleicht darf man sie auch nicht teilen – weil man sich liebt.« Sie hielt inne, holte tief Luft, ihr Blick wanderte nach draußen. Es war ein herrlicher Tag, sonnig und warm. Es war September und der Krieg seit einigen Monaten faktisch vorbei, aber er würde für immer bleiben – in den Knochen und Erinnerungen. Er würde die Welt noch viele Generationen lang beeinflussen, da war sie sich sicher.

»Oh.« Wanda senkte den Kopf. »Wie soll ich das ertragen? Wie soll ich Swetlana ertragen? Wie sie mich? Ich hatte hier ...« Sie sah Frederike an, und ihre Augen waren plötzlich Seen – Wasser, tiefes Wasser. »Ich habe hier gelebt. Ich habe eine Familie, auch wenn es nicht meine leibliche ist. Ich hatte Schutz, Hilfe, Zuwendung, Zuneigung ... Freundschaft.« Sie sah Frederike an. »Ich habe dich.«

Frederike schluckte. »Ach, Wanda ...«

Sie suchte nach Worten, aber manchmal gab es keine passenden Worte.

»Swetlana wird Schreckliches erlebt haben – wie soll ich ihr noch in die Augen schauen können?«

»Du bist da. Du wirst für sie da sein. Du bist ihre Schwester, und ihr liebt euch. Das zählt.«

»Ja«, sagte Wanda. »Ich ... ich hoffe nur, dass ich stark genug bin, dass ich es ertragen kann, sie so zu sehen.«

»Ich bin da, für dich und deine Schwester. Vielleicht kann ich einen Teil mittragen? Dafür gibt es schließlich Freunde.«

»Freddy, du trägst so viel. Wie willst du das schaffen?«

»Das weiß ich erst, wenn es vorbei ist«, sagte Frederike und senkte den Kopf.

Kapitel 15

Mansfeld, September 1945

Wandas Schwester kam wenige Tage später. Sie wurde mit einem sowjetischen Militärfahrzeug nach Burghof Mansfeld gebracht. Es fiel ihr sichtlich schwer, aus dem Auto zu steigen, und sie brauchte Krücken, um zum Haus zu gelangen. Wanda stand tränenüberströmt an der Treppe und nahm ihre Schwester in den Arm.

»Ich habe nicht mehr geglaubt, dass wir uns wiedersehen.«

»Fast wäre es auch nicht geglückt.« Swetlana lächelte schief, ihr Gesicht war von Falten durchzogen, man sah ihr an, dass sie unter Schmerzen litt. Doch helfen lassen wollte sie sich nicht. Sie kämpfte sich Stufe um Stufe nach oben, stöhnte erleichtert auf, als sie sich endlich setzen konnte.

»Was ist passiert?«, fragte Wanda leise. »Willst du erzählen?« Es dämmerte schon. Die Kinder lagen in ihren behelfsmäßigen Betten im ersten Geschoss. Heute Nacht schaute Else nach ihnen. Gebhard öffnete eine Flasche Wein – seine Mutter hatte alle guten Flaschen auf dem Familienfriedhof im Wald vergraben lassen, so manch anderes auch – Silber, Schmuck und Porzellan. Gebhard reichte allen ein Glas, allerdings waren es nicht die Guten aus Kristall, auch die waren zerschlagen worden. Swetlana sog zunächst das beerige Aroma des Weins ein, bevor sie genüsslich einen kleinen Schluck nahm.

»Dass ich hier sein darf …«, sagte sie kaum hörbar.

»Möchten Sie lieber mit Ihrer Schwester alleine sein?«, fragte Frederike. »Wir gehen gerne – Sie haben sich so lange nicht gesehen. Und dass, was Sie zu erzählen haben, ist bestimmt sehr privat.«

Swetlana sah sie an, nickte. »Sie haben recht, Baronin ... irgendwie. Aber dann auch wieder nicht. Dass, was ich zu erzählen habe, muss die Welt erfahren. Ich weiß nicht, ob ich es schaffe, darüber zu sprechen – weder mit meiner Familie und erst recht nicht mit Fremden. Dennoch muss es erzählt und darf nie, niemals vergessen werden.« Sie holte tief Luft und blickte auf ihre bandagierten Beine, dann schaute sie ihre Schwester an. »Was meinst du?«

»Ach, Lana, ich kann es dir nicht sagen. Es steht mir nicht zu, dir einen Rat zu geben. Mir ist es so viel besser ergangen als dir«, sagte Wanda leise. »Als Gebhard mitbekam, dass ich zu schwach für die Feldarbeit war, dass mich der Vorarbeiter misshandelte, haben sie mich bei sich aufgenommen. Seitdem habe ich hier als Kindermädchen gearbeitet.« Sie zögerte. »Aber eigentlich ist es mehr ...« Sie sah Frederike an, schaute dann zu Gebhard. »Freddy ist meine Freundin geworden. Ich fühle mich als Teil ihrer Familie.«

Wanda waren bei ihren Worten die Tränen in die Augen gestiegen. »Es tut mir so leid ... so unendlich leid. Es ist so ungerecht.« Hilflos schaute sie zu Frederike.

»Ach Wanda!« Swetlana nahm ihre Schwester in die Arme, drückte sie an sich. »Was machst du dir denn für Gedanken?«

»Du warst plötzlich so ... anders.« Immer noch war Wanda unsicher.

Swetlana blickte Frederike an. »Sie sind die Baronin, und Wanda nennt Sie Freddy?«

»Frederike zu Mansfeld – Familie und Freunde nennen mich Freddy. Und Wanda wurde zu einer Freundin und gehört auch ein Stück weit zur Familie.« Sie zögerte kurz, war es vielleicht zu vermessen? Dann gab sich Frederike einen Ruck. »Auch für Sie bin ich gerne Freddy.«

»Oh«, sagte Swetlana überrascht, dann nickte sie. »Danke.«

Nun sah Swetlana Gebhard an. Er stand auf, verbeugte sich leicht – es wirkte weder gekünstelt noch anmaßend, alle merkten, dass er

Swetlana gegenüber seine Hochachtung ausdrücken wollte. »Gebhard zu Mansfeld. Gerne Gebhard für Sie.«

Swetlana schluckte. »Sie können nichts für ihren Namen – Gebhard. Der Oberarzt in Ravensbrück hieß Gebhardt. Der Name lässt mich schaudern.« Sie stockte, dann erzählte sie. »Karl Gebhardt – er war wohl der Leibarzt von Himmler. Er war immer sehr beliebt, bis zum Tod von Heydrich. Er hatte ihn nach dem Attentat operiert und behandelt, als Heydrich kurze Zeit darauf verstarb, hat seine Reputation natürlich stark gelitten. Um sich wieder zu etablieren, brauchte er uns. Wir waren seine Kaninchen.« Sie schüttelte den Kopf. Alle anderen im Raum schwiegen. Sie merkten, dass Swetlana Ruhe brauchte, Platz und Zeit, um über die schrecklichen Geschehnisse zu berichten. »Er forschte an Medikamenten in Sachsenhausen und in den Nebenlagern. Auch in Auschwitz war er wohl und hat dort Programme betreut.« Sie hustete, trank einen Schluck, aber ihre Stimme blieb belegt und rau. »Seine Komplizin in unserem Lager war Frau Doktor Oberheuser.« Swetlana spie den Namen fast aus. »Eine widerliche Person, voller Härte und Häme. Leben galt ihr nichts – unsere Leben. Auf uns hatte sie es abgesehen, wir waren ihre Kaninchen.« Swetlana senkte den Kopf. »Wir waren noch etwa hundert politische Gefangene. Frauen aus der polnischen Oberschicht. Uns nahm sie für ihre Versuche und Experimente. Und dann kam Doktor Gebhardt – zusammen mit ihm entwickelte sie einen scheußlichen Plan.« Sie schwieg, schluckte, konnte nicht weiterreden.

»Was war Ziel des Plans, wissen Sie das?«, fragte Gebhard leise.

Swetlana schüttelte den Kopf. »Zunächst nicht. Nur nach und nach erfuhren wir, was vor sich ging. Wir wurden ausgewählt, kamen auf die Krankenstation. Dabei waren wir gesund. Genommen wurden nur diejenigen, die noch kräftig waren. Noch.« Sie sah auf ihre bandagierten Beine, lachte voller Bitterkeit auf. »Wir wurden untersucht, gründlicher als jemals zuvor. Uns wurde Blut abgenommen, alles wurde minutiös kontrolliert und protokolliert. Die ganze Zeit mussten wir auf der Isolierstation bleiben, aber es gab endlich gutes Essen, ausreichend Essen. Fast schon haben wir uns gefreut – am Anfang, als wir noch nicht wussten, was geschehen würde.« Sie schüttelte den Kopf, nahm wieder das Glas, das ihre Schwester auf das Tischchen gestellt hatte. »Ich hoffte fast, auch auf die Liste zu kommen – sie nahmen ja nur uns – die politischen Gefangenen aus Polen. Aber dann kehrten die Ersten aus dem Krankenlager zurück in die Baracken.« Sie biss sich auf die Lippen. »Manchmal nach Tagen, manchmal nach Wochen – die meisten aber kamen nie zurück. Einige sahen wir bei den Krematorien, entstellt, aufgedunsen oder eingefallen – je nachdem.« Wieder musste sie innehalten. »Gebhardt und die Oberheuser benutzten uns – unsere Körper – für Experimente. Sie schnitten unsere Beine und Arme auf, manchmal auch den Bauch. Sie legten Dinge in die Wunden, Stoffe, Erde, Eiter, Schrapnelle von Geschützen, Kugeln … sie wollten beobachten, wie sich infizierte Wunden verhielten. Und sie testeten Medikamente an uns.« Swetlana lachte schrill auf. »Zum Wohl der Wehrmacht, zum Wohl der Soldaten, die unser Land besetzten und unsere Familien töteten. Wir waren Versuchskaninchen.«

Wanda stöhnte auf.

»Das ist … schrecklich«, flüsterte Frederike. Dann versagte ihre Stimme.

Swetlana nickte, traurig und müde. »Dann wurde ich ins Krankenlager gebracht. Ich schloss ab mit meinem Leben, obwohl einige Frauen die Versuche überlebten. Doch manchmal tötete Oberheuser sie dann mit Injektionen. Oberheuser hatte ihre Versuchsergebnisse – aber keiner von uns sollte bezeugen können, was sie gemacht hatten. Sie, die beiden Ärzte, die einen Eid geschworen hatten, Menschen zu helfen …« Swetlana schaute auf. »Nachdem sie meine Beine behandelt hatten – sie hatten sich entzündet, es war furchtbar –, kam ich irgendwann zurück in das Lager. Die anderen Häftlinge versteckten mich und einige andere der Kaninchen. Nur so haben wir überlebt. Ich erzähle es«, sagte sie, »aber ich kann es immer noch nicht glauben.«

»Oh …« Wanda konnte nur mit Mühe ihr Schluchzen unterdrücken. »Es tut mir so leid.« Ihre Stimme versagte, und sie schwieg einen Moment und sah ihre Schwester mit unendlicher Traurigkeit an. »Deine Beine … ich meine … also …« Sie konnte es nicht aussprechen. »Ich schäme mich so«, sagte sie leise. »was du alles hast ertragen müssen. Und ich …?«

»Ach, Wanda«, sagte Swetlana, »es geht nicht darum, wer mehr erlitten hat. Was wirklich wichtig ist, ist, dass wenigstens wir beide überlebt haben – wie auch immer. Wir leben noch, und wir haben uns.«

Die beiden Frauen umarmten sich, viele Tränen flossen. Es waren bittere Tränen, aber auch Tränen der Hoffnung und Dankbarkeit.

* * *

Die Monate gingen ins Land. Gebhard galt als Junker – als einer der Adligen, die das Land und die Leute über Generationen ausgebeutet hatten. Er konnte diese Beurteilung fast nicht ertragen, es war so eine Schande und stimmte nicht mit dem überein, wie seine Familie immer schon gelebt hatte – im Einklang mit Land und Leuten.

»Das ist doch eine Verallgemeinerung, einfach ein Begriff«, versuchte Frederike ihn zu trösten. »Und du weißt, dass er für etliche zutrifft. Für uns nicht, aber das werden sie doch auch verstehen. Wir haben viele Aussagen, die für dich und deine Familie sprechen.«

Gebhard nickte, fröhlicher wurde er aber dennoch nicht.

Heide lebte immer noch beengt im Verwalterhaus in Leskow. Sie hatte sich arrangiert. Das Schloss wurde nach wie vor von Flüchtlingen aus dem Osten und Ausquartierten aus Berlin und Potsdam bewohnt. Zwölf Familien – fast alles nur Frauen und Kinder – waren dort untergebracht worden.

Gebhards Bruder Werner war noch immer in italienischer Kriegsgefangenschaft. Aber nun konnten sie sich freier Briefe schreiben und waren nicht mehr auf die Postkarten vom Roten Kreuz angewiesen. Recht schnell wurde allerdings deutlich, dass Werner nicht mehr in die Prignitz zurückkehren würde, er sah dort, in der sowjetischen Besatzungszone, keine Zukunft für sich. Was er machen würde, wusste er noch nicht.

Außerdem hatten sie endlich auch Nachricht von Caspar bekommen. Nach seiner Flucht nach England und schließlich in die USA plante er nun seine Rückkehr nach Deutschland. Wohin es ihn verschlagen würde und wie seine beruflichen Aussichten waren, wusste auch er noch nicht.

Jeden Tag warteten sie auf weitere Nachrichten – auf Berichte darüber, wie es weitergehen würde. Fast alle der benachbarten Gutsbesitzer wurden enteignet und hatten die Güter verlassen müssen. Teilweise war es ihnen erlaubt, sich in einem Radius von 50 Kilometer um das ehemalige Gut anzusiedeln. Doch was hätten sie dort machen sollen? Sie waren Landbesitzer gewesen, hatten selten einen Beruf erlernt und wurden nun von sowjetischen Machthabern systematisch verfolgt und bedrängt. Etliche Gutsbesitzer wurden inhaftiert und in Lager gebracht. Die, die dem entgehen konnten, gingen in den Westen. Das nun frei gewordene Land wurde zuerst »Neubauern« übergeben – entnazifizierte Landarbeiter, Kleinbauern oder auch Vertriebene aus dem Osten. Die Höfe wurden zerstückelt – nur fünf bis zehn Hektar bekam jeder Landwirt. Die dringend benötigten Lebensmittel blieben weiterhin knapp, auch das Milchvieh und das Geflügel wurden nicht adäquat gehalten, weil oft die Erfahrung und fast immer die Mittel fehlten.

Die Entscheidungen der neuen Machthaber waren zum Teil streng, zum anderen Teil auch sehr willkürlich. Natürlich wurden erst einmal die Hauptschuldigen verurteilt, aber Kriegsverbrecher gab es in Mansfeld nicht. Dann wurden Aktivisten und Nutznießer zur Rechenschaft gezogen. Gebhard sah es mit Genugtuung, dass diese Männer verhaftet und ihrer gerechten Strafe zugeführt wurden. Nur Hittlopp war untergetaucht.

»Wir gehen nach Warschau«, sagte Wanda Ende Oktober zu Frederike. »Swetlana und ich haben lange überlegt. Offensichtlich lebt niemand mehr von unserer näheren Familie. Aber Freunde sind nach Warschau zurückgekehrt – etliche Intellektuelle. Sie wollen versuchen, ein neues und modernes Polen mitzugestalten, und auch wir wollen das.« Wanda biss sich auf die Lippen. »Es fällt mir nicht leicht, euch zu verlassen. Aber es ist meine Chance.«

»Du musst gehen«, bestärkte Frederike sie. »Es ist fast schon deine Pflicht. So gut du auch die Aufgaben hier gemeistert hast – du bist ein wirklich hervorragendes Kindermädchen –, aber das ist nicht deine Bestimmung.«

Swetlana hatte sich gut eingefügt. Viel machen konnte sie nicht, laufen nur auf Krücken. Aber die Freiheit half ihr bei der Genesung. Sie war eine stille Person, in sich gekehrt. Manchmal weinte sie, scheinbar ohne Grund. Doch Frederike konnte nur ahnen, was in der Frau vor sich ging. Frederike und Gebhard waren fassungslos über das, was den Opfern in den Konzentrationslagern angetan worden war. Und Swetlana so zu sehen, eine Zeitlang das Leben mit ihr zu teilen und zu erfahren, was sie würde mit sich tragen müssen, machte die Schuld der Nazis greifbarer und noch schrecklicher.

Sie bemühten sich sehr um sie, bezahlten diverse Untersuchungen und auch Behandlungen – die etwas Linderung brachten.

So herzlich wie zu Wanda wurde das Verhältnis zu Swetlana nicht, aber sie hatten sie auch in ihr Herz geschlossen. Doch Frederike verstand, dass die beiden gehen mussten. Sie mussten einen neuen, einen eigenen Weg finden. Sie mussten sich in der neuen Gesellschaft zurechtfinden und diese mitgestalten. Auch in Polen durfte sich vergangenes Unrecht nie mehr wiederholen.

So packten die beiden Frauen ihre wenigen Sachen. Bald schon war ein Transportmittel gefunden worden – ein Wagen, der nach Warschau fuhr und sie mitnehmen konnte.

Frühmorgens, es war noch dunkel, dichter Nebel lag über den abgeernteten Feldern und der Stepenitz, fuhr der Wagen auf den Hof. Der Fahrer half Wanda die Koffer und Taschen zu verstauen. Frederike hatte ein wenig Proviant vorbereitet – ein paar gekochte Eier, belegte Brote und Würste, die sie aus dem Rauch holte.

»Ihr habt selbst so wenig«, sagte Wanda mit Tränen in den Augen.

»Wir haben genug, um zu teilen«, sagte Frederike und schluckte. Sie umarmte die Frau, die ihr zur Freundin geworden war. »Lass uns schreiben«, murmelte sie.

»Das werden wir. Ganz bestimmt.«

Wanda umarmte Fritzi und Mathilde. Gebbi stand neben seinen Schwestern und schaute verwirrt auf das Treiben.

»Was mach Wanda?«, fragte er. »Wohin will Wanda?«

»Wanda fährt nach Hause«, versuchte Frederike ihm zu erklären.

Gebbi schaute sich um, sah auf das Gutshaus. »Hier ist Zuhause«, sagte er. »Hier!«

»Mein kleiner Schatz.« Wanda nahm ihn hoch, drückte ihn an sich. »Ich komme dich besuchen.« Mehr brachte sie nicht heraus. Sie gab Gebhard die Hand.

»Vielen Dank für alles«, flüsterte sie. »Vielen Dank für mein Leben.«

»Ach, Wanda«, sagte Gebhard und zog sie in seine Arme. »Danke, dass du für uns da warst.«

Noch einmal sah Wanda alle an, dann stieg sie schnell in den Wagen. Swetlana saß schon auf dem Rücksitz. Wanda schloss die Tür, und das Auto setzte sich in Bewegung.

»Wanda!«, rief Gebbi fassungslos. Es hatte kaum einen Tag in seinem Leben ohne Wanda gegeben. Frederike drückte ihn an sich, ging schnell mit ihm ins Haus.

Ohne die beiden Schwestern schien das Haus noch leerer zu sein.

»Nun ist ja wieder ein Zimmer frei«, sagte Gebhard nachdenklich beim Mittagessen.

»Brauchen wir ein Zimmer?«

»Wir? Nein, das Amt – sie wollen weitere Flüchtlinge hier einquartieren. Es kommen immer mehr Vertriebene aus dem Osten.«

»Meinst du wirklich? Ich glaube kaum, dass wir das noch schaffen, es ist doch schon so alles viel zu knapp.«

»Noch sind wir wenigstens in unserem Haus«, sagte Gebhard seufzend.̈ »Noch.«

»Darüber mag ich gar nicht nachdenken«, sagte Frederike leise. »Wo sollten wir denn hin?«

»Ich will hier nicht weg«, sagte Gebhard mit Nachdruck. »Ich will mein Land nicht verlassen. Und ich kann auch nicht verstehen, warum Skepti nicht zurückkommt – es ist auch sein Grund und Boden, sein Erbe.«

»Skepti war in der Armee, Gebhard. Er würde nie wieder Land bekommen – sie haben ihn enteignet.«

»Er müsste dagegen angehen. In der Armee war er doch nur, weil er musste. Er hatte doch keine Wahl.«

»Unter den Sowjets würde Skepti keinen Fuß auf den Boden kriegen, das weißt du doch.«

Gebhard sah seine Frau an und nickte. »Ich weiß, dass du recht hast – wie meistens. Trotzdem schmerzt es. Ich verstehe es nicht.

Auch Caspar will nicht zurückkommen, um sein Land zu bewirtschaften.«

»Caspar wollte nie Landwirt sein. Er war immer Diplomat, durch und durch. Ich bin mir sicher, er wird seinen Weg gehen.«

»Und ich? Wie siehst du das?« Fragend schaute er sie an.

»Du gehst deinen Weg ja – schon immer, seit ich dich kenne. Und dein Weg ist unabänderlich mit Mansfeld verbunden. Deshalb hoffe ich sehr, dass wir bleiben können.«

Dann, eine Woche später, kam die erlösende Nachricht. Sie durften bleiben. Der neue Polizeichef Franz Plura – er war von den Nazis verfolgt worden, weil er Kommunist war und sich gegen die NSDAP stellte – setzte sich für Gebhard ein. Er bescheinigte ihm, dass Gebhard immer schon ein Antifaschist gewesen sei. Aber es sollte noch dauern, bis die amtliche Bestätigung kam, dass Gebhard und seine Familie nicht nur auf Burghof bleiben, sondern dass er auch so viel Land bewirtschaften durfte, wie er zu bebauen in der Lage war. Allerdings wurden ihm nur ein paar alte Landarbeiterinnen zugewiesen.

Kapitel 16

•◆•

Mansfeld, Dezember 1945

Weihnachten war gekommen. Das erste Weihnachtsfest nach dem Krieg, und sie durften es gemeinsam feiern. Doch es war anders als in den Jahren zuvor. Tatsächlich hatten sie drei weitere Familien im Haus aufnehmen müssen. Nun wohnten die zu Mansfelds nur noch im Erdgeschoss beengt beieinander. Im kleinen Salon war ihr Schlafzimmer, die Kinder schliefen alle drei in Gebhards Arbeitszimmer. Im Esszimmer stand der kleine Kachelofen, der nicht nur die Räume beheizen musste, sondern auf dem Frederike mehr schlecht als recht kochte. Viel gab es nicht zum Kochen – Kartoffeln, Steckrüben, schrumpelige Äpfel oder Haferflocken. Milch holten sie jeden Tag vom Betriebshof, der nun von Aussiedlern, die aus dem Osten vertrieben worden waren, bewirtschaftet wurde. Die Zimmer im Anbau – das Gartenzimmer und der große Salon – standen leer oder wurden als Abstellfläche benutzt. Sie hatten keine Möglichkeit, diese Räume ausreichend zu beheizen.

Durch die neuen Mitbewohner war eine seltsame Unruhe in das Haus gekommen, eine nervöse Stimmung. Man kannte sich, aber einen engeren Kontakt gab es kaum.

Gebhard schlug einen kleinen Tannenbaum im Wald. Er reichte ihm noch nicht einmal bis über den Kopf. Traurig dachte Frederike an die vergangenen Weihnachtsfeste und die riesigen Bäume, die früher in der Diele gestanden hatten. Aber sie hatten keine Erlaubnis, einen so großen Baum zu fällen.

»Immerhin haben wir einen Baum«, versuchte Gebhard sie zu trösten. Ein paar Kartons mit Weihnachtsschmuck hatten auf dem Dachboden das Wüten der Rotarmisten überstanden. Zusammen mit den Mädchen schmückte Frederike den Baum, der im Esszimmer auf einem Tischchen stand, damit er nicht ganz so klein wirkte.

Es hatte schon Anfang Dezember angefangen zu schneien – ein nasser Schnee, der alles matschig machte. Es war nicht der schöne Pulverschnee, der die Landschaft mit einer Zuckerschicht überzog. Aber das hätte auch nicht gepasst.

Heide kam an Heiligabend zu ihnen. Sie gingen gemeinsam in die Kirche, doch auch der Gottesdienst war anders als früher. Pfarrer Teichner bemühte sich um eine festliche Stimmung, aber sie wollte nicht aufkommen.

Nach dem Gottesdienst standen sie verfroren vor dem Baum. Früher wären jetzt die Leute gekommen, es hätte Punsch gegeben, und sie hätten Weihnachtslieder gesungen.

Frederike zog ihre Jacke nicht aus, sondern ging in das Gartenzimmer. Dort stand immer noch das Klavier. Es war verstimmt, aber das machte nichts. Sie setzte sich und spielte *Es ist ein Ros entsprungen* und *Stille Nacht, heilige Nacht*. Heide hatte einen Topf mitgebracht und stellte ihn nun auf den kleinen Ofen. Schon bald zog ein köstlicher Duft durch die Räume – es war süßer, heißer Punsch. Auch die Mädchen durften einen Becher davon haben, Gebbi bekam warmen Apfelsaft.

Das Weihnachtsessen war karg, aber sie saßen zusammen und waren alle am Leben.

Für die Kinder gab es kleine Geschenke – ein neues Kleid für die Puppe, neue Strümpfe, die Frederike aus alten Wollpullovern gestrickt hatte. Gebhard hatte zwei Blechautos für Gebbi repariert und neu lackiert.

Nachts gingen Gebhard und Frederike noch einmal mit dem Hund vor die Tür. Es hatte aufgeklart, und die Sterne funkelten am Himmel.

»Frohe Weihnachten«, sagte Gebhard leise.

»Ja, ich bin froh. Du bist bei mir, die Kinder auch. Das alleine reicht mir, um glücklich zu sein«, sagte Frederike.

* * *

Endlich taute der Schnee, und Gebhard brachte Dung auf die Felder. Er war immer noch schwach, aber nichts konnte ihn aufhalten. Er wollte endlich wieder tätig werden, wollte sein Land bewirtschaften und das neue Leben beginnen. Als er nach dem langen Tag abends nach Hause kam, war er bleich, kalter Schweiß stand auf seiner Stirn.

»Gebhard!«, rief Frederike entsetzt. Sie brachte ihn ins Schlafzimmer, half ihm, die Stiefel auszuziehen. Dann eilte sie ins Dorf, um den Doktor zu holen. Es war ein schlimmer Angina-Pectoris-Anfall. Zwar half das Nitroglyzerin, das der Doktor Gebhard gab, aber dennoch war er schwach und angeschlagen.

»Sie müssen auf Ihren Mann achten, Frau Baronin«, sagte der Doktor. »Die Arbeit kann ihn umbringen.«

»Ich weiß. Aber … die Felder …«

»Was ist wichtiger? Die Felder oder das Leben Ihres Mannes?«

»Die Felder sind sein Leben«, sagte Frederike leise.

»Ich versteh das. Aber so kann es nicht weitergehen. Sie müssen eine andere Lösung finden.«

Aber es war unmöglich, geeignete Hilfe zu finden. Die älteren Arbeiterinnen, die früher in der Küche und auf dem Hof beschäftigt waren, versuchten ihr Bestes, aber auch sie schafften es kaum, eine größere Fläche zu bewirtschaften. Von den Arbeitern durften sie niemanden einstellen. Zum Teil hatten die Arbeiter auch selbst Land zugeteilt bekommen, das sie nun bewirtschafteten. Es war die Auflage der Kommandantur, dass Gebhard sein Land selbst bestellen musste. Gebhard konnte zwei Wochen das Zimmer nicht verlassen, so angeschlagen war er. Mit hängenden Schultern saß er am Fenster, schaute nach draußen – der Frühling kam nun mit aller Macht. Die Kraniche zogen mit ihrem lauten Trompeten über das Land, und die Schwalben reparierten die alten Nester unter der Dachtraufe.

»Alles wächst, alles sprießt«, schimpfte Gebhard. »Und ich bin an diesen Sessel gefesselt, statt draußen zu sein. Wir müssen pflügen, das Land bestellen, die Saat ausbringen.«

»Du musst gesund werden, das ist alles, was zählt.« Frederike strich sich müde über die Stirn. Sie hatte angefangen, den Küchengarten zu bepflanzen. Zum Glück hatten sie noch viele Samen aus den letzten Jahren, die Pierre und die anderen Gärtner im Herbst gesammelt hatten. Frederike zog Setzlinge auf der Fensterbank, wie es auch Lore getan hatte. Nur war Lore geschickter und geübter darin gewesen.

Fritzi und Mathilde mussten nach der Schule helfen. Sie rupften Unkraut, hackten die Beete, gruben Mist unter, füllten die Frühbeete, und nebenbei musste immer eine ein Auge auf Gebbi haben. Während ihre Töchter im Garten waren, kümmerte sich Frederike um die Wäsche, mangelte und bügelte. Sie machte den Abwasch, kochte das Essen und versuchte, den Haushalt so gut es ging sauber zu halten. Viele Dinge musste sie sich erst mühsam aneignen. Sie merkte die belustigten Blicke der anderen Frauen, das Getuschel hinter ihrem Rücken, aber sie ließ sich nicht anmerken, wie sehr es sie kränkte. An manchen Abenden war sie zu erschöpft, um einschlafen zu können. Immer wieder dachte sie darüber nach, was am nächsten Tag getan werden musste.

Gebhard konnte ihr nicht helfen – und das war für sie beide eine große Belastung. Doch sie versuchten, das Beste daraus zu machen und voller Zuversicht in die Zukunft zu blicken. Immerhin hatten sie sich.

Die schönsten Momente waren für Frederike die Sonntage. Die Kinder spielten, Gebhard las die Zeitung oder ein Buch, und sie hatte endlich die Muße, Briefe zu lesen. Ihre Eltern waren bei Bekannten an der Ostsee untergekommen. Auch sie mussten sich erst auf dieses neue und ungewohnte Leben einstellen. Doch die Worte, die Stefanie ihrer Tochter schrieb, klangen überraschend positiv – außer wenn es um Frederikes Bruder Erik ging. Erst Wochen nach Kriegsende hatten sie erfahren, dass der älteste Sohn aus der dritten Ehe ihrer Mutter kurz vor Kriegsende an der Brücke von Remagen gefallen war – ein bitterer Verlust.

Es ist ein furchtbarer Gedanke, schrieb Stefanie, *dass er dort gefallen ist – so kurz vor dem Ende. Wäre er doch nach der Hasenjagd auf Fennhusen geblieben und mit uns getreckt, dann wäre er jetzt noch am Leben. Dieser schreckliche Krieg hat so viele Wunden geschlagen. Werden sie jemals heilen? Ich weiß es nicht. Auch Irmi betrauert den Tod ihres Mannes. Die Schlacht im Kurland war völlig unnötig, zu der Zeit war der Krieg verloren, und nichts hätte das Blatt noch wenden können. Nur weil ein paar Männer nicht nachgeben konnten, sind am Ende noch so viele unnötig gestorben. Der Gedanke macht mich wahnsinnig traurig.*

Auch Thea schrieb. Noch war sie mit den Kindern in Schweden, doch Skepti war endlich aus der Kriegsgefangenschaft entlassen worden und hatte in Schleswig-Holstein eine Stelle als Verwalter annehmen können. Sobald alles geklärt war, plante Thea, mit den Kindern zurück nach Deutschland zu kommen.

Warum, schrieb sie Frederike, *sucht sich Gebhard nicht auch so eine Anstellung im Westen? Skepti hat mir die große Wohnung beschrieben, die wir bekommen sollen. Es hört sich nicht schlecht an. Natürlich wird es nicht so sein wie auf Großwiesental – aber wir werden wieder zusammen sein. Und endlich auch wieder in Deutschland. Schweden ist schön – groß und weitläufig. Aber es ist auch voller Mücken. Die Menschen sind anders als wir, und so recht kann ich mich hier nicht einleben. Dann auch noch die Sprache ... manchmal habe ich das Gefühl, sie verschlucken die Hälfte aller Buchstaben. Meine Mutter spricht inzwi-*

schen schon recht fließend Schwedisch. Ihr gefällt es hier, und ich denke, sie werden hierbleiben. Das kann ich mir für mich und die Kinder nicht vorstellen. Die Jungs sollen eine ordentliche Schulausbildung bekommen. Wenigstens das, denn ein großes Erbe werden sie vermutlich nicht haben. Aber jammern nutzt nichts – es ist, wie es ist. Also, rede doch mal mit Gebhard darüber – es wäre schön, wenn auch Ihr in den Westen ziehen würdet.

Ja, dachte Frederike und faltete den Brief zusammen, vielleicht wäre es das. Aber Gebhard ist krank, und als kranker Mann würde er vermutlich keine Stelle bekommen. Außerdem wollte er nicht weg. Vielleicht, so hoffte sie, geht es ihm ja bald besser. Vielleicht bekommen wir dann auch kräftige Arbeiter. Und dann würde alles bergauf gehen.

Unter ihrer wöchentlichen Sonntagspost befanden sich auch regelmäßig Briefe ihrer früheren Schulfreundinnen Annchen und Lottchen. Beide lebten zusammen mit ihrer Mutter in Bayern. Immer wieder luden sie Frederike und die Kinder zu sich ein, wollten auch nach Mansfeld kommen, wenn es denn möglich wäre. Doch es gab keine Gästezimmer mehr, und Frederike traute sich nicht zu, Gäste zu bewirten. Aber irgendwann, das nahm sie sich fest vor, würde sie die beiden wiedersehen. Seufzend lehnte sie sich auf ihrem ungepolsterten Schreibtischstuhl zurück.

Gebhard legte die Zeitung zur Seite, stand auf und trat zu ihr. Es ging ihm ein wenig besser, aber große Anstrengungen vertrug er noch immer nicht. »Hast du Lust auf einen kleinen Spaziergang, Freddy? Die Sonne scheint so schön.«

Frederike schaute zu dem Stapel der noch ungelesenen Post und rang mit sich.

Gebhard lächelte. »Nein, bleib du mal sitzen. Du bist sonst immer den ganzen Tag auf den Beinen und hast dir deine Pause redlich verdient.« Er rief die Kinder und pfiff nach dem Hund. Luna hatte auf einer Decke in der Ecke gelegen und sprang nun eifrig mit der Rute wedelnd auf. Auch Fritzi und Mathilde kamen – Mathilde holte Gebhards Spazierstock aus dem Flur. Sie liebten die Spaziergänge mit ihrem Vater, es waren seltene, unbeschwerte Momente. Frederike zog Gebbi an, und Fritzi nahm ihn an die Hand.

»Gehen wir hinunter zur Stepenitz?«, fragte Fritzi aufgeregt. »Ich pass auch auf Gebbi auf.«

»Macht euch nur nicht zu dreckig«, ermahnte Frederike sie und sah ihnen hinterher, wie sie durch das Gartenzimmer über die Veranda nach draußen gingen. Dann setzte sie sich wieder an das kleine Tischchen, das ihr nun als Sekretär diente. Sie nahm eine Schachtel, die sie unter einem Packen Papier versteckt hatte, und öffnete das Kästchen. Darin lag ein Brief von Rudolph von Hauptberge. Ein wenig verschämt schaute sie über die Schulter nach draußen, sah Gebhard und die Kinder über die Wiese gehen. Frederike hatte ein schlechtes Gewissen – dabei gab es dafür gar keinen wirklichen Grund. Es war schon Jahre her, seit sie Rudolph das letzte Mal gesehen hatte. Geschrieben hatten sie sich immer mal wieder – Karten zum Geburtstag oder zu Feiertagen, die letzten Zeilen hatte sie ihm gesandt, nachdem sie bei seiner Frau Charlotte in Berlin Unterschlupf gefunden hatte, als Gebhard von der Gestapo inhaftiert worden war. Charlotte war damals mit dem fünften Kind schwanger gewesen. Inzwischen war das Kind auf der Welt. Die Familie hatte ihr Gut in Schlesien verlassen müssen, lebte nun im Ruhrgebiet. Auch Rudolph musste sich durchschlagen und versuchen, seine Familie zu ernähren. Niemand hatte es einfach in dieser Zeit, aber den Leuten im Westen erging es doch ein wenig besser als denen in der sowjetischen Zone. Im Westen hatte es keine Bodenreform gegeben, niemand war enteignet worden.

Er schrieb wie immer nur kurz, aber mit einer Leichtigkeit, die Gebhard in den letzten Jahren abhandengekommen war. Er berichtete von den Kindern, von dem beengten Leben, Alltäglichkeiten.

Und doch schien da immer etwas zwischen den Zeilen zu sein – ein zartes Band, eine Verbindung, die sie nie gekappt hatten.

Frederike schloss die Augen. Sie dachte an Gebhard, daran, wie schwer er es gehabt hatte. An seine Zeit im Gestapogefängnis, an seine Flucht aus dem bombardierten Potsdam im letzten Moment. Er war misshandelt worden und schwer erkrankt.

Immer hatte er sich sorgen müssen. Die Nazis waren ihm auf den Fersen gewesen, dann hatte er während der Bodenreform der Sowjets um Haus und Hof fürchten müssen. Zudem hatte sich seine Entnazifizierung hingezogen – ein Junker, der Antifaschist war? Das hatte man ihm lange nicht abgenommen, und auch jetzt wurde er von der Kommandantur immer noch misstrauisch beobachtet. Wie musste es ihm dabei gehen? Frederike begriff, dass er nicht leicht und heiter sein konnte – das war er nie gewesen. Gebhard war ein sehr bodenständiger Mensch, treu und aufrichtig. Das hatte sie immer an ihm geliebt. Sie faltete den Brief von Rudolph zusammen, tat ihn zurück in die Schachtel. Sie würde ihm nicht antworten.

Langsam ging sie zum Fenster, schaute hinaus. Der Garten, der sanft zur Stepenitz hin abfiel, leuchtete im Sonnenlicht. Spinnweben schwangen durch die Luft, und die Vögel balzten. Es war ein schöner Anblick, aber sie sah auch das Unkraut, die Brennnesseln, die sich überall breitmachten. Sie bemerkte die Schlieren auf den Fensterscheiben und den Staub auf den Bücherregalen. Die Veranda musste gefegt werden, und sie müsste dringend durchwischen. Außerdem hatte sie noch nicht gekocht.

Es gab keinen Gong mehr, der zum Essen rief. Es gab keinen ersten Diener, keine Köchin und keine Hausmädchen. Nur für die große Wäsche kamen noch die Frauen aus dem Dorf.

Früher war alles anders. Einiges war leichter gewesen, andere Dinge komplizierter. Aber früher hatte es die Nazis gegeben, die Gestapo und das immer beängstigendere Gefühl, niemandem mehr trauen zu können. Jetzt kämpften sie immer noch mit den Nachwehen dieser Zeit. Es war nicht plötzlich alles gut geworden nach dem Ende des Krieges. Das ging auch gar nicht. Auch wenn der tägliche Überlebenskampf nur wenig Zeit dafür ließ, in Momenten der Muße spürte Frederike es umso deutlicher: Die Scham, Teil dieses Systems gewesen zu sein. Hätte man mehr machen müssen? Hätte man mehr machen können? Auf diese Fragen fand sie keine Antwort. Sie sehnte sich danach, darüber mit Caspar zu diskutieren. Schon immer hatte sie seine Weitsicht, seine klugen Gedanken und mutigen Ansichten bewundert, aber Caspar war weit weg, er lebte zwar inzwischen in Kiel, war dort unter dem britischen Militär als Beamter in der Landesregierung tätig und wirkte beim Aufbau einer zukünftigen deutschen Selbstverwaltung mit. Aber gesehen hatten sie sich trotzdem seit seiner Rückkehr nicht. Er bemühte sich um einen Besucherschein, doch es war nicht ganz einfach, von einer Zone in die andere zu reisen. Aber auch das würde sich hoffentlich irgendwann ändern.

Nun galt es erst einmal, die nächste Zeit zu überstehen, den nächsten Monat, die nächste Woche. Morgen. Jeder Tag brachte neue Herausforderungen, aber zusammen mit Gebhard würde sie alles meistern – wichtig war nur ihre Liebe und dass sie zusammenblieben. Sie würden sich ihr Leben auf Burghof schon wieder aufbauen.

Kapitel 17

•◆•

»Hast du alles?«, fragte Frederike.

Heide lachte leise auf, es klang bitter. »Alles, was in diese Tasche geht, meine Liebe.« Dann wurde sie wieder ernst. »Sprich noch einmal mit Gebhard. Er soll im Westen bleiben. Irgendwie wird es eine Möglichkeit geben, dass ihr nachkommt, dafür wird Caspar sorgen.« Frederike seufzte. Ein Jahr war inzwischen vergangen. Nun lebten fünf Familien im Burghof – es war eng, es war laut, und zum Teil war es sehr dreckig. Gebhard hatte sich ein wenig erholt, aber Felder bearbeiten konnte er nicht mehr – das meiste Land hatten sie zurückgeben müssen. Auf kleinerer Fläche baute er Kartoffeln und Rüben an, sie hatten eine Kuh und ein paar Hühner, aber im Prinzip reichte das mit jenen Sachen, die Frederike im Gemüsegarten erntete, gerade mal, um die Familie zu versorgen. Viel Überschuss, um etwas zu verkaufen, hatten sie nicht. Dabei war Gärtner Blumenthal in diesem Sommer aus der Kriegsgefangenschaft zurückgekehrt. Er half ihr und brachte ihr viel praktisches Wissen, das sie sich in Bad Godesberg nicht hatte aneignen können, bei. Für sie arbeiten durfte er allerdings nicht. Stattdessen konnte er endlich seine eigene Gärtnerei bewirtschaften – Boden, der zuvor den zu Mansfelds gehört hatte. Sie gönnte es ihm redlich, er war immer ein guter Mann gewesen und auch jetzt noch hilfsbereit, wann immer er es konnte.

Frederike hatte im letzten Jahr zum ersten Mal selbst Obst und Gemüse eingeweckt – einiges war allerdings im Winter verdorben. Übung macht den Meister, sagte sie sich und verwandte in diesem

Jahr mehr Sorgfalt auf die Auswahl der Gläser und Gummis. Ob das Ergebnis diesmal besser werden würde? Sie arbeiteten eifrig vor sich hin, hofften darauf, dass alles irgendwann besser werden würde. Heide hatte diese Hoffnung aufgegeben. Sie konnte kein Land mehr bewirtschaften – ihr wurden keine Arbeiter gegeben, obwohl sie eigentlich als Antifaschistin anerkannt war. Sie hauste immer noch im Verwalterhaus, während das Schloss zusehends verkam. Der ehemals sorgsam gepflegte Park war verwüstet, es war ein Trauerspiel, das anzusehen, und sie hielt es nicht mehr aus.

Werner hatte seinen Posten als Verwalter auf einem Gut von Philipp von Hessen angetreten und konnte dort im Gutshaus wohnen. Thea und die Kinder waren aus Schweden gekommen, aber es gab noch eine weitere großzügige Wohnung im Erdgeschoss, die Heide beziehen konnte. Erst hatte sie sich gesträubt, aber nun sah sie für sich keine Perspektive mehr in der Prignitz. Nach langem Ringen und nächtelangen Diskussionen hatten sie beschlossen, dass Gebhard sie über die grüne Grenze nach Schleswig-Holstein bringen würde.

»Er war doch schon dort, war doch schon bei Skepti«, sagte Heide nun wieder. »Und der Prinz von Hessen hat Gebhard eine Stellung in Aussicht gestellt. Selbst wenn er sie nicht bekommt, Caspar hat Einfluss und Kontakte – ihr könntet euch dort ein neues Leben aufbauen.«

»Ich weiß, Heide. Und ich würde es auch tun«, sagte Frederike müde. »Aber Gebhard muss es wollen, nicht ich. Er liebt das Land, es ist sein Leben.«

»Ich schätze Traditionen, und ich weiß, was es bedeutet, auf dem Land der Ahnen zu wohnen, es zu hegen und zu pflegen.« Sie hob stolz den Kopf. »Ich habe das zweiundsiebzig Jahre lang getan. Aber wir … wir sind immer noch die Feinde in den Köpfen der Sowjets. Wir werden kollektiv für alles verantwortlich gemacht, was Hitler, Himmler, Goebbels und die anderen Scheusale sich erdacht und was die SS, SA und Wehrmacht ausgeführt haben. Ganz zu schweigen von der widerlichen Gestapo. Aber die Sowjets haben ja ein ähnliches Programm und ebenso scharfe Kettenhunde und Wadenbeißer – nicht mehr lange, und es wird so wie früher, und das möchte ich nicht mehr ertragen in meinem Alter. Niemand sollte das ertragen müssen.«

»Sag es Gebhard«, wiederholte Frederike. »Er glaubt nicht, dass es ewig so bleibt. Sieh doch, wie sich der Westen entwickelt. Die Sowjetunion und Stalin können uns doch nicht für immer unter ihrer Knechtschaft halten.«

»Wer sollte sie davon abhalten?«

»Die westlichen Länder …«

»Ich hoffe das auch, aber selbst wenn es nun hier eine Wende geben würde – ich würde nicht mehr erleben, wie sich alles wieder zum Guten wandelt, und mein Haus werde ich nie wieder bewohnen können.« Sie tupfte sich die Tränen von den Wangen. »Ich will euch alle wiedersehen. Ich möchte, dass die Familie wieder vereint ist – so wie früher.«

»Sprich du mit deinem Sohn … ich habe es schon so oft versucht.«

»Vielleicht können Skepti und Caspar etwas ausrichten«, hoffte Heide.

Frederike war skeptisch, aber die Hoffnung mochte auch sie nicht aufgeben.

»Bist du bereit, Mutter?«, fragte Gebhard, der gerade zur Tür hereingekommen war. »Der Wagen ist da.« Mit einer kleinen Wagonette, die er irgendwo aufgetrieben hatte, würden sie fahren. Das ganze Unterfangen war nicht ohne Risiko, und Frederike fürchtete um das Leben ihres Mannes. Gleichzeitig hoffte sie jedoch, dass seine Brüder ihn zum Bleiben überreden würden.

»Bitte«, sagte sie zum Abschied, »bitte hör auf Skepti und Caspar. Ich flehe dich an – bleib im Westen.«

»Und was wird mit dir und den Kindern? Ich kann euch doch nicht hier zurücklassen.«

»Gebhard – wir werden einen Weg finden, auch in den Westen zu kommen. Versprochen. Aber wenn du zurückkommst … du merkst doch, die Kommandantur wird immer härter. Plura, der Polizeichef, hat dich zwar bisher geschützt – aber andere hat er denunziert. Diese jungen Männer, die nun in Sachsenhausen oder in Sibirien sind. Siehst du nicht, was hier vor sich geht? Es ist eine Reinigung anderer Art – sie machen es wie die Gestapo, nur eliminieren sie die andere Seite …«

»Irgendwann werden sie aufhören. Irgendwann wird der Westen Stalin einen Riegel vorschieben.«

»Das hast du bei Hitler auch gesagt – jahrelang. Und dann gab es Krieg – jahrelang. Das weiß der Westen auch. Niemand will mehr einen Krieg – die westlichen Alliierten werden es aussitzen, wahrscheinlich zu unseren Lasten. Sie opfern die sowjetische Zone, Gebhard, siehst du das denn nicht?«

»Ich werde mit Caspar darüber reden, Liebes. Mach dir keine Sorgen, Freddy, alles wird gut werden.«

»Ich liebe dich, Gebhard. Ich liebe dich über alles – aber bleib bitte im Westen. Ich möchte noch den Rest meines Lebens mit dir verbringen.«

»Ich auch mit dir, Freddy, ich auch. Alles wird sich fügen, glaub mir.«

Doch das tat sie diesmal nicht.

Schweren Herzens blickten Frederike und die Kinder der Wagonette nach, als sie über die Auffahrt und durch das Tor fuhr.

»Kommt Vati bald wieder?«, fragte Mathilde und klang ängstlich.

»Zu Gebbis Geburtstag in zwei Wochen ist er wieder da.« Frederike nahm den kleinen Jungen, der dann schon vier Jahre alt werden würde, hoch und drückte ihn an sich. »Dann ist er ganz sicher wieder bei uns, und wir feiern gemeinsam.«

»Und kannst du bis dahin auch einen richtigen Kuchen backen?«, fragte Mathilde, ohne zu ahnen, wie weh die Frage ihrer Mutter tat.

»Ich gebe zumindest mein Bestes.«

Die Zeit ging ins Land, der September endete, der Oktober begann. Frederike versuchte sich erneut im Kuchenbacken, doch so wirklich gelang es nicht. Sie sehnte sich Lore herbei und einen besseren Ofen. Schließlich holte sie sich Hilfe im Dorf bei einer der Frauen, die früher in der Küche gearbeitet hatten. Zusammen buken sie einen Kuchen für Gebbi. Sie würden feiern – mit oder ohne Gebhard. Frederike sorgte sich, dabei war es nicht das erste Mal, dass Gebhard über die grüne Grenze ging und seine Brüder besuchte. Manchmal bezahlte er Schlepper, andere Male versuchte er es nachts selbst durch den Wald. Die britischen Wachposten nahmen es oft nicht so genau, und für eine kleine Gabe drückten sie auch schon mal ein Auge zu, wenn eine Wagonette mit gefälschten Papieren ankam. Die Sowjets waren strenger, und manchmal fielen Schüsse im Wald. Es hatte auch schon Todesfälle gegeben.

Anfang Oktober hatte sie einen Brief von Caspar bekommen. Er klang kryptisch, denn inzwischen war es wieder so weit, dass man befürchten musste, dass die Post geöffnet und gelesen wurde – zumindest in der Ostzone. Und nicht alles wurde als systemkonform angesehen. Stalins Daumenschrauben wurden immer enger gezogen und das Verhältnis zwischen den Alliierten immer kühler.

Caspar beschwor sie zwischen den Zeilen, Sachen zu packen, sie sollte sich auf eine Flucht einstellen. Er hatte Freunde, Vertraute und auch einigen Einfluss in höheren Etagen. Er klang zuversichtlich. Frederike saugte die Zuversicht in sich auf, sie brauchte dringend Hoffnung und eine Perspektive. So, wie es jetzt war, konnte es doch nicht weitergehen. Davon, dass sie wieder ein Leben wie früher führen würde, hatte sie sich längst verabschiedet. Dabei war auch ihr »herrschaftliches« Leben nur für Stunden »herrlich« gewesen. Natürlich hatten die Köchinnen in der Küche für sie gekocht und gebacken, die Spülmädchen gespült und die Zimmermädchen aufgeräumt und saubergemacht. Dafür hatten sie ihren Lohn bekommen. Die meisten Familien waren immer schon auf dem Gut beschäftigt gewesen – ob auf Fennhusen, Sobotka oder Mansfeld. Es hatte immer eine enge Verbindung zwischen Gutsarbeitern und der Herrschaft gegeben, Frederike kannte es nicht anders. Onkel Erik hatte jeden seiner »Leute« beim Namen gekannt, wusste über die Familie Bescheid, kannte ihre Probleme, ihre Stärken, aber auch ihre Schwächen. Niemals, auch wenn es keine Familie mehr gab, wurde ein ehemaliger Angestellter, einer der Leute, verstoßen – egal wie krank oder schwach er war. Man kümmerte sich um ihn oder sie – bis zum Lebensende. Auch Ax hatte das anfangs so gehalten, und Frederike hatte ihr Möglichstes getan, um die Tradition fortzuführen.

In Mansfeld, Leskow und den anderen Vorhöfen waren die Güter kleiner und die Verbindungen noch enger gewesen. Doch jetzt löste sich alles auf. Es gab alte Küchenfrauen, die früher ohne Wenn und Aber in den Wohnungen des Gutes geblieben, die weiter mitversorgt worden wären, doch nun hatten sie keine Anstellung mehr, die Wohnungen waren enteignet worden, und niemand kümmerte sich um diese Leute. Eine Arbeit fanden sie nur schwer, ihren Lebensunterhalt konnten sie kaum bestreiten.

Frederike und Gebhard hatten sich mit dem Sozialismus befasst, auch mit dem Kommunismus – beides hatte für sie einen faden Beigeschmack. Die Ideen an sich gefielen ihnen – alles für alle und jeder ist gleich –, aber sie sahen nicht, dass es funktionierte. Es gab Privilegien, und es gab Machthaber und Machtausführende – die Bestimmer. Nein, nicht alle waren gleich, und nicht alle hatten alles zur Verfügung – eigentlich war das Gegenteil der Fall. Gebhard beharrte immer noch darauf, dass es einfach eine Weile brauchen würde – dass es Zeiten der Anpassung bedurfte. Frederike glaubte das nicht, stieß bei ihm aber auf taube Ohren.

Die Prägung, die sie und Gebhard durch ihre Erziehung erfahren hatten, war tief. Sie fühlte sich verantwortlich. Nun waren es nicht mehr die Küchenmädchen und die Leute, nun waren es die Aussiedler, die im Burghof wohnten. Zwei der Familien kamen aus dem Osten, es waren einfache Bauern, eine Mutter, eine Großmutter, die Kinder. Die Männer waren fast alle gefallen, gefangen genommen und deportiert worden oder geflohen. Nur nach und nach kamen die Gefangenen zurück. Es war nicht die Entscheidung dieser Frauen gewesen, hierherzukommen – nein, sie wurden von den großen Mächten umgesiedelt, weil ganz Europa neu aufgeteilt und Grenzen verschoben worden waren. Sie mussten ihr Land verlassen und Platz machen für andere, die ebenfalls umgesiedelt wurden. Warum das so war, erschloss sich Frederike nicht, aber sie hatte Mitleid mit den Familien, die nur mit wenigen Gütern in einen Landstrich geschickt wurden, den sie nicht kannten, der nicht ihre Heimat war und wo sie sich nicht wohl fühlten.

Allerdings konnte Frederike nicht viel für diese Leute tun – ihr fehlte es ja selbst an Mitteln, und sie spürte die Ablehnung, die Vorbehalte und die Vorurteile, die gegen ihren Stand, den sie gar nicht mehr hatte, aber nicht abwaschen konnte, gehegt wurden.

Am Morgen des siebten Oktober stand Frederike auf. Es war noch früh, es dämmerte gerade erst. Der Herbst kam mit großen Schritten – das Laub wurde vom Wind über die Straßen gefegt, die Farben wurden erst bunter, aber bald schon würden sie verblassen. Noch gab es schöne, heitere Tage – voller Altweiberspinnweben und den lauten Rufen der Wildgänse, die ihre Reise in den Süden antraten. Sehnsüchtig sah Frederike ihnen nach. Sie fürchtete sich vor einem weiteren kalten Winter in Burghof. Einem kargen Winter mit hungernden und frierenden Kindern, mit einem Mann, der gerne wieder kräftiger und stärker wäre und an seiner Gesundheit scheiterte. Sie fürchtete sich vor den Angriffen der Kommandantur, die immer fordernder wurden und aufzeigten, dass sie der Familie mitnichten vertrauten und ihr noch weniger den ehemaligen Stand verziehen hatten. Aber dennoch stand die Schönheit der Landschaft vor ihrem Fenster, und sie wusste, fühlte, was Gebhard an diesen Ort fesselte.

Über der Stepenitz lag Nebel, als sie aufstand und sich leise anzog. Es kam kein Mädchen mehr, das sie weckte, das warmes Wasser zum Waschen brachte. Frederike ging ins Esszimmer, sie hatte Glück, die Glut hatte die Nacht überdauert und glomm noch. Schnell legte sie eine paar Scheite hinein, etwas Papier darunter, blies vorsichtig – das Feuer erwachte, Flammen leckten das Papier, wuchsen, griffen über auf das Holz. Es knisterte, brannte, Wärme breitete sich im Esszimmer aus, und Frederike rieb sich die Hände. Sie stellte den Kessel mit Wasser aus der Pumpe auf den Herd, träumte von fließendem Wasser, wie sie es früher oben gehabt hatten. Eine Andacht gab es nicht mehr, niemand versammelte sich am frühen Morgen in der Diele. Oft hatte sie dieses Ritual früher gehasst, aber nun vermisste sie es. Das gemeinsame Beten am Morgen hatte sie zu einer Gemeinschaft gemacht, es stimmte sie auf den Tag ein.

Jetzt war jeder auf sich selbst gestellt. Frederike zog die Vorhänge des Esszimmers beiseite, schaute auf die Wiese. Ein Kranichpaar machte dort Rast, stolzierte majestätisch über das Gras, pickte nach Nahrung. Es war nur ein kurzer, ein temporärer Aufenthalt – sie würden weiterfliegen, in den Süden, die Sonne und Wärme. Zu gerne wäre Frederike ihnen gefolgt.

Sie füllte eine Schüssel mit jetzt warmem Wasser und wusch sich. Das Badezimmer oben konnten sie noch benutzen – allerdings mussten sie es mit den Einquartierten teilen. Zum Glück gab es wenigstens eine kleine Toilette neben der Tür zum Souterrain.

Die Kinder schliefen noch. In einer halben Stunde musste Frederike die Mädchen wecken, damit sie rechtzeitig in der Schule wären. Frederike füllte den Kessel erneut mit Wasser – auch die Mädchen würden sich hier waschen. Dann deckte sie den Tisch und dachte an den Tag vor vier Jahren zurück, als Gebbi geboren wurde. Sie war so glücklich und so erleichtert gewesen, dass alles gutgegangen war. Und sie war stolz, endlich einen Stammhalter – den sich Gebhard so sehnlich gewünscht hatte – hervorgebracht zu haben. Gebbi war ein entzückender kleiner Junge geworden, ein Lausbub, der aber auch gerne kuschelte und sich immer wieder an kleinen Dingen erfreuen konnte. Den Kuchen stellte sie auf die Mitte des Tisches, vier Kerzen steckten im süßen Teig. Sie nahm die wenigen, kleinen Geschenke, die sie in buntes Papier gewickelt hatte, und legte sie neben Gebbis Teller. Es waren nur ein alter Kreisel aus Blech – sie hatte ihn heimlich neu lackiert – und zwei kleine Holzautos, aber immerhin hatte sie etwas zum Schenken. Die Kaminuhr tickte laut, es wurde Zeit, die Kinder zu wecken. Frederike ging in das Zimmer, zog die Vorhänge zur Seite. Sie schaute auf die Einfahrt und sah zu dem kleinen Törchen. Durch die Nebelschwaden konnte sie kaum Konturen ausmachen – alles wirkte verwunschen.

Fritzi sprang aus dem Bett – sie war ein kleiner Sonnenschein, wachte stets mit einem Lächeln auf den Lippen auf. Mathilde brauchte länger, um wach zu werden. Fritzi stellte sich neben ihre Mutter und kniff die Augen zusammen.

»Schau mal«, sagte sie dann. »Da ist jemand. Da am Tor.«

»Nein, das ist nur der Nebel …«, sagte Frederike, doch dann sah sie ihn auch. »Das ist …«

»Vati! Vati ist wieder da!«, rief Fritzi und rannte in den Flur und zur Eingangstür. »Vati!«

Auch Gebbi sprang aus seinem kleinen Bettchen und rieb sich die Augen. »Vati«, sagte er strahlend. »Vati ist da. Dann is heute mein Geburtstag!«

»Das stimmt, mein kleiner Prinz.« Frederike nahm ihn auf den Arm und küsste ihn. »Herzlichen Glückwunsch. Komm, wir gehen Vati begrüßen.« Sie ging zur Tür, drehte sich noch mal um. »Was ist mit dir, Thilde?«, fragte sie schmunzelnd. »Willst du Vati nicht auch begrüßen?«

»Doch, gleich«, murmelte Mathilde und grub sich noch tiefer in die Kissen.

Frederike folgte Fritzi, die von einem Fuß auf den anderen hüpfend an der Tür stand.

»Ich bin wieder da«, sagte Gebhard, küsste erst Fritzi, dann Frederike und nahm ihr den kleinen Gebbi aus den Armen. Er schwenkte ihn umher. »Hallo, mein Geburtstagskind! Herzlichen Glückwunsch.«

»Hast du mir etwas mitgebracht?«, fragte Gebbi und legte den Kopf schief.

»Dass Vati wieder da ist, ist doch das größte Geschenk«, meinte Fritzi.

»Da hast du recht.« Frederike nickte. »Aber nun schnell hinein in die warme Stube. Ihr müsst euch anziehen, damit wir noch frühstücken können, bevor ihr in die Schule geht.«

»Aber Vati ist doch wieder da … können wir da nicht einmal die Schule ausfallen lassen?«, fragte Mathilde, die nun auch endlich aufgestanden war. Ihre Haare waren verstrubbelt und ihr Nachthemd verknittert, aber der Blick, den sie Gebhard schenkte, war voller Witz und Freude.

»Das hast du dir so gedacht, Fräulein«, sagte Gebhard schmunzelnd. »Die Schule geht vor, und heute Nachmittag bin ich ja auch noch da.«

»Ich hatte nicht gedacht, dass du heute kommst«, sagte Frederike leise, während die Mädchen sich wuschen – es war nur eine Katzenwäsche – und sich schnell warme Sachen anzogen. »Ich hatte gehofft, dass du gar nicht mehr zurückkehrst. Ich habe dir geschrieben … in den letzten Tagen sind wieder einige Männer verhaftet worden.«

»Lass uns später darüber sprechen.«

Sie frühstückten gemeinsam – Gebhard hatte eine kleine Portion echten Bohnenkaffee aus dem Westen mitgebracht und für die Kinder Schokolade. Sie sangen *Wie schön, dass du geboren bist* für Gebbi und zündeten die Geburtstagskerzen an. Mathilde half Gebbi, sie auszupusten. Den Kuchen würde es erst am Nachmittag geben, aber Gebbi durfte seine Geschenke auspacken. Er strahlte über das ganze Gesicht, als er die kleinen Autos sah.

Dann zogen sich Fritzi und Mathilde ihre Jacken an und griffen nach ihren Ranzen. Sie gaben Vater und Mutter einen Abschiedskuss, strubbelten dem kleinen Bruder durch die Haare und gingen.

Erst jetzt fanden Frederike und Gebhard die Muße, sich anzusehen. Ihre Blicke tauchten ineinander, es waren Fragen und Antworten – stumme Botschaften, die sie wortlos austauschen konnten, weil sie sich so vertraut waren.

Frederike schenkte den letzten Kaffee ein und setzte sich an den Ofen.

»Ist alles gut gelaufen?«

Gebhard nickte. »Es war mühsamer, als ich dachte – vor allem für Mutter. Doch ich denke, sie wird sich dort gut einleben. Die Wohnung ist ja schön und hell. Skepti kümmert sich rührend um sie, und du kannst dir nicht vorstellen, wie glücklich sie war, die beiden endlich wieder in die Arme schließen zu können. Unglaublich, dass es nach dem Kriegsende noch zwei Jahre dauern musste, bis es so weit war.«

»Und Caspar? Was sagt Caspar?«

Gebhard runzelte die Stirn. »Er hat mich inständig gebeten, im Westen zu bleiben.«

»Warum hast du es nicht getan?«

»Ich kann und will nicht glauben, dass alles verloren ist – aber er ist davon überzeugt. Die Fronten zwischen Ost und West verhärten sich immer mehr. Während die westlichen Militärmächte inzwischen alles daransetzen, dass Deutschland wieder ein eigenständiger Staat wird, natürlich unter Kontrolle und mit strengen Vorgaben, wollen die Sowjets ihre besetzten Gebiete bisher nicht aufgeben. Sie wollen aus Deutschland einen kommunistischen Staat machen – und alles kontrollieren. Darauf werden sich die Westmächte aber nicht einlassen.«

»Aber das Land kann doch nicht in Ost und West geteilt bleiben?«

»Nein, natürlich nicht. Irgendwann wird es eine gemeinsame Lösung geben – aber bisher steht die in den Sternen. In den drei westlichen Zonen wird jedoch sehr daran gearbeitet, die Verwaltung und andere Dinge wieder in deutsche Hände zu legen. Caspar ist in Schleswig-Holstein maßgeblich daran beteiligt.« Gebhard runzelte die Stirn, senkte den Kopf.

»Du verheimlichst mir etwas, Gebhard«, sagte Frederike. »Sag mir, was«, bat sie eindringlich und nahm seine Hände.

»Caspar hat versucht, eine Besuchserlaubnis für die Prignitz zu bekommen. Mehrfach – er wollte zu Mutter, zu uns. Er wollte das Land sehen, er wollte zu Vaters Grab …«

»Aber?«, fragte Frederike ängstlich.

»Er hat keine Erlaubnis bekommen. Es war sogar schwierig für ihn, nach Berlin zu kommen.«

»Aber weshalb? Er hat doch von Anfang an gezeigt, dass er kein Nazi war.«

»Er war in der Partei. Und er war im diplomatischen Dienst. Außerdem hat er geheime Verhandlungen geführt – mit den Russen genauso wie mit den Briten. Leider ohne Erfolg, wie wir wissen. Bei den Briten hat er damals Asyl bekommen, und nun arbeitet er in der britischen Zone …«

»Das weiß ich alles.«

»Die Sowjets wissen es auch – sie halten ihn für einen Doppelspion, der sie damals nur täuschen wollte, um an Informationen zu kommen.«

Erschüttert schüttelte Frederike den Kopf. »Das kann doch nicht wahr sein.«

»Leider doch. Es ist abstrus, aber es ist die Art, wie sie denken. Sie sind sehr, sehr misstrauisch, sehen überall Verschwörungen.«

»Da haben die vier Mächte zusammen gegen Hitler gekämpft, und nun stehen sie sich gegenüber und rasseln mit den Säbeln. Es ist nicht zu fassen.«

»Keiner traut dem anderen, und jeder befürchtet das Schlimmste. Es geht um politische Ideologie, um Macht und um wirtschaftliche Interessen. Der Westen möchte Deutschland wieder als eigenständigen Staat sehen – ein Land, dass sich selbst ernähren und verwalten kann. Sie sehen in uns Partner in der Marktwirtschaft und unterstützen den Wiederaufbau der Industrie.« Er schnaubte. »Die Sowjets wollen alles an Technologie und Wirtschaft aus Deutschland verbannen. Sie sähen uns am liebsten als reines Bauernland – kleine, zerstückelte Höfe, nur Landwirtschaft, keine Industrie.«

»Aber was bringt das den Sowjets?«

»Wenn wir alle kleine Bauern wären, wenn es hier keine Industrie und keine Technologie mehr gäbe, dann wären wir nicht in der Lage, noch mal eine Armee aufzubauen und einen weiteren Krieg anzuzetteln. Die Idee an sich kann ich schon verstehen, aber die Umsetzung wird nicht gelingen. Doch man sieht ja schon, dass die Sowjets bereits an der Umsetzung sind – die Industrieanlagen werden abgebaut und nach Russland gebracht. Natürlich wollen sie auch unsere Technologie haben.«

»Aber man könnte uns das doch lassen – ohne Armee.«

»Freddy – das war ja schon einmal so, nach dem ersten großen Krieg. Hitler hat es heimlich umgangen, hat heimlich die Armee verstärkt und aufgebaut. Du glaubst doch nicht, dass in den Versailler Verträgen stand, dass wir eine Luftwaffe aufbauen dürfen?«

»Nein, natürlich nicht.«

»Die Westmächte glauben, dass es einfacher wäre, uns zu unterstützen. Dann können wir auch die Produktionen wieder ankurbeln und Reparationen zahlen. Der Osten will uns aber unterdrücken und somit knebeln.«

»Warum bist du dann nicht erst recht drüben geblieben? Irgendwie wäre ich mit den Kindern nachgekommen. Hier haben wir doch keine Zukunft mehr.«

»Die Sowjets werden das Land nicht auf Dauer spalten können – das wird die Welt nicht zulassen. Es wird auch hier wieder besser werden. Irgendwann.«

»Glaubst du das wirklich?« Frederike sah ihm in die Augen. Er schaute weg.

»Gebhard, lass uns fliehen. Lass uns über die grüne Grenze gehen, solange es noch möglich ist. Bitte!«

»Vielleicht hast du recht …«

In diesem Moment klopfte es laut an der Eingangstür. Das Klopfen hallte durch die Halle, ein unheimliches Geräusch.

»Erwartest du jemanden?«

Frederike schüttelte den Kopf. »Vielleicht ist es nicht für uns, sondern für oben?« Sie stand auf, ging in die Diele und öffnete die Tür. Dort standen zwei sowjetische Offiziere in den Uniformen der sowjetischen Geheimpolizei und ein Mann in Zivil.

»Gebhard Mansfeld?«, fragte einer der Offiziere.

Frederike blieb fast das Herz stehen, dann pochte es umso heftiger – so stark, dass sie meinte zu zerplatzen. Sie widerstand dem Drang, den Offizieren die Tür vor der Nase zuzuschlagen, und drehte sich langsam um. Gebhard stand schon hinter ihr. Er war bleich.

»Ich bin Gebhard zu Mansfeld«, sagte er.

Der Mann in Zivil trat vor. Er hielt ein Schreiben in der Hand. »Sie werden beschuldigt, sich von Ihrem Bruder Caspar zu Mansfeld als Spion haben anwerben zu lassen. Sie haben ihn in der letzten Woche auf Gut Panker getroffen und ihn nach Kiel begleitet. Vorher haben Sie illegal die Grenze übertreten.«

»Ich habe meine alte Mutter, der Sie Haus und Hof genommen haben, über die Grenze gebracht – ja, das stimmt. Sie hatte hier nichts mehr, und auch ich habe kaum noch etwas – wir konnten sie nicht bei uns aufnehmen. Mein Bruder nimmt sich jetzt ihrer an.« Gebhard klang erbost. »Und ja, ich habe meine Brüder Werner und Caspar getroffen. Eine sehr menschliche Tat – es sind meine Brüder! Und ich habe dann die Grenze ein weiteres Mal illegal übertreten, nämlich hierher zurück. Ihre Beschuldigungen sind absurd.«

Der Mann in Zivil übersetzte das, was Gebhard gesagt hatte. Die beiden Offiziere verzogen keine Miene, einer sagte nur leise etwas. Der Dolmetscher zog ein weiteres Dokument hervor.

»Sie haben mehrfach die Grenze illegal übertreten, waren ein paarmal in Kiel bei Ihrem Bruder Caspar – einem Spion. Sie stehen unter dem schwerwiegenden Verdacht, sich haben anwerben zu lassen, um dem sowjetischen Staat zu schaden.«

»So ein Unfug!«, ereiferte sich Gebhard.

»Sie sind verhaftet und können vor Gericht Ihre Lage darlegen.«

»Nein!«, schrie Frederike auf. »Nein!«

»Ruhe, Frau«, sagte der Dolmetscher eisig. »Packen Sie sich einige Sachen ein, wir werden Sie jetzt mitnehmen.«

»Aber das kann nicht sein«, rief Frederike. »Das kann nicht wahr sein. Die Gestapo hatte meinen Mann verhaftet – er war in Potsdam im Gefängnis. Sie haben sein Land annektiert und unter Verwaltung gestellt. Er ist kein Spion. Er ist Antifaschist – das war er schon immer.«

»Wenn er kein Spion ist, braucht er sich auch keine Sorgen zu machen, Frau. Und nun packen Sie. Dawai! Dawai!«

Frederike sah Gebhard an, ihre Augen füllten sich mit Tränen. »Ich lass dich nicht gehen«, sagte sie und schlang ihre Arme um ihn. »Ich lasse dich nicht noch einmal gehen.«

»Los! Machen Sie!«, sagte der Dolmetscher nun ungeduldig. »Voran! Dawai!«

»Komm«, sagte Gebhard und zog sie mit sich. »Komm, lass uns Sachen packen.« Seine Stimme war rau. »Ich habe mir nichts vorzuwerfen – sie können mir nichts nachweisen.«

An der Glastür zum Gartenzimmer blieb er einen Moment stehen, er sah in den Garten hinaus und zur Stepenitz hin.

»Willst du fliehen?«, wisperte Frederike kaum hörbar. »Weglaufen?«

»Ja, wollen würde ich es schon – aber ich hätte keine Chance. Sie würden mich erschießen.«

Frederike hatte den Rucksack mit seinen Sachen noch nicht ausgepackt – Gebhard war ja gerade erst gekommen. Nun schmiss sie die Sachen auf den Boden, nahm frische Wäsche, dicke Socken und wollene Hemden aus dem Schrank. Die Tränen liefen ihr über das Gesicht, sie zitterte. Als sie sich umsah, stand einer der beiden Offiziere in der Tür, die Arme verschränkt, und sah ihr zu. Auch Gebhard hatte einige Sachen zusammengesucht und reichte sie Frederike.

Diesmal konnten sie nichts verstecken – keinen Speck und keine Schokolade. Auch kein Geld.

Gebbi saß am Tisch und starrte den Offizier an. »Bist du kommen, um mir zu gratulieren? Ich habe Geburtstag«, sagte er stolz. Irgendetwas passierte mit dem Offizier, sein Gesicht wurde weicher – nur eine Nuance, die Menschlichkeit zeigte. Er ging zum Tisch, nahm eines der Blechautos und schob es dann über die Tischfläche.

»Krassiwy«, sagte er. »Charoschi awtomobil.«

»Du bist Russe, nicht wahr?«, fragte Gebbi.

»Da, da! Russki!«

Frederike nutzte diesen Moment der Ablenkung. Schnell steckte sie eine Kette und zwei Ringe in die Socken. Vielleicht würde Gebhard damit jemanden bestechen oder sich zumindest einige Privilegien erkaufen können. Viel war es nicht – sie hatte nicht mehr viel Schmuck.

Die beiden Böhmen aus Sachsenhausen hatten ihnen einmal geschrieben und sich für die Hilfe bedankt – aber auch auf Nachfrage wollten sie nichts mehr von den Koffern mit dem Schmuck und den Wertsachen wissen. Anderes, was Frederike noch gehabt hatte, hatte sie auf dem Schwarzmarkt eingetauscht – nun gab es kaum noch Wertsachen.

Sie reichte Gebhard den Rucksack, konnte immer noch nicht fassen, was gerade passierte.

Gebhard nahm sie in die Arme, drückte sie fest an sich. Er schnupperte an ihrem Hals, küsste sie sanft, dann heftig und fordernd. »Ich liebe dich. Ich werde dich immer lieben. Für jetzt und bis in alle Ewigkeit, Freddy. Weißt du das?«

Frederike konnte nur nicken.

Er beugte sich wieder zu ihr, flüsterte ihr ins Ohr. »Du hattest recht und Caspar auch. Es tut mir leid. Du musst fliehen. Du musst die Kinder hier wegbringen.«

»Aber Gebhard …«

Er schüttelte den Kopf. »Pssst. Sag nichts. Du musst gehen – du musst leben. Und die Kinder auch. Sag ihnen, wie sehr ich sie liebe, immer lieben werde. Pass gut auf sie auf – sie sind alles, was wir noch haben.«

»Ich kann nicht gehen …«

»Ruf sofort Caspar an, er wird dir helfen. Bitte!«

Nun nickte Frederike, versuchte ihre Tränen wegzublinzeln. »Wir werden uns wiedersehen. Alles wird gut werden. Dafür werde ich alles geben!«

»Die Kinder, Freddy, die Kinder – sie sind alles, was jetzt noch zählt.«

»Ich liebe dich!«

»Und ich werde dich immer lieben.« Dann drehte er sich um, streckte seine Schultern und ging. Am Tisch blieb er stehen, hob

Gebbi hoch, drückte ihn an sich. »Sei ein braver Junge und pass gut auf deine Mutti auf, hörst du?«

»Ja, Vati.« Gebbi nickte. Er verstand nicht, was vor sich ging, merkte aber, dass seine Eltern traurig waren. »Ich pass auf. Musst du wieder gehen?«

»Ja.« Gebhard setzte seinen Sohn zurück auf den Stuhl.

»Aber der Kuchen ... wir müssen noch Kuchen essen.«

Schnell nahm Frederike das Messer, schnitt ein Stück vom Kuchen ab, wickelte es in das Geschenkpapier, das noch auf dem Tisch lag, und stopfte es in den Rucksack.

»Siehst du«, sagte sie und nahm Gebbi auf den Arm. »Nun hat Vati auch ein Stück Kuchen.«

»Aber Vati kommt doch bald wieder?«

Frederike konnte nicht antworten. Sie blieb stehen, während Gebhard den Offizieren folgte. Die große Eingangstür fiel ins Schloss, ein unheilvolles Dröhnen, das ihr durch Mark und Bein ging. Es hatte etwas Endgültiges.

Er wird wiederkommen, dachte Frederike, und ein trockenes, hohes, ein verzweifeltes Schluchzen entrann ihrer Kehle. Er wird wiederkommen, und dann gehen wir gemeinsam in den Westen. Ich darf nur nicht die Hoffnung aufgeben. Er kommt zurück, und alles wird gut. Ich muss nur daran glauben.

Doch diesmal glaubte sie nicht daran.

Als die Mädchen mittags nach Hause kamen, fanden sie ihre Mutter völlig aufgelöst vor. Frederike konnte nicht aufhören zu weinen.

»Russen waren da«, erklärte Gebbi, der auch ganz verunsichert war. »Zwei Soldaten und ein Mann. Vati ist mit ihnen mitgegangen.«

»Vati ist gegangen?«, fragte Mathilde verwirrt. »Wann kommt er denn wieder? Mutti, wann kommt Vati wieder? Er wollte doch mit uns feiern und den Kuchen essen.«

»Ja, das wollte er«, schluchzte Frederike. »Ich soll euch sagen, dass er euch sehr, sehr liebt. Und er versucht, bald wiederzukommen. Aber ich weiß nicht, wann das sein wird.«

Fritzi blieb still. Sie sah zur Mutter, dann zu Gebbi, dann wieder zur Mutter. Dann rannte sie in das Kinderzimmer, schmiss sich auf ihr Bett und weinte bitterlich.

Frederike versuchte sich zu sammeln. Sie ging in das Kinderzimmer, setzte sich neben ihrer Tochter auf das Bett und strich Fritzi über die Haare.

»Sie haben ihn verhaftet«, sagte Fritzi, »nicht wahr?«

»Ja.«

»Kommt er wirklich wieder? So wie damals?«

»Ich hoffe es sehr.«

»Und was, wenn nicht?«

Darauf hatte Frederike keine Antwort. Sie ging in den Flur zum Telefon, ließ sich eine Leitung nach Kiel geben. Es klackte und rauschte in der Leitung, und Frederike wusste, dass mitgehört wurde. Aber heute war es ihr egal.

»Caspar?«, sagte sie, als ihr Schwager sich meldete. »Sie haben Gebhard verhaftet.«

»Verdammt. Und ihr?«

»Gebhard sagte, du würdest dich kümmern.«

»Das mache ich. Ich melde mich.« Dann legte er auf. Jedes weitere Wort, das wusste Frederike, konnte ihnen gefährlich werden – noch gefährlicher, als es jetzt schon war.

Sie versuchte den Nachmittag mit den Kindern nett zu gestalten, aber Fritzi weinte immer wieder, genau wie Mathilde und Gebbi. Sie wirkten verstört, und Frederike war froh, als die drei endlich im Bett waren und schliefen. Sie ging mit Luna über den Hof und hinunter zur Stepenitz. Gebhard hätte keine Chance gehabt, aber dennoch stellte sie sich vor, wie er weglief und im Ufergebüsch verschwand.

Das wäre leichter zu ertragen gewesen, als ihn im Gefängnis zu wissen. Wie mochte es ihm gehen? Es wurden viele schreckliche Geschichten über die Haft bei den Sowjets erzählt.

Von diesen Gedanken musste sie sich frei machen – sie musste nach vorne schauen und für die Kinder da sein. Die Kinder – sie waren das Wichtigste – sie waren alles, was sie noch hatte.

Noch in dieser Nacht packte sie Koffer. In einen tat sie die restlichen Wertsachen, die sie noch hatte – etwas Schmuck, Münzen, das Taufsilber der Kinder. Sie steckte die Koffer in die hinterste Ecke des Schrankes und wusste nicht, ob sie hoffen sollte, die Koffer nie hervorziehen zu müssen oder es bald zu können. Das Leben erschien plötzlich so unsicher und so wenig planbar wie vor zwei Jahren, aber eigentlich war es noch schlimmer.

Frederike schlief in dieser Nacht kaum. Als sie morgens den Mädchen die Zöpfe flocht, zitterten ihre Hände. Was würde dieser Tag bringen? Würden sie kommen, um sie zu holen? Nein, die Frage war eher: Wann würden sie kommen?

Caspars Nachricht war kryptisch – er würde sich kümmern, aber was bedeutete das? Sie wusste es nicht, und etwas nicht zu wissen, machte ihr Angst.

Immer wieder während der Nacht hatte sie daran gedacht, eine Flucht über die grüne Grenze selbst zu organisieren. Sie und die drei Kinder, ein Schlepper … Gebhard hatte es doch auch mehrfach geschafft, war hin und her gewechselt, war vom Osten nach dem Westen und zurück gewandert, warum sollte sie es nicht auch schaffen?

Aber dann zögerte sie, Gebhards Verhaftung war ein Missverständnis, konnte nur ein Missverständnis sein. Er hatte sich nichts zuschulden kommen lassen – bis auf den illegalen Übertritt der grünen Grenze. Aber das machten doch Hunderte, vielleicht Tausende täglich. Hin und zurück – mit Waren, mit Menschen, mit Botschaften. Gebhard hatte nur seine Mutter in den Westen gebracht, er selbst war zurückgekehrt. Er wollte hier leben, er wollte das Land bearbeiten, Gewinn schaffen und seine Kinder großziehen – auf dem Land seiner Väter. Was war daran falsch? Nichts.

Dann erinnerte sie sich wieder und wieder an seine eindringlich geflüsterten letzten Worte: »Geh! Geh mit den Kindern. Geh, soweit du kannst. Es ist egal, was mit mir ist, die Kinder sollen in Freiheit aufwachsen. Geh in den Westen.« Wie konnte sie seinem Willen nicht Folge leisten?

Doch so einfach die Botschaft klang, so schwierig umzusetzen war sie auch. Frederike hatte im Westen vielleicht mehr Freiheiten – aber sie hatte weder Land noch Garten und keine Perspektive, die Kinder zu ernähren. Was sollte sie tun? Sie wusste es nicht, also blieb sie.

Kapitel 18

Burghof Mansfeld, November 1947

Wieder klopfte es unheilvoll an der Eingangstür. Ein Sonntagmorgen, fünf Uhr in der Früh. Ein Tag, an dem die Kinder nicht geweckt werden mussten, um zur Schule zu gehen. Ein Sonntag – ein Tag der Entspannung, auch für Frederike. Sie fuhr erschrocken hoch, richtete sich schnell die Haare vor dem Spiegel, zog den Wintermantel über.

Ob es Nachrichten von Gebhard gab?, dachte sie aufgeregt, als sie zur Tür lief.

Wie groß war der Schock, als wieder ein russischer Offizier sie ansah. Neben ihm ein kleiner Mann in einem grauen Mantel – der Dolmetscher. Dahinter ein Soldat mit einer Maschinenpistole.

»Ich kenne Sie«, sagte Frederike zu dem Zivilisten. »Sie sind wie ein Rabe – wenn Sie erscheinen, gibt es schlechte Nachrichten.« Sie straffte die Schultern und sah den Offizier an. Der Dolmetscher schien in sich zusammenzusinken. »Und?«, fragte Frederike. »Wollen Sie einen Kaffee? Ich habe nur Muckefuck.«

Der kleine graue Dolmetscher räusperte sich, nahm dann ein Dokument hervor. »Sie werden beschuldigt, sich an Spionagetätigkeiten – zusammen mit Ihrem Mann, Gebhard zu Mansfeld – gegen den sowjetischen Staat beteiligt zu haben. Sie werden verhaftet, und der Fall wird zur Anklage gebracht.«

Frederike hielt den Atem an, ihr wurde schwarz vor Augen. »Wie sollte das gehen? Ich habe drei Kinder, mein Sohn ist noch ein Kleinkind, er wurde gerade vier. Was passiert mit ihnen?« Den Dolmetscher sah sie nicht an – sie fixierte den Offizier des Geheimdienstes.

Er sah weg. Überlegte. Der Dolmetscher redete auf ihn ein. Frederike stand einfach nur da in der Eingangstür, hatte die Arme vor der Brust verschränkt. Viel schlimmer konnte es jetzt nicht mehr werden – um alles in der Welt musste sie die Spannung ertragen. Sie musste …

»Sie sind verhaftet«, sagte der Dolmetscher wieder, nachdem er mit dem Offizier gesprochen hatte, und zuckte mit den Schultern. »Sie müssen mitkommen.«

»Und die Kinder? Sollen die einfach hierbleiben? Alleine?« Frederike stemmte die Fäuste in die Hüften. »Wollen Sie wirklich drei Kinder sich selbst überlassen und die Mutter in Haft nehmen? Das kann nicht ihr Ernst sein. Das kann auch nicht rechtens sein. Ich weigere mich!«

»Sie sind verhaftet … Sie können sich nicht weigern«, sagte der Dolmetscher verblüfft. Offensichtlich war ihm ein solcher Fall noch nie begegnet.

»Ich weigere mich nicht, ich möchte nur, dass meine Kinder adäquat untergebracht werden. Jemand muss sie betreuen, während mein Mann und ich in Haft sind. Das verstehen Sie doch?«

»Aber … aber …« Die Männer flüsterten miteinander. Schließlich sagte der Offizier etwas mit Nachdruck und lauter Stimme. Er nickte dem Dolmetscher zu, drehte sich um und ging. Frederike schüttelte verblüfft den Kopf.

»Sie haben zwei Stunden Zeit, vielleicht auch drei – aber dann kommen wir wieder. Sorgen Sie dafür, dass die Kinder untergebracht sind. Wir sehen uns.« Er nickte, folgte dann dem Offizier.

Unglaublich, dachte Frederike verzweifelt. Was die sich einbilden. Sie holte tief Luft – sie musste jetzt schnell handeln. Eine Leitung nach Kiel stand zum Glück innerhalb von Minuten. Um diese Zeit telefonierten nur wenige.

Caspar hatte versprochen, sich zu kümmern und sich zu melden – nun drängte die Zeit.

»Ja?«, sagte Caspar verschlafen.

»Ich bin es, Freddy. Sie wollen mich verhaften. Ich habe zwei Stunden Zeit, um die Kinder unterzubringen.«

»Was?«

»Caspar, ich muss die Kinder unterbringen. Ich werde verhaftet, wegen Spionage. Was soll ich tun? Ich habe nur noch zwei Stunden Zeit.«

»Kannst du irgendwie nach Berlin kommen?«

Frederike überlegte. »Ich versuche es.«

»Bitte, fahr mit den Kindern nach Berlin. Und wende dich im französischen Sektor an Paul Leroy Beaulieu – er ist der Bruder eines guten Freundes von mir. Er wird sich kümmern.« Caspar holte tief Luft. »Meinst du, du schaffst das? Wirst du nach Berlin kommen?«

Frederike dachte nach. »Ich weiß es nicht.«

»Hast du schon Sachen gepackt?«

»Die Koffer stehen im Anbau – da können wir nicht mehr heizen, es ist eh nur noch Abstellfläche.«

»Freddy, ich weiß, es ist schwer für dich – aber nimm die Koffer, nimm die Kinder und versuche nach Berlin zu kommen. Bitte. Jetzt. Denk nicht nach, mach einfach nur. Es geht um dein Leben und um das der Kinder. Bitte, Freddy«, flehte er.

»Ja.« Sagte sie und legte auf. Sie holte die Koffer, weckte die Kinder.

»Fritzi – zieh dich an, hilf deiner Schwester. Jetzt. Wir müssen weg«, sagte Frederike eindringlich und in einem Ton, der keine Fragen und Diskussionen zuließ. Sie legte den Kindern Kleidung hin – mehrere Schichten, denn sie wusste nicht, wie lange sie unterwegs sein würden und mit welchen Transportmitteln. Sie zog den verschlafenen Gebbi an, setzte ihn an den Tisch.

Schnell stellte sie Brot, Butter und Marmelade dazu. »Fritzi – schmiere deinen Geschwistern Brote und hilf ihnen beim Frühstück. Was an Brot über bleibt, bestreichst du schon mal mit Butter. Ich muss schnell weg, bin aber gleich wieder da.«

»Geh nicht weg«, flehte Mathilde. »Bitte, geh nicht.« Seit Gebhards Verhaftung war sie verunsichert und konnte ihre Mutter kaum aus den Augen lassen.

»Ich komme gleich wieder, bleib bei Fritzi und hör auf deine Schwester, Thilde«, sagte Frederike. Sie eilte nach draußen. Der Novembernebel hatte seine Decke über die Prignitz gelegt, die Nebelschwaden tanzten über der Stepenitz, aber heute hatte Frederike für diesen zauberhaften Anblick weder Zeit noch Muße. Sie musste mit den Kindern nach Berlin – und zwar bevor der russische Geheimdienst wieder vor ihrer Tür stand und sie mitnehmen würde. Es gab zwei Leute, die sie fragen konnte – einmal den Pfarrer, er hatte Kontakte und kannte immer jemanden, der jemanden kannte, und sie vertraute ihm. Und dann gab es noch den Gärtner Blumenthal. Ob sie ihm vertrauen konnte, wusste sie nicht, aber sie hoffte es. Zuerst ging sie zu ihm.

Verwundert öffnete seine Frau ihr die Tür. »Frau Baronin?« Viele der Leute aus dem Dorf nannten Frederike noch so, auch wenn die Kommandantur es verboten hatte – es war die Macht der Gewohnheit.

»Gerlinde, ich brauche Hilfe«, gestand Frederike.

»Komm Se rin, Baronin. Wennwa helfen können, helfenwa.« Sie führte Frederike in die Küche. Dort brannte das Feuer im Ofen, es war anheimelnd warm und duftete nach frisch gebackenem Brot. Die Frau des Gärtners setzte Wasser auf. »Echten Kaffee hamwa keenen, awwer Muckefuck. Möchten Se, Baronin?«

»Gerne.« Frederike setzte sich an den Tisch, nahm den Hut ab und öffnete den Mantel.

»Wollen Se nich ablejen? Is schon kalt draußen, nich dass Se sich 'nen Pips holen.«

»Ich habe nicht viel Zeit. Wo ist denn Ihr Mann?«

»Na, draußen auffem Abort«, sagte die Gärtnersfrau grinsend. Sie öffnete die Tür zum Hinterhof und rief: »Hansi! Komm. De Baronin is hier, will dir sprechen.«

Hans kam nur wenig später, wusch sich schnell die Hände, begrüßte dann Frederike.

»Baronin?«

»Guten Morgen, Hans!« Frederike schluckte. Wie sollte sie ihre Bitte vortragen? Eigentlich konnte sie das nicht tun. Sie würde ihn in Gefahr bringen. Frederike schüttelte den Kopf. »Ich muss gehen«, sagte sie und stand auf.

»Sie sind ja gerade erst gekommen«, meinte Blumenthal. »Was gibt es denn?«

»Ich muss gehen«, drängte Frederike. »Ich kann Sie nicht … ach, wie unsinnig, hierherzukommen.«

Gerlinde stellte ihr die Tasse mit dem Muckefuck auf den Tisch, drückte sie sanft, aber bestimmend wieder auf den Stuhl. »Nu erzählen Se erst ma. Wo drückt der Schuh?«

»Die Russen … sie wollen … also ich werde … sie wollen mich verhaften«, stotterte Frederike.

»Wieso das denn?«

Das Gärtnerehepaar sah Frederike verblüfft an.

»Sie? Verhaften? Keener versteht, warumse den Baron ham verhaftet, und Sie? Nee, dat jeht mal jar nich! Dat is ja 'n Skandal!«, ereiferte sich Gerlinde. »Wat solln Se denn ham anjestellt?«

»Ach, Gerlinde«, sagte der Gärtner. »Ist doch wurscht. Die Russen wollen Sie einkassieren, Baronin?«

Frederike nickte.

»Wie können wir helfen?«

»Gar nicht«, sagte Frederike resigniert. »Ich habe noch eine Stunde Zeit, um die Kinder unterzubringen, dann kommen sie wieder.«

»Wir sollen die Kinderchen nehmen?«, sagte Gerlinde. »Natürlich machenwa dat.«

»Nun halt dich mal raus, Frau«, sagte Blumenthal – aber er sagte es nicht unfreundlich. »Baronin, Sie wollen fliehen?«

Frederike sah ihn an, plötzlich stiegen die Tränen in ihre Augen, sie nickte. »Ich kann doch nicht die Kinder alleine lassen …«

»Nee, das können Sie nicht. Wer kann das schon? Haben Sie einen Ort, wo Sie hinkönnen? Wo Sie in Sicherheit sind?«

»Mein Schwager rät mir, nach Berlin zu fahren. Jetzt. In den französischen Sektor – da hat er Kontakte.«

»Baron Caspar?«

Frederike nickte.

Hans überlegte. »Nach Berlin? Jetzt sofort?«

Frederike nickte wieder.

»Ihre Familie war immer gut zu mir. Ich hole das Auto – ich habe den Lieferwagen. Ich fahr Sie nach Berlin, Baronin. Das mache ich!«

»Wirklich?«, hauchte Frederike.

»Ja. Aber wir treffen uns hinter den Schnitterhäusern, ich fahr nicht vor.«

»Ich kann das nicht …«

»Sie müssen. Und jetzt müssen Sie los – in einer halben Stunde treffen wir uns hinter den Schnitterhäusern.« Er schob sie fast aus der Küche.

Wie in Trance lief Frederike nach Hause. In ihrem Kopf hallte immer nur das Echo seiner Worte: »Ich fahr Sie nach Berlin.« Durfte sie ihm das antun? Durfte sie diese Hilfe annehmen? Ihm dieses Risiko antragen? Er wollte es tragen, wollte ihnen helfen. Frederike hatte keine große Wahl – sie nahm die Hilfe an.

Die Kinder saßen noch wie gelähmt am Tisch. Sie hatten gegessen, aber nur wenig. Frederike schaute in ihre Vorräte. Da waren noch ein paar Eier, etwas Speck, Wurst. Im Rauch hing noch ein halber Schinken von einem Schwein, das sie ohne Erlaubnis geschlachtet hatten. Sie kochte die Eier, packte alles andere ein, schmierte Brote.

»Jeder darf sein Lieblingsspielzeug mitnehmen«, sagte sie den Kindern. »Aber nur das Lieblingsspielzeug.«

»Fahren wir weg?«, fragte Mathilde leise.

»Wir müssen.«

»Heute?« Fritzi konnte es nicht fassen.

»Jetzt. Wir haben keine Zeit, Kinder. Nehmt euer Spielzeug. Dort stehen schon Koffer mit Sachen. Wir müssen los.«

Die Lebensmittel packte Frederike in einen Rucksack. Sie stopfte noch ein paar warme Kleidungsstücke in die Koffer. Dann sah sie sich noch einmal um. Es gab viele Kleinigkeiten und tausend andere Dinge, die sie hätte mitnehmen wollen. Dort die kleine Uhr, die Gebhards Urgroßvater in Italien gefunden hatte, hier die Gedichtbände, in denen sie immer gerne las … das Geschirr, die Möbel. Dies war über Jahre ihr Zuhause gewesen, gefüllt mit Erinnerungen, mit Gerüchen, mit Gefühlen, Träumen und Hoffnungen. Es war ihr Leben, und nun musste sie gehen.

»Wo gehen wir denn hin?«, fragte Mathilde. »Und wann kommen wir zurück?«

»Wir fahren jetzt nach Berlin. Und wann wir zurückkommen, weiß ich nicht.« Frederike schnallte sich den Rucksack auf den Rücken, nahm beide Koffer. »Fritzi, du musst auf Gebbi achten, und jetzt los!«

»Und Luna?«, fragte Fritzi verzweifelt. »Was ist mit Luna?«

Über die Hündin hatte Frederike nicht nachgedacht.

»Ich gehe nicht, wenn Luna nicht auch mitkommt«, sagte Mathilde trotzig und schob das Kinn vor.

»Ich auch nicht«, schloss sich ihr Fritzi an.

Frederike holte tief Luft, dann pfiff sie einmal kurz und scharf. Luna, die auf ihrer Decke gelegen hatte, kam wedelnd an.

»Du musst aber brav sein«, ermahnte Frederike den Hund.

Sie gingen durch die Eingangstür aus dem Haus, gingen die Einfahrt entlang und zum Tor. Einmal noch drehte sich Frederike kurz um. Sie sah das Haus an, das in seiner Schlichtheit schön war. Sie sah die beiden Anbauten rechts und links, die Gebhard hatte errichten lassen, um für seine zukünftige Familie ausreichend Platz zu schaffen. Sie sog das Bild des Hauses mit den grünen Fensterläden in sich auf. Hier war sie glücklich gewesen, hier war ihr Lebensmittelpunkt, und nun musste sie ihn verlassen.

Sie würde nicht zurückkehren, sie würde nie wieder hier leben, das wurde ihr auf einen Schlag ganz schrecklich bewusst. Was mit Gebhard war, stand in den Sternen ... aber auch er hatte hier, entgegen all seinen Hoffnungen, keine Zukunft. Ihr Leben würde hoffentlich woanders irgendwann gemeinsam weitergehen.

Wehmut und auch Furcht erfassten sie, aber das brachte niemanden weiter. Sie hörte das Motorengeräusch eines Wagens und hoffte, dass es der Wagen von Blumenthal war und nicht der des russischen Geheimdienstes.

»Was machen wir denn in Berlin?«, fragte Fritzi beklommen.

»Wir suchen einen Freund auf«, sagte Frederike. »Ich hoffe, er hilft uns weiter.«

»Können wir nicht einfach hierbleiben?«, jammerte Mathilde und blieb stehen.

»Doch«, sagte Frederike und blieb ebenfalls stehen. »Ihr könnt hierbleiben, wenn ihr wollt. Bleibe ich hier, dann kommen die Sowjets und stecken mich in das Gefängnis. Sie waren heute Morgen da und werden gleich wiederkommen. Sie wollen mich holen.«

»Mutti! Nein!«, sagte Mathilde nun entsetzt. »Dann müssen wir schnell gehen. Es reicht ja, dass sie Vati haben.«

Hinter den Schnitterhäusern wartete Blumenthal schon mit seinem Wagen, schnell stiegen sie ein. Dann fuhr er los.

Dort ist der Hügel mit der Burgruine, da die Stepenitz, hier noch ein letzter Blick auf die Burgruine ... Frederike hatte Gebbi auf dem Schoß, drückte ihn an sich, roch den süßen Duft des Kleinkindes, den er noch verströmte. Sie schloss die Augen, wollte nichts mehr sehen, wollte die letzten Blicke bewahren und für immer auf ihrer Netzhaut eingebrannt wissen.

Ihre Gedanken kehrten immer wieder zu Gebhard zurück. Er saß in Haft, und sie floh. Sie würde, sollte sie es tatsächlich schaffen, die sowjetische Zone zu verlassen, keine Möglichkeit haben, zurückzukehren. Sie ließ Gebhard im Stich – so fühlte es sich an, auch wenn Gebhard sie dazu gedrängt hatte.

Was sie tat, war richtig, es war das einzig Sinnvolle, was sie tun konnte – aber es brannte in ihrer Seele und tat weh.

»Falls mein Mann entlassen wird«, flehte Frederike den Gärtner an, »müssen Sie ihm sagen, wo wir sind und weshalb wir fliehen mussten.«

»Natürlich, Baronin. Und bestimmt kann er Ihnen bald folgen. Vielleicht können Sie ja auch irgendwann nach Mansfeld zurückkehren.«

»Ja«, sagte Frederike, doch sie wusste, dass sie log.

Die Fahrt nach Berlin schien unendlich lang zu dauern. Es gab zum Glück an diesem frühen Sonntagmorgen keine Kontrollen. Sie kamen in die Stadt, und Blumenthal setzte sie am Grenzübergang zum französischen Sektor ab.

»Was machen Sie jetzt, Baronin?«, fragte er unsicher.

»Ich weiß es nicht«, gestand Frederike. Der russische Wachposten schaute sie ungehalten an. Doch in diesem Moment kam ein kleiner, agiler Mann auf sie zu.

»Baronin Mansfeld?«, fragte er. »Mein Name ist Beaulieu. Ich bin der Kommandant des französischen Sektors.« Mit einem Lächeln reichte er dem Wachposten ein Schreiben. »Diese Leute dürfen einreisen.«

Frederike hätte ihn küssen mögen. Zum ersten Mal an diesem Tag lockerte sich das Band, das um ihre Brust geschnürt zu sein schien.

Der Schritt über die Grenze war schnell gemacht, aber es war ein großer Schritt für sie. Damit hatte Frederike endgültig eine Entscheidung getroffen – eine Rückkehr war unter den jetzigen Umständen nicht mehr möglich.

Der französische Kommandant nahm die Koffer, bugsierte sie in den Wagen, der schon bereitstand. Er stieg hinter Frederike ein. »Vite, vite!«, wies er den Fahrer an. Erst als sie um die Ecke gebogen waren, atmete er erleichtert auf. »Bonjour, Madame«, sagte er. »Es tut mir leid, dass ich Sie nicht ordentlich begrüßt habe. Aber die Sowjets … ah, très savante!«

Frederike kniff die Augen zusammen, plötzlich waren da Ströme an Tränen, die sie zurückhalten musste. Die Erleichterung, die sie verspürte, war riesig, aber ebenso groß war das Gefühl, Gebhard verraten zu haben.

Beaulieu nahm ihre Hand, tätschelte sie. »Weinen Sie ruhig, Madame. Weinen Sie. Es steht Ihnen zu.«

Frederike putzte sich die Nase, sah zu den Kindern, die verängstigt nach draußen schauten. In Berlin sah man immer noch die Folgen des Krieges. Ruinen, Schutthaufen, zerbombte Häuser. Es tat sich viel, an jeder Ecke wurde geräumt und wieder aufgebaut – aber dennoch sah die Stadt verheerend aus. Die Menge an Militär verstärkte den Eindruck noch – so etwas hatten die Mädchen noch nicht gesehen.

»Was passiert jetzt?«, fragte Frederike den Franzosen. »Mein Schwager hat mich zu Ihnen geschickt – aber wir konnten nicht frei telefonieren. Fahre ich nach Kiel zu Caspar?«

»Nein, Sie sind heute mein Gast, und dann sehen wir weiter. Ihre Familie bemüht sich gerade sehr. Hier in der viergeteilten Stadt können Sie nicht bleiben, das wäre zu unsicher. Es ist allerdings fast unmöglich, die Stadt zu verlassen, wenn man keine gültigen Papiere hat. Aber machen Sie sich keine Sorgen, wir arbeiten daran. Natürlich werden wir eine Lösung finden, Madame.«

Frederike lehnte sich zurück. Sie zitterte vor Anspannung und Aufregung. So viel war heute passiert. Trotz der gepackten Koffer hatte sie nicht damit gerechnet, von einer Minute zur nächsten fliehen zu müssen. Aber sie hatte auch im Traum nicht daran gedacht, dass die Sowjets sie würden verhaften wollen.

Eigentlich sollte sie froh sein, dass es mit der überstürzten Flucht geklappt hatte – aber sie war nicht froh. Sie fühlte sich leer und ausgelaugt. Und unendlich traurig. Jetzt waren sie heimatlos, ohne ein wirkliches Ziel, und irgendwie auch ohne Hoffnung. Würde sie Gebhard je wiedersehen? Frederikes Herz pochte schmerzhaft. War dies der größte Fehler ihres Lebens? Schon jetzt bereute sie es, geflohen zu sein.

»Sie hatten wirklich Glück, Madame«, unterbrach der Kommandant ihre zweifelnden Gedanken. »Dass Sie so schnell eine Möglichkeit zur Flucht gefunden haben.«

»Ich denke gerade das Gegenteil«, gestand Frederike. »Ich bereue es.«

»Mon dieu. Pourqoui?« Er sah sie entsetzt an. »Sie sollten froh sein, aus dem sowjetischen Sektor herausgekommen zu sein, Madame. Die Sowjets ziehen überall ihre Stellschrauben an. Ich könnte Ihnen Dinge erzählen, die würden Sie nicht hören wollen.«

In der Kommandantur angekommen, kümmerte sich Frederike erst einmal um die Kinder. Hier gab es einen funktionierenden Badeofen, und nach der langen Fahrt war es eine Wohltat, baden zu können. Zum Glück hatte Frederike Wechselsachen einpacken können, dennoch wusch sie die Kleidung der Kinder direkt aus und hängte sie zum Trocknen in die Zimmer. Es gab ein einfaches, aber reichhaltiges Essen, danach steckte sie die Kinder ins Bett. Sie hatte mit ihnen zusammen ein Zimmer, das gut beheizt war. Die Kinder waren so überfrachtet von allen Eindrücken, dass sie schnell einschliefen.

Im Salon wartete Beaulieu mit einem Kognak auf sie. Hier prasselte der Kamin, und wenn man nicht aus dem Fenster schaute, konnte man fast denken, in der guten alten Zeit zu sein.

»Jetzt setzen Sie sich erst einmal, Madame, und kommen in der Wirklichkeit an«, sagte er und lächelte. »Ich denke, Ihr Aufbruch war sehr abrupt.«

»In der Tat«, seufzte sie. »Überraschend, dass sie mich auch inhaftieren wollten. Damit habe ich nicht gerechnet.«

»Die Sowjets denken anders als wir. Ihre Gesellschaftsschicht wird haften für all das Übel, das andere verbrochen haben. Sie wollen den Kommunismus einführen, sie wollen das ganze Land umkrempeln.«

»Wird Deutschland geteilt bleiben?«

»Ich fürchte, schon. Die Sowjets werden die östlichen Gebiete neu aufteilen – das machen sie ja schon fleißig –, und sie werden nichts mehr abgeben. Sie hätten am liebsten ganz Deutschland unter ihrer Gewalt und ihrem Regime. Das werden sie aber nicht bekommen.«

Frederike trank einen Schluck von dem exzellenten Kognak. »Ich liebe meine Heimat. Auch denke ich, dass wir uns hätten arrangieren können. Wir sind keine Gutsherren mehr – aber wir hatten noch ein wenig unseres eigenen Landes. Das haben wir bewirtschaftet – mit unseren Händen.« Sie hob ihre Hände, die rissig und schrundig waren. »Wir haben aber immer schon mitgewirtschaftet, gearbeitet – das hat mir nie etwas ausgemacht. Aber jetzt … jetzt habe ich nichts mehr. Nur drei Kinder, drei Koffer und zwei Taschen. Das ist alles, was mir geblieben ist. Und mein Mann … ist in Haft. Werde ich ihn wiedersehen?«

»Wir haben eine Liste mit Inhaftierten unter Spionageverdacht, die wir austauschen wollen. Ihr Mann steht darauf. Aber soweit ich weiß, ist er noch nicht verurteilt. Ich weiß es nicht. Vielleicht wird er auch gar nicht verurteilt.«

»Hat er dann die Chance, in den Westen zu kommen?«

»Durch seinen Bruder Caspar hat er die allerbesten Verbindungen. Die Hoffnung sollte man nie aufgeben. Aber ich weiß, das ist leichter gesagt als getan.« Er schenkte ihr noch einmal nach.

»Und was wird mit mir? Und mit den Kindern?«

»Vermutlich reisen Sie morgen zu Ihrer Familie. Ich könnte sie in einem der plombierten Züge unterbringen – natürlich ist das nicht ganz rechtens. Aber es könnte gelingen. Erst nach Hannover und von da aus dann weiter. Zu gerne würde ich Sie mit meinem Wagen bringen lassen, aber das geht nicht. Sie müssen ohne Papiere durch die sowjetische Zone.«

»Aber im Zug wären wir sicher?«

»Wenn er einmal verplombt ist, öffnen die Sowjets ihn nicht mehr – keiner kommt raus, aber es kommt auch keiner mehr rein.«

Frederike schwenkte das Glas mit der goldenen Flüssigkeit. Sie sah den Kommandanten an. »Danke!«

»Sehr gerne, Madame. Wir müssen morgen schon früh raus … es wird alles ein wenig diffizil.«

Frederike nickte, stand auf. Im Erker des Zimmers stand ein Flügel. Sehnsuchtsvoll schaute sie das schwarze Instrument an. »Ist er gestimmt?«

Beaulieu nickte. »Spielen Sie?«

»Früher viel. In der letzten Zeit kaum noch, und in der Zukunft … werde ich vermutlich keine Gelegenheit mehr haben.«

Der Kommandant zeigte auf den Flügel, nickte. »Nur zu, nutzen Sie die Chance.«

Zögernd trat Frederike zu dem Instrument, klappte den Deckel hoch, setzte sich. Sie hob die Hände, schloss die Augen. Sofort tauchte Gebhards Gesicht auf, und sie spürte das Reißen und Zerren der Sehnsucht in sich. Sie senkte die Finger auf die Tasten, musste gar nicht nachdenken, fast automatisch spielten ihre Finger – es war eines seiner Lieblingsstücke *Clair de lune*.

»Weil der Mond schien«, sagte Beaulieu ergriffen, als Frederike den Deckel des Flügels wieder sanft schloss. »Ein wunderschönes Lied. Ich liebe Debussy.«

»Ich auch. *Clair de lune* ... o nein!« Sie sah den Kommandanten erschrocken an. »Luna! Wo ist Luna?«

»Wer ist Luna?«

»Meine Hündin.«

Zum ersten Mal an diesem Tag lachte der Kommandant, er lachte laut und belustigt. »Mein Chauffeur kümmert sich um sie. Er ist ganz verliebt in sie.«

»Ich muss sie mitnehmen – wegen der Kinder.«

»Das verstehe ich gut. Und nun Bonsoir. Schlafen Sie gut!«

Frederike ging in das Schlafzimmer, öffnete das Fenster. Auf den Straßen war noch Verkehr, Leute lachten, stritten sich. Sie waren in Berlin, alles war fremd.

Gebhard, dachte sie verzweifelt, ich liebe dich, und ich brauche dich. Bitte, finde einen Weg zu mir zurück!

Der nächste Morgen begann früh, sie wurden in aller Herrgottsfrühe zum Bahnhof gebracht. Dort wies sie Beaulieu an, in einen der wartenden Züge zu steigen. Seine Haushälterin hatte einen großen Korb mit Lebensmitteln gepackt – Käse, Brot, Milch, Salat und einige schrumpelige Äpfel. »Es ist auch etwas für den Hund dabei«, sagte Beaulieu und zwinkerte ihr zu. Er drückte Fritzi die Leine in die Hand. »Hier ist ein Zettel mit den Zugverbindungen von Hannover in den Norden. Die Verbindungen ändern sich aber ständig – es wird vermutlich eine abenteuerliche Reise werden. Alles, alles Gute, Baronin. Bon voyage.«

»Merci! Herzlichen Dank für alles!«

Der Kommandant verließ den Bahnhof, um kein Aufsehen zu erregen. Er hatte Papiere für Frederike und die Kinder, die allerdings einer genauen Überprüfung nicht standhalten würden. Sie hofften, dass es gar nicht dazu kommen würde.

Der Zug füllte sich, und dann wurden die Türen verplombt. Ruckelnd fuhr der Zug an, langsam ging es durch die Stadt und dann zur ersten Grenze – nun ging es wieder in sowjetisches Hoheitsgebiet. Frederike zitterte vor Angst, würden sie kontrolliert werden?

»Wo fahren wir denn hin?«, fragte Fritzi.

»Nach Gut Panker. Da sind Großmutter und Onkel Skepti, und Tante Thea ist dort auch.«

»Tante Thea kenne ich, aber an Onkel Skepti kann ich mich kaum erinnern«, sagte Mathilde nachdenklich. »Kommt Vati bald nach?«

»Ich hoffe es«, sagte Frederike und blinzelte die Tränen weg.

Sie fuhren durch das Land, das durch den Krieg vernarbt war. Die Kinder schauten stumm aus dem Fenster. Erst hatten sie noch Fragen gestellt, aber nun wussten sie, dass die tiefen Furchen im Boden von Panzern herrührten und die Krater von Bomben verursacht worden waren.

Und dann kam die nächste Grenze. Von hier aus ging es durch britisches Territorium. Alle zückten ihre Papiere, auch Frederike holte die Scheine hervor, die Beaulieu ihnen ausgestellt hatte. Der Kontrolleur sah nur den Stempel des französischen Kommandanten, nickte und ging weiter. Frederike fiel ein Stein vom Herzen. Sie schloss die Augen und seufzte erleichtert auf. Aber noch waren sie nicht angekommen.

Als sie sich Hannover näherten, packte Frederike die Sachen zusammen. Die Mädchen hatten jeder einen Rucksack. Mathilde bekam die Aufgabe, Gebbi an die Hand zu nehmen und Luna an der Leine zu führen. Frederike trug beide Koffer, Fritzi musste den kleinen Koffer nehmen. Es war viel und schwer, der Zug war voll, und auf dem Bahnsteig wimmelte es nur so von Menschen. Sie stiegen aus. Frederike blieb stehen, sie musste sich erst einmal orientieren. Dort drüben war das Gleis, zu dem sie mussten – zum Glück gab es einen Übergang. Sie trieb die Kinder an, was in dem Gedrängel gar nicht so einfach war.

»Freddy?«, fragte plötzlich jemand neben ihr. »Frederike von Weidenfels?« Es war eine vertraute Stimme, eine Stimme aus der Vergangenheit. Frederike drehte sich um. Da stand ein Mann in einem Anzug, der sauber, aber nicht modisch war. Sie kannte das Gesicht, sie kannte die Stimme.

»Rudolph …«

»Freddy, du bist es wirklich«, sagte er.

Sie sahen sich an, Fragen über Fragen.

»Was treibst …«, sagte Rudolph.

»Wieso bist du hier?«, fragte Frederike.

Beide lachten auf, ein bitteres Lachen.

»Hier treffen wir uns also«, sagte Rudolph. »Ich wusste, dass du überlebt hast. Aber ich dachte, du wärst im Osten …«

»Wir mussten fliehen, und ihr?«

»Wir auch – schon vor einer Weile.«

»Woher … ich meine … wieso wusstest du, dass wir noch im Osten waren?«

»Weil ich mich immer nach dir erkundigt habe, Freddy.« Er sah sie an, schaute sich dann um. »Wo ist denn dein Mann?«

»Gebhard ist …« Frederike sah zu Boden. »In Haft. Die Sowjets haben ihn angeklagt.«

»Das tut mir leid.« Er gab ihr einen Zettel. »Melde dich! Bitte! Ich muss los … mein Zug …« Er drückte sie kurz an sich, war in der Menschenmenge so plötzlich verschwunden, wie er aufgetaucht war.

Frederike holte tief Luft. Rudolph. Hier. Welch ein Wunder, dass sie sich getroffen hatten.

»Wer war der Mann?«, wollte Fritzi wissen.

»Ein alter Freund«, sagte Frederike geistesabwesend. Dann schaute sie Fritzi an. Gebbi stand neben ihr, starrte mit großen Augen in die Menschenmenge. Aber wo war Mathilde?

»Wo ist deine Schwester?«

Fritzi sah sich um, zuckte mit den Schultern. »Gerade war sie noch da.«

»Grundgütiger! Wo ist sie jetzt?« Frederike drehte sich im Kreis. »Thilde! Mathilde!«, rief sie, doch sie konnte das Kind nicht sehen. Luna winselte und zog in eine Richtung. Frederike nahm die Leine. »Pass auf die Koffer und auf Gebbi auf«, schärfte sie Fritzi ein, dann lief sie los, folgte dem Hund. Sie schaute nach links und nach rechts. Dort vorne am Gleis stand ein Zug, viele Leute stiegen ein, auch ein kleines Mädchen mit einem roten Mantel, es konnte Mathilde sein – Luna zog dorthin. Frederike eilte zu dem Zug, erwischte das Mädchen, gerade als es einsteigen wollte. Sie drehte es zu sich um – es war Mathilde.

»Thilde!«, schrie sie. »Thilde!« Dann nahm sie das Kind in die Arme, drückte es fest an sich.

»Mutti?« Überrascht schaute Mathilde sie an, dann zurück zur Zugtür. Eine Frau stieg ein, sie trug einen braunen Kamelhaarmantel – er glich dem Frederikes. Nun sah Mathilde Frederike an, das blanke Entsetzen stand in ihren Augen.

»Aber … aber … ich bin dir doch gefolgt«, sagte das kleine Mädchen. »Du warst doch immer vor mir.« Sie zeigte zur Zugtür. Die Frau war inzwischen eingestiegen, andere folgten ihr.

»Nein, Süße, du hast dich vertan.« Frederike küsste sie. »Aber ich habe dich ja gefunden – mit Lunas Hilfe.« Sie streichelte die Hündin. »Braver Hund, ganz braver Hund! Und nun gehen wir zurück zu Fritzi und Gebbi.« Sie nahm Mathilde fest an die Hand. Erleichterung wich der Angst und dem Entsetzen. Es wäre nicht auszudenken gewesen, wenn Mathilde in den Zug eingestiegen wäre – Frederike hätte sie nicht mehr ausmachen können.

Doch der nächste Schock wartete schon auf sie – Fritzi saß auf dem Bahnsteig und weinte bitterlich.

Frederike sah sich hektisch um. Hier war Fritzi, daneben Gebbi, an seiner Seite Luna. Sie zählte die Koffer – einer fehlte. Es war der mit den verbliebenen Wertsachen.

»Wo ist der Koffer, Fritzi?«, fragte sie müde.

»Ich weiß es nicht. Es waren so viele Leute da … alle um uns herum. Ein Mann hat mich gefragt, wo meine Mutti ist, und ich habe gesagt, dass du meine Schwester suchst. Er ist wieder gegangen, aber ich glaube, er hat den Koffer mitgenommen. Sicher weiß ich es aber nicht.« Sie schluchzte auf. »Es tut mir so leid, Mutti.«

Frederike schluckte. »Ach«, sagte sie und hockte sich zu den Kindern, nahm alle in den Arm, »was soll es? Wir haben uns – das zählt. Kommt, eine feste Familienumarmung!« Die drei drängten sich an sie, hielten sie fest. Auch Luna drängte sich zu ihnen, leckte ihnen die Hände ab. »Wir haben wenigstens noch uns.«

Erst zwei Stunden später fuhr ein Zug in den Norden. Es war schon spät, als sie dort auf dem Bahnhof in Kiel ankamen. Niemand erwartete sie. Sie ging zum Bahnhofsvorsteher.

»Ich suche meinen Schwager. Mansfeld heißt er. Werner zu Mansfeld.«

»Kenne ich nicht«, sagte der Bahnhofsvorsteher unwirsch.

»Aber wo soll ich denn zu dieser Uhrzeit noch hin?«, fragte Frederike verzweifelt.

»Das ist nicht mein Problem.«

»Ich habe drei kleine Kinder …«

»Wissen Sie, wie viele Frauen hier mit kleinen Kindern ankommen? Ich zähl das gar nicht mehr …«

Verzweifelt und mutlos drehte sich Frederike um. Es war schon spät, die Kinder waren müde und hungrig. Noch hatten sie ein paar Vorräte aus Berlin, aber lange würde das nicht mehr reichen.

»Mutti? Ich glaube, Gebbi hat eingenässt«, sagte Fritzi leise. »Es ist kalt. Wo können wir ihn umziehen?«

»Ja, wo?«, fragte sich Frederike verzweifelt. Eine Frau, die auch im Zug gesessen hatte, kam auf sie zu.

»Brauchen Sie Hilfe?«, fragte sie und lächelte. »Sie sind auf der Flucht, oder?«

»Ja«, gestand Frederike. »Wir kommen aus der sowjetischen Zone. Ich will zu meinem Schwager. Aber ich habe keine genaue Adresse.« Plötzlich hätte sie nur noch weinen können. Sie schluckte, schluckte wieder.

»Ist Ihr Schwager von hier?«

Frederike schüttelte den Kopf. »Wir kommen aus der Prignitz. Aber er ist Verwalter auf Gut Panker.«

»Bis dahin ist es weit«, sagte sie. »Darf ich mich vorstellen? Elisabeth von Rantzau.«

»Baronin?«

»Gräfin – aber das heißt ja nichts mehr.« Sie lachte auf. »Ich kenne Gut Panker – wer kennt es nicht? Dort wollen Sie hin?«

»Meine Familie ist dort.« Frederike holte tief Luft. »Sie wissen vermutlich nicht, dass ich hier bin. Ich bin erst gestern aus dem sowjetischen Sektor geflohen.«

»Und Sie sind?«

»Baronin Frederike zu Mansfeld, verwitwete von Stieglitz, geborene von Weidenfels.«

»Ach? Sind Sie mit Stefanie von Fennhusen verwandt?«

»Das ist meine Mutter.«

»Sie ist um vier oder fünf Ecken meine Cousine.« Die Frau runzelte die Stirn. »Oder so etwas – angeheiratet. Aber das spielt ja heute keine Rolle mehr. Ich bin Lisbeth – deine Tante fünften oder sechsten Grades.« Sie lachte. »Heute Nacht wirst du nicht mehr nach Panker kommen.«

»Das befürchte ich auch.«

»Ihr kommt mit zu mir. Wir haben ein kleines Gut, nichts im Vergleich zu Panker. Es ist eher ein Bauernhof. Aber ich habe ein Gästezimmer ... du und deine Kinder, ihr seid herzlich willkommen. Draußen sollte der Wagen stehen – es wird eng werden, aber schon gehen.«

Frederike sah sie an. »Wirklich?«

»Ja, wir sind verwandt.« Sie nahm Frederikes Arm. »Aber auch wenn nicht – euer Anblick hat mich bewegt. Ihr seid so verzweifelt.« Sie führte die Familie zum Ausgang. Tatsächlich stand dort ein Wagen mit laufendem Motor. Schnell luden sie ihre Sachen ein, stiegen hinzu.

»Wir haben natürlich Eingewiesene auf dem Hof. Aber just gestern ist eine Familie wieder abgereist. In das Ruhrgebiet – ich hätte noch gewartet an ihrer Stelle«, sagte Elisabeth. »Aber es war nicht meine Entscheidung.« Sie räusperte sich. »Aber dadurch haben wir Räume frei – für euch, auch wenn es nur für eine Nacht ist.«

»Wir sind so abrupt geflohen«, sagte Frederike, »dass ich gar nichts weiß. Ich hatte Zugkarten bis hierher, und die Familie meines Mannes wollte mich abholen. Aber es gibt ja keinen verlässlichen Fahrplan. Und wir sind in den verplombten Zügen aus Berlin heraus – ich war schon froh, dass niemand unsere gefälschten Ausweise und Dokumente geprüft hat.«

Elisabeth drückte ihre Hand. »Für heute werde ich alles für euch tun. Morgen auch – aber bleiben ...«

Frederike schüttelte den Kopf. »Ich will und kann nicht bleiben. Eigentlich sollte ich gar nicht hier sein, sondern in der Prignitz.«

»In der sowjetischen Zone?«

Frederike nickte. »Mein Mann ist dort in Haft.«

»War er bei den Nazis?«, fragte Elisabeth leise.

Frederike schüttelte den Kopf. »Nein. Er war Antifaschist. Wie fast die ganze Familie. Aber sein Bruder war Diplomat – und beteiligt an der Septemberverschwörung. Er ist geflohen und hat nun die britische Staatsbürgerschaft, arbeitet für die Militärregierung – mein Mann, Gebhard, hat sich mehrfach mit ihm heimlich und illegal getroffen. Hier im Westen.«

»Spionageverdacht von den Sowjets?«

Frederike nickte.

»Armes Kind. Und dann bist du jetzt geflohen? Weil er verhaftet wurde? Eine gute Entscheidung.«

»Nein, so war es nicht.« Sie sah zu Fritzi, die an ihren Lippen zu hängen schien, und dann zu Mathilde, die betreten zu Boden schaute. Gebbi schlief in ihren Armen.

»Kinder … das sind die Leidtragenden. Ich verstehe schon. Da vorne ist das Gut.«

Das Gut war ein Vierkanthof, wie er in der Gegend üblich war. Elisabeth zeigte ihnen die Zimmer. Es waren zwei – Frederike konnte es kaum fassen. Es gab ein Bad mit Badeofen – eine gusseiserne Wanne, keine Zinkwanne. Alles war sauber und roch so gut. Sie badete die Kinder. Ein Mädchen kam, knicksend und lächelnd. »Ich bin die Gretel. Ich werde mich um den Kleinen kümmern. In einer halben Stunde gibt es Essen.«

Es war wie ein Traum – Essen im Esszimmer. Ein Gong vorab. Das Kindermädchen kümmerte sich um Gebbi. Frederike war klar, dass dies eine Inszenierung war, ein Hochholen von Erinnerungen. Auch hier konnten sie auf lange Sicht nicht mehr so leben. Niemand würde es mehr können – die Epoche war vergangen, dies war einfach nur der Versuch, einen Rückblick zu schaffen.

Das Essen war schlicht – Suppe, Kartoffeln mit Soße, ein wenig Fleisch, Bohnen. Als Nachtisch Obstsalat aus Äpfeln und Birnen. Aber eine Köchin hatte es zubereitet und nicht Frederike. Die Kartoffeln waren nicht angebrannt, die Soße gut abgeschmeckt. Routine für eine Köchin, aber immer noch sehr schwer für Frederike.

Frederike brachte die Kinder ins Bett – sie schliefen zusammen in einem Zimmer, brauchten auch die Nähe und die Sicherheit, die sie sich gaben. Gebbi schlief schon tief und fest, auch wenn er manchmal tief aufseufzte und sich unruhig drehte.

»Ich komme gleich wieder«, versprach Frederike. »Und ich schlafe dann nebenan. Hier gibt es eine Tapetentür, die lasse ich aufstehen. Ihr könnt jederzeit zu mir kommen.«

»Und die Russen? Werden sie auch kommen?«, fragte Mathilde. »Werden sie dich holen, so wie Vati?«

»Nein, das können sie nicht mehr, mein Schatz. Vor den Russen sind wir jetzt sicher.«

»So ein Glück«, murmelte Mathilde, drehte sich um und drückte ihre Puppe an sich. Schon fielen ihre Augen zu.

Frederike strich den Kindern über die Köpfe, ging dann nach unten in den Salon, wo die Gräfin schon auf sie wartete. Sie reichte Frederike ein Glas Wein, wies auf die gemütlichen Sessel vor dem Kamin.

»Es ist wie früher«, sagte Frederike mit Wehmut. »Es ist schön, aber es macht mich auch traurig.«

»Was hat dein Mann gemacht, dass die Russen ihn verhaftet haben?« Elisabeth von Rantzau sah sie fragend an.

»Ihm wird Spionage vorgeworfen. Mein Schwager – sein Bruder – war Diplomat im Reich. Er hat schon früh mit einigen anderen gegen Hitler intrigiert …«

»Wie heißt er?«

»Caspar zu Mansfeld.«

»Ein Freund von Klop von Smirnoff, ich erinnere mich.« Elisabeth nickte. »Er ist jetzt in Kiel, soweit ich weiß.«

»Das stimmt«, sagte Frederike verblüfft. »Die Welt bleibt ein Dorf, egal wie sehr sie durcheinandergewürfelt wird.«

»In manchen Kreisen schon.«

Sie erzählten noch lange an diesem Abend und leerten gemeinsam die Flasche Wein.

»Wir haben Glück – die Briten sind recht humane Besatzer. Natürlich müssen wir uns entnazifizieren lassen und all das – aber eine Bodenreform, so wie im Osten, wird es wohl nicht geben. Ob man es schafft, das Gut weiterzubewirtschaften, muss man sehen – das hängt ja auch von anderen Dingen ab. Ich zumindest hänge am Gut und würde gerne bleiben, wenn ich es profitabel leiten kann. Aber was wirst du machen?«

Frederike zuckte mit den Schultern. »Ich weiß es nicht. Ich weiß noch nicht einmal, wo ich landen werde. Morgen werde ich versuchen, nach Panker zu kommen. Vielleicht kann ich auch zu meinen Eltern nach Lübeck? Ich weiß es wirklich nicht.«

»Panker klingt erfolgversprechender als Lübeck, glaub mir. Ich lasse dich morgen dorthin fahren.«

»Das kann ich nicht annehmen …«

»Du wirst es müssen, Freddy, es gibt keine Verbindung dorthin – das Schienennetz ist noch nicht wieder saniert worden. Nimm es einfach an.«

»Danke!«

In dieser Nacht ging Frederike satt, ein wenig betrunken, glücklich und demütig zu Bett. Der Himmel musste ihr Gräfin Rantzau geschickt haben. Sie hatte schon befürchtet, mit den Kindern auf dem Bahnhof übernachten zu müssen. Doch nun lagen die drei in warmen, sauberen Betten, waren gebadet und satt. Sie selbst hatte auch ein bequemes Bett, eine warme Decke, fühlte sich nach der langen Zugfahrt wieder sauber, und das Essen war einfach himmlisch gewesen. Wie sehr vermisste sie Lore. Aber nicht nur Lore – sie vermisste das Gut, ihre Heimat, ihr Leben, und vor allem vermisste sie Gebhard.

Sie sah zum Fenster hinaus, sah in den Sternenhimmel. Sah er die Sterne jetzt auch, oder steckte er in einem Kellerloch? Er war nicht gesund, die Angina Pectoris noch nicht ganz ausgeheilt. Würden seine Bewacher darauf Rücksicht nehmen?

Ich liebe dich, und wir brauchen dich, Gebhard, dachte sie traurig.

Kapitel 19

•◆•

Am nächsten Morgen wurden sie von dem Mädchen geweckt. Es gab ein gutes Frühstück und noch Proviant. Dann fuhr der Wagen vor.

»Ich danke dir, Lisbeth«, sagte Frederike und umarmte die Gräfin herzlich. »Ich danke dir sehr.«

»Du hättest das Gleiche für mich getan«, sagte die Gräfin. »Da bin ich mir sicher. Komm gut nach Panker, und vielleicht hören wir voneinander. Grüß deine Familie, besonders Steff, von mir.«

Die Kinder knicksten artig zur Verabschiedung, stiegen in den Wagen. Auch Luna sprang hinterher. Der Hund wirkte genauso verunsichert wie die Kinder, aber er fügte sich genauso wie sie. Frederike stieg ein, winkte, bis sie vom Hof fuhren. Dann lehnte sie sich zurück und schloss die Augen.

»Wo fahren wir jetzt hin?«, fragte Fritzi.

»Zum Gut Panker – da sind Großmutter, Onkel Skepti und Tante Thea – zumindest hoffe ich das.«

»Bleiben wir dann da?«

»Das weiß ich noch nicht, Fritzi.«

»Vati – was ist mit Vati? Kommt er auch dorthin?«, wollte Mathilde wissen.

»Auch das weiß ich nicht, Schatz. Aber ich hoffe es sehr.«

»Warum kann nicht alles so sein wie früher?«, fragte Fritzi missmutig.

»Weil früher nicht alles gut war«, sagte Frederike. »Es gab früher viele, viele schlechte Menschen, und sie haben ganz viele böse Sachen gemacht. Sie haben den Krieg geführt. Jetzt sind sie nicht mehr da – und das ist gut so. Aber es ist auch alles anders. Es liegt in unserer Hand, daraus das Beste zu machen – es gut zu machen.«

»Das schaffst du!«, sagte Fritzi. »Du schaffst alles, Mutti.«

Frederike drückte ihre Tochter an sich. »Ich hoffe es«, sagte sie leise.

Sie fuhren bis in die Nähe der Holsteinischen Küste, durch den Ort Panker und bis zu einer Toreinfahrt. Ein Weg führte zum barocken, weißgestrichenen Herrenhaus. Frederike starrte aus dem Fenster – sie konnte es kaum fassen. Das imposante Haupthaus hatte rechts und links zwei gleiche, große Anbauten, die wie große Wehrtürme wirkten. Hier wohnten nun Thea, Skepti und Heide. Es war ein herrschaftliches, ein wunderschönes Haus, umgeben von Feldern, Äckern und Wiesen. Ein wenig erinnerte es an Mansfeld, Leskow und auch an Großwiesental, aber dieses Gutshaus war größer. Alles wirkte sehr gepflegt – auch etwas, was Frederike zum Staunen brachte. Sie fuhren vor, und Frederike stieg aus. Ein wenig unsicher sah sie sich um. Sie kam ohne Ankündigung, und sie wusste auch nicht, ob Skepti tatsächlich in dem Herrenhaus wohnte oder vielleicht im Verwaltergebäude oder in einem anderen Haus im Betriebshof Unterschlupf gefunden hatte. Doch noch bevor sie sich traute, die Eingangstreppe emporzusteigen, öffnete sich die Tür, und Thea stand vor ihr.

»Freddy, ich kann es nicht glauben. Freddy!«

Die beiden Frauen fielen sich um den Hals.

»Du bist wirklich hier, Freddy.«

»Ihr seid wirklich hier!«, erwiderte Frederike. »Ich habe schon daran gezweifelt. Was für eine Odyssee.«

Thea rief nach einem Burschen – wieder musste Frederike schlucken, hier gab es also noch Personal. Ihre Koffer wurden in das hübsche Gutshaus gebracht, dort stand auch schon Heide in der Diele und begrüßte sie herzlich. Es war ein lautes, ein wunderbares

Wiedersehen. Schnell wurden Zimmer für sie gefunden und vorbereitet.

»O Kind!«, rief Heide und schloss sie in die Arme. »O, Kind, wie gut, dass du hier bist.« Sie schluckte, senkte den Kopf. »Wo ist Gebhard?«

»Immer noch in Haft«, sagte Frederike leise. »Ich weiß auch nicht, wie es steht.«

»Weiß er denn, dass du ausgereist bist?«, fragte Heide voller Verwunderung.

»Nein …«, sagte Frederike und schaute hilfesuchend zu Thea.

»Nun überfall die Arme doch nicht direkt so. Lass uns erst einmal hineingehen. Ich werde der Köchin Bescheid sagen, dass wir Gäste haben, und schauen, dass das Bad beheizt wird. Die Kinder müssen schnell in die Wanne.« Sie sah sich um. »Linde«, sprach sie eins der Mädchen an, »besorg Petroleum.«

»Wofür?«, fragte Frederike. »Wir brauchen jetzt nicht zu baden, wir haben alle gestern Abend gebadet.«

»Wo?«, wollte Heide wissen.

»Eine lange Geschichte. Ich erzähle sie dir gerne ein ander…«

»Wo habt ihr gebadet?«, fragte Thea.

»Wir waren zu Gast auf Gut Rantzau …«

»Bei Lisbeth? Was hat dich denn dahin verschlagen?«, fragte Heide.

»Ich sag doch, es ist eine lange Geschichte …«

»Wenn ihr bei Lisbeth wart und gebadet habt, dann ist das Petroleum wahrscheinlich überflüssig, Thea«, sagte Heide. »Kommt erst einmal mit in meinen Salon. Du kannst aber der Köchin schon mal Bescheid sagen, dass wir Gäste haben, Thea.« Heide nahm Gebbi auf den Arm, ging mit forschen Schritten zu einer Tür. »Hier ist mein neues Zuhause.« Fast schon stolz öffnete sie die Tür. Es war ein kleiner Salon, im Kamin brannte das Feuer, die schmucken, barocken Möbel wirkten anheimelnd.

Frederike sah sich staunend um.

»Ihr habt doch weder Flöhe noch Läuse?«, fragte Heide und setzte Gebbi ab, schloss die Tür hinter ihnen. »Thea ist immer so überbesorgt – aber man weiß ja nie. Ihr seid doch Zug gefahren?«

»Ja, Heide, wir sind mit dem Zug gefahren.« Frederike fuhr Fritzi durch die dichten Locken. »Aber ich glaube nicht, dass einer von uns Flöhe oder Läuse hat. Wenn Thea darauf besteht, werden wir unsere Haare natürlich mit Petroleum ausspülen.«

»Mutti!«, rief Fritzi entsetzt. »Das will ich nicht! Es brennt und stinkt!«

»Wieso sollten wir denn Ungeziefer haben?«, fragte Mathilde verblüfft. »Wir hatten doch auch keines in Mansfeld. Wir waschen uns auch immer, und Mutti hat die Kleidung auf der Flucht ausgespült.«

»Möchtet ihr Kekse?«, fragte Heide, ohne auf die Fragen einzugehen. »Kommt und setzt euch.«

»Kekse! Ja, gerne!« Die Kinder folgten ihr zur Anrichte. Dort stand eine Dose mit herrlich duftendem Gebäck. Frederike war an der Tür stehen geblieben, sie musste sich erst einmal sammeln. Auch hier war alles wie früher – der Kamin, die Einrichtung. Offensichtlich musste man hier nicht sehr zusammenrücken und Flüchtlingen Quartier gewähren.

»Die Köchin macht euch sicher auch heiße Schokolade«, sagte Heide. »Mögt ihr nach unten gehen? Und nehmt Gebbi mit, dann kann ich mich mit eurer Mutter in Ruhe unterhalten.«

»Natürlich«, sagte Fritzi und knickste. »Danke, Großmutter.« Sie nahm Gebbi an die Hand. »Wir gehen in die Küche – nach unten.«

Frederike sah ihnen nach. »Ich glaube, Gebbi ist zu klein, um sich daran zu erinnern, was ›die Küche ist unten‹ bedeutet«, sagte sie traurig. »Leider. Aber hier ist alles noch so wie früher …«

»Nicht ganz, Freddy, nicht ganz«, sagte Heide, nahm auf dem Sofa

Platz und wies auf den Sessel. Dann klingelte sie nach dem Mädchen. »Wir hätten gerne Kaffee.«

»Sehr gerne, Gnädigste.«

»Es ist nicht mehr unser Zuhause. Skepti ist der Verwalter, und ihm wurden die Räumlichkeiten zur Verfügung gestellt. Aber bestimmen kann man hier nicht mehr.«

»Was würdest du bestimmen wollen?«, fragte Frederike ein wenig bitter.

»Mein Schlafzimmer hat gelbe Tapeten und grüne Vorhänge – wo hat man so etwas schon gesehen? Ich darf es aber nicht ändern lassen.«

Sie ist über siebzig, sagte sich Frederike und versuchte, nicht zu schreien.

»Du hast es doch ganz gut getroffen. Es ist auf jeden Fall besser als im Verwalterhaus auf Leskow.«

»Das mag sein, Freddy. Aber mein Zuhause ist es nicht. Das ist in der Prignitz.«

»In die Prignitz werden wir nicht mehr zurückkehren können, Heide. Nicht, solange die Russen dort sind.«

»Die Russen werden wieder in den Osten gehen, was sollen sie hier?«

Darauf antwortete Frederike nicht.

»Was ist mit Gebhard?«, fragte Heide nun.

»Gebhard haben die Sowjets verhaftet – an dem Tag, als er zurück-kam, nachdem er dich hierhergebracht hat.« Frederike wusste, dass ihre Stimme einen bitteren Klang angenommen hatte, aber sie konn-te es nicht ändern. »Sie werfen ihm Spionage vor, weil er sich mit Caspar getroffen hat. Und natürlich den illegalen Grenzübertritt.«

»Das ist doch absurd.« Heide schüttelte den Kopf. »Und deshalb bist du geflohen?«

»Nein, Heide«, sagte Frederike nüchtern. »Ich bin geblieben. Bis vorgestern die Sowjets vor meiner Tür standen und mich verhaften wollten – Verdacht auf Spionage und Kooperation mit anderen Mächten.«

»Du?«

Frederike zuckte mit den Schultern. »Wir alle stehen unter Generalverdacht. Wir sind alle schuldig, der führenden Klasse anzugehören. Die Sowjets wollen alles niedermachen, was an das Adelssystem erinnert.«

Erschrocken schüttelte Heide den Kopf. »Und was hast du gemacht? Bist du mit den Kindern weggelaufen?«

»Ich habe den Offizier überzeugt, dass ich die Kinder erst unterbringen müsse, bevor er mich verhaftet. Das hat er verstanden.«

Inzwischen war auch Thea in den Salon gekommen, hatte sich zu ihnen gesetzt. Das Mädchen brachte Kaffee, Sahne, Zucker und Plätzchen.

Es war wie früher – nur die Umgebung war anders.

»Ich habe Caspar angerufen«, sagte Thea. »Er kommt!«

Frederike wurde ganz schwummerig. »Aber dann wissen sie, wo wir sind …«

»Liebes!« Thea nahm sie in den Arm. »Wir sind im britischen Sektor. Hier werden die Telefone nicht abgehört, so wie im Osten. Hier ist sowieso alles anders. Wirklich.« Sie sah Frederike an, nickte. »Glaub mir.«

»Es fällt mir schwer …«

»Wie konntest du entkommen?« Thea lehnte sich zurück, trank ihren Kaffee. Es schien so, als würde sie einer spannenden Aufführung lauschen.

»Erinnert ihr euch an Blumenthal? Den Gärtner? Er wurde eingezogen – 41 oder 42 muss das gewesen sein, auf jeden Fall wohnten schon die Franzosen in den Schnitterhäusern. Er ist wieder da; und er hat nach der Bodenreform eine Gärtnerei aufgemacht.«

»Die Bodenreform sehe ich als große Frechheit an«, sagte Heide und verschränkte die Arme vor der Brust. »Es war schon immer unser Land, sie können es uns doch nicht einfach nehmen.«

Frederike seufzte. »Sie haben es aber getan. Und es gibt nichts, was wir hätten dagegen tun können.«

»Ich will jetzt wissen, wie es weiterging, Freddy«, forderte Thea. »Also Blumenthal ...«

»Blumenthal hat ein Automobil – etwas klapperig, aber es fährt. Ich habe ihn gebeten, mich nach Berlin zu bringen. Ich hatte mit Caspar telefoniert; und Caspar sagte, ich solle zum französischen Sektor. Notfallkoffer hatte ich schon vorher gepackt.« Sie senkte den Kopf, dachte an ihre letzten Wertsachen, die in Hannover gestohlen worden waren. »Es ging ganz schnell«, fuhr sie fort. »Das musste es ja auch, ich musste weg sein, bevor die Männer vom Geheimdienst wiederkamen. In Berlin hat mich der Kommandant des französischen Sektors in Empfang genommen. Aber er wusste auch nicht so recht, wohin mit uns. Also blieben wir über Nacht bei ihm; und am nächsten Tag setzte er uns in einen der plombierten Züge in den Westen. Erst nach Hannover – dann in Richtung Kiel – gestern Abend habe ich auf dem Bahnhof die Gräfin Rantzau getroffen, und sie hat uns Asyl gegeben und heute hierherbringen lassen.« Frederike schloss kurz die Augen. »Das war unsere Flucht. Zurück können wir jetzt nicht mehr. Und ... und Gebhard, ich bin mir nicht sicher, wo er ist, aber vermutlich in Bautzen.«

Heide sackte in sich zusammen. »Das alles ist so schrecklich. Was wird denn nun werden?«

»Wir hoffen auf Caspar«, versuchte Thea sie zu beruhigen. »Es wird schon einen Weg geben, Gebhard aus der Haft zu bekommen.«

Hoffentlich, dachte Frederike.

Sie bezog mit den Kindern das Gästezimmer in Heides Wohnung. Heide und Thea legten ihnen – trotz des Aufenthaltes auf Gut Rantzau – nahe, zu baden und die Haare gründlich zu waschen und mit

einem feinen Kamm auszukämmen. Als sie fertig waren und Frederike das Zimmer für sich und die Kinder einigermaßen eingerichtet
hatte, ertönte schon der Essensgong. Theas Mädchen holte die Kinder ab. »Sie sollen oben mit den Kindern essen«, sagte sie. »Das ist
hier so üblich.«

Frederike sah den dreien nach, die gemeinsam mit dem Mädchen
nach oben gingen. Gebbi schaute sich immer wieder um, verzog das
Gesicht. Alle drei waren verunsichert, aber sie hatten sich, und sie
waren in Sicherheit, das war die Hauptsache.

Caspar war aus Kiel gekommen. Er begrüßte Frederike herzlich.
»Ich bin froh, dass alles funktioniert hat«, sagte er und schloss sie
in die Arme.

»Nur, was wird aus Gebhard?«, wollte Frederike wissen.

»Das müssen wir sehen. Ich versuche alles, was auf diplomatischem
Weg möglich ist, aber das Verhältnis zur Sowjetunion kühlt immer
mehr ab. Es gibt große Verständigungsschwierigkeiten – und das liegt
nicht an der Sprache«, sagte Caspar ernst.

»Meinst du, Deutschland wird dauerhaft getrennt bleiben?«

»Ich will es nicht hoffen, aber im Moment sieht niemand bei uns
eine akzeptable Lösung.«

Das Essen wurde aufgetragen – zuerst eine Pilzsuppe, dann Enten-
pastete und als Hauptgang gebratene Hähnchenteile. Frederike kostete, kostete wieder, sah Thea verblüfft an. »Das schmeckt, als hätte
Schneider, die Köchin meiner Eltern, es gekocht. Es schmeckt genau
so. Noch nicht einmal Lore hat es so hinbekommen …«

Thea lachte auf. »Schneider *hat* es gekocht. Sie ist hier, hier bei uns
im Dienst.«

Frederike konnte es kaum fassen. »Und Lore?«

»Das weiß ich nicht, aber Schneider weiß es vielleicht.«

»Habt ihr meine Eltern gesehen?«

»Sie wohnen in Lübeck – in etwas bescheideneren Verhältnissen, aber sie haben die Flucht gut überstanden und scheinen sich einzurichten. Du wirst sie sicherlich auch bald besuchen können.«

Langsam fielen die Schatten der Flucht von Frederike ab. Hier war sie im Schoß ihrer Schwiegerfamilie, und ihre Eltern waren auch nicht weit weg – allen schien es gutzugehen, jedenfalls besser, als es ihnen zu Kriegszeiten gegangen war. Alle hatten die Flucht überstanden. Nur der Gedanke an Gebhard machte sie traurig. Sie hätte ihn so gerne an ihrer Seite gehabt. Wie sollte sie einen Neuanfang ohne ihn schaffen? Sie wusste es nicht. Und wollte es sich auch nicht vorstellen.

Nach dem Essen ging sie nach unten in die Küche.

»Marjellchen«, sagte Schneider und wischte sich mit der Schürze die Tränen aus den Augen. »Mein Marjellchen. Ist es nich scheen – nu ham we uns weeder!«

»Liebste Schneider, aber was hat Sie hierhergebracht?«, fragte Frederike.

»Erbarmung, bin doch jeflohen mit deene Eltern. Awwer se konnten mich ja nich mehr bescheeftijen, hatten keen Jeld. Ei, fand ich nich schlimm, hett ooch jearbeitet ohne Jeld, awwer mit Zimmer – awwer dat hatten se ooch nich mehr fier mich. Also hab ich jesucht Stellung. Hatte Freendin in Husum – die hatte 'ne Restauration. Awwer Husum is ooch zerbombt wie nüscht – steht keen Steen mehr aufm anderen vonne Restauration. Ei, und dann hab ich erfahren von hier – un hab jefracht Baronin, obs mich will ham. Wolltse.« Schneider schmunzelte. »Ei, un isses nich scheen? Schau ma, die Kieche is fast so wie auf Fennhusen.« Nun drehte Schneider den Kopf weg, doch Frederike sah noch die Tränen in ihren Augen. »Erbarmung, dass wir nich kiennen jehen zierieck, macht mich janz verrieckt. Is doch unser Zuhoose.«

»Ja, ich weiß«, sagte Frederike traurig. »Aber ändern können wir es nicht. Ich bin froh, dich hier anzutreffen.« Sie zögerte kurz. »Weißt du etwas von Lore?«

»Ei, Lore is in Fronkraisch bei ihrem Pierre. Awwer mehr weeß ich ooch nich.«

»Immerhin hat sie es irgendwie nach Frankreich geschafft«, sagte Frederike.

»Is nich eenfach heer – jibt nich Stellen jenuch fier alle. Jeder muss sehen, wie kommt ieber de Runde. Habs erwischt jut, dank deener Familie.« Sie nickte ernsthaft. »Ei, und dir, wie isset erjangen dir?«

»Gebhard haben die Sowjets verhaftet – nichts ist mehr, wie es war, und ich weiß nicht, wie es weitergehen wird. Ich stehe vor dem Nichts.«

»Ei, du bis ja nun ma hier jelandet – und hier is Familie, deene Familie – Gebhards Familie. Die werden dich schoon fanjen oof.«

»Ich will es hoffen«, sagte Frederike.

Abends saß sie noch lange zusammen mit Werner, Thea und Caspar. Heide hatte sich recht früh zu Bett verabschiedet.

»Es fällt ihr alles sehr schwer«, sagte Thea. »Auch wenn sie es sich nicht anmerken lassen möchte.«

»Einen alten Baum verpflanzt man nicht«, sagte Werner nachdenklich. »Aber hier hat sie es gut getroffen – besser ginge es nicht. Wer kann schon so wohnen? Deine Eltern nicht, Freddy.«

»Ich bin total verblüfft. Ich war ja auch auf Gut Rantzau und hatte nicht den Eindruck, dass es große Veränderungen gegeben hätte – vielleicht kommt das noch. Aber im Osten sieht alles ganz anders aus«, sagte Frederike. »Wir haben dort alles verloren – unsere Vergangenheit und unsere Zukunft. Unsere Geschichte. Alles wegen Hitler.«

»Nein«, sagte Caspar nüchtern. »Er war zwar der Initiator, aber er hatte viele Gefolgsleute – die Ideen hat er nicht alleine entwickelt, auch wenn das heute alle so darstellen möchten. Diese Entwicklung zum Völkischen hin gab es schon lange. Wir Deutschen haben, was das angeht, ein sehr seltsames Verständnis. Wir sind mitnichten eine Herrenrasse.«

»Sind es die Sowjets denn?«, wollte Frederike wissen.

Caspar sah sie nachdenklich an. »Nein. Es gibt keine Herrenrasse. Aber mir war das Junkerdenken immer schon fremd. Warum soll mir so viel Land gehören, Land, das ich gar nicht bearbeiten kann? Nur weil ich der Sohn eines Vaters bin?«

»Du warst schon immer ein verdammter Sozialist«, schnaubte Werner. »Dann geh doch in den Osten und werde dort glücklich. Teile alles mit allen.« Er schnaubte wieder. »Als ob das möglich wäre.«

»Es ist möglich, aber erst müssen alle Ressentiments behoben werden, und davon sind wir noch weit entfernt. Im Moment herrscht überall noch Hass und Wut – wer sollte es den Menschen auch verdenken? Die Deutschen – unser Volk, wir – haben schreckliche Dinge getan. So schrecklich, dass man sie noch nicht einmal denken mag.« Er schaute in die Runde. »Wir dürfen es keinem verübeln, dass er nun an uns Rache übt. Auch nicht den Sowjets.«

»Du hast noch nie an deinem Land gehangen, Caspar«, sagte Werner. »Du warst immer froh, dass Gebhard es für dich verwaltet hat. Aber aufgeben wolltest du es auch nicht.«

»Jetzt ist es so, ich habe mein Land verloren, auch wenn ich einen Teil wiederhaben könnte – wenn ich nicht als Spion gelten würde. Ich kann ja noch nicht einmal in die sowjetische Zone reisen, ohne Angst haben zu müssen, verhaftet zu werden. Dann ginge es mir wie Gebhard.«

»Aber warum ist das so?«, verlangte Frederike zu wissen. »Gebhard ist wegen seines Kontaktes zu dir verhaftet worden. Sie sagten, er sei ein Spion, von dir angeworben.« Ihre Stimme klang bitter.

Caspar beugte sich zu ihr, nahm ihre Hand, auch wenn sie sich zuerst dagegen wehrte.

»Liebste Freddy, du weißt, ich war immer dein Freund. Und ich liebe meinen Bruder aufrichtig. Beide Brüder.« Er sah Werner an. »Ich habe damals getan, was ich tun musste – auch wenn ihr das nicht nachvollziehen könnt. Uns – einer Gruppe von Männern sowohl im Westen als auch im Osten – war schnell klar, schon lange vor dem Krieg, wohin uns die NSDAP führen würde. Klop von Smirnoff – ein wirklich guter Freund von mir und damals auch noch im diplomatischen Dienst des Reichs – hat viele Kontakte gehabt und weitere geknüpft. Wir wollten Hitler und sein Gefolge verhindern – wussten schon früh von seinen Kriegsplänen, wenn auch nicht in der Tragweite, wie er dann später geführt wurde.« Er räusperte sich, trank einen Schluck Wein. »Was wir taten – Klop, ich und andere –, das war Hochverrat, und aus dem Blickwinkel des Militärs war es schändlich. Vielleicht auch deshalb hat uns die britische Regierung nicht unterstützt. Aber weder Westen noch Osten haben daran geglaubt, dass Hitler und seine Männer so weit gehen, dass es einen weiteren Weltkrieg geben würde. Wir wussten es, wir hatten entsprechende Dokumente gelesen. Und wir sind nicht die Einzigen, die es wussten.« Er stand auf, ging zum Fenster, kehrte wieder an den Kamin zurück, setzte sich aber nicht. »In Nürnberg haben die Siegermächte Verfahren gegen die Kriegsverbrecher, die Deutschen, geführt. Aber nun sind sich die Siegermächte nicht mehr einig – was alles erschwert. Es gibt die Entnazifizierung – aber auch das wird mal so, mal so gehandhabt. Ich weiß, man kann nicht alle, die sich in dem letzten Krieg schuldig gemacht haben, einsperren und verurteilen – aber es ist ein Ungleichgewicht, ein schreckliches und für mich unverständliches Ungleichgewicht. Die Sowjets verurteilen quasi jeden und alle, die deutsch sind … na ja, die Rang oder Namen hatten. Außer der Angeklagte kann geltend machen, dass er nicht schuld war, und denunziert jemand anderen. So haben es die Nazis auch gehalten. Ich finde den Sozialismus als Idee sehr verlockend, den Kommunismus, so wie ihn Stalin haben will, aber eher abschreckend.« Er schüttelte den

Kopf. »Was ich eigentlich sagen wollte – wir haben damals mit der Sowjetunion und den Westmächten gesprochen, hatten Kontakte zu beiden Seiten. Keiner wollte vorschnell handeln. Stalin hatte sich durch seinen Pakt mit Hitler einiges ausgerechnet. Er wusste, dass Hitler die Sowjetunion angreifen würde – aber nicht, wie schnell. Wir, die Verschwörer, die Konspirativen, flogen auf. Klop war damals schon nicht mehr im diplomatischen Dienst, weil er kein Arier war. Er arbeitete offiziell als Antiquitätenhändler, aber er war beim britischen Geheimdienst. Und weil er davon erfuhr, dass wir aufgeflogen waren, konnte er mich in letzter Sekunde retten. Hätte mich Davidoff – meine Kontaktperson auf der anderen Seite – rechtzeitig gewarnt und gerettet, wäre ich nicht nach London, sondern vermutlich nach Moskau gekommen. Ich hätte den Krieg nicht im britischen, sondern im sowjetischen Asyl verbracht. Vielleicht würde ich jetzt in der sowjetischen Zone arbeiten und schauen, wie wir alles wieder in die Gänge bekommen. Nun bin ich aber hier und nicht drüben. Manche der Sowjets sind so paranoid, dass sie hinter jedem Busch eine Verschwörung sehen – ich habe damals mit beiden Mächten gesprochen, ich hatte als Diplomat die Verbindungen, aber ich bin in den Westen geflohen und habe somit den Osten verraten. Es ist schizophren, falsch und bigott, ich habe einfach meinen Hals gerettet. Und jetzt verdiene ich hier meinen Lebensunterhalt. Aber ich gelte im Osten als Spion. Und weil ich natürlich Kontakt zu meinem Bruder hatte, weil er hier war, illegal – da es keine legale Möglichkeit gibt –, wird ihm auch Spionage vorgeworfen. Es ist absurd, falsch und widerwärtig. Aber vor allem – es ist nicht zu ändern. Es hat gar nichts mit uns als Familie zu tun, mit Gebhard als Person, es ist die politische Großwetterlage, die unter einem deutlichen Tiefdruckgebiet steht.«

Er ging zur Anrichte, schenkte sich noch einmal ein. »Keiner möchte einen weiteren Krieg, aber es gibt grundsätzliche Meinungsverschiedenheiten.« Caspar seufzte. »Unsere Familie hat im Großen und Ganzen Glück gehabt – wir leben noch. Skepti hat hier auf Panker eine gute Stellung gefunden und annehmbare Bedingungen für Mutter. Darüber sollten wir froh sein. Und ich werde alles dafür tun, dass Gebhard freikommt.«

Frederike ging wie in Trance zu Bett. Sie hatte sich erhofft, hier zur Ruhe zu kommen, aber ihre Gedanken waren in Aufruhr. Gebhard war ein politisches Opfer. Ein Opfer der Aktivitäten seines Bruders. Gebhard selbst hatte sich nichts zuschulden kommen lassen, hatte sich immer für die Armen und Schwachen eingesetzt. Er stand für die Kriegsgefangenen ein wie auch für die Zwangsarbeiter aus dem Osten – die politischen Häftlinge. Er hatte jeden Tag seines Lebens gearbeitet und sich selten ausgeruht.

Ihre Ehe und die Familie waren in den letzten Jahren zu kurz gekommen, ihre Liebesbeziehung hatte darunter gelitten – aber die Liebe zueinander hatten sie nie verloren.

Es lag nicht an Caspar, er trug keine Schuld. Er hatte getan, was er für richtig hielt. Er hatte immer davor gewarnt, den Kontakt zu ihm aufrechtzuerhalten. Aber er war Gebhards großer Bruder, der Bruder, den Gebhard am meisten liebte und verehrte. Familie und das eigene Land – das war Gebhards Leben. Das Einzige, was Frederike ihm vorwarf, war, dass er nach Mansfeld zurückgekommen war. Er hätte mit seiner Mutter auf Panker bleiben sollen.

Hätte, dachte Frederike mutlos. Im Nachhinein wusste man alles besser – aber die Vergangenheit ließ sich nicht mehr ändern. Sie tröstete der Gedanke, dass Caspar wichtige Kontakte hatte und alles für Gebhard tat. Vielleicht würde er ihn ja freibekommen. Was dann werden würde, müsste sich zeigen.

Kapitel 20

•◆•

Die Tage vergingen – sie waren grau und nebelig. Das Zimmer, das sich Frederike mit den Kindern teilte, war warm, aber auf die Dauer auch sehr eng. Sie wohnten in der Wohnung der Schwiegermutter. Heide war eine herzensgute Frau, aber auf ein Leben mit drei quirligen Kindern war sie nicht mehr eingestellt. Oben, in der Wohnung von Thea und Werner, konnten sie jedoch nicht wohnen, die vier Kinder – Wolfgang, Adrian, Walter und die kleine Barbara – nahmen dort allen Platz in Anspruch. Theas Buben und die kleine Barbara waren inzwischen wieder gut ausgestattet – sie hatten ihre Zimmer, Kleidung und Spielzeug. All das konnte Frederike ihren dreien nicht bieten. Wochenlang waren sie überglücklich darüber gewesen, Essen, eine wärmende Decke und ein Dach über dem Kopf zu haben – aber allmählich wurde dieses Dach immer erdrückender. Für Frederike gab es kaum etwas zu tun. Sie versuchte, ihrer Schwiegermutter beim Haushalt zu helfen, doch es gab die Mamsell, die für das ganze Haus zuständig war, und Heide hatte ihre eigenen Vorstellungen davon, wie sie ihrem kleinen Heim vorstehen wollte. Ohne eine Ablenkung durch Arbeit blieben ihr nur die düsteren Gedanken. Jeden Tag marterte sie ihr Gehirn, fragte sich, wo ihre Zukunft lag und vor allem, wie es Gebhard ging. Die Sehnsucht nach ihm und die Sorge hatten eine andere Ebene erreicht als bei seiner letzten Verhaftung. Man hörte so schreckliche Dinge aus den sowjetischen Lagern, vor allem aus dem Gefängnis in Bautzen. Gebhard hatte sich nichts zuschulden kommen lassen, aber das schien keine Rolle zu spielen – er war per se schuldig, weil er zum Adel gehörte, weil er Grundbesitzer gewesen war, weil sein Bruder für den Geheimdienst gearbeitet hatte.

Es fiel ihr viel schwerer, diese Gedanken beiseitezutun, weil sie gut behütet und aufgehoben wohnte – weil sie in Sicherheit war.

Als die Gedanken, die sich immerzu um Gebhard und im Kreis drehten, nicht mehr auszuhalten waren, beschloss sie Anfang Dezember, für zwei Tage alleine nach Bayern zu fahren und ihre beiden Freundinnen Annchen und Lottchen zu besuchen. Auch sie hatten ihre großzügige Villa durch Bombenangriffe verloren, wohnten nun auf einem Berghof, der der Familie gehörte, in Südbayern. Ihr Bruder hatte die Eisenhütte im Ruhrgebiet, die der Familie gehörte, halten können, auch wenn er sich noch etwas mit der neuen Bürokratie schwertat.

»Du könntest hierherziehen, Freddy«, sagte Annchen. Sie und ihre Schwester trugen die Haare immer noch fast wadenlang und banden sie zu einem Dutt hoch. Sie lebten zusammen mit ihrer Mutter auf dem Berghof – ihre Mutter hieß Marie, wurde aber hinter ihrem Rücken von fast allen nur »die Fregatte« genannt.

Annchen und Lottchen teilten das Schicksal von Tante Edeltraut und Tante Martha – sie hatten ihre Verlobten im Krieg verloren, nur dass es ein anderer Krieg gewesen war.

»Und was soll ich hier machen?«, fragte Frederike. »So schön es hier ist – ich brauche eine Perspektive, eine Arbeit, ich muss unabhängig werden.« Sie senkte den Kopf. »Ich kann auch nicht auf Gut Panker bleiben – auf lange Sicht. Das geht nicht gut.«

»Aber warum denn nicht?«, fragte Lottchen. »Thea war doch immer deine beste Freundin.«

»Ich wohne nicht bei Thea, auch wenn wir alle in einem Haus leben – was allerdings Teil des Problems ist. Wir lieben uns alle, aber wir sitzen zu eng aufeinander. Und wir haben viel zu verschiedene Vorstellungen vom Leben.«

»Wie meinst du das?«, fragte Marie.

»Heide, meine Schwiegermutter, hat ihre ganz eigene Ordnung. Jetzt hat sie auch wieder die entsprechenden Lebensumstände – sie lebt wieder auf einem Schloss, auch wenn sie nur eine Etage bewohnt, hat Personal. Und da sind wir – ich und die drei Kinder. Kinder sind laut, sind dreckig, machen Unfug, vor allem aber sind sie verstört … nach alldem, was passiert ist. Sie vermissen ihre Heimat, ihren Vater. Sie sind im Krieg groß geworden, haben Dinge gesehen, über die ein Kind noch nicht einmal nachdenken sollte.« Frederike seufzte. »Wir hatten zwei großartige Kindermädchen, Else und vor allem Wanda, aber das ersetzt eine gute Erziehung nicht. Und eine Erziehung im alten Stil konnte und kann ich nicht leisten. Meine Mädchen wurden ja vom BDM völlig vereinnahmt. Da gab es andere Regeln, Sitten und Gebräuche – sie stecken in einem Zwiespalt. Und ich auch.«

Annchen und Lottchen nickten.

»Das ist sicher nicht leicht für dich. Aber du kannst mit deinen Kindern hierherkommen«, sagte Marie noch einmal. »Du kannst bei uns wohnen, hier leben. Wirklich.«

»Danke, Tante Marie, ich denke darüber nach.«

»›Ich denke darüber nach‹ bedeutet ›Nein‹«, entgegnete Tante Marie. »Ich war lange genug in der Geschäftswelt, um das zu wissen. Aber warum nimmst du unser Angebot nicht an?«

»Weil ich das Gefühl habe, meinen eigenen Weg finden zu müssen.«

»Das Angebot steht – egal, welchen Weg du einschlägst, Freddy«, sagte Annchen mitfühlend. »Und deine Kinder sind hier immer willkommen.«

»Ich danke euch.«

Frederike genoss die beiden Tage mit ihren Freundinnen, kehrte dann aber nachdenklich nach Gut Panker zurück. Nach der kurzen

Abwesenheit spürte sie die Spannungen zwischen Thea und Heide umso deutlicher, sie selbst saß zwischen den Stühlen. Ihr Tagesablauf wurde immer mühsamer. Heide genoss es, lange auszuschlafen, bestand aber auf einem gemeinsamen Frühstück. Es gab nur noch eine Mahlzeit morgens, eine mittags und dann eine abends – die sie oft gemeinsam mit Skepti, Thea und den Kindern einnahmen.

Frederike fühlte sich stets wie ein Gast, ohne eigene Aufgabe hatte sie beständig das Gefühl, sich für ihre Anwesenheit entschuldigen zu müssen.

Dabei machte ihr keiner Vorwürfe. Im Gegenteil. Thea suchte ihre Nähe, in ihrer Ehe kriselte es gewaltig. Die lange Zeit der Trennung hatte ihre Narben geschlagen. Thea hatte sich lange alleine gefühlt. Es war eine andere Einsamkeit gewesen als die, die Frederike empfunden hatte. Thea war so glücklich, dem Osten, wie der sowjetische Sektor jetzt nur noch genannt wurde, entkommen zu sein. Und sie war heilfroh, nicht mehr in Schweden zu sein. Frederike hatte das Leben als Gutsfrau geliebt – sie hatte Land und Leute geliebt, hatte sich mit ihnen verbunden gefühlt, war in der Arbeit aufgegangen. Das war bei Thea nie der Fall gewesen. Thea hatte die Mamsell und die Köchin – die Leute, die ihr den Haushalt abnahmen und alles regelten. Sich um den Garten zu kümmern, wäre ihr nie in den Sinn gekommen. Frederike vermisste den Garten und die damit verbundene Arbeit.

»Schweden war schrecklich«, sagte Thea seufzend. »Nur Mücken und Wälder – keine Kultur, kein Leben. Es gab keine Bar, keine Filmvorführungen, keine Tanzveranstaltungen, kaum Gesellschaften – und wenn doch, wurde ich als Deutsche nicht eingeladen. So ein ödes Leben.« Frederike fand die Gefühle ihrer Freundin befremdlich, ja sogar egoistisch, und sie konnte es nicht nachvollziehen. Thea war immer ihre beste Freundin gewesen, aber sie hatten sich entfremdet, etwas, was Frederike wohl deutlicher spürte als Thea.

Es gab aber auch keine Kämpfe in Schweden, dachte Frederike, sprach es aber nicht aus, denn sie wollte keinen Streit heraufbeschwören. Es gab keine Gestapo, keinen russischen Geheimdienst, keine Verräter und vor allem keine Angst. Gerade die Angst saß Frederike tief im Nacken. Es war die Angst vor den Schatten der Vergangenheit, es war auch die Angst vor der ungewissen Zukunft. Hier im Westen, das versicherten ihr immer alle, war es anders – sie musste sich nicht fürchten. Keiner würde sie ob ihrer Vergangenheit verhaften. Hier konnte sie sie selbst sein, ihr Leben leben. Aber für Frederike war das schwer zu glauben – immer noch wählte sie jedes Wort sorgfältig, aus Angst vor Verrat. Verrat hatte sie schon zweimal im Leben erfahren, und beide Male war ihr Gebhard genommen worden. Einmal hatte sie Glück, er war zwar krank und gebrochen, aber er war wiedergekommen. Würde das Schicksal es noch einmal gut mit ihr meinen? Sie zweifelte daran, genauso wie sie in den letzten Monaten an allem zweifelte, an ihrem Leben, an Deutschland, an dem, was sie bisher erlebt hatte. Sogar an sich selbst.

Nach einem durchwachsenen November zeigte sich der Dezember mit barscher Kälte. Das Eis auf den Teichen fror zu, und Theas Söhne holten ihre Schlittschuhe heraus.

»Wir wollen auch Schlittschuh laufen«, sagte Fritzi. »Mutti, wo sind unsere Schlittschuhe?«

»Sie sind in Mansfeld«, sagte Frederike.

»Dann kauf uns neue«, bat Mathilde.

»Ach, Schätzchen, dafür haben wir doch kein Geld.«

Geld war knapp. Frederike hatte sich auf dem Amt angemeldet, alles gab es, so wie zuvor – auf Marken. Kleidermarken und Essensmarken. Nur Arbeitsstellen gab es nicht, vor allem keine, die Frederike hätte besetzen können, um Geld zu verdienen. Sie war auf die Almosen angewiesen, die ihr die Verwandtschaft zukommen ließ.

Ihre Eltern hatten auch kaum genügend zum Leben, sie wohnten in zwei Zimmern in Lübeck. Immerhin hatte Onkel Erik eine Anstellung gefunden und bekam ein Gehalt. Dass er nun angestellt war, machte ihm kaum etwas aus. Frederike und die Kinder fuhren mehrfach nach Lübeck, um die Großeltern zu besuchen.

»Wie könnt ihr so leben?«, fragte Frederike Onkel Erik, als sie zusammen mit den Kindern am Strand entlanggingen. Es war eisig kalt, der Wind pfiff, und die Möwen sangen ein Klagelied. Unter ihren Schuhen knirschte der Sand. Aber die Kinder rannten mit dem Hund vergnügt am Strand entlang, sammelten Muscheln und Steine.

Erik zog den Schal fester um den Hals, die Mütze über die Ohren. »Wir leben, Freddy. Wir leben. Das ist die Hauptsache. Ja, das Gut ist verloren, und natürlich habe ich Sehnsucht nach der Heimat. Natürlich habe ich das. Ich möchte wieder auf Fennhusen sein, dort leben, dort arbeiten, so wie ich es immer getan habe und meine Vorväter vor mir. Aber dieses Leben ist vorbei.« Er blieb stehen, nahm ihre Hände. »Du weißt es doch am besten, selbst wenn wir die Russen überlebt hätten, da geblieben wären – unsere Güter hätten wir nicht mehr behalten können. Ostpreußen gehört jetzt noch nicht einmal mehr zu Deutschland, und was mit der Prignitz wird, steht noch in den Sternen. Doch ich behaupte, die Russen werden die Gebiete so schnell nicht abgeben. Und ein Leben dort ohne mein Gut … ich würde es nicht ertragen.« Er schaute in den grauen Himmel, sah dann Frederike an. »Hier ist alles anders, und vielleicht ist das auch gut so. So zu leben wie Skepti – als ein Verwalter auf einem Gut, das mir nicht gehört, das könnte ich weniger. Es ist nichts Halbes und nichts Ganzes. Für deine Schwägerin und deine Schwiegermutter mag es sich fast so anfühlen wie vorher, aber für Skepti nicht.«

»Skepti hat mir gesagt, es wäre für ihn fast einfacher als vorher – er führt das Gut und die Pferdezucht, ist aber finanziell nicht verantwortlich.« Sie schüttelte den Kopf. »Er sagt, er hätte somit alles, was gut wäre, aber nicht das Risiko.«

»Das mag sein. Glaubst du ihm?«

Frederike sah Erik an. »Ja, denn er sagt auch, dass es dennoch anders sei. Das Gefühl für das eigene Land, für das jahrhundertealte Erbe – das hätte er hier nicht. Und das fehlt ihm.«

Erik nickte. »Das kann uns keiner zurückgeben. Es ist für immer verloren.« Wieder blieb er stehen. »Ich habe in beiden großen Kriegen Menschen sterben sehen. Auf beiden Seiten. Ich hätte nicht gedacht, dass sich Geschichte so wiederholt, aber das hat sie. Menschen sind gestorben, verhungert, gequält, erschossen worden. Auf der Flucht sind Tausende erfroren.« Er räusperte sich. »Was ich sagen will – wir leben noch. Wir *leben*, Freddy, wir sind am Leben. Ohne Haus und Hof – aber unser Herz schlägt noch, das Blut rinnt durch unsere Adern.« Er drehte sich um. »Ich kann die Luft einatmen, ich sehe deine Kinder dort unten am Strand laufen, höre sie lachen.« Er nahm ihre Hand in seine. »Ich spüre dich, deine Hände, deinen Atem. Ich sehe dich. Wir können miteinander reden. Wir leben – und das zählt. Das ist alles, was zählt. Weil wir nur dieses eine Leben haben.« Er legte den Kopf in den Nacken und schloss die Augen. Dann sah er sie wieder an. »Geld, Güter, Dinge – was schert mich das, wenn ich in einer Kiste einen halben Meter unter der Erde liege? Nichts. Und warum soll es mich jetzt scheren? Wir haben diese wahnwitzige Zeit überstanden, wir haben sie überlebt. Und deshalb sollten wir einfach nur dankbar sein und die kleinen Dinge genießen.«

Frederike schloss die Augen, senkte den Kopf und ließ seine Worte auf sich wirken. »Du hast recht«, sagte sie schließlich. »Zumindest zum größten Teil. Man muss aber wirklich sehr kleine Dinge schätzen können.«

»Du klingst sehr bitter, Freddy.« Erik nahm ihren Arm, führte sie weiter. »Ist das wegen Gebhard?«

»Ja natürlich. Aber es ist auch – ich mag nicht mehr so leben, nicht mehr bei der Verwandtschaft und spüren, dass wir stören. Denn so ist es, und ich weiß es auch. Und dann die Kinder – die Kinder von Skepti haben noch so viel, sie konnten so viel retten. Wir haben gar nichts mehr. Es tut mir so leid für die Mädchen. Gebbi kennt es ja nicht anders, er wächst so auf.« Sie seufzte. »Ich will nicht jammern, aber manchmal ist es hart, immer nur Nein sagen zu müssen.« Sie schluckte. »Und ich will nicht mehr auf einem Gut wohnen, wenn ich dort nichts machen kann.« Sie sah ihren Stiefvater an. »Ich klinge schrecklich unzufrieden und undankbar, ich weiß.«

Er schaute sie an, nahm sie dann in den Arm. »Du bist ein Mensch, mein Kind, du bist nur ein Mensch. Und ich habe nicht gesagt, dass es leicht sein würde. Aber ich glaube an dich, an deine Stärke. Du wirst es meistern.«

»Wie viel denn noch?«, fragte Frederike. »Meinst du nicht, ich habe schon genug gemeistert in meinem Leben?«

»Wenn es nach mir ginge, schon, Kind. Und wenn ich könnte, würde ich ein Schloss bauen und euch zu uns holen – aber das ist mir nicht gegeben.«

»Ach, Onkel Erik.« Sie küsste ihn auf die Wange. »Du musst nichts machen, mir reicht es, dass ich dich habe. Danke dafür.«

Er wurde rot und wandte sich ab. »Ich bin auch froh, dass es dich gibt.«

»Ich wünsche mir einfach nur so sehr, dass Gebhard wiederkommt«, sagte Frederike leise.

»Hast du irgendetwas gehört?«

»Er ist wohl in Bautzen inhaftiert, mehr weiß ich nicht. Noch nicht einmal, ob er wirklich noch am Leben ist. Was, wenn sie ihn nach Sibirien verbannt haben? Er ist doch krank …«

»Diese Ungewissheit ist schrecklich«, sagte Erik. »Ich weiß noch, wie Irmi gelitten hat …«

Frederike blieb stehen. Der Mann ihrer Schwester Irmi war als Soldat im Kurland gewesen. Erst Monate nach Ende des Krieges hatte sie erfahren, dass er gefallen war. »Ich sehne mich lieber nach Gebhard, als so eine Nachricht zu erhalten.«

»Ach Kind, so meinte ich das nicht«, sagte Onkel Erik betroffen. »Das weiß ich doch.«

* * *

Weihnachten musste Frederike die Zähne zusammenbeißen. Von dem wenigen Geld, das sie hatte, hatte sie den Kindern warme Sachen gekauft. Für Spielsachen blieb nichts übrig. Von Heide bekamen die Mädchen Strumpfhosen und Gebbi eine Mütze. Thea schenkte ihnen Sachen, die die Jungs und die kleine Barbara abgelegt hatten.

Sie gingen gemeinsam in die Kirche, es war fast so wie früher – nur die Leute kamen nach dem Gottesdienst nicht in die Halle, denn sie selbst gehörten ja nun zu den Leuten.

Nach dem Essen saßen sie zusammen im Salon in der Wohnung von Thea und Werner. Auch Caspar war gekommen.

»Hast du etwas gehört?«, fragte Frederike ihn.

»Nur, dass Gebhard angeklagt ist. Die Verhandlung war wohl noch nicht.«

»Aber er ist noch in Bautzen?«

»Soweit ich weiß, schon. Aber es sind nicht immer gesicherte Informationen, die ich bekomme. Der diplomatische Weg in den Osten wird immer mühsamer. Jeder misstraut jedem.«

Frederike stand auf. »Ich glaube, ich brauche ein wenig frische Luft.«

Als sie unten in der Halle stand und sich Stiefel und Mantel anzog, folgte ihr Caspar. »Darf ich dich begleiten?«

»Willst du mir etwas sagen, was du vor deiner Mutter nicht aussprechen wolltest?«

»Lass uns einfach an die Luft gehen.«

Frederike pfiff nach Luna, die Hündin kam sofort.

Es hatte begonnen zu schneien. Die Schneeflocken wirbelten im Wind, eine dünne Puderzuckerschicht legte sich über die gefrorenen Wege, Sträucher und Bäume. Schon seit Tagen hatte der Frost alles mit einer Glasschicht überzogen, die im Sonnenlicht funkelte. Jetzt bei Mondlicht schien die Umgebung zu leuchten.

»Es ist wunderschön«, sagte Frederike voller Wehmut. »Aber es ist nicht die Prignitz.« Sie spürte, dass Caspar etwas auf dem Herzen hatte.

»Fühlst du dich hier wohl?«, fragte er leise.

Frederike dachte nach. »Nein«, sagte sie dann ehrlich. »Deine Mutter, Thea und vor allem Skepti haben hier eine neue Heimat gefunden, auch wenn sie noch nicht ganz heimisch sind.«

»Ganz heimisch werden auch sie hier nie werden«, meinte Caspar.

»Das mag sein. Aber ich bin nur ein Gast – und das ist auf Dauer kein gutes Gefühl. Ich kann nichts machen, habe keine Aussicht auf eine Anstellung. Ich bin sehr dankbar, dass wir hier untergekommen sind – aber das Zimmer ist klein. Deine Mutter, ich liebe sie wirklich sehr, ist zunehmend von uns genervt. Sie versucht es zu verbergen, aber ich spüre es. Sie ist nicht mehr die Jüngste, und nach alldem, was passiert ist, kann ich sie gut verstehen. Sie will zur Ruhe kommen, und wir bringen nur weitere Unruhe.«

Caspar nickte. »Das könnte gut sein. Ich weiß aber, Skepti und Mutter würden dich nie wegschicken.«

»Ja, das weiß ich auch. Aber du hast gefragt, wie ich mich fühle.«

»Ich hätte die Chance, dir eine Wohnung zu besorgen und vielleicht auch eine Arbeitsstelle.«

Frederike blieb stehen, sah ihn überrascht an. »Wirklich?«

»Ich habe Beziehungen. Auch wenn sie nicht bis in den Osten reichen … ja, es wäre eine kleine Wohnung in Bad Driburg. Und vielleicht könntest du …«, er zögerte, »in einer Wäscherei arbeiten«, sagte er dann fast tonlos und senkte den Kopf.

»Oh!«

»Ich weiß, das ist keine Arbeit für dich – aber die Möglichkeiten, überhaupt eine Stellung zu bekommen, sind gering … und vielleicht ergibt sich ja noch etwas Besseres im Laufe der Zeit?«

»Ach Caspar«, sagte Frederike und nahm ihn in den Arm. »Danke, dass du hilfst, danke, dass du dir Gedanken machst. Im Moment ist es mir egal, was ich tue. Dieses sinnlose Warten ohne Aufgabe macht mich krank. Ich nehme das Angebot gerne an.«

Also packte Frederike nach den Feiertagen wieder einmal ihre wenigen Sachen zusammen. Heide protestierte, aber nur halbherzig.

»Du kannst doch hier wohnen bleiben, Freddy«, sagte sie. »Wir finden auch eine Möglichkeit, dass ihr ein wenig mehr Platz habt.«

»Ich weiß, du meinst es gut, Heide«, sagte Frederike und küsste ihre Schwiegermutter auf die Wange. »Und ich danke dir, dass du uns so selbstverständlich aufgenommen hast. Aber die Zeit ist gekommen, in der ich mein Leben selbst in die Hände nehmen muss. Ich muss für mich und die Kinder etwas aufbauen – findest du nicht? Es ist ja nicht mehr wie früher, als man Verwandtschaft aufnahm und wie selbstverständlich mit durchfüttern konnte. Ich bin nicht Tante Edeltraut und wollte auch nie so sein.«

»Du bist ganz anders als sie. Und mir tut es in der Seele weh, dass ihr fahrt.«

»Wir sind ja nicht aus der Welt, sondern in Bad Driburg – auch das liegt in der britischen Zone, so dass wir uns ohne Probleme besuchen können.«

Thea kam, um sich zu verabschieden. »Es fällt mir nicht leicht, dich gehen zu lassen«, sagte sie. »Aber ich verstehe, weshalb du gehst. Ich mag Heide gerne, aber mit ihr unter einem Dach zu leben – so habe ich mir das nicht vorgestellt. Sie weiß alles besser als ich.«

»Sie meint es nur gut.«

»Das weiß ich, anstrengend ist es dennoch.« Die beiden Schwägerinnen sahen sich an und verkniffen sich ein Lachen – für kurze Zeit war die frühere Vertrautheit wieder da.

»Tust du mir einen Gefallen?«, fragte Frederike.

»Jeden.«

»Kümmerst du dich um Luna?«

»Um deinen Hund?«

Frederike nickte. »Ich kann sie nicht mitnehmen in die Stadt, in eine kleine Wohnung …«

»Ja, das werde ich.«

Als Frederike sich in den Wagen setzte, den Caspar organisiert hatte, dachte sie über Theas Worte nach. Thea und sie waren Freundinnen – aber auch Schwägerinnen. Sie hatten nun einige Wochen unter einem Dach, in einem Haushalt gelebt. Alle drei Frauen – Thea, Heide und Frederike – waren es gewohnt, ihren eigenen Haushalt, ja, sogar ihr eigenes Gut zu führen. Drei unter einem Dach in einem Verwalterhaushalt, das konnte nicht gutgehen. Jeder machte es anders, wusste es vermeintlich besser, aber keine hatte wirklich etwas zu sagen. Nein, das war ungesund. Egal, was sie jetzt erwartete, es war ihre eigene Entscheidung, ihre Zukunft und die der Kinder. Sie hoffte auf die Zukunft, setzte sich auf den Beifahrersitz und sah Caspar an, der das Lenkrad hielt.

Caspar sah sie an. »Sollen wir?«

Frederike nickte.

»Wirklich? Keiner wäre dir böse, wenn du jetzt aussteigst und beschließt, doch im Schoße der Familie zu bleiben.«

»Aber, Caspar …«, sagte Frederike empört. »Ich habe mich entschieden.«

»Es wird vermutlich nicht besser werden.« Plötzlich klang er kleinlaut. »Es ist nur eine winzige Butze und …«

»Fahr los. Ich bin erwachsen. Nun komm schon.« Frederike

schnaubte. »Das ist doch nicht das Ende der Welt. Vielleicht ist es nicht schön, ganz sicher ist es klein. Aber was haben andere? Was ist mit den Familien, die auf Mansfeld einquartiert wurden? Sie hatten gar keine Wahl, sie mussten zu uns ziehen. Ich habe zumindest eine Wahl und habe sie getroffen.« Sie hob das Kinn. »Bereuen kann ich es immer noch.«

»Mein Gott, Freddy«, sagte Caspar anerkennend. »Du bist so stark.«

Frederike biss sich auf die Lippen, schaute aus dem Fenster, sah die Landschaft vorbeiziehen. Schnee bedeckte die Felder, in der Ferne lagen Wälder, die aussahen, als hätten sie allesamt weiße Zipfelmützen. Es war eine schöne, eine heimelige Gegend, aber es war nicht ihre Heimat. Sie fühlte eine gewisse Unruhe – es war die Sicht auf das Neue, Unbekannte, das auf sie zukam. Und nein, sie war nicht stark. Sie lief davon, hoffte auf eine eigene Zukunft.

»Hast du was …«

»Du wärst die Erste, die es erfährt«, sagte er leise. »Ich hoffe jeden Tag auf eine Nachricht. Es ist kaum zu ertragen, nichts zu hören.« Er warf ihr einen Blick zu. »Wem sage ich das?«

Frederike zwang sich zu lächeln. »Es wird gut ausgehen. Daran glaube ich fest, ganz fest. Ich glaube es, weil ich es glauben will, es glauben muss. Ohne diese Hoffnung würde ich aufgeben.«

»Ich bewundere dich, Freddy«, sagte Caspar aufrichtig.

»Hast du eigentlich etwas von den Olechnewitz gehört?«, wechselte Frederike das Thema.

»Ja, sie sind im Ruhrgebiet«, erzählte Caspar erleichtert. Auf der ganzen Fahrt plauderten sie über Bekannte und über die vergangene Zeit. Manchmal lachten sie auch herzlich, wenn sie sich gegenseitig an Dinge erinnerten, Anekdoten erzählten. Diese Fahrt war nicht dafür geeignet, weitere schwere Themen zu besprechen.

Dank Caspars Papiere kamen sie überall schnell durch.

»Bad Driburg«, erklärte Caspar, als sie sich der Stadt näherten, »hat Heilquellen – glaube ich zumindest. Es gibt auf jeden Fall einen Bade- und Kurbetrieb, also muss es auch Quellen geben. Das ist jetzt nach dem Krieg sicher noch alles zweitrangig, aber eine der Heilquellen hat schon wieder geöffnet – sagt man«, stotterte er. »Ich komme mir so blöd vor«, sagte er, als er den Wagen vor einem Haus parkte. »Es schien alles so stimmig, so … na ja, nach Perspektive. Aber je länger ich darüber nachdenke, umso schlechter fühlt es sich an, dich hier abzusetzen. Dich und die Kinder. Es fühlt sich so an, als würden wir dich abschieben wollen – aber das stimmt nicht.« Hilflos sah er sie an. »Weißt du, was ich meine?«

Frederike lehnte sich zu ihm, küsste ihn auf die Wange. »Lieber, lieber Caspar – ich kenne keinen anderen Mann, der so … mitfühlend ist, der sich solche Gedanken macht – Gedanken, die überflüssig sind.« Sie richtete sich auf, sah ihn an. »Ich hätte doch ohne Not bei deiner Familie auf Gut Panker bleiben können. Es war meine Entscheidung, hierherzukommen. Du hast mir die Möglichkeit geboten – aber genau das ist es, eine Möglichkeit. Die Wahl zwischen zwei Dingen – dort zu bleiben oder einen weiteren Weg zu gehen. Es ist wie im dichten Wald, es tun sich Pfade auf, ich habe diesen gewählt, keiner hat mich gezwungen, auch du nicht.« Sie schluckte. »Ist es so schlimm hier?«

»Ich bin erst das zweite Mal hier – es ist eine kleine Stadt, sie muss sich erst wieder finden nach dem Krieg, wie alle Städte. Die Wohnung ist … karg«, sagte Caspar verlegen.

»Karg?« Frederike biss sich auf die Lippen. »Na, lass sie uns ansehen. Ist es hier?«

»Im zweiten Stock.«

Frederike öffnete die Tür, stieg aus. »Ihr wartet«, sagte sie zu den Kindern auf dem Rücksitz. Dann holte sie tief Luft, folgte Caspar nach oben.

Die Wohnung bestand nur aus zwei Zimmern, der Abort lag auf halbem Stock im Flur – sie mussten ihn sich mit drei weiteren Familien teilen. Fließendes Wasser gab es nicht, aber einen Brunnen im Hof. Die beiden Zimmer waren klein und nur teilweise möbliert. In einem Raum stand ein Kohleofen.

Frederike sah sich um, wendete die Matratzen in den Betten, sah sich den Ofen an. Schaudernd schloss sie für einen Moment die Augen. Es war kalt und feucht in der Wohnung und roch muffig. In der Küche standen ein wackeliger Tisch und ein Friesensofa, an dem sich die Seitenteile herunterklappen ließen, so dass es ein Bett wurde. In der Kammer befanden sich ein Doppelbett, eine Kommode mit Waschgeschirr und ein schmaler Schrank.

»Unerträglich, oder?«, sagte Caspar unsicher. »Komm, wir fahren zurück. Das geht so nicht. Ich wusste nicht, wie schlimm es hier ist.«

»Nein, Caspar – ich bleibe hier. Ich hätte nur zwei Bitten.« Frederike lächelte. »Dinge, die mir wichtig wären und die du vielleicht erfüllen kannst.«

»Alles, was in meiner Macht steht.«

»Neue Matratzen wird es vermutlich nicht geben – aber vielleicht sauberes Stroh aus den Dörfern.« Sie schaute aus dem Fenster, es war gerade Mittag. »Heute noch?«, fragte sie bittend.

»Oh, natürlich. Ich mache mich gleich auf den Weg.«

»Wenn du auch etwas Brennholz und vielleicht … ein paar Eier, ein Huhn und Wurzelgemüse ergattern kannst? Einen Sack Kartoffeln?« Frederike sah die kleine Küchenhexe skeptisch an.

»Natürlich. Hat dir die Köchin auf Panker nichts mitgegeben?«

»Doch, aber es wird nicht reichen …«

»Willst du nicht doch … zurück?«

»Auf keinen Fall. Ich werde es hier schon schaffen.«

Er ging, und Frederike folgte ihm, holte die Kinder und das Gepäck aus dem Wagen. Gemeinsam schleppten sie die Sachen hoch. Die Mädchen blieben an der Tür stehen.

»Hier sollen wir leben?«, fragten sie ungläubig.

»Ja, das ist unser neues Zuhause.«

»Aber es ist … dreckig«, sagte Fritzi verzagt.

»Noch. Das können wir ändern. Wir müssen nur anpacken.« Mathilde verzog das Gesicht. »Ich will zurück zu Großmutter. Da war es schön.«

»Wir bleiben erst einmal hier«, sagte Frederike und krempelte die Ärmel hoch. Sie holte Wasser, heizte den Ofen an. Die Köchin Schneider hatte ihr selbstgemachte grüne Seife mitgegeben – damit wurde alles abgeschrubbt. Die Mädchen mussten abwechselnd helfen oder auf Gebbi aufpassen. Beides schmeckte ihnen nicht wirklich, aber sie fügten sich.

Gegen Abend kam Caspar zurück. Frederike war inzwischen schweißgebadet – trotz der Kälte, die durch die Fenster drang. Der Ofen heizte nur mäßig, immerhin erwärmte er das Wasser.

Caspar brachte Strohmatratzen für die zwei Betten, auf denen die Kinder schlafen würden. Frederikes Schlafplatz war auf der Friesenbank in der Küche. Das Polster dort ließ sich nicht ohne weiteres ersetzen. Frederike hoffte, dass nicht zu viele Wanzen darin wohnten.

Die alten Matratzen aus Rosshaar schleppten sie in den Hof, dann legten sie die duftenden, aber stacheligen Strohmatratzen in das Doppelbett und stopften das Laken fest. Kissen und Daunendecken hatten sie zum Glück aus Panker mitnehmen können. Caspar hatte Brennholz und allerlei Lebensmittel mitgebracht – frisches Bauernbrot, Butter, Speck, ein wenig Käse. Sie setzten sich an den Tisch, dessen Holz schrundig war, aber nun sauber. Alles roch nach grüner Seife, nach Essig und nach Stroh. Der hoffnungsvolle Duft nach einem Neuanfang.

Caspar musste bald wieder aufbrechen, er wollte noch heute zurück nach Kiel.

»Du hast meine Nummer«, sagte er zu Frederike, die ihn nach unten zum Wagen begleitete. »Scheu dich nicht, mich anzurufen, wenn etwas ist oder du mit jemanden reden musst. Das Postamt ist gleich hier um die Ecke.«

Frederike nickte. Natürlich hatte die Wohnung keinen Telefonanschluss, sie hatte ja noch nicht einmal Strom oder fließendes Wasser – aber es war eine Unterkunft, die sie mit keinem teilen musste. Es war ein Anfang.

»Hier ist die Adresse der Wäscherei. Dort kannst du dich morgen melden. Sag meinen Namen, dann wissen sie Bescheid.« Er zögerte kurz, griff dann unter den Fahrersitz. »Das ist für dich, meine tapfere Freddy.« Es waren zwei Flaschen französischer Rotwein. »Mach eine heute Abend auf und eine, wenn du weißt, wohin deine Reise geht. Hier ist nicht das Ende, das weiß ich.«

»Bist du dir sicher?«

»Ja. Und falls du nicht daran glaubst, glaube ich für dich mit daran. Ich werde euch bald wieder besuchen.« Er küsste sie auf die Wange und stieg ein. Frederike mochte ihm nicht nachschauen, sondern stieg schnell die knarzenden Stufen wieder nach oben. Ihr war kalt, sie war müde. Die Kinder schliefen schon. Frederike stellte die beiden Flaschen auf den Tisch und betrachtete sie.

»Nun denn«, sagte sie zu sich selbst und entkorkte die erste, schenkte sich ein Glas ein und drückte den Korken fest wieder auf den Flaschenhals.

Der Wein war herb und süffig zugleich, weich wie Samt, hatte ein volles Aroma. Sie setzte sich auf die Bank, die auch ihr Bett war, schloss die Augen und kostete langsam und genüsslich. Sie trank nur ein Glas, machte dann ihr Bett zurecht. In der Küchenhexe knackte und knisterte das Holz, vor dem Fenster stand der große Mond. Es hätte gemütlich sein können, aber trotz des guten Weins hatte Frederike einen schalen Geschmack im Mund.

Am nächsten Morgen stellte sie sich in der Wäscherei vor. Das Kurbad hatte den Betrieb wieder aufgenommen – zahlreiche gut zahlende Kriegsversehrte suchten den Kurort auf. Aber auch unter den Alliierten hatte sich die heilende Wirkung des Quellwassers – sei es als Bad oder als Getränk – herumgesprochen. Auch die Moorbäder erfreuten sich unter den Amerikanern und Briten an großer Beliebtheit. Deshalb hatte nicht nur die Wäscherei ordentlich zu tun. Der Ort war von großen Bombenangriffen verschont geblieben, das Gästehaus war auch jetzt, Anfang des Jahres, gefüllt.

»Was könn Se denn?«, fragte die Vorarbeiterin Frederike skeptisch und sah sie von oben bis unten an. »Sehn nich so aus, als ob Se malochen könnten.«

»Ich kann sehr wohl arbeiten«, sagte Frederike. »Was soll ich tun?«

»Könn Se bügeln? Mangeln?«

»Wenn man es mir zeigt …«

»Na, denn schaun we mal.« Die Vorarbeiterin ging mit ihr in einen großen Raum, in dem es dampfte und qualmte. Frederike kniff die Augen zusammen, biss die Zähne aufeinander. Sie brauchte eine Arbeit, und sie würde sich durchbeißen. An einem großen Bottich blieb die Frau stehen. »Da ist der Holzplanken, rühren müssen Se. Immerzu.« Sie drückte Frederike das Holz in die Hand, es sah aus wie ein großes Paddel, und ging wieder. Frederike sah ihr verblüfft hinterher. Es gab keine weiteren Anweisungen. Neben ihr war ein ähnlicher großer steinerner Bottich. Ein Frau stand daneben, rührte mit dem Paddel unablässig in der Wäsche.

Wenn sie es kann, kann ich es auch, dachte Frederike.

Am Ende des Tages hatte sie die Stellung. Völlig erschöpft wankte sie schließlich nach Hause. In der Wohnküche saßen die Kinder eng aneinandergedrängt, die Decken über sich gezogen – es war bitterkalt.

»Was? Warum?«, fragte Frederike völlig ermattet.

»Der Ofen ist ausgegangen, Mutti«, sagte Fritzi mit Tränen in den Augen. »Ich habe mich nicht getraut, ihn wieder anzuzünden. Du hast uns doch verboten, den Ofen anzurühren.«

Frederike nickte. »Ich mache jetzt Feuer«, sagte sie. »Und dann zeige ich dir, wie man das Feuer in Gang hält oder es neu entfacht, falls es ausgeht. Du musst genau zusehen. Du wirst ab jetzt die Verantwortung dafür tragen, wenn ich arbeiten bin.«

»Hab Hunger«, quengelte Gebbi.

»Ich auch«, sagte Mathilde.

»Was ist mit dem Brot?«, fragte Frederike. »Ich hatte euch doch Brote geschmiert.«

»Wir hatten so Hunger, Mutti«, sagte Fritzi. »Es ist alles weg.«

Auch Frederikes Magen knurrte, ihr war fast schlecht vor Hunger, die Erschöpfung durch den Tag am dampfenden Kessel tat ihr Übriges. Mühsam blinzelte sie die Tränen weg. Dann kniete sie sich vor den kleinen Ofen, zeigte Fritzi, wie man das Holz aufschichtete, so dass Luft durchströmen und das Feuer entfachen konnte. Sie legte ein wenig Papier und Spanhölzer zwischen die Scheite, hielt ein Streichholz daran. Schon bald knisterte das Feuer, und der Raum erwärmte sich.

Frederike füllte einen Kessel mit Wasser, schaute ihre wenigen Vorräte durch. Morgen vor der Arbeit würde sie sich bei der Amtsstelle anmelden müssen – dort gab es Lebensmittelmarken. Außerdem musste sie die Kinder zur Schule anmelden – doch was würde dann aus Gebbi werden? Sie wusste es nicht.

Sie hatte noch Speck, schnitt ihn in kleine Stücke und tat ihn in die Pfanne. Schon bald brutzelte es, und ein köstlicher Duft erfüllte den kleinen Raum. Dazu gab sie ein paar Eier, würzte alles gut. Es waren noch zwei Brotkanten da – einer war allerdings so hart, dass man ihn kaum kauen konnte. Frederike erinnerte sich an eine Mahlzeit, die Schneider früher manchmal gemacht hatte – sie schnitt das harte Brot ganz klein, tat es in Milch, gab ein Eigelb dazu und kochte die Masse langsam und unter ständigem Rühren auf. Das ganze bestreute sie mit ein wenig Zucker und einem großen Klecks Kompott, das sie von Schneider bekommen hatte.

Wie zum Henker macht man Kompott, dachte sie verzweifelt. Und was soll ich bloß tun, wenn alle Vorräte aufgebraucht sind? Dann muss ich Marken eintauschen – aber wie geht das?

Das hatte sie bisher nie tun müssen. Aber sie hatte bisher auch nicht in einer kleinen Wohnung gewohnt und in einer Wäscherei gearbeitet. Ich werde es schaffen, sagte sie sich und stellte den Kindern die Milchsuppe hin. Dann rührte sie das Ei mit dem Speck um und gab alles auf einen Teller.

»Du kochst fast so gut wie Schneider«, lobte Mathilde sie und gab ihr einen Kuss.

»Danke.« Ein Lächeln stahl sich auf Frederikes Lippen – zum ersten Mal seit langem spürte sie ein Glücksgefühl. »Wascht euch, putzt euch die Zähne, und dann geht ihr ins Bett.«

»Musst du morgen wieder weg?«, fragte Fritzi leise.

»Ja, das muss ich. Ich muss Geld verdienen, meine Süße.«

»Und wir?«

»Ihr müsst hierbleiben. Morgen werde ich mich nach einer Schule für euch erkundigen. Aber bis ihr einen Platz habt, müsst ihr zu Hause bleiben.«

»In der Wohnung? Die ganze Zeit? Können wir nicht in den Hof gehen? Ich habe heute gesehen, dass dort andere Kinder sind …«

»Kinder aus dem Haus?«

Fritzi zuckte mit den Schultern. »Das weiß ich nicht, ich habe ja nicht mit ihnen gesprochen.«

»Ich denke darüber nach, mein Schatz. Aber jetzt geh schlafen.«

Die Kinder gingen nach nebenan, und Frederike legte das benutzte Geschirr in die große Spülschüssel aus angestoßener Emaille, goss heißes Wasser darüber. Zum Abspülen war sie zu müde. Ihre Hände fühlten sich heiß, rau und rissig an, und sie hatte Blasen in den Handflächen vom Halten des Holzpaddels. Aber immerhin hatte sie Arbeit. Mit müden Schritten ging sie in das Nebenzimmer und betete mit den Kindern.

»Lieber Gott«, sagte Mathilde leise, »bitte bring uns unseren Vati zurück, damit wir wieder alle zusammen sind.«

»Amen«, sagte Fritzi ehrfürchtig.

»Amen«, sagte auch Gebbi, der die kleinen Hände fest gefaltet hielt. Er sah Frederike an. »Fertig beten?«, fragte er dann mit einem Augenaufschlag, der sie zum Schmelzen brachte. Dann legte er seine kleinen Ärmchen um ihren Hals und drückte ihr einen dicken, feuchten Kuss auf die Wange. »Gute Nacht, Mutti«, sagte er.

»Gute Nacht, ihr Schätze«, antwortete Frederike.

In der Wohnküche bereitete sie ihre Bettstatt vor. Dann sah sie aus dem Fenster.

Gute Nacht, Gebhard, sagte sie stumm und nahm die offene Flasche Wein hinter dem Schrank hervor. Sie füllte ein halbes Glas, heute konnte sie es anders genießen. In dieser Nacht schlief sie fest und traumlos.

Am nächsten Morgen ging sie zum Amt – es war problemloser, als sie gedacht hatte. Caspar hatte gute Vorarbeit geleistet und die Familie angemeldet. Sie bekam Lebensmittelmarken und konnte die Mädchen zur Schule anmelden. Doch was sollte sie mit Gebbi machen, fragte sie sich. Etwas mutlos ging sie zur Wäscherei. Ab nun würde sie jeden Tag am kochenden Kessel stehen und Bettwäsche rühren, die schweren, nassen Laken aus dem Wasser holen und zur Mangel bringen müssen. Es war Knochenarbeit, und sie wusste nicht, wie lange sie durchhalten würde. Doch auch diesen Tag brachte sie hinter sich. Als sie nach Hause gehen konnte, war es bereits zu spät, um irgendwo die Marken einzulösen, aber noch hatte sie ein paar Vorräte.

An diesem Abend brannte das Feuer im Ofen, es war anheimelnd warm, und die Kinder spielten zusammen, als sie die Wohnung betrat.

»Ihr könnt in einer Woche zur Schule gehen«, erklärte sie Fritzi und Mathilde. »Sie liegt nur ein paar Straßen entfernt. Am Wochenende, wenn ich freihabe, zeige ich euch den Weg.«

Sie schnitt den Kohlkopf, den Caspar ihr mitgebracht hatte, klein, schmorte ihn an, goss Wasser auf. Auch ein paar Kartoffeln schnibbelte sie hinein, gab den Rest des Specks hinzu. Es schmeckte scheußlich, aber es war heiß, und alle hatten Hunger – also aßen sie es.

Eine Woche lang ging Frederike jeden Tag zur Wäscherei. Ihre Hände waren inzwischen blutig. Am letzten Tag der Woche fing die Vorarbeiterin sie ab.

»Hab gehört, dass Se nen Problem mitte Kinder ham «, sagte sie.

Frederike schüttelte stur den Kopf. »Alles ist gut.«

»Dat isses nich, dat weiß ich«, sagte die Vorarbeiterin. »Driburch is 'n Dorf, dat glaubse kaum. Hier weiß jeder jedet. Se ham drei kleine Kinder, zwei müssen zur Schule – wat machense mittem dritten?«

Frederike senkte den Kopf.

»Se sind 'ne Baroness, gell? Hab nich gedacht, dat Se so arbeiten können, gell? Ich hätte gedacht, dat Se aufgeben. Ham Se nich. Respekt.« Sie nickte. »Nu, ich brauch 'ne Frau mit Ausstrahlung, wowe die Wäsche ausliefern und annehmen, verstehn Se? Dat wäre dat Richtige für Se. Können Se machen ab Montach. Und bringen Se mit den Kleinen. Is schon in Ordnung.« Sie kniff ein Auge zu. »Bringen Se erst de Mädels inne Schule und kommen Se dann.«

Frederike sah sie sprachlos an.

»Machen Se den Mund zu, können sonst Fliegen reinkommen«, lachte die Vorarbeiterin und klopfte ihr auf die Schulter.

»Warum …?«, fragte Frederike leise. »Warum tun Sie das?«

»Jeder hat eine Chance verdient. Un Se bemühen sich sehr, seh ich schon.« Wieder nickte die Vorarbeiterin.

Kapitel 21

·◆·

Gut Panker, Ostern 1948

»Deine Hände, Freddy«, sagte Heide entsetzt. »Was ist bloß mit deinen Händen passiert?«

Frederike blickte erstaunt auf ihre Hände.

»Muttis Hände sehen doch wieder gut aus«, sagte Fritzi. »Du hättest sie mal im Januar sehen sollen, da haben sie nur geblutet.« Das Mädchen drehte sich um. »Wo sind Wolfgang und Adrian?«, fragte sie fröhlich. »Ach, ist es schön, wieder hier zu sein.« Und schon lief sie nach oben und suchte ihre Cousins.

»Darf ich mit?«, fragte Mathilde, wartete aber kaum Frederikes Zustimmung ab.

Gebbi stand am Fuße der Treppe, sah seinen Schwestern sehnsüchtig hinterher. Heide nahm ihn hoch. »Möchtest du einen Keks, mein kleiner Schatz?«, fragte sie lächelnd.

»Ja!« Er strahlte. »Wir ham keine Kekse in Driburch«, sagte er.

Heide sah ihre Schwiegertochter fragend an, ging dann mit Gebbi auf dem Arm in den Salon.

Frederike überlegte kurz, ob sie ihnen folgen sollte, ließ es aber für den Moment. Lieber ging sie in ihr Zimmer, dort packte schon ein Mädchen die Koffer aus.

»Ist der Badeofen angeheizt?«, fragte Frederike leise.

»Noch nicht, Gnädigste. Möchten Sie baden?«

»Das wäre wunderbar.«

»Ich werde mich darum kümmern. Aber es wird ein wenig dauern.«

»Das macht nichts. Danke«, sagte Frederike.

Die Sonne schien, es war frisch, aber nicht mehr eisig. Frederike ging in den Hof, sah sich um und pfiff leise. Wie ein Blitz kam Luna um die Ecke geschossen, als hätte sie nur auf Frederike gewartet. Die Hündin wirkte dürr, das Fell ein wenig strohig. Luna leckte Frederikes Hände ab und fiepte.

»Bekommst du kein Futter?«, fragte Frederike die Hündin besorgt. Diese legte sich auf den Boden, drehte sich auf den Rücken, und Frederike kraulte ihren Bauch. Verzückt grunzte die Hündin.

»Ich habe dich vermisst, meine Kleine. Du mich offensichtlich auch«, seufzte Frederike.

»Sie frisst kaum«, sagte Thea, die plötzlich aus dem Nebeneingang kam. »Ich habe alles versucht. Aber sie will nicht fressen. Meistens liegt sie am Tor – bei Wind und Wetter. Ich glaube, sie vermisst dich.«

»Ach Thea.« Frederike stand auf und umarmte ihre Freundin. »Liebe Thea. Danke, dass du dich um sie gekümmert hast.«

Thea trat einen Schritt zurück, sah Frederike forschend an, dann nahm sie ihre Hände. »Schön, dass ihr über die Feiertage da seid.« Für einen Moment hielt sie inne, dann schaute sie erschrocken auf Frederikes schrundige Hände. »Grundgütiger – hattest du einen Unfall?«

Frederike entzog ihr die Hände, steckte sie in die Manteltaschen. »Nein.«

»Was ist passiert?«

»Ich … arbeite in einer Wäscherei«, sagte sie leise.

»Du wäschst die Wäsche anderer Leute?«

»Meistens stehe ich an der Rezeption und nehme die dreckige Wäsche in Empfang, gebe die gewaschenen Sachen aus. Es sind hauptsächlich Bettwäsche und Laken aus dem Kurbetrieb. Aber manchmal muss ich auch hinten in der Wäscherei aushelfen.«

»Ach, Freddy … das tut mir so leid.« Sie wusste gar nicht, was sie sagen sollte. »Und sonst? Wie geht es dir sonst?«

»Es ist nicht leicht«, gestand Frederike. Dann erzählte sie. Es tat gut, mal wieder einen vertrauten Menschen an seiner Seite zu haben.

Später saßen sie alle zusammen, oben in Theas und Werners Salon. Caspar war gekommen und hatte Spirituosen mitgebracht.

»Einen Gin, Freddy?«, fragte er.

»Wie du immer an die Sachen kommst, Caspar«, sagte Heide belustigt.

»Beziehungen, Mutter, nur durch Beziehungen.« Er lächelte. »Du möchtest sicher einen Sherry?«

»Wenn er trocken ist, gerne.«

»Deine Beziehungen beschränken sich aber doch nicht nur auf Alkohol«, sagte Frederike leise.

»Nein.« Er füllte Eis in ein Glas, vermischte Gin mit Zitronensaft, goss es auf das Eis und reichte Frederike das Getränk. »Ich weiß, was du wissen willst – aber da helfen meine Beziehungen leider gerade auch nicht.«

»Es ist alles sehr verwirrend, was man so zu hören bekommt«, sagte Werner. »Du weißt sicher mehr als wir.«

»Es gibt halt die Probleme mit den Sowjets. Nach den Potsdamer Verträgen sehen sie es als beschlossen an, dass Deutschland völlig unterworfen wird. Wirtschaftlich, politisch und gesellschaftlich.«

»Das ist doch eine Frechheit«, empörte sich Heide.

»Nein, Mutter«, sagte Caspar zögerlich. »Eigentlich waren sich damals alle Siegermächte darüber einig. Deutschland sollte mindestens fünfundzwanzig Jahre lang waffenlos und neutral bleiben. Das ist auch weiterhin so geplant. Auf jeden Fall in groben Zügen.«

Werner runzelte die Stirn. »Was meinst du damit? Darüber braucht man doch gar nicht zu diskutieren.«

»Es gestaltet sich gar nicht so einfach, Skepti«, sagte Caspar und goss sich einen Whisky ein. »Wir haben das Problem, dass die Sowjetunion ganz Deutschland für sich beanspruchen möchte. Sie möchte in ganz Deutschland Einfluss nehmen.«

»So wie in der Tschechoslowakei?«, fragte Frederike.

»Ja, genauso.«

In der Tschechoslowakei hatte der Ministerpräsident Gottwald erst vor wenigen Wochen alle bürgerlichen Minister abgesetzt und Platz gemacht für Mitglieder der kommunistischen Partei. Somit hatte er der KP die alleinige Macht eingeräumt. Auch in der Sowjetzone waren alle Ämter inzwischen mit Kommunisten besetzt worden.

»Aber … das geht doch nicht«, sagte Thea entsetzt. »Wir können doch hier nicht zu Neu-Russland werden.«

»Das werden wir auch nicht«, sagte Caspar. »Zumindest nicht hier im Westen. Ich war gerade auf einem Treffen …«, er seufzte. »Das ist alles immer geheim, und eigentlich darf ich euch nicht davon erzählen, aber die Bizone soll gestärkt werden. Das ist wichtig, damit wir einen besseren Stand gegenüber den Osten haben.«

»Wie soll die Bizone denn gestärkt werden?«, fragte Frederike.

Caspar winkte ab. »Das sind alles politische Scharmützel.«

»Sag es«, beharrte Frederike.

Caspar sah in die Runde, nickte dann. »Es wird eine Währungsreform im Westen geben. Im Sommer.«

»Eine was?«, fragte Heide.

»Das Geld wird ausgetauscht werden, Mutter. Man möchte eine neue, einheitliche Währung für die Bizone. Noch diskutiert man mit Frankreich, aber letztendlich werden sie mitziehen oder nachziehen. Nur der Osten wird nicht mitmachen.«

»Und somit wird das Land – unser Land – endgültig gespalten werden. Nach so einer Währungsreform werden die Chancen auf eine Zusammenführung immer geringer«, sagte Frederike leise.

Caspar nickte. »Ja, das stimmt. Aber wir können uns nicht beugen, dann wäre plötzlich fast ganz Europa kommunistisch. Ich fände das gar nicht so schlimm, wenn nicht Stalin an der Macht wäre. Er steht Hitler in vielen Dingen in nichts nach.« Caspar räusperte sich. »Mir gefällt der sozialistische Gedanke, die Grundideen, die Marx und Engels hatten. Nur die Umsetzung Stalins schmeckt mir nicht.«

»Du kannst das doch nicht befürworten, Caspar«, sagte Heide entsetzt. »Die Sozis, die Kommunisten – dein Vater würde sich im Grabe umdrehen.«

»Mutter, ich habe meine Einstellung dazu. Sie entspricht nicht deiner, aber das ist doch nicht schlimm. Schlimm ist, dass wir bisher noch keine Welt erfunden haben, in der konträre Meinungen nebeneinander funktionieren. Und das würde ich mir sehr wünschen.«

»Aber … aber Caspar … unser Leben war doch nicht schlecht!«, empörte sich Heide.

»Die Monarchie war für einige Leute auch nicht schlecht, vor allem für alle aus dem Königshaus. Willst du deswegen die Monarchie zurück?«

Heide verschränkte die Arme vor der Brust. »Solche impertinenten Fragen beantworte ich nicht.«

»Du bist aber schon für eine Demokratie?«, frage Werner seinen Bruder.

»Unbedingt! Eine Demokratie, keine Aristokratie und keine Diktatur. Aber eine Demokratie mit Platz für viele und vieles. In der Weimarer Republik hatten wir einen guten Ansatz.«

»Da waren es zu viele«, sagte Frederike. »Lauter Splitter- und Kleinstparteien, die Volksparteien ohne wirkliches Profil – und dann kam Hitler und mit ihm die Diktatur.«

»Das stimmt, Freddy. Man sollte aus Fehlern lernen. Jetzt ist die Zeit, um es besser zu machen.«

»Wird es in der Bizone besser werden?«

»Das hoffen wir. In der britischen Zone liegt die meiste Industrie, in der amerikanischen die Landwirtschaft, und dort sind die Rohstoffe und die Zulieferer. Es ist Blödsinn, das zu trennen. Deutschland sollte wieder ein Land sein, das sich selbst versorgen kann. Es gibt noch ein Programm, den sogenannten Marshallplan, er steht in Amerika noch vor der Abstimmung, aber ich habe Auszüge lesen dürfen. Sie beabsichtigen, durch großzügige Unterstützung mittels Güter und Technologien Europa wieder aufzurichten. Dummerweise will die Sowjetunion genau das Gegenteil.«

»Das macht doch keinen Sinn«, meinte Werner. »Warum sollen sie Europa kleinhalten wollen?«

»Sie tun es ja schon, Ungarn, Polen, die Tschechoslowakei, sie haben alle osteuropäischen Staaten und Kontrolle. Und sie hätten gerne auch Deutschland. Ganz. Aber das werden die Westalliierten nicht zulassen. Deshalb wird es die Währungsreform geben.«

»Es klingt fast, als ständen wir vor einem weiteren Krieg«, sagte Frederike leise. Sie streifte die Schuhe ab, nahm die Beine hoch und legte die Arme um ihre Knie.

»Ja«, sagte Caspar. »Nur die Atomwaffen der USA stehen dazwischen. Noch hat die Sowjetunion nichts Vergleichbares, aber lange wird es nicht mehr dauern.«

»Es wird wirklich einen weiteren Krieg geben«, sagte Frederike düster.

»Nein, Freddy, das glaube ich nicht. Keiner will das. Keiner, auch die Russen nicht. Es geht um Macht, um Einfluss, um Politik.«

»Der letzte Krieg hat mir doch schon alles genommen«, sagte Frederike. Sie trank ihren Gin aus, stand auf. »Ich muss an die frische Luft, das ist mir alles zu viel gerade.«

Sie ging nach unten, schaute kurz nach den Kindern. Alle drei hatten sich heute im Park mit den Cousins und der Cousine ausgetobt, das gute Essen genossen und das heiße Bad anschließend auch. Jetzt schliefen sie friedlich. Auch Frederike hatte gebadet. Es war himmlisch gewesen. In Driburg besaßen sie nur eine kleine Zinkwanne, die sie mit Wasser vom Herd füllten, darin konnte Frederike nur mit angezogenen Beinen sitzen, deshalb sparte sie sich das Bad meistens, auch wenn sie die Kinder jede Woche badete.

In der großen gusseisernen Wanne mit den Klauenfüßen konnte sie sich ausstrecken, das heiße Wasser genießen und einige Minuten alles um sich herum vergessen.

Frederike deckte Gebbi, der sich freigestrampelt hatte, zu, küsste die Mädchen auf die Stirn. Dann ging sie in die Halle, zog sich Mantel und Stiefel an und pfiff nach Luna. Die Hündin kam sofort. Sie gingen nach draußen. Der Mond versilberte alles mit seinem fahlen Licht. Die Landschaft war wunderschön, und Frederike sog die Eindrücke und die kühle, klare Luft für einen Moment in sich auf. Luna drängte sich an ihre Seite, sie schien gar keine Lust zu haben loszulaufen.

»Komm, mein Mädchen«, sagte Frederike leise.

»Darf ich euch begleiten?« Es war Caspar, der hastig seinen Mantel überzog. »Oder willst du alleine sein? Das könnte ich verstehen.«

Frederike überlegte. »Ich bin eigentlich immer alleine«, sagte sie traurig. »Aber Ruhe habe ich fast nie. Doch du bist mir einer der Liebsten. Magst du mitgehen?«

»Gerne.«

Der Kies knirschte unter ihren Sohlen. Sie hörten das aufgeregte Hecheln und Schnuppern der Hündin, manchmal ein Fiepen. Der Wind zog an den noch unbelaubten Bäumen, die Äste rieben sich aneinander, das Holz knarzte und knackte. Aber es waren die Geräusche des Frühjahrs – alles brach auf, streckte sich, wurde neu, grün und bunt. Der laue Duft lag schon in der Luft, auch wenn Frederike den Schal um ihre Schultern ziehen musste.

»Ich bereue es, dich nach Bad Driburg geschickt zu haben«, sagte Caspar leise.

Frederike lachte und hakte sich bei ihm unter. »Du hast mich nirgendwohin geschickt, Caspar. Es war meine Entscheidung, zu gehen. Ich hätte auch hierbleiben können.«

»Bereust du es?«

Frederike überlegte. »Nein. Es bringt mich an meine Grenzen, aber manchmal ist es gut, wenn man die Grenzen kennt.« Sie sah Caspar an. »Ich habe schon einige Grenzen erlebt.«

Caspar schnaubte verstört. »Ich weiß. Thea an deiner Stelle wäre schon gestorben oder wenigstens hysterisch geworden. Du erträgst immer alles irgendwie.«

»Woher willst du wissen, wie ich es ertrage?«

»Stimmt. Das weiß niemand.«

Sie gingen weiter.

»Wusste es Gebhard? Hast du ihn an dich herangelassen?«

»O ja. Gebhard ist mein Spiegel. Er sieht mich, so wie ich bin … und ich sehe ihn.« Sie stockte. »Sah ihn. Jetzt ist alles anders.« Frederike blieb stehen. »Lebt er noch?«

»Ja.«

»Wirklich?«

»Ja, Freddy, Gebhard lebt. Aber … es ist schwierig, sehr schwierig.«

»Er ist kein Spion.«

»Das weiß ich, das weißt du, das wissen die Russen auch. Es gibt eine neue Anklageschrift. Ich habe sie noch nicht gelesen, aber Zeugen haben gegen ihn ausgesagt.«

»Wegen Spionage?«

»Nein«, sagte Caspar leise. »Nein.«

»Weswegen dann?«

»Wegen Verstoßes gegen die Grundsätze der Menschlichkeit«, sagte Caspar fast tonlos.

»Was?« Frederike blieb abrupt stehen. »Bitte was?«

»Ich weiß es noch nicht genau, Freddy – aber er wurde angezeigt, weil er Menschenrechte missachtet haben soll, nicht wegen Spionage.«

»Welche Menschenrechte soll er denn bitte verletzt haben?« Frederike schüttelte fassungslos den Kopf. »Was meinen die damit?«

»Er soll Kriegsgefangene und Fremdarbeiter misshandelt haben.«

»Gebhard? Mein Gebhard?«

Caspar nickte.

»Aber … aber … aber … NEIN! Gebhard hat sich um sie gekümmert.« Frederike holte tief Luft. »Ich muss dahin. Sofort. Ich muss dahin.«

»Wohin?«

»Nach Bautzen.«

»Wie bitte?«, fragte Caspar entsetzt. »Was willst du dort?«

»Ihnen sagen, dass es nicht stimmt. Ich habe Zeugen – Wanda, unsere Franzosen … es gibt viele Zeugen. Ich muss dahin, ich muss ihn befreien.«

»Freddy«, sagte Caspar und hielt sie fest. »Du kannst dort nicht hin. Das geht nicht, sobald du die Grenze überschreitest, werden sie dich auch verhaften.«

»Aber … aber …« Frederike sah ihn wütend an, dann riss sie sich los, lief in den Park, sie lief und sie schrie – sie schrie ihre Wut, ihre Verzweiflung, ihre Trauer und ihre Ohnmacht heraus. Sie weinte, heulte, jammerte. Wütend trat sie gehen Holzstapel, rannte durch das Gebüsch, scherte sich nicht um Dornen und Äste. Irgendwann verließ sie die Kraft, und sie sackte in sich zusammen.

Und dann war Caspar da, nahm sie hoch, trug sie zurück ins Haus.

»Es tut mir so leid, Freddy, meine liebe, meine süße Freddy. Es tut mir so, so leid. Ich tue alles, was ich kann, wirklich«, flüsterte er ihr zu. Er brachte sie in ihr Zimmer.

»Ach Caspar«, sagte sie. »Warum ist alles so schrecklich?«

Am nächsten Morgen stand Frederike nicht auf. Sie wollte nicht. Sie zog die Decke über den Kopf und vergrub sich in den Kissen.

Die Kinder waren schon früh wach – Fritzi zog Gebbi an, half Mathilde, dann gingen sie das Gutshaus erkunden. In den Monaten in Bad Driburg waren sie viel selbständiger geworden. Und Frederike wusste, dass es genügend Leute gab, die sich um die Kinder kümmern würden, hier waren sie nicht auf sich gestellt.

»Willst du nichts frühstücken?«, fragte Heide, die um neun Uhr besorgt nach ihr schaute.

Frederike schüttelte nur den Kopf. Sie hatte keinen Hunger, keinen Durst, und aufstehen und andere Menschen sehen wollte sie schon gar nicht.

»Bist du krank?«

»Ich brauche nur etwas Ruhe«, krächzte Frederike. »Bitte.«

»Wenn etwas ist … melde dich«, sagte Heide unsicher.

Es war alles und nichts – für Frederike war eine Welt zusammengebrochen. Sie hatten Gebhard wegen Vergehen angeklagt, die er nie und nimmer begangen hatte – im Gegenteil. Er hatte sich immer für die Fremdarbeiter und Kriegsgefangenen eingesetzt, hatte niemanden misshandelt, wie es so viele andere getan hatten. Er saß unschuldig im Gefängnis, und sie konnte nichts tun. Sie würde, wenn sie wieder etwas mehr Kraft fand, mit Caspar sprechen – es gab ja schon verschiedene Aussagen zu Gebhards Gunsten, und sicherlich würde sie auch noch weitere bekommen. Die musste man dann an das Gericht weiterleiten – aber sie zweifelte daran, dass es etwas bringen würde. Alles schrie nur so nach Willkür und Ungerechtigkeit.

Ihren ersten Gedanken, direkt nach Bautzen zu fahren, hatte sie verworfen. Es gab einen Haftbefehl auch gegen sie – weshalb auch immer. Frederike hatte sich nichts vorzuwerfen. Aber einmal in Haft, wäre sie weg – und was wäre dann mit den Kindern? Sie konnte die Kinder nicht einfach sich selbst überlassen. Ja, die Familie würde sich kümmern. Fritzi, Mathilde und Gebbi würden hier auf Gut Panker zusammen mit ihren Cousins und Cousinen aufwachsen können.

Aber sie würden nie die gleiche Stellung haben wie die Kinder von Thea und Werner. Sie wären immer ein Familienanhängsel, so wie Frederike es auf Fennhusen gewesen war – dabei, aber nicht dazugehörig. Nein, das wollte sie ihren dreien ersparen.

Ihre Gedanken fuhren Karussell, sie kam zu keinem Entschluss. Gegen Mittag klopfte es an die Tür.

»Freddy? Liebes? Ich bin es, Thea. Darf ich hereinkommen?«

»Ja.«

Thea trug ein Tablett – darauf waren eine Schüssel mit herrlich duftender Brühe, ein paar gekochte Eier und frisches, noch dampfendes Brot und Butter.

»Ein Gruß von Schneider«, sagte Thea, stellte das Tablett ab und setzte sich auf den kleinen Sessel neben dem Bett.

»Ich mag nichts essen«, sagte Frederike und nahm die Schüssel mit der Brühe. »Vielleicht nur ein wenig Suppe …«

Danach aß sie die Eier, und schließlich bestrich sie das Brot mit der leicht salzigen Butter, die auf dem Hof hergestellt wurde.

»Was ist mit dir?«, fragte Thea. »Du standest immer fest im Leben, viel mehr als ich. Du meisterst alles. Irgendwie. Was ist passiert?«

»Gebhard soll Verbrechen gegen die Menschlichkeit begangen haben – so wie ein Nazi!«

»Bitte? Wenn sich einer für die Kriegsgefangenen eingesetzt hat, dann doch dein Mann. Dafür ist er doch mehrfach verurteilt worden, da muss man doch etwas tun können.«

»Ich werde es versuchen. Aber … ich habe meine Zweifel. Das sowjetische System ist nicht besser als das der Nazis. Anders, aber nicht besser. Sie sind gnadenlos«, sagte Frederike verbittert.

»Und was willst du jetzt machen?«

»Ich weiß es nicht, Thea. Ich bin so enttäuscht – enttäuscht von allen Systemen, von der Politik, von vielen Menschen. Unser Leben wurde auf den Kopf gestellt. Du weißt, es macht mir nichts aus, zu arbeiten, aber ich glaube, ich möchte nicht in diesem Land leben. Nicht mehr – weder in West- und schon gar nicht in Ostdeutschland.« Sie schluckte. »Fritzi und Mathilde müssen sich ein Paar Schuhe teilen, das heißt, sie können nur getrennt nach draußen. Ich bekomme nicht genügend Marken für ein zweites Paar, weil sie die gleiche Größe haben. Das ist doch alles Irrsinn.«

Thea sah sie nachdenklich an. »Hast du eine Vorstellung von deiner Zukunft?«

»Nein. Ich will nur hier weg.«

»Weg?«

»Vielleicht nach Amerika. Aber das ist so weit weg, und was ist dann mit Gebhard?« Jetzt weinte Frederike, sie konnte es nicht zurückhalten. »Was soll ich noch hier?«

»Amerika?«

»Ach Thea – egal –, ich will hier weg. Deutschland ist doch keine Perspektive für mich und die Kinder. Irgendwo hin und neu anfangen.«

»Alleine? Ohne Mann?«

»Mein Mann ist im Gefängnis, schon vergessen?«, fragte Frederike bissig.

Thea hob die Hände. »Tut mir leid, tut mir leid.« Dann sah sie Frederike an. »Es gibt Tante Rigmor ... eine entfernte Verwandte in Schweden. Du weißt doch, Mutters Bruder ist mit einer schwedischen Adligen verheiratet. Und mein Vater hat in Schweden seit Urzeiten ein Anwesen. Meine Eltern fühlen sich da wohl, warum auch immer. Ich fand Schweden schrecklich.« Thea räusperte sich. »Diese Tante Rigmor jedenfalls ist eine alte Jungfer. Sie war Kunstlehrerin, sehr kultiviert, und ist jetzt pensioniert. Und sie hat ein großes Haus und fühlt sich einsam. Sie lässt immer wieder fragen, ob wir – ich und die Kinder – nicht zu ihr ziehen wollen.« Thea schüttelte sich. »Ich möchte das ganz bestimmt nicht. Aber ...« Sie sah Frederike an, »vielleicht möchtest du das?«

»Nach Schweden?«

»Ja. Es ist ein Dorf, aber nett. Und Tante Rigmors Haus ist groß ...«

»Warum nicht?«, unterbrach Frederike sie. »Warum eigentlich nicht?«

»Ich werde mich mit Vater und der Tante in Verbindung setzen und sehen, wie wir das machen können. Aber denk gut darüber nach – Schweden ist ein weites Land. Dort gibt es vor allem eins – Mücken.«

Frederike lachte leise. »Ich komme besser mit Mücken zurecht als mit falschen Leuten.«

»Überleg es dir«, sagte Thea und stand auf. »Und bleib heute ruhig im Bett, ich habe allen gesagt, dass du dich krank fühlst. Um die Kinder musst du dir keine Sorgen machen.«

»Danke.«

Frederike brauchte diese Zeit alleine, es war der erste Tag seit langem, an dem sie keine Verantwortung zu tragen hatte, es keine Termine oder Vorgaben gab. Sie konnte einfach nur im Bett liegen und nachdenken.

Je mehr sie darüber nachdachte, desto klarer wurde ihr, dass sie sich ein Leben in Deutschland nicht mehr vorstellen konnte. Wie konnte es sein, dass man Gebhard, der sich, ohne Strafen und Verhaftungen zu scheuen, für die Kriegsgefangenen und Zwangsarbeiter eingesetzt hatte, genau das Gegenteil vorwarf? Wer hätte gedacht, dass sich das Blatt so wendete?

Frederike hatte mitbekommen, dass viele ehemalige Nazis heute wieder in Anstellung waren. Im Westen war kaum jemand enteignet worden. Warum durften diese Menschen unbescholten weiterleben und Gebhard, der kein Nazi gewesen war, nicht?

Caspar hatte von der Sechsmächtekonferenz, die gerade in London stattfand, berichtet. Dort trafen sich die Außenminister der drei westlichen Siegermächte sowie die Außenminister der Beneluxstaaten, die an Deutschland grenzten. Die Sowjetunion war nicht eingeladen worden – man sah keine Verhandlungsmöglichkeiten mit ihnen. Somit gab es auch keine diplomatischen Wege, auf denen man etwas für Gebhard würde tun können.

Tränen der Verzweiflung liefen Frederike über die Wangen. Sie konnte sich nicht vorstellen, dass dieser tiefe Schmerz jemals wieder aufhören würde.

Am nächsten Tag schien die Sonne, ein herrlicher, lauer Wind wehte über das Land.

»Lass uns an die See fahren«, schlug Werner vor. »Caspar ist mit seinem Auto da, wir teilen uns auf.«

Frederike zog sich an. Ihre Augen waren noch verquollen, doch irgendwann in der Nacht war sie eingeschlafen – hatte tief und traumlos geschlafen. Sie fühlte sich immer noch wie überfahren, und die Last des Lebens drückte auf ihre Schultern. Aber als Gebbi seine Ärmchen um ihren Hals schlang und ihr einen dicken, warmen Kuss auf die Wange gab, wusste sie, wofür sie leben, wofür sie wieder aufstehen musste.

Fritzi stürmte in das Zimmer. »Schau, Mutti!«, rief sie aufgeregt. »Tante Thea hat mir Schuhe gegeben. Sie sind fast neu und nur ein wenig zu groß.«

»Das ist ja wunderbar«, sagte Frederike. Irgendwann, das beschloss sie nun, würde es ihnen so gut gehen, dass sie keine Almosen mehr brauchten.

Ihren Kindern zuliebe versuchte Frederike den Tag am Meer zu genießen. Schneider hatte ihnen ein wunderbares Picknick zubereitet, das sie am Strand zu sich nahmen. Caspar spendierte Wein, und die Kinder sammelten fröhlich Muscheln und Steine.

»Ich habe gehört, dass du nach Schweden gehen willst?«, fragte Caspar Frederike.

»Ich hoffe, es wird mir gelingen.«

»Hast du dir das gut überlegt? Der eiserne Vorhang wird nicht ewig bleiben. Irgendwann werden sich Ost und West wieder annähern müssen.«

»Siehst du eine Chance, dass wir unser Land jemals zurückbekommen?«, fragte Frederike.

Caspar überlegte, dann schüttelte er stumm den Kopf.

»Siehst du denn eine Chance, dass Gebhard aus der Haft entlassen wird?«

»Ja, die sehe ich tatsächlich. Auch die Sowjetunion kann nicht Unrecht zu geltendem Gesetz machen. Im Moment scheint das noch blinder Aktionismus aus Rache zu sein. Wahrscheinlich wollen auch einige Leute von ihrer Vergangenheit im Dritten Reich ablenken und lecken nun Speichel bei den jetzigen Machthabern. Dadurch kommt es zu diesen unglaublichen Missverständnissen. Auch wenn die diplomatischen Wege im Moment verschlossen scheinen, werde ich alles daransetzen, um Gebhard freizubekommen – das kannst du mir glauben.«

»Das weiß ich, Caspar. An deinem Einsatz habe ich nie gezweifelt. Aber ich zweifle an anderen Dingen. Vielleicht ist es mir möglich, in Schweden einen Neuanfang zu machen. Vielleicht kann ich dort meine Verbitterung, die jeden Tag stärker wird, loswerden. Eine verbitterte Mutter ist keine gute Mutter. Und eine gute Mutter zu sein und die Kinder aufzuziehen, das bin ich Gebhard schuldig.«

»Ach, Freddy. Ich wünschte so sehr, dass ich dir helfen könnte.«

»Du hilfst ja. Du und Thea, Skepti, Heide, meine Eltern. Aber die Leere, die ich empfinde, kann keiner füllen.«

»Aber das wird in Schweden doch nicht anders sein.«

»Möglicherweise nicht. Aber dort muss ich nicht den Ekel empfinden, den ich Deutschland gegenüber im Moment empfinde. Warum haben sich nicht mehr Menschen so verhalten wie du und Gebhard? Warum haben sie es zugelassen? Ohne die Nazis und diesen gottverdammten Krieg wären wir nicht in dieser Situation. Und die meisten dieser Verbrecher leben ihr Leben einfach weiter, sind zum Teil sogar noch auf ihren Posten. Gebhard wurde jedoch verhaftet … erst von den Nazis und jetzt von den Russen.« Sie musste sich abwenden.

»Ich verstehe dich. Ich verstehe dich gut. Und ich werde alles daransetzen, um dir zu helfen.«

Nach Ostern kehrte Frederike mit den Kindern nach Bad Driburg zurück. Sie ging mit einem etwas leichteren Gefühl – die Hoffnung, das Land bald verlassen zu können, gab ihr Mut. Die schwere Arbeit scheute sie nicht, doch jeden Abend sank sie ermattet auf ihre Schlafbank. Frohe Momente gab es nur mit den Kindern.

Zum Glück konnte sie Gebbi häufig mit zur Arbeit nehmen – er spielte dort ganz friedlich neben den großen Wäschebassins. Manchmal passte auch eine ältere Nachbarin auf ihn auf. Die Mädchen gingen zur Schule. Mittags machten sie sich eine Kleinigkeit zu essen und warteten dann auf Frederikes Heimkehr. Sie hatten sich schnell mit den anderen Kindern in der Nachbarschaft angefreundet, spielten mit ihnen im Hof. Frederike wusste, dass sie den beiden vertrauen konnte.

Thea hatte schon an Ostern ihren Eltern geschrieben, die sich daraufhin mit Tante Rigmor in Verbindung setzten. Die rüstige alte Dame zögerte erst. Natürlich würde sie auch eine Deutsche bei sich aufnehmen, sagte sie, es müsste nur sicher sein, dass sie keine Nazi gewesen wäre. Diese Bedenken konnte Frederike schnell ausräumen, und so stimmte die Tante zu.

Zum ersten Mal seit Monaten fühlte Frederike, dass ihr Herz etwas leichter wurde, als sie den Antrag zur Übersiedelung nach Schweden stellte. Der Sommer kam, und mit der Wärme brachte er auch neue Hoffnung.

Caspar hatte in Erfahrung gebracht, dass Gebhard nicht nach Sibirien gebracht worden war, sondern wohl noch immer in Bautzen einsaß – auch wenn die Nachrichten nicht gesichert waren. Aber Frederike hoffte.

Die Kinder durften die Sommerferien auf Gut Panker verbringen. An den Wochenenden kam auch Frederike aus Bad Driburg angereist.

An einem Freitag im Juli, sie hatte ihre Tasche gepackt und wollte zum Bahnhof gehen, traf sie den Postboten an der Haustür. Er überreichte ihr ein Schreiben aus Schweden. Für einen Moment hielt sie den Brief in den zitternden Händen, dann hörte sie die Kirchturmglocke – wenn sie sich nicht beeilte, würde sie den Zug verpassen. Sie steckte den Brief in ihre Tasche und lief los.

Erst als sie auf der hölzernen Bank saß und der Zug den Bahnhof verließ, holte sie das Schreiben hervor und öffnete es.

Zu ihrem Entsetzen war ihr Antrag abgelehnt worden.

»Was ist mit dir?«, fragte Werner, der sie vom Bahnhof abholte. »Du bist bleich wie ein Leichentuch. Ist etwas mit Gebhard?«

Frederike schüttelte den Kopf. »Nein. Aber meine Übersiedelung nach Schweden ist abgelehnt worden.«

»Oh«, sagte er betroffen. »Das tut mir leid.«

»Aber warum?«, fragte sie Thea, als sie später auf der Terrasse saßen. »Ich habe eine Einladung von Tante Rigmor, ich habe eine Unterkunft. Ich bin gewillt zu arbeiten. Ich bin keine Nazi – meine beglaubigten Schreiben habe ich mitgeschickt.«

»Du bist eine alleinstehende Frau mit drei kleinen Kindern«, sagte Werner. »Welches Land würde dich schon wollen?«

»Skepti!«, rief Thea entsetzt aus. »Wie kannst du nur?« Sie nahm Frederike in die Arme. »Ich werde mich mit Papa in Verbindung setzen, bestimmt gibt es noch Möglichkeiten.«

»Erinnert ihr euch an Tante Lita?«, fragte Heide. »Lita war die

Cousine von Walter, die Tochter von Eugen, dem Dichter. Erinnert ihr euch?«

»Natürlich«, sagte Thea. »Sie ist kurz vor dem Krieg gestorben – das muss 1936 gewesen sein. Sie lebte im Schloss in Retzin.«

»Ja. Ihr Vater war früher Theaterintendant in Karlsruhe. Er kannte alle wichtigen Leute – einfach jeden. Und Litas beste Freundin in der Zeit war Victoria von Baden.«

»Ja«, sagte Werner. »Das stimmt. Victoria hat doch den König von Schweden geheiratet. Und Tante Lita war oft bei ihnen.«

»Die Freundschaft blieb bestehen«, erzählte Heide. »Einmal kam die Königin sogar in die Prignitz – mit einem Sonderzug. Sie hatte sich dafür einen Salonwagen ausstatten lassen. Ach, war das ein Ereignis – die Leute sprachen noch Jahre später davon.«

Frederike sah von einem zum anderen.

»Wie gut, dass du dich daran erinnerst«, meinte Thea.

»Aber Victoria von Schweden ist doch auch schon verstorben«, gab Frederike zu bedenken.

»Ja, richtig, Freddy. Aber bestimmt wird sich irgendwer am Hof noch an den Namen zu Mansfeld erinnern. Wir müssen es zumindest versuchen. Ich werde eine Telefonleitung nach Schweden beantragen. Papa kennt bestimmt jemanden, der dir weiterhelfen kann.«

Tatsächlich erinnerte sich auch Theas Vater an die besondere Freundschaft zwischen Elisabeth zu Mansfeld und der Königin von Schweden. Er versprach, bei Hofe vorzusprechen.

Die Wochen vergingen. Die Kraniche zogen wieder trötend über das Land in Richtung Süden. Sehnsüchtig beobachtete Frederike ihren Zug. Wie gerne wäre sie dorthin gegangen, wo sie herkamen.

Als wieder ein Brief aus Schweden eintraf, traute sich Frederike kaum, ihn zu öffnen. Den ganzen Abend lag er vor ihr auf dem Tisch. Die Kinder schliefen, der große Herbstmond schien durch das Fenster.

Ach Gebhard, dachte Frederike verzagt. Was, wenn es wieder eine Ablehnung ist? Noch viel öfter werde ich diese Rückschläge nicht aushalten. Warum kannst du nicht bei mir sein? Warum kannst du mich nicht stützen – oder wir uns gegenseitig? Wo bist du, und wie geht es dir?

Aus dem Nebenzimmer hörte sie ein leises Wimmern – Gebbi träumte. Frederike wollte gerade aufstehen, da hatte er sich wieder beruhigt.

Für die Kinder muss ich stark sein, sagte sich Frederike. Sie nahm den Brief, öffnete ihn. Sie las ihn und schloss die Augen. Es war eine Zusage – sie durften nach Schweden übersiedeln.

Zum ersten Mal seit langem war Frederike für einen Moment wirklich glücklich.

Kapitel 22

•◆•

Der Schnee lag meterhoch, als sie in Vimmerby ankamen. Das Taxi, das Frederike vom Bahnhof aus genommen hatte, hatte Mühe, sich durchzukämpfen. Frederike hatte die Adresse genannt, dem Taxifahrer aber zur Sicherheit auch den Zettel gegeben. Er lächelte nur, nickte. Die Straßen waren beleuchtet, der Schnee glitzerte geheimnisvoll. Hier und dort standen weiße oder rote Holzhäuser mit großen Sprossenfenstern, aus denen warmes Licht nach draußen fiel. Gebbi drückte sich die Nase an der Fensterscheibe platt, bestaunte die Landschaft und den Ort – aber auch den Mädchen und Frederike ging es nicht anders. Die Häuser waren meist anderthalbgeschossig, aus Holz, mit netten Gauben im Dach. Hier gab es keine Wohnblocks, und vor allem gab es hier keine zerbombten Häuser, keine Schutthaufen und Ruinen – so wie sie in fast jeder Stadt in Deutschland noch zu finden waren.

Wie eine dicke Puderzuckerschicht lag der Schnee über den Höfen und der Landschaft. Alles sah so unberührt und sauber aus.

»Es … es ist wunderschön«, sagte Fritzi andächtig.

»Ja, das ist es.« Frederike lächelte. Die letzten Monate und Wochen waren nicht einfach gewesen. Auch wenn ihrem Antrag auf Übersiedelung zugestimmt worden war, musste sie doch noch einige Dokumente einreichen. Außerdem musste sie zum Arzt und eine Gesundheitsuntersuchung durchführen lassen. Es war fast einfacher, den Hund mit nach Schweden zu nehmen, als die Kinder, schien es ihr.

Luna lag im Taxi zu Frederikes Füßen – auch für die Hündin war

471

die Reise mit Bahn, Fähre, wieder Eisenbahn und jetzt Taxi anstrengend gewesen, so viele Gerüche, so viele verschiedene Geräusche.

Sie alle waren müde und zugleich aufgeregt.

Das Taxi hielt vor einem der roten Häuser. Wie geduckt schien es im Schnee zu liegen. Warmes Licht fiel nach draußen, eine festliche Brücke. Frederike stieg aus, straffte die Schultern. Dann ging sie zu dem kleinen Vorbau mit dem Satteldach und klopfte an die Eingangstür. Tante Rigmor erwartete sie schon. Der Taxifahrer brachte das Gepäck, schüchtern traten die Kinder ein.

Im Wohnzimmer war ein offenerer, hoher weißer Kamin, in dem ein lustiges Feuer tanzte. Auf dem Tisch stand eine Schale mit blankgeputzten, roten Äpfeln. Es duftete nach Bienenwachs, Harz und frischem Holz.

Tante Rigmor sprach Deutsch – etwas holperig, aber sie konnten sich verständigen.

»Wie schön, dass Ihr da seid, Baronin«, sagte sie zu Frederike.

»Ich bin Freddy, Frau Svenoni«, sagte Frederike lächelnd. »Und das ist Fritzi, hier ist Mathilde, und das ist unser kleiner Gebbi.«

Tante Rigmor musterte die Kinder, lächelte dann. Tiefe Lachfalten, wie Wagenräder, bildeten sich um ihre Augen und den Mund. »Und ich bin Tante Rigmor.«

Frederike atmete erleichtert aus. Sie hatten sich zwar geschrieben – aber Worte auf Papier konnten den direkten Kontakt nicht ersetzen.

»Nun, dann kommt mal mit«, sagte Tante Rigmor. »Ich wohne rechts im Haus.« Sie zeigte zur rechten Seite. »Eure Wohnung ist links.«

Tatsächlich war das Haus in zwei Wohnungen aufgeteilt. Sie führte die Kinder in die Schlafzimmer – auf jedem Bett lagen ein flauschiger Pyjama aus Flanell und eine Zahnbürste. Auf jedem Nachttisch ein Apfel. Die Zimmer hatten kleine Öfen – es war mollig warm. Auf dem geschrubbten Dielenboden lagen gewebte Flickenteppiche.

»Es ist so … heimelig«, sagte Frederike leise. »So gemütlich. Ich danke dir von Herzen, dass wir hier sein dürfen.«

»Ich freue mich über Gesellschaft. Für mich alleine ist das Haus einfach zu groß. Schön, dass ihr hier seid.«

Dann sah sie Luna an. »Ist der Hund stubenrein?«

Frederike nickte.

»Gut. Eigentlich mag ich keine Tiere im Haus, aber ich werde eine Ausnahme machen.«

»Sie heißt Luna«, sagte Gebbi, kniete sich neben die Bracke und legte die Arme um sie. »Sie gehört zur Familie.«

»Das glaube ich ja«, sagte Tante Rigmor lächelnd. »Und sie darf ja auch bei euch bleiben. Aber in meine Wohnung darf sie nicht.« Dann sah sie die Kinder streng an. »Und ihr auch nicht. Habt ihr das verstanden? Nicht, wenn ich nicht da bin und euch hineinbitte.«

Die Kinder nickten verschüchtert.

»Habt ihr Hunger?«, fragte Tante Rigmor nun. »Ich habe einen kleinen Imbiss vorbereitet.«

Es gab Milchsuppe mit Blaubeeren und Zimtschnecken. Die Kinder leerten die Teller, bekamen noch einen Nachschlag. Dann schickte Frederike sie zum Zähneputzen und ins Bett. Als die Kinder in den Betten lagen, kehrte Frederike in das große Wohnzimmer zurück. Vom Windfang aus kam man zuerst in diesen Raum mit dem großen Kamin. Von hier aus ging es links und rechts in die beiden Wohnungen. Nach hinten lag die Küche, und hinter der Küche war der Hauswirtschaftsraum, in dem eine gusseiserne Wanne und ein großer Waschkessel standen.

»Küche und Waschküche teilen wir uns«, sagte Tante Rigmor. »Wenn es dir recht ist.«

»Natürlich. Es ist alles wunderbar.«

Tante Rigmor lachte. »Komm erst einmal an und lebe dich ein.« Sie ging zur Anrichte. »Möchtest du etwas trinken?«

Frederike zögerte.

»Sag nicht nein, dann wäre ich enttäuscht. Ich habe Heinrich ein wenig ausgehorcht und erfahren, dass du Gin-Fizz magst.«

Frederike spürte die Hitze in ihr Gesicht steigen. »Ja, das stimmt.«

»Dann bekommst du einen. Ich bevorzuge Aquavit.« Sie mixte Frederikes Drink und nahm sich einen Aquavit. »Wir haben hier im Moment kein Problem, Getränke zu kühlen«, sagte sie und ging mit den Gläsern kurz vor die Tür. Als sie zurückkam, waren die Gläser mit Schnee gefüllt, der langsam im Alkohol schmolz.

Frederike nahm den Gin, lächelte. »Das ist eine nette Idee. In der Stadt ist das nicht möglich.«

Rigmor setzte sich auf das Sofa, schaute Frederike an. »Hast du dir Gedanken um dein Leben hier gemacht?«

»Ja. Jede Menge. Jeden Tag neu … aber erst einmal bin ich froh, dass wir hier sein dürfen.«

»Warum wolltest du weg aus Deutschland?«

»Es ist nicht mehr meine Heimat. Zweimal hat man meinen Mann ins Gefängnis gesteckt, weil er dem Regime nicht passte. Die Nazis taten es, weil er gegen sie agierte, die Sowjets, weil er Adliger ist.« Sie verzog das Gesicht. »Ich trau dem Land nicht mehr, den Zuständen. Ich wollte nicht mehr in zerbombten Städten leben. Unsere Güter hat man uns genommen.« Sie hob die Hände, die schrundig und wund waren. »Ich bin Baronin, aber ich scheue mich nicht zu arbeiten. Ich habe auf unserem Gut immer schon hart gearbeitet – habe mich um viele Dinge gekümmert. Das letzte Jahr war ich in einer Wäscherei in Bad Driburg angestellt.«

Rigmor nickte. »Ich hätte dich gerne als ›Hausdame‹ – jemand, der mir Gesellschaft leistet und ein wenig den Haushalt führt. Es ist schön hier, die Gegend ist wunderbar. Ich habe viele Kontakte – aber einige meiner Freundinnen sind in die Stadt gezogen, andere müssen sich um ihre Familien kümmern. Ich habe keine Langeweile, aber das große Haus wurde mir zu leer.« Sie sah Frederike forschend an. »Deine Augen wirken wach, dein Geist scheint hell zu sein. Es könnte klappen hier mit uns.«

»Das Haus ist zwar leer gewesen, aber du weißt schon, dass drei Kinder es ziemlich füllen können? Mehr als gedacht?«

Rigmor lachte. »Ich war Lehrerin. Ich war immer unter Leuten, hatte viel mit Kindern zu tun. Ja, ich weiß, es wird eine Umstellung werden. Und bestimmt werde ich mich das eine oder andere Mal ärgern – aber ist das nicht so im Leben? Man muss Vorteile gegen Nachteile abwägen.«

»Wir müssen ganz schnell Schwedisch lernen.«

»Bei den Kindern wird es nicht lange dauern – das habe ich immer wieder beobachtet. Und wir beide werden ab morgen üben. Ich bringe dir die Sprache bei.«

»Und was tue ich für dich?«

»Du bist da, und du bist bitte nicht langweilig.«

Frederike lachte. »Wenn es weiter nichts ist.« Sie trank ihr Glas aus.

»Willst du noch eins?«, fragte Rigmor.

Frederike schüttelte den Kopf. »Nein. Ich lasse Luna noch einmal raus, werde dann besser ins Bett gehen.« Sie stand auf, zögerte. Dann ging sie zu Rigmor. Auch Rigmor stand auf.

»Danke«, sagte Frederike schlicht und umarmte sie kurz. »Danke.«

»Ich werde darüber nachdenken, wer wem mehr danken muss«, meinte Rigmor schmunzelnd. »Wahrscheinlich hält es sich die Waage.«

Am nächsten Tag waren die Kinder schon früh wach. Frederike hielt sie dazu an, sich dick anzuziehen. Sie hatten zwar Stiefel, aber Schnee in dieser Menge hatten sie schon lange nicht mehr erlebt. Die Kinder liefen nach draußen – Gebbi allen voran. Er rannte auf die Dorfkinder zu und sprach sie an. Die Kinder schauten befremdet, sprach er doch kein Schwedisch – doch schon sehr schnell konnten sie mit

Händen und Füßen Dinge klären. Auch die Mädchen schienen bald Kontakt geschlossen zu haben, denn sie wurden nicht mehr gesehen. Frederike packte die Sachen aus und ordnete die Zimmer.

Rigmor klopfte an die Zwischentür. »Wie hast du geschlafen?«

»Gut. Das Bett ist herrlich, die Decke ein Traum – so eine Daunendecke hatte ich zuletzt auf Sobotka, dem Gut meines ersten Mannes.«

Rigmor runzelte die Stirn. »Du bist das zweite Mal verheiratet, nicht wahr? Ich habe zwar deine Geschichte in groben Zügen erfahren, aber wir haben ja viel Zeit, damit du mir sie in Ruhe erzählst.«

Sie schaute nach draußen. »Die Kinder sind spielen?«

Frederike nickte. »Sie freuen sich so sehr.«

»Es gibt noch einige Dinge, die ich dir zeigen, andere Dinge, die wir besprechen müssen. Mein Deutsch ist nicht so gut, ich hoffe, das klappt.«

»Dein Deutsch ist viel besser als mein Schwedisch«, sagte Frederike schmunzelnd.

»Das wird sich schnell ändern.«

Gemeinsam gingen sie in die Küche. Rigmor beanspruchte nur ein Fach im Eisschrank, Frederike konnte die beiden anderen haben. Auch im Küchenschrank teilten sie die Fächer ein.

»Wobei ich noch gar nichts habe, was ich dort einräumen könnte«, sagte Frederike.

»Wir gehen gleich zum Krämer. In diesem Jahr darfst du dir Holz nehmen, so viel wie du willst. Du darfst auch Äpfel, Birnen und Wurzelgemüse aus dem Vorrat für euch nehmen. Dafür zahle ich dir nur einen kleinen Betrag als meine Hausdame. Den Betrag werde ich im Sommer erhöhen, aber dann musst du eigene Vorräte anlegen. Ich habe einen kleinen Gemüsegarten – aber es fällt mir immer schwerer, ihn zu bewirtschaften. Wenn du magst, kannst du das übernehmen.«

Und so besprachen sie die Details für ihr weiteres Zusammenleben.

Frederike meldete sich und die Kinder bei der Gemeinde an. Da sie offizielle Schreiben vom Hof hatte, ging alles recht reibungslos. Rigmor half ihr, übersetzte, ihr Charme und dass sie in der kleinen Gemeinde sehr bekannt war, taten ihr Übriges.

»Wieso kennen dich alle?«, fragte Frederike.

»Es ist ein Dorf. Da kennt jeder jeden. Außerdem bin ich Künstlerin«, sagte Rigmor stolz.

»Wirklich? Ich dachte, du wärst Lehrerin gewesen?«

»Das war ich auch. Ich habe den Kindern zum Teil auch die alte, schöne Handwerkskunst beigebracht – weben, töpfern, malen. Und jetzt mache ich es für mich.« Sie lächelte. »Nicht nur für mich – die Leute kaufen solche Sachen. Wenn du willst, bring ich dir das ein- oder andere bei.«

»Ich glaube, dafür habe ich kein Geschick«, gestand Frederike. »Aber versuchen kann ich es ja.«

»Wir werden es sehen.«

Gemeinsam gingen sie zum Laden – dem Krämer im Dorf. Dort bekam man alles – von Seife bishin zu Backpulver. Der Laden war klein, aber bis an die Decke gefüllt.

Frederike staunte nur. »Habt ihr dafür Marken?«, fragte sie.

»Kronen«, sagte Rigmor, »unsere Währung sind Kronen.«

»Nein, das meine ich nicht – bekommt ihr Marken, um die Sachen beziehen zu können?«

Rigmor sah sie verdutzt an. »Marken? Ich verstehe dich nicht.«

Frederike schossen die Tränen in die Augen. »Ach so«, sagte sie. »Es ist also alles ganz normal hier?«

»Kindchen, ich glaube, ich weiß nicht, was du meinst.« Hilflos zuckte Rigmor mit den Schultern. »Aber lass uns doch zusehen, was du brauchst für dich und die Kinder.«

»Ich kann es doch nicht bezahlen«, hauchte Frederike.

Rigmor drückte ihre Hand. »Aber ich. Zu Hause machen wir eine Liste – du bist bei mir als Hausdame angestellt, dafür kannst du bei mir wohnen –, aber du bekommst noch einen Obolus, ein kleines Gehalt, natürlich – damit ihr davon leben könnt.« Sie nickte ernsthaft. »Ihr werdet nicht hungern müssen. Mach dir darüber keine Gedanken.«

»Ich darf doch auch die Vorräte aus der Kammer nehmen? Kartoffeln? Mehl?

»Ja, das darfst du. Aber ihr werdet mehr brauchen. Wir haben keine Kuh, deine Kinder brauchen Milch. Butter brauchen wir auch …« Sie zeigte auf die Ware, nannte den schwedischen Namen, wiederholte dann den deutschen. Frederike sprach ihr nach. Es waren nur Wörter, und es war anstrengend, sich alles zu merken – aber es war wichtig, Frederike musste die Sprache lernen. Erst wenn sie das Wort korrekt ausgesprochen hatte, tat Rigmor das gewünschte Gut in den Korb.

Nach und nach füllte sich der Einkaufskorb. Frederike nahm nur sparsam.

»Was kochst du denn für die Kinder?«

»Eintöpfe«, gestand Frederike. »Ich bin keine gute Köchin.«

»Na …«, schnaubte Rigmor. »Da müssen wir mal sehen. Was brauchst du noch?«

»Ich brauche gar nichts mehr. Das wird erst einmal reichen.«

»Was ist mit Kleidung?«

Frederike schluckte. »Dafür habe ich kein Geld. Wir müssen erst einmal auskommen.«

»Haben die Kinder zwei Paar Stiefel?«

»Ich bin froh, dass sie ein Paar haben – das war nicht immer so.«

»Du bist eine Baronin – wie kann das alles sein? Nun komm, wir kaufen noch Stiefel für die Kinder, wenn sie nachher nach Hause kommen, werden die Stiefel nass sein, und es dauert, bis sie trocknen. Jeder braucht zwei Paar.«

Also gingen sie in den nächsten Laden, kauften auch noch Kinderstiefel, Strumpfhosen und dicke Socken.

Als sie wieder zu Hause waren, standen die Kinder schon vor der Tür.

»Ihr zieht eure nassen Sachen aus, zieht euch etwas Warmes und Trockenes an, danach gibt es eine Suppe«, befahl Tante Rigmor streng. »Keiner läuft mir mit nassen Schuhen durch das Haus!« Sie wandte sich ab, ein Lächeln lag auf ihrem Gesicht. Es schien ihr Spaß zu machen, alles zu organisieren und die zu Mansfelds in das Leben in Schweden einzuweisen.

»Wieso hast du kein Geld«, fragte sie abends, als sie mit Frederike wieder vor dem Kamin saß. Sie fragte es auf Schwedisch – dann auf Deutsch.

»Ich weiß jetzt, was Butter heißt und Mehl und Milch. Ich weiß, wie man bitte und danke sagt. Aber mein Kopf platzt«, stöhnte Frederike.

»Ist gut«, gab Rigmor nach. »Dann erzähl es mir so. Habt ihr nichts, gar nichts, retten können?«

Frederike schluckte. Dann erzählte sie von dem Todesmarsch der KZ-Häftlinge, von den zweien, die Gebhard gerettet hatte. Und wie diese beiden den Koffer mit dem Schmuck mitnahmen. Die beiden Männer hatten danach noch einmal geschrieben, aber den Koffer hatten sie nie zurückgegeben. Seit Frederike die letzten wertvollen Dinge auf dem Bahnhof in Hannover gestohlen worden waren, besaß sie keine Wertgegenstände mehr – keinen Schmuck, keine Taufbecher, kein Tafelsilber – alles war verloren. Nur ihren Ehering und die Brosche, die Gebhard ihr hatte anfertigen lassen, hatte sie noch.

»Du liebes bisschen, da hast du ja wirklich Pech gehabt«, sagte Rigmor mitfühlend.

Frederike schloss die Augen und dachte an das, was sie verloren hatte. Es war viel. Land, Besitz, Möbel, Wertgegenstände. Geld – Gebhard hatte gut gewirtschaftet, alle Schulden getilgt –, aber ihnen war alles genommen worden. Frederike hatte nichts mehr. Aber es war

Gebhard, der ihr fehlte, den sie vermisste, den sie herbeisehnte. Sie und die Kinder lebten, waren gesund – was war mit ihm? Sie wusste es nicht. Tränen rannen über ihre Wangen, Tränen, die sie nicht aufhalten konnte. Rigmor nahm sie in den Arm, stumm, aber herzlich. Für diesen Kummer gab es keine Worte des Trostes.

Doch für Frederike war es tröstlich, Rigmors Arme, ihre Wärme zu spüren – sie war nicht allein, jemand war da und fühlte mit ihr mit.

In den nächsten Tagen und Wochen entwickelte sich langsam eine gewisse Routine – sie lebten sich ein. Das Haus war sauber und warm, es gab zu essen, auch wenn Frederike immer noch keine begnadete Köchin war und es vermutlich nie werden würde. Doch auf mehreren Herdplatten und mit mehreren Töpfen ließ sich besser kochen als auf einem kleinen Dauerbrandofen mit nur einem Topf.

Die Mädchen gingen zur Schule, Gebbi spielte jeden Tag draußen mit anderen Buben. Schnell lernten die Kinder die Sprache und fanden Freunde.

Auch Frederike lernte schnell und gut. Sie genoss die Abende mit Rigmor, manchmal leistete sie ihr auch nachmittags Gesellschaft, wenn Rigmor an ihrem großen Webstuhl, der in der Diele stand, saß und einen Flickenteppich webte.

Frederike machte die Hausarbeit, putzte, kochte, wusch die Wäsche – es machte ihr nichts aus. Langsam brach das Eis auf, der Schnee taute, und die Zugvögel kehrten zurück.

Jeden Abend betete Frederike mit den Kindern, immer sprachen sie auch ein Gebet für Gebhard. Und wenn Frederike nachts in ihrem Bett lag, dachte sie an ihn, suchte das innere Gespräch. Doch seit dem letzten Herbst hatte sich etwas verändert. Es war so, als ob man in eine Schlucht ruft und bisher immer ein leises Echo gekommen war, das aber nun plötzlich verstummte. Egal, wie intensiv sie an ihn dachte, dort, wo sie seine Gedanken an sie zu spüren gemeint hatte, war jetzt nur noch eine Nebelwand. Verblasste einfach die Erinnerung? Doch vor ihrem inneren Auge konnte sie sein Bild immer noch gut aufrufen, hatte noch den Klang seiner Stimme im Ohr, das tiefe Brummen, wenn er lachte. Auch an seinen Geruch erinnerte sie sich – ein wenig mit Seife und Leder vermischt. Sie vermisste ihn so unendlich – und diese Sehnsucht wurde nicht weniger, auch wenn sie in Schweden durchaus zufrieden war.

Das Frühjahr kam und mit ihm Neuigkeiten. Lore schrieb. Sie hatte Pierre geheiratet. Die beiden hatten zusammen einen kleinen Landgasthof eröffnet. Frederike freute sich sehr für sie.

Auch ein weiterer Brief erreichte sie – er kam aus Stockholm und war von Prinzessin Sybilla, der Tochter Königin Victorias.

Die Prinzessin schrieb, dass sie sich noch gut an Tante Lita erinnern könne und wie glücklich ihre Mutter gewesen war, wenn die beiden sich hatten treffen können.

Außerdem hoffte sie, dass Frederike sich schnell einleben und in Schweden wohl fühlen würde. Allerdings hätte sie gehört, dass Frederike einige ökonomische Schwierigkeiten hätte, und ob es ihr wohl angenehm sei, wenn sie ihr fünfhundert Kronen übersenden würde.

Dieser Brief rührte Frederike sehr. Fünfhundert Kronen waren viel Geld, und obwohl sie freie Kost und Logis hatten und Tante Rigmor auch noch ein kleines Entgelt zahlte, fehlte es an allen Ecken und Enden. Den Kindern konnte man beim Wachsen zusehen, und Gebbi konnte beim besten Willen nicht die Kleider seiner Schwestern auftragen. Auch Kleinigkeiten im Haushalt vermisste Frederike manchmal – zudem wollte sie nun im Frühjahr Samen und Setzlinge kaufen, um einen Gemüsegarten anzulegen. Ihr kam die freundliche Spende der königlichen Familie sehr zupass.

Und dann war da noch der Brief von Rudolph, der irgendwann eintrudelte. Woher er ihre Adresse in Schweden hatte, war Frederike schleierhaft. Auf seinen letzten Brief hatte sie ja nicht mehr geantwortet.

Liebe Freddy, schrieb er.
Wie geht es Dir? Du bist, so hörte ich, nach Schweden übergesiedelt. Das klingt so weit weg – so fern. Ein anderes Land, ein anderer Staat – na ja, Staaten haben wir ja mehrere über uns ergehen lassen müssen. Ich hoffe, es geht Dir gut. Ich muss immer wieder an Dich denken. Herzlichste Grüße
Dein Rudolph

Rudolph, dachte Frederike und erinnerte sich zurück. Sie hatte ihn geliebt – geliebt ohne Konventionen, ohne den Druck, Kinder zu beschützen, eine Familie ernähren und führen zu müssen.

Sie waren jung gewesen, aber sie war nicht frei. Und die Liebe hatte nicht gereicht.

Damals nicht.

Frederike nahm den Brief, setzte sich in den Hof des Hauses. Die Sonne schien warm. Sie lehnte ihren Kopf an die Mauer, schloss die Augen, dachte an damals zurück.

»Störe ich dich?«, fragte Rigmor und setzte sich neben Frederike auf die Bank. »Ich sehe, du hast angefangen, den Gemüsegarten anzulegen?«

»Ja, ich habe Kartoffeln gelegt und Möhren ausgesät. Salat, Gurken und Tomaten ziehe ich im Haus vor. Aber die sollen auch noch in die Beete, sobald es wärmer ist.«

»Der schwedische Sommer ist kurz«, gab Rigmor zu bedenken.

»Ich muss es ausprobieren und werde lernen«, sagte Frederike lächelnd. »Ein Garten wächst – jedes Jahr anders. Es hängt nicht nur vom Wissen und den Erfahrungen ab, sondern auch vom Wetter und der Umgebung. Manchmal helfen auch nur gute Gedanken.«

»Deine Einstellung gefällt mir, Freddy. Du bearbeitest den Garten so, wie ich den Ton bearbeite – man weiß nie, was herauskommt. Es sind lebendige Materialien. Du hast eine gute Art, mit der Natur umzugehen.«

»Uns geht es hier sehr gut – mir geht es hier gut«, sagte Frederike leise.

»Aber?«, fragte Rigmor vorsichtig nach.

»Hast du je geliebt? So sehr geliebt, dass es weh tut?«

Rigmor schwieg. Dann lächelte sie. »Ja, das habe ich. Es ist eine Weile her … aber ich habe so geliebt.«

»Einen Mann?«, fragte Frederike leise.

Rigmor nickte. »Wir waren nicht füreinander bestimmt. Damals war alles anders – du kennst das sicher. Aber wir hatten ein paar Tage unserer Liebe – geheim und für uns.« Sie wurde rot. »Oh, bitte, sag das niemandem. Ich bin doch die strenge Jungfer …«

»Willst du die strenge Jungfer sein?«

Rigmor schmunzelte. »Ja, das ist das Bild, das ich für andere über Jahre aufgebaut habe. Es ist wie ein Schutzschild, und keiner kann hinter meine Fassade schauen. Das macht es einfacher. Ich bin die Frau, die Kunstwerke schafft, Teppiche, Figuren, Schalen … das ich auch eine ›Frau‹ bin, mit Gefühlen, Sehnsüchten und Hoffnungen, das muss keiner wissen.«

»Und wie lebst du damit?«, fragte Frederike überrascht.

»Womit?«

»Mit deinen Hoffnungen und Sehnsüchten, die unerfüllt bleiben?«

»Wer sagt denn, dass sie es tun?«, fragte Rigmor und zwinkerte Frederike zu. »Wie ist es mit dir?«, fragte sie dann. »Hast du so sehr geliebt, dass es weh tat?«

»Zweimal«, sagte Frederike leise. »Zweimal.«

»Du Glückliche. Zweimal. Die meisten Menschen erleben das nie.«

»Bin ich glücklich? Keiner von beiden ist hier«, sagte Frederike bitter. »Der eine ist in Haft, und ich glaube nicht, dass ich ihn wiedersehe. Die andere Liebe war eine Jugendliebe, jetzt ist er glücklich verheiratet.«

»Wer ist die Liebe deines Lebens?«, fragte Rigmor leise.

»Gebhard«, sagte Frederike, ohne zu zögern.

»Wirklich?«

»Wenn alles, alles anders gelaufen wäre – der Lauf der Welt, der Lauf der Geschichte, mein Lebenslauf –, dann wäre es Rudolph gewesen. Ich habe ihn geliebt. Von Herzen. Aber die Zeit, die Ereignisse, eigentlich alles sprach gegen uns. Und dann kam Gebhard.« Sie schloss die Augen. »Mit Gebhard habe ich das gefunden, was ich schon immer gesucht habe – Liebe, Verlässlichkeit, Zuversicht. Die Nazis haben es mir genommen, und dann die Russen noch einmal.«

»Und Rudolph? Habt ihr noch Kontakt?«

Frederike seufzte. Dann zog sie den Brief aus der Jackentasche, reichte ihn Rigmor.

Rigmor las den Brief, gab ihn ihr zurück. »Soso. Er ist also glücklich verheiratet?«

»Natürlich!«

»Warum schreibt er dir dann? Denk einmal darüber nach«, sagte sie und stand auf. »Ich werde den Sommer wie immer bei meiner Schwester in Holland verbringen. Was du hier machst, steht dir frei, solange alles bei seiner Ordnung bleibt.« Sie lächelte und ging zurück ins Haus.

»Wen hast du geliebt?«, rief Frederike ihr hinterher.

»Das kann ich nicht sagen, es ist eine Geschichte, die sich gesellschaftlich nicht schickte.« Rigmor lächelte. »Aber es ist, wie es ist, und ich bin zufrieden.«

Frederike blieb sitzen, genoss die Sonne und schloss die Augen – sie dachte an die Lieben ihres Lebens. Rudolph und Gebhard. Ax, ihr erster Mann, war ihr Jugendschwarm gewesen. Auch ihn hatte sie geliebt, aber es war eine andere Art von Liebe gewesen. Mit Gebhard verband sie viel mehr – die Kinder, das Gut, ihr gemeinsames Leben. Sie hatten viel geteilt – Freude, aber auch Leid. Sie vermisste ihn so sehr, dass es körperlich weh tat. Und sie hoffte so sehr, dass sie ihn wiedersehen würde.

Der Sommer kam. Und mit ihm als Erstes die Schwalben. Sie nisteten unter den geschnitzten Dachtraufen und im Schuppen. Ihr Lied war voller Freude, verkündete den Sommer und das Neue, was kommen würde. Rigmor packte ihre Sachen und fuhr nach Holland zu ihrer Schwester. Frederike blieb in Schweden. Onkel Heinrich, Theas Vater, hatte eine Insel in den Schären gekauft. Er lud Frederike und die Kinder ein, sie zu besuchen. Auch Thea wollte kommen.

Also packte Frederike einige Sachen. Mit dem Fahrrad fuhren sie bis zu den Schären. Wie herrlich es war – der Himmel von einem satten Blau, die Landschaft um sie herum so rein und klar –, es gab hier keine Überbleibsel des Kriegs. Stattdessen Wälder und Felder, überall Bäche und Seen, die in der Sonne funkelten. Es roch intensiv nach Gras und Laub, nach sonnenwarmer Erde. Und dann kam der salzige Duft des Meeres dazu.

Heinrich holte sie mit dem Motorboot ab, Tante Mimi erwartete sie schon im Haus. Es gab mehrere kleine Holzhäuser auf der Insel, die wie Puppenstuben wirkten. Schafe liefen frei herum, Hühner gackerten im Hof. Elektrizität gab es nicht, dafür aber Petroleumlampen, die ein warmes Licht verbreiteten.

Zwei Tage nach ihnen kam auch Thea mit den vier Kindern an, es war ein großes Hallo und Willkommenheißen. Von nun an tobten die Kinder jeden Tag von morgens bis abends über die Insel. Sie genossen das freie Leben und kamen nur zum Essen nach Hause.

»Wie ist es nun in Deutschland?«, fragte Mimi ihre Tochter. »Vati fährt ja regelmäßig hin, aber ich kann mich noch nicht überwinden. Die Bilder wirken immer noch so schrecklich.«

»Überall wird gebaut, Mutter. Die meisten Schutthaufen verschwinden nach und nach. Bei uns auf dem Land hat man eh nicht viel davon gesehen, aber in den Städten schon. Es wird jedoch dauern, bis alle Lücken wieder geschlossen sind.«

»Ich bin froh, dass es zur Gründung der Bundesrepublik kommen wird. Ziemlich sicher, dass man nächsten Monat Adenauer zum Kanzler wählen wird«, sagte Heinrich und zog an seiner Zigarre. »Nur was wird mit dem Osten werden?«

»Caspar meint, dass im Osten eine Gegenrepublik gegründet werden wird«, sagte Thea. »So genau kenne ich mich aber mit der Politik nicht aus.«

»Wie geht es Caspar?«

»Er kommt regelmäßig vorbei, spricht immer lange mit Skepti – ich halte mich da heraus. Es geht um politische Dinge. Caspar ist wohl nicht ganz zufrieden mit der Entwicklung. Aber wir haben keine Hoffnung mehr, dass Deutschland wieder zu einem Staat werden wird. Das werden die Sowjets nicht zulassen.«

»Sie haben den ganzen Ostblock unter sich«, sagte Heinrich. »Davon werden sie auch nicht abgehen. Man munkelt, dass die Sowjets jetzt auch Atomwaffen entwickelt haben. Und gleichzeitig haben sie die Vernichtung aller Atomwaffen von den USA gefordert – welch ein Hohn. Darauf werden sich die Vereinigten Staaten niemals einlassen.«

»Immerhin haben sie die Blockade Berlins aufgehoben«, meinte Frederike. »Ein Jahr hat sie gehalten – eine lange Zeit.«

»Ich fand es bewundernswert, dass die Luftbrücke so lange funktioniert hat«, sagte Thea. »Ein Jahr lang Rosinenbomber, welch ein Kraftakt und Akt der Güte.«

»Es war ein Zeichen an den Osten, dass sich der Westen nicht erpressen lässt, Kind«, meinte Heinrich.

Sie diskutierten viel über die Lage. Heinrich und Mimi hatten noch Besitztümer im Westen – das Gut im Osten war verloren. Aber sie fühlten sich in Schweden wohl und dachten nicht über eine Rückkehr nach.

»Und du?«, fragte Thea Frederike. »Willst du wirklich hierbleiben?«

Frederike nickte. »Solange Gebhard noch in Haft ist, will ich nicht mehr in Deutschland leben. Ich will nicht die Zeichen des Krieges, der mir so viel genommen hat, sehen – auch wenn sie nun nach und nach verschwinden. Es ist gut, dass es eine neue, eine deutsche Regierung gibt – aber wie viele der alten Strippenzieher sind fast ohne Strafe davongekommen und besetzen jetzt wieder Posten? Ich kann nicht glauben, dass sie gelernt haben.«

»Doch, das glaube ich schon. Und die Westmächte werden streng darauf schauen, dass sich diesmal eine wahre Demokratie entwickelt. Einen Hitler wird es nie wieder geben und auch keine rechten Parteien in Deutschland.«

»Weißt du noch«, sagte Frederike nachdenklich, »wie wir nach dem ersten großen Krieg gesagt haben, dass es nie wieder so einen Weltkrieg geben wird? Nie, nie wieder … und dann? Dann kam der zweite Krieg, noch größer, noch schlimmer – verheerend in ganz Europa. Und sie sind noch da – die Rechten, die Braunen. Sie hocken in ihren Löchern, lecken ihre Wunden. Vielleicht werden sie nie wieder Unheil anrichten, aber sie werden ihr Gedankengut weitergeben. Vielleicht werden wir es nicht mehr erleben, dass es Rechtsradikale gibt und Nazis – jedenfalls nicht offen. Ich will es hoffen. Aber vielleicht werden unsere Kinder und Kindeskinder damit konfrontiert werden.«

»Mal doch nicht den Teufel an die Wand«, sagte Thea. »Keiner wird so etwas wieder wollen. Niemand in Deutschland. Dazu war alles, was die Nazis gemacht haben, zu schlimm – zu schrecklich.«

»Die Juden haben sie fast vollständig vernichtet«, sagte Frederike. »Aber die Deutschen haben ein Nationalgefühl, das gefährlich ist. Und irgendwann wird es wieder ein Feindbild geben – wenn es keine Juden sind, dann eben andere. Ich kann nur hoffen, dass die Menschheit aus der Geschichte lernt. Glauben kann ich es im Moment noch nicht.«

»Du bist auch Deutsche – und deine Kinder sind Deutsche«, erinnerte Thea sie.

»Ja, das ist wahr. Und es ist etwas, wofür ich mich im Moment schäme. Deshalb bin ich froh, dass wir hier sind – hier in Schweden. Hier können die Kinder aufwachsen ohne all die Schatten der Vergangenheit. Aber ich werde mit ihnen reden, tue es jetzt schon – sie sollen nicht vergessen, welche Schuld unser Land und die Leute auf sich geladen haben. Es gab viel zu wenige, die sich dagegen aufgelehnt haben, und viel zu viele, die weggeschaut haben. Gebhard hat nie weggeschaut, Caspar auch nicht.«

»Heute ist man aufmerksamer, bedachter – überlegter.«

»Das will ich hoffen, Thea. Vielleicht kehre ich nach Deutschland zurück, wenn Gebhard entlassen wird.«

»Hast du Nachricht von ihm?«

Frederike schüttelte traurig den Kopf. »Nein, nicht ein Wort.«

Eine Woche später, es war Anfang August, meldete sich Besuch an. Caspar kam.

Frederike freute sich sehr, ihren Schwager wiederzusehen, und sie hoffte, dass er endlich etwas über Gebhard in Erfahrung gebracht hatte. Heinrich setzte mit dem Motorboot über, holte Caspar vom Festland ab. Gebbi hatte so lange gequengelt, bis er ihn begleiten durfte – ein wahres Abenteuer für den kleinen Jungen.

Frederike wartete am Bootssteg. Ihr Herz pochte, schlug, sprang. Er musste doch etwas wissen, es musste doch endlich Nachricht geben. Sie konnten Gebhard doch nicht jahrelang einsperren für etwas, was er nicht getan hatte. Doch als das Boot sich näherte und sie Caspar immer deutlicher sah, bildete sich ein Klumpen in ihrem Magen. Sie ahnte, dass er keine guten Nachrichten hatte.

Das Boot hatte noch nicht angelegt, da liefen schon ihre Tränen. Thea, die mit zum Ufer gekommen war, brauchte nicht zu fragen, nichts sagen – auch sie hatte in Caspars Gesicht gelesen. Schnell nahm sie Gebbi und ging mit ihm zum Haus. Heinrich befestigte das Boot und ließ die beiden alleine. Frederike konnte sich nicht mehr auf den Beinen halten, sie sank in sich zusammen. Caspar nahm sie in die Arme, hielt sie fest.

»Nein!«, weinte Frederike verzweifelt. »Nein. Bitte, lass es nicht wahr sein. Bitte!«

»Es tut mir leid, Freddy. Es tut mir so leid.«

Es dauerte eine Weile, bis er Frederike zum Haus bringen konnte. Sie war völlig außer sich, sie weinte, schluchzte, schrie. Dann wurde ihr Klagen leiser – ein Wimmern, ein haltloses, verzagtes Wimmern. Mimi brachte sie in ihr Zimmer. Es gab keinen Trost, keine Worte, die halfen. Frederike war sich sicher, dass sie vor Kummer würde sterben müssen. Aber vorher wollte sie wissen, was geschehen war. Am Abend erst schaffte sie es, aufzustehen. Sie schleppte sich auf die Terrasse. Noch war es hell, in manchen Sommernächten schien es gar nicht dunkel geworden zu sein – doch nun näherte sich der Herbst, und mit ihm kam die Dunkelheit zurück.

Sie setzte sich vorsichtig, so als hätte sie Angst zu zerbrechen.

»Sag es mir.«

»Er ist tot, Freddy«, sagte Caspar leise.

»Das weiß ich – das brauchst du mir nicht zu sagen. Wie ist es passiert? Ich will es wissen – schonungslos und ehrlich. Ich habe ein Recht dazu, es zu erfahren.«

»Sie haben Gebhard verhaftet, weil er unter Spionageverdacht stand. Aber angeklagt haben sie ihn wegen Missachtung der Menschenrechte, Misshandlung der Kriegsgefangenen und politischen Fremdarbeiter. Ich habe Kontakt mit einem Mithäftling von Gebhard, einem Joachim Meinhold – er hat es mir erzählt«, sagte Caspar leise und stockend. »Sie haben ihnen Geständnisse vorgelegt – auf Russisch, keiner von ihnen wusste, was darin stand. Natürlich hat sich Gebhard erst geweigert, solch ein Dokument zu unterschreiben. Doch dann haben sie die Häftlinge gefoltert. Diesem Meinhold ging es ähnlich. Er sagte, hätte er nicht unterschrieben, hätten sie ihn totgeschlagen. Also hat er unterschrieben und Gebhard auch. Damit hat er zugegeben, dass er Fremdarbeiter mit Fäusten und einem eisenbeschlagenen Stock verprügelt hätte, dass er dem Inspektor befohlen hat, die Gefangenen zu misshandeln. Ebenso soll er die russischen Gefangenen mit einem Pferdeschurgerät geschoren und mit Petroleum übergossen haben.«

»Hittlopp«, sagte Frederike. »Hittlopp hat das getan.«

»Ja. Und Hittlopp hat den Russen gesagt, dass es Gebhard gewesen wäre – so ist dieser Mistkerl davongekommen … und Gebhard …« Caspar verstummte.

»Ist er an seiner Angina Pectoris gestorben?«

Caspar seufzte. »Ach, Freddy … manchmal muss man nicht alles wissen.«

Sie schloss die Augen. »Ich will es wissen. Bitte.«

»Nein, sie haben ihn gefoltert und verprügelt … und dann eine Treppe hinuntergestoßen.«

»War er sofort tot?«

Caspar schüttelte den Kopf. »Fünf Stunden hat er um Hilfe geschrien und gefleht – er hat keine bekommen …«

»Das ist so … schrecklich«, sagte Frederike und schlug die Hände vor das Gesicht. Langsam stand sie auf. »Danke, dass du es mir erzählt hast«, sagte sie und ging zurück in ihr kleines Zimmer.

Zwei Tage blieb sie auf ihrem Zimmer, wollte mit niemandem sprechen, keinen sehen. Sie wollte nicht mehr leben, konnte es kaum ertragen.

Doch sie hörte die Stimmen der Kinder, ihr Lachen beim selbstvergessenen Spiel. Und natürlich auch ihr Weinen. Als man ihnen sagte, dass ihr Vater gestorben sei – es war schrecklich für sie.

Ich darf nicht sterben, wurde Frederike klar. Ich muss weiterleben. Ich muss für die Kinder da sein. Für sie muss ich leben – ich habe es Gebhard versprochen, und das Versprechen muss ich einhalten, egal wie viel Kraft es mich kostet. Ich muss leben, damit die Kinder ihn nie vergessen. Ich muss für ihn mitleben und darf die Hoffnung darauf, dass es wenigstens für sie besser wird, nicht aufgeben. Es wird besser werden, der Schmerz wird nachlassen, ich werde es überstehen – für Gebhard werde ich es überstehen. Wenn ich nur fest genug daran glaube.

Epilog

Frederike lebte weiterhin mit den Kindern in Vimmerby. Nach anderthalb Jahren sprach sie recht passabel Schwedisch und nahm eine Stelle als Wäschebeschließerin im örtlichen Krankenhaus an. Das erleichterte die finanzielle Situation der Familie, aber große Sprünge konnten sie dennoch nicht machen.

Mit sieben Jahren – so wie in Schweden üblich – wurde Gebbi eingeschult. Die Kinder sprachen fließend Schwedisch, fühlten sich heimisch in Vimmerby. Sie liebten die Sommer, die sie jedes Mal auf der Schäreninsel bei den von Larum-Stil verbrachten. Frederike blieb meistens nur ein paar Tage. Manchmal fuhren die Kinder auch mit dem Bus, und Frederike kam erst am Ende der zehnwöchigen Ferien, um sie abzuholen.

Ein Jahr später, im Sommer 1951, kam Caspar wieder zu Besuch. Gebbi freute sich unbändig, auch die Mädchen begrüßten ihn voller Freude.

»Freddy, wir sehen uns vielleicht zum letzten Mal. Ich werde in den Osten gehen«, gestand er Frederike am Abend, als sie vor dem großen weißen Kamin saßen. Rigmor hatte sich rücksichtsvoll in ihre Wohnung zurückgezogen.

»Bitte?«

»Doch, ich sehe es als eine Chance.«

»Eine Chance worauf?«

»Den sich dort bildenden Staat mitzuprägen. Ich war, das weißt du, nie ein Junker. Ich konnte mit den Klassenunterschieden nicht viel anfangen – wir waren die Gutsbesitzer, die ›Leute‹ mussten für den Adel arbeiten.«

»Weder dein Vater noch deine Brüder haben es jemals so gehandhabt, das weißt du genau. Ja, ihnen gehörte das Land – und wie ich finde, gehört es ihnen – uns – immer noch. Aber dein Vater wie auch Gebhard sind jeden Morgen in der Frühe aufgestanden und haben schwer gearbeitet. Sie haben alles organisiert und verwaltet, aber sie haben auch mit angefasst, haben schwer körperlich gearbeitet, keiner von beiden war sich dafür zu fein.« Sie schluckte. »Wie kannst du in einen Staat zurückkehren, der deiner Familie alles genommen hat?«

»Es gehörte uns nie wirklich. Es kann nicht sein, dass Land wenigen gehört und andere es für sie bearbeiten. Das ist nicht rechtens.«

»Du bist Kommunist?«

Caspar nickte. »Ja, ich glaube, das ist die Gesellschaftsform der Zukunft. Auch alle anderen Länder werden mit der Zeit darauf kommen. Alles gehört jedem, und jeder muss das tun, was er kann, um für die Gemeinschaft zu arbeiten. Nur dann ist es gerecht.«

»Das funktioniert doch nicht, sieh dir die Sowjetunion an, eine Diktatur: Wenige bestimmen über alle.«

»Noch ist das so. Damit das aber in der DDR nicht so wird, werde ich dort bei der Bildung der Regierung mitarbeiten.«

»Das hast du doch auch schon im Westen getan – offensichtlich nicht zu deiner Zufriedenheit?«

Caspar schüttelte den Kopf. »Zu viele alte Machthaber sind heute noch immer auf wichtigen Positionen, die ganzen Männer, die heute etwas zu sagen haben, waren ja im Krieg nicht verschwunden, sie hatten schon immer ihr Pöstchen. Außerdem bestimmen die USA, was in der Bundesrepublik geschieht. Wir sind quasi eine moderne Kolonie.«

»Noch. Aber ohne den Marshallplan wären alle verhungert. Immerhin ist die Republik auf einem guten Weg.«

»Der Weg im Osten wird besser sein«, sagte Caspar voller Überzeugung. »Er wird in die wahre Freiheit führen. Komm mit mir. Du und die Kinder, ihr solltet auch dort leben.«

»Dort?« Frederike sah ihn erschrocken an. »In dem Staat, der meinen Mann, deinen Bruder, umgebracht hat? Niemals, Caspar, niemals!«

Den ganzen Abend versuchte Caspar, sie umzustimmen, aber Frederike wich von ihrer Einstellung nicht ab. Caspar brannte für den Neuanfang, der, wie er hoffte, gerechter sein würde. Doch Frederike konnte seinen Argumenten nicht folgen.

Sie konnte Caspar am folgenden Morgen, als sie sich verabschiedeten, seine Enttäuschung anmerken. Dennoch hatte sie nicht das Gefühl, dass er ihr grollte. Fast musste sie lächeln, als er sich noch ein letztes Mal umdrehte und fragte: »Du bist dir sicher, dass du hier in Schweden bleiben willst?«

»Absolut.«

»Und die Kinder?«

»Ihnen geht es gut hier. Dafür sorge ich.«

»Das weiß ich. Aber ihre Heimat ist Deutschland. Sie sind Deutsche.«

Diese Aussage machte Frederike, gerade was Gebbi anging, nachdenklich. Dennoch blieb sie in Vimmerby. Gebbi war Deutscher, auch wenn er als Schwede aufwuchs. Aber konnte sie ihm hier alles ermöglichen? Konnte sie ihm hier eine gute Zukunft geben? Hier würde er immer irgendwie Außenseiter bleiben. Und die Schulbildung war Frederike wichtig. Aber sie konnte ihn hier nicht wirklich fördern. Gebbi liebte das Leben auf dem Land, Lernen gehörte nicht zu seinen Stärken. Er blieb, das wurde Frederike klar, unter seinen Möglichkeiten.

Sie pflegte weiterhin engen Kontakt zu Thea – sah sie oft im Sommer auf der Schäreninsel, wenn auch Thea mit den Kindern kam. Frederike schrieb ihren Freundinnen Annchen und Lottchen regelmäßig, sie schrieb sich auch mit der Verwandtschaft und anderen Freunden.

Ihre Mutter und Onkel Erik kamen sie besuchen – aber auch sie konnten Frederike nicht dazu bringen, zurückzukehren.

Der Schmerz über Gebhards Tod ließ nach, verblasste. Das ohnmächtige Gefühl der Wut gegenüber den Machthabern, denen von früher und denen, die nun im Osten das Sagen hatten, blieb jedoch. Gebhard war ermordet worden, angezeigt und verurteilt, obwohl er unschuldig war. Das würde sie nie verzeihen können.

Ein halbes Jahr nachdem Caspar sie besucht hatte, ging er tatsächlich in die DDR. Aus der SBZ war im Herbst 1949 die Deutsche Demokratische Republik geworden; ein Arbeiter- und Bauernstaat, so wie es sich die Sowjetunion vorgestellt hatte. Es gab einige unschöne Artikel und Verdächtigungen darüber, dass Caspar wohl schon immer Ostspion gewesen sein sollte – etwas, worüber Frederike nur bitter lachen konnte. Sie verstand seine Intention. Genau wie Gebhard wollte er Zustände verbessern, wollte eine neue, eine gerechte Welt mit erschaffen. Gebhard wäre mit Caspars Entscheidung nicht konform gegangen, dazu war Gebhard nie politisch genug gewesen – aber er hätte Caspar verstanden. Jeder muss seinen eigenen Weg gehen – voller Überzeugung, hatte er einmal gesagt. Und das tat Caspar nun.

Zwei Jahre lang schrieb Caspar ihr immer wieder, bat sie, ihre Entscheidung zu überdenken. Dann aber änderte sich der Tenor seiner Briefe. Er hatte fest damit gerechnet, dass es eine Möglichkeit geben würde, das geteilte Deutschland wiederzuvereinigen. Im Laufe der Zeit erlebte er jedoch, dass sich die Grenzen verdichteten, die Fronten verhärteten. Stalin legte ein eisernes Band um den gesamten Osten. Und Stalin regierte mit harter Hand, härter als Caspar es gedacht hatte. Er war regelrecht enttäuscht von dieser Entwicklung, verzweifelt. Genau dies hatte er nicht gewollt.

Frederike bekam noch andere Briefe aus Deutschland. Briefe, die sie nur las, wenn sie alleine war. Briefe, die sie in ihrem kleinen Sekretär aufbewahrte – in einer kleinen Holzkiste. Es waren Briefe von Rudolph. Seine Frau Charlotte erkrankte Anfang der fünfziger Jahre schwer. Rudolph stand ihr bei, pflegte sie. Aber schließlich starb sie im Frühjahr 1953.

Er schickte ihr die Traueranzeige seiner Frau ohne einen begleitenden Brief. Frederike schrieb ihm umgehend zurück.

Mein lieber Rudolph,

nun hat Dich auch das Schicksal getroffen, so wie es mich getroffen hat. Du hast Deine geliebte Frau verloren. Es ist ein furchtbarer Verlust, und es gibt keine Worte des Trostes. Es ist ungerecht und unfair – Charlotte hätte noch Jahre mit Dir zusammen verbringen sollen. Eine solche Krankheit, die einen dahinsiechen lässt, ist grauenvoll, und niemand sollte so sterben – erst recht niemand, den wir lieben.

Und doch passiert es – ist es passiert. Ich weiß, wie Du Dich fühlst – alleine, verlassen, vom Schicksal, vom Leben gestraft. Aber da sind eure Kinder – sie brauchen Dich jetzt umso dringender, haben sie doch ihre Mutter verloren. Sei für sie da. Ich werde für Charlotte eine Kerze anzünden, so wie ich für Gebhard jeden Abend eine Kerze ins Fenster meines Zimmers stelle. Ich denke an sie und an Dich, wünsche Dir viel Kraft, die nächste Zeit zu überstehen. Schon zweimal habe ich einen Ehemann zu Grabe getragen – im übertragenen Sinne, denn an Gebhards Grab war ich noch nie, und dort werde ich auch nie sein – aber Du weißt, wie ich es meine.

Ich bin in Gedanken bei Dir.
Deine Freddy

In diesem Jahr kam auch Besuch nach Vimmerby. Annchen und Lottchen hatten von ihrem Bruder, dessen Eisenhütte mittlerweile wieder sehr erfolgreich war, einen VW Käfer geschenkt bekommen, und die beiden umtriebigen Damen unternahmen weite Reisen mit dem Fahrzeug. 1953 fuhren sie bis nach Finnland und zum Polarkreis. Sie wollten dort unbedingt den Tag der Sommersonnenwende erleben, den Tag, an dem die Sonne nicht untergeht. Danach reisten sie noch durch Finnland und Schweden, kamen im September in Vimmerby vorbei und blieben ein paar Tage. Die Kinder schauten die Besucherinnen mit großen Augen an. Die beiden Frauen waren so ganz anders als alle anderen Leute, die sie kannten. Sie reisten alleine durch die Weltgeschichte, schienen Interesse an vielen Dingen zu haben, die ihnen fremd waren.

Aber Tante Rigmor nahm sie mit offenen Armen in Empfang. Sie richtete ein großes Essen für die beiden aus, es waren fröhliche Tage.

Am Abend, bevor sie abfuhren, saßen Annchen und Lottchen zusammen mit Frederike im Hof und tranken ein letztes Glas Wein.

»Wir wissen, dass du nicht mehr nach Deutschland kommen magst«, sagte Annchen.

»Das können wir auch nachvollziehen«, bestätigte Lottchen.

»Aber der kleine Gebbi – willst du wirklich, dass er als Schwede aufwächst? Hast du darüber gut nachgedacht? Du bist Deutsche, und deine Kinder sind es auch. Ihr werdet nie wirklich Schweden sein.«

»Eine gute Schulbildung ist so wichtig für die Zukunft. Wer weiß, was sie bringen mag …«

Frederike schaute von der einen zur anderen. »Was wollt ihr mir sagen? Gebbi geht doch hier zur Schule …«

»Er spricht kaum Deutsch. Wie auch? Willst du ihm sein kulturelles Erbe ganz entziehen? Vielleicht gibt es später für ihn in Deutschland Möglichkeiten, die er hier nicht hat«, sagte Annchen.

»Wir würden ihn aufnehmen wie das Kind, das wir nie hatten. Wir würden ihn aufnehmen und zur höheren Schule schicken. Um die Kosten und das Drumherum musst du dir keine Gedanken machen. Wir übernehmen alles«, sagte Lottchen.

»Aber … ich kann ihn doch nicht einfach wegschicken …«

»Freddy, es geht um seine Zukunft. Du schickst ihn nicht weg, du schickst ihn zu uns. Wir werden uns kümmern.«

»Das musst du ja nicht jetzt entscheiden, aber denk darüber nach.«

Nach ihrer Abreise kreisten Frederikes Gedanken ständig um ihr Angebot. Gebbi tat sich in der Schule schwer, er sprach wenig Deutsch, aber sein Schwedisch war auch voller Fehler. Strebsam war er nicht, und Frederike hatte weder die Zeit noch die Kraft, ihn anzutreiben und zu unterstützen. Also beschloss sie, allen inneren Widerständen zum Trotz, doch noch einmal ihre alte Heimat aufzusuchen. Nach reiflicher Überlegung und langfristiger Planung fuhr sie im Frühsommer des darauffolgenden Jahres zusammen mit Gebbi das erste Mal nach Deutschland zurück.

Das Land schien grau zu sein – Backsteinhäuser, die viel trister wirkten als die roten Holzhäuser in Schweden. Und obwohl vieles neu gebaut worden war, sah man immer noch Spuren des verhassten Krieges. Sie machten halt in Lübeck, besuchten Stefanie und Erik, die sich sehr über das Wiedersehen freuten. Dann ging es weiter nach Gut Panker zu Werner und Thea, und schließlich bis hinunter nach Bayern, nach Ettenhausen. Das dreistöckige Haus, das die beiden Schwestern mit ihrer Mutter zusammen bewohnten, wirkte sehr idyllisch, aber auch so ganz anders als die schwedischen Häuser. Im Sommer gab es dort Sommergäste, im Winter kamen die Leute zum Skifahren.

Lange diskutierte Frederike mit den beiden Schwestern. Am nächsten Tag reiste sie weiter, Gebbi ließ sie in Ettenhausen. Er sollte schauen, ob er sich dort wohl fühlte.

Sie sagte niemandem, wohin sie fuhr. Es hatte sie einige Überwindung gekostet, überhaupt nach Deutschland zu kommen, und noch mehr, sich mit Rudolph zu treffen. Der Briefkontakt war nicht abgebrochen, auch nach dem Tod seiner Frau schrieben sie freundschaftlich weiter. Immer hatte er sie um ein Treffen gebeten, nun ließ sie es zu.

Sie trafen sich in einem kleinen Restaurant. Er saß schon da, stand auf, als Frederike das Lokal betrat. Sie sahen sich an, sahen den Schmerz des anderen in den Augen. Beide hatten einen großen Verlust erlitten und erkannten das Gefühl. Aber da war noch mehr – da war, wie eine flüchtige Sternschnuppe, das Aufleuchten alter Empfindungen.

Sie nahmen sich in den Arm. Frederike spürte tief in sich hinein – war es unangenehm? War es übergriffig? Oder weckte diese Berührung alte Gefühle? Durfte sie das zulassen? Sie war sich nicht sicher.

Es war ein schönes, ein angenehmes Treffen. Es gab keine großen Emotionen, keine Purzelbäume – stattdessen aber ein wenig das Gefühl, anzukommen.

Nach ein paar Tagen kehrten Frederike und Gebbi wieder nach Schweden zurück. Ein Jahr hatte sie Zeit, um sich zu entscheiden – und sie entschied sich dafür, Gebbi in Deutschland auf die weiterführende Schule zu schicken. Er würde bei Annchen und Lottchen gut aufgehoben sein.

Außerdem hatte sie beschlossen, Rudolph noch eine Chance zu geben. Es hatte viele Gespräche gebraucht, mit Thea, Rigmor, Annchen und Lottchen, aber auch mit Heide und Stefanie, viele, viele Briefe zwischen Rudolph und ihr, bis sie den Entschluss hatte fassen können. Und es würde Zeit brauchen, vielleicht würde es auch nicht gutgehen. Aber sie wollte es wagen.

»Wir wohnten in einer kleinen Wohnung in Velbert, als Charlotte starb«, sagte Rudolph zu Frederike. »Sie war lange krank gewesen. Ihr

Wunsch war es immer, zu Hause zu sterben. Aber ihr Zuhause war ja eigentlich Schlesien. Dorthin konnten wir nicht zurück. Das Wohnzimmer ging zum Gemeinschaftsgarten hinaus. Also stellte ich ihr Bett dort an das Fenster. Sie konnte nach draußen sehen, den Frühling kommen sehen. Es war nicht das Gut, aber es gab ihr Frieden. An dem letzten Tag, an dem sie sprechen konnte, sagte sie: ›Bleib nicht allein. Dafür bist du nicht geschaffen. Heirate Freddy. Du hast sie sowieso immer geliebt. Und jetzt gebe ich dich frei.‹«

Frederike sah ihn an, ihre Augen schwammen. »Das ist so ... gütig.«

»Ich habe dich immer, immer, immer geliebt«, gestand Rudolph. »Charlotte war mein Halt und meine Heimat – aber im Hintergrund warst immer du.«

»Ich habe dich auch geliebt. Aber dann kam Gebhard.«

»Was würde er für dich wollen?«

»Dass ich glücklich werde.«

Rudolph streckte seine Hand über den Tisch. Es war ein Angebot, ein Zeichen, es war ganz viel Hoffnung.

Frederike überlegte. Sie hatte Gebhard geliebt, liebte ihn immer noch. Aber Gebhard war tot, und sie lebte. Sie löste ihr Versprechen ihm gegenüber ein – sie kümmerte sich um die Kinder. Aber sie lebte noch – Gebhard würde wollen, dass sie glücklich würde. Zögernd streckte sie ihre Hand aus, ergriff Rudolphs, drückte sie – erst sacht, dann fest und mit Überzeugung. Sie würde es noch einmal wagen, sich noch einmal auf ihn einlassen.

Alles würde gut werden, solange sie nur fest genug daran glaubte.

Nachwort

Ende. Die Trilogie ist zu Ende. Das ist schrecklich, weil ich die Familie, diese Geschichte, weil ich Frederike so sehr in mein Herz geschlossen habe. Abschiede sind immer schwer – dieser Abschied fällt mir wieder einmal sehr schwer.

Nichtsdestotrotz – dieses Buch ist ein Roman. Es ist eine Fiktion. Viele Teile sind erfunden, manche Teile aber sind wahr, sind so passiert, sind so geschehen.

Dieses Buch ist die Fortsetzung von zwei Büchern, und alle beruhen auf einer realen Person – Friederike von Plato.

Sie war die Mutter von Gebhard Gans Edler zu Putlitz, Klein Gebbi, der mir ihre Geschichte an einem Abend am Lagerfeuer in der Pfarrscheune in Putlitz geschenkt hat. Inzwischen habe ich das Gefühl, wenigstens ein bisschen zur Familie dazuzugehören, ein Teil davon zu sein.

Dafür, dass mir diese Geschichte geschenkt wurde, bin ich sehr dankbar – aber zu den Danksagungen komme ich später.

Durch die Familie zu Putlitz bin ich an viele Dokumente gekommen, an Briefe, an Aussagen, an Informationen und Hinweise. Einige Informationen habe ich im Internet gefunden. Immer habe ich mich um Authentizität bemüht – um Wahrheitsgehalt, was die Geschichte angeht. Die historische Geschichte wie auch die Familiengeschichte – wobei die Familie unter meiner Phantasie gedehnt, gestreckt und verändert wurde – es ist eben doch ein Roman und keine Biographie.

Dieses Buch zu schreiben war noch schwerer als den Band davor:

»Die Jahre der Schwalben«. »Die Zeit der Kraniche« ... das ist eine Zeit in Schutt und Asche. Es ist die Zeit des Niedergangs eines verstiegenen und protzigen Reichs, das sich völlig überschätzt hatte und sehenden Auges seine Bevölkerung in den Abgrund schickte. Ein Reich, das Einstellungen und Vorstellungen hatte, die ich als Autorin nicht im Entferntesten teile. Aber viele Menschen damals hatten diese Einstellung, und meine Aufgabe war es, wenigstens einen Bruchteil davon mitzugeben.

Ich habe das Glück, nie einen Krieg erlebt zu haben. Ich bin in Deutschland aufgewachsen, habe weder Hunger noch Not und schon gar keine Bomben erlebt. Ich kenne das nur aus den Erzählungen meiner Familie – der Eltern und Großeltern. Und neuerdings auch aus der Nachbarschaft, von den Flüchtlingen aus Syrien oder anderen Ländern. Lange habe ich nicht gedacht, dass ich noch Augenzeugen von Bombenangriffen sprechen würde, die jünger als achtzig sind – aber jetzt kann ich mit Fünfjährigen reden, und sie können mir heute davon erzählen. Wie kann das sein? Haben wir nichts gelernt in dieser Welt? Warum gibt es immer noch Kriege?

In diesem Buch geht es um das Ende des Zweiten Weltkrieges und um das Entstehen einer Mauer zwischen Ost und West. Das Ende dieses Kriegs, ein Krieg, den viele Mächte gegen Deutschland zusammen geführt haben, war leider auch der Anfang einer Trennung. In diesem Buch geht es darum, wie es damals war, wie es in der Prignitz erlebt wurde. Dazu habe ich viele Berichte gelesen und gehört. Einiges ist wahr, einiges ist erfunden. Dies ist ein Roman, eine Fiktion – aber es ist auch ein erschreckendes Zeitbild, ein Zeugnis vom Beginn des Kalten Krieges, den wir überwunden zu haben hofften und der jetzt wiederaufersteht. Die Trennung von Ost und West ist manchmal so schwer zu verstehen – wir sind doch alle Menschen, und alles, was wir *alle* wollen, ist, glücklich zu leben. Offensichtlich ist das nicht so einfach. Und das war es damals schon nicht.

Die Geschichte ist in den Grundzügen wahr.

Wahr ist: Es gab Frederike, es gab Gebhard und die ganze Familie. Sie lebten in der Prignitz und in Ostpreußen.

Wahr ist, dass Gebhard Gans Edler zu Putlitz (in meinen Büchern zu Mansfeld) von der Gestapo verhaftet wurde. Es gab verschiedene Anklagen – zum Teil, weil er sich nicht an die Verordnungen des Reichsnährstandes hielt und die Kriegsgefangenen auf Burghof besser behandelte, als er sollte.

Wahr ist, dass Gebhard und seine Mutter im Oktober 1944 verhaftet wurden, weil sie Feindnachrichten verbreitet haben sollen.

Wahr ist, dass die Familie mit Hilfe eines *Goldfasans* Heide aus der Haft befreien konnte.

Wahr ist auch, dass Gebhard nach den Bombenangriffen auf Potsdam aus dem Gestapogefängnis freikam. Wie das allerdings geschah, ist nicht überliefert. Meine Beschreibungen der Bombennacht in Potsdam entsprechen jedoch Tatsachenberichten und Zeitzeugen.

Wahr ist, dass Gebhard enteignet wurde und er das Gut auch nach seiner Rückkehr aus Potsdam nicht mehr führen durfte. Auch durfte er nicht den Betriebshof betreten.

Wahr ist, dass Gebhard während der Haft an Angina Pectoris erkrankte und sich nie mehr ganz erholte.

Wahr ist auch, dass es diesen Verwalter gab. Ich habe ihn Hittlopp genannt – das ist ein erfundener Name. Ich kenne seinen wahren Namen und weiß, was er getan hat. Er wurde dafür nie zur Rechenschaft gezogen. Im Dritten Reich war er überzeugter Nazi, später hat er der sowjetischen Kommandantur glaubhaft machen können, dass er nur Opfer war und den Befehlen des Barons gefolgt sei. Es gibt etliche schriftliche Aussagen, die dagegensprechen und den Verwalter als eigentlich Schuldigen *kennzeichnen*. Leider haben diese Aussagen Gebhard nicht mehr geholfen.

Wahr sind Wanda und ihr Schicksal. Gebhard hat sie vom Feld gerettet, sie war der Familie auch nach Ende des Krieges lang ergeben und hat sie tatsächlich in dieser einen Nacht vor sowjetischen Soldaten beschützt. Ihre Schwester Swetlana habe ich erfunden – aber nicht die *Kaninchen von Ravensbrück* – diese Frauen gab es tatsächlich und auch die beiden Ärzte – Dr. Gebhardt und Frau Dr. Oberheuser. Sie haben auf abscheuliche Art versucht, Mittel gegen Wundbrand zu finden. Über die beiden und ihre Versuche gibt es etliche Berichte. Wer sich dafür interessiert, wird schnell fündig werden.

Wahr ist, dass der Gauleiter von Ostpreußen, Erik Koch, das Trecken in den Westen bis fast zum Schluss unter Todesstrafe verboten hat. Er selbst hat sich rechtzeitig in Sicherheit gebracht.

Wahr ist, dass auf Fennhusen (wobei der Gutsname erfunden ist) noch im Januar eine Hasenjagd veranstaltet wurde, man die gedeckte Tafel nach dem Mahl stehenließ und dann aufbrach.

Wahr ist auch, dass Erik – der älteste Sohn von Stefanie und Erik – noch teilnahm, dann wieder zurück an die Front musste und bei der Brücke von Remagen fiel.

Wahr ist, dass Irmis Mann im Kurland fiel. Irmi hat danach eine Zukunft im Westen gefunden. Sie hat ihre Tochter großgezogen und nie wieder geheiratet.

Wahr ist, dass die Fennhusens in den Westen getreckt sind und im Burghof haltgemacht haben. Sie zogen nach zwei Wochen weiter in den Westen.

Wahr ist, dass Gebhard als Antifaschist von der Sowjetkommandantur anerkannt wurde und er und seine Familie auf Burghof bleiben durften, auch nach der ersten Bodenreform.

Wahr ist auch, dass er so viel Land bewirtschaften durfte, wie er es konnte – nur konnte er es nicht, er war zu krank.

Wahr ist, dass Gebhard zu Putlitz im Oktober 1947 von den Sowjets verhaftet wurde – zuerst wegen der Anklage der Spionage, weil er seine Mutter über die grüne Grenze nach Niedersachsen zu seinem

Bruder gebracht hatte und sich anschließend mit seinem anderen Bruder, Wolfgang zu Putlitz (im Buch Caspar), traf. Über Wolfgang zu Putlitz findet man viele Einträge im Internet. Es gab auch eine ARD-Dokumentation über die Septemberverschwörung und zu Putlitz' Rolle dabei – leider ist diese Dokumentation nicht mehr frei verfügbar, aber man kann sie beim Sender anfordern. Sie heißt »Das Geheimnis der Ustinovs« – denn Klop Ustinov war Wolfgangs Freund und Mitstreiter. Wolfgang ging 1952 in den Osten. Er glaubte fest daran, dass Deutschland schon bald wiedervereinigt werden würde. Er täuschte sich. Wolfgang blieb im Osten, aber die Entwicklung der DDR ließ ihn verbittern. Er war ein Idealist, hoffte immer auf das Beste – aber leider ist das schwer zu erreichen, gerade was Staaten angeht. Macht war nie Wolfgangs Interesse.

Wahr ist, dass Gebhard im Gefängnis von Bautzen ein Geständnis unter Folter erpresst wurde und dass er dort unter furchtbaren Umständen ermordet wurde. Dafür gibt es Zeugenaussagen, die mir vorliegen.

Wahr ist, dass auch Frederike verhaftet werden sollte. Ob sie nun zwei Stunden oder zwei Tage hatte, um die Kinder unterzubringen – da habe ich verschiedene Aussagen der Familie. Das spielt aber keine Rolle, sie ist sofort geflohen.

Wahr ist, dass jemand sie und die Kinder mit einem Auto nach Berlin brachte – zum französischen Sektor. Es war nicht Gärtner Blumenthal – aber er hätte es gemacht, denn Blumenthal gibt es wirklich und auch noch die Gärtnerei in Putlitz – jetzt in dritter Generation –, fahren Sie hin, kaufen Sie dort Blumen.

Wahr ist, dass der Gesandte im französischen Sektor, Paul Leroy Beaulieu, Frederike und die Kinder aufnahm und sie in einen plombierten Zug setzte, der nach Westen fuhr.

Wahr ist, dass Gebhard und Frederike Gefangene vom Todesmarsch Sachsenhausen, der durch Putlitz ging, retteten – sie versteckten, aufpäppelten und ihnen die Möglichkeit gaben, zu fliehen – noch vor dem Ende des Krieges.

Wahr ist auch, dass diese Männer anboten, Schmuck und Wertgegenstände zu retten – allerdings sind diese Gegenstände nie in den Besitz der Familie zurückgekommen. Diese Tatsachen sind belegt.

Wahr ist, dass die Gefangenen in den Schnitterhäusern Gebhard unter sich versteckten, während Frederike und die Kinder im Blaubeerwald waren.

Wahr ist, dass ein durchgeknallter SS-Offizier von einem Motorrad aus Kriegsgefangene auf dem Marsch in den Westen kurz vor Putlitz beschoss. Es starben sechs Menschen. Viele Verletzte wurden auf dem Burghof versorgt.

Wahr ist, dass Frederike auf dem Bahnhof in Hannover der letzte Koffer mit Familienschmuck und Wertsachen gestohlen wurde, weil ihre kleine Tochter verlorenging.

Wahr ist, dass Frederikes Schwager nach dem Krieg das Gut Panker verwaltete und dass dort auch seine Mutter Heide unterkam.

Wahr ist, dass Frederike eine Weile in Bad Driburg gelebt und in einer Wäscherei gearbeitet hat.

Wahr ist die Geschichte von Tante Lita und ihrer Freundin Victoria – die schwedische Königin wurde und an der Freundschaft zu Lita von Putlitz festhielt. Es gab diesen Sonderzug in die Prignitz.

Wahr ist, dass Frederike nach Schweden zog und dass sie es nur konnte, weil das Königshaus sich an die Familie erinnerte und sie unterstützte.

Wahr ist auch Rigmor Svenoni – sie gab es, sie war pensionierte Lehrerin, Künstlerin, und sie nahm Frederike als Hausdame bei sich auf. Alles andere habe ich erfunden.

Wahr sind auch Annchen und Lottchen und ihre Mutter Marie. Sie waren mit Frederike befreundet, haben sie in Schweden besucht und später Gebbi bei sich aufgenommen.

Wahr ist zudem, dass Charlotte von Hauptberge, die Frau von Rudolph, auf dem Totenbett sagte: »Jetzt kannst du Freddy heiraten, du hast sie immer geliebt.«

Eine ganze Menge Dinge in diesem Buch sind wahr. Eine Reihe kann ich aufführen. Einige andere nicht. An die historischen Gegebenheiten habe ich mich gehalten, so gut es ging. Dies Buch ist kein Geschichtsbuch, es ist ein Roman. Ich habe viel recherchiert, habe viele Dokumente und Informationen von der Familie erhalten, habe andere Quellen benutzt und versucht, die Zeit, so gut es mir gelang, wiederzugeben. Ich habe Fachleute gefragt, Informationen eingeholt, war vor Ort und habe mich bemüht, alles so zu schildern, wie es wirklich hätte sein können. Dennoch ist dies ein Roman. Eine Fiktion – beruhend auf wahren Tatsachen, auf einer Familiengeschichte, auf der Geschichte unseres Landes. Es ist eine schwierige Geschichte – voller schrecklicher Taten, voller Gewalt, Misstrauen –, aber auch voll von Zuversicht, Liebe und Hoffnung.

Wahr ist – und ich mag es kaum glauben –, dass diese Trilogie nun zu Ende ist. Eine Geschichte über eine Familie, die mir sehr ans Herz gewachsen ist, mit der ich mich sehr verbunden fühle, mit der ich Geschichte gelebt, erlebt habe. Und ich bin ihr sehr dankbar, dass ich diese Geschichte schreiben durfte.

Ich habe sicherlich wieder Fehler gemacht – dazu muss ich stehen, auch wenn ich mich immer bemühe, Fehler zu vermeiden. Ich freue mich immer über Feedback, über Mails oder Briefe, die reichlich kommen. Schreiben Sie mir. Ich alleine bin verantwortlich für alle Fehler, die mir unterlaufen sein mögen. Man möge es mir verzeihen.

Danksagung

»Time it was
and what a time it was …
… preserve your memories
They're all that's left you«
Bookends, Simon & Garfunkel

Dies ist nun das Ende – das Ende einer weiteren Familiensaga, und jedes Mal fällt es mir schwerer, Abschied zu nehmen. Ich hänge an der Geschichte, an der Familie, an all den Dingen, die ich erfahren habe und die mich berührt haben. Nicht alles davon steht in den Büchern – wie auch?

Dieses Buch zu schreiben, war nicht leicht. Es ist kein heiteres Buch über eine schöne Zeit. Es ist ein schwermütiges Buch über eine schwere Zeit.

Ein Ende bedeutet auch immer einen Anfang, heißt es – aber für Frederike war das lange nicht so. Für viele Menschen damals war das nicht so. Sie mussten ihr Leben aufgeben und ein neues Leben finden, sich neu definieren. Ganz neu. Alles, was gewesen war, galt nicht mehr. Es war ein Aufbruch, ein Umbruch und für viele eine Chance. Westdeutschland wurde damals von Flüchtlingen überflutet – sie kamen aus dem Osten, aus Ostpreußen, aus Schlesien, aus der Tschechei und anderen Gebieten. Sie wurden zum Teil nicht herzlich aufgenommen – es war alles kaputt im Westen, und dann kommen die auch noch? Heute ist hier nicht alles kaputt – aber in anderen Ländern ist viel zerstört und wird es auch noch weiter – wir, in unserem reichen und gesegneten Land, nehmen Flüchtlinge aus den Kriegsländern auf. Und jeder von uns sollte darüber nachdenken, ob nicht sein Opa, seine Oma, vielleicht auch seine Eltern oder Tanten und Onkel, in früherer Zeit – nach dem Zweiten Weltkrieg – flüchten mussten und irgendwo hier aufgenommen wurden. Ich bin dankbar dafür, in diesem Land leben zu können, keinen Krieg erlebt zu haben, und ich hoffe, das können auch noch meine Enkel so sagen.

Ich hätte dieses Buch nicht ohne Hilfe schreiben können – so wie immer. Ich brauche Leute, die an mich glauben, mich unterstützen, die einfach da sind.

Dieses Buch gäbe es nicht ohne die Familie zu Putlitz – natürlich ist das so, weil es ein Buch über ihre Familie ist.

Liebe Susanne, lieber Gebhard zu Putlitz – vielen Dank für Ihre Hilfe, Ihre Anteilnahme, Ihre Mitteilungen, E-Mails, Briefe, Filme, Dokumente. Vielen Dank für die nächtlichen Telefonate, die Informationen, den Spaß, den wir hatten.

Danke auch für die Eier und das leckere Essen in Mansfeld. Und ich hoffe, wir werden da noch öfter aufschlagen – auch ohne Hühner zu killen.

Danke auch an Ihre Kinder – Sophie, Friederike und Moritz, die ja die Geschichte mit- und forttragen.

Danken möchte ich auch Ulla Berndt – liebe Ulla, Ulli, Ursa –, du hast viele Namen und gibst viel für Putlitz. Du hast mir sehr geholfen. Danke.

Die Namen Dannemann, Pirow und Spitzner fallen im Buch – das ist kein Zufall. Sie sind alle für Putlitz da und wichtig. Danke, dass es Sie/euch gibt.

Danken möchte ich dem Aufbau Verlag, der jedes Mal wieder an mich glaubt. Ein tolles Team – wunderbare Zusammenarbeit. Danke dafür.

Danken möchte ich auch Christine Kowollik – weil du da warst, als ich Hilfe brauchte. Und weil du keine Vorurteile in der Tasche hattest. Und ich danke dir, weil ich es kann ☺. Schön, dass es dich gibt ☺.

Danken muss und möchte ich Gerald Drews – mein LA –, meinem Lieblingsagenten. Ohne dich … du weißt schon. Und natürlich Christiane, deine Frau.

Und dann ist da Conny. Meine Conny. Conny … können wir mal eben telefonieren? Hast du Zeit? Lass uns quatschen. LASS UNS TREFFEN – selten möglich, aber … ich hab es im Kalender und auf dem Plan. Danke, Conny, dass es dich gibt und dass du alles mitmachst, was ich an verrückten Ideen habe.

Anne … Anne Sudmann. Liebste, beste, tollste Anne. Eine gute Lektorin macht ein gutes Buch NOCH besser. Ich glaube, meine Bücher wären ohne dich gar nicht so gut. Danke für deine Geduld, dein Mich-Aushalten, deine Gelassenheit. Und danke, dass du meine Bücher so liebst.

Und dann sind da noch die Leute um mich herum – meine Freunde und die Familie.

Sie halten mich aus, sind da, bleiben – auch wenn ich während des Schreibens schwierig werde – und das werde ich jedes Mal.

Mein Lieblingsbruder Christian, sein Frau Ela – schön, dass es euch gibt. Andrea und ihr Christian, der mich so wunderbar fotografiert hat. Susanne und Fred. Michael und Bärbel. Claudia – du treue Seele, ich habe dich lieb. Danke, ihr Lieben.

Und natürlich Joan … Deine Mails tragen mich, immer wieder und weiter. Danke.

Kirsten und Klaus – ihr seid schon etwas Besonderes. Immer und ewig. Um es mit Queen zu sagen: »You are my best friend!« (Queen)

Kirsten, meine Zuckerschnegge – »When things turn out bad
You know I'll never be lonely
You're my only one … my best friend!«(Queen) Danke dafür.

Danken möchte ich auch Regina – der besten Schwiegermutter ever. Danke, dass es dich gibt.

Und natürlich meinen Eltern – ohne euch gäbe es mich nicht. Ohne euch hätte ich manche Klippe im Leben nicht gemeistert, und ihr seid immer noch für mich da. Immer. Ich liebe euch. Danke. Für euch möchte ich Debussy spielen: »Clair de lune«.

Philipp, Tim, Robin – meine Jungs. So unterschiedlich, aber auch so ähnlich. Ich liebe euch. George Harrison hat das perfekte Lied für euch: »Here comes the sun!«

Danke, dass ihr mich ertragt und mein Essen esst.

Und dann natürlich Claus. Natürlich. Immer. Du bist mein Anfang, mein Ende. Ohne dich wäre ich nichts. Danke, dass du mich trägst, dass du mich hältst. Und danke, dass du mit den Hunden gehst, wenn ich es nicht schaffe. Ich liebe dich.

Lass es mich mit David Bowie sagen: »We can beat them, forever and ever. Oh, we can be heroes just for one day.«

Nachweise

Emilia

I. KAPITEL

Der Tag, an dem Julius zur Welt kam, hatte sich für immer in Emilias Gedächtnis eingebrannt. Schon in der Nacht auf den 5. Mai wanderte ihre Mutter unruhig durch die Stube des Hauses in Othmarschen. Der Vater sah ihr verängstigt zu und wies das Mädchen an, Emilia früh zu Bett zu bringen.

Die Luft war lau, von der Elbe wehte der salzige Wind das Kreischen der Möwen ans Ufer.

»Es ist viel zu früh«, beschwerte Emilia sich. »Warum muss ich schon zu Bett gehen?«

»Deiner Mutter geht es nicht gut«, sagte Inken, die Dienstmagd. »Also füg dich.«

»Ich habe noch Hunger«, quengelte die Sechsjährige.

»Dann bringe ich dir eine Schale mit Dickmilch. Aber danach huschst du ins Bett.«

Ihre Mutter, das wusste Emilia, würde ein Kind zur Welt bringen. Sie würde schreien und weinen, und ihr Vater würde durch das Haus laufen und die Hände ringen. Es war nicht das erste Mal, dass dies geschah. Auf dem Friedhof gab es eine Reihe kleiner Gräber, und jedes Mal, wenn ihre Mutter ein Kind gebar, kam ein weiteres Grab hinzu. Diesmal hatte die Mutter das Kind länger getragen als sonst, und alle hofften auf ein gutes Ende.

Inken brachte die Dickmilch und strich dem Kind über den Kopf.

»Du musst heute und morgen ganz brav sein, Emma.«

»Das weiß ich doch.« Emilia biss sich auf die Lippe, sie versuchte immer, ganz brav zu sein. Manchmal lächelte ihre Mutter, doch die Falten um ihren Mund wurden tiefer und ihre Augen blieben traurig, selbst wenn sie lachte.

Emilia öffnete das Fenster ihrer kleinen Kammer und schaute über die Bäume hinweg. Dort war die Elbe, und die floss ins Meer. Auf der anderen Seite des Meeres lagen fremde Länder. Über diese Länder sprachen ihr Vater und ihr Onkel, wenn die beiden zusammensaßen. Und das taten sie oft, auch wenn Onkel Hinrich in Hamburg wohnte.

Manchmal nahm der Vater Emilia mit an das sandige Ufer des großen Stroms und zeigte auf ein Segelschiff, das gerade den Hafen verließ.

»Das haben wir gebaut«, erklärte er stolz. »Unsere Familie baut Schiffe, die über die Weltmeere segeln.«

Es war noch hell, als Emilia sich ins Bett legte. Von unten waren leise Stimmen zu hören, aber noch keine Schreie und kein Weinen. Vielleicht würde es diesmal anders werden. Sie schloss die Augen und betete, so, wie ihre Mutter es ihr beigebracht hatte.

Es war immer noch hell, als sie wieder wach wurde. Lautes Jammern drang aus dem Erdgeschoss nach oben und Emilia kniff die Augen zusammen und presste die Hände auf die Ohren. Es roch seltsam, wunderte sie sich und öffnete die Augen. Rotes, flackerndes Licht fiel durch das Fenster in die Stube. Es roch wie im Herbst, dachte Emilia, wenn die Felder abgebrannt wurden. Vorsichtig nahm sie die Hände herunter und lauschte. Inken war es, die jammerte, nicht die Mutter. Was war nur passiert? War das Kind schon da und tot? Sie traute sich nicht, die Tür zu öffnen und nach unten zu gehen. Der Lichtschein war so seltsam, dass sie ans Fenster trat. Über der Elbe war der Himmel dunkel, doch in Richtung Stadt leuchtete es hell. Es brennt, dachte sie erschrocken. Es brennt in der Nachbarschaft. Dort wohnte der Lotse Jörgensen mit seiner Familie. Sie lief oft hinüber, um mit den Kindern zu spielen. In deren Haus war es immer laut und fröhlich, so ganz anders als bei ihnen.

Sie hörte Schreie von draußen und das Klappern von Hufen auf dem Kopfsteinpflaster der Straße. Und dann sah sie die Flammen, die wie Zungen über den Nachthimmel leckten.

Voller Angst öffnete sie die Tür, raffte ihr Nachthemd zusammen und stapfte die Treppe hinunter. Die Tür zur Stube war geschlossen, doch sie konnte Stimmengemurmel hören. Inkens Weinen kam aus der Küche.

»Inken, der Lichtschein da draußen ...« Emilia blieb unsicher an der Tür stehen. Die Magd hatte das Gesicht mit den Händen bedeckt, sie schluchzte laut.

»Ich weiß, mein Mäuschen«, sagte sie und wischte sich mit dem Schürzensaum die Tränen ab. »Hamburg brennt.«

»Es brennt nicht bei Jörgensens?«

»Nein. Komm her.« Sie breitete die Arme aus. Emilia kletterte auf Inkens Schoß und drückte sich an die Magd. Inken roch immer nach frischem Brot und Lavendel. Ein tröstlicher Geruch.

»Hamburg ist weit weg.« Emilia nickte, kuschelte sich aber noch enger an Inken. »Warum bist du so traurig?«

»Ich habe Angst um meine Familie. Das Feuer ist gewaltig, man kann es bis hierher sehen«, flüsterte sie.

Onkel Hinrich und Tante Minna wohnten auch in Hamburg, dachte Emilia und steckte sich den Daumen in den Mund.

»Ole soll anspannen.« Ihr Vater kam atemlos in die Küche. Emilia machte sich ganz klein, doch er schien sie gar nicht zu bemerken. »Wir fahren in die Stadt.«

»Jetzt?« Inken riss erschrocken den Mund auf. Sie setzte Emilia auf die Küchenbank am Herd. »Und Eure Frau?«

»Sie ist in Gottes Händen. Ich habe Mats nach der Hebamme geschickt. Jörgensen und Olufson kommen mit in die Stadt. Sie werden dort jede Hand, die einen Eimer halten kann, brauchen.«

Inken lief in die Gesinderäume, sie musste den Knecht nicht wecken. Wohl kaum einer schlief in dieser Nacht. Die Sorge, die sich in das Gesicht der Magd eingrub, wurde immer deutlicher. Emilia rollte sich auf der Küchenbank zusammen. Manchmal fielen ihr die Augen zu, doch dann kam jemand in die Küche und sie wurde wieder wach.

Inken kochte Suppe und Tee, sie buk Brot und holte einen Schinken aus dem Keller. »Wenn sie wiederkommen, brauchen sie etwas

Kräftiges zu essen«, murmelte sie. Zwischendurch ging sie in die Stube. Durch den Türspalt konnte Emilia die Mutter sehen, die sich an die Lehne des Ohrensessels klammerte und stöhnte. Ihre Haare hingen ihr wirr und schwitzig ins Gesicht. Sie trug ein Nachtgewand und sah so fremd aus, dass es Emilia Angst machte. Dennoch konnte das Kind den Blick nicht abwenden, sobald sich die Tür öffnete.

»Was machst du hier?«, fragte die Hebamme verblüfft, als sie in die Küche kam.

Emilia hockte auf der Bank, hatte die Beine angezogen und den Saum des Nachthemdes unter die Füße gestopft.

Inken schaute sich um. »Sie ist heute Nacht wach geworden und hat dann auf der Bank geschlafen. Ich habe es nicht übers Herz gebracht, sie nach oben zu schicken.«

Die Hebamme, eine runzelige Alte, die nach Kampfer und anderen scharfen Kräutern roch, schüttelte den Kopf. »Sie sollte nicht hier unten sein. Heute ist Christi Himmelfahrt, sie sollte in die Kirche gehen und für uns alle beten.«

Inken schlug sich mit der Hand vor die Stirn. »Das habe ich ganz vergessen. Lauf, Emma, zieh deine guten Sachen an und kämm dir die Haare. Sicher nimmt Frau Jörgensen dich mit. Du musst dich sputen.«

Emilia stand zögernd auf.

»Nun geh schon, Kind«, sagte die Hebamme. »Und koch du mir einen Kaffee, Inken. Das wird sicher noch ein langer Tag werden.«

»Wie geht es ihr denn?«, fragte Inken. Emilia blieb hinter der Tür stehen und lauschte.

»Es geht. Sie verkrampft sich, das ist nicht gut. Ich werde ihr einen Aufguss machen.«

»Hat das Kind eine Chance?«

»Das weiß man doch nie. Aber mehr als die anderen vorher«, sagte die Hebamme.

Emilia schlich die Treppe nach oben. Obwohl der Tag schon angebrochen war, sah es düster draußen aus. Seit Wochen hatte es nicht geregnet, alles war ausgedörrt, das Gras vor dem Haus gelb und welk.

Sie ging ans Fenster, öffnete es. Hatte Inken sich in der Zeit vertan? Bis zum Kirchgang war es sicherlich noch lange hin. Doch dann sah Emilia, dass dicke, schwarze Wolken die Sonne verdunkelten. Wind war aufgekommen, die Bäume rauschten wie das Meer bei Sturm. Emilia zog die Schultern hoch, in ihrem Magen grummelte es. Der rote Lichtschein des Feuers, der unter dem Qualm hervorleckte, wirkte angsteinflößend. Wie feuerspuckende Drachen, von denen ihr Onkel Hinrich manchmal erzählte. Doch Drachen gab es nur im Märchen, und dies war kein Märchen. Es roch beißend nach Rauch, Emilia musste husten und schloss schnell das Fenster, als könne sie so alle Gefahren aussperren.

Das gute Kleid sollte sie anziehen. Und waschen sollte sie sich. Schnell schlüpfte sie aus dem Nachthemd und tauchte den Lappen in das Wasser der Waschschüssel. Jeden Morgen brachte Inken ihr warmes Wasser, meist half sie ihr beim Ankleiden und mit den Haaren, aber heute war Inken beschäftigt. Sie hatte wichtige Dinge zu tun. Wenn ich alles ganz richtig mache, dachte Emilia, dann wird auch alles gut. Das Kind in Mamas Bauch wird am Leben bleiben. Es wird in der Wiege liegen und nicht auf dem Friedhof. Wenn ich alles richtig mache, dann hört das Feuer auf zu brennen. Das Feuer bedeutete etwas Schreckliches, das hatte sie in den Gesichtern der Erwachsenen gesehen. Feuer war beides – schrecklich, aber auch gut. Ohne Feuer hätten sie kein warmes Wasser. Der nasse Lappen war kalt und glitschig, sie fuhr sich über das Gesicht und die Arme, erschauerte. Reichte das? Die Hände, die müssen sauber sein, und der Hals. Das war wichtig, darauf achten die Leute. Sie rubbelte sich trocken, bis die Haut brannte, nahm dann ein sauberes Unterkleid aus der Truhe, eine Wäschehose mit Rüschen, die für Feiertage vorbehalten war. Ob sie es allein schaffte, die Hose an das Unterkleid zu knöpfen? Es musste gelingen. Dann nahm sie das gute Leinenkleid und zog es sich über den Kopf. Wer sollte die Knöpfe schließen? Wer würde die Schnüre schnüren, die Schleifen binden? Wie sie sich auch drehte und wendete, ihr gelang es nicht. Doch es musste, es war ihre Aufgabe, alles richtig zu machen.

Ulrike Renk
Die australischen Schwestern
Roman
509 Seiten. Broschur
ISBN 978-3-7466-3120-2
Auch als E-Book erhältlich

Die Wege der Liebe

Australien, 1891. Das Leben von Carola, Mina und Elsa verändert sich schlagartig, als ihre Mutter kurz nach der Geburt des jüngsten Kindes stirbt. Während Carola, die Älteste, ins ferne Deutschland geschickt wird, bleiben Mina und Elsa in Australien. So unterschiedlich sich die Lebenswege der drei jungen Frauen auch entwickeln, eines haben sie jedoch gemeinsam: Sie geben nicht auf, wenn es darum geht, für ihre Träume zu kämpfen.

Eine hochemotionale Saga um das Leben dreier außergewöhnlicher Schwestern – nach einer wahren Geschichte.

Regelmäßige Informationen erhalten Sie über unseren Newsletter. Jetzt anmelden unter: www.aufbau-verlag.de/newsletter

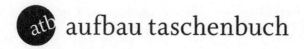

Ulrike Renk
Das Versprechen der australischen Schwestern
Roman
608 Seiten. Broschur
ISBN 978-3-7466-3211-7
Auch als E-Book erhältlich

Wir werden uns nie verlieren

Drei Schwestern, zwei verschiedene Kontinente: Jede der drei ist ihren Weg gegangen. Elsa studiert in Sydney, Mina hat nach Jahren endlich ihren heimlichen Verlobten geheiratet, und Carola lebt glücklich mit Werner und ihren zwei Kindern in Krefeld. Doch dann bricht der Erste Weltkrieg aus und ihr aller Glück ist in Gefahr. Denn William und Otto, Elsas große Liebe, treten freiwillig der Armee bei. Auch Werner ist beim Militär, und plötzlich kämpft ein Teil der Familie gegen den anderen. Wird das Band, das die drei Schwestern vereint, stärker sein als die Schatten des Krieges?

Regelmäßige Informationen erhalten Sie über unseren Newsletter. Jetzt anmelden unter: www.aufbau-verlag.de/newsletter

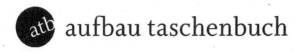

Ulrike Renk
Das Lied der Störche
Roman
512 Seiten. Broschur
ISBN 978-3-7466-3246-9
Auch als E-Book erhältlich

Alte Heimat

Ostpreußen 1920: Frederike verbringt eine unbeschwerte und glückliche Kindheit auf dem Gut ihres Stiefvaters in der Nähe von Graudenz. Bis sie eines Tages erfährt, dass ihre Zukunft mehr als ungewiss ist: Ihr Erbe ist nach dem großen Krieg verloren gegangen, sie hat weder Auskommen noch Mitgift. Während ihre Freundinnen sich in Berlin vergnügen und ihre Jugend genießen, fühlt sich Frederike ausgeschlossen. Umso mehr freut sie sich über die Aufmerksamkeit des Gutsbesitzers Ax von Stieglitz. Wäre da nur nicht das beunruhigende Gefühl, dass den deutlich älteren Mann ein dunkles Geheimnis umgibt ...

Ein berührende Familien-Saga die auf wahren Begebenheiten beruht.

Regelmäßige Informationen erhalten Sie über unseren Newsletter. Jetzt anmelden unter: www.aufbau-verlag.de/newsletter

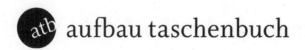

Ulrike Renk
Die Jahre der Schwalben
Roman
560 Seiten. Broschur
ISBN 978-3-7466-3351-0
Auch als E-Book erhältlich

Eine starke junge Frau zwischen Liebe und Verlust

Kurz nach ihrer Hochzeit erfährt Frederike, dass ihr Mann eine schwere Krankheit hat. Er geht in ein Sanatorium, und Frederike hofft auf seine Genesung. Doch als er stirbt, steht Frederike vor den Trümmern ihres Lebens. Allein und ohne eigenes Vermögen muss sie das Gut mit der großen Trakehnerzucht bewirtschaften. Jahre der Verzweiflung und Einsamkeit folgen, bis sie Gebhard von Mansfeld kennenlernt. Ganz langsam gelingt es ihr, wieder an das Glück zu glauben. Doch dann kommt Hitler an die Macht, und plötzlich weiß Frederike nicht, ob sie und ihre Liebsten noch sicher sind.

Die große emotionale Familiensaga aus Ostpreußen, die auf wahren Begebenheiten beruht.

Regelmäßige Informationen erhalten Sie über unseren Newsletter. Jetzt anmelden unter: www.aufbau-verlag.de/newsletter

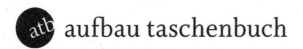
aufbau taschenbuch